SHEN CONGWEN

Die Grenzstadt

und andere Erzählungen

Verlag Volk und Welt
Berlin

Aus dem Chinesischen von Ursula Richter
Die Erzählung »Meine Erziehung«
wurde von Helmut Martin und Volker Klöpsch
aus dem Chinesischen übersetzt

Anmerkungen am Schluß des Bandes

ISBN 3-353-00434-3

1. Auflage
Lizenzausgabe des Verlages Volk und Welt, Berlin 1988
für die Deutsche Demokratische Republik
L. N. 302, 410/154/88
Dem Band liegen folgende Ausgaben zugrunde: Shen Congwen, *Die Grenzstadt*; © Suhrkamp Verlag, Frankfurt am Main 1985. Shen Congwen, *Erzählungen aus China*; © Insel Verlag, Frankfurt am Main 1985. Die Erzählung »Meine Erziehung« wurde dem Band *Hoffnung auf Frühling. Moderne chinesische Erzählungen. Erster Band 1919–1949* entnommen; erschienen im Suhrkamp Verlag Frankfurt am Main 1980
Printed in the German Democratic Republic

Einbandentwurf: Hans-Joachim Petzak
Satz, Druck und Einband: Karl-Marx-Werk Pößneck V15/30
LSV 7281
Bestell-Nr. 648 968 1

00960

Der Ehemann

Sieben Tage lang ist Frühlingsregen gefallen und hat den Strom anschwellen lassen.

Wenn der Fluß Hochwasser führt, treiben die Opiumboote und schwimmenden Freudenhäuser, die gewöhnlich am Ufer ankern, näher an die Häuser heran, und man macht sie an den Stützpfosten der Pfahlbauten fest.

Im Teehaus »Zum Ewigen Frühling«, das im oberen Stockwerk eines solchen Hauses liegt, trinken Müßiggänger ihren Tee, lehnen aus dem Fenster und bewundern die Aussicht auf die Pagode und die blühenden Pfirsichbäume am jenseitigen Ufer. Der Anblick erinnert sie an das Motiv der klassischen Malerei »Regenschleier und rote Pfirsichblüten«.

Vom Teehaus aus kann man auch beobachten, wie die Frauen auf den Booten ihren Kunden Opiumpfeifen anzünden. Es ist ja alles so nah, und wenn man eine Bekannte ausmacht, kann man einander ohne weiteres etwas zurufen. Später trifft man sich, plaudert, tauscht Vertraulichkeiten aus oder wirft einander Schimpfworte an den Kopf. Nachdem die Männer im oberen Stock ihren Tee bezahlt haben, brechen sie auf, müssen eine feuchte, stinkende Gasse hinunterlaufen und waten durch den Schmutz zu den Booten.

An Bord zahlen sie zwischen einem halben und fünf Silberdollar. Dafür können sie nach Belieben Opium rauchen und schlafen oder sich ungehemmt mit einer der Frauen vergnügen. Diese drallen jungen Weiber vom Land mit ihren breiten Hintern verstehen sich darauf, ihre weiblichen Waffen einzusetzen, und sind bereit, feurig und nach allen Regeln der Kunst mit einem Mann die Nacht zu verbringen.

Wie andere Dinge an anderen Orten auch nennt man dieses Treiben auf den Booten »Geschäft«. Alle sind hierhergekommen, um Geschäfte zu machen. So gesehen, kommt ihnen ihr Gewerbe nicht anders vor als jede andere Arbeit, weder moralisch verwerflich noch gar gesundheitsschädlich. Sie sind vom Land hierhergekommen, haben ihr Zuhause zwischen Feldern und Gemüsegärten, ihre Mühlen und Kälber und ihren jungen Ehemann verlassen und sind einem Bekannten aus dem Dorf gefolgt, um hier auf den Booten »Geschäfte« zu treiben. Im Lauf der Zeit haben sie sich in Städterinnen verwandelt, das Dorfleben ist ihnen allmählich fremd geworden, und nach und nach haben sie manche lasterhafte Gewohnheit angenommen, die man nur in den Städten kennt und durch die eine Frau verkommt. Aber die Wandlung vollzieht sich langsam, und weil viel Zeit darüber verstreicht, wird sie von niemandem bemerkt. Im übrigen gelingt es vielen dieser Frauen, sich trotz ihres Gewerbes eine einfache, ehrliche Dorfnatur zu bewahren. Daher herrscht niemals Mangel an jungen Frauen, die sich nicht scheuen, ebenfalls diesen Weg zu wählen und auf die Freudenboote in der Stadt zu kommen.

Die Sache ist ganz einfach. Eine junge Frau, der es mit dem Kinderkriegen nicht so eilt, kann ihrem braven Mann, der daheim auf den Feldern arbeitet, jeden Monat aus der Stadt die Einnahmen zweier Nächte schicken und ihm damit ein sorgloses Leben ermöglichen. Sein Status als Ehemann leidet darunter nicht. So gilt es als durchaus normal, daß mancher junge Ehemann seine Frau nach der Heirat dorthin gehen läßt, während er selbst weiter das Land bestellt und ruhig vor sich hin lebt.

Manchmal sehnt sich so ein Ehemann nach seiner jungen Frau, die auf einem Boot ihrem Gewerbe nachgeht, oder er möchte an einem der jährlichen Festtage mit ihr zusammen sein. Ist es ihr jedoch gerade dann nicht möglich, heimzukehren, wirft er sich von Kopf bis Fuß in saubere, frisch gestärkte Kleider, steckt sich die Pfeife in den Gürtel, die ihm während der Arbeit ständig im Mund sitzt, schultert einen Bambuskorb mit Süßkartoffeln und Reiskuchen und geht in die Stadt. Wie einer, der weit in der Ferne lebende Verwandte besucht, beginnt er beim ersten Boot am Kai sich durchzufragen, bis er weiß, wo seine eigene Frau steckt. Hat er sie gefunden, geht er an Bord, stellt seine Stoffschuhe sorgfältig und vorsichtig vor der Kabine an Deck und gibt ihr die mitgebrachten Sachen. Dabei mustert er sie mit erschrockenem Blick von oben bis unten, denn in den Augen des Ehemanns erscheint sie natürlich vollkommen verändert.

Ihr großer, glänzender Haarknoten, ihre mit einer kleinen Pinzette fein zurechtgezupften Brauen, ihr weißgepudertes Gesicht mit den rotgefärbten Wangen, ihre ganze städtische Art und Kleidung – all das versetzt den gerade erst vom Lande angekommenen Ehemann in Erstaunen und schüchtert ihn ein. Seine Frau kann seine Verblüffung nur zu gut verstehen, und daher beginnt sie selbst nach einer Weile das Gespräch. Sie fragt vielleicht: »Hast du die fünf Silberdollar bekommen?« oder: »Haben unsere Schweine schon Junge geworfen?« Auch ihre Ausdrucksweise ist natürlich ganz und gar nicht mehr dieselbe wie früher. Sie redet so frei und offen wie eine städtische Gnädige und hat die scheue, ängstliche Art der bäuerlichen Schwiegertöchter völlig abgelegt.

Wenn sie nach dem Geld fragt, nach den Schweinen zu Hause auf dem Hof, erkennt der Ehemann, daß er seine Stellung als Herr des Hauses auch auf diesem Boot nicht eingebüßt und daß diese städtische Dame das Landleben nicht völlig vergessen hat. Das stimmt ihn ein wenig mutiger, und er holt gemächlich Pfeife und Zündeisen hervor. Zum zweitenmal verwirrt sie ihn, wenn sie ihm plötzlich die Pfeife wegnimmt und ihm eine Zigarette der Marke »Hadamen« zwischen seine wettergegerbten Finger steckt. Freilich dauert auch diese Überraschung nicht lange, und bald raucht der Ehemann seine Zigarette und plaudert dabei . . .

Abends nach dem Essen raucht er wieder eine dieser für ihn neuen, merkwürdig schmeckenden Dinger, als ein Kunde kommt, vielleicht ein Bootseigner oder Kaufmann. Er trägt rindslederne Stiefel, und aus den Taschen seines

Schurzes hängt eine dicke, glänzende Silberkette. Er hat reichlich Schnaps getrunken, torkelt an Bord und verlangt lauthals nach Küssen und anderen Liebesdiensten. Die polternde, lallende Stimme, das großspurige Auftreten erinnern den Ehemann an den Dorfvorsteher oder gewisse andere mächtige Herrschaften auf dem Lande. Ohne daß man ihn besonders dazu auffordern muß, weiß er, daß er ans Heck des Bootes zu verschwinden hat, hockt sich in die rückwärtige Kajüte und bemüht sich, möglichst leise zu atmen. Die Zigarette, die ihm noch zwischen den Lippen steckt, wirft er fort. Ziellos läßt er seinen Blick in der Dämmerung übers Wasser gleiten. Die Nacht hat den Fluß verändert, überall am Ufer und auf dem Wasser leuchten bereits Laternen. Um diese Zeit kann der Ehemann natürlich gar nicht anders als an die Hühner und Ferkel zu Hause denken, als wären diese kleinen Wesen seine einzigen Freunde, seine einzigen Verwandten; so ist er nun also seiner Frau ganz nahe und dennoch so weit von zu Hause. Ein leises Gefühl der Einsamkeit beschleicht ihn. Er möchte heim.

Und geht er zurück? Nein. Es sind ja 30 *li* bis nach Hause, unterwegs gibt es Schakale, Wildkatzen, Soldaten auf Nachtpatrouille, und das heißt in jedem Fall Ärger. Da ist wirklich nicht an Heimkehr zu denken. Auch hat ihn die Kupplerin auf dem Boot natürlich zum Bleiben aufgefordert: sie will ihn zu einer Oper in den »Drei-Götter-Palast« und auf einen Schluck Tee in den »Ewigen Frühling« führen. Außerdem sollte er sich, da er nun schon einmal hier ist, nicht den Anblick der laternenerleuchteten breiten Gassen und der vielen Leute in der Stadt entgehen lassen. So bleibt er sitzen, betrachtet die Aussicht am Fluß und wartet, bis die Kupplerin Zeit für ihn hat. Als sie dann an Land gehen, tastet er sich seitlich über den schmalen Steg neben der Kabine nach vorn, wobei er an den Bambusstützen des Verdecks Halt sucht. Nachdem er sich in der Stadt umgesehen hat, kehrt er auf dem gleichen Weg zurück an Bord und achtet sorgfältig darauf, ja keinen Lärm zu machen, um den Kunden, der noch in der Kabine liegt und Opium raucht, nicht zu verärgern.

Zur Schlafenszeit ertönt aus der Stadt der Gong, und vom Xiliang-Hügel her dröhnt die Trommel der Wache. Vorsichtig späht er durch eine Ritze und sieht, daß der Besucher noch immer nicht gegangen ist. Was soll er dazu schon sagen? So wickelt er sich eben in seiner Kajüte in eine neue Wolldecke und legt sich allein schlafen. Mitten in der Nacht, als er im Halbschlaf vor sich hin träumt, findet seine Frau einen Augenblick Zeit, zu ihm zu klettern, und fragt ihn, ob er ein wenig Zuckerwerk möchte. Er nascht ja so gern etwas Süßes, seine Frau hat das nicht vergessen. Obwohl er sich schon hingelegt und längst gegessen hat, schiebt sie ihm eine Scheibe Konfekt in den Mund. Seltsam schuldbewußt sieht sie aus, als sie ihn wieder verläßt. Während er den Zucker im Mund zergehen läßt, scheint es dem Ehemann allein dieser kleinen Geste wegen, daß er seiner Frau verzeihen müsse. Soll sie also da vorn im Boot ihren Gast unterhalten! Friedlich schläft er ein.

In Huangzhang gibt es viele solcher Ehemänner. Diese Gegend bringt kräftige, gesunde Frauen und redliche, treue Männer hervor. Aber das einfache Landvolk ist wirklich allzu arm. Mehr als die Hälfte seines mageren Gewinns stecken irgendwelche Herrschaften ein. Die Bauern regen Hände und Füße, aber wie fleißig, sparsam und zäh du auch schuftest, ein Viertel des Jahres hast du trotzdem nichts als Süßkartoffeln und Kleie, um satt zu werden, und auch sonst ist es nicht leicht, auszukommen. Huangzhang liegt im Oberland, aber der Kai des großen Flusses ist von dort nur 30 *li* entfernt, und so wurde es zur Gewohnheit, daß die Frauen ihre Dörfer verlassen, um Geld zu verdienen. Den Profit, den sie aus ihrem Gewerbe ziehen, wissen die Männer durchaus zu schätzen: Die Frauen bleiben ja weiterhin ihr rechtmäßiger Besitz, die Söhne, die sie womöglich bekommen, gehören ihnen, und von dem Geld fällt ihnen ebenfalls ein Anteil zu.

Die Boote liegen dicht gedrängt am Flußufer. Ein Ortsfremder würde vergeblich versuchen, sie zu zählen, er könnte doch nie herausfinden, wie viele es sind. Nur einer kennt ihre Zahl und weiß genau, wo jedes liegt und wer auf ihm lebt: der alte »Flußwart« des fünften Bezirks.

Der Flußwart hat nur ein Auge. Es heißt, daß er das andere in seiner Jugend bei einer Schlägerei verlor, in der er einen Flußbanditen tötete. Aber was manche Leute mit beiden Augen kaum wahrnehmen, das sieht er mit seinem einen sehr genau. Der Fluß untersteht ihm allein. Er scheint über die kleinen Boote hier mehr Macht zu besitzen als mancher Kaiser oder Präsident über ganz China.

Bei Hochwasser hat der Flußwart mehr zu tun als sonst. Es gehört zu seinem Dienst, überall für Ordnung zu sorgen: ob irgendwo ein Kind, dessen Eltern an Land gegangen sind, nach Milch schreit; ob auf einem der Boote ein Streit ausgebrochen ist, den es zu schlichten gilt; ob irgendwelche unbewachten Boote sich losgerissen haben und davonzutreiben drohen – überall muß er nach dem Rechten sehen. Heute nun muß sich dieser würdige Alte außerdem um eine Angelegenheit kümmern, die zunächst nur die Leute an Land betroffen hat, inzwischen aber auch das Leben der Bootsbewohner stört. Während der vergangenen Tage ist es nämlich an Land zu drei kleineren Raubüberfällen gekommen. Die Leute vom Amt für öffentliche Sicherheit behaupten, sie hätten am Ufer in allen Ecken und Winkeln nach der Beute gesucht, ohne einen Anhaltspunkt zu finden. Nachdem diese feinen Herren bei ihrer Suche erfolgslos geblieben sind, haben sie die Aufgabe dem Flußwart zugeschoben: er hat ein amtliches Schreiben erhalten, in welchem ihn das Büro der scheinheiligen Sicherheitsbeamten davon in Kenntnis setzt, daß er heute um Mitternacht gemeinsam mit der bewaffneten Wasserwache die Boote nach »Übeltätern« zu durchsuchen habe.

Das Schreiben ist am Vormittag bei ihm abgegeben worden und hält ihn den ganzen Tag in Trab. Vor allem will er sich den Leuten erkenntlich zeigen, von denen er so oft mit gutem Wein und Fleisch bewirtet worden ist. So geht er zum Hafen, besucht der Reihe nach alle Boote, bleibt überall eine Weile an Bord und plaudert mit den Bootsleuten. Er will sich zunächst ein wenig umhorchen, ob sich auf einem der Boote ein verdächtiger Fremder aufhält.

Auf dem Wasser hat so ein Flußwart unumschränkte Macht. Nichts, was sich hier abspielt, bleibt ihm verborgen. Früher einmal, da ist er ein rechter Blutsauger gewesen, der von den armen Bootsleuten lebte und allein im Interesse der Justiz und der örtlichen Machthaber handelte, in deren Auftrag er schließlich den Bootshafen kontrolliert. Aber der Mensch wird älter, die Zeiten ändern sich. Nach und nach ist er zu bescheidenem Wohlstand gelangt, hat geheiratet, manchen Becher geleert und Kinder in die Welt gesetzt. Sein Leben ist ruhiger und er selbst allmählich zu einem friedfertigen, ehrlichen Mann geworden. Mit seiner Arbeit hilft er zwar noch immer den Behörden, innerlich aber steht er inzwischen auf der Seite der Bootsleute. Daher gilt er heute unter ihnen als der Inbegriff eines anständigen Kerls und genießt kein geringeres Ansehen als der Präfekt, mit dem Unterschied allerdings, daß sie ihn weder fürchten noch verachten. Im übrigen ist er sogar der »Nennvater« vieler Freudenmädchen. Auch diese Beziehungen tragen dazu bei, daß er inzwischen stets die Partei der Bootsleute ergreift.

Gerade betritt er über einen Steg ein frisch bemaltes »Blumenboot«. Es liegt vertäut am Pfosten eines Pfahlhauses, in dem sich ein Laden für Lotusblumenkerne befindet. Da er weiß, wer auf diesem Boot lebt, ruft er, sobald er an Bord steht: »Kleine Sieben!«

Alles bleibt still. Keine junge Frau erscheint, auch keine alte Kupplerin. Der Flußwart kennt sich aus. Vielleicht, denkt er, treibt hier irgendein junger Bursche am hellichten Tag sein Spielchen. So bleibt er eben am Bug stehen, schaut sich um und wartet eine Weile.

Nach einiger Zeit ruft er noch zweimal, schließlich auch nach der Kupplerin und nach Wuduo. Die kleine Wuduo, die als Magd auf diesem Boot lebt, ist ein zwölfjähriges, mageres Ding mit schriller Stimme. Wenn die Erwachsenen an Land gehen, bleibt sie gewöhnlich an Bord, um den Kahn zu bewachen, einzukaufen oder Essen zu kochen. Weil man sie ständig schlägt, weint sie oft, aber nach einer Weile beginnt sie wieder zu singen. Doch auch nach Wuduo ruft er vergebens. Plötzlich meint er, aus dem Inneren ein Geräusch wie von Atemzügen zu hören. Da nicht anzunehmen ist, daß alle an Land gegangen sind oder schlafen, bückt sich der Flußwart, blickt durch die Kabinentür und fragt in die Dunkelheit hinein: »Wer ist da drinnen?«, erhält aber noch immer keine Antwort.

Der Flußwart wird ein wenig ärgerlich und fragt laut: »Was bist denn du für einer?«

Eine ihm völlig unbekannte Männerstimme antwortet leise und ängstlich: »Ich bin 's« und fügt hinzu: »Sie sind alle an Land gegangen.«

»Alle an Land gegangen, was?«

»Ja, an Land. Sie . . .«

Als fürchte er, mit seiner Antwort den Ankömmling beleidigt zu haben, kriecht der Mann, gleichsam um es sofort wiedergutzumachen, aus der Kabine. Nun steht er an der Tür, hält sich sehr vorsichtig am Rahmen des Verdecks fest und sieht äußerst verlegen aus, als er den anderen anblickt.

Das erste, was der junge Mann sieht, ist ein Paar vornehmer, auf Hochglanz polierter Schweinslederstiefel. Dann wandert sein Blick hinauf zu einem Schurz aus feinstem hellbraunem Sämischleder mit vielen Taschen. Weiter oben ist ein Paar weißlich behaarter, übereinandergeschlagener Arme zu sehen. An einer Hand steckt ein goldener Ring, so riesig, wie er noch nie einen gesehen hat. Als er noch weiter nach oben schaut, blickt er in ein vierkantiges Gesicht, das aussieht, als sei es aus lauter Orangenschalen zusammengesetzt. Dem jungen Mann wird klar, daß eine bedeutende Persönlichkeit vor ihm steht, und so bemüht er sich, nach Art der Städter zu sprechen: »Wohlgeboren, bitte sehr, tretet ein und nehmt Platz. Die Frauen kommen sicher gleich zurück.«

Die Art, wie er spricht, die Art, wie er seine frisch gestärkte Kleidung trägt – das alles zeigt dem Flußwart deutlich, daß ein erst kürzlich vom Lande eingetroffener Bauer vor ihm steht. Eigentlich hat er gleich wieder gehen wollen, als er die Frauen nicht an Bord vorgefunden hat, aber dieser junge Mensch weckt sein Interesse, und so bleibt er.

»Woher kommst du denn?« will er wissen. Weil er ihn nicht noch mehr in Verlegenheit bringen möchte, spricht er ruhig, auf väterliche Art, während er den jungen Mann betrachtet. »Ich kenn dich ja gar nicht.«

Der andere überlegt eine Weile, und da auch ihm sein

Gegenüber nicht bekannt vorkommt, antwortet er bloß: »Ich bin gestern angekommen.«

»Draußen auf dem Land steht wohl der Weizen schon auf dem Halm, oder?«

»Was, der Weizen? Der Weizen bei unserer Wassermühle, also ... Ha! Und erst das Schwein, das wir haben, ha! Und unser ...«

Plötzlich scheint ihm bewußt zu werden, daß er die Frage nicht richtig beantwortet hat und daß er mit einem vornehmen Städter spricht, zu dem man keine Wörter sagt wie »wir« oder »unsere Wassermühle« oder »Schwein«. Er fürchtet, etwas Falsches gesagt zu haben, stockt mitten im Satz und verstummt.

Wortlos blickt er den Flußwart mit einem scheuen und ängstlichen Lächeln an. Er möchte verstanden werden, möchte, daß man ihm verzeiht. Schließlich gehört er zu der ehrlichen Sorte und nicht zu denen, die es wagen, den Leuten Ärger und Verdruß zu bereiten. Der Flußwart begreift das sehr wohl. Schon nach diesem kurzen Gespräch ist ihm klar, daß der junge Mensch mit jemandem hier auf dem Boot verwandt sein muß. Er fragt: »Wohin ist denn die Sieben gegangen? Was meinst du, wann sie zurückkommt?«

Diesmal gibt sich der junge Bauer Mühe, nicht ins Stottern zu geraten. »Ich bin gestern gekommen«, sagt er wieder und fügt hinzu: »Gestern abend bin ich gekommen.« Erst dann berichtet er, daß die Sieben mit der Wirtin und Wuduo an Land gegangen ist, um Räucherwerk zu verbrennen, und daß die Frauen ihm aufgetragen haben, das Boot zu bewachen. Um zu erklären, wieso man ausgerechnet ihm das Boot anvertraut hat, erzählt er dem Flußwart schließlich, daß er der »Alte« von Klein Sieben ist.

Da Sieben den Flußwart »Vater« nennt, dieser also nun gewissermaßen seinen »Schwiegersohn« kennenlernt, bedarf es weiter keiner Förmlichkeiten, und nachdem man noch ein oder zwei Worte geredet hat, steigen beide hinunter in die Kabine.

In der Kabine steht ein schmales Bett, darauf liegen, ordentlich gefaltet, Decken aus rotbesticktem und gemustertem Stoff. Der Gast setzt sich, wie es üblich ist, auf die Bettkante. Zur Kabinentür fällt Licht herein, so daß der kleine Raum, der von draußen so finster gewirkt hat, gerade hell genug erscheint.

Der junge Mann greift mit seinen großen, ungeschickten Händen nach Zigaretten und Feuer für den Gast. Dabei wirft er eine Schale mit Kastanien um, die neben ihm gestanden hat, und die runden, braun glänzenden Kastanien rollen in alle Ecken des dämmrigen Raumes. Er sammelt sie wieder ein und legt sie in die Schale zurück, vergißt aber völlig, daß er dem Gast eigentlich welche anbieten sollte. Doch dieser nimmt sich ganz ungezwungen selbst ein paar, öffnet sie krachend und ißt sie.

»Diese luftgetrockneten Kastanien sind wirklich lecker, magst du keine?« fragt der Flußwart, denn er sieht, daß sein Gastgeber nicht zugreift.

»Ich mag schon. Sie sind von dem Kastanienbaum hinter meinem Haus. Letztes Jahr hat er besonders viel getragen, die sind alle schön brav aus ihrer Stachelhülle herausgeplatzt. Na klar, mag ich die.« Er lacht fröhlich, als er das sagt, fast wie über ein eigenes Kind.

»So große Kastanien sieht man nur selten.«

»Ich hab sie eigens ausgesucht.«

»Ausgesucht?«

»Ja, weil Sieben sie so gern ißt. Darum hab ich sie auch aufbewahrt.«

»Gibt es bei euch da oben auch Affenkastanien?«

»Was denn für Affenkastanien?«

Darauf gibt der Flußwart gemächlich eine Geschichte zum besten: »Es gibt Affen, die in den hohen Bergen leben. Wenn sie von irgendwelchen Menschen geärgert werden, nehmen sie faustgroße Kastanien und werfen damit nach den Leuten. Wer welche will, stellt sich einfach an den Fuß des Berges und ruft Schimpfworte, dann braucht er die Affenkastanien bloß noch einzusammeln.«

Dem jungen Mann, der gerade noch darunter gelitten hat, daß er sich nicht richtig auszudrücken verstand, löst das Thema »Kastanien« die Zunge. Der Flußwart scheint ein aufmerksamer Zuhörer zu sein. So erzählt er ihm zunächst, warum man die Aue in der Nähe seines Dorfes »Kastanienta1« nennt. Dann erklärt er, wie dauerhaft und praktisch ein Pflug aus Kastanienholz ist. Ein wenig über die Alltagsdinge zu Hause plaudern, das hat er ja so dringend gebraucht. Gestern hat seine Frau den ganzen Abend Besuch gehabt, der trank und Opium rauchte, während er selbst in der winzigen Kajüte hockte. Er hätte gern ein wenig mit Wuduo geschwatzt, aber sie hat geschlafen wie ein totes Schwein. Nun hätte er eigentlich heute früh mit Sieben über zu Hause sprechen wollen, aber da haben ihm die Frauen gesagt, daß sie im Tempel an der Sieben-Meilen-Brücke Räucherwerk verbrennen gehen, und ihm aufgetragen, allein aufs Boot zu achten. Stundenlang hat er gewartet, aber niemand ist zurückgekommen. Er hat sich ans Heck gestellt und das Leben und Treiben auf dem Fluß beobachtet. Hier ist alles so neu für ihn, so anders als zu Hause, daß er sich etwas bedrückt gefühlt hat. Gerade vorhin hat er in der Kajüte gelegen und mit offenen Augen geträumt, hat sich ausgemalt, wie auch bei seinem Hof das Hochwasser steigt. Wer weiß, wie viele Karpfen über sein Wehr gespült werden! Wenn er sie fängt, kann er ihnen Weidenzweige durch die Kiemen ziehen und sie zum Trocknen in die Sonne hängen. Gerade hat er sie zählen wollen, als plötzlich dieser Besucher an Bord erschienen ist. Da ist es ihm vorgekommen, als ob die vielen Fische alle wieder ins Wasser zurückgesprungen wären.

Als er merkt, daß der Besucher wirklich nichts gegen einen Schwatz mit ihm hat, packt er die günstige Gelegenheit beim Schopf und erzählt dem Flußwart alles, worüber er eigentlich im Bett mit seiner Frau hätte sprechen wollen.

Lange redet er über das Landleben. Er erzählt von seinen Ferkeln, wie ungezogen sie sind und wie er sie mit dem Ruf ermahnt: »Wollt ihr wohl artig sein, ihr kleinen Schlingel!« Er berichtet, wie kürzlich ein Steinmetz seine Mühle ausgebessert hat, und macht sich dann über ihn lustig. Schließlich erzählt er von einer kleinen Sichel, die lange verschwunden war: »Sag selbst, ob das nicht sonderbar ist! Ich hätte schwören können, daß ich überall gesucht hab, im

Haus, auf dem Hängeboden über der Tür, in allen Winkeln des Speichers, wirklich überall, weißt du. Sie hatte sich einfach versteckt. Unsichtbar wie Kinder, die Verstecken spielen. Ich hab deswegen mit Sieben geschimpft, und sie hat geweint. Aber trotzdem war die Sichel verschwunden. ›Wirft ein Gespenst mit Steinen, werden sehende Augen blind.‹ Sie hat nämlich die ganze Zeit in einem Reiskorb gelegen! Ein halbes Jahr liegt sie im Reiskorb! Will Reis fressen! Ist ganz voll Rost, der schon anfängt abzublättern. So ein böses, schlaues Ding! Verstehst du, was ich sage? Wie kann sie monatelang in dem Korb liegen? Der hängt doch nur zum Schmuck da beim Fenster. Ich hab mich dann an alles erinnert: Ich wollte damals einen Keil schnitzen, schneide mir in die Hand, es blutet, ich werde mächtig wütend, und aus Ärger werf ich die Sichel irgendwohin ... Na ja, als ich sie wiederhatte, bin ich ans Wasser und hab sie stundenlang geschliffen. Sie ist noch ganz brauchbar, obwohl sie Fleisch frißt – du brauchst nur einen Moment nicht aufzupassen, schon blutest du. Ich hab Sieben noch gar nichts davon gesagt. Sie hat bestimmt nicht vergessen, wie wir deswegen in Streit geraten sind und wie sie geweint hat. Ich hab das Ding gefunden, ha, ha! Wirklich, ich hab es wiedergefunden!«

»Fein, daß du es gefunden hast«, sagt der Flußwart zerstreut.

»Stimmt. Daß ich die Sichel wiederhab, ist eine feine Sache, denn erst hatte ich den Verdacht, daß Sieben sie aus Versehen in den Fluß fallen lassen und sich dann nicht getraut hat, es zuzugeben, aber jetzt weiß ich, daß sie damals nicht geschwindelt hat. Ich seh es ein. Mir ist klar, daß ich ungerecht war. Ich hab nämlich zu ihr gesagt: ›Nicht zu finden? Na gut, dann setzt es Hiebe!‹ Natürlich hab ich sie nicht angerührt. Aber ich kann schrecklich sein, wenn ich wütend bin. Sie hat sich wirklich gefürchtet und die halbe Nacht geweint!«

»Du brauchst diese Sichel wohl zum Grasschneiden?«

»Ach wo, die kann man für vieles verwenden. So eine feine kleine Sichel – wie kannst du glauben, daß die bloß zum Grasschneiden taugt? Man kann damit Kartoffeln schälen, Flöten schnitzen, für alles mögliche kann man sie gebrauchen. Winzig ist sie, hat aber 300 Käsch gekostet, denn sie ist aus erstklassigem Stahl. Wir tragen alle so eine Sichel bei uns, verstehst du?«

»Ja, ja, klar doch. Jeder bei euch trägt so eine, ich hab verstanden, was du meinst.«

Er glaubt, daß der Flußwart ihn wirklich versteht, und so spricht er weiter. Über vieles redet er, sogar über seine Hoffnung, daß sie nächstes Jahr ein Kind bekommen – obwohl das doch eigentlich Dinge sind, die er im Bett allein mit seiner Frau besprechen sollte. Der junge Mensch redet und redet, erzählt sogar ein paar gewagte und alberne Witze, und erst als der Flußwart sich nach langer Zeit zum Gehen erhebt, fällt ihm ein, nach dem Namen des Gastes zu fragen.

»Wohlgeboren, wie lautet Euer ehrenwerter Name? Laßt bitte Eure Karte da, damit ich es ihnen ausrichten kann.«

»Nicht nötig, nicht nötig. Sag ihnen bloß, daß ein so und so großer Mann mit solchen Stiefeln hier war. Sag Sieben auch, daß sie abends keine Kunden empfangen soll. Ich werde vorbeikommen.«

»Keine Kunden, und Ihr kommt vorbei?«

»Richtig. Ich komme bestimmt. Dann möchte ich dich auch auf einen Schluck einladen, weil wir Freunde sind.«

»Freunde, ja, wir sind Freunde.«

Der Flußwart klopft dem jungen Mann mit seiner großen, kräftigen Hand auf die Schulter, springt dann vom Bug aus an Land und geht auf ein anderes Boot.

Nun wartet der junge Ehemann wieder und fragt sich, wer wohl der feine Herr gewesen ist. Zum erstenmal hat er mit einer solchen Persönlichkeit geplaudert. Nie wird er den großartigen Eindruck vergessen, den der Fremde auf ihn gemacht hat. Der hat sich ja nicht nur mit ihm unterhalten, sondern ihn sogar seinen Freund genannt und versprochen, ihn zum Schnaps einzuladen. Das ist bestimmt ein Stammkunde von Sieben, denkt er, und gewiß bekommt sie einen Batzen Geld von ihm. Vor lauter Vergnügen möchte er singen und stimmt leise ein Volkslied aus den Bergen an:

»Wasser steigt,
Karpfen springen,
Große, wie große Strohschuhe groß,
Kleine, wie kleine Strohschuhe klein.«

Er wartet wieder eine Weile, aber von Sieben ist immer noch nichts zu sehen, nicht eine Menschenseele kommt zurück. Er denkt an das stattliche Aussehen des Fremden, seine sichere Art zu sprechen, seine mit bestem Fett auf Hochglanz polierten Stiefel, seinen schweren goldenen Ring, der wer weiß wieviel Geld gekostet haben muß. Er kann sich nicht recht erklären, was daran so anziehend wirkt. Wie er genickt hat, wie er sich ausdrückte – ganz wie ein großer Herr, wie ein hoher Regierungsbeamter: Dies war gewiß der »Gott des Wohlstands« für Sieben! Wieder singt er vor sich hin, diesmal ein anzügliches Scherzlied:

»Brennt Holzkohle der Hauptmann in den Bergen,
wühlt in der Asche der Amtmann im Tal;
Asche erst macht Süßkartoffeln fett,
Holzkohle brennen schwärzt das Gesicht.«

Gegen Mittag beginnt man auf den anderen Booten mit den Essensvorbereitungen. Da das feuchte Holz nicht recht brennen will, quillt überall Rauch aus den Kabinen, und die Leute husten und niesen. Rauchschwaden ziehen wie Streifen feiner Seide über den Fluß. In den Garküchen am Ufer klappern die Köche mit ihren Töpfen und Wendeschaufeln, und vom Nachbarboot her zischt es laut, wie wenn Kraut in heißes Fett gegeben wird. Sieben ist immer noch nicht zurück. Der junge Mann, der sich nicht auf die Künste der Bootsleute versteht, bringt mit dem feuchten Brennholz kein Feuer zustande, so daß der Eisenherd kalt bleibt. Nach mehreren fruchtlosen Versuchen gibt er auf.

Es ist Essenszeit, aber für ihn gibt es nichts zu beißen. Hungrig sitzt er auf seinem Schemel, trommelt an die Bordwand und überläßt sich seinen Gedanken. Auf einmal gehen ihm bestürzende Dinge durch den Kopf. Der stolze, prall mit Geld gefüllte Schurz steht ihm wieder vor Augen und zerstört seinen Seelenfrieden. Wie abstoßend ist dieses vierkantige, wie aus Orangenschalen zusammengesetzte Gesicht: grob und blutrot wie der Bodensatz beim Schnapsbrennen. Zum Kuckuck, wozu muß er daran denken? Und diese großspurige Art, ihm, dem Ehemann, mitten ins Gesicht Anweisungen zu erteilen! »Soll heute abend keine Kunden empfangen, ich komme.« Verdammtes Geschwätz! Keine Spur von Anstand hat dieser Süßkartoffelfresser, so mit ihm zu reden! Wie kann er das wagen, mit welchem Recht . . .?

Solche und ähnliche Gedanken steigern den Zorn des jungen Mannes, den der Hunger ohnedies schon verdrießlich gestimmt hat. Er singt nicht mehr, denn Eifersucht schnürt ihm die Kehle zu. Keinen Ton bringt er heraus. Er kann überhaupt nie mehr fröhlich sein. Als richtigen Bauersmann tröstet ihn nur der eine Gedanke: Morgen geht es heim! Wütend versucht er erneut Feuer zu machen, natürlich wieder ohne Erfolg, und wirft dann das ganze Bündel Brennholz über Bord. »Verfluchtes Holz du! Ab in den Ozean, ins Meer mit dir!« Doch das Holz ist kaum zwei, drei *zhang* weit getrieben, da wird es von Leuten auf einem anderen Kahn aufgefischt, die offenbar gerade nach Treibholz Ausschau gehalten haben. Mit einem alten Tauende zünden sie es an. Im Nu füllt dichter Rauch das Boot, aber bald hört man ein leises Zischen, und dann knistert auch schon ein schönes Feuer. Der junge Mann, der alles beobachtet hat, fühlt sich durch diese neue Niederlage so beschämt, daß er nicht mehr warten mag, bis die Frauen zurückkehren, sondern sofort aufbricht.

Er hat eben das Ende der Gasse erreicht, als ihm seine Frau und die kleine Wuduo Hand in Hand schwatzend und lachend entgegenkommen. Wuduo trägt eine anscheinend nagelneue Fiedel. So ein feines Instrument hat er selbst im Traum noch nicht gesehen.

»Wohin gehst du?«

»Ich – ich geh nach Hause.«

»Ich hab dich gebeten, auf das Boot achtzugeben, aber du gehst einfach nach Hause! Wer hat dir was getan? Wie kindisch du bist!«

»Ich will heim, laß mich gehen.«

»Komm zurück aufs Boot!«

Er sieht seine Frau an und weiß, daß sie es ernst meint. Auch hat er verstanden, daß die Fiedel eigens für ihn gekauft wurde. Da kann er sich denn doch nicht einfach aus dem Staub machen. Er reibt sich die heiße Stirn, murmelt: »Auch gut, gehn wir zurück« und folgt seiner Frau zu ihrem Boot.

Bald darauf kommt auch die Kupplerin zurück. Sie bringt Schweinelunge, ist hochrot im Gesicht und so außer Atem, als hätte sie das Fleisch gestohlen und sei vor den Wachen davongelaufen, die sie verhaften und vor den Yamen bringen wollten. Kaum ist sie an Bord, ruft die junge Frau: »Mutter, stell dir vor, mein Alter wollte ausrücken!«

»Was du nicht sagst! Er hat ja noch nicht mal die Vorstellung gesehen!«

»Wir haben ihn am Ende der Gasse getroffen, ganz wütend hat er ausgesehen. Bestimmt war er böse, weil wir nicht rechtzeitig zurückgekommen sind.«

»Oh, daran bin ich schuld – ist Buddha schuld – ist der Schlachter schuld: ich hätte nicht so lange mit ihm feilschen sollen, und er hätte nicht so viel Wasser in diese Lunge füllen dürfen.«

»Nein, ich bin schuld«, sagt die junge Frau, während sie ihren Mann an Bord führt und sich dann ihm gegenüber hinsetzt. Absichtlich streift sie ihr Obergewand von den Schultern, so daß er ihr rotes, mit einem Mandarinentenpärchen besticktes Mieder sehen kann, das sie erst vor einem Monat selbst genäht hat. Stumm betrachtet er sie, und etwas Unaussprechliches durchschauert ihn.

Im Heck hört man, wie die Kupplerin mit Wuduo redet: »Nanu, wer hat denn unser ganzes Feuerholz geklaut?«

»Und wer hat den Reis gewaschen?«

»Bestimmt ist das Feuer nicht angegangen . . . Er kommt vom Lande, da kennen sie bloß trockenes Kiefernholz.«

»Haben wir nicht erst gestern ein Bündel aufgemacht?«

»Es ist alle.«

»Geh nach vorn und hol ein neues. Sag nichts.«

»Der Herr Gemahl kann nichts als Reis waschen«, kichert die kleine Wuduo.

Der junge Mann, der das alles hört, sitzt still und wortlos in der Kabine und betrachtet die neue Fiedel.

Seine Frau sagt: »Ich hab ihr neue Saiten aufziehen lassen. Spiel doch mal drauf.«

Er bleibt weiter still. Später setzt er die Fiedel aufs Knie und betrachtet prüfend den Harzfirnis, mit dem sie überzogen ist. Nach einer Weile stimmt er die Saiten und streicht etwas unbeholfen darüber hinweg. Es klingt sonderbar, aber dennoch breitet sich ein glückliches Lächeln über sein Gesicht.

Bald hängt dichter Rauch in der Kabine. Seine Frau fordert ihn auf, nach draußen zu gehen. Er nimmt die Fiedel, geht zum Bug, stellt sich in Positur und kratzt drauflos.

Beim Mittagessen sagt Wuduo: »Onkel, wenn du die Melodie von ›Meng Jiang weint an der Großen Mauer‹ spielst, kann ich dazu singen.«

»Die kenn ich nicht.«

»Ach was, du schwindelst ja, du kannst angeblich sehr gut spielen. Du lügst mich an.«

»Wirklich, ich kann bloß ›Mutter führt die Tochter dem Bräutigam zu‹.«

»Sieben sagt, daß du ausgezeichnet spielst«, wirft die Kupplerin ein. »Darum hab ich sofort an dich gedacht, als ich auf dem Markt diese Fiedel sah, und hab gesagt, die müssen wir dem Herrn Ehemann mitbringen. Es war wirklich ein günstiger Kauf. Sag selbst, so eine würde man bei euch nicht mal für einen Silberdollar kriegen, was?«

»Stimmt. Wieviel?«

»106 Kupferkäsch. Jeder fand das wirklich geschenkt.«

Lachend fragt Wuduo: »Wer denn?«

»Dumme Göre«, schimpft die Alte, »alle haben das gesagt. Was verstehst denn du davon? Halt gefälligst den Schnabel, sonst setzt's was.«

Erschrocken streckt Wuduo die Zunge heraus, weil sie den vorlauten Mund nicht halten konnte. In Wahrheit hat nämlich ein Bekannter ihnen die Fiedel geschenkt. Keinen einzigen Käsch haben sie dafür bezahlt! Deshalb hat Wuduo die Alte unterbrochen und von ihr Schelte bezogen.

Sieben lacht bloß, ihr Mann denkt, das Lachen gelte den Grobheiten der Kupplerin, und muß auch schmunzeln.

Gierig verschlingt er sein Essen und beginnt dann zu spielen. Die neue Fiedel klingt klar und rein. Wuduo, ganz selig vor Freude, setzt ihr Schälchen nieder und beginnt zu singen. Erst als die Alte ihr mit den Eßstäbchen auf den Kopf schlägt, ißt sie rasch ihren Reis auf, wäscht das Geschirr und spült die Töpfe.

Als es Abend wird und man die Plane über der vorderen Kabine heruntergezogen hat, spielt der Ehemann auf der Fiedel, Wuduo und Sieben singen dazu. Durch den Papierschirm des Lampions fällt gedämpftes rötliches Licht und taucht die ganze Kabine in Festtagsstimmung, als feiere man Neujahr oder eine Hochzeit. Dem jungen Mann wird vor lauter Glück das Herz ganz weit. Doch bald haben zwei Soldaten, die schwer betrunken die Ufergasse entlangtorkeln, den Gesang gehört.

Die beiden Betrunkenen taumeln zum Liegeplatz des Bootes, greifen mit schmutzverkrusteten Händen nach dem Strombord und rufen mit schwerer Zunge, als hätten sie Walnüsse im Mund: »Wer singt denn da? Sagt, wie ihr heißt! Gut singen könnt ihr, dafür zahlen wir 500 Käsch. Hört ihr nicht? 500 für ein Lied!«

Sogleich verstummt drinnen die Fiedel.

Die Betrunkenen stoßen mit den Füßen gegen das Boot. Dumpf hallen die Tritte. Dann versuchen sie die Plane hochzuschlagen, aber sie können den Rand nicht finden. Wieder grölt einer der beiden: »Ihr wollt wohl kein Geld, was? Hurenpack! Hundebrut! Seid ihr taubstumm? Welcher Kerl hat die Nerven, sich hier zu amüsieren? Hab ich etwa vor jemand Angst? Nicht mal vorm Kaiser! He, Alter, wenn ich vorm Kaiser Angst hab, will ich kein Mann sein! Unsere Generäle und Kommandanten, das sind auch alles bloß Halunken und Hurensöhne, faule Eier, vergammelte Hühnereier, fade, stinkende Eier, vor denen hab ich erst recht keine Angst!«

Der andere brüllt mit heiserer Stimme: »Wollt ihr wohl rauskommen, ihr lausigen Weibsbilder, und den ehrenwerten Herrschaften aufs Boot helfen!«

An Bord hört man wenig später, wie unter lautem Fluchen Steine gegen das Verdeck geworfen werden. Alle geraten in panischen Schrecken. Die Kupplerin dreht rasch den Docht der Lampe herunter, schlägt die Plane hoch und geht hinaus. Der Ehemann ist, als er die lärmenden Stimmen gehört hat, sofort mit der Fiedel in die Achterkajüte geschlüpft. Nicht lange danach dringen die Betrunkenen auch schon in die vordere Kabine ein. Während sie wüste Reden führen, packen sie Sieben und küssen sie. Dann werden auch die Alte und Wuduo abgeküßt. Der heisere Soldat fragt: »Wer war das, der hier Musik gemacht und sich amüsiert hat? Holt den Fiedelmann her und singt noch ein Lied für uns ehrenwerte Herren.« Die Kupplerin wagt nicht, sich zu mucksen. Auch Sieben ist ganz ratlos, während die Trunkenbolde weiter krakeelen: »Stinkige Hurenbande, ruft diesen alten Bock, damit er uns aufspielt. Wir zahlen einen Tausender! So großzügig war nicht mal Cao Mengde, der unvergleichliche Held. Ich zahle einen Tausender, tausend Süßkartoffeln Kommt raus! Schneller! Sonst stecken wir euch euer Boot in Brand! Hörst du nicht, alte Kuh? Mach schon! Mach mich nicht wütend, du könntest mich kennenlernen!«

»Gnädiger Herr, das hier ist nichts als ein kleines Familienfest, es sind keine Fremden da . . .«

»Ach was, nichts da! Hurenmutter, du schmeckst mir nicht. Du bist mir zu alt, runzlige Hexe! Ruf mir sofort den Fiedelmann! Diesen Hund! Ich will spielen, will selber singen!« Dabei macht er Anstalten, in der Achterkajüte nachzusehen. Die Alte ist so entgeistert, daß ihr der Mund offenbleibt. Sieben sieht, daß es schlimm steht, greift nach der Hand des Betrunkenen und legt sie sich auf den vollen Busen. Der Soldat versteht, was sie meint, und setzt sich. »Gut, fein, der Meister ist bei Kasse. Ich will heute abend hier schlafen!« sagt er und singt:

»Ich, der einsame Kaiser, liege trunken im
Pfirsichblütenpalaste . . .
Ein liebliches Antlitz verlieh die Natur Han Sumei . . .«

Dann legt er sich links neben Sieben nieder, während der andere sich ohne ein Wort an ihre rechte Seite legt.

Dem jungen Ehemann will es scheinen, als ob man in der vorderen Kabine etwas ruhiger geworden sei. Leise ruft er durch die Wand nach der Alten. Diese denkt daran, wie sie beleidigt worden ist, und steigt zu ihm ins Heck. Er hat noch nicht ganz begriffen, was sich da abspielt, und fragt: »Was gibt's?«

»Wenn sie zuviel getrunken haben, diese Offiziere aus der Garnison, dann sind sie wie die Kater. Die gehen bald wieder.«

»Das ist auch besser so. Ich hab nämlich ganz vergessen, euch zu erzählen, daß heute ein Mann mit einem vierkantigen Gesicht da war. Er sah aus wie ein hohes Tier und hat gesagt, er kommt heut abend wieder, ihr sollt keine Kunden empfangen.«

»Hatte er hohe Lederstiefel an und eine laute Stimme wie ein Gong?«

»Genau, genau. Am Finger hatte er außerdem einen großen goldenen Ring.«

»Das ist der ›Vater‹ von Sieben. Und der war heute früh hier?«

»Ja. Er hat ziemlich lange geredet und ist dann gegangen. Und Kastanien hat er gegessen.«

»Was hat er denn gesagt?«

»Daß er bestimmt kommt, daß ihr auf keinen Fall Kunden empfangen sollt . . . Und er will mich unbedingt auf ein Gläschen einladen.«

Die Alte überlegt, warum der Flußwart gekommen sein mag. Sollte er womöglich selbst die Nacht hier verbringen wollen? Sollte er an einer Frau in seinem Alter interessiert sein, vielleicht sogar an ihr? Sie kann sich keinen Reim darauf machen.

Eine alte Kupplerin wie sie hat zwar im Leben schon so viel Wüstes gesehen, daß sie über nichts mehr errötet, aber wenn man sie mit Ausdrücken beleidigt wie »du schmeckst mir nicht«, dann kann das ihren Stolz schon noch verletzen. Sie geht leise in die Vorderkabine, sieht, daß dort ein neues Spiel mitten im Gang ist, zieht ein angewidertes Gesicht, murmelt »Schweinehunde« und kehrt zum Heck zurück.

»Was ist?«

»Nichts.«

»Wieso? Sind sie weg?«

»Ach wo, die schlafen.«

»Schlafen . . .?«

Sie kann zwar sein Gesicht nicht deutlich sehen, aber sie hört an seiner Stimme, was er fühlt, und sagt rasch: »Bruder, du kommst selten genug in die Stadt. Wir sollten an Land gehen und uns etwas amüsieren. Heut gibt's im ›Drei-Götter-Palast‹ eine Abendvorstellung. Sie spielen ›Qiu Hu neckt seine Frau‹. Komm, ich lad dich ein.«

Der junge Mann schüttelt nur den Kopf.

Nachdem sich die Soldaten ausgiebig amüsiert haben, gehen sie. Wuduo, die alte Kupplerin und Sieben sitzen beim Laternenschein in der vorderen Kabine, plaudern und kichern über das Verhalten der beiden Betrunkenen. Der Ehemann bleibt in seinem Winkel und läßt sich nicht blikken. Die Alte ruft ihn zweimal nach vorn, aber er gibt keine Antwort. Sie kann sich nicht recht erklären, warum er auf einmal so schlechte Laune hat. Nun widmet sie sich den vier Banknoten, denn sie versteht etwas von Falschgeld. Diese hier sind echt! Unter dem Lampion zeigt sie Sieben die Geldscheine. Dann hält sie sie an die Nase und meint, die müßten aus dem islamischen Restaurant stammen, weil sie nach Talg riechen.

Wuduo geht nochmals zum Heck. »Onkel, sie sind weg. Komm, wir wollen das Lied weitersingen, wir wollen . . .«

Sieben, die Ehefrau, scheint etwas auf dem Herzen zu haben. Sie zieht Wuduo zurück und läßt sie nicht weiterreden.

Alle sind verstummt. In seiner Kajüte zupft der Ehemann ganz leise ein paar Takte auf der Fiedel, läßt aber bald die Hand wieder sinken.

Nun hören die vier Menschen auf dem Boot, wie man an der Ufergasse Gongs schlägt und dazu die *suona* bläst. Ein Ladenbesitzer feiert Hochzeit. Gäste treffen ein und wünschen lauthals Glück und Segen. Man gibt eine

Opernvorstellung. Gewiß wird es die ganze Nacht hoch hergehen.

Nach einer Weile steigt Sieben allein in die Achterkajüte, kommt aber sogleich wieder zurück. Offenbar sind ihre Versöhnungsversuche gescheitert.

»Wie steht's?« will die Kupplerin wissen.

Sieben schüttelt den Kopf und seufzt: »Ach, so ein Dickschädel! Laß ihn nur.«

Da sie meinen, daß der Flußwart wohl nicht mehr kommt, legen sie sich alle schlafen – die Alte, Sieben und Wuduo vorn, der Mann allein im Heck.

Die Patrouille trifft um Mitternacht ein, geführt vom Flußwart. Vier schwerbewaffnete Wachen stellen sich am Bug auf Posten, während der Flußwart mit dem Hauptmann an Bord kommt und in die Kabine tritt. Mit Taschenlampen leuchten sie sich den Weg. Die Alte, die die Laterne schon wieder angezündet hat, weiß aus Erfahrung, daß nichts Ernstes vorliegt. Sieben setzt sich im Bett auf, legt ihr Kleid um die Schultern, begrüßt den »Vater« und den »Herrn Hauptmann« und trägt Wuduo auf, Tee zu bringen. Die Kleine, noch ganz schlaftrunken, ist mit ihren Gedanken auf dem Lande, denn sie hat gerade geträumt, daß sie Frühlingserdbeeren pflückt.

Der Ehemann wird von der Kupplerin aus dem Schlaf gerüttelt und nach vorn gebracht. Als er den Flußwart sieht und den Hauptmann der Wache in seiner schwarzen Uniform, bringt er vor Schreck keinen Ton heraus, denn er hat keine Ahnung, was da Schlimmes passiert sein kann. Mit strenger Amtsmiene fragt der Hauptmann: »Wer ist denn das?«

Der Flußwart übernimmt die Antwort: »Der Mann von unserer Sieben. Er ist gerade vom Lande zu Besuch gekommen.«

Sieben fügt hinzu: »Erst gestern ist er gekommen, Herr Hauptmann.«

Der Hauptmann blickt den Ehemann an, dann die junge Frau; da weiß er, daß der Flußwart die Wahrheit gesagt hat, und fragt nicht weiter. Während er sich flüchtig in allen Winkeln der Kabine umschaut, bemerkt er die kleine

Schale mit getrockneten Kastanien. Eilfertig nimmt der Flußwart eine große Handvoll und steckt sie dem Hauptmann in die Tasche seiner schnittigen Uniform, was dieser sich lächelnd und wortlos gefallen läßt.

Wenig später macht sich die Suchmannschaft auch schon auf den Weg zum nächsten Boot. Doch als die Kupplerin gerade die Plane wieder festziehen will, kommt eine der Wachen noch einmal zurück und meldet: »He, Mutter, sag Sieben, daß unser Hauptmann nachher wiederkommt und ihr noch ein bißchen auf den Zahn fühlen will, hast du verstanden?«

»Kommt er gleich?«

»Wenn die Nachtpatrouille vorbei ist.«

»Wirklich?«

»Seit wann lüge ich dich an, alte Schlampe?«

Die Kupplerin sieht höchst zufrieden aus, was den jungen Ehemann ziemlich überrascht, denn er kann sich nicht vorstellen, aus welchem Grund der Hauptmann zurückkehren und Sieben ausfragen sollte. Als er dann seine Frau auf dem Bett liegen sieht, schwindet sein ganzer Groll. Er möchte sich nur mit ihr versöhnen und ein paar Familienangelegenheiten besprechen. So setzt er sich zu ihr auf die Bettkante.

Die Alte weiß, was er fühlt. Sie spürt sein Begehren und begreift zugleich, wie ahnungslos er noch immer ist. Darum sagt sie nur kurz zu Sieben: »Der Hauptmann will gleich kommen!«

Sieben beißt sich auf die Unterlippe, sagt kein Wort und grübelt lange vor sich hin.

Am nächsten Morgen steht der Ehemann in aller Frühe auf, um sich auf den Heimweg zu machen. Leise streift er sich die Stoffschuhe über und greift nach seinem Tabaksbeutel. Als er fertig ist, setzt er sich noch einmal ans Bett seiner Frau, als wolle er etwas sagen. Aber er bringt kein Wort heraus.

Sieben fragt: »Hast du dem ›Vater‹ nicht versprochen, auf ein Gläschen zu ihm zu kommen?«

Er schüttelt nur stumm den Kopf.

»Man bereitet dort ein richtiges Festessen für dich vor,

vier Hauptgerichte, vier Nebengerichte, einen Feuertopf – so eine Ehre, da kann man doch nicht einfach weglaufen, das gehört sich doch nicht.«

»...«

»Willst du denn nicht wenigstens die Oper sehen?«

»...«

»Im Restaurant ›Zur Morgenröte‹ dämpfen sie mittags immer mit Speck gefüllte *baozi*, die magst du doch so gern!«

»...«

Er will nach Hause, um jeden Preis! Sieben bedauert das sehr. Eine Weile steht sie am Bug, dann geht sie in die Kabine zurück, holt ihren bestickten Geldbeutel hervor, klaubt die Geldscheine heraus, die sie gestern abend von den Offizieren bekommen hat, knüllt sie zusammen und drückt sie ihrem Mann in die linke Hand. Er schweigt. Sieben glaubt zu wissen warum und sagt zur Kupplerin: »Mutter, gib mir noch drei.« Die Alte holt das Geld, Sieben zählt es und stopft es dann ihrem Mann in die Rechte.

Er schüttelt nur den Kopf, wirft die Scheine zu Boden, verbirgt sein Gesicht in den Händen und weint plötzlich hemmungslos wie ein kleines Kind.

Wuduo und die Alte sehen, daß es nicht zum besten steht, und verschwinden in die Achterkajüte. Seltsam, findet Wuduo, daß ein erwachsener Mann so weint – wirklich zum Lachen! Sie lacht aber gar nicht. Sie steht in der Kajüte und betrachtet die Fiedel, die an einer der Tragestangen des Verdecks hängt. Wie gern würde sie ein Lied singen, doch aus irgendeinem Grund kann sie keinen Ton hervorbringen.

Als der Flußwart aufs Boot kommt, um seine Gäste abzuholen, findet er an Bord nur die Alte und Wuduo. Auf seine Frage erfährt er, daß Mann und Frau bereits früh am Morgen aufs Land zurückgekehrt sind.

1930

Xiao-xiao

Hört man auf dem Lande irgendwo den Schall einer *suona*, so verkündet er gewiß die Ankunft einer Braut. Im Zwölften Monat hört man ihn fast jeden Tag.

Der *suona*-Spieler geht voran, gefolgt von einer blumenbestickten Brautsänfte, die mit einem Messingschloß versperrt ist und von zwei Trägern sicher und ohne zu schwanken, getragen wird. Im Innern sitzt die Braut, die an diesem Tag prächtigere Gewänder trägt als je zuvor in ihrem Leben und von Kopf bis Fuß in rote und grüne Seide gehüllt ist, aber dennoch laut und kläglich weinen muß. Denn so ein junges Mädchen, das nun als Braut die Mutter verläßt, um bald selbst Mutter zu werden, ahnt beklommen die vielen neuen Dinge, die es erwarten. Es scheint ihm wie ein Traum, daß es mit einem fremden Mann im gleichen Bett schlafen soll, um ihm einen Erben für seine Ahnen zu schenken. Wenn es sich dies alles ausmalt, fürchtet es sich natürlich und möchte vor Angst heulen, und so weint es eben.

Aber es gibt auch Bräute, die nicht weinen. Eine von diesen war Xiao-xiao. Sie hatte schon als kleines Mädchen ihre Mutter verloren und wuchs bei einem Onkel auf, der von der Feldarbeit lebte. Alle Tage ging sie mit einem kleinen Bambuskorb auf die Landstraßen und Felder und sammelte Hundekot oder eßbare Kräuter. Ihr Abschied von zu Hause bedeutete für sie nichts weiter, als von einem Haushalt in einen anderen zu wechseln. Daher zeigte sie auch an jenem Tag nichts als ein strahlendes Lächeln. Sie empfand weder Scham noch Furcht. Sie war noch völlig unwissend und begriff nur, daß sie als neue Braut in diese Familie kam.

Damals war Xiao-xiao zwölf Jahre alt und wurde mit einem »Kinderbräutigam« verheiratet, der sein drittes Lebensjahr noch nicht erreicht hatte. Zehn Jahre jünger als sie selbst, hatte man ihren kleinen Gemahl noch nicht einmal von der Brust seiner Mutter entwöhnt. Nach örtlichem Brauch nannte sie ihn *didi*, »Brüderchen«. Jeden Tag mußte sie ihn zum Spielen an den Bach oder unter die Weiden vor dem Dorf tragen. War er hungrig, gab sie ihm zu essen, weinte er, dann tröstete sie ihn. Sie wand ihm Kürbisblüten oder lange Gräser um den Kopf, herzte ihn und sagte dabei: »Komm, *didi*, sei lieb, da, kriegst noch ein Küßchen, sei doch lieb.« Wenn sie sein betrübtes Gesicht über und über mit Küssen bedeckte, begann der Kleine bald wieder zu strahlen. Aus lauter Übermut griff er dann auch mitunter in ihr Haar und brachte es mit seinen schwachen Händchen durcheinander. Nun sah ihr schwarzes Haar gewöhnlich ohnehin recht zerzaust und struppig aus, aber wenn er gar zu lange an ihrem Zopf herumzerrte oder womöglich noch das rote Band löste, das sie um den Zopf trug, konnte sie ärgerlich werden und ihn von sich stoßen, worauf er natürlich losheulte. Dann tat sie so, als ob sie ebenfalls weinen wollte, drohte dem Kleinen mit dem Finger und sagte: »Schau, das kommt davon, wenn du nicht brav bist.«

So gingen die Tage dahin. Bei Regen und Sonnenschein trug sie ihren »Ehemann« herum und half im Haushalt, wo sie nur konnte. Wenn sie an den Bach ging, um Kleider oder Windeln zu waschen, suchte sie oft hübsch gemusterte Wasserschnecken, die sie ihrem kleinen Schatz, der neben ihr saß, zum Spielen gab. Nachts träumte sie häufig, wie es ihrem kindlichen Alter entsprach, die drolligsten Dinge: daß sie in einem Winkel beim Haustor oder anderswo ein paar große Kupfermünzen fand, Leckereien futterte, auf Bäume kletterte, sich in einen durchs Wasser dahingleitenden Fisch verwandelte oder daß sie immer kleiner wurde, bis sie so leicht war, daß sie ganz allein bis hoch hinauf zu den Sternen fliegen konnte, durch den endlos weiten, von strahlendem weißen und goldenen Licht durchfluteten Raum. Dann schrie sie auf: »Mama!« und erwachte unter heftigem Herzklopfen. Oft schreckte ihr

Schrei auch andere aus dem Schlaf, die ärgerlich brummten: »Verrücktes Ding, was soll denn das? Klar, wenn du den ganzen Tag wie eine Irre herumtändelst, träumst du nachts solches Zeug.« Xiao-xiao schwieg dazu und kicherte bloß verlegen. Mitunter aber wurde sie aus den seltsamsten und herrlichsten Träumen geweckt, wenn ihr kleiner Bräutigam weinte. Er schlief normalerweise bei seiner Mutter, weil diese ihn nachts noch an die Brust legte. Hatte er zuviel Milch getrunken oder quälte ihn etwas anderes, so konnte er plötzlich um Mitternacht losheulen. Dann mußte man aufstehen und ihn abhalten, damit er sein kleines oder großes Geschäft machen konnte. Wenn es seiner Mutter nicht gelang, ihn zu beruhigen, tappte Xiao-xiao schlaftrunken herbei, trat ans Bett, nahm ihn auf den Arm und zeigte ihm den Mond und die Sterne, oder sie herzte und küßte ihn plötzlich, und die beiden neckten einander, oder Xiao-xiao rief wie ein ausgelassenes Kind: »He, he, schau mal, die Katze!«, bis der Kleine zu lachen begann. Vom Spaßen müde, fielen ihm langsam die Augen zu. Bis er fest eingeschlafen war, stand sie neben dem Bett und wachte über ihn. Erst wenn allmählich in der Ferne ein Hahn nach dem anderen zu krähen begann, lauschte sie hinaus und merkte, daß es höchste Zeit war, sich auf ihrem schmalen Bett noch ein wenig aufs Ohr zu legen. Am hellen Tag träumte sie freilich nicht, aber wenn ihr Blick unvermittelt auf das Rad einer Sonnenblume fiel, um deren purpurfarbene Mitte sich ein goldener Strahlenkranz breitete, dann war das ein wahres Fest für sie!

Daß Xiao-xiaos Leben nicht schwerer wurde, nachdem sie mit diesem Däumling verheiratet worden war, konnte man schon daran erkennen, wie sie sich in ihrem ersten Jahr bei den Schwiegereltern entwickelte. Sie wurde täglich größer und kräftiger, wie eine Rizinusstaude mit starken Zweigen und großen Blättern, die sich in Wind und Regen unbemerkt an einer entlegenen Stelle des Gartens entfaltet. Ohne darauf zu warten, daß auch ihr Bräutigam erwachsen wurde, wuchs sie heran.

Die Sommerabende laden zum Träumen ein. Nach dem Abendessen saß die ganze Familie draußen im Hof, um die Kühle zu genießen. Man fächelte sich mit Palmenblattfächern, beobachtete die Sterne am Himmel und die Glühwürmchen in den dunklen Winkeln und lauschte auf das langgezogene Sirren der Heuschrecken im Kürbisspalier. Von nah und fern zirpte, raschelte und summte es, als fiele leichter Regen. Mitunter strich ihnen ein nach Kornfeld duftender Abendwind über die Wangen. Dies war die Zeit für Scherze und lustige Geschichten.

Xiao-xiao, die gerne irgendwo hoch oben saß, kletterte oft mit ihrem schlafenden »Brüderchen« im Arm auf einen Heuhaufen, wo sie für sich allein ganz leise ein paar Volkslieder sang, deren Texte sie sich selbst ausdachte. Und oft fielen ihr über ihrem eigenen Singsang beinahe die Augen zu.

Im Hof saßen alle ohne besondere Ordnung auf niedrigen Schemeln: der Hausvater und Xiao-xiaos Schwiegermutter, die Großeltern und sogar die beiden Knechte. Bis Mitternacht plauderte man, tauschte Erinnerungen und erzählte Geschichten.

Neben dem Großvater sah man im Dunkeln das Ende einer aus Beifuß geflochtenen Räucherschnur glühen, die die Mücken fernhielt. Wie eine schwarze Klapperschlange lag sie zusammengerollt am Boden neben dem Fuß des Großvaters. Hin und wieder nahm er sie in die Hand und wedelte damit umher.

Der Großvater überdachte die Ereignisse des Tages und meinte: »Sanjin sagt, daß vorgestern wieder Studentinnen vorbeigekommen sind.«

Die Erwachsenen lachten schallend. Was steckte dahinter? Nun, alle wußten, daß diese Studentinnen keine Zöpfe trugen, sondern Wachtelschwänzchen, fast wie Nonnen. Sie zogen sich wie Ausländerinnen an und waren doch gar keine. Und was sie aßen, was sie alles hatten . . .! Mit einem Wort: Sie waren in jeder Beziehung anders und fremd. Der bloße Gedanke an sie ließ einen schon losprusten.

Xiao-xiao, die dies noch nicht recht verstand, lachte

nicht. Daher fügte der Großvater hinzu: »Xiao-xiao, wenn du groß bist, kannst du vielleicht auch eine Studentin werden!«

Darüber mußten alle noch lauter und herzlicher lachen.

Xiao-xiao war keineswegs dumm. Sie hatte nur das Gefühl, daß es sich um etwas Unschickliches handeln müsse, und sagte daher mit Nachdruck: »Opa, ich will keine Studentin werden.«

»Du siehst genau wie eine aus, es wird dir gar nichts anderes übrigbleiben.«

»Ich will aber nicht.«

Den anderen machte es Spaß, sie ein wenig zu necken, und so fielen sie einstimmig über sie her: »Opa hat recht, Xiao-xiao, du mußt einfach Studentin werden, da hilft alles nichts!«

Xiao-xiao fühlte sich in die Enge getrieben. »Na gut, dann werd ich eben eine, das macht mir auch nichts aus.« Was aber an Studentinnen eigentlich so schlimm sein sollte, wußte sie nicht.

In bäuerlichen Gebieten wie diesem galten Studentinnen als etwas höchst Merkwürdiges. Jedes Jahr im Sechsten Monat, wenn die Sommerferien begannen, zogen sie in kleinen Gruppen zu dritt oder zu fünft hier vorbei und wanderten von irgendeiner unbekannten, scheußlichen Großstadt in ihre Heimat.

Den Bauern erschienen diese jungen Mädchen mit ihrer sonderbaren Kleidung und ihren noch seltsameren Manieren wie Wesen aus einer anderen Welt. Jedesmal, wenn wieder einige vorübergekommen waren, hatte man für den Rest des Tages genug zu lachen.

Der Großvater galt in seinem Dorf als einer, der die Welt kennt, und er selbst bildete sich ein, über Studentinnen und deren Leben in der Großstadt genau Bescheid zu wissen. Daher hatte er im Scherz vorgeschlagen, Xiao-xiao solle sich ihnen anschließen, womit er nicht nur alle anderen zum Lachen gebracht, sondern obendrein Xiao-xiao ein wenig erschreckt hatte – er war also recht zufrieden mit sich.

Mit den Augen des Großvaters gesehen, ließen sich Studentinnen ungefähr folgendermaßen beschreiben: Sie trugen stets dieselbe Art Kleidung, egal, ob es kalt oder warm war; sie nahmen Mahlzeiten zu sich, egal, ob sie hungrig oder satt waren; sie gingen nicht vor Mitternacht schlafen; tagsüber vertrödelten sie ihre Zeit, ohne zu arbeiten, und konnten nichts als Lieder trällern, Ball spielen und moderne ausländische Bücher lesen. Aber Geld verplempern – das konnten sie auch: Von dem Geld, das sie in einem Jahr ausgaben, hätte man sage und schreibe sechzehn Wasserbüffel kaufen können! Wollten sie in der Stadt oder auf dem Land einen Ort besuchen, gingen sie nicht etwa zu Fuß, sondern kletterten in ein kastenartiges Ungetüm und ließen sich darin fahren. In der Stadt wimmelte es von solchen maschinengetriebenen Kästen, die es in allen nur möglichen Formen und Farben gab. An ihren Hochschulen und Instituten studierten die Fräulein gemeinsam mit jungen Männern. Wenn sie sich in einen von ihnen verliebten, durften sie einfach mit ihm zusammen schlafen, dazu brauchte es weder Heiratsvermittler noch Brautgeschenke. Sie nannten das »Freiheit«. Einige Studentinnen wurden später sogar Regierungsbeamte. Dann nahmen sie ihre Familie mit an den Ort, wo sie ihren Posten antreten mußten – und obwohl sie es waren, die das Amt innehatten, redete man dennoch ihre Männer mit »gnädiger Herr« und ihre Söhne mit »junger Herr« an. Sie hielten keine Kühe, aber wie junge Kälber oder Zicklein tranken sie Kuh- und Ziegenmilch, die sie in Blechbüchsen kauften. Wenn sie nichts anderes zu tun hatten, gingen sie in eine Art Opernhaus, das ganz einem großen Tempel glich, holten einen Silberdollar aus der Tasche – auf dem Lande bekam man dafür fünf Hühner – und kauften ein Papierkärtchen, mit dem sie eintreten, sich hinsetzen und irgendwelche ausländischen Schattenspiele anschauen durften. Sie schimpften oder weinten nie, wenn man sie neckte. Mit dem Heiraten ließen sie sich Zeit, bis sie Mitte Zwanzig waren, ja, einige schämten sich nicht einmal, noch mit dreißig oder vierzig an eine Heirat zu denken. Sie hatten überhaupt keine Angst vor Männern. Es konnte ihnen auch keiner zu nahe treten, denn wenn sie sich von einem Mann beleidigt fühlten, rannten sie sofort zum Yamen, beschwerten sich und verlangten, daß der Richter den Mann zu einer Geldstrafe verurteilte. Manchmal durften sie dann das ganze Bußgeld behalten, manchmal teilten sie es mit dem Richter. Sie wuschen keine Wäsche, kochten kein Essen und hielten weder Schweine noch Hühner. Wenn sie ein Kind bekamen, verschwendeten sie wieder Geld: Für fünf oder zehn Silberdollar im Monat stellten sie eine Frau ein, die sich um das Kleine zu kümmern hatte, während sie selbst wie zuvor jeden Tag irgendwelche Aufführungen besuchten, Mah-Jongg spielten oder diese dummen Romane lasen, die niemandem etwas nützen ... Kurz: Sie waren allesamt recht merkwürdig und hatten mit den Leuten vom Lande nichts gemein, ja, einige von ihnen benahmen sich sogar ausgesprochen empörend.

Xiao-xiao hatte den Erläuterungen des Großvaters aufmerksam zugehört. Kaum hatte er geendet, als sie ganz leise in sich den Wunsch verspürte, auch eine solche Studentin zu sein. Würde sie dann wohl selbst all das tun, was der Großvater gerade erzählt hatte? Ob gut oder schlecht – Studentinnen hatten überhaupt nichts Erschreckendes an sich, das war diesem Bauernmädchen nun zum erstenmal klargeworden. Daher lachte Xiao-xiao besonders lange über die Beschreibung des Alten und sagte schließlich: »Opa, wenn morgen wieder Studentinnen vorbeikommen, sagst du mir Bescheid, ja? Ich will sie mir ansehen.«

»Paß bloß auf, daß sie dich nicht mitnehmen und zu ihrem Dienstmädchen machen!«

»Pah, ich hab doch vor denen keine Angst!«

»Die lesen aber moderne Bücher und können die klassischen Sutras auswendig runtersagen – da willst du keine Angst vor ihnen haben?«

»I wo, selbst wenn sie Guanyins Sutra zur Abwendung allen Unheils oder den Bannspruch des Xuanzang aufsagen, ich hab keine Angst.«

»Sie beißen! Sind Menschenfresser, genau wie die Herren Beamten, und besonders gern fressen sie uns Bauersleute – mit Haut und Haar, nicht mal die Knochen lassen sie übrig. Na, keine Angst?«

Tapfer gab Xiao-xiao zurück: »Nein!«

In diesem Augenblick jedoch fing ihr kleiner Bräutigam, der zuvor die ganze Zeit friedlich auf ihrem Arm geschlafen hatte, aus unerklärlichen Gründen zu weinen an. Sie tröstete ihn wie eine Mutter und drohte scherzhaft: »Wein doch nicht, *didi*, komm, hör auf, sonst kommen die Studentinnen und beißen dich.«

Weil er sich aber gar nicht beruhigen wollte, stand sie auf, um ihn ein wenig umherzutragen, und verließ die Runde um den Großvater, während der Alte eine seiner längst bekannten Geschichten zu erzählen begann.

Von da an gingen Xiao-xiao die Studentinnen nicht mehr aus dem Sinn. Oft träumte sie, sie gehöre dazu und spaziere Seite an Seite mit ihnen durch die Straßen. Sie malte sich aus, wie sie in einem dieser Ungetüme sitzen würde, die ganz von allein fuhren, und glaubte, so ein Wagen käme nicht schneller voran, als sie laufen konnte. In ihren Träumen sahen diese Kästen ungefähr wie der Kornspeicher aus, und sie stellte sich vor, daß es darin winzige graue Mäuse mit roten Äuglein gäbe, die überall durcheinanderliefen und manchmal durch den Türspalt hereinhuschten, so daß von draußen bloß ihr kleiner Schwanz zu sehen war.

Seit jenem Abend geschah es immer wieder, daß der Großvater sie nicht mehr »Kleine« oder »Xiao-xiao« rief, sondern »Studentin«, was sie sich, ohne weiter darüber nachzudenken, ganz gern gefallen ließ.

Auf dem Lande ist es wie anderswo auf der Welt: mit dem Wechsel der Jahreszeiten ändert sich der Tageslauf der Menschen. Und so wie manche Leute ihre Zeit unnütz vertun, gibt es andere wie Xiao-xiao, die stets etwas Nützliches anzufangen wissen. Jeder bekommt, was er verdient, jedem ist das Seine vorbestimmt. Mancher kultivierte Städter bringt den ganzen Sommer damit hin, elegante Seide zu tragen, erfrischende Getränke zu schlürfen und sich auf jede nur erdenkliche Weise zu zerstreuen. Xiao-xiaos Familie aber hatte den Sommer über hart gearbeitet und konnte nun dafür mehr als 10 *jin* Hanf und 20 bis 30 *dan* Kürbisse verbuchen.

Xiao-xiao, die Kinderbraut, hatte in diesem Sommer nicht nur ihren kleinen Zukünftigen gehütet, sondern außerdem 4 *jin* Hanf zu Schnüren gedreht. Im Achten Monat, als es Herbst wurde, begannen die Knechte mit der Kürbisernte. Begeistert schaute sie zu, wie die Früchte, die groß wie Bottiche und ganz mit grauem Staub bedeckt waren, in Reihen aufgestapelt wurden. Nun war es wirklich Herbst! Von den Bäumen hinter dem Haus wehten leuchtendrote und -gelbe Blätter in den Hof und lagen überall herum. Xiao-xiao stand neben den Kürbisbergen, hatte ein paar Blätter gesammelt und faltete für ihren Kleinen ein Hütchen.

Einer der beiden Knechte hieß Huagou und war ein Bursche von dreiundzwanzig Jahren. Einmal trug er Xiao-xiaos Bräutigam unter den Jujube-Baum und schlug mit einem dünnen Bambusstock Datteln für ihn herunter, bis der ganze Boden damit bedeckt war.

»Hör auf, Bruder Huagou, das sind zu viele, die kann er doch nie alle aufessen!«

Aber der junge Bursche hörte nicht auf Xiao-xiao und wich nicht von der Stelle, als sei es seine einzige Pflicht, dem Kleinen Datteln zu holen. Daher rief sie dem Kind warnend zu: »*Didi, didi,* komm her, nimm nicht zu viele! Du darfst nicht so viel rohes Zeug essen, sonst kriegst du Bauchweh.«

Der Kleine gehorchte. Mit prall gefüllten Taschen kam er zu Xiao-xiao und bot ihr von den Datteln an: »Da, *jiejie,* nimm! Hier ist eine ganz große.«

»Ich mag nicht.«

»Nimm doch eine!«

Das konnte sie aber nicht, denn sie faltete gerade die Hutkrempe und wollte ihr Werk nicht unterbrechen. Außerdem brauchte sie Hilfe.

»Steck mir eine in den Mund, *didi.*«

Er tat, was sie verlangte, und mußte dabei laut lachen.

Sie bat ihn, die Datteln hinzulegen und ihr zu helfen. Er sollte die Krempe halten, damit sie noch ein paar Blätter einflechten konnte. Er gehorchte zwar wie zuvor, aber der Schalk saß ihm im Nacken, und er begann zu summen. Dieser Knirps glich wirklich einer Katze: war er besonders gut aufgelegt, dann wurde er übermütig.

»Was summst du da, *didi*?«

»Ein Lied aus den Bergen, Bruder Huagou hat es mir beigebracht.«

»Sing es mir doch mal vor, aber richtig.«

Während er noch immer die Hutkrempe in seiner kleinen Hand hielt, sang er die zwei Verse, an die er sich erinnerte:

»Hoch am Himmel Wolken stehn,
falten sich wie Blumen,
Tief im Maisfeld Säer gehn,
säen grüne Bohnen.
Bohnenranke windet sich,
rankt sich um die Stangen;
Junges Mädchen schmeichelt hold,
will den Knaben fangen.

Hoch am Himmel türmen sich
Wolken über Wolken,
Tief im Boden ruhen still
Tote neben Toten.
Junges Mädchen spült Geschirr,
Schälchen stellt's in Schälchen,
Junges Mädchen geht zu Bett,
Knabe liegt beim Mädchen.«

Der Knirps hatte natürlich keine Ahnung, was das bedeutete. Er wollte nur wissen, ob es Xiao-xiao gefallen habe. Sie sagte ja und fragte noch einmal, wer ihm das beigebracht hätte, obwohl sie genau gehört hatte, daß es Huagou gewesen war.

»Ich hab's von Huagou gelernt. Er sagt, er kennt noch viel mehr Lieder, und wenn ich groß bin, will er sie mir alle beibringen.«

Weil sie nun wußte, daß der junge Bursche singen konnte, bat sie: »Bruder Huagou, bitte sing mir doch ein besonders schönes Lied vor, ja?«

Dieser Huagou war ein ausgemachter Spitzbube. Als

Xiao-xiao ihn bat, für sie zu singen, dachte er bei sich, daß sie bald in das Alter käme, wo man ihr Ständchen bringen würde, um ihr den Hof zu machen. So sang er ihr das Lied von der zehnjährigen Braut und dem einjährigen Bräutigam, worin erzählt wird, wie die so viel ältere Braut sich eines Tages mit einem anderen in ein Liebesabenteuer einläßt, während ihr kleiner Bräutigam noch nichts weiter versteht, als Milch zu trinken. Xiao-xiaos kleiner Schatz begriff kein Wort, ihr aber war der Sinn des Liedes nicht gänzlich entgangen. Sie tat, als ob ihr alles klar wäre, stellte sich ärgerlich und sagte: »Bruder Huagou, das geht doch nicht, das ist ein unanständiges Lied!«

Er widersprach: »Nein, gar nicht.«

»Ich hab schon verstanden, was für ein schlimmes Lied das ist.«

Huagou war um eine Antwort verlegen, außerdem hatte er nun schon den Fehler begangen, das Lied zu singen, und so verstummte er einfach. Ihm wurde klar, daß sie zumindest ein bißchen verstanden hatte, und plötzlich bekam er es mit der Angst zu tun: wenn sie dem Großvater davon erzählte, drohte ihm ein mächtiges Donnerwetter. So kam er rasch auf andere Dinge zu sprechen, zum Beispiel auf die »Studentinnen«, und fragte, ob sie die ausländischen Lieder gehört habe, die die durchreisenden Studentinnen gesungen hatten.

Wenn er nicht wieder davon gesprochen hätte, würde Xiao-xiao die Studentinnen wahrscheinlich bald vergessen haben. Nun aber fragte sie ihn, ob in letzter Zeit wieder welche vorbeigekommen wären; sie hätte sie so gern gesehen.

Während er Kürbisse vom Spalier in einen Winkel bei der Mauer trug, erzählte er vom Gesang der Studentinnen – so jedenfalls hätte der Großvater darüber berichtet. Dann prahlte er, selbst kürzlich auf der Landstraße vier Studentinnen gesehen zu haben. Jede hätte eine Fahne in der Hand gehalten, und obwohl sie nach dem langen Weg verschwitzt und außer Atem gewesen wären, hätten sie gesungen wie ein Trupp marschierender Soldaten. Selbstverständlich hatte er sich das alles bloß ausgedacht, aber Xiao-

xiao fand seine Geschichte ausgesprochen lustig. Denn auch Huagou hatte gesagt, das nenne man »Freiheit«.

Niemand konnte so gut Geschichten und Witze erzählen wie Huagou. Er rollte komisch mit den Augen, verzog die Brauen und schnitt alle möglichen ulkigen Gesichter dazu. Als Xiao-xiao bewundernd meinte: »Was für große starke Arme du hast, Bruder Huagou«, gab er zurück: »Ich hab nicht bloß starke Arme.«

»Ja! Du bist überhaupt ein großer, starker Kerl.«

»Bei mir ist jeder Körperteil groß und stark.«

Obwohl Xiao-xiao seine Anspielung nicht völlig verstand, mußte sie doch herzlich lachen.

Später ging sie mit ihrem kleinen Bräutigam auf dem Arm davon. Da brach der andere Knecht, der mit Huagou zusammen Kürbisse erntete und den man Yaba, den »Stummen«, nannte, plötzlich sein Schweigen: »Huagou, laß lieber die Finger von ihr. Sie ist noch Jungfrau, gerade dreizehn, erst in zehn Jahren macht er sie zur Frau.«

Huagou antwortete nicht, gab seinem Kumpel bloß einen Stoß und sammelte die verstreuten Datteln ein.

In diesem Herbst, zur Zeit der Kürbisernte, war es anderthalb Jahre her, seit Xiao-xiao in den Haushalt ihres Bräutigams eingezogen war. Mehrere Male zog der Winter mit Frost und Schnee ins Land, mehrere Male feierte man das Qingming-Fest und begrüßte mit dem Guyu-Fest den Sommer. Niemandem im Haushalt blieb es verborgen, daß Xiao-xiao jetzt erwachsen wurde. Sie stand offenbar in der Gunst des Himmels, denn obwohl sie unabgekochtes Wasser trank und unpolierten Reis aß, war sie niemals krank und schoß in die Höhe. Die Schwiegermutter versuchte zwar, alles von dem Mädchen fernzuhalten, was dessen Wachstum fördern konnte. Aber Sonnenschein und frische Landluft taten ihr Werk, und so blieben die Machenschaften der gestrengen Schwiegermutter ohne Wirkung.

Mit fünfzehn hatte Xiao-xiao die Körpergröße einer erwachsenen Frau erreicht, dachte und fühlte aber noch so einfältig und war noch so verspielt wie ein Kind.

Da sie nun größer war, nahmen auch ihre häuslichen Aufgaben zu. Sie drehte Hanf, spann, wusch und versorgte den Kleinen. Außerdem machte sie Heu für das Vieh und drehte den Mühlstein, stärkte Kleider und saß am Webstuhl. Man brauchte ihr alles nur ein einziges Mal zu zeigen, und schon konnte sie es. Auf dem Lande war es Brauch, daß sich eine Frau, die neben den täglichen Pflichten noch Zeit und Kraft für andere Arbeiten fand, selbst etwas beiseitelegen durfte. Auf diese Weise hatte Xiao-xiao in zwei, drei Jahren einen hübschen Vorrat gesponnenen Hanf und etwas Baumwollgarn zurückgelegt, so viel, daß es gut und gern für drei Monate emsiger Arbeit am Webstuhl reichte.

Der Kleine war natürlich inzwischen längst entwöhnt. Seine Mutter hatte einen zweiten Jungen bekommen, so daß Xiao-xiao nun allein für ihn verantwortlich war. Was sie auch gerade tat, wo sie auch war, er folgte ihr überall hin und hielt sich stets in ihrer Nähe. Er fürchtete sich ein wenig vor ihr, fast als wäre sie seine Mutter, und wagte nicht, sich allzuviel herauszunehmen. Aber im Grunde hatten sie einander herzlich gern.

Allmählich drang die moderne Zeit auch bis in dieses Dorf vor. Der Großvater scherzte wie eh und je, doch ließ er neuerdings manchmal Bemerkungen fallen wie: »Xiao-xiao, du solltest dir auch deinen Zopf abschneiden, wegen der Freiheit.« Xiao-xiao, die im Sommer tatsächlich ein paar Studentinnen zu Gesicht bekommen hatte, nahm die Neckereien des Alten natürlich nicht ernst, aber jedesmal, wenn er so gescherzt hatte, ging sie an den nahen Bach, hielt das Ende ihres Zopfes hoch und versuchte sich vorzustellen, wie sie ohne ihn aussehen und sich fühlen würde.

Oft, wenn sie an der Schattenseite des »Schneckenhügels« zum Mähen ging, nahm sie den Kleinen mit. Er war zwar nicht besonders aufgeweckt, aber sobald er jemanden singen hörte, fiel er gleich mit ein – und das führte jedesmal dazu, daß Huagou auftauchte.

Der junge Knecht hatte es auf Xiao-xiao abgesehen. Sie spürte undeutlich, was er wollte, und fühlte sich daher in seiner Gegenwart oft recht unbehaglich. Er aber war ein Mannsbild mit allen Stärken und Schwächen seines Geschlechts. Als Arbeiter zeigte er sich tüchtig und geschickt, und alles ging ihm flink von der Hand; zugleich war er ein Spaßvogel und verstand sich aufs Erzählen. Kein Wunder also, daß Xiao-xiaos kleiner Bräutigam gern mit ihm spielte. Huagou seinerseits nutzte jede Gelegenheit, sich Xiao-xiao zu nähern, und ließ nichts unversucht, ihre Befangenheit zu zerstreuen.

So weit war das Hügelland, der Mensch darin so klein, und überall gab es Wald. Oft wußte Huagou nicht genau, wo Xiao-xiao sich gerade aufhielt. Dann stellte er sich an einen erhöhten Ort und begann zu singen, um den Knirps, den er ja immer in ihrer Nähe wußte, auf sich aufmerksam zu machen. Kaum hatte das Kind in seinen Gesang eingestimmt, sprang Huagou talwärts und über Hügelkämme, um schließlich atemlos vor Xiao-xiao zu stehen.

Wenn der Kleine den Burschen sah, freute er sich jedesmal unbändig und vergaß darüber alles andere. Dann bat er ihn, aus Gräsern ein Tier zu flechten oder ihm eine Bambusflöte zu schnitzen, und Huagou schickte ihn weit fort, um passende Gräser und Bambusrohre zu suchen, setzte sich unterdessen neben Xiao-xiao und sang ihr Lieder vor, die sie erröten machten. Manchmal ließ sie vor lauter Angst den Kleinen nicht gehen – dann wieder, an anderen Tagen, zog auch sie es vor, ihn fortzuschicken, wenn Huagou an ihrer Seite saß. Und so kam der Tag, an dem Xiao-xiaos Herz wieder einmal unter Huagous Liedern dahinschmolz und sie zur Frau wurde. Der Kleine war damals ins Tal gelaufen, um Brombeeren zu pflücken. Nachdem Huagou schon viele Lieder gesungen hatte, trug er ihr schließlich noch einen Vers vor:

»Vorm Haustor des Mädchens ein Hügel steht,
Den niemand betrat außer mir.
Selbst Schuhe aus Eisen, die lief ich durch,
So oft kam ich schon zu ihr.

Wen such ich denn hier?
Wen sonst außer dir!«

Dann sagte er: »Deinetwegen kann ich nicht mehr schlafen!« Auch versprach er, niemandem etwas von dieser Geschichte zu erzählen. Xiao-xiao hörte ihm zu, verstand ihn aber immer noch nicht recht. Sie sah nur, daß er wirklich schöne, kräftige Arme hatte ... und nahm sein letztes Versprechen durchaus ernst. Wieder sang er Lied auf Lied, bis sie ganz wirr im Kopf war. Schließlich mußte er beim Himmel einen heiligen Eid schwören, sie niemals zu betrügen, und als sei sie dadurch vor allem Unheil geschützt, ließ sie ihm endlich seinen Willen.

Später kam der Kleine zurück. Er hatte eine giftige Raupe angefaßt, sein Händchen war angeschwollen, und er lief zu Xiao-xiao. Während sie auf die Schwellung blies und daran saugte, mußte sie an alles denken, was gerade geschehen war, und die bange Ahnung beschlich sie, doch wohl ziemlich töricht gewesen zu sein.

Im Vierten Monat war es gewesen, daß Huagou sie verführt hatte. Im Sechsten reiften die Pflaumen. Xiao-xiao hatte ständig Lust auf die frischen Früchte und fühlte sich überhaupt ganz anders als sonst. Einmal begegnete sie draußen in den Hügeln dem jungen Knecht, erzählte ihm davon und fragte ihn, was sie tun sollte.

Ausführlich besprachen sie die Sache, doch wußte auch Huagou keinen Rat, trotz des feierlichen Versprechens, das er ihr vorher gegeben hatte. Der große, stämmige Kerl war nämlich ein rechter Hasenfuß, und so leichtfertig er etwas Unbedachtes tat, so schwer wurde es ihm, einen Ausweg zu finden.

Zuletzt meinte Xiao-xiao, während sie mit ihrem dicken, schwarz glänzenden Zopf spielte, sie könnten doch vielleicht in der Stadt leben. »Bruder Huagou, laß uns in der Stadt unsere Freiheit suchen. Wir können in Dienste gehen und davon leben, wäre das nichts?«

»Das geht doch nicht! Und wieso auch?«

»Mein Bauch wird dick!«

»Laß uns irgendeine Arznei suchen. Auf dem Markt kann man so was kaufen.«

»Du mußt aber bald etwas finden, denn ich glaube ...«

»Du scheinst dir wirklich einzubilden, du könntest in die Stadt gehen und frei sein, aber daraus wird nichts. Du kennst ja dort keinen Menschen. Selbst die Bettler haben ihre eigenen Gesetze. Das kannst du nicht machen.«

»So ein gemeiner Kerl bist du also! Dabei hast du mir doch alles eingebrockt. Ich wollte, ich wär tot!«

»Ich hab geschworen, dich nicht zu betrügen.«

»Betrug hin oder her, das ist mir jetzt alles gleich. Du mußt mir helfen, das Ding in meinem Bauch loszuwerden. Ich hab Angst!«

Huagou wußte nichts mehr zu sagen. So ging er nach einer Weile davon. Kurz darauf kam Xiao-xiaos Kleiner und hielt rote Beeren in der Hand. Als er sie ganz allein mit geröteten Augen im Gras sitzen sah, fragte er arglos: »*Jiejie*, warum weinst du denn?«

»Ach, nichts. Ein Tier hat mich ins Auge gestochen. Es tut weh.«

»Komm, ich puste ein bißchen.«

»Nicht nötig.«

»Schau mal, was ich alles hab.«

Er breitete seine Schätze vor ihr aus: die Beeren, die er in der Hand getragen hatte, dazu kleine Schneckenhäuser und Kieselsteine, die er aus seinen Taschen klaubte. Mit Tränen in den Augen betrachtete sie die Dinge und sagte dann, gezwungen lächelnd: »*Didi*, wir zwei wollen uns gut vertragen, ja? Du mußt keinem erzählen, daß ich geweint hab – sonst werd ich schrecklich böse, bestimmt!« Und tatsächlich erfuhr niemand im Hause davon.

Zwei Wochen später war Huagou verschwunden. Alle seine Kleider hatte er mitgenommen. Der Großvater fragte den »Stummen«, der mit Huagou zusammen gewohnt hatte, warum er ausgerückt und wohin er gegangen wäre. War er vielleicht in die Berge gezogen, um sich den Banditen anzuschließen? Oder wollte er gar Xue Rengui nacheifern und Soldat werden? Der »Stumme« schüttelte bloß den Kopf und brummte, Huagou hätte 200 Käsch von ihm geborgt und noch nicht zurückgezahlt, dieser Gauner. Er erwähnte absichtlich seinen eigenen Ärger, weil er gar nicht daran dachte, Huagous wahren Grund zu verraten. So wunderten sich alle im Haus und schwatzten noch den ganzen Tag über diesen Vorfall. Aber weil der entlaufene Knecht weder etwas gestohlen noch gelogen hatte, war er natürlich bald vergessen.

Xiao-xiao lebte weiter wie bisher. Auch sie hätte Huagou am liebsten vergessen. Aber ihr Leib wölbte sich höher und höher, und das kleine Leben darin begann sich zu regen, so daß sie, wenn sie allein war, oft erschrocken und ratlos dastand. Vor Angst begann sie schlecht zu träumen und war mitunter mißgelaunt und kurz angebunden. Aber das merkte niemand außer ihrem Kleinen, den sie viel strenger behandelte als früher.

Wie gewöhnlich verbrachte sie die meiste Zeit mit dem Jungen. Was wirklich geschehen war und was sie empfand, war ihr selbst immer noch nicht richtig klar. Manchmal dachte sie, wenn sie jetzt sterben würde, wäre alle Angst und Aufregung vorbei. Aber warum sollte sie sterben? Eigentlich wollte sie viel lieber am Leben bleiben.

Immer, wenn jemand im Haus ihren kleinen Bräutigam erwähnte, über Säuglinge oder über Huagou sprach, fuhr sie zusammen, als hätte man ihr einen schweren Stoß gegen die Brust versetzt.

Man schrieb den Neunten Monat, als sie zu fürchten begann, daß ihr Zustand nun bald von allen bemerkt werden müßte. Sie nahm den Kleinen mit und ging in einen Tempel, wo sie betete und im stillen ein feierliches Gelübde tat. Dann holte sie eine Handvoll Asche aus einem der Räuchergefäße und aß sie. Der Junge, der alles beobachtet hatte, fragte sie, warum sie das tue, und sie erzählte ihm, es sei gut gegen ihre Bauchschmerzen. Doch so inständig sie auch zur barmherzigen Guanyin gefleht hatte, ihr Wunsch wurde nicht erhört, und das Kind unter ihrem Herzen wuchs und wuchs.

Immer wieder lief sie an den Bach hinunter, um eiskaltes Wasser zu trinken, und auf die neugierigen Fragen des Kleinen erwiderte sie einfach, sie sei durstig.

Was sie auch anstellte – nichts hatte den erhofften Erfolg, sie von dem ungewollten Wesen zu befreien, das sie trug. Ihr kleiner Bräutigam war der einzige, der wußte, wie hoch ihr Leib schon war. Zu seinen Eltern sagte er kein Sterbenswörtchen darüber, denn wegen des Altersunterschiedes und der jahrelangen innigen Freundschaft zwischen ihm und Xiao-xiao liebte und respektierte er sie mehr als seine Eltern.

Sie dachte oft zurück an den Tag, als Huagou ihr Treue geschworen hatte, und an alles, was dann noch geschehen war – und sie wurde auch immer wieder daran erinnert. Die Raupen, die es überall ums Haus gab, hatten sich verpuppt und kamen nun im Herbst als herrlich bunte Schmetterlinge hervor. Als wollte er sie absichtlich quälen, plapperte der Kleine immer wieder darüber, wie er sich vor einigen Monaten an einer Raupe gebrannt hätte. Xiao-xiao litt darunter, verfolgte in wildem Haß alle Raupen, die sie sah, und zertrat sie.

Eines Tages erwähnte jemand, daß wieder viele Studentinnen vorbeikommen würden. Als Xiao-xiao das hörte, träumte sie lange mit offenen Augen vor sich hin und starrte geistesabwesend in den Himmel, der eben hell wurde.

Dann beschloß sie, es wie Huagou zu machen und fortzulaufen. Sie packte ihre paar Habseligkeiten zusammen und wollte den Studentinnen auf ihrem Weg in die Stadt folgen. Doch noch bevor sie den Hof verlassen hatte, wurde sie entdeckt. Auf dem Lande gilt eine solche Flucht als schweres Vergehen. So sperrte man sie mit gebundenen Händen in einen Verschlag neben der Küche und gab ihr den ganzen Tag nichts zu essen.

Man forschte natürlich nach dem Grund ihrer Flucht, und nun kam heraus, daß ihr Leib, der erst in zehn Jahren ihrem Bräutigam einen Erben für Haus und Hof hätte gebären sollen, bereits die Frucht eines anderen trug. Dies war nun wirklich für alle im Haus ein unerhörtes Ereignis! Das sonst so friedliche Leben kam hoffnungslos durcheinander. Manche tobten, manche weinten nur still vor sich hin, manche fluchten und schimpften – je nach Temperament. Xiao-xiao in ihrem Gefängnis dachte daran, sich zu erhängen, ins Wasser zu springen oder Gift zu nehmen. Aber sie war zu jung, um sich wirklich den Tod zu wünschen. Schließlich kam dem Großvater, der einen klaren Kopf behalten hatte, ein ausgezeichneter Gedanke: Man würde einen Angehörigen von Xiao-xiaos Stamm zu einem Gespräch herüberbitten, während das Mädchen Stubenarrest bekam und streng bewacht werden mußte. Dann würde man miteinander beratschlagen, was mit ihr zu geschehen hätte – ob der Urteilsspruch auf »Ertränken« lauten oder ob sie verkauft werden sollte. Falls ihre Familie Wert darauf legte, ihr Gesicht zu wahren, würde man Xiao-xiao ertränken; sonst müsse man sie eben verkaufen.

Als Xiao-xiaos einziger Verwandter – jener Onkel, der in der Nähe als Bauer für einen Gutsbesitzer arbeitete – um einen Besuch gebeten wurde, glaubte er zunächst, man würde ihn zu einem Umtrunk herüberbitten. Erst nach seiner Ankunft erfuhr er dann von der ganzen schrecklichen Geschichte. Da war der redliche Alte wie gelähmt und wußte nicht ein noch aus.

Xiao-xiao war nun einmal schwanger, da gab es nichts mehr zu bereden. Was das Ertränken betraf, so stimmte man gewöhnlich bei Sippen dafür, die sich in den klassischen konfuzianischen Schriften auskannten, ängstlich auf ihr Gesicht bedacht waren und übereifrig diese Strafe forderten. Der Onkel jedoch hatte die »Worte des Meisters« nicht studiert und brachte es nicht übers Herz, Xiao-xiao zu opfern. Sie würde selbstverständlich zum zweitenmal verheiratet werden.

Auch dies war eine Art Strafe und mußte es natürlich sein. Im übrigen konnte die geschädigte Familie des Bräutigams ihren Verlust durch den Verkauf der Braut ja wieder ausgleichen. Nachdem der Onkel Xiao-xiao das alles mitgeteilt hatte, wollte er sich sogleich wieder auf den Weg machen. Sie packte ihn am Jackenzipfel und weinte bitterlich, doch er schüttelte nur stumm den Kopf und ging.

Es fand sich nicht sofort eine passende Familie, die Xiao-xiao kaufen wollte. Würde man sie an einem entfernteren Ort zu verkaufen suchen, so mußte man ihr einen Begleiter mitgeben und auf dessen Arbeitskraft verzichten. Daher blieb sie erst einmal im Haus ihres Bräutigams. Die Art ihrer Bestrafung war ja nun beschlossene Sache, aber die ländlichen Sitten schrieben nicht vor, daß man sich mit dem Vollzug unnötig beeilen mußte. So wartete man die Dinge ab – und alle konnten aufatmen. In den ersten Tagen ließ man den Kleinen nicht in ihre Nähe, nach einiger Zeit jedoch sah man sie wieder vergnügt beisammensitzen und wie Bruder und Schwester scherzen und plaudern.

Der Junge wußte, daß sie ein Kind erwartete. Er wußte auch, daß sie deswegen wieder heiraten und weit fortgehen mußte. Er wollte sich aber um keinen Preis von ihr trennen, und auch Xiao-xiao hatte gar keine Lust, ihn zu verlassen. Alle waren ratlos, aber gegen die althergebrachte Ordnung durfte man, wie es schien, nicht einfach verstoßen. Man würde Xiao-xiao eben weggeben, da war nichts zu machen. Ob diese Ordnung auf den Herzog von Zhou oder eher auf dessen Gemahlin zurückging – wer konnte das schon wissen!

Sie warteten auf einen Käufer, bis zum Zwölften Monat aber hatte sich noch kein einziger gemeldet. So mußte Xiao-xiao das Neujahrsfest wohl oder übel bei der Familie verbringen.

Im Zweiten Monat des folgenden Jahres brachte Xiao-xiao, auf einem Strohlager hockend, einen Jungen zur Welt. Er hatte ein rundes Köpfchen, große Augen und schrie laut und kräftig. Nach altem Brauch wurden Mutter und Kind von der ganzen Familie umsorgt, Xiao-xiao bekam wie üblich gedämpftes Huhn und eine stärkende Brühe aus Reismost, und als Dank an die Götter verbrannte man kleine Papierfiguren. Alle waren in das Kleine vernarrt.

Da sie einen Sohn geboren hatte, wurde Xiao-xiao am Ende doch nicht in eine andere Familie gegeben.

Als Xiao-xiao und ihr Bräutigam schließlich wirklich als Mann und Frau vor den Ahnenaltar traten, die vorgeschriebenen Verbeugungen vollzogen und das Brautlager teilten, war der Sohn bereits zehn Jahre alt, konnte sich schon als Arbeitskraft nützlich machen, Kühe hüten oder Gras mähen und gehörte ganz zur Familie. Er redete Xiao-xiaos Mann gewöhnlich mit »Onkel« an, was dieser sich gutmütig und ohne Groll gefallen ließ.

Als der Knabe, den man Niu'er nannte, zwölf geworden war, kaufte man auch für ihn eine Braut. Sie war sechs Jahre älter als er, groß genug, um eine tüchtige Hilfe im Haushalt abzugeben. Der Klang der *suona* hatte das Hoftor erreicht, und in ihrer Sänfte schluchzte und wehklagte die Braut. Da hatten Vater und Großvater ihre liebe Not, sie zu beruhigen!

An diesem Tag stand Xiao-xiao im Hof nahe bei der Hofmauer an einen Baum gelehnt, hielt ihren kleinen, neugeborenen Mao-mao in den Armen und sah dem bunten, lärmenden Hochzeitstreiben zu – und es war fast genau wie damals vor zehn Jahren, als sie ihren kleinen Bräutigam im Arm gehalten hatte.

1929

Guisheng

Guisheng steht am Bach und schleift seine Sichel, bis sie glänzt, prüft mit dem Finger die Schneide und schlägt die Sichel dann übermütig ein paarmal durchs Wasser. Es ist Herbst. Der Bach fließt klar und lebhaft dahin. Oft kann man Krabben beobachten, die, an Gräser oder Strohhalme geklammert, vorübertreiben, sich an einer seichten Stelle nach unten biegen und dann plötzlich wie aus purem Übermut weit fortschnellen lassen. Guisheng wird selbst ganz vergnügt, wenn er das sieht. Seit Tagen herrscht herrliches Wetter. Die feinen Leute in der Stadt würden dazu wohl sagen: »Hoher Herbsthimmel, glasklares Firmament.« Wenn Guisheng seine Sichel richtig nutzt, braucht er in diesem Winter an Fisch und Fleisch keinen Mangel zu leiden. Seit Herbstbeginn blüht überall auf den Bergwiesen die weiße Duftbinse und wiegt sich in der leichten Brise, als wolle sie den Burschen auffordern: »Komm, schneide mich, starker großer Bruder! Was für ein schöner Tag, was für eine scharfe Sichel – nun zeig mal, wie tüchtig du bist, komm schnell und schneide mich! In der Stadt kriegst du 800 Käsch für eine Traglast oder kannst mich gegen ein halbes Pfund Salz oder ein Pfund Fleisch tauschen, ganz wie du willst.«

Guisheng kennt diese Vorteile, er weiß, daß er für zehn Traglasten Binse einen Schweinskopf bekommt; wenn er ihn vierzehn Tage lang einpökelt, reichen allein die Ohren als Imbiß für zwei, drei Zechgelage.

Im vorigen Monat, als man den Reis geerntet und danach aus allen Reisfeldern das Wasser abgelassen hatte, kamen Leute mit Hühnerkäfigen und fingen mühsam die fetten Karpfen ein, die sich im Schlamm tummelten. Guisheng dagegen schärfte nur seine Sichel, zündete eine Fackel an und ging mitten in der Nacht allein hinter seine Hütte an den Bach, wo er ein Dutzend dicke Karpfen fing. Später salzte er sie ein und hing sie über seinen Herd in den Rauch.

Heute schärft und schleift er seine Sichel, um Binsen zu schneiden, für deren Erlös er in der Stadt zum Neujahrsfest einkaufen will. Das alte Sprichwort scheint wirklich auf ihn zu passen: »Zwei kräftige Hände und ein starker Rücken – und dir winkt schon auf Erden das Glück der Unsterblichen.« In den letzten Jahren, seit in der Stadt alles immer teurer wird, ist das Leben der Landbevölkerung gewiß nicht leichter geworden. Doch ein gesunder junger Mann, der kräftig zupacken kann und sich nicht unnütz herumtreibt, findet immer noch sein Auskommen.

Von Guishengs Hütte sind es bis in die Stadt 20 *li* und bis zum Gutshof des Fünften jungen Herrn Zhang etwa 2 bis 3 *li*. Dieser Gutsherr ist der reichste Mann der Gegend. Fast alle Bergwiesen und Felder gehören ihm. Daher haben die meisten Bauern auf die eine oder andere Weise mit ihm zu tun. Zhang wollte Guisheng ursprünglich als Knecht einstellen, doch der junge Mann überlegte sich die Sache: er hätte dann nämlich entweder auf dem Gutshof oder auf einer der Almwiesen leben müssen, seine Bewegungsfreiheit wäre damit erheblich eingeschränkt. So lehnte er ab. Später fällte er mit seiner Sichel ein paar Bambusstämme und schälte sie, dann schleppte er Steine herbei und baute sich auf einer kleinen Anhöhe am Bachufer eine Hütte. Der Boden gehört dem Fünften Herrn Zhang. Aber Guisheng braucht keine Pacht zu zahlen. Als Gegenleistung bewacht er für den Gutsherrn zwei Hügelketten mit Tong-Plantagen. Durch das Schlagen von Brennholz oder als Mäher verdient er sich hin und wieder ein paar Käsch; außerdem werden im Frühling und Herbst auf den Bauernhöfen zusätzliche Hilfskräfte gebraucht, und im Umkreis von 5 *li* springt Guisheng überall ein (er ißt zwar für zwei, kann dafür aber auch für zwei arbeiten). Vor den Festtagen legen die Leute im Dorf Geld zusammen, um einen besonders schönen

Drachen zu bauen, und ziehen dann zu den Wettkämpfen in die Stadt. Guisheng macht bei diesen Gelegenheiten meist den Vortänzer, der den Drachen mit einem roten, bestickten Ball neckt, indem er ihn wie eine Flamme vor dessen Kopf herumwirbeln läßt. Immer ist ihm der Applaus der begeisterten Menge sicher. Zu den Dankopfern, die man dem Erdgott im Frühjahr und Herbst darbringt, wird im Dorf eine Oper aufgeführt, und Guisheng übernimmt jedesmal eine Hauptrolle: den Töpfer, der den Krug von Tante Wang repariert, oder General Cheng als Brennholzsammler. Guisheng liebt seinen Becher Branntwein, betrinkt sich aber nie, noch läßt er sich gar auf Schlägereien ein; auch spielt er gern einmal eine Partie Schach, wird darüber aber nicht, wie so viele andere, zum besessenen Spieler. Und wenn er ein paar Witze zum besten gibt, dann nie auf Kosten seiner Mitmenschen. Man darf ihn für ein wenig naiv und gutgläubig halten, aber keineswegs für einen Dummkopf. Wenn er auch nur ein armer Schlucker ist – er besitzt durchaus seinen Stolz und seine Selbstachtung.

Hin und wieder hat er auf dem Gut zu tun, und der Gutsherr macht ihm bei solchen Gelegenheiten meist ein kleines Geschenk: eine Jacke, eine Hose oder ein halbes Pfund Salz. Für den jungen Mann, der nur ungern Geschenke annimmt, ist es Ehrensache, beim nächsten Besuch eine Gegengabe mitzubringen.

Auch in die Stadt kommt er ab und zu, um Brennholz, Binsen oder Heu zu verkaufen und sich von seinem Verdienst das Lebensnotwendige zu besorgen. Es lebt dort ein Onkel von ihm, um die Fünfzig, der bei reichen Leuten als Koch arbeitet. Zwar sehen sich die beiden nicht oft, aber sie haben einander sehr gern. Jedes Mal, wenn Guisheng in die Stadt kommt, bringt er dem Onkel etwas mit: ein Säckchen Walnüsse oder Kastanien, manchmal auch ein Wiesel oder Rebhuhn, das er in den Bergen in einer seiner Fallen gefangen hat. Gelegentlich übernachtet er bei seinem Onkel. Wenn der Alte abends nichts anderes zu tun hat, führt er Guisheng vor den Tempel der Himmelsfürstin, um eine Oper zu sehen, und später gehen sie irgendwo eine Schale Nudeln mit Rindfleisch essen.

Überall in Stadt und Land ist Guisheng bekannt und beliebt. Er selbst hält sich am liebsten in dem kleinen Kramwarenladen an der Brücke auf, nicht weit von seiner eigenen Hütte entfernt. Der Krämer stammt aus Pushi am Mittellauf des Yuan-Flusses. Früher ist er jeden Monat mit Lebensmitteln über Land gezogen, doch dann ist ihm eines Tages diese Brücke aufgefallen, über die eine verkehrsreiche Straße führt, und damals hat er sich überlegt, daß es doch viel vorteilhafter wäre, hier seßhaft zu werden, anstatt weiter seine Waren über die Dörfer zu schleppen. So hat er seinen Laden eröffnet und später noch einen Kiosk angebaut, wo Passanten rasten und sich erfrischen können. Nach einer Weile ließ er dann seine Familie nachkommen: seine Frau und die dreizehnjährige Tochter.

Nun sind die Leute aus Pushi bekanntlich gegen jedermann freundlich, und nachdem der Krämer schon seit Jahren zu allen Bauern und Gutsherren der Gegend gute Beziehungen unterhalten hatte, war es nur natürlich, daß sein Geschäft bald zu blühen begann.

Als die Krämerin, seine Frau, noch lebte, machte sie sich immer wie ein junges Miao-Frauenzimmer aus Pushi zurecht. Das ganze Jahr über trug sie einen langen schwarzen Seidenturban, zupfte sich die Brauen und sprach stets sanft und freundlich mit den Leuten. Die Männer nannte sie »Großer Bruder« und die Frauen »Ältere Schwester« – kein Wunder, daß sie besonders beliebt war.

Schon bald nach seiner Eröffnung wurde der kleine Laden zu einem Versammlungsort für die Bauern der Umgebung. Man trifft sich hier, plaudert, ruht sich aus. Im Sommer spenden die drei großen Eschen bei der Brücke kühlen Schatten, und die Leute kommen gern hierher, hocken unter den Bäumen und erfrischen sich in der leichten Brise. Im Winter wird der Laden mit Wurzelholz und den Resten aus der Ölpresse geheizt, bis das Feuer zischt und prasselt. So ist es zu jeder Jahreszeit ein Vergnügen, herzukommen.

Guisheng steht seit eh und je mit der ganzen Krämerfamilie auf gutem Fuß, zumal er ein geschickter Bursche ist und immer überall zupackt. Die Krämerin hatte ihn seit

Jahren ins Herz geschlossen, und auch mit der Tochter Jinfeng versteht er sich gut. Überall in den Bergen findet man Beeren, Kastanien und Nüsse im Überfluß; im Dritten Monat bringt er dem Mädchen Himbeeren, im Sechsten wilde Orangen, im Achten und Neunten jene beerenartigen Früchte, die eine Spezialität dieser Gegend sind: sie sehen ein wenig wie Meeresschnecken aus, und ihr Fruchtfleisch ist weiß wie Jade und Schnee; die Einheimischen nennen sie *Bayue-gua*, »Melonen des Achten Monats«. Jinfeng ißt sie besonders gern.

Vor einem Jahr ist es geschehen, daß die Krämerin, um an einer Hochzeitsfeier teilzunehmen, nach Pushi zurückging und dort am Herzschlag starb. Danach war dem Krämer nichts anderes übriggeblieben, als einen Gehilfen für seinen Laden einzustellen. Der Bursche trägt, obwohl er kerngesund ist, den Spitznamen Laizi, »der Aussätzige«, seines üblen Charakters und seiner zügellosen Redensarten wegen.

Guisheng weiß selbst nicht recht, warum er diesen Laizi nicht ausstehen kann. Die beiden geraten oft in Streit, aber Laizi lacht Guisheng immer nur aus. Einmal sagt Guisheng zu ihm: »Laizi, wenn du in der Stadt leben würdest, wärest du ein Ganove; würde man dich in einem alten Buch beschreiben, dann sicher als verräterischen Minister!« Doch wieder grinst Laizi nur. Allein der Krämer ahnt, warum Guisheng den »Aussätzigen« nicht leiden kann: der junge Mann fürchtet offenbar, daß Laizi als Ladengehilfe darauf aus ist, des Krämers Schwiegersohn zu werden.

Guisheng sitzt gerade am Bach und brütet darüber nach, ob dieser Laizi wohl am Ende so erfolgreich sein wird wie jener Ölverkäufer Qin aus Kaifeng, als jemand vom Gutshof kommt und ihm im Namen des Gutsherrn aufträgt, an den südlichen Hängen nachzusehen, ob die Tong-Früchte reif seien. Anschließend soll er ins Gutshaus kommen und Bericht erstatten.

Guisheng macht sich daraufhin sogleich auf den Weg und wandert in die Berge.

Er stapft bergan, und der lockere Boden rutscht ihm unter den Füßen weg. In den Binsen und Sträuchern hört man hier und da das herbstliche Sirren der Insekten. Es wimmelt von großen schwarzen Heuschrecken und von Grashüpfern mit kleinen Köpfen und spitzem Hinterteil. An mehreren Hängen schaut er sich um: überall biegen sich die Zweige der Holzölbäume unter ihren reifen Früchten. Viele sind schon abgefallen und liegen verstreut im Gras. Auf einem Hügelkamm entdeckt er ein langes Rohr, um das sich eine Pflanze voll schwarzer Früchte rankt. Elstern schwärmen und lärmen um die Staude. Als er erkennt, daß es *Bayue-gua*-Früchte sind, läuft er rasch hinüber, so daß die Elstern auffliegen. Er pflückt die ganze Staude leer und füllt seine Ernte in ein Meßgefäß aus Bambus, bis dieses halb voll ist. Später will er Jinfeng, der Krämerstochter bei der Brücke, den ganzen Segen bringen.

Schließlich langt er wieder bei seiner Hütte an, und da es noch nicht spät ist, beschließt er, unverzüglich zum Gutshaus hinüberzugehen und dem Fünften Herrn Zhang Bericht zu erstatten.

Als er dort ankommt, sieht er im Hof eine Sänfte stehen. Mehrere Träger hocken mit geschlossenen Augen auf einem Dreschstein und rauchen ihre Pfeifen. Guisheng erkennt, daß Besuch aus der Stadt gekommen ist, und geht ums Haus nach hinten zur Scheune, um den alten Vormann zu suchen, den man Onkel Yamao nennt und der gewöhnlich vor der Scheune sitzt und Strohsandalen flicht. Da er ihn dort nicht findet, geht er in die Küche. Hier trifft er nicht nur auf den Vormann, sondern auch auf eine Schar junger Burschen aus der Stadt, die um einen kleinen Tisch sitzen. Onkel Yamao schöpft gerade mit der großen Kelle Branntwein aus einem schwarzen Steinkrug, schenkt jedem ein und serviert seinen Gästen dazu ein wenig gebratenen Trockenfisch. Als er Guisheng sieht, lädt er ihn ein, sich dazuzusetzen und an dem kleinen Gelage teilzunehmen.

Nun erfährt Guisheng, daß es sich bei dem Besucher aus der Stadt um den Vierten jungen Herrn Zhang handelt. Er sei gerade von seinem Posten in der Provinz Henan in die Stadt zurückgekehrt und sogleich zum Fünften Herrn geeilt. In wenigen Tagen müsse er zurück nach Henan. Die jungen Burschen erzählen einander die neuesten Klatschgeschichten, die über die Herrschaften kursieren.

Ein kahlgeschorener Bursche aus der Stadt, der trotz seiner Jugend wie ein alter Soldat aussieht, bemerkt grinsend: »Die Leute sagen, unser Vierter Herr sei selbst schuld daran, daß er nie zum Kavalleriekommandanten befördert wurde. Wer so wie er herumpoussiert, ist noch im Jenseits als Schürzenjäger abgestempelt. Selbst wenn er sich ein Weilchen zurückhält, kann er dem Fürsten der Unterwelt nicht entgehen und wird als Weiberheld wiedergeboren. Letztes Jahr, als unsere Kompanie in Runan stationiert war, hat er in einem einzigen Monat acht Frauen gehabt, hat das beste Angebot im ganzen Umkreis vernascht, aber trotzdem hat er gejammert: ›Was für ein Ort, hol's der Teufel, die Weiber hier stinken wie lauter Schweinepisse, wer will so was schon: der ganze Körper weiß wie Teig! Das macht doch kein bißchen Spaß! Aber die Nasen hochtragen und wegen allem und jedem ein Getue machen . . .‹ Ratet mal, was er ausgegeben hat! 40 Silberdollar die Nacht, die Gebühr für den Bordelldiener und andere Nebenkosten nicht gerechnet. Du sagst, junge Leute sollen nicht über die Stränge schlagen, wenn sie ausgehen, aber ich frag dich: Wir Burschen hier, selbst wenn wir mal über die Stränge schlagen möchten – können wir uns das denn überhaupt leisten? 7,60 *Kuai* im Monat, davon 3,30 fürs Essen – was bleibt uns da noch übrig? Selbst wenn wir nichts fürs Haareschneiden und die Wäscherei ausgeben und ein Jahr lang alles sparen, reicht es nicht mal für eine einzige Nacht! Mein lieber Onkel, auch wenn du mich ausdrücklich aufforderst, mal einen draufzumachen – woher soll ich's denn nehmen?«

Ein großer Bursche wirft ein: »Der Fünfte junge Herr geht ja noch, der schmeißt das Geld wenigstens nicht so zum Fenster raus wie der Vierte. Na schön, er geht auch mal aus und amüsiert sich, aber das hält sich wenigstens in Grenzen.«

Onkel Yamao meint: »Jede Speise findet ihren Esser, jedes Herz findet seinen Schatz . . . Unser Fünfter Herr verliert sein Geld zwar nicht an die unwiderstehlichen Reize der kleinen Frauen – aber dafür kann er dem Reiz der Spielsteinchen nicht widerstehen. Als er noch bei der alten Gnädigen in der Stadt wohnte, hat er einmal in einer einzigen Nacht achtundzwanzigtausend verloren. Der Spielleiter kam mit ihm nach Hause, um zu kassieren. Nun ging es der Gnädigen ja immer sehr darum, das Gesicht zu wahren – auf keinen Fall durfte der Fünfte sich blamieren, so daß er womöglich später den Leuten nicht in die Augen blicken konnte. Deshalb schickte sie uns auf der Stelle ins Verlies, um das Geld zu holen. Wir schleppten die Silberbarren herbei, immer zwei und zwei, und sie zählte dem Spielleiter die ganze Summe hin. Nachdem sie die Spielschulden beglichen hatte, lächelte sie auch noch! Aber zum Fünften jungen Herrn sagte sie: ›Lerne aus dieser Erfahrung und wiederhole sie nie mehr. Wenn du wieder einmal Pech im Spiel hast, erlaube den andern nicht, dich als lebenden Silberbarren zu betrachten und Stück um Stück zu kassieren, womöglich auch noch zu behaupten, das Haus Zhang müsse für seine Sünden bezahlen!‹«

»Es heißt, die alte Gnädige wäre vor lauter Gram krank geworden und gestorben.«

»Na, ist das ein Wunder? Dreißigtausend, um das Gesicht zu wahren – selbst wenn man Rücklagen hat, das tut weh! Obwohl ihr sonnenklar war, daß man den Fünften betrogen hatte, mußte sie es schlucken wie ein armer Kranker das bittere Gelbkraut. Wer wäre da nicht wütend und verzweifelt gewesen? Doch sie behielt all ihren Ärger für sich, lag vierzig Tage krank, wurde immer schwächer und starb am Ende.«

»Nun, danach hat sich der Fünfte ja doch wie ein treuer Sohn benommen. Hat er nicht die sieben mal sieben Tage strenger Trauerzeit eingehalten, die Priester neunundvierzig Tage lang ihre Riten vollziehen lassen und insgesamt 16000 Silberdollar für die Trauerfeier ausgegeben? Fast überall wußte man davon! Jeder sagte damals, die Gnädige hätte ein gutes Herz und ein gesegnetes Schicksal gehabt: im Leben brauchte sie nichts zu entbehren, und als sie tot war, gab man ihr über 10000 Silberbarren Totengeld und vierzig Mädchen und Frauen zur Bedienung mit auf den Weg ins

Paradies des Westens. Dem Trauerzug folgten mehr Leute als dem von Madame Duan, er war einen halben Kilometer lang. Tja, wer einen Sohn hat, der sich an die Gesetze der Kindespflicht hält, der kann sorglos sterben ...«

»Ach was«, unterbricht Onkel Yamao. »Der Fünfte Herr hatte einfach Angst vor dem hämischen Gerede der Leute; er hat das alles bloß auf die Beine gestellt, um sein Gesicht zu wahren. Die alte Gnädige hielt ja so auf den Ruf der Familie, und der Fünfte ist doch nur ein angenommener Sohn ... hat aber trotzdem den ganzen riesigen Besitz geerbt. Na, daß er daher nach ihrem Tod so tief in die Tasche griff, war nicht mehr als recht und billig. Er hat dadurch nicht nur das Gesicht der alten Dame gewahrt, sondern auch sein eigenes. Die Leute meinten damals, er wäre ein ausgemachter Narr, aber das war er beileibe nicht! Der brauchte sich eigentlich um nichts zu sorgen, wenn er nicht so versessen aufs Glücksspiel wäre.«

»Kürzlich hab ich in der Stadt gehört, daß er schon wieder fünftausend verloren hat. Daraufhin wollte er sich für sein Pech mit einer Nacht bei der ›Blumenkönigin‹ im Xiao-xiang-Bordell trösten. Für 600 Silberdollar hatte der Vierte junge Herr ihm geholfen, die Sache mit der alten Kupplerin zu arrangieren. Aber irgendwie verlor der Fünfte die Lust daran und ging lieber zu den Spielern in diese Ausländer-Firma ›Meifu‹, wo er dann noch mal 800 Silberdollar verlor. So hatte er 600 für die ›Blumenkönigin‹ gezahlt, ohne hinzugehen, und weitere 800 mit den Falschspielern vertan. Danach spotteten die Leute über ihn: ›Man dankt dem Fünften jungen Herrn Zhang für seine Großzügigkeit.‹ Der Vierte war wirklich außer sich vor Wut.«

»Hunde mit gefleckten Beinen sind keine Katzen mit weißer Schnauze – die Herrschaften haben so ihre eigene Art. Sag ihnen, sie sollen kein Geld verschwenden – was wird das schon nützen! Diese Leute brauchen überhaupt nichts zu tun und haben trotzdem Geld, das ist ihnen einfach vom Schicksal bestimmt. Was einem das Schicksal zuteilt, das kann man auch mit Schloß und Riegel nicht aussperren, und was es einem nehmen will, das hält man selbst mit Seilen und Ketten nicht fest. Der Schuster Wang sparte ein paar Silberbarren und legte sich sogar mit ihnen schlafen, doch als er erwachte, waren sie trotzdem zu Staub geworden. Sagt selbst, ob das nicht seltsam ist? Ihr und ich, wir sind arme Schlucker, uns fällt gar nichts zu, höchstens mal ein Becher Schnaps. Laßt uns austrinken und dann noch einen heben! Guisheng, trink mit uns, wir sind doch lauter Brüder und Kameraden. Komm, zier dich nicht!«

Guisheng mag aber nicht trinken. Er geht mit einer Handvoll Kastanien zum Herd und wirft sie in die heiße Asche, um sie zu rösten. Dabei erzählt er Onkel Yamao, daß er im Auftrag des Fünften Herrn Zhang in den Bergen nach den Holzölbäumen gesehen habe und daß die Ernte in diesem Jahr besonders reich sei. In drei Tagen sei »Weißer Tau«, es werde daher höchste Zeit, mit dem Ernten zu beginnen. Wenn sie einen Tag dafür bestimmen würden, sei er gern bereit, beim Pflücken der Tong-Früchte zu helfen. Er warte nur, ob der Herr ihm noch etwas aufzutragen habe; wenn nicht, wolle er heimgehen.

Darauf geht Onkel Yamao nach vorn zu dem Gutsherrn und erklärt: »Guisheng vom Bach hat die Holzölplantage an den Südhängen inspiziert. Dieses Jahr fällt der ›Frostbeginn‹ besonders früh. Die Tong-Früchte sind bereits reif, man soll sie bald ernten, sagt Guisheng. Er läßt fragen, ob der Fünfte Herr weitere Anweisungen zu erteilen hat.«

Der Fünfte Herr Zhang sitzt mit dem Vierten beisammen und diskutiert über die Wahrsagerei aufgrund der Kopfform und der Gesichtszüge. Gerade spricht er darüber, wie in der Stadt ein gewisser Yang »Banchi« den Leuten mit philosophischer Beweisführung Glück oder Unglück, Ruhm oder Armut weissagt. Er redet das unsinnigste Zeug, doch selbst die Ausländer aus der christlichen Kirche bewundern ihn nicht wenig. Mit lebhaftem Mienenspiel und zornig leuchtenden Augen schildert der Gutsherr den Wahrsager. Als er nun hört, daß Guisheng gekommen ist, trägt er Yamao auf, ihn hereinzurufen, er habe mit ihm zu reden.

Guisheng durchquert den Hof, vergißt nicht, seine Strohsandalen abzustreifen, um den Boden in der Wohnhalle des Herrn nicht zu beschmutzen, und tritt barfuß näher.

Der Fünfte Herr Zhang begrüßt ihn: »Guisheng, du hast also die Holzölplantagen an den Südhängen besichtigt? Und wie ich höre, bringt dieses Jahr eine Rekordernte. Die Händler in der Stadt haben den Preis erhöht: für 22 *liang* zahlen sie 3 Yuan. Die ausländischen Firmen in Shanghai und Hangkou kaufen alles auf, was sie kriegen können. In der Zeitung steht, daß man in Europa überall die Marine mobilisiert, weil man für einen Weltkrieg rüstet. Die Europäer kaufen Tong-Öl für ihre großen Kriegsschiffe, die Nachfrage ist enorm. All diese behaarten Ausländer wollen das Gesicht wahren, ganz gleich, wie arm oder reich ihr Staat ist – keiner möchte bei der allgemeinen Aufrüstung hinterherhinken. Nun, laß sie nur Krieg führen, uns Chinesen soll das recht sein, wir können auf diese Weise ein Vermögen an den Fremden verdienen!«

Guisheng versteht kein Wort von dem, was der Gutsherr da redet. Respektvoll und bescheiden steht er in einem Winkel der Wohnhalle.

Onkel Yamao unterbricht: »Herr, wann sollen wir mit der Ernte der Tong-Früchte beginnen?«

Der Fünfte Herr Zhang lacht. »Ja, wenn wir uns an den Fremden bereichern wollen, müssen wir uns sputen. Die Ausländer warten ja nur auf unser chinesisches Tong-Öl für ihre Kriegsschiffe – warum sollten wir uns also nicht beeilen? Morgen oder übermorgen wird geerntet! Ich will selbst mit in die Berge und mir das ansehen, dann kann ich gleichzeitig mit dem Vierten ein paar junge Hasen jagen gehen. Wie steht's, Guisheng, gibt es dieses Jahr viele Hasen in den Bergen? Gehen wir doch gleich morgen, wenn das Wetter schön genug ist!«

Guisheng antwortet: »Gut, gnädiger Herr, wenn Wohlgeboren befehlen, dann also morgen. Ich werde in meiner Hütte Tee bereithalten, damit der Fünfte und der Vierte gnädige Herr sich erfrischen können. Wenn sonst nichts mehr zu besprechen ist, dann geh ich jetzt.«

»Geh nur«, sagt der Gutsherr. »Yamao, gib ihm ein *jin* Salz und zwei *jin* Zucker mit nach Hause.«

Guisheng dankt dem Gutsherrn und will eben gehen, als der Vierte Herr Zhang ihn zurückruft: »He, Guisheng, bist du eigentlich schon verheiratet?«

Guisheng weiß nicht, wie er auf diese Frage antworten soll. Er blickt dem ehemaligen Offizier, der ein solcher Schürzenjäger sein soll, ins hagere Gesicht, schüttelt stumm den Kopf und lacht bloß gutmütig. Im stillen muß er an den Spruch denken:

> Weiber, Weiber – ihr Verlangen
> Hat bezwungen manchen Mann.
> Nach drei Jahren schaut ihn an:
> Magre Hüften, hohle Wangen!

Onkel Yamao platzt heraus: »Wir haben ja schon versucht, ihn zu einer Heirat zu überreden, aber er hat Angst davor, er traut sich nicht an die Frauen heran.«

»Wovor hast du denn Angst, Guisheng?« fragt der Vierte Herr. »Was ist an den Frauen so furchterregend? Du bist doch nicht der Kerl, der sich unter den Pantoffel bringen läßt? Ich sag dir: Wenn du eine findest, nimm sie, ohne zu zögern! Eine Frau im Haus ist gut für dich, verstehst du nicht? Versuch's nur, brauchst keine Angst zu haben.«

Guisheng hat immer noch im Ohr, was gerade in der Küche geredet worden ist, und so sagt er nur ruhig: »Jeder Mensch bekommt, was er verdient, man darf nichts überstürzen.« Dann folgt er Onkel Yamao nach draußen.

Der Vierte Herr Zhang wendet sich lachend seinem Bruder zu: »Fünfter, dieser Guisheng sieht nicht übel aus, was meinst du?«

Der Fünfte gibt zurück: »Ach, das ist ein solcher Einfaltspinsel! Was das Heiraten betrifft, so fürchte ich, daß er noch nicht mal weiß, was man im Bett mit einer Ehefrau anstellt.«

Mit Zucker und Salz geht Guisheng nach Hause, macht aber noch einen kleinen Umweg und schaut im Kramladen bei der Brücke vorbei. Dort erfährt er, daß der Händler in Geschäften in die Stadt gegangen ist. Jinfeng sitzt allein neben einem Branntweinfaß und näht eine Schuhsohle. Als sie Guisheng sieht, blickt sie erfreut auf und lächelt ihm zur Begrüßung zu. Guisheng, der sich etwas beklommen fühlt, steht vor dem Ladentisch, zieht seine Pfeife hervor, schlägt Feuer, beginnt zu rauchen und fragt dann etwas unbeholfen: »Kommt der Meister bald zurück?«

»Du warst wohl in der Stadt, Guisheng?« fragt Jinfeng anstelle einer Antwort zurück. »Was hast du da in der Hand?«

»Ein *jin* Salz und zwei *jin* Zucker. Hat mir der Fünfte junge Herr geschenkt. Ich war auf dem Gut, um wegen der Holzölernte Bescheid zu sagen.«

»Ist er gut zu den Leuten, dein Fünfter Herr?«

»Der Vierte junge Herr war auch da, ist aus der Stadt gekommen. Er hat gesagt, er will morgen in die Berge, Hasen jagen.« Als Guisheng sich an die Worte des Vierten erinnert, muß er plötzlich kichern.

Jinfeng, die nicht begreift, was daran so komisch ist, fragt wieder: »Dieser Vierte junge Herr, was ist das für ein Mensch?«

»Ein hoher Offizier. Es heißt sogar, daß er Kommandant war oder so. Aber er hat sich wohl immer zuviel mit Frauen herumgetrieben und soll deswegen schließlich seinen Posten verloren haben.«

»So leben sie alle, die Reichen, ob Militärs oder Geschäftsleute. Sie sind alle gleich. Bei uns in Pushi gab es einen reichen Herrn, der zehn große Flöße mit Bauholz von Hongjiang in den Kreis Taoyuan schickte. Aber in einer einzigen Nacht hat er sie alle im Spiel verloren.«

Guisheng kennt diese alte Geschichte und meint verächtlich: »Alles bloß wegen der Frauen!«

Jinfeng errötet und wirft ihm einen raschen Blick zu. »Was soll das heißen – alles wegen der Frauen? Wie viele Frauen kennst du denn schon? Bei den Frauen gibt es genauso gute und schlechte wie bei euch Männern, man darf sie nicht alle in einen Topf werfen!«

»Ich meine ja nicht dich!«

»Die Männer sind eigentlich noch viel schlimmer. So ein Vierter oder Fünfter Herr braucht bloß Geld zu haben, schon ist er der König, und selbst wenn er jemand ins Unglück stürzt, zählt das weiter nicht . . .«

In diesem Augenblick treten drei Passanten, die die Brücke überquert haben, unter das Strohdach vor dem Laden, nehmen ihre Traglasten von den Schultern und setzen sich, zünden ihre Pfeifen an, rauchen und fragen, was es zu essen gibt. Sie kaufen ein wenig Schnaps und bestellen gemeinsam eine Portion Sesamkuchen dazu. Guisheng hätte sein Gespräch mit Jinfeng gern fortgesetzt, weiß aber jetzt nicht recht, was er sagen soll. Da Gäste gekommen sind, will er nicht im Wege sein, geht unter die Brücke und wäscht sich Hände und Füße. Als er nach einer Weile zurückkommt, wenden sich die drei Männer gerade zum Gehen. Der Jüngste unter ihnen, offenbar ein rechter Leichtfuß, wirft Jinfeng einen höchst vielsagenden Blick zu und grinst sie an, und während er Geld aus der Tasche fischt, läßt er absichtlich die dicke Silberkette sehen, die an seiner bestickten Gürtelschärpe hängt.

Dann sagt er wie zu sich selbst: »Ach um 1000 Taler Silber kaufst du dir kein treues Herz . . . Alle Reiche dieser Erde kaufen keinen braven Schatz.«

Natürlich soll Jinfeng das hören. Nachdem die drei Händler gegangen sind, setzt sich das Mädchen auf das Branntweinfaß, läßt den Kopf hängen und sagt kein Wort mehr. Guisheng, der nicht weiß, wie er das Gespräch wieder in Gang bringen soll, schweigt ebenfalls.

Nach einer Weile denkt er an das herrliche Wetter und fragt plötzlich: »Jinfeng, magst du nicht ein paar Kastanien? Oben in der Plantage sind dieser Tage überall welche zu finden, sie platzen schon aus der Hülle. Vorgestern hab ich eine meiner Fallen aufgestellt, und heut früh war ich dort – stell dir vor, da sitzt doch ein Eichhörnchen auf dem Kasten und futtert eine Kastanie, und als es mich sieht, macht es sich in aller Ruhe davon. Also wirklich . . . was hab ich gelacht! Geh doch morgen hinauf und hol dir Kastanien. Sie liegen überall herum!«

Jinfeng aber gibt ihm keine Antwort. Sie ist noch immer aufgebracht über den frechen jungen Händler, der eben gegangen ist. Guisheng merkt nicht, wie sie sich fühlt, und schwatzt unbefangen weiter: »Weißt du noch, wie du vor ein paar Jahren Kastanien aus meinem Sandkasten gemopst hast? Wenn du damals nicht so schnell weggelaufen wärest, hätte ich dir die Hand gebrochen.«

»Und ob ich das noch weiß! Aber weggelaufen bin ich nicht – ich hatte doch vor dir keine Angst!«

»Gut, hattest keine Angst vor mir, aber ich vor dir auch nicht!«

Da lächelt Jinfeng. »Aber jetzt . . . jetzt hast du doch ein bißchen Angst vor mir . . .«

Guisheng ahnt, worauf sie anspielt. Er strahlt übers ganze Gesicht, als er zurücklächelt. Im stillen aber denkt er: Vor dir hab ich ganz bestimmt keine Angst.

Da kommt der Ladengehilfe mit einem riesigen Heubündel zurück. Kaum erkennt er Guisheng, als er ihm grinsend zuruft: »He, Guisheng, hast du nicht gesagt, du wolltest zum Binsenschneiden in die Berge?«

Guisheng beachtet ihn nicht, sondern erzählt Jinfeng, daß er oben an den Hängen eine Menge *Bayue-gua* entdeckt habe; wenn sie die haben wolle, müsse sie morgen zu seiner Hütte gehen und sie sich holen; er selbst habe versprochen, bei der Ernte der Tong-Früchte zu helfen, und müsse außerdem die jungen Herrschaften auf die Hasenjagd begleiten – er würde wohl kaum Zeit finden, ihr die Früchte zu bringen.

Nachdem Guisheng gegangen ist, sagt der Gehilfe: »Jinfeng, dieser Trottel ist so ein großer Kerl, aber ich sag dir: Er hat einen winzigen Verstand, wirklich!«

»Rede kein solches Zeug«, zischt sie zurück. »Wenn er wütend ist, kann er dich flachschlagen wie ein Brett.«

»Ach was, das ist einer, der niemals wütend wird. Und außerdem bin ich keine Schnapsflasche aus Zinn, mich kann man nicht flachschlagen.«

In aller Frühe steigt Guisheng am nächsten Morgen mit seiner Sichel hügelan. Im Tal liegt noch Nebel, der sich langsam wie ein Teppich ausbreitet und dabei immer zarter und durchscheinender wird. In der Ferne kann der junge Mann undeutlich die Bäume erkennen, die das Gutshaus der Familie Zhang umstehen. Ein paar alte Ginkgo-Bäume ragen dort empor, als wollten sie den Wohlstand der Zhangs für jedermann sichtbar herausposaunen. Das ganze Land scheint in Wolken zu schweben und liegt verschleiert da. Er denkt an die beiden jungen Herrschaften: wer weiß, ob sie nicht noch in tiefem Schlummer liegen und von ihren Glücksspielen träumen . . .!

In diesem Augenblick lärmen von den Wiesen her Pferdeschellen und menschliche Stimmen. Also sind die jungen Herrn doch schon so früh auf! Eilig läuft Guisheng den Hang hinunter, um die Pferde zu führen. Zwölf Dienstleute sind gekommen, Männer und Frauen, dazu vier Knechte und eine Schar Kinder, die man im Gutshof zusammengelesen hat. Alle gehen sofort an die Arbeit, beginnen am Gipfel des Hügels, und bald schwärmen überall Leute herum, klettern auf die Tong-Bäume oder schlagen von unten mit Bambusstöcken gegen die Zweige. Nach kurzer Zeit rollen im Gras und am Boden unzählige purpurrote Früchte.

Der Vierte und der Fünfte junge Herr schauen ein Weilchen zu, nehmen sogar selbst Bambusstecken zur Hand und schlagen ein paar Früchte von den Bäumen, aber bald haben sie genug davon und verlangen, daß Guisheng sie zu seiner Hütte führt. Dort summt bereits das Wasser auf dem Ofen, und Yamao reicht den Herrschaften Tee.

Der Vierte Herr Zhang entdeckt in einem Winkel das Meßgefäß mit den *Bayue-gua*, nimmt sich eine heraus und grinst anzüglich. »Fünfter, sag, wonach sieht das hier aus?«

»Also, Vierter, du kannst doch nicht so dumm sein, daß du eine *Bayue-gua* nicht erkennst . . .?«

»Klar kenn ich sie – ich meine doch nur, daß sie genauso aussehen wie . . .«

Guisheng hat diese Früchte eigentlich Jinfeng zugedacht, aber die unanständige Anspielung des jungen Herrn verletzt seine Gefühle, und so sagt er obenhin: »Wenn es dem Vierten und Fünften Herrn belieben, nehmt sie nur mit und laßt sie Euch schmecken.«

Der Fünfte nimmt eine Frucht und legt sie zum Rösten in die heiße Asche, klaubt sie später wieder heraus, entfernt die schwarze, harte Rinde und verspeist das zarte Fruchtfleisch. Der Vierte meint jedoch, ihm seien die Dinger zu süß und zu schwer. Dann entdeckt er in Guishengs Hütte eine Angel, die seine ungeteilte Bewunderung findet.

Angeregt durch diese Angel, kommt der Vierte Herr Zhang auf die Fischerei in Bächen, Flüssen, Strömen und im Meer zu sprechen, redet über den Fischfang in den Sümpfen des Nordens und plaudert endlos über verschiedene Fangmethoden.

Plötzlich hört man vom Zaun her die helle, klare Stimme eines jungen Mädchens, das nach Guisheng ruft. Dieser eilt sogleich hinaus, kehrt aber noch einmal kurz in die Hütte zurück, nimmt das Gefäß mit den *Bayue-gua* und verschwindet nach draußen.

Der Vierte hat mit seinen scharfen Augen von der Haustür aus ein junges Mädchen erspäht: weißer Turban, rabenschwarz glänzender Zopf. Er fragt Yamao: »Wer ist die Kleine?«

Yamao gibt Auskunft: »Die Tochter des Händlers aus Pushi, der den Laden bei der Brücke betreibt. Voriges Jahr ist ihre Mutter zu einer Hochzeitsfeier heimgefahren und an einem Herzschlag gestorben. Sie hat nur dieses Mädchen hinterlassen – es wird dieses Jahr sechzehn. Jinfeng heißt die Kleine, aber eigentlich sollte man sie Guanyin nennen! Der Händler hat längst ein Auge auf Guisheng als künftigen Schwiegersohn geworfen, so ehrlich und tüchtig, wie der ist. Er würde einen guten Gehilfen für sein Geschäft abgeben, und der Laden könnte auf diese Weise in der Familie bleiben. Aber Guisheng kann sich offenbar nicht entscheiden, er zögert ... dabei hat er gar keinen Grund, länger zu warten.«

Da sagt der Vierte zu seinem Bruder: »Fünfter, du bist mir wirklich ein richtiger Xuantong-Kaiser, hockst in deiner Verbotenen Stadt, ißt und trinkst vor dich hin und hast vom wahren Leben des Volks außerhalb deines Gutshofes keine Ahnung. So eine Gegend hier mit ihren grünen Hügeln und ihrem klaren Wasser muß doch einfach köstliche Geschöpfe hervorbringen. Warum willst du nicht ...?«

Yamao unterbricht: »Einst hat ein Wahrsager prophezeit, daß aus dem ›Acht-Zeichen-Horoskop‹ dieses Mädchens hervorginge, es würde Vater und Mutter zugrunde richten und dem Ehemann eine schwere Last werden – daher hat sich bis jetzt noch niemand an sie herangewagt. Auch Guisheng fürchtet sich natürlich ein bißchen ...«

Gerade in diesem Moment kommt Guisheng zurück. Seine Wangen sind gerötet. Er will etwas sagen, bringt aber kein Wort heraus und reibt sich bloß verlegen die Hände.

Der Fünfte Herr fragt: »Guisheng, wovor fürchtest du dich eigentlich?«

Der junge Mann hat keine Ahnung, worauf der Gutsherr anspielt, und gibt arglos zurück: »Vor Gespenstern.«

Alle brechen in schallendes Gelächter aus, in das Guisheng gutmütig einfällt.

Die Männer, begleitet von zwei scheckigen Jagdhunden, erklimmen den Hügel, um nach Hasen Ausschau zu halten, haben aber bis zum späten Vormittag nichts gefangen und kehren über Mittag erst einmal zu Guishengs Hütte zurück. Unterwegs erfährt der Gutsherr von seinen Leuten, daß die diesjährige Tong-Ernte besser sei als alles bisher Dagewesene. Er trägt Yamao auf, Guisheng für seinen Ernteeinsatz mit drei *dan* Tong-Früchten zu belohnen. Dann besteigen die beiden jungen Herren ihre Pferde, um zum Gutshof zurückzureiten. Eigentlich führt ihr Weg nicht am Bach entlang, aber der Vierte Herr Zhang ist neugierig geworden und möchte mit seinem Bruder zusammen einen Umweg über die Brücke machen. Dort treten sie in den Kramladen, kaufen ein paar Lebensmittel und plaudern ein wenig mit dem Händler. Nachdem sie Jinfeng gründlich gemustert haben, kehren sie auf das Gut zurück.

Zu Hause neckt der Vierte seinen jüngeren Bruder wieder damit, daß er sich im Gutshaus wie ein Kaiser in der Verbotenen Stadt verkriechen würde und keine Ahnung habe, was sich draußen im Volk abspiele. Diesmal versteht der Fünfte, worauf der Bruder hinauswill.

»Du bist mir der Richtige!« wendet er ein. »Du würdest noch einem Hund das Fleisch aus dem Maul zerren!«

Der Vierte klopft dem Jüngeren auf die Schulter und rät ihm: »Sei mal ganz still, Fünfter! Ich wäre an deiner Stelle nicht so dumm: ich würde so ein Stück saftiges Lammfleisch keinem Hund überlassen. Hast du denn keine

Augen im Kopf? Lange Brauen, blanke Augen – eine kleine Singdrossel, die jeden Spatzen aussticht!«

Der jüngere Bruder lächelt und schweigt. Jeder Mensch hat seine eigenen Vorlieben, und für ihn liegt nun einmal das höchste Vergnügen im Glücksspiel. Verliert er, so gibt er nicht etwa seinem Ungeschick die Schuld, sondern meint bloß, er habe eben wieder mal Pech gehabt. Im stillen amüsiert er sich über den Vierten und dessen Schwäche für Frauen: der Gute scheint sich an den raffinierten städtischen Speisen bereits übersättigt zu haben und nach herzhafter Landkost zu verlangen!

Natürlich kann Guisheng von alledem nichts ahnen. Er weiß nur, daß er dieses Jahr 3 *dan* Tong-Früchte geschenkt bekommen hat und nach der Ernte weitere 3 *dan* einsammeln kann. Er wird sie in einem Wasserbottich unter seinem Bett gären und später in der Ölmühle auspressen lassen. Wenn er das Öl für einen guten Preis verkauft, hat er für den ganzen Winter ausgesorgt.

Tage und Wochen vergehen. Rings um seine Hütte wiegen sich die hellen Flaumköpfe der reifen Gräser. Die Zweige der wilden Birnbäume an der Straße biegen sich unter goldgelben Früchten, die längst nicht mehr stumpf oder sauer, sondern saftig und süß schmecken. Guisheng verkauft in der Stadt über zehn Traglasten Binsen, und an die staatliche Arzneihandlung wird er außerdem mehrere Kisten Birnen los. Inzwischen zieht mit dem Zehnten Monat der Altweibersommer ins Land. Es wird noch einmal so warm, daß einige Birnbäume am Bach zu blühen beginnen. Vor dem Laden bei der Brücke verbrennt der Gehilfe Wurzelholz. Das hell auflodernde Feuer lockt Nachbarn an, die sich an der Brücke auf einen Schwatz zusammenfinden. Um diese Zeit lagert das Winterfutter fürs Vieh bereits in den Scheunen, das Getreide liegt in den Lagerhäusern, und die Süßkartoffeln sind eingemietet. Langsam naht die Jahreszeit, in der jedermann sich ein wenig Ruhe gönnen darf. So ist der Laden tagsüber und abends jetzt immer voller Leute. Bei schönem Wetter herrscht noch mehr Betrieb, weil vorbeiziehende Soldaten auf Heimaturlaub und Händler aus den Ortschaften der Umgebung einkehren und

Nachrichten aus der Provinzhauptstadt mitbringen. Man redet über Gott und die Welt, und alle beteiligen sich an den lebhaften Gesprächen.

Gelegentlich kommt Guisheng vorbei, setzt sich an den Ofen, redet aber meistens nicht viel, sondern hört den anderen zu und blickt hin und wieder zu Jinfeng hinüber. Wenn sich ihre Blicke begegnen, beginnt sein Herz rascher zu schlagen. Oft hilft er dem Händler oder erledigt kleine Aufträge für Jinfeng. Bei schlechtem Wetter kann es vorkommen, daß er der einzige Gast ist. Dann sitzt er still beim Feuer, raucht seine Pfeife und hört zu, wie der Ladenbesitzer unter der Petroleumlampe mit seinem Abakus klappert, um seine Abrechnung zu machen. Guisheng stellt daraufhin seine eigenen Kalkulationen an. Er hat ja gehört, daß für Tong-Öl in der Stadt ein guter Preis gezahlt wird; für 25 *jin* Öl bekommt man gut und gern 6 *jin* Baumwolle und 2 *jin* Salz. Dieses Jahr hat er eine hübsche Menge Ölfrüchte eingeheimst – wirklich ein kleines Vermögen! Zu Neujahr wird er reichlich Fisch und Fleisch haben. Alles, was ihm zu seinem Glück fehlt, ist eine Lebensgefährtin.

Wenn der Krämer mit seinen Rechnungen fertig ist und sonst nichts zu tun findet, zieht er manchmal zwischen Krügen und Fässern einen rot eingebundenen Almanach hervor und liest daraus die Kapitel über den »ewigen Frieden«, Vorzeichen, Schicksal und Orakelsprüche vor. Wenn er dann auf die »acht Zeichen« seiner Tochter zu sprechen kommt, seufzt er immer darüber, daß sie unter so ungünstigen Vorzeichen geboren sei – ihr stünden nur zwei Wege offen: Entweder würde aus ihr eine »gnädige Frau« oder eine »Verbrecherin«, und nach dem Tode ihrer Mutter sollten sich die Ereignisse angeblich überstürzen. Jinfeng lacht nur verächtlich darüber, sie schenkt dem törichten Geschwätz des Almanachs nicht den geringsten Glauben.

Einmal, als sie wieder über dieses Thema sprechen, wendet sich der Händler plötzlich an seinen jungen Besucher und fragt: »Guisheng, hast du noch nicht daran gedacht, eine Familie zu gründen? Wenn du eine Frau suchst, kann ich dir helfen.«

Guisheng blickt vor sich hin ins Feuer und sagt: »Meinst du das im Ernst, Meister Du? Wer nimmt denn so einen wie mich!«

»Wenn du nur willst, gibt's schon eine.«

»Das glaub ich nicht.«

»Wer glaubt denn, daß der Himmelshund den Mond beißt? Aber trotzdem schnappt er sich ein Stück vom Mond. Ich sag dir: Wenn der Bambusspatz in den Hügeln ein Weibchen sucht, singt er ganz allein und findet trotzdem eins! Du mußt dir ein Herz fassen, du mußt lernen, wie er zu trillern . . .«

Diese Worte helfen Guisheng auf die richtige Spur und lassen sein Herz heißer brennen. Um eine Antwort verlegen, pfeift er ein paar Töne, wie er sie dem Kuckuck abgelauscht hat.

Der junge Gehilfe will mit einer seiner Bemerkungen dazwischenfahren, aber Jinfeng wirft eilig ein: »Guisheng, achte nicht auf Laizi, er schwatzt dummes Zeug. Neulich hat er behauptet, er könne in seiner Falle einen Fuchs oder Otter fangen, dann hat er die Falle hinterm Haus aufgestellt – und weißt du, was er gefangen hat? Meine gestreifte Katze!« Sie bringt die Rede auf den Gehilfen, um von den Worten ihres Vaters abzulenken.

Nach Mitternacht geht Guisheng mit einer Fackel nach Hause. Unterwegs denkt er: Auch der Krämer Du stellt seine Falle, er will sich einen Schwiegersohn fangen. Er kichert vor sich hin. Der eine stellt die Falle auf, der andere ist nur zu bereit, hineinzutappen – das scheint nicht allzu kompliziert zu werden. Die größte Schwierigkeit liegt auch weniger in äußeren Dingen als in Guishengs innerer Haltung. Wie die meisten Leute auf dem Lande ist er ein wenig abergläubisch. Jinfeng ist ein hübsches Ding mit rosigweißem Gesicht, lang geschwungenen Brauen und leicht nach oben gebogenen Augenwinkeln, doch gilt ein junges Mädchen nun mal als verhext. Bringt sie anderen kein Unheil, so zieht sie es auf sich selbst. Erst mit achtzehn wird sie frei von dem magischen Bann, und Jinfeng ist kaum sechzehn! Da Guisheng halb und halb an diese Dinge glaubt, hat er sich immer etwas vor ihr gescheut, so daß der Krämer mit seiner

Falle bisher erfolglos blieb. Aber der Wind kann nicht immer aus einer Richtung wehen – er muß sich am Ende drehen.

Eines Tages, als es regnet, sitzt Guisheng in seiner Hütte und dreht Hanfseile. Dann beugt er sich hinunter, um nach den Tong-Früchten unter seinem Bett zu sehen, und stellt fest, daß sie schon gären und schwarz geworden sind. Er schüttet einige in einen Korb, und während er die Schale von den Früchten löst, grübelt er über seine Herzensangelegenheiten nach. Wann wird der Wind sich drehen? Auf einmal kommt ihm die ganze Sache etwas unheimlich vor. Jinfeng wird erwachsen, sie weiß selbst schon ganz genau, was sie will, und dieser junge Gehilfe da, der schafft es am Ende doch noch, Krämer Dus Schwiegersohn zu werden. Und außerdem: Auf der Landstraße kommen täglich so viele Fremde vorbei und kehren als Gäste bei ihr ein: Schweinezüchter aus Pushi, Viehhändler aus Chenzhou, die mit ihren braunen Rindern in den Kreis Guizhou ziehen, um die Tiere dort gegen Lebensmittel zu tauschen oder zu verkaufen. Sie haben alle ein loses Mundwerk und werfen mit Geld um sich! Wird zu günstiger Gelegenheit nicht einer von ihnen die Blume pflücken wollen, die er da bei der Brücke entdeckt hat? Guisheng weiß wirklich nicht, was er machen soll, wenn ihm jemand dieses Mädchen wegnimmt! Doch es scheint, daß man in allen Dingen des Lebens, ob wichtig oder unwichtig, auf die Hilfe seiner Mitmenschen angewiesen ist. Natürlich stellt Guisheng sich alles ein wenig zu unkompliziert vor, aber er weiß: »Wenn man Stärke kochen will, muß man den Brei schlagen, solange er heiß ist«, er darf also nicht länger zögern. Der Wind hat sich ja wirklich schon gedreht. Er beschließt, am nächsten Tag zu seinem Onkel in die Stadt zu gehen, um sich mit ihm zu beraten.

Guisheng geht in die Stadt und besucht seinen Onkel. Gerade an diesem Tag haben die reichen Leute, bei denen er in Dienst steht, Gäste zu einem Festessen geladen. Man hat eigens einen berühmten Koch eingestellt. Der Onkel, der ihm als Gehilfe zugeteilt wurde, schneidet gerade auf dem

Küchenbrett Nieren in verschiedene kunstvolle Formen. Als Guisheng sieht, wie beschäftigt der Onkel ist, bleibt er bei ihm in der Küche und hilft ihm, grüne Zwiebeln zu schneiden und Bohnen zu putzen ...

Bis in die tiefe Nacht herrscht hektische Geschäftigkeit in der Küche, und erst um die zweite Nachtwache wird die Tafel aufgehoben und das Geschirr abgeräumt. Guisheng und sein Onkel nehmen rasch eine Kleinigkeit zu sich und legen sich dann sofort schlafen. Tags darauf verlangt der Hausherr, die Küche solle ihm einen breiartigen Eintopf zubereiten, zu dem man Longan-Früchte, Lotuskerne, Fisch und Fleisch benötigt und der besonders viel Mühe erfordert. Wieder ist der Onkel den ganzen Tag auf den Beinen, und wieder findet Guisheng keine Gelegenheit, über seine eigenen Angelegenheiten zu reden. Am dritten Tag wird der Onkel vor Erschöpfung krank.

Guisheng sucht einen Mann auf, der mit Hilfe bestimmter Schriftzeichen wahrsagt. Der Wahrsager fordert ihn auf, aus einem Kasten mit beschrifteten Karten jeweils eine Karte zu wählen. Für seinen Onkel zieht Guisheng das Zeichen für *shuang*, »gesund, wohlauf«, und für sich selbst *hui*, »Rückkehr«. Yang, der Wahrsager, dem die Leute den Spitznamen Banxian, „ der Halb-Unsterbliche«, gegeben haben, erläutert: »Ein glückliches Ereignis läßt die Seele des Menschen gesunden, vertreibt die Krankheit. Was das Zeichen für *hui* betrifft, so enthält es die Komponenten *xi*, ›Glück‹, *ji*, ›günstig‹, und *yen*, ›sprechen, Wort‹. Spricht der Mund die richtigen Worte, so wird die erwünschte Angelegenheit günstig stehen und zum glücklichen Ende kommen. Andernfalls jedoch droht Mißerfolg.« Guisheng denkt, daß dieser Yang Banxian gar nicht so unrecht hat.

Als er später am Krankenbett des Onkels sitzt, erzählt er diesem, daß er ans Heiraten denkt und daß seine Auserwählte die Tochter eines Krämers ist. Es seien brave Leute, und sie werde eine tüchtige Hausfrau abgeben, die ihm helfen könne, Schweine zu mästen und Heu zu mähen – während er ihr helfen könne, den Mühlstein zu drehen und Bohnenquark zu rühren. Er müsse sich nur endlich trauen, den Mund aufzumachen, dann sei ihm der Erfolg ziemlich sicher. Wenn Krämer Du zustimme, könne er noch vor Neujahr heiraten, zumal er ein paar Ersparnisse habe. Freilich bedeute dies eine zusätzliche Esserin – aber immerhin sei dann ja auch jemand da, der Kleidung flicken und Schuhe nähen könne. Die Sache habe also ihre Vor- und Nachteile. Daher sei er eigens gekommen, um den Rat des Onkels einzuholen.

Als der Onkel hört, daß es derart gute Nachrichten gibt, ist er natürlich hocherfreut. Er hat in all den Jahren 20 Silberdollar gespart, sich aber bisher nie entscheiden können, ob er davon vorsorglich einen Sarg oder lieber ein paar Ferkel kaufen solle, die er jemandem zur Aufzucht anvertrauen würde. Kaum vernimmt er aber, daß sein Schwestersohn eine Frau nehmen möchte und die Möglichkeit hat, eine Krämerstochter zu bekommen, da steht sein Entschluß fest: Er wird sein erspartes Geld in diese Heirat »investieren«!

»Geld wirst du brauchen, wenn du heiraten willst. Aber du brauchst keine Versammlung einzuberufen. Ich kann dir mit einer kleinen Summe aushelfen.«

Der alte Koch steht auf, bückt sich, greift unters Bett und zieht hinter einem losen Ziegelstein seine gesamten Ersparnisse vor, die er Guisheng hinstreckt. »Du wirst es brauchen, da, nimm. Wenn du später Söhne hast und einen davon zu meinem Enkelkind bestimmst, damit er nach meinem Tod an den Festtagen die Ahnenriten für mich vollzieht und Opfergeld verbrennt, dann bin ich zufrieden.«

Guisheng stammelt: »Onkel, so viel brauch ich nicht . . .! Der Krämer nimmt bestimmt keine Brautgeschenke von mir an!«

»Was soll das heißen: du brauchst nicht? Wenn er es nicht annimmt, hast du selbst es bitter nötig. Als Junggeselle kannst du meinetwegen ›Tiger erschlagen und Luft essen‹, kannst den Gürtel enger schnallen, wenn der Magen knurrt, und von Gras und Erde leben. Aber seid ihr erst zu zweit, dann geht das nicht mehr! Jeder Mensch hat ein Gesicht zu wahren. Nimmst du eine Frau, mußt du sie und eure Kinder auch ernähren. Du darfst dich nicht von Meister Du aushalten lassen. Du willst doch wohl nicht, daß die Leute dir nachsagen, du hättest dich eingeheiratet. Nimm das Geld, Junge, du wirst es brauchen. Was deinem Onkel gehört, gehört auch dir!«

Nachdem die beiden lange hin und her geredet und alles besprochen haben, geht Guisheng in die Stadt, um die Aussteuer einzukaufen: 20 Fuß schwarzes Tuch, 20 Fuß weißen Baumwollstoff, 3 *jin* Glasnudeln und einen Schweinskopf, dazu Räucherwerk, Kerzen und rotes Papier. Insgesamt gibt er an die 5 Silberdollar aus. Dann trägt er seine Einkäufe in heiterster Stimmung zurück in seine Hütte am Bach.

Unterwegs begegnet er zwei Knechten vom Gutshof, die mit Körben an ihren Tragstangen in die Stadt gehen. Er fragt sie, was sie Wichtiges zu besorgen haben.

Der eine antwortet: »Wir wissen auch nicht, was plötzlich in den Fünften Herrn gefahren ist, daß er uns in die Stadt schickt, um im Yishenghe-Kaufhaus einzukaufen! Er benimmt sich, als ob er eine Braut erwarten würde . . . Eine lange Liste hat er uns mitgegeben, er will einen Haufen Sachen!«

Guisheng meint: »So ist er nun mal, der Fünfte Herr. Immer freizügig. Wenn er was vorhat, denkt er nicht lange nach.«

»Stimmt, so ist es, wenn der was will, denkt er nicht lange nach, sondern tut es einfach.«

»Es kommt nur drauf an, ob er etwas Gutes tut, dann kann er in den Himmel kommen und ein Buddha werden, wenn er aber etwas Schlimmes vorhat, kann er andere dafür leiden lassen.«

Der Knecht hat bemerkt, daß Guisheng selbst mit Einkäufen beladen ist, und fragt ihn grinsend: »He, Guisheng, du siehst ja ganz schön zufrieden aus . . . wirst du uns etwa bald zum Hochzeitsschmaus einladen?«

Der andere Knecht fällt ein: »Guisheng, du hast bestimmt ein Vermögen gemacht in der Stadt, daß du dir einen solchen riesigen Schweinskopf leisten kannst! Der wiegt doch sicher seine 12 *jin*, oder?«

Guisheng merkt, daß ihn die beiden aufziehen wollen, und gibt halb im Ernst, halb im Scherz zurück: »Nicht viel und nicht wenig hab ich verdient. Dieser Schweinskopf wiegt bloß 3 1/2 *jin*. Wenn ich ihn abgekocht hab, lad ich die Herrschaften zu einem Becher Schnaps ein.«

Sie verabschieden sich, und einer der beiden Knechte meint: »Du, Guisheng, wenn ich mir das so ansehe, wie du übers ganze Gesicht strahlst, dann kommt mir der Verdacht, daß du was Schönes vorhast, uns aber nichts verraten willst. Mach uns nichts vor, das ist nicht nett von dir! Man lügt seine Kameraden nicht an!«

Bei diesen Worten schlägt Guishengs Herz vor Freude schneller, und er kichert: »Ach was, ach was, ich kann doch niemand beschwindeln!«

Noch an diesem Abend faßt Guisheng sich ein Herz und geht zur Brücke hinüber, um mit dem Krämer zu sprechen. Dort muß er jedoch erfahren, daß Meister Du in einer wichtigen Angelegenheit ausgegangen ist. Er fragt Jinfeng, wohin ihr Vater gegangen sei und wann sie ihn zurückerwarte, doch das Mädchen gibt nur kurz zurück, es habe keine Ahnung. Er wendet sich an den Gehilfen, der ihm mitteilt, der Meister sei zum Gutshof hinüber, er wisse auch nicht, weswegen. Guisheng findet das alles etwas merkwürdig. Ob Vater und Tochter Streit hatten und der Alte im Zorn aus dem Haus ging? Das würde Jinfengs bedrückte Stimmung erklären. Er setzt sich auf seinen angestammten Schemel, stochert mit dem Fuß in der warmen Asche und raucht seine Pfeife.

Da sagt der Gehilfe plötzlich: »Du, Guisheng, die Jinfeng wird bald in der Brautsänfte sitzen!«

Guisheng, der annimmt, daß Laizi auf seine eigenen Heiratspläne anspielt, schaut zu dem Mädchen hinüber und fragt: »Kann das wahr sein?«

Jinfeng wirft dem Gehilfen einen kurzen Blick zu. »Laizi, was redest du für einen Blödsinn! Ich werde dir dein Mundwerk zunähen.«

Der Bursche lehnt sich vor und grinst Jinfeng an. »Wenn du das wirklich tust, wer wird dann in ein paar Tagen die *suona* für dich spielen?«

Guisheng glaubt, Jinfeng sei nur verlegen. Daher wechselt er das Thema: »Jinfeng, ich war in der Stadt, hab drei Tage bei meinem Onkel gewohnt.«

Sie läßt den Kopf hängen und sagt mißmutig: »Es war sicher sehr lustig in der Stadt.«

»Ich hatte etwas zu erledigen. Ich hab mit meinem Onkel gesprochen . . .« Er weiß nicht, wie er sich ausdrücken soll. So wendet er sich an den Gehilfen: »Der Fünfte Herr scheint Gäste zu erwarten, er läßt in der Stadt einkaufen. Es wird wohl eine größere Feier geben.«

»Er erwartet nicht bloß Gäste . . .« Der Bursche will weitersprechen, aber Jinfeng schickt ihn hinaus, er soll nachsehen, ob das Gatter des Entenverschlags fest verschlossen ist.

Guisheng sitzt da, und eisiges Schweigen breitet sich aus. Eine lange Zeit vergeht. Meister Du kommt immer noch nicht zurück.

Jinfeng erklärt ihm nichts. Er merkt, daß sie über irgend etwas aufgebracht ist, und so will einfach kein freundliches Gespräch in Gang kommen. Schweigend raucht er einige Pfeifen, dann hält er es für besser zu gehen.

Zu Hause angekommen, geht er hinter die Hütte, nimmt einen Stumpen Wurzelholz, stopft etwas Heu darunter und zündet es an, bis am Boden ein helles Feuer brennt. Dann holt er einen halben Korb Tong-Früchte, setzt sich neben das Feuer und schält sie mit einem kleinen Messer. Bis spät in den Abend hinein ist er damit beschäftigt und spürt dabei, wie sein Herz immer schwerer wird, ohne daß er sich den Grund erklären könnte.

Am nächsten Morgen wandert Guisheng gerade zur Brücke hinüber, um nochmals den Krämer aufzusuchen und endlich seinen Antrag vorzubringen, als ihm einer der Knechte vom Gutshof begegnet. Er erzählt Guisheng, daß auf dem Gut ein Fest gegeben werde, weil der Fünfte Herr Zhang eine Nebenfrau heirate. Es sei das Mädchen aus dem Laden an der Brücke. Den Tag habe man schon bestimmt, nämlich heute. Am Abend werde die Braut erwartet, daher müßten alle vor Dunkelwerden aufs Gut, mithelfen und die Brautsänfte tragen. Guisheng trifft diese Neuigkeit wie ein schwerer Schlag. Er ist völlig betäubt, sein Atem stockt, und lange ringt er nach Luft.

Der andere ist gegangen. Guisheng kann immer noch nicht recht fassen, was er gerade gehört hat. Im Laufschritt fliegt er zum Laden bei der Brücke hinüber. Meister Du steht am Tisch und wickelt Geldgeschenke in rotes Papier. Als er Guisheng sieht, grüßt er ihn lächelnd und fragt: »Wo warst du denn so lange, Guisheng? Hab dich seit Tagen nicht gesehn. Wir haben schon gedacht, du hast es wie Xue Rengui gemacht und bist zu den Soldaten gegangen.«

Guisheng denkt: Zu den Räubern werd ich gehen!

Der Krämer fährt unbefangen fort: »Du warst ja ganz schön lange in der Stadt. Hast du dir eine Oper angeschaut?«

Guisheng steht mitten auf der breiten Straße vor dem Laden und stammelt hastig: »Meister, äh – Meister Du, ich muß dich was fragen. Man sagt, daß bei euch Hochzeit gefeiert wird. Stimmt das?«

Meister Du zeigt auf die kleinen roten Päckchen und sagt nur: »Na, schau dir dies hier an!« Sein Gesicht ist ein einziges Strahlen. Er braucht nichts weiter zu sagen.

Von unterhalb der Brücke hört Guisheng ein Klatschen und weiß, daß Jinfeng am Bach Wäsche wäscht. Er geht zur Brücke und lehnt sich an das Geländer. Jinfeng hat den Trauerturban abgenommen, und er sieht, daß in ihrem schwarzen, glänzenden Zopf eine winzige rote Blume steckt. Sie beugt sich gerade über ihre Wäsche, als Guisheng sie anspricht: »Du hältst also Hochzeit, Jinfeng – meinen Glückwunsch!« Sie schaut nicht hoch, wäscht nicht weiter und sagt keinen Ton. Nun erst begreift Guisheng, daß alles wahr ist und sich seine eigenen Hoffnungen restlos zerschlagen haben. Alles ist aus und vorbei. Er bringt kein Wort mehr heraus. Noch einmal geht er in den Laden, starrt Meister Du unverwandt an, dreht sich um und geht.

Am Abend stellt er sich trotz allem auf dem Gutshof ein.

Er sieht im Hof den Fünften Herrn, der einen langen seidenen, mit Baumwolle gefütterten Rock trägt und gerade in vergnügtester Stimmung seinen Leuten Anweisungen für den Schmuck der Brautsänfte erteilt. Als der Gutsherr den jungen Mann erblickt, grüßt er ihn: »Da bist du ja, Guisheng, das ist fein. Hast du was gegessen? Geh nur in die Küche, da gibt's auch was zu trinken.« Dann will er wissen: »Unter welchem Zeichen bist du geboren? Wer im Jahr des Drachen geboren ist, hilft mir heute abend die Brautsänfte tragen und meine Neue von der Brücke abholen. Keiner, der im Jahr des Tigers geboren ist, darf mit, und wenn die Braut ankommt, sollen sich diese Leute alle ein bißchen fernhalten, um das Schicksal der Braut nicht zu kränken.«

Befangen stottert Guisheng: »Ich bin Tiger, am fünfzehnten des Achten Monats in den *yin*-Stunden geboren – also ein Doppeltiger.« Dann steht er wie üblich, wenn er nicht weiß, was er sagen soll, mit leerem Lächeln da und rührt sich nicht vom Fleck. Später bemerkt er, wie ungeschickt sich die Leute beim Ausschmücken der Sänfte anstellen, und legt ein bißchen mit Hand an. Wieder fragt der Gutsherr ihn, ob er nicht etwas trinken wolle, aber Guisheng gibt keine Antwort. Onkel Yamao kommt aus dem Haus, um sich die Brautsänfte anzusehen. Er trägt eine neue dunkelblaue Jacke. Als er Guisheng bei der Sänfte stehen sieht, führt er ihn mit sich in die Küche.

Dort sitzen beim Feuer fünf, sechs junge Dienstleute auf niedrigen Schemeln, trinken und reißen Witze. Sie gehören alle zu denen, die als Sänftenträger oder Begleiter für den Brautzug eingeteilt wurden. Einer unter ihnen, der die *suona* spielen soll, lallt mit vom Schnaps gerötetem Gesicht: »Der Meister Du, das war schon immer ein freigebiger Mensch. Wenn wir bei ihm ankommen, serviert er uns bestimmt diese Hochzeitskuchen, die er in der Stadt gekauft hat – und ein kleines Geldgeschenk gibt's wohl auch noch dazu.«

Ein anderer sagt: »Ich schulde dem Meister Geld, 200 Käsch, er hat mich schon auf seine Tafel geschrieben – ich hab richtig Angst, ihm zu begegnen.«

Onkel Yamao beruhigt ihn gutmütig: »Na, deine Schulden wird er dir wohl erlassen, wenn du nur hübsch vorsichtig die Sänfte trägst.«

Ein bärtiger Knecht scherzt mit den Sänftenträgern: »Wenn ihr die Braut herbringt, paßt mal auf, wie lange sie weint. Heult sie immer noch, wenn wir schon durch das große Tal gezogen sind, müßt ihr zu ihr sagen, daß sie aufhören soll. Sagt einfach: ›Schwester, wenn du weiter weinst, bringen wir dich nach Hause zurück.‹ Dann wagt sie bestimmt nicht mehr zu weinen.«

»Und was machen wir, wenn sie trotzdem nicht aufhört?«

»Dann tragt ihr sie wirklich zurück.«

»Und dann?«

»Dann tragt ihr sie wieder ins Gutshaus, verbietet ihr aber zu weinen und befehlt ihr, laut zu lachen.«

»Wenn sie nicht lacht?«

»Die – und nicht lachen? Ich wette einen meiner Finger, daß sie lacht.« Alle stimmen vergnügt zu.

Der *suona*-Spieler ist ein Spaßvogel. Jetzt erzählt er einen anzüglichen Witz über eine jungverheiratete Frau, die drei Tage nach der Hochzeit den üblichen Besuch bei ihren Eltern macht. Er ahmt die Stimme der Braut nach, wie sie sich bei ihrer Mutter beklagt: »Mama, Mama, ich dachte, wenn ich verheiratet bin, brauch ich bloß den Schwiegereltern zu dienen und ihnen Enkel schenken. Aber stell dir vor, was dieser Ehemann macht – so jung und schon so ein Schwein! Nachts stopft er mich unten zu, daß ich nicht mehr pinkeln kann!« Wieder brechen alle in schallendes Gelächter aus.

Guisheng schweigt, beißt sich auf die Unterlippe und läßt wieder und wieder seine Fingerknöchel knacken. Er blickt in das rote Gesicht mit der langen Nase und hat nicht schlecht Lust, diesem *suona*-Spieler einen Faustschlag zu versetzen; aber als er dann die Hand hebt, greift er lediglich nach einer Steingutschale mit Schnaps, die er gierig und schlürfend auf einen Zug halb leer trinkt.

Manche der Dienstleute vermuten, Jinfeng werde heute abend nicht weinen, andere sind vom Gegenteil überzeugt: man brauche sich doch nur ihre blanken Augen anzusehen, die seien fürs Weinen wie geschaffen. Unterdessen schwärmen auch die Burschen, die die Sänfte geschmückt haben, in die Küche, und je größer das Gedränge wird, desto wüster werden die Reden.

Guisheng hat genug von all den Leuten und schmutzigen

Witzen. Allein geht er hinaus zu einem kleinen Verschlag neben der Scheune, wo er eine halbfertige Strohsandale entdeckt. Er hockt sich hin und beginnt daran zu flechten. Er ist ganz durcheinander und völlig ratlos. 16 Silberdollar sind ihm geblieben, die er fest in seine Schärpe gewickelt hat. Wirre Gedanken jagen ihm durch den Kopf: 3 *jin* Glasnudeln, 20 Fuß schwarzes Tuch, ein Schweinskopf – wozu? 5 Fässer Tong-Früchte hat er zum Auspressen in die Ölmühle gebracht ... Die großen ausländischen Schiffe mit den dicken Kanonen kämpfen auf hoher See gewaltige Schlachten ... sie brauchen Tong-Öl. Was hat doch dieser junge Papierhändler gesagt, als er Jinfeng so frech angeschaut hat ...? »Auch um tausend Taler Silber kaufst du dir kein treues Herz ... Alle Reiche dieser Erde kaufen keinen braven Schatz.« Nun ist er ja da, der brave Schatz. Der Vierte Herr hat in einem einzigen Monat acht Frauen vernascht, trotzdem fand er sie am ganzen Leib weiß und teigig und schrecklich fad. Ihr hohen Herrschaften seid nun einmal ein lüsternes, verdorbenes Pack!

Guisheng bemerkt, daß schon der Abend dämmert.

Im Hof erklingt lautes Stimmengewirr. Schwer betrunken marschiert der *suona*-Spieler aus der Küche mitten in den vorderen Hof, wobei er seine *suona* bläst. Leute rufen nach Feuerwerkskörpern und Fackeln. Dann ertönen zwei Messinggongs wie zum Appell: »Gehn wir! Los doch! Schnell auf den Weg!« Wenig später marschieren Menschen und Pferde zum Hoftor hinaus und in südlicher Richtung davon. Noch lange hört man die quäkende *suona*, deren Schall sich immer weiter entfernt, während der Brautzug über die Hügel verschwindet. Guisheng geht in die Küche und schaut sich um. Er findet nur noch ein paar Frauen vor, die man als zusätzliche Hilfskräfte eingestellt hat und die gerade Suppe kochen und auf Tellern Obst zurechtlegen. Onkel Yamao sagt zu Guisheng: »Ach, ich dachte, du bist mitgegangen. Na, hilf mir mal ein bißchen, hol ein paar Eimer Wasser, wir brauchen es hier bald.«

Wortlos legt sich Guisheng die Tragstange mit den beiden Wassereimern über die Schulter und geht hinaus. Im Hof brennen Ölfackeln, die Halle strahlt im Kerzenschein und ist mit roten Behängen ausgeschmückt. Die Frauen und Kinder, die auf dem Gut leben, stehen im Hof herum und warten auf die Ankunft der Braut, denn sie wollen sich das fröhliche Treiben nicht entgehen lassen. Um Wasser zu holen, müßte Guisheng eigentlich durch das Haupttor nach draußen, aber er wählt den längeren Weg durchs Hintertor um den Hof herum. Siebenmal schöpft er Wasser aus dem Brunnen, bis alle Bottiche in der Küche gefüllt sind. Dann ruht er sich aus und trocknet seine durchnäßten Strohsandalen am Herd.

Ihrem Horoskop zufolge soll die Braut, die im Jahr der Ratte geboren wurde, erst nach Einbruch der Dunkelheit im Heim ihres künftigen Gatten eintreffen. Ebenfalls mit Rücksicht auf ihr Schicksalszeichen war angeordnet worden, daß sich alle im Zeichen des Tigers Geborenen bei Eintreffen der Brautsänfte zu entfernen hätten (denn schließlich ist der Tiger eine große Katze und könnte die Ratte erschrecken). Onkel Yamao hat zwar pflichtbewußt die Sänftenträger beaufsichtigt und bewirtet, aber auch er gehört zu denen, die unter den Bann fallen. Die »Neue« dürfte nun jeden Augenblick eintreffen, und so geht er mit Guisheng in den Bambushain hinter den Gutsgebäuden. Er behauptet, er wolle nach Weißkohl und Rettich sehen, doch nimmt er unterwegs die Gelegenheit wahr, auf den jungen Mann einzureden.

»Schau, Guisheng, es ist alles vorbestimmt, und gegen das Schicksal lehnt man sich vergebens auf. Ein Wahrsager sagte Deng Tong voraus, er würde verhungern. Der Kaiser wollte dies nicht zulassen und schenkte ihm einen Berg mit Kupfererz, ja, er erlaubte ihm sogar, sein eigenes Geld zu prägen. Trotzdem ist er am Ende verhungert. Oder nimm den reichen Wang in der Stadt: ursprünglich lebte er kümmerlich als Straßenverkäufer von seinen *baozi*, ehe sich sein Los gewendet hat. Er hauste damals in diesem kleinen Erdgott-Tempel. Eines Tages brach eine Mauer ein, weil nach zweiwöchigem Regen das Fundament aufgeweicht war. Es fehlte nicht viel, und seine Frau und er wären unter den Trümmern umgekommen. Aber als die beiden sich aus Staub und Dreck herausgewühlt hatten und sich umblickten, fanden sie zwei Krüge mit Silber, die irgend jemand dort einmal vor langer Zeit vergraben hatte. Damit konnten sie ihren Wohlstand begründen ... Wenn das nicht Schicksal war! Wer hätte je gedacht, daß die Kleine aus dem Laden bei der Brücke eines Tages hier bei uns auf dem Gut leben würde? Der Fünfte Herr ist ein Studierter, er versteht sogar was von Naturwissenschaften. Eigentlich glaubt er an gar nichts. Außer der Heilkunde dieser ausländischen Teufel und ihren sogenannten ›Röntgenaufnahmen‹ läßt er nichts gelten. Als er letztes Mal in der Stadt war, hat er wieder zweitausend verloren. Es war der Vierte junge Herr, der ihm diesen Floh mit der Heirat ins Ohr gesetzt hat. Er sagt zum Fünften Herrn: ›Fünfter‹, sagt er, ›du spielst wie ein Narr, hast nie Glück, spielst aber trotzdem weiter und verlierst. Such dir ein junges, unberührtes Mädchen als Nebenfrau, und du wirst sehen, daß dein Glück sich wendet! Was diese verbrauchten Dirnen in der Stadt treiben, weiß doch jeder: Die füllen einen Schweinedarm mit Hühnerblut und behaupten später, du hättest eine Jungfer gehabt. In Wirklichkeit schielen sie bloß nach deinem Geld und versuchen, dich reinzulegen – was hast du denn davon! Auf dem Lande findest du noch richtige saubere Mädchen. Denk mal drüber nach.‹ Der Fünfte gab ihm recht. Dann hat er die Krämerstochter gesehen, und da war alles beschlossene Sache. Wenn das nicht Schicksal ist, was denn sonst!«

Guisheng rutscht plötzlich auf einer verfaulten Gurke aus. Leise flucht er auf sich selbst: »Zum Teufel, wo hast du bloß deine Augen!«

Onkel Yamao glaubt, das gelte Meister Dus Tochter, und sagt: »Oh, sie hat den Wohlstand im Auge, nicht den Mann!« Dann fügt er begütigend hinzu: »Laß mich mal ehrlich sein, mein Guisheng. So wie ich die Dinge sehe, haben diese Leute, der Krämer und seine Tochter, dich längst ins Herz geschlossen. Außenseiter sehen ja oft klarer als Beteiligte. Verstehst du denn immer noch nicht? Die beiden haben doch bloß darauf gewartet, daß du dich endlich traust, ein offenes Wort zu sprechen. Die Sache hätte längst abgemacht sein können. Überall fliegen Wildenten, es braucht wenig Mühe, und schon hat man eine, aber man muß wenigstens die Hand ausstrecken. Es ist wie im Spiel: Wer zuerst zieht, gewinnt, wer zu spät zieht, verliert. Du hast nicht gezogen, Junge, und so darfst du dich jetzt auch nicht beklagen oder jemandem die Schuld geben.«

Guisheng murmelt: »Onkel Yamao, was du da sagst, soll wohl ein Scherz sein.«

»O nein, das ist kein Scherz!« antwortet Yamao. »Alles wird vom Schicksal entschieden, nicht von uns Menschen. Noch vor zehn Tagen hätte ich fest daran geglaubt, daß diese Kleine eines Tages mit dir gemeinsam dort an der Brücke Bohnenquark rühren würde! Du selbst hast dich nie eindeutig erklärt, deshalb kannst du auch niemanden anklagen!«

Wie er das sagt, klingt es wirklich nicht scherzhaft. Doch als wäre ihm durch seine eigenen Worte die Unberechenbarkeit des menschlichen Schicksals bewußt geworden, beginnt er unwillkürlich hilflos zu lachen.

Während die beiden zum Bambushain hinaufklettern, hören sie aus weiter Ferne den klagenden Laut der *suona* und das Knattern von Feuerwerkskörpern. Beide wissen, daß die Sänfte mit der »Neuen« nun bald eintreffen wird. Plötzlich lodern im Hof weitere Fackeln auf, und das Stimmengewirr schwillt an. Eine Gruppe von Dienstleuten, die sich ebenfalls wegen ihres Geburtszeichens entfernen müssen, strömt schwatzend und lachend in den Bambushain. Geschwind wie Affen erklettern manche die kräftigeren Bambusstämme, um Ausschau nach dem Brautzug zu halten und zu beobachten, wie er im Hof ankommt.

Näher und näher tönt die *suona*, und das Stimmengewirr wird immer lauter und aufgeregter. Nun wissen alle, die sich hier oben verstecken, daß die Brautsänfte das Hauptportal passiert hat. Jetzt scheren sich einige der Leute nicht mehr um das Tabu, es hält sie nicht länger hier draußen, und sie laufen hinunter, um bei dem Trubel auch dabeizusein.

Drei Gewehrsalven werden abgefeuert. Dann spielt die *suona* die Hochzeitsweise »Himmel und Erde fließen ineinander«. Das Brautpaar verneigt sich vor Himmel und Erde, vor den Ahnen und voreinander. Dann ist die *suona* plötzlich verstummt, und die Fackeln werden eine nach der anderen gelöscht. Onkel Yamao weiß, daß man die Braut bereits in die inneren Gemächer geführt hat. Die Feier ist vorbei. Er führt Guisheng in die Küche zurück, während er die angeheiterten Fackelträger ermahnt, vorsichtig zu sein und ja nichts in Brand zu stecken. In der Küche drängen sich junge Leute, die ihre Geldgeschenke aus dem roten Papier wickeln, um nachzuzählen, oder die sich in einem der Holzbottiche im heißen Wasser die Füße waschen. Sie plaudern dabei über Meister Du: wie aufgeregt er war, wie glücklich, als sie bei seinem Laden ankamen. Sie witzeln auch darüber, wie er und Laizi jetzt wohl dasitzen und sich betrinken, um ja nicht traurig zu sein beim Gedanken an das, was mit dem Töchterchen heute nacht geschieht ... Onkel Yamao schenkt den jungen Leuten zu trinken ein und deckt den Tisch. Erst als sich die zehn, zwölf Burschen niedergesetzt haben, bemerkt er, daß Guisheng schon seit einer Weile verschwunden ist.

Gegen Mitternacht liegt der Fünfte junge Herr Zhang hinter Gazevorhängen auf seinem mit geschnitzten Figuren verzierten Bett, hält seine junge Braut im Arm und träumt selig vor sich hin, als plötzlich alle Hunde im Gutshof ein wildes Gebell anschlagen. Onkel Yamao springt auf, um nach dem Rechten zu sehen. Er bemerkt einen roten Schein am Himmel. In der Ferne lodert ein Feuer. Nach der Himmelsrichtung und der Entfernung zu urteilen, muß es drüben am Bach brennen. Da kommen auch schon Leute in den Hof gerannt und berichten atemlos, daß der Laden bei der Brücke in Flammen stehe, ebenso die Hütte von Guisheng und daß man nichts mehr habe löschen können. Wie ist es möglich, daß an beiden Orten zugleich Feuer ausbrechen konnte? Alle stehen vor einem Rätsel.

Hastig eilt Onkel Yamao hinüber an die Brandorte, zuerst zur Brücke. Der ganze Laden ist ein einziges Flammenmeer, selbst die hohen Eschen davor brennen lichterloh. Die Leute können nur hilflos in einiger Entfernung stehen und zuschauen. Im Augenblick weiß niemand, ob Meister Du und Laizi noch in dem brennenden Gebäude stecken oder fliehen konnten. Yamao eilt zu Guishengs Hütte, wo er ebenfalls eine Menschenmenge vorfindet, die das Feuer anstarrt. Von Guisheng hat niemand eine Spur gesehen. Auch hier weiß keiner genau, ob er in den Flammen umgekommen ist oder sich retten konnte. Onkel Yamao nimmt eine lange Bambusstange, schlägt in die lodernde Glut und zieht prüfend die Luft durch die Nase: sollte der junge Mensch in seiner Hütte verbrannt sein? Aber er kann nichts mehr feststellen. Im stillen hat er begriffen, was geschehen ist. Wie konnten die beiden Feuer zur gleichen Zeit ausbrechen? Das war gewiß kein Zufall! Als er zum Gut zurückkehrt, begegnet er unterwegs dem Fünften Herrn Zhang und seiner Jungvermählten. Der Gutsherr fragt: »Ist jemand umgekommen?«

Onkel Yamao stammelt: »Das ist Schicksal, Herr, das ist Schicksal!«

Als er den Kopf wendet, sieht er, daß Jinfeng bitterlich weint. In seinem Herzen sagt er zu ihr: Kind, bist du denn nicht froh, die Nebenfrau eines Gutsherrn zu sein? Dann geh heim und häng dich auf! Was nützt die Heulerei?

Immer noch eilen Leute an ihnen vorbei, um das Feuer zu sehen.

1937

Unter dem Mond

Am achten Tag war der Mond halb voll und stand schon früh am Himmel. Ein langer Gebirgszug erstreckte sich von Norden nach Süden entlang der Provinzgrenze, und an seinem Fuß lebten, von Menschen und Geschichte vergessen, in ein paar befestigten Dörfern die letzten Angehörigen eines kleinen Volksstammes. Sie sprachen ihre eigene Sprache, folgten eigenen Sitten und Gebräuchen und träumten ihre eigenen, besonderen Träume. Seit langer Zeit hatten sie in diesem Winkel der Erde gelebt.

Abendnebel breitete sich über das Tal und zog in die von riesigen Fichten und Tannen umstandenen Bergdörfer. Wer um diese Zeit auf einem der Gipfel bei der Festung aus schwarzen Steinquadern stand und von dort aus hinunterblickte, sah alles in zartes, bleiches Mondlicht getaucht. Der Blick in die Weite, der sich ihm bot, mußte ihn an ein wohlgefügtes Gedicht voll Licht und Farbe erinnern. In den Dörfern, an den Wald- und Feldrändern lag aufgetürmt die neue Ernte. Hie und da leuchtete das frische Holz einer neu gezimmerten Scheune. An allen Ecken und Enden loderten Freudenfeuer. Undeutlich hörte man die Stimmen fröhlich schwatzender Menschen, deren Schatten man sich um die Feuer bewegen sah. Von der Landstraße her drang an das Ohr des Beobachters hell und rhythmisch das Klingen der Pferdeschellen, dazu – tiefer, ernster und würdiger – das Geläut der Glocken am Hals der Zugochsen. Bauern kehrten von der Feldarbeit heim, Händler kamen vom Markt zurück, und jeden erwarteten freundliche Gesichter. In den Küchen wurden schon dampfend heiße Speisen bereitgestellt, und in irdenen Krügen wärmte man hausgebrannten Schnaps.

Eine sanfte Brise wehte den Duft von Reisstroh, reifen Bergfrüchten, Käfern und frischer Erde durch die weiche Abenddämmerung herbei. Alles reifte; alles, was den Sommer über in Sonne und Regen herangewachsen war, ging nun seiner Vollendung entgegen, und überall herrschte heitere Festtagsstimmung.

Klar hoben sich im milden weißen Mondlicht die Umrisse der steinernen Bergfestung ab, deren Schatten auf den Abhängen lag wie der Schatten eines Riesen. In einem der zum Mond hin sich öffnenden Tore lehnte Nuoyu, der Sohn des Häuptlings und Dorfältesten, dessen Name »Von Nuo gesegnet« bedeutet. An die Steinmauer gelehnt, betrachtete er lächelnd den Halbmond und sann über Kummer und Freude im menschlichen Leben nach . . .

»Unser Leben ist wirklich wert, gelebt zu werden; wie glücklich macht es uns doch! Der Kampf der Menschen untereinander, der Kampf der Herzen – beide werden um des Glückes willen geführt. Daher kennt unser Volk die Sage von jenem Helden, der Sonne und Mond bezwingen wollte – denn könnte man Sonne und Mond nach Belieben zum Stillstand bringen, so wären die Menschen womöglich noch glücklicher.

Diese Sage lautete folgendermaßen: Einst war der erste Mensch mit seinem durch Stärke und List erworbenen Wohlstand nicht mehr zufrieden. Doch da er keineswegs nur ein habgieriger, sondern auch ein mit großer Kraft und Begabung begnadeter Mensch war, zog er mutig aus, um Sonne und Mond zu finden. Er wollte jenen Gott in seine Gewalt bringen, der die gütigen Gestirne lenkt, und hoffte, ihn zu zwingen, allen Menschen, welche Liebe und Glück gefunden hatten, die Lebenszeit zu verlängern, andern hingegen, die ihr Liebstes verloren hatten und an denen Kummer und Enttäuschung nagte, ihr Dasein zu verkürzen. Tatsächlich gelang es dem Habgierigen schließlich, die Sonne zu fangen. Doch, von ihrer Hitze versengt, verdurstete er in den großen westlichen Sümpfen. Sonne und Mond beachteten ihn nicht weiter. Sein Ehrgeiz, so wußten sie, war nichts Ungewöhnliches gewesen, sondern nur eine der unzähligen Erscheinungen der Natur. Aufrecht und redlich waren die Götter, und für niemanden hegten sie eine Vorliebe: nicht der Mensch war Herr der Welt, und Sonne und Mond gehörten nicht ihm allein. Allem Leben schenkte die Sonne Wärme und Kraft; der Mond aber, dem die Insekten zusangen, gab Ruhe und tröstete das unter schwerer Arbeit stöhnende Land mit Gesängen und silbernem Licht. Wie eh und je strahlten Sonne und Mond über die ganze Welt, auf Freud und Leid der Menschen, und sahen, wie die Schönheit verging und häßlich wurde und wie man Häßliches als schön pries. Doch die Menschen in ihrer Ungeduld wollten zu schnell voran. Klüger als alle anderen Geschöpfe, besaßen sie zugleich sehr viel weniger Tugend. Da es ihnen nun aber an Demut mangelte und sie auch durch strenge Kälte oder brennende Hitze nicht bescheidener wurden, da weder der Mond noch die Sonne sie erleuchten konnten, beratschlagte der Gott der gütigen Gestirne gemeinsam mit jenem anderen Himmelswesen, das die Gefühle der Irdischen lenkt, wie man die Menschen züchtigen könne: von nun an, so beschlossen sie, sollten die Glücklichen unter ihnen die Kürze der Lebenszeit beklagen, die Kummervollen aber sollten sie als zu lang empfinden. Denn offensichtlich wurde der Mensch von seinen Gefühlen beherrscht!

Die alte Legende erzählte ferner, wie der Mond mit den Dämonen der Unterwelt verhandelt hatte und das Volk daraufhin annahm, daß auch die Dämonen Nachtgeschöpfe wären. Ihr Walten konnte, so glaubten die Menschen, einzig und allein mit dem Mond in Verbindung stehen und hatte offenbar nicht das geringste mit der Sonne zu tun. Dennoch – seltsam! – grollten alle Leute der Sonne, wenn ihnen die Zeit zu rasch oder zu langsam verging: »Verschwinde, dumme Sonne! Fort mit dir!« Sie haßten sie geradezu – nicht aber den Mond. Die Einheimischen erklärten dies damit, daß wahrscheinlich das Gute in der Menschennatur im Schwinden war, das Böse dagegen zunahm. Überhaupt schien das Mondlicht so sanft und friedlich, spendete den Menschen ein stilles, kluges Licht – nicht die gnadenlos ehrliche, alles offenbarende Helligkeit der Sonne. Deshalb liebten zwar alle anderen Lebewesen die Sonne, doch die Menschen haßten sie. Wenn sie abends noch auf Wanderschaft gehen oder arbeiten mußten oder einen geliebten Menschen erwarteten, begrüßten sie immer den Mond. Nur die Räuber fürchteten das Mondlicht, doch gab es in diesem Volksstamm keine Räuber, ja, seine Sprache kannte nicht einmal ein Wort dafür.

So saß er da, der einzige Sohn des Häuptlings, gerade einundzwanzig Jahre alt. Er lächelte zufrieden dem Mond zu, denn er fühlte sich jung und gesund und hatte außerdem noch einen anderen Grund zum Glücklichsein. Der Mond lächelte zurück. Neben dem Jüngling lag eine weiße Gestalt: ein junges Mädchen, das sein schönes Haupt mit dem gelösten, lang fließenden Haar an die Schenkel des jungen Mannes lehnte und, wie auf ein Kissen gebettet, still und friedlich schlief. Das schmale weiße Gesicht des Mädchens leuchtete im Mondschein hell wie Alabaster – oder gar wie ein Widerschein des Mondlichts selbst. Sein schwarzes Haar glich den feinen Fäden, welche die weiblichen Dämonen im Schutz der Winternächte spinnen, um ihre Opfer in düstere Höhlen zu locken. All seine Züge schienen jedoch von göttlicher Hand geformt: die Augen, die Nase, die Ohren, der kleine Mund, in welchem die Quelle des Glücks verborgen lag, und die verwirrenden, winzigen runden Grübchen, die bei den Eingeborenen »Nester der Küsse« hießen. Dem Burschen schien schon das leiseste Lächeln dieses Mädchens, ein Augenzwinkern oder eine leichte Wendung seines Leibes wie verzaubert: diesem von Göttern und Dämonen geschaffenen jungen Weib mußte man mit derselben Hingabe dienen wie den Göttern und Dämonen selbst. Still lag sie an seiner Seite. Weiße Kleidung umhüllte ihren schlanken, weichen, sanften Leib, der dem Jüngling erschien wie aus weißer Jade, milchiger Sahne, Früchten und duftenden Blumen. Am Tage hatte das Mädchen hier im Sonnenschein gesungen, doch in der Abenddämmerung war es ermattet eingeschlummert. Nun würde es bald unter dem Halbmond erwachen.

Ein Strahl weißen Lichtes ergoß sich über die beiden und strich zart über den Körper der Schläferin. Von den Berghängen tönte vielstimmig das Nachtkonzert der Insekten. Mitten am Firmament stand der Halbmond gleichsam auf der Stelle und schien lange, lange nicht weiterzurücken.

Der Jüngling beugte sich nieder, küßte das nachtschwarze Haar und berührte dieses Werk der Dämonen.

Aus der Ferne wehte Gesang und der Klang einer Rohrflöte herüber, während vor seinen Augen Leuchtkäfer mit geflecktem Rücken um das Gemäuer gaukelten, als ob sie ein paar kleine Unsterbliche in die alte Festung locken wollten.

Nuoyu, der beste Sänger unter den jungen Burschen der Gegend, begann leise, ganz leise zu singen, um weder das Mädchen noch die Leuchtkäfer zu erschrecken:

»Der Drache hält in Wolken sich verborgen,
In meinem Herzen berg ich dich . . .«

Das Mädchen drehte den Kopf ein wenig zur Seite, und aus tiefen Träumen heraus sang es zurück:

»Meine Seele ist ein Fähnlein.
Deine schönen Lieder sind der sanfte Wind.«

Der junge Mann glaubte, das Mädchen sei erwacht, doch drehte es sich nur dem Mond zu und schlief weiter. Mit verhaltener Stimme sang er wieder:

»Gift sei in meiner Stimme, sagen sie,
Nur ein Lied, und wie von schwerem Wein
sei, wer es höre, trunken einen Tag lang;
Honig liegt in deiner holden Rede,
Nur ein Wort, und Duft und Süße
füllt meines Herzens Grund ein ganzes Jahr lang.«

Das junge Mädchen, die Augen noch immer geschlossen, antwortete wieder wie im Traum:

»Halt ein, du rauher Wind des Winters,
halt ein, du Sturmgebraus des Meeres –
Dies Fähnlein hält dem Sturm nicht stand.

Sanft, bitt ich, blase; blase sanft!
Weh, Lenzwind, zärtlich frühlingsmilde Brise.
Hauch zart auf Blüten, daß sie still sich öffnen,
ich bitt dich, reiß sie nicht von ihrem Zweig.«

Der Häuptlingssohn spürte, daß seine Lieder die Seele des Mädchens heimlich wiegten, und sang aufs neue mit gedämpfter Stimme:

»Auf seinem Fittich steigt der Vogel in den Himmel,
Doch ohne Schwingen flieg ich in dein Herz;
Was frag ich, wo das Paradies ich finde?
Ich weile ja an seiner Pforte.«

Und nochmals sang das Mädchen zur Antwort:

»Mein Leib verlangt nach starken Armen, ihn zu halten,
Mein Herz ersehnt den Halt in sanften Liedern.«

Nuoyu, der junge Häuptlingssohn, suchte in seinem Gedächtnis nach Worten, gleich einem Händler, der in seinen Taschen nach einem besonders schönen Juwel kramt: zwar sind seine Taschen gefüllt, doch es fällt ihm schwer, unter all den vielen strahlenden Edelsteinen den schönsten herauszulesen.

Der Jüngling geriet einen Augenblick lang in Verlegenheit. Er dachte: Die Götter haben Schönheit und Liebe geschaffen, aber der Mensch muß nach passenden Worten suchen. Es ist für einen gewöhnlichen Sterblichen nicht leicht, der Schönheit stets den richtigen Ausdruck, der Liebe stets eine treffende Erklärung zu geben, um seine jeweilige Empfindung genau zu bezeichnen.

Der Leib dieses Mädchens ist der Liebe eines Kaisers würdig, ihr Wesen sollte man mit Gedichten und Liedern aus der Hand eines Kaisers preisen, dachte er, was ihn zugleich verwirrte. Sein Gesang geriet ins Stocken, und schließlich verstummte er ganz.

Wirklich war es so gewesen, daß seine Lieder das halb erwachte Mädchen immer wieder in den Schlaf gewiegt hatten – doch da er nun schwieg, wachte sie plötzlich auf.

Als er sah, daß sie wach wurde, schloß er die Augen und

stellte sich schlafend. Das Mädchen aber hatte seit Sonnenuntergang tief geschlummert und war jetzt völlig munter. Es erblickte Nuoyu, gegen die Mauer gelehnt. Im Glauben, er schliefe, und besorgt, der Stein sei zu kalt, breitete es seinen weißen Wollumhang über ihn. Dann schmiegte es sich sanft an die Schulter des Jünglings und erinnerte sich, wie die roten Wolken über den Himmel gezogen waren, als es einschlief. Nun bemerkte es auch den Halbmond mitten am Himmel und begann sanft zu singen, wie Mütter, die für ihr Kind ein Wiegenlied anstimmen:

»Schlafend deckten lichte Wolken mich zur Ruh,
Wachend dient das Mondlicht mir als Lampe.«

Nuoyu hielt es nicht mehr aus – er mußte vor Lachen prusten.

». . .«

». . .«

Vier glänzende Augen blickten einander an. Die Mundwinkel der beiden jungen Leute umspielte ein Lächeln, das beredt von allem sprach, was sie am Tage miteinander erlebt hatten. In der Erinnerung nun spürten beide eine leise Scheu, schmiegten sich eng aneinander und tauschten aufs neue ein Lächeln aus. Dabei bemerkten sie, wie bleich ihre Gesichter unter dem Mondlicht wirkten, und blickten gemeinsam hinauf zum Halbmond, der am Himmel hing.

Suona und Gong klangen zu ihnen herauf: der Zauberpriester segnete die Erde und dankte den Göttern im Namen der Bauern für die Ernte.

Mit den Augen suchte das Paar zu erforschen, woher die frohen Laute kamen. Beide blickten ins Tal hinunter bis an den fernen Fluß.

»Ohne Boot kann niemand den Fluß überqueren; wer kann ohne Liebe dieses Leben überstehen?«

»In jenem kleinen Fluß dort kann ich niemals untergehen; nur in deinem kleinen Mund kann ich versinken.«

Trotz dieser halb verschlüsselten Worte stand deren volle Bedeutung klar im Lächeln der Liebenden geschrieben, und einer verstand den anderen ohne die leisesten Zweifel. In der Ferne zog sich der Fluß unter dem Mond wie ein langgestreckter Gürtel dahin. Lag es am leuchtenden Wasser oder am zarten Dunst, der darüber schwebte? – Beiden schlug bei diesem Anblick das Herz noch höher.

Das Mädchen erzählte dem Freund von den Liedern, die es gehört und auch wohl selbst gesungen hätte, und zwar ganz so, als sei dies nur im Traum geschehen. Da erklärte der junge Häuptling alles, und beide mußten lange schallend lachen.

Die junge Frau war unbefangen wie der Frühlingswind, fröhlich und verspielt wie eine kleine Katze. Ihr langer Schlummer hatte die Trägheit des Nachmittags restlos vertrieben, und nun wurde sie unter dem Mond munter wie ein Fisch in den klaren Stromschnellen.

Die beiden plauderten miteinander, ließen ihrer Phantasie freien Lauf, wobei ihnen aber nur lauter Unsinn einfiel, wie man ihn vielleicht manchmal im Traum plappert und wie ihn junge Liebende so gern austauschen.

»Sag nichts«, bat der junge Häuptlingssohn, »laß mich Worte finden, die deine schönen Augenbrauen und dein Haar beschreiben!«

»Auch wenn ich etwas sagen würde – könnte es dich daran hindern, mir zu schmeicheln? Und doch – ein kluger, begabter Mensch wie du verrät sich selbst in leeren Schmeicheleien!«

»Die Götter reden nicht. Wenn du schweigst, gleichst du . . .«

»Lieber will ich ein Mensch bleiben! Du selbst hast in deinen Liedern das Glück des Menschseins beschrieben. Laß uns lebendige Menschen sein!«

»Wenn du schweigst, erscheinst du mir wie eine leibliche Schwester der He Xiangu. Ich wollte, du wärest weniger klug als deine himmlische Schwester – dann könnte ich wohl geeignete Worte finden, um deine edle Anmut zu rühmen.«

»Und doch sagtest du, du wünschtest, daß dein Jagdhund flinker wäre . . .«

»Ich wünschte, er könnte geschwinder laufen, weil ich dich dann in den Bergen leichter finden könnte; auch wäre es sicherer, ihm meine Briefe an dich mitzugeben.«

»Wünschtest du, ich wäre dümmer – wünschtest du, daß die Gazelle weniger klug wäre –, weil es dann kein Entkommen vor deinem Jagdhund gäbe?«

»Gute Musik muß man mehrmals hören, bis man sie versteht – sprich noch einmal.«

»Ich weiß nur, daß du wünschst, die Gazelle wäre dümmer.«

»Je dümmer die Gazelle wäre, desto leichter könnte mein Jagdhund sie erlegen und dir zu Füßen legen. Und wärest du ein bißchen weniger klug, fiele es mir leichter, dich zu rühmen!«

»Du birgst schon viel zu viele wohlklingende Worte in deinem Mund. Sprich mir von deinen Empfindungen, und wenn Lügen schöner sind als die Wahrheit, will ich gern deinen schönen Lügen lauschen.«

»Du hast mein Herz erobert, ganz wie die Dunkelheit der Nacht das Land erobert hat.«

»Doch wenn der Mond aufgeht, erobert die Dunkelheit nur einen kleinen Teil der Erde . . .?«

»Der Mond leuchtet nicht in die Herzen der Menschen.«

»Das bedeutet, daß ich dir nichts als Dunkelheit gebe.«

»Du gibst mir Licht, aber es ist so hell wie die Sonnenstrahlen, die den Menschen erdrücken – es macht mich schwindlig. Du verwirrst mich, vor dir fühle ich mich klein und erbärmlich.«

»In Wirklichkeit bist du aber selbst leuchtend klar. Daß du nach schmeichelhaften Worten erst suchen mußt, beweist, daß dein Herz noch klar und rein ist.«

»Fische können nicht in klarem Wasser leben – in einem reinen Herzen wohnen keine Schmeichelworte.«

»Der Fluß führt ohne Unterlaß Wasser, und den Herzen der Menschen gehen die Worte nie aus. Doch sprich nicht weiter, denn der Mund ist nicht nur zum Sprechen gedacht!«

So machten sie einen anderen Gebrauch von ihren Lippen und waren eine Weile still. Zwei Herzen schlugen wie eines. Dann blickten sie über die lange Bergkette hin, zum großen Fluß hinunter, auf das Dorf und die Felder, die unterm Mond zu träumen schienen. Dunkler und schwerer klang die Rohrflöte, als wäre sie vom Mondlicht feucht geworden. Die Trommel im Eckturm des Dorfes wurde zur zweiten Nachtwache geschlagen. Da erinnerte sich das Mädchen plötzlich an etwas. Es nahm den klugen Kopf des jungen Häuptlings in beide Hände, küßte wieder und wieder seine Augen, seine Brauen, seinen Mund und seine Nase, schüttelte den Kopf und seufzte leise, als wüßte es keinen Ausweg. Dann kniete es vor den Jüngling hin und begann, das gelöste Haar in Zöpfe zu flechten. Schließlich wollte es sich erheben und gehen.

Der junge Häuptling verstand die Absicht seiner Freundin, nahm sie in die Arme und ließ sie nicht aufstehen. »Selbst der Leuchtkäfer versteht sich auf das Spiel mit seiner kleinen Fackel. Warum so in Eile? Wohin gehst du?«

»Eine Sternschnuppe weiß, woher sie kommt und wohin sie geht. Auch ich muß an meinen eigenen Ort.«

»Edelsteine muß man im Schatzhaus verschließen – du sollst im Haus deines Liebsten bleiben.«

»Nicht alles Schöne braucht ein Heim. Sternschnuppen, abgefallene Blüten, das Licht der Leuchtkäfer und die beste Sängerin unter den Vögeln, die ›Königin‹ mit ihrem blauen Kopf, dem roten Schnabel und den grünen Flügeln – keins von ihnen hat ein Heim. Hat je ein Mensch einen Phönix eingesperrt? Wer kann das Mondlicht festhalten?«

»Der Löwe braucht eine Gefährtin. Selbst die Götter werden zustimmen, wenn du mir in mein Heim folgst.«

»Was die Götter lieben, wird oft von den Menschen verachtet.«

»Mein Vater wird einverstanden sein, denn er liebt mich.«

»Auch mein Vater liebt mich – daher würde er mich, sobald er davon erführe, nach den Gesetzen unseres Volkes strafen. Man wird mich mit Stricken binden und in die Himmelsgrube werfen, die so tief ist, daß man selbst mit 48 aneinandergeknüpften Hanfseilen ihren Grund nicht erreicht; sterbe ich, so wird mein Geist den Weg zu dir nicht wiederfinden – sollte ich aber am Leben bleiben, so darf ich dich selbst im Traum nicht mehr suchen.«

Sie sagte die Wahrheit. Nach den Sitten dieses Volkes durfte ein Mädchen den ersten Mann in seinem Leben zwar lieben, mußte aber den zweiten heiraten. Falls eine junge Frau diese Vorschrift übertrat, wurde sie gefesselt und mit einem an ihren Rücken gebundenen Mühlstein in einen Teich oder eine tiefe Grube geworfen. Dieser Brauch stammte aus uralten Tagen. Vor langer Zeit hatte man in diesem Stamm, wie auch in anderen Völkern, die Jungfräulichkeit eines Mädchens für dämonisch gehalten. Nur den Häuptlingen, die aufgeklärter waren als das Volk, und den ehelos lebenden Zauberpriestern hatte man damals das Recht der ersten Nacht zugestanden, nach und nach aber war dieses Recht auf den ersten Liebhaber übergegangen. So durfte der erste Mann ein Mädchen zwar entjungfern, nicht aber für immer lieben; heiratete er es dennoch, so war ihm großes Unheil beschieden. Im Lauf der Zeit war die ursprüngliche, abergläubische Bedeutung dieser Vorschrift in Vergessenheit geraten, doch hielt man an dem alten Brauch fest, und jedermann befolgte ihn als ein Stammesgesetz. So hüteten sich die jungen Männer und Frauen, davon zu träumen, daß die erste Liebe von Dauer sei. »Schöne Blumen können nicht immer blühen, nicht jede Nacht kann Vollmond scheinen, und die Sterne können nicht immer glänzen.« Daher besangen sie die erste Liebe in traurigen, melancholischen Liedern. Kam der Tag des Abschieds, so fühlte manches junge Paar: »Nur selten blüht die duftende Orchidee ein zweites Mal, wie schwer findet man ein neues Glück«, und oft liefen Liebende heimlich miteinander fort. Auch geschah es mitunter, daß ein solches Paar sich still und Hand in Hand in den Krater des seit Jahrtausenden erloschenen Vulkans stürzte. Manchmal gab es keine andere Wahl – denn hätten sie geheiratet und die Wahrheit wäre später entdeckt worden, so hätte man selbst dann noch die junge Frau in die Grube geworfen.

Dieser Brauch war der Grund, daß heranwachsende junge Mädchen von ihren Eltern nicht sehr streng behütet wurden. Und so kam es auch, daß Fremde keine Schwierigkeiten hatten, mit einem Mädchen, das ihnen gefiel, zu schlafen. Kluge Jungfrauen hielten, wenn sie ins heiratsfähige Alter kamen, stets nach einem Liebhaber Ausschau, ohne dabei besonders wählerisch zu sein. Diesem gewährten sie die erste Nacht, um später den Mann, den sie liebten, zu heiraten. Kluge Jünglinge, die sich in ein Mädchen verliebt hatten, das noch Jungfrau war, forderten die Liebste auf, zunächst mit einem andern ihre Pflicht zu erfüllen, und heirateten sie erst, wenn dies geschehen war.

Doch dieser barbarische Brauch wurde von den Göttern nur widerwillig geduldet. Ihr Wohlwollen galt stets der Liebe zwischen Burschen und Mädchen, sosehr sie auch gegen die Stammessitten verstieß. Es gab deshalb immer wieder Mädchen, die bereit waren, sich dem Geliebten ganz zu schenken; und immer wieder verlangte es junge Männer danach, sich ganz und für immer mit einem Mädchen zu vereinigen. Viele Liebende nahmen lieber die grausame Todesstrafe auf sich, als sich dem Brauch zu fügen.

Im Frühling, als die gelben Wildkirschen an den Berghängen blühten, war die Jungfrau dem Häuptlingssohn zum erstenmal begegnet. Sein zärtlicher, sanfter Gesang und seine kräftige, schöne Gestalt hatten bald ihr Herz erobert. Den ganzen Sommer über bis in den Herbst hatten beide das Verlangen, das sie füreinander empfanden, beherrscht und in einer reinen, aufrichtigen Freundschaft zum Ausdruck gebracht. Da sie ihre Leidenschaft unterdrückten, war auch keinem von beiden der Gedanke an eine Heirat gekommen, und schon gar nicht hatten sie daran gedacht, dem Brauch zu folgen und erst zu heiraten, wenn das unberührte Mädchen seine Unschuld durch einen anderen Mann verloren hätte. Doch nun im Mittelherbst reifte alles. Die Früchte fielen von den Bäumen, der Reis füllte die Scheunen, die Hennen brüteten ihre Küchlein aus. Um die Erde, die das ganze Jahr mühevolle Arbeit geleistet hatte, zu verschönen, malte die Natur herrlich leuchtende Farben an den Himmel, ließ die Flüsse klar werden und die Luft warm und duftend, schmückte alles Land mit gelben Blumen und tauchte Gras und Laub in die gleichen glühenden Farben wie die Wolken. Als sie dies alles vollendet hatte, wandte sie sich den Menschen zu.

Der Herbst brachte alles zur Reife, und so reifte zuletzt auch die Liebe zwischen den beiden jungen Leuten.

Wie an jedem andern Tag hatten sie sich nachmittags bei der alten Festung getroffen. Sie hatten unzählige Wildblumen gepflückt, die zwischen den großen schwarzen Steinen wucherten, und hatten Schulter an Schulter dort oben gesessen. Die Berghänge waren übersät mit vielerlei Blumen, und überall flatterten Schmetterlinge von einer Blüte zur anderen, als hätten sie jeder von ihnen ein paar Geheimnisse zu erzählen. Blickten die beiden Liebenden den Hang hinunter, so sahen sie ringsumher nichts als Frieden und Anmut. Aus den lang hingestreckten Bergen erklangen die Rufe der Mäher, und vom Dorf her hörten sie, wie jemand einen Zaun für ein neugeborenes Kalb zimmerte. Aus den Feldern im Tal vernahmen sie die fröhlichen Streitereien der Leute, die mit dem Einbringen und Dreschen der neuen Reisernte beschäftigt waren. Still und ohne Eile zogen weiße Wolken über den Himmel, und am tiefblauen Firmament flogen Zugvögel in geordneter Reihe dahin, ein Schwarm nach dem andern.

Am Nachmittag hatten die beiden jungen Leute ihren Hunger mit Bergfrüchten, ihren Durst mit klarem Quellwasser gestillt, und für den Hunger und Durst ihrer Seelen hatten sie das richtige Lächeln, das geeignete Wort gefunden. Unzählige Lieder hatten sie gesungen und über alle Dinge unter der Sonne geplaudert.

Als die Sonne im Westen versank, waren beide innegeworden, daß ihrem Leben etwas fehlte, und in der ersten Abenddämmerung hatten die Rufe der Kälber von den niederen Hängen her ihre Herzen erzittern lassen.

Der Wille der Götter beugt sich keinem von Menschen errichteten Gesetz. In dieser frühen Abendstunde vermochten die beiden Liebenden nicht länger, die dämonischen Vorschriften zu achten, und all ihre Klugheit warnte sie vergebens, sich zu beherrschen. Sie verloren sich selbst, einer im andern, und damit jede Zurückhaltung. Und zugleich fanden sie einen neuen Ausdruck für die Kraft, die ihnen ihre Liebe gab, und gewannen jene selige Befriedigung zweier Herzen und Seelen, die einander ganz durchdringen, bis schließlich beide zitternd und bebend einer Ohnmacht nahe waren, stumm und unfähig, auch nur noch ein Wort zu sagen. Die Überfülle des Glücks hattte die beiden jungen Leute zur gleichen Zeit erschöpft, und gemeinsam schliefen sie ein.

Der Jüngling war als erster erwacht und hatte sich seligen Erinnerungen hingegeben, ohne daß ihm ein Gedanke an die Zukunft gekommen wäre. Das Mädchen dagegen erinnerte sich fast instinktiv an die Strafe, welche alle jungen Frauen des Stammes erwartete, sobald sie die Stammesgesetze übertraten. Daher hätte es auch niemals damit gerechnet, daß der Sohn des Häuptlings es auffordern würde, ihm in sein Heim zu folgen. Sie waren noch viel zu jung, um in der Welt des »Denk an morgen« zu leben; es konnte für sie beide gar nichts anderes geben als ein Leben im Paradies . . .

Und doch war auch für dieses junge Paar schon die Zeit gekommen, sich den Gebräuchen ihrer Umwelt, den Sitten ihres Stammes anzupassen.

»Liegt denn der Sinn der Liebe im Verzicht auf die Welt?« Dieser neue Gedanke ließ den jungen Häuptling unter dem Mond stumm werden wie ein Stein.

Als sie bemerkte, daß er nichts mehr zu sagen wußte, war ihr klar, daß er sich ihrer Liebe wegen sorgte. So gab sie vor, glücklich zu sein, rief ihn sanft beim Namen und bat ihn inständig, auch wieder heiter zu werden, da sie beide nun doch so viel Grund hätten, sich zu freuen:

»Hör meine Bitte, du, unser bester Sänger:
Vertreibe die weißen Wolken mit deinem Lied!
Laß den Mond untergehn, wann er mag –
Jetzt aber hängt er noch über uns beiden.«

Und wirklich zog in diesem Augenblick eine durchsichtige Wolke über den Mond, so daß sein Licht schwächer schien als zuvor. Auch in den Herzen der beiden jungen Leute wurde es dunkler.

Der einzige Sohn des Häuptlings sang:

»Sonnenschein brauch ich nicht, doch ohne dich
kann ich nicht leben.
Nicht Kaiser noch König will ich sein,
aber dein Diener und Sklave.«

Das Mädchen sagte: »In dieser Welt ist nur die Heirat erlaubt, nicht die Liebe.«

»Es muß aber doch eine andere Welt geben, in der wir weiterleben dürfen; laß uns weit, weit fortgehen; wo die Sonne aufgeht, dahin wollen wir wandern.«

»Aber der Zugochse, das Pferd, der Obstgarten, die Felder, deine Fuchspelzjacke und dein Tigerfellager – werden sie dir nicht fehlen?«

»Wenn ich dich hab, brauch ich nichts weiter. Du bist mir Licht, Wärme, Quellwasser, Frucht der Erde – du bist mir die ganze Schöpfung. Um dir nahe zu sein, will ich diese Welt verlassen.«

Sie überlegten lange, wohin sie fliehen könnten, doch weit und breit schien es keinen Ort zu geben, an welchem sie willkommen sein würden: im Süden lag das große Reich der Han – dort würde man sie als »Wilde« töten, sobald man ihrer ansichtig würde, so daß sie nicht wagten, sich nach Süden zu wenden; im Westen erstreckte sich das weite, kahle Bergland, wo Tiger und Leoparden lauerten ... auch dorthin wagten sie sich nicht; im Norden lag das Stammesgebiet ihres eigenen Volkes, wo in jedem Dorf das dämonische Gesetz eingehalten wurde und Flüchtige wie sie vogelfrei waren. Nur gen Osten lag das Land, wo Sonne und Mond aufgingen. Da die Sonne gerecht und uneigennützig war, durfte man annehmen, daß es an diesem Ort friedlich und aufrichtig zuging.

Doch da fiel dem jungen Häuptling jene Geschichte wieder ein: die Legende vom Helden, der sich an der Sonne verbrannte. Ihr zufolge hatte keiner seiner Stammesangehörigen es je gewagt, fern der einheimischen Sitten und Gebräuche im Osten zu leben. Es gab in seinem Volk auch ein altes Lied, in welchem sowohl der Lebenshunger als auch die wahre Lebenssuche vor dem Hintergrund des Todes erklärt wurde. Der Gierige, so hieß es darin, erkaufe sein

»Leben« nur durch »Tod«. Der Tod allein sei stärker als das Schicksal, er allein könne alles überwinden. Die gerechteste aller Welten lag nicht hier auf Erden, sondern im leeren Raum darüber und in den unteren Regionen, doch während das himmlische Paradies begrenzt war, bot die Unterwelt unendlichen Raum. Daß diese Unterwelt unendlich weit und unendlich gerecht wäre, glaubten alle Stammesangehörigen ganz fest, denn man hatte ja noch nie von einem Toten gehört, der bereit gewesen wäre, ins Leben zurückzukehren, und noch weniger hatte man je erfahren, daß der Raum unter der Erde, trotz all der Toten, die er bereits barg, nicht Platz genug für unzählige weitere bot. Jeder Eingeborene war von einem ewigen Leben nach dem Tode überzeugt. Daher war es in diesem Volk nichts Ungewöhnliches, daß unglücklich Liebende den Freitod suchten oder, wenn sie fürchteten, daß ihre Seelen einander nicht wiederfinden könnten, sogar gemeinsam in den Tod gingen.

Als Nuoyu an die jenseitige Welt dachte, begann sich ein glückliches Lächeln über sein Gesicht zu breiten.

Er fragte das Mädchen, ob es bereit wäre, ihn an jenen Ort zu begleiten, wohin man zwar gehen, von wo man aber niemals zurückkehren könne.

Die junge Frau dachte eine Weile nach. Später hob sie den Kopf und blickte zum Mond empor, der gerade wieder hinter den Wolken auftauchte.

»Überall kann Feuer brennen,
Überall kann Wasser rinnen.
In jeden Winkel reicht des Mondes Glänzen,
Und auch die Liebe achtet keine Grenzen.«

Dann lag sie in den Armen des jungen Häuptlings, schloß die Augen und erwartete seinen letzten Kuß, der ihnen beiden den Tod bringen würde. Der Sohn des Dorfhäuptlings nahm sein Messer, das er stets bei sich trug, klaubte aus einem Hohlraum im juwelenverzierten Griff eine kleine Kapsel heraus, nicht größer als ein Samenkorn, welche tödliches Gift enthielt, steckte sie sich in den Mund, und als er spürte, daß sie zu schmelzen begann, ließ er mit der Zunge einen Teil des Giftes in den Mund des Mädchens fließen. Heiter schluckten beide den Saft, der sie für immer vereinen würde. Lächelnd legten sie sich auf ihr steinernes Bett, das mit welken Blumen bestreut war, um zu schlafen und die Wirkung des Giftes zu erwarten.

Der Mond verbarg sich hinter den Wolken.

1933

Meine Erziehung

I

Dies sind meine Erinnerungen an die Zeit, als ich in einem kleinen Flecken namens Huaihua lebte. Ich wohnte in den linken, oberen Rängen einer Theateranlage, die einem Tempel angegliedert war. Insgesamt waren wir siebzig Mann.

Die Wand war voller Pflaster, woraus ersichtlich wurde, daß an diesem Ort schon Soldaten gehaust hatten. Warum Soldaten und Pflaster nicht voneinander zu trennen sind, können gewöhnliche Leute kaum verstehen. In unserer Truppe gab es ebenfalls sehr viele Kameraden, die sich anscheinend äußerst gern auf den Rücken oder auf die Schenkel ein Pflaster klebten, und später klebten auch sie diese Pflaster auf die Wände. Sie erhielten oft Prügel, besonders die etwas älteren Küchenbullen, oder strauchelten und stießen sich den Fuß beim Verladen von schweren Sachen, oder ihnen tat das Kreuz weh. Deshalb waren Pflaster für sie noch unentbehrlicher als für andere Leute.

Wir teilten uns jeweils zu zweit eine Baumwolldecke, unsere Unterlage bestand aus Stroh. Man war zugedeckt und hatte ein Lager, man wurde nicht naß, noch brauchte man zu frieren, und es gab zu essen und zu trinken: So stellte das hier natürlich ein angenehmes Leben dar, mit dem alle sehr zufrieden waren. Alles wurde von dem Regiment besorgt, die Betten waren neu, das Stroh sauber, und die Baumwolldecken hatten wir den Landleuten eigenhändig aus ihren Betten geholt.

Der Zugführer belehrte uns morgens und abends je dreimal; schon längst konnte er diese prächtigen Belehrungen auswendig herunterleiern. Sollte der Oberkommandeur

einmal eine Überprüfung anstellen, würden wir uns nicht blamieren. Die Belehrung des Zugführers bestand aus drei Punkten, die man, wie er sagte, sich genau einprägen sollte:
1. Es ist nicht erlaubt, draußen mit anderer Leute Frauen anzubändeln!
2. Es ist nicht erlaubt, ohne weiteres Sachen mitgehen zu lassen!
3. Untersagt sind Krach und Streitereien.

Von Anfang an habe ich mir das hinter die Ohren geschrieben. Was die anderen anging, so wage ich mich nicht zu äußern. Ich kannte die Vorlieben einiger Leute genau.

2

Nachdem wir einen Tag lang das Quartier in Ordnung gebracht und es mit Reisstroh ausgeräuchert hatten, war der Modergeruch im ersten Obergeschoß überraschenderweise verschwunden.

Heute hat jemand in einer Mauerritze drei in rotes Papier eingewickelte Geldstücke gefunden. Man wußte nicht, wer sie da versteckt hatte. Seinen Fund hat er nicht nach oben gemeldet, und als man es dort zu Ohren bekam, lieferte er das Geld aus und kriegte dazu noch auf den Treppenstufen dreißig Schläge übergezogen. Der Kerl gehörte wirklich geprügelt: kam auf krummen Wegen an Geld und wollte es heimlich für sich behalten! Der Zugführer sagte, das Geld müsse unter alle gerecht verteilt werden, es sei vom Himmel geschenkt. Da der Betrag gering und sehr schwierig zu verteilen war, wurde dafür am Abend für alle Schweinefleisch gekauft. Der eine, der seine Prügel bezogen hatte, ging wütend zu seinem Bett und legte sich hin, ohne einen Bissen davon zu sich zu nehmen. Er machte sich wirklich lächerlich, denn die Prügel blieben die gleichen, ob er nun aß oder nicht. Eigentlich hätte er gerade aus Wut mehr essen sollen als alle anderen!

Bei den Soldaten heißt es gehorchen. Wer nicht gehorchte, kriegte Prügel: das war das oberste Gebot unseres Lebens.

Viele waren klug genug, den Kompaniechef nicht so ohne weiteres in Wut geraten zu lassen. Was war aber schon daran auszusetzen, wenn man gelegentlich mit dem Kompaniechef ein wenig becherte? Konnte der Kompaniechef es da noch übers Herz bringen, einen zu prügeln oder herunterzuputzen?

Weil in dem ausgeräucherten Zimmer ein schlimmer Gestank hing, forderte ich jemanden auf, mit mir loszuziehen, damit wir uns ein wenig umschauten. Ich wußte nicht, wieso wir gerade hier stationiert werden konnten. Es gab überhaupt nur eine Straße. Wenn man Pech hatte, konnte man nicht einmal Suppenklößchen kaufen. Die Straße war sehr dreckig. Vor dem Laden mit Bohnenkäse überflutete stinkiges Wasser das ganze Pflaster. Eine Anzahl schmutziggrauer Enten steckte ihre hellroten, langen Schnäbel in diesen quellenden, mal weißlichen, mal dunklen Schaum und schnappte nach Futter. In der ganzen Straße gab es nur einen Arzneiladen und zwei Lebensmittelgeschäfte. Daß sie die Landesfahne herausgehängt hatten, bedeutete, daß sie uns willkommen hießen; wie an jedem anderen Ort Chinas sah sie schäbig aus. Wir waren gekommen, um auf dem Land eine Säuberung durchzuführen. Erst wurden einen halben Monat lang Bekanntmachungen angeklebt, dann gingen Leute vom Regiment herum, die den Gong schlugen und dies alles ausriefen. Alle wußten dann, daß Säuberungen auf dem Lande zu ihrem eigenen Vorteil waren; darum haben sie auch gleich die Landesfahne herausgehängt.

Als ich heute auf die Straße ging, sah ich einen die *suona* blasen. Er saß in der Sonne und nahm die wohlige Wärme in sich auf, viele kleine Kinder umringten ihn und schauten zu, wie er auf seiner *suona* spielte. Es klang nicht schlecht, er verfügte über einiges Geschick. Da ich ihn für einen Bettler hielt, warf ich ihm in einem Anfall von Großmut ein wenig Geld hin, worauf alle lachten. In Wirklichkeit lockte er nämlich die kleinen Kinder an und wollte überhaupt kein Geld. Er wollte eben kein Geld, und so brachte ich beim Zuhören mehr Ausdauer auf als gewöhnlich. Die Kinder in dieser Gegend waren alle sehr mager und dürr, als wären sie krank; aber das kannte man ja, auch die Kinder an vielen anderen Orten sahen nicht sehr fett und gesund aus.

Auf der Straße war es ruhig geworden. Zum Glück hatte ich gehört, daß Wein ausgeteilt würde. Am Markttag wäre noch besser gewesen, denn wenn wir Fleisch essen mochten, so ging das nur an ebendiesem Tag. Das Fleisch, das wir gestern gegessen haben, mußten wir uns zwanzig Meilen weit herholen.

3

Am ersten Tag sagte der Kompaniechef, Soldaten müßten früh aufstehen, und so stand ich sehr früh auf.

Heute wurden die Namen all derer abgehakt, die noch nicht aufgestanden waren. Sie wurden sämtlich mit Niederknien bestraft. Die neunzehn Mann knieten in einer Reihe bis hin zum Umgang an der großen Halle, vom Appell bis neun Uhr, und wie die Sonne auf ihre breiten Schultern schien, sah sehr zum Lachen aus. Als der Zugführer sich diesen Haufen Zwerge betrachtete, lachte auch er. Als es Mittag geworden war, hatten sie genug gekniet, und alle gingen essen.

Wir hatten anscheinend noch einige Tage, dann erst sollte der Drill losgehen. Es war nämlich noch kein Befehl gekommen. Da wir keinen Drill hatten, aber auch früh aufstanden, was sollten wir da machen? Überall lag schon Rauhreif, ein richtiges Oktoberwetter, und so zogen wir unsere neuen wattierten Uniformen an und gingen uns auf der anderen Seite des Berges amüsieren. Das war eine sehr schöne Sache. Wenn man auf der anderen Seite des Berges gewesen war, wußte man erst, daß dieser Ort gar nicht schlecht war. Es gab dort nur wenige Einheimische und ausgedehnte Felder; da konnte es nicht verwundern, daß die Banditen ihr Unwesen trieben. Aber wir hatten bisher noch keine Lokalbanditen gesehen. Anscheinend hatten die gehört, daß die neuangekommene Truppe sehr stark war und daß die Bajonette auf ihren Gewehren blitzten; das hat sie verschreckt, und sie haben sich tief in den Bergen verborgen. Ich glaubte, nach einiger Zeit würden wir die ganze Gegend in breiter Formation durchkämmen und die Lokalbanditen erledigen; das war natürlich wirklich eine interessante Sache. Trafen wir auf keine Banditen, konnten wir immerhin dem Troß begegnen, der eigens für die Unterhaltung der Truppe zu sorgen hatte.

Am Ufer des Flüßchens habe ich einen Angler gesehen; ich fragte ihn, wieviel er an einem Tag angelte, worauf er lachte. Erst als ich ihn ein zweites Mal fragte, kapierte ich, daß er nichts zu tun hatte und aus Vergnügen angelte; es passierte ihm nämlich häufig, daß einen ganzen Tag lang kein einziger Fisch an die Angel ging. Der Winter war bald da, da bissen die Fische nicht. Ich hatte nicht geglaubt, daß es hier auf dem Land noch Männer von solchem Format gab. Ich dachte jetzt auch daran, angeln zu gehen.

Morgens wehte hier ein frisches Lüftchen.

Zurückgekehrt ins Lager, gab es nach dem Frühstück nichts zu tun. Der Gruppenführer meinte, wir sollten das gute Wetter zum Reinigen der Gewehre nutzen. So nahmen alle ihr Gewehr aus dem Gestell, zogen den Kolben ab, lösten die Schauben, nahmen den Lauf ab und säuberten ihn, indem sie eine Leine mit Tuchstreifen durchzogen. Weil ich Sorge hatte, ich könnte die Züge im Lauf beschädigen, habe ich nur den Schaft und das Bajonett geputzt. In diesem halben Jahr haben wir wirklich mehr Gelegenheit gehabt, die Knarre zu putzen, als sie zum Schießen zu gebrauchen. Die Gewehre, die wir bekommen hatten, waren anscheinend nur dazu da, geputzt zu werden und zu glänzen.

In der Sonne Gewehre zu putzen war sehr schön. Die Herbstsonne schien immer liebenswerter. Einige Leute wendeten ihre Klamotten nach Läusen um; wenn sie müde waren, schliefen sie, ganz wie es einem jeden gefiel.

Weil wir die Gewehre reinigten, haben einige den Zugführer gefragt: »Chef, wann geht's los gegen die Lokalbanditen?« Der Zugführer meinte lachend: »Anscheinend gibt es hier in der letzten Zeit gar keine Lokalbanditen.«

Wenn es keine Lokalbanditen gab, könnte man wirklich übel fluchen, daß wir bleiben sollten. Wir waren darauf vorbereitet, das praktisch anzuwenden, was wir in XX gelernt hatten: »volle Deckung«, »nieder«, »fertigmachen zum Schuß«, »Sturmangriff« und derartige Sachen. Wenn es keine Lokalbanditen gab, an was für Leuten sollte man diese Sachen dann ausprobieren?

4

Heute war Markttag. Ich hatte nicht gedacht, daß in diesem Ort so ein Trubel aufkommen könnte.

Wir hatten Fleisch zu essen. Wir schöpften uns Suppe in die vom Nachschub beim Aufbruch ausgegebenen kleinen Emailschalen und gerieten alle in die beste Stimmung.

Morgens wurden wir belehrt, daß es verboten war, den Leuten Sachen abzunehmen, ohne sie zu bezahlen; wer erwiesenermaßen gegen den Befehl verstieß, kriegte 500 Schläge. Sobald die Unterweisung zu Ende war, gingen alle auf die Straße, um sich zu vergnügen. Jeder hatte Respekt vor der Zahl 500, alle hielten sich strikt an die Regel. Es gab auch solche, die fluchten, aber sehr leise; ich glaube, keiner dieser Leute vergaß die Zahl 500. Sie wagten nicht, etwas anzustellen, doch wenn sie Sachen sahen, die sie kaufen wollten, boten sie, immer die 500 im Kopf, die Hälfte des regulären Preises; schüttelte man ablehnend den Kopf, so nahmen sie sich für das gleiche Geld doppelt soviel Sachen, wofür die Verantwortung doch sicher nicht bei den Soldaten lag!

Auf dem Markt wurden alle möglichen Sachen gekauft und verkauft: Tuch, Rind- und Schaffleisch, Öl und Salz und all die anderen Kolonialwaren, rote Wollfäden, falsche Edelsteinarmbänder, nichts fehlte. Es gab auch welche, die Hundefleisch verkauften; auf viere aufgeteilt, war der Preis wesentlich niedriger als in XX. Wir kauften jeder für zwanzig Kupferstücke Kandis und ließen ihn im Mund zergehen. Überall gingen wir umher, um uns das bunte Treiben anzusehen.

Die Hühner waren hier von einer besonders guten Rasse. Alle Soldaten kauften Hühner und zogen sie auf; sie veranstalteten Hahnenkämpfe und kauften auch Hennen, um sie brüten zu lassen.

Am Markttag ging auch das Geschäft in dem Arzneiladen sehr gut. Ich stand lange vor der Tür herum; es waren wirklich nicht wenige, die sich da eine Arznei aussuchten. Sobald die im Laden uns vor der Tür stehen sahen, fragte mich einer, ob ich ein Pflaster wollte; es gäbe gerade neue, mit denen sie uns beglücken könnten. Er dachte sich, auf allen Soldatenschenkeln müßte ein Pflaster kleben, und hatte überhaupt keine Ahnung, welche Leute wirklich Bedarf an solchen Sachen hatten.

Während wir auf dem Markt umherschlenderten, sahen wir auch nach einigen jungen Frauen mit hohen Brüsten, langen Augenbrauen und weißen Gesichtern, die anzuschauen uns großes Behagen bereitete.

Anscheinend gab es auch Leute, die den Markttag zum Glücksspiel ausnützten. Da ich befürchtete, daß jemand vom Oberkommando hier sein könnte, wagte ich mich nicht hin. Erst am Abend erfuhr ich dann, daß der Tisch von der Adjutantur aufgestellt war und Steuern einbrachte, je Tisch drei Schnüre Käsch, so daß sie im ganzen vierzig Schnüre hereinbekamen. Für unser Bataillon zweigten sie neun ab, was nicht viel Geld war; hätte man es aufteilen wollen, wären keine großen Beträge dabei herausgekommen, und so verteilte man es eben nicht, sondern hob es auf für den nächsten Markttag, um dann Fleisch zu kaufen.

5

Wenn nicht gerade Markttag ist, lohnt es sich überhaupt nicht, auf der Straße zu promenieren.

Im Obergeschoß schliefen viele auch tagsüber. Wenn ich nicht ausging, standen wir gemeinsam vorn an der Theaterbühne und besprachen die Geschichten, die in den Schnitzereien und auf den Reliefs dargestellt waren. Später lieh ich mir vom Quartiermeister einen Pinsel und malte ein Bild mit dem Thema »Zhao Zilong reitet allein aus, seinen Herrn zu retten«, das diesen Reliefs nachempfunden war.

Es war mir wirklich sehr lebendig gelungen; ich klebte es an die Wand, und als die anderen es sahen, baten mich alle, ihnen doch auch eins zu malen. Derlei habe ich natürlich niemals abgelehnt: Auf ein einfaches Stück Bonbonpapier könnte ich die Miene des Helden Zhang Fei malen.

Alle behaupteten, daß es in diesem Tempel Geister gäbe. Sie malten sich auch aus, wie viele es wären, doch Geister findet man an den verschiedensten Orten, und wenn diese Leute davon schwatzten, so nur deshalb, weil sie kein anderes Thema fanden. Keiner von uns fürchtete sich vor Geistern; viele haben schon Menschenleber oder Menschenherz gegessen, und zwar mit Paprika zum Wein. Auch wenn ich davon nur vom Hörensagen wußte und nicht selbst an diesem Mahl teilgenommen hatte, war doch klar, daß Leute wie wir keine Gedanken an Gespenster verschwenden konnten. Alle redeten aber immer wieder von Geistern, weil die Köche und die Trompeter gerne Geschichten hörten. Die paar Tage, die wir nun in diesem Tempel gelebt haben, konnten wir in einer Übersicht folgendermaßen darstellen:

1. Appell (Wer nicht anwesend war, mußte zur Strafe knien)
2. Essen (in der Hauptsache Paprika)
3. Gewehrreinigen und das Absingen von Soldatenliedern
4. Sich an allen möglichen Stellen amüsieren, ein wenig Durcheinander stiften (z. B. anderer Leute Hund prügeln oder ihre Hühner scheuchen).

Keinem von uns war klar, wie lange das noch so weitergehen würde. Keiner von uns wußte, ob wir doch noch etwas unternehmen würden. Weil ich mir Klarheit verschaffen wollte, bin ich mit einigen zum Militärrichter gegangen, doch der wußte es auch nicht. Er sagte: »Was weiß ich, was die Säuberung der Gegend hier bedeutet! Ich verstehe mich allenfalls aufs Urteilen und darauf, mit einem großen Knüppel ein Geständnis zu erreichen.« Mit diesem Militärrichter standen wir äußerst gut, doch auch er konnte uns nur dies zur Antwort geben. Weil unsere Verpflegung vom Regiment geliefert und von der Adjutantur ausgegeben wurde, mußten wir uns zum Glück nicht wie damals in XX jeden Abend die Streitereien anhören, wenn der Quartiermeister den Proviant abrechnete. Der Quartiermeister hatte nun nämlich gar nichts abzurechnen, und so lag er den lieben langen Tag besoffen an der Treppe; einmal hat ihm sogar ein Soldat in den Rücken getreten, aber er wurde am nächsten Tag nicht einmal bestraft, was wirklich ein seltsamer Vorfall war.

6

Unser Oberkommando lag in der hinteren Halle; wenn nichts Besonderes anstand, durften wir Soldaten nicht hinein. Heute waren, ich weiß nicht warum, sechs von uns hineinbeordert worden. Weil ich mit dem Militärrichter auf gutem Fuße stand, bin ich mit hinein. Drinnen sah ich, daß der vom Regiment hergebrachte Lokalbandit angekommen war; zum Verhör sollten welche in der Halle Aufstellung nehmen.

Daß ein Lokalbandit hergebracht worden war, das wußten wir schon. Er war erst einmal auf der Wache eingesperrt worden, und alle sputeten sich, um einen leibhaftigen Lokalbanditen anschauen zu können. Als wir ihn uns angesehen hatten, waren wir äußerst enttäuscht: Er sah ganz normal aus, hatte den Kopf kahlgeschoren und trug Kleidung von blauem Tuch; an den Füßen war ihm nur die eine Strohsandale verblieben. Die linke Gesichtshälfte war etwas geschwollen, da er wohl bei der Gefangennahme etwas abbekommen hatte. Seine Hände waren auf den Rücken gefesselt, und mit dem Ende des Stricks war er noch an den Pfosten des Wachzimmers gebunden. Er saß mit gesenktem Kopf auf einem Holzschemel, ohne ein einziges Wort zu sagen. Selbst wenn ihn jemand anstieß, bewegte er sich nicht, sondern wich allenfalls ein wenig zurück. Es war völlig unklar, was er wohl denken mochte. Bald sollte in der Halle der Akt der Rechtsprechung erfolgen. Man sah in das Begleitdokument, das vom Regiment mitgekommen war, fragte nach Alter und Namen. Der Militärrichter thronte würdevoll in der Mitte und hatte seine dunkle Brille aufgesetzt. Neben ihm hockte der Schreiber, der gesenkten Kopfes das Geständnis mitschrieb. Es wurden einige Fragen gestellt, und weiß der Teufel wieso, der Richter geriet in Rage und schrie: »Wenn er nicht gesteht, dann setzt es eben Prügel!« Darauf kroch der Verbrecher vor die Stufen und schrie lauthals: »Großer Herr der Welt, rette mein Leben!« Während er dies noch ausrief, wurde er gepackt und kriegte 100 Schläge übergezogen; nach der Züchtigung verebbte auch allmählich der Zorn des Richters.

Er sagte: »Man behauptet, du seist ein Lokalbandit. Wenn du nicht gestehst, lasse ich dich totprügeln!«

Der Mann antwortete: »Das wäre Unrecht, man spielt mir übel mit!«

Der Richter sagte: »Warum versuchen sie das nicht bei mir?«

Der Mann antwortete: »Hoher Herr, Ihr habt einen scharfen Blick und müßt sehen, daß mir Unrecht geschieht.«

Der Richter sagte: »Unrecht hin, Unrecht her! Man sieht dir doch an, daß du ein Schurke bist. Wenn du nicht gestehst, wirst du noch einmal geprügelt.« Er blätterte in den Akten, dachte eine Weile nach und rief dann wieder die Soldaten, um dem Mann vor der Treppe noch einmal 100 Schläge überziehen zu lassen.

Nach Verlassen der Halle wurde der Mann in das neue Gefängnis geworfen, das gerade erst fertig geworden war. Es lag im Erdgeschoß unseres Quartiers. Diesem Kerl haben sie insgesamt 500 Schläge übergezogen; diese zähen Burschen vom Lande sind doch wirklich nicht umzubringen! Nach all diesen Quälereien immer noch nicht zu gestehen! Morgen würde er bestimmt hingerichtet werden, denn im Regiment hieß es, er sei ein Lokalbandit, und zudem haßten ihn die mächtigen Leute hier am Ort. Da mußte es ihm an den Kragen gehen. Wir sind doch gekommen, um die Gegend hier zu säubern; wenn da keine Köpfe rollten, wäre ja nichts erreicht.

Alle redeten dann davon, daß er den Tod verdient habe, obwohl man diesem Menschen gegenüber nicht den mindesten Haß empfand; wäre es darum gegangen, so hätten offensichtlich auch viele Lust gehabt, ihren Vorgesetzten umzubringen. Ein Lokalbandit mußte nun einmal sterben.

Weiter unterhielt man sich darüber, wer der beste Scharfrichter sei, und dabei ging es natürlich nicht ohne eine gewisse Voreingenommenheit ab, denn dem Scharfrichter standen einige Sondervergünstigungen zu.

Viele Soldaten hielten die morgige Hinrichtung für eine aufregende Sache. Ihr Leben verlief gleichförmig und monoton. Sie brauchten etwas Nervenkitzel, und außer rollenden Köpfen, was gab es da schon, das diesen Haufen starker Männer hätte in Erregung versetzen können?

Als ich abends zur Wache kam, sah ich Leute großen, dicken Bambus spalten und mit dem Messer schälen. Der Adjutant ließ sie wohl absichtlich Stecken aus diesem dikken Bambus anfertigen. Die Lokalbanditen dieser Gegend seien äußerst durchtrieben, und wenn man da die normalen Stöcke, die auch für die Soldaten verwendet wurden, benutzte, war diesen Hunden nicht beizukommen. Damit hatte er ja wirklich nicht unrecht. Die Leute aus dieser Gegend waren ausgesprochen stark und kräftig, gar nicht zu vergleichen mit unseren Soldaten, diesen Schlappschwänzen. Sollten sie etwas gestehen, wovon sie gar nicht wußten, daß es ein Verbrechen war, so hatte man keine Aussicht auf Erfolg, wenn man sie nicht ordentlich durchbleute. Manchmal schrien diese Wilden nicht einmal, wenn sie geprügelt wurden!

7

Ich habe die Verhandlung auch mit angesehen; alles war wie am Tag zuvor, außer der Zahl der Stockschläge. Es war noch früh am Morgen, die Knüppel wirkten wie neu. Zur Eröffnung der Sitzung warf ein Soldat – patsch – ein ganzes Bündel der dicken Bambusstöcke auf den Boden; es war wirklich ein wenig zum Fürchten. Dem Verbrecher brauchten sie nur noch 300 Schläge zusätzlich zu geben, bis er gestand. Ganz im Sinne des Militärrichters sagte er einiges, was dieser hatte klären wollen; noch am selben Tag schrieb man sein Geständnis nieder, unterzeichnete es mit seinem Fingerabdruck und warf ihn wieder ins Gefängnis.

Es schien, als hätte es zur allgemeinen Belustigung beigetragen, wenn heute jemand hingerichtet worden wäre. Da die Hinrichtung nicht stattfand, war es oben im Quartier ausgesprochen langweilig, so daß wir auf die andere Seite des Berges gegangen sind und uns dort ausgiebig amüsiert haben.

Heute waren da auch Soldaten, die mit dem Knüppel gezüchtigt wurden, weil sie sich gerauft hatten. Wenn man den lieben langen Tag nichts zu tun hatte, so war eine Prügelei einfach nicht zu vermeiden. Wenn man sich einfach ein wenig prügelte und Unruhe stiftete, ohne daß es zu Messerstechereien und zum Blutvergießen kam, war das nicht so schlimm; wenn sich diese Leute gestritten hatten, so war das am nächsten Tage schon wieder gut; unter Soldaten herrschen eben solch rauhe Sitten. Wegen der Rauferei wurden die zwei damit bestraft, eine Stunde lang einander gegenüberzustehen, worauf ihnen beiden ihre Grobheiten leid taten.

Aber es kam auch vor, daß welche wegen dieser Raufereien den Laufpaß bekamen. Nachts träumte ich, daß auch ich entlassen worden war; ich hatte mich mit ZZ geprügelt, worauf der Kompaniechef uns den Laufpaß gab.

8

Ich ging zur Werkstatt und vertrieb mir dort lange die Zeit. Ich sah ihnen bei der Arbeit zu und half, den Blasebalg zu betätigen.

Die Leute dort hatten alle schwarze Gesichter und schwarze Hände, als hätten sie niemals die Gelegenheit, Gesicht und Hals zu waschen. Es arbeiteten dort insgesamt sechs Kinder; ein Aufseher wachte darüber, daß sie fleißig waren. Die Kinder wirkten bei ihrer Arbeit recht geschäftig und kraftvoll. Man sah diesen kleinen Teufeln nicht an, wie sie die großen Eisenhämmer schwingen konnten, um das Eisen auf dem Amboß zu schmieden, wo sie doch nur Ärmchen dünn wie Zuckerrohr hatten. Feilen, Sägen, Bohrer, alles handhabten sie äußerst geschickt. Sie konnten auch die Messer schleifen. Bei dieser Arbeit machten sie noch Witze und waren anscheinend ganz zufrieden, als verfügten sie schon über mehr als zehn Jahre Erfahrung.

Worum wir die Werkstatt beneideten, das war ihr guter Vorsteher. Jeden Tag kochte er in dem großen Kessel Hunde- oder Rindfleisch. Jeder kriegte etwas davon ab; so ein Glück war uns in dem Rekrutenlager nicht vergönnt gewesen. Der Bataillonskommandeur und der Kompaniechef verstehen sich zwar auch aufs Bechern, aber sie laden niemand anders dazu ein.

Sie haben mich eingeladen, das nächste Mal mit ihnen Hundefleisch zu essen, und ich habe eingewilligt.

Heute wieder Gewehrreinigen.

Als ich am Nachmittag aus der Werkstatt kam, sah ich auf der Straße von Shimen her Soldaten kommen, die Menschenköpfe bei der Truppe abzuliefern hatten. Die Köpfe waren in Stroh eingebunden, und jeder der Träger hatte zwei an einer Stange baumeln, im ganzen drei Lasten, die nicht gerade leicht zu sein schienen. Um mir die Köpfe anzuschauen, bin ich den Trägern bis zum Lager gefolgt. Dort erst erfuhr ich, daß sie von den Soldaten der Truppe abgeschlagen worden waren, die in Shimen zur Säuberungsaktion stationiert war. Ob es sich nun um wirkliche Banditenköpfe handelte, das war eine andere Sache.

Sie legten die Dinger vor dem Büro des Adjutanten ab, und unheimlich viele Leute kamen, um sie sich anzusehen. Später meinte der Adjutant, man müsse sie hoch oben auf dem Platz aufhängen, damit man den Leuten am morgigen Markttag zeigen könne, daß unser Militär für sie den Banditen den Garaus machte. Wieder ließ mich die Neugier dem Trupp folgen, und erst als ich sah, wie die Köpfe ordentlich an der Verbrennungsanlage befestigt waren, ging ich zurück ins Lager.

9

Wieder war Markttag, und unsere müden Lebensgeister kehrten zurück.

In aller Frühe verabredete ich mich mit einigen Kameraden, welche die Köpfe gestern noch nicht zu Gesicht bekommen hatten, damit wir diesen seltsamen Anblick genießen konnten. Als wir hinkamen, waren schon einige andere Soldaten da und gafften. Die Köpfe hingen sehr hoch, so daß welche auf den Turm kletterten und mit der Hand auf die Augen der Toten drückten, bis schließlich ein Kopf herunterfiel. Das verursachte ein beträchtliches Handgemenge, weil jeder ihn aufnehmen wollte; am Ende warf man sich den Kopf gegenseitig zu, das gab einen Heidenspaß. Aus Neugier versetzte ich ihm einen Tritt, daß meine Fußspitze schmerzte.

Heute um die Mittagszeit wurde der Bandit aus dem Gefängnis auf die Straße gezerrt und an der Auffahrt zur großen Brücke hingerichtet. Es gab eine riesige Blutlache, als sie ihm den Kopf abschlugen. Als die Wachsoldaten ihn zur Richtstätte geführt hatten, waren wir ihnen auf den Fersen geblieben und hatten bis ins einzelne beobachtet, wie der Henker mit dem Beil einmal auf den Hals einhackte, zack, und hatten auch gesehen, wie er, nachdem der Mann umgefallen war, noch einmal das Beil nahm, um den Kopf abzutrennen.

Was wir nicht ganz uninteressant fanden, war, daß dieser Mann auch wenn er kein Lied sang und niemanden verfluchte, doch aufrecht und festen Schrittes zur Richtstätte schritt. Dort angekommen, fragte man ihn: »Willst du noch was sagen?« Da antwortete er stotternd: »In zwanzig Jahren bin ich wieder ein toller Kerl!« Er sagte nur diesen einen Satz und streckte dann gleich seinen Hals dem Scharfrichter hin.

Wenn ich mir vorstellen könnte, weshalb solche Leute unmittelbar vor der Hinrichtung solche Sätze zu sagen wußten, in denen sie ihren aufrechten männlichen Charakter bewiesen und zeigten, daß sie nicht schwächer waren als andere, und woher sie wußten, daß sie, einmal auf dem Boden kniend, dem Scharfrichter den Hals hinstrecken mußten, damit er besser zuschlagen konnte, würde ich mir so eine Sache nicht ein zweites Mal ansehen.

So wie der Mann hingerichtet wurde, litt er nicht sehr darunter, zumal sie alle an die Vorsehung glaubten. Es ist wirklich wichtig, daß wir an unsere Vorsehung glauben. Heute hat es ihr Schicksal nicht besonders gut mit ihnen gemeint, deshalb ist man so mit ihnen umgesprungen; uns erging es gerade umgekehrt, und daher konnten wir heute abend Fleisch essen.

Nachdem wir bei der Hinrichtung zugesehen hatten und ins Lager zurückgekehrt waren, blieb dieser Kerl das einzige Gesprächsthema. Jeder hockte auf seinem Strohlager, und wir redeten schrecklich lange, wobei Enthauptungen lang und breit ausgemalt wurden. Leute wie mich, die derartiges kaum gesehen hatten und wenig Erfahrung aufwiesen, gab es in diesem Soldatenhaufen nur wenige. Sie konnten noch der Haltung, mit der er heute niedergekniet war, entnehmen, daß dieser Pechvogel recht ungeübt im Banditenhandwerk war, denn wenn jemand es jahrelang ausgeübt hatte, mußte er doch alle Regeln beherrschen. Hätte er sie beherrscht, so hätte er beim Niederknien nur ein Bein gekrümmt oder, wenn er schwer verwundet gewesen wäre, sich mit gekreuzten Beinen niedergelassen, weil nur so, nachdem der Kopf vom Rumpf getrennt war, die Leiche zum Himmel gewendet Ruhe finden konnte. Falls man in dieser Haltung den Tod fand, so erleichterte das die Wiedergeburt. Wenn einer so freimütige und entschlossene Worte sagte wie »In zwanzig Jahren bin ich wieder ein toller Kerl«, aber sich so ganz ahnungslos verhielt, sobald es ihm an den Kragen ging, so spielte er seine Rolle eben nicht gerade vollendet. Jeder der Soldaten hat oft Gelegenheit gehabt, bei Hinrichtungen zuzuschauen, und es gibt keinen, der nicht an dieses Prinzip des »nach oben blickend Ruhe finden« glaubt. Wenn Soldaten getötet wurden, so war ihnen klar, wie sie sich zu verhalten hatten, und wenn nicht, konnte sie doch kurz zuvor ein enger Bekannter darüber aufklären.

10

Der Regimentskommandeur wurde wieder von zwanzig engen Vertrauten begleitet, die einen Haufen Banditen auslieferten. Es waren insgesamt sechs dieser verfluchten Ratten.

Drei gestanden während des Verhörs ihre Verbrechen, die ließ man gegen eine Kaution frei. Die anderen drei gestanden erst nach einer Tracht Prügel, worauf man sie ebenfalls gegen eine Kaution laufenließ. Insgesamt waren wohl 4000 zusammengekommen, und der erfolgreiche Häscher saß im Kommando und sprach dem Wein zu. Wenn er herauskam, grüßte er mit einer Handbewegung zu uns Soldaten herüber und schmunzelte, als ob wir gerade mit ihm Brüderschaft getrunken hätten.

Ein Soldat meinte, das sei die einfachste Methode, um das Geld für den Sold zu organisieren. Sein Onkel war jener Militärrichter, und so mußte das, was er sagte, wohl zutreffend sein. Ich dachte bei seinen Worten daran, daß dies ja wirklich eine günstige Sache war. 60 Meilen im Umkreis lagerten insgesamt über 1000 Leute, und was das Regiment ihnen zur Verfügung stellte, das war Reis und Feuerholz. Wenn man keinen Sold hatte, wie sollte man da übers Jahr kommen?

Alle sagten, daß es eine gute Gelegenheit zur Bereicherung war, wenn sich das Militär irgendwo zum Schutze niederließ. Diese Gelegenheit war jetzt gekommen, und darüber konnten wir uns nur freuen und uns beglückwünschen. Ich dachte auch daran, daß diese Leute unsere Truppe hassen könnten, doch mit ihrem Haß konnten sie uns nichts anhaben. Wenn einer sein Geld nicht freiwillig herausrückte, dann schnappten wir uns den und brachten ihn um, und damit war die Sache erledigt.

Heute hat es geregnet, und überall stand das Wasser. Ich ging zur Werkstatt hinüber, um mir die Zeit zu vertreiben; ich habe den Balg gezogen und all den Arbeitern beim Schmieden zugesehen, die noch jünger waren als ich. Schmieden ist wirklich eine interessante Sache. Ich wollte, daß sie mir beibringen, wie man das glühende Eisen mit Wasser härtet. Ich habe sie um einen Wurfspeer gebeten; wenn ich nichts zu tun habe, will ich mir mit dem Speer die Zeit vertreiben. Meine Hoffnung, daß aus dem Soldaten ein fahrender Ritter würde, brauche ich nicht zu verbergen. Ich sehe keinen Grund, diesen Wunsch nach Aufstieg zu verhehlen.

Abends bin ich erst sehr spät eingeschlafen, weil da ein Soldat war, der 500 Schläge gekriegt hatte. Er hatte gegen die erste der Regeln des Zugführers verstoßen; als es rauskam, kriegte er seine Strafe. Soldaten müssen gehorchen, und weil er dieses Gebot übertreten hat, gab es Prügel. Nachdem der Kerl seine Schläge weg hatte, lag er stöhnend auf seinem Lager; seine Freunde suchten überall nach Kräutern, um ihm den Hintern damit einzureiben. Später war der Zugführer wutschnaubend zum Bataillonskommandeur hinübergegangen, und jedermann hielt dies für eine ausgesprochen blöde Angelegenheit. Bald schliefen alle, anscheinend auch der Soldat, der die Prügel bezogen hatte, nur ich konnte nicht einschlafen, dachte an den Gehorsam der Soldaten und an das Gestöhne des Kameraden.

II

Wir wurden in Gruppen an den Bach geschickt, um unsere Kleider zu waschen; nach einer Weile flogen kräftige Flüche hin und her, und wir begannen uns gegenseitig zu bespritzen. Bei diesem schönen Wetter und unerwartet klarem Himmel benahmen sich alle viel kindischer. Ein Koch aus der achten Gruppe wurde in der allgemeinen Hochstimmung ins Wasser geschmissen. Als er herausgekrochen kam, waren seine Klamotten völlig naß, und als er heulend zurück zum Lager ging, machte sich noch niemand Gedanken um die Strafe, die wir bei der Rückkehr zu erwarten hatten.

Nachdem ich meine Klamotten gewaschen hatte, machte ich mit drei Soldaten aus, dorthin zu gehen, wo die Hinrichtung stattgefunden hatte, und zu gucken. Weder die Leiche noch der Kopf waren jedoch zu sehen, und auch das Blut war vom gestrigen Regen weggespült worden. Eine lange Weile saß ich auf dem Steingeländer der Brücke, blickte hinab auf das klare Wasser des Baches und brachte kein Wort heraus. Ich fühlte mich ein bißchen einsam. Wenn ich nicht selbst vorher der Hinrichtung beigewohnt hätte, wüßte niemand mehr zu sagen, daß hier jemand seinen Hals hingehalten hatte, damit er mit einem kräftigen Schlag durchtrennt werden konnte.

Anscheinend vergaßen sie sofort, wenn sie einen hingerichtet hatten, und selbst in der Familie, der er entstammte, ging man wohl über seinen Tod hinweg. Alle lebten sie so weiter. Wie ich darüber nachdachte, wurde mir ein wenig unwohl zumute. Doch ich verstand auch, daß daran absolut nichts zu ändern war. Selbst wenn der Scharfrichter nach seiner Rückkehr ins Lager sein Beil schliff und nachts sogar für einen Hunderter Papiergeld kaufte, um es für den Toten zu verbrennen, so geschah das doch nur nach der Sitte und bedeutete nicht mehr; keinem wäre es in den Sinn gekommen, darüber hinaus einen Gedanken an anderer Leute Leid oder Angst zu verschwenden.

Es gab da auch einige Intellektuelle und Grundherren, doch wenn ein Intellektueller auf Soldaten stieß, bekam er unvermeidlich ein paar aufs Maul. Die Grundherren leben für gewöhnlich von der Unterdrückung des Volkes, und da glichen wir nur die Rechnung aus; sie mußten auch ihren Denkzettel einstecken und durften es nicht wagen, Widerworte zu geben. Natürlich war es nicht unsere Aufgabe, die Intellektuellen hier zu prügeln, denn wir wollten eigentlich niemandem etwas. Wir wollten ganz normal leben, und solange kein Krieg war, war auch die Laune nicht allzu schlecht. Ich war sicher, daß deren Klugheit in der Gesellschaft von Blöden auch keinen großen Sinn gehabt hätte.

12

Gestern abend haben einige den Gruppenführer zum Kommandeur geschickt. Er sollte genehmigen, daß wir ein wenig um Geld spielten, da es uns sonst allzu langweilig wurde. Der Kommandeur sagte, wir sollten ruhig ein wenig spielen, wenn wir Lust hätten, nur dürfte es dabei nicht um Riesensummen gehen und wir dürften keinen Streit anfangen oder uns gar gegenseitig betrügen. Das haben wir dem Bataillonskommandeur jeder einzeln zugesagt. Seitdem hatten wir einen neuen Zeitvertreib.

Es hatte zwar geheißen, es dürfe nicht um große Summen gehen, doch einige Köche verspielten schon am ersten Tag das bißchen Geld, das sie in einem halben Jahr erspart hatten. Der eine liebte es besonders, sich Pflaster aufzukleben, und auf seiner Brust war immer so ein Ding zu sehen. Als er das ganze Geld verloren hatte, fragte ich ihn, wie es ihm ums Herz wäre, womit ich mich über ihn lustig machen und herausfinden wollte, ob ihn sein Verlust schmerzte. Er war gar nicht böse und sagte lachend, er habe eben einfach kein Glück gehabt und habe sich ungeschickt verhalten. Manche dieser Leute waren schon in den Vierzigern, und wenn man sie bei ihren Dummheiten beobachtete, konnte man neben dem Gefühl, daß sie sich lächerlich machten, auch etwas Mitleid mit ihnen empfinden. Sie waren ganz wie die Kinder.

Das Gehalt eines Kochs betrug drei Yuan im Monat. Anderthalb gingen für Verpflegung ab, anderthalb blieben übrig. Bei einem Spiel Domino konnten sie das in einem halben Jahr ersparte Geld verlieren, und wenn sie es verloren hatten, gingen sie am nächsten Morgen in der Dämmerung wie immer mit ihren Eimern hin zum Brunnen, um Wasser zu holen. Wenn es in unserem Lager nicht wenige Leute gab, die immer verloren und nie gewannen, so lag das daran, daß sie es den anderen Soldaten besonders leicht machten, sie zu betrügen.

Wenn man ihnen so zuschaute, wie sie das Wasser herbeitrugen und die Eimer dabei gegeneinanderschlagen ließen, um ihrem Ärger Luft zu machen, versetzte es eine unwillkürlich einen Stich ins Herz.

Ich spielte nicht um Geld, zuzuschauen allein erschien mir schon sehr interessant. Früher war ich ein As gewesen, doch einmal hatte ich es mir eine Lehre sein lassen und mir das Spielen abgewöhnt.

Jeden Tag kaufte ich für zwanzig Kupferstücke Kandis und ließ ihn im Mund zergehen. Das war mir in letzter Zeit schon fast zur Gewohnheit geworden. Heute haben sie wieder zwei Banditen gebracht. Ich begegnete ihnen, als ich gerade meinen Kandis kaufte, und fragte darauf den Bonbonverkäufer, ob die Gegend hier von Banditen heimgesucht werde. Der Mann schüttelte den Kopf. Zu einer bestimmten Zeit hätte es allerdings überall Banditen gegeben, weil es unter gewissen Umständen eben näher lag, Bandit zu werden, als sich mit dem Hungerdasein des einfachen Volkes zu begnügen. Ich kapierte nicht genau, was er mit »näher lag« meinte, doch sah er nicht aus, als ob er lügen würde, und so habe ich ihn ungefähr begriffen.

Ich bin nicht hingegangen, als die Banditen des Nachts verhört wurden. Später hörte ich, daß sie dem Jüngeren mit einer Eisenstange beide Beine gebrochen hatten; da wußte ich, daß der Mensch übermorgen drangenommen werden würde. Durch jede Hinrichtung konnten wir den hiesigen Leuten beibringen, daß wir gekommen waren, die Banditen auszurotten, und daß wir ihre Lieferungen keineswegs umsonst in Empfang nahmen.

13

Heute haben sie wieder sieben geschickt.

Alle schienen entzückt, daß diese Banditen vom Regiment gefangengenommen und uns zur Aburteilung überlassen worden waren; zudem hatte sich das Regiment Klarheit über ihren Hintergrund verschafft, so daß keiner durchschlüpfen oder falsch beurteilt werden konnte, was viele Mühen ersparte.

Mir ging das alles bestimmt nicht sehr nahe. Das waren Angelegenheiten für die Militärrichter, und es war normal, daß sie beschäftigter waren als zu normalen Zeiten, denn dazu waren sie ja ausgebildet und eingeteilt. Wegen der Verhöre kamen sie nicht mehr dazu, eine Zigarette zu Ende zu rauchen. Was mich anging, so bin ich hinüber zur Werkstatt gegangen, habe Eisen geschmiedet, mich an der Werkbank vergnügt und Löcher in Eisenplatten gebohrt. Mein Interesse gehörte ganz diesen Sachen. Wenn einer hingerichtet wurde, so ging ich selbstverständlich mit. Wenn es etwas zu sehen gab, dann war ich immer dabei, doch für die Folterungen der Banditen konnte ich mich nicht erwärmen, und bei den Hinrichtungen war ich auch nicht so begeistert, wie sie erwarteten. Sobald Banditen zum Verhör gebracht wurden, rissen sich alle darum, die Knüppel vorzubereiten, und sobald von Hinrichtung die Rede war, drängten sie sich danach, zu der Eskorte zu gehören. Das schien mir wirklich seltsam. Sie hatten nichts zu tun, und da blieb ihnen eben nichts anderes, als sich selbst eine Beschäftigung zu suchen.

Heute hat mich ein kleiner Arbeiter aus der Werkstatt zu einem neuen Ort geführt, einer etwas abseits der Straße am Fuß des Berges gelegenen Eisengießerei. Dort standen große, zwei Klafter hohe Schmelzöfen; wenn die flüssige Schmelzmasse aus dem Ofenmund herausfloß, schimmerte sie weiß und war wirklich großartig anzusehen. Dieser Arbeiter verstand viel mehr als ich. Er vermochte die Eisenerze auseinanderzuhalten, verstand, wie und warum Gußeisen gehärtet wird, und konnte auch selbst den Hammer schwingen. Monatlich verdiente er 4,60 Yuan, und das Geld, das er übrig hatte, schickte der Vorsteher auf seinen Wunsch nach Hause. Seine Mutter verkaufte dort Tuch. Er war noch jünger als ich, nur dreizehn Jahre alt, und wenn er in zwei Jahren mein Alter erreicht hat, kann er monatlich 8 Yuan verdienen.

Die Eisenfabrik war wirklich ein guter Platz; ich habe dort sehr viele Dinge gelernt. Xinshou war ein netter Kerl, in jeder Beziehung nett; Xinshou, so hieß nämlich der kleine Arbeiter aus der Werkstatt.

14

Heute haben sie vier hingerichtet, die alle dort auf der Brücke lagen, so daß die Leute, die rüber wollten, nicht durchkommen konnten und alle an der Furt durch den Bach wateten. Wenn man beobachtete, wie diese Leute sich schüttelten, sobald sie Blut sahen, war das sehr unterhaltsam. Wenn man die Banditen am Markttag hinrichtete, hieß das wirklich den Trubel ausnutzen. Das Blut floß durch die Steinrillen hinunter in den Bach, so daß unter der Brücke kein Wasser mehr zu fließen schien, so rot hatte es sich verfärbt. Alle beugten sich über die Brüstung, um das zu sehen.

Zu der heutigen Hinrichtung waren vom Kommando der Adjutant, der Sekretär und der Militärrichter gekommen. Sie hatten wohl zu wenig zu tun und langweilten sich bis zum Überdruß, daher kamen sie von der Hintertür zur Brücke gerannt, der Militärrichter mit wehendem Gewand und seiner Wasserpfeife unter dem Arm.

Ausnahmslos alle bewunderten, wie geschickt der Scharfrichter mit dem Beil umging, denn jemanden mit einem Schlag zu erledigen, dazu gehört wirklich eine ungeheure Begabung. Dieser Scharfrichter gehörte der Wachtruppe an. Als er die Hinrichtung beendet hatte, nahm er sein Beil und ging mit großen Schritten zu den Schlachtbänken, wo frisches Schweinefleisch verkauft wurde; nach dem Brauch schnitt er sich bei den verschiedenen Metzgern Fleisch ab, im ganzen siebzig Pfund, das später von zwei Soldaten mit großen Stangen zurück ins Lager getragen wurde. Von solchen Bräuchen hatte ich früher nur reden hören. Unter der früheren Qing-Dynastie soll das so Sitte gewesen sein. Schon vor dem Auftritt wurde wahrscheinlich etwas abgeschnitten, doch erst heute habe ich das alles mit eigenen Augen gesehen. Obwohl alles Fleisch eigentlich dem Scharfrichter gehörte, wurde es später, weil es einfach zu viel war, an alle möglichen Stellen verteilt; die Leute vom Kommando kriegten natürlich ihren Teil ab, und auch jeder von uns. Beim Abendessen gab es für jeden eine große Scheibe Fleisch, ungefähr vier *liang* schwer; es bedarf keiner Erwähnung, daß man es mit demselben Messer geschnitten hatte, mit dem die Männer hingerichtet worden waren. Es konnte nicht ausbleiben, daß wir auch noch beim Essen vom Köpfen redeten. Einerseits bewunderten wir den vollendeten Schlag des Scharfrichters, andererseits geizten wir nicht mit Lob für die Art, wie die Opfer den Hals hingestreckt hatten. Das brachte uns auf den Charakter der Leute in dieser Gegend, denn wenn es sich um Männer aus einer anderen Gegend gehandelt hätte, so wären sie nicht so mutig und bestimmt in den Tod gegangen, hätten sich wie feige Memmen benommen, die es dem tollsten Henker mit dem schärfsten Messer schwermachten, seine Geschicklichkeit unter Beweis zu stellen. In diesem Punkt mußte man die XX-Banditen wirklich bewundern, sie gaben sich keine Blöße.

Weil es Fleisch gab, tranken wir etwas Wein und hatten bald einen sitzen; da war es unvermeidlich, daß einer plötzlich aufstand und die Hand wie ein Messer auf den Hals der Leute, die vor ihm hockten und tranken, niedersausen ließ. Das waren so Sachen, die dann eben passierten. Die Getroffenen fluchten lauthals und rappelten sich mühsam auf; jeder packte sich jemanden, und die Rauferei nahm ihren Lauf. Unser Gruppenführer war gar nicht in der Lage, sie zu unterbinden, denn zu diesem Zeitpunkt war er selbst nahe daran gewesen, sich mit einem Koch anzulegen und sein Mütchen an ihm zu kühlen.

Eine Hinrichtung schien für alle ein großes Fest zu sein. Man war besoffen vom Wein und satt vom Fleisch, das Vergnügen war grenzenlos.

15

Ganz früh ging ich mit einem unerklärlichen Gefühl zur Brücke, um nach den Hingerichteten zu sehen. Die vier Leichen lagen immer noch da, die Köpfe waren von den Soldaten in den Schlamm des Ackers geworfen worden. Bei einer der Leichen hatte irgend jemand in aller Herrgottsfrühe etwas Papiergeld verbrannt. Die übriggebliebene Asche sah aus wie die blauen Blumen, die man gewöhnlich am Wegesrand fand, und ihre graublaue Farbe hob sich traurig ab von dem geronnenen schwarzen Blut.

Erst nachdem ich mir die Leichen eine Weile angesehen und wieder eine Weile von der Brücke herabgeschaut hatte, wendete ich mich zurück.

Ich ging davon aus, daß sie nächstes Mal wieder mindestens vier hinrichten würden. Innerhalb der nächsten fünf Tage sollten voraussichtlich vier Banditen gebracht werden, und vier lagen noch im Gefängnis; weiter hörte ich sie sagen, daß zwei eigentlich gestern hätten exekutiert werden sollen, doch weil man befürchtete, daß beim nächsten Markttag keiner mehr zur Verfügung stünde, hatte man sie sicherheitshalber zurückbehalten.

Um zehn Uhr ließ der Zugführer antreten. Er gab eine ganze Menge von sich, wie, daß wir unser Land lieben und das Volk schützen sollten. Dann bildeten wir auf dem großen Platz einen Kreis und sangen neue Soldatenlieder, deren Inhalt sinngemäß war: »Kameraden, ihr müßt euch lieben und helfen, müßt euch die Hände reichen und vorwärts marschieren!« In unserem Zug faßten sich dann wirklich alle auf der Stelle an den Händen und machten eine Stunde lang die verschiedensten Spiele. Das bereitete allen ein Mordsvergnügen, denn seit unserem Aufbruch von XX waren schon zwanzig Tage vergangen, ohne daß wir ein einziges Spiel gemacht hätten. Obwohl viele von uns schon das Alter meines Vaters erreicht hatten, schienen diese Spielereien für sie doch sehr notwendig zu sein, denn in ihren Herzen waren sie kindlich geblieben!

Wenn ich die Worte des Liedes überdachte, wurde ich etwas nachdenklich. Wir kümmerten uns in dieser Truppe wirklich umeinander: Wenn einer Prügel bezogen hatte, wurde unweigerlich für ihn Arznei gesucht, wenn er Geld verspielt hatte, ließ man ihm welches, damit er seine Schulden begleichen konnte, wenn es Wein gab, so tranken alle mit, und wenn es etwas zu tun gab, drängten sich auch alle, um zu helfen. Nach anderen Sachen fragten wir nicht. Auch ohne Anlaß gingen wir Angelegenheiten in anderen Einheiten auf den Grund, ohne daß uns unsere Motive klar waren, ohne daß wir meinten, uns über unsere Motive im klaren sein zu müssen. Heute wurde jemand vom diensthabenden Adjutanten damit bestraft, daß er vor der Halle mit einer Schüssel Wasser auf dem Kopf knien mußte; wenn etwas Wasser auf die Erde schwappte, so galt das nicht als abgegoltene Strafe. Alle fanden diese Sache richtig interessant, denn sie gab zu allerhand Späßen Anlaß. Dieser gute Einfall war der Findigkeit des Adjutanten zu verdanken. Nur in solchen Dingen konnte er seine Klugheit richtig ausspielen; ansonsten aß und schlief er wie wir. Wir alle waren eben ungebildete und schlichte Gemüter.

16

Ich ging zur Werkstatt, Hundefleisch zu essen. Wir stellten das Fleisch auf den Ofen, und nachdem die Haut angeschmort war, ging ich mit Xinshou hinunter zum Bach, um sie abzuziehen. Erst als wir den Hund säuberlich gehäutet hatten, schnitten wir das Fleisch in kleine Stücke, würzten es und setzten es im Schmortopf an. Nachdem wir den Kessel mit Hundefleisch an den Herd gehängt hatten, gab es noch eine Menge anderer Sachen zu tun. Nachmittags aßen wir zu siebt das Fleisch. Die Lehrlinge, obgleich noch jung, wurden durch den Vorsteher entsprechend eingewiesen: Wie sie so um den Kessel herumhockten, konnten sie fast alle vier *liang* starken, warmen Schnaps vertragen. Nach dem Genuß des Weines redeten sie verrücktes Zeug daher, wie »Heute müssen wir unbedingt . . .«, »Unbedingt muß ich mich mit diesem Büffel prügeln«, also anscheinend lauter hohe Vorsätze. »Das Ding« tauchte in allen unseren Späßen auf. »Das Ding« war in Wirklichkeit eine höchst überflüssige Sache, doch junge Leute mit etwas Schnaps im Bauch wollen nun einmal Luft rauslassen und kommen dann auf solche nutzlosen Dinge. Jedermann hatte irgendeinen Fachausdruck oder eine bildhafte Bezeichnung parat und erging sich über alle möglichen Funktionen, die größten teils einem Koch oder Pferdeknecht abgelauscht waren. Schließlich sang man noch ein paar Soldatenlieder wie »Der große General zog gen Süden«, dann schnappte sich jeder ein bißchen Geschirr und spülte es in der Küche ab.

Der Vorsteher war ein gutmütiger Mensch und ließ mich fast als Arbeiter der Werkstatt gelten.

Wäre ich Arbeiter geworden, hätte ich bei der Bedienung all der Maschinen kaum Probleme gehabt. Wie die Lehrlinge dort konnte ich an der Arbeit großen Gefallen finden. Ich wäre ein sehr guter Arbeiter geworden; selbst nach zehn Jahren wäre ich noch an diesem Ort meiner Beschäftigung nachgegangen.

17

Morgens war ich besonders früh in ordentlicher Uniform angetreten; ich wurde gelobt, was mich äußerst fröhlich stimmte. Dann verschaffte ich mir mit den anderen eine Stunde lang auf dem Sportplatz Bewegung. Es schien, als brauchten wir eine gewisse Belastung zu unserem Wohlbefinden. Obwohl das nicht unbedingt auf mich zutreffen mußte, gab es doch ein paar andere Dummköpfe, die sich nicht ordentlich aufzuführen wußten, wenn sie nichts zu arbeiten hatten. Das Wetter war auch zu gut. Heute sind wir gleich zum Offizier gegangen und haben ihn gebeten, er solle uns auskundschaften lassen, ob nicht Banditen herumlungerten und Unruhe stifteten. Dieser Offizier war ein Verwandter von mir, und er hatte diese Verwandtschaft wiederholt herausgekehrt, um mit mir meinen Kandis zu teilen. Er antwortete: »Kundschafter werden ausgeschickt, man kann nicht darum nachsuchen.«

»Dann suchen wir eben darum nach, losgeschickt zu werden.«

»So ein Haufen Dummköpfe! Wozu wollt ihr denn losgeschickt werden? Wenn es Lokalbanditen gäbe, würden sie uns vom Regiment fein säuberlich gefesselt zugeschickt; wenn wir loszögen, könnten wir da überhaupt welche fangen?«

»Was sollen wir denn sonst machen?«

»Reinigt eure Gewehre, seht doch nur, was für ein gutes Wetter ist! Bald wird der Inspekteur kommen, und wenn der die Bajonette auf euren Karabinern nicht blitzen sieht, werdet ihr euch da nicht blamieren?«

»Wann kommt denn der Inspekteur?«

»Bald, wie man sagt. Wenn wir erst hier auf dem Land etwas aufgeräumt haben, wird er kommen, um den Erfolg zu begutachten.«

»Aber der Auswerfer an meinem Gewehr ist durch das viele Scheuern schon kleiner geworden, solch einen Unsinn mache ich nicht wieder!«

»Wenn du meinst, es sei Unsinn, so stehst du allein da ...«

»Selbst wenn es kein Unsinn wäre, würde ich das Gewehr nicht mehr putzen.«

»Na, dann vertreibt euch eben die Zeit, wie ihr wollt, nur draußen dürft ihr mir nichts anstellen!«

Als der Offizier ging, lutschte er immer noch auf meinem Stück Kandis herum. Da wir nicht als Kundschafter losgeschickt wurden, blieb uns nichts anderes übrig, als der Weisung des Offiziers zu folgen und uns außerhalb des Quartiers die Zeit zu vertreiben. Zu siebt sind wir heute auf die andere Seite des Berges gezogen, um Holz zu fällen. Jeder schnitt ein paar trockene Äste ab und fällte noch ein paar kleinere Bambusstangen, aus denen wir im Lager Flöten machen wollten; gleichzeitig pflückten wir noch ein paar Blumen, steckten sie oben auf die Holzbündel und kehrten, Soldatenlieder singend, ins Lager zurück.

Unsere Ausgelassenheit hätte sich mit keinem Gesetz unterdrücken lassen. Ohne Unterlaß singend, zogen wir in das Lager ein, als ob wir an einem fernen Ort einen Sieg errungen hätten. Die wilden Blumen steckten wir in Weinflaschen und auf die Reistonne, auf welcher der Kantinenchef seine Verpflegung abrechnete; abends glänzten diese Blumen im Schein der Petroleumlampen, das war wirklich schön anzusehen.

Heute nacht ist in unserem Lager eine große Sache passiert. Hinten links im Hof wohnte ein Fahnenflüchtiger, der das erstemal mit Karabinern geflüchtet war. Als er gefangen zurück ins Lager gebracht wurde, willigte er ein, die drei Karabiner zurückzugeben, und so war er nicht nach dem Gesetz für Fahnenflüchtige erschossen worden, sondern man hatte ihn im Lager belassen, um leichter wieder an die Gewehre zu kommen. Doch heute ist er wieder davongelaufen. Ich hatte den Verbrecher mehrmals gesehen: hochgewachsen, weißes Gesicht, ein unter uns Soldaten recht selten zu findendes Prachtexemplar. An seinen Füßen trug er eiserne Fußfesseln, die beim Gehen klirrten.

Wenn wir gerade unsere Gewehre reinigten, nutzte er zuweilen die Gelegenheit, sich auf dem großen Platz ein wenig zu sonnen, wobei er neben der Steinbalustrade saß und die Wolken am Himmel beobachtete. Dieser Typ hatte an der Absicht festgehalten stiftenzugehen. Unter dem Vorwand, daß er sein Geschäft verrichten müsse, ließ er sich von einem Kameraden hinaus an die Einfriedung begleiten. Das Folgende kam überraschend: Als der an der Tür wachende Kamerad eine Zeitlang nichts hörte, wurde er stutzig und rief den Namen des Mannes. Er rief noch mehrmals, ohne eine Antwort zu erhalten, und als er überall suchte, da war der Typ schon nicht mehr zu finden. Der Kamerad erschrak und brüllte: »Der Esel ist ausgerissen! Der Esel ist ausgerissen!« Ohne Unterlaß drangen die Schreie von der Werkstatt bis hinüber zur großen Halle. Der Kamerad gehörte zum Stamm der Miao und verfügte über eine ungewöhnlich klare Stimme. Das ganze Lager geriet in Aufruhr. Alle schnappten sich ihr Gewehr und sammelten sich draußen. Ich war gerade in der Schmiede mit Xinshou dabei, eine Armbrust anzufertigen. Nach meinem Entwurf setzte ich in ein kleines Bambusrohr die Feder aus einer Pistole ein, spannte diese und legte eine Pfeilspitze darauf. Wenn ich später einem Tiger oder Panther begegnen würde, brauchte ich nur abzudrücken, um das Auge der Bestie zu treffen. Den heldenhaften Charakter von Bai Yutang fand ich nun in mir selbst wieder. Wegen all dem fand ich großen Spaß an meiner Armbrust. Als ich draußen jemanden vorbeigehen hörte, dachte ich natürlich erst, daß das einer war, der sich überfressen hatte und nun sein Geschäft verrichten wollte, doch als ich den Ruf »Der Esel ist ausgerissen!« hörte, sind wir hinter dem Miao-Mann hergestürzt. Der kriegte vom stellvertretenden Bataillonskommandeur eine kräftige Ohrfeige und sah dann etwas klarer. Er sagte: »Luo Shenchang ist geflohen.« Da begriffen alle, daß nur der Fahnenflüchtige wieder abgehauen war, und beruhigten sich; jemand sprach von Verfolgung, und viele hofften, ihm mit dem Karabiner nachsetzen zu dürfen. Einige Betrunkene kamen schwankend, das Bajonett in der Hand, die Treppe vom oberen Stockwerk herunter. Es war ein unbeschreibliches Durcheinander.

Wie wir hinten im Garten suchten, fanden wir einige Spuren, die der Mann hinterlassen hatte, als er über die Mauer geklettert war. Zweifellos hatte er sich schon auf der anderen Seite des Berges versteckt, und so teilten wir uns auf und zogen mit Fackel und Gewehr dorthin auf die Suche. In jedem Gebüsch stocherten wir mit langen Speeren, auf jeden größeren Baum kletterte einer, um nachzusehen, doch dieser blasse, hochgewachsene Kerl war spurlos verschwunden. Da dieser Verbrecher schon verurteilt war und nur wegen der Suche nach den Gewehren noch in diesem Lager verwahrt wurde, setzte der Kommandeur sofort eine Belohnung aus: 300 Yuan sollte bekommen, wer ihn lebend, und 200, wer ihn tot brächte. Wohl auch wegen der Höhe dieser Summe waren selbst die Schreibstubenhengste dabei, die für gewöhnlich in den Büroräumen hockten und Tabellen ausfüllten; einige von ihnen waren mit Lampe und Speer unterwegs, um überall nach dem Entlaufenen zu suchen. Doch alles Suchen schien nichts zu helfen, offensichtlich war der Kerl gleich hier von diesem Berg weg und hatte sich in eine andere Gegend verzogen.

Wir wurden in Gruppen zu zwanzig Mann entlang der üblichen Straßen losgeschickt, um dem Flüchtling den Weg zu verlegen. Wir rechneten damit, daß dieser Kerl nur diese paar Straßen hatte, um zu entkommen, und so verteilte man die 140 Soldaten auf sieben Gruppen, um ihn aufzugreifen. Ich wurde mit meiner Gruppe an eine kleine Straße namens Jiangkou verlegt, da sich nach allen Vermutungen dieser Weg zur Flucht anbot. Wir legten sofort unsere Strohschuhe zurecht, schulterten Gewehr und Munition und brachen zu dem bezeichneten Ort auf; wir waren der vierte von sieben Trupps, die sich gleich auf den Weg machten und heute nacht nicht mehr in den wohlig warmen Betten schlafen würden. Das überaus große Interesse an dieser Sache war nur auf die Summe von 300 Yuan zurückzuführen. Wir waren keineswegs der Meinung, daß dieser Kerl einen Kopf kürzer gemacht gehörte; wir hegten ihm gegenüber keine freundschaftlichen, aber auch keine feindlichen Gefühle. Auch wenn wir nicht wußten, welche Richtung er genommen hatte, und letzten Endes auch nicht sicher waren, ob die genannte Summe reell war, fanden wir es doch eine aufregende Sache, dem Fahnenflüchtigen nachzuspüren. Wir wußten, daß er Eisenfesseln trug und noch nicht sehr weit gekommen sein konnte, und wir wußten ebenso, daß wir in der Überzahl waren und ihm mit unseren Waffen leicht den Garaus machen konnten; das Unternehmen konnte daher keinesfalls als sinnlos oder gar gefährlich gelten.

Unterwegs dachte ich an die 300 Yuan. Diese Summe entsprach dem Sold eines Soldaten für fünf Jahre oder dem, was ein Koch in zehn Jahren bekam. Wenn das Glück es wollte, brauchten wir nur einmal so mit unserem Bajonett herumzustochern oder am Wegesrand das tiefe Gras zu durchsuchen, und schon hatten wir es beim Schopf gepackt! Alle unsere schönen Träume gingen zu Lasten dieses einen Menschen.

Erst heute nacht habe ich begriffen, wie es um uns bestellt ist, die wir gemeinsam in der Finsternis dieser Welt existieren.

18

Der entlaufene Soldat ist zurückgebracht worden. Wie man sich denken konnte, hatte er einen Umweg gemacht und war den vierten Weg gegangen. Uns jedoch fiel kein Anteil an diesem Glück zu, da der Mann doch weniger unüberlegt gewesen war als angenommen. Erst wollte er von Jiangkou nach XX gehen, später wollte er dann anscheinend anderen Leuten zu ihrem Glück verhelfen; eigentlich hätte er uns direkt in die Arme laufen müssen, änderte aber kurz entschlossen seinen Plan und wandte sich in Richtung Dazhai. Auf dem Weg nach Dazhai wurde er eingefangen, und als der Trupp, der ihn ergriffen hatte, vier Stunden nach uns ins Lager zurückkehrte, war sein geschwollenes Gesicht noch weißer als sonst; wie zuvor stand er auf dem Platz und wärmte sich in der Sonne. Die Fußfesseln waren bereits gesprengt; angeblich hatte er sie gleich im Lager aufgeklopft und dann die Füße mit Tuchfetzen umwickelt. Wir schauten ihn an, und er schaute auf uns. Wahrscheinlich sah er auch, daß wir seinetwegen eine ganze Nacht wie wild gescheucht worden waren; vor den Kompaniechef gebracht, entschuldigte er sich dafür bei ihm und bei allen

Kameraden. Als er später vom Kommandeur verhört wurde, entschuldigte er sich selbst beim Kommandeur und sagte, es täte ihm leid für den Kommandeur.

Dieser sagte: »Luo, da bist du ja wieder! Ich hatte dich für schlauer gehalten und nicht gedacht, daß ich dich ein zweites Mal wiedersehen würde.«

Der Kerl dachte einen Augenblick nach und antwortete: »Ganz gewiß.«

Der Kommandeur sagte: »Ich habe dir eigentlich deinen Kopf gerettet unter der Bedingung, daß du die Waffen rausrückst. Du bist wirklich ein schlauer Fuchs: Als du sahst, wie gut ich zu dir war, hast du dir einen Spaß daraus gemacht, wieder wegzulaufen. Ausreißen, das gefällt dir, doch Prügel einstecken, das wird dir sicher nicht so sehr gefallen. Laß mich dir mal eine Packung verpassen, dann werden wir's ja sehen!«

Wirklich wurde der Kerl erst einmal durchgeprügelt, und danach steckte man ihn in das Gefängnis für die Lokalbanditen. Hinkend schleppte er sich hinüber. Als er die Zelle betrat, beachtete er noch die Regel, rückwärts hineinzugehen; ich mußte erst andere fragen, um zu erfahren, daß der Mann ein Großer Hauptmann gewesen war.

Nach dem Essen, als jeder gerade auf seinem Stroh sanft entschlummern wollte, da man sich wegen dieser Sache die Nacht um die Ohren geschlagen hatte, ertönte plötzlich das Sammelsignal. Die Kompanie mußte antreten, und der Kommandeur hielt eine Rede. Er sagte, auf Befehl des Oberkommandos sei Luo Soundso hinzurichten. Unmittelbar darauf wurde der Kerl von den Soldaten zu dem Brükkenkopf, wo gewöhnlich die Hinrichtungen stattfanden, geschleppt und enthauptet.

Für das Klauen der Flinten hätte er bereits den Tod verdient gehabt; obwohl man habe Gnade walten lassen, habe er abhauen wollen. Da bliebe nur noch eins: »Kopf ab.« Das ungefähr hatte der Kommandeur gesagt.

Der Soldat, der ihn zur Hinrichtung führte, war ein Kamerad aus dem Bataillon, mit dem er für gewöhnlich Sport trieb. Alle hatten wir Verständnis für das Militärrecht; wenn es darauf ankam, mußten da auch Leute sein, die den

Henker abgaben. Nach der Hinrichtung ließen sich alle Schaulustigen ausgiebig über den Übeltäter aus: Wirklich heldenhaft habe er sich benommen, singend sei er aus der Tür getreten, sein Gesicht habe nicht die Farbe verloren, er habe den Diensthabenden nicht beschimpft, und ganz furchtlos habe er den Hals dem Beil des Scharfrichters dargeboten. Alle waren sich darüber einig, daß er sich auf die Spielregeln verstanden hätte und daß man einen solchen Typ nicht oft zu Gesicht bekäme.

Abends verteilte der Kommandeur die vom Oberkommando eingetroffene Belohnung. Der Verteilungsmodus löste ein wenig Erstaunen aus: Der Trupp Soldaten, der ihn gefangen hatte, erhielt ein Drittel, die anderen, die sich weidlich angestrengt hatten, bekamen zwei Drittel, und keiner konnte etwas gegen diese Aufteilung einwenden. Gleich nach Erhalt der Belohnung machte man den Verpflegungsmeister zum Geldwechsler, und viele begannen gleich nach Herzenslust zu spielen. Alle waren anscheinend sehr befriedigt darüber, wie es in der Nacht gelaufen war.

Ich verstand nicht, warum sie 300 Yuan rausrückten (eine so beträchtliche Summe), um den Kerl unbedingt wieder einzufangen. Erst die Suchaktion und dann die Hinrichtung, 300 Yuan als Belohnung für die beteiligten Soldaten, die alle das Geld zum Spielen verwendeten, weshalb das eigentlich so ablaufen mußte, das hatte der Kommandeur auch nicht erklärt. Nicht den geringsten Grund hatte er in seiner belehrenden Ansprache dafür angegeben. Alles war anscheinend selbstverständlich, die Welt der anderen Menschen und unsere Welt, ewig würde sie so bleiben.

19

Heute ereignete sich ein neuer Vorfall. In der 14. Kompanie, ebender Kompanie, die Luo Shenchang hatte bewachen müssen, wurden drei Soldaten verhört; jeder bekam 500 Schläge und wurde ins Gefängnis geworfen, weil man erkannt hatte, daß sie dem Verbrecher zur Flucht verholfen hatten. Sie hatten das aus Freundschaft getan, doch weil wir nichts mit ihnen zu tun hatten, gingen wir weiter den ganzen Tag unserem Glücksspiel nach. Die drei mußten dem Vorgesetzten noch dankbar sein, denn nach den Bestimmungen hätten sie den Tod verdient gehabt. Das war auch eine Art von Glück. Beim Militär war es besser, der Vorsehung zu vertrauen als sich selbst, da uns alles durch die Vorsehung bestimmt ist und dadurch der geringste Zweifel überflüssig wird. Ein Koch war meist doppelt so kräftig wie ein Soldat. Er aß doppelt soviel und arbeitete auch mehr als zwei, was daraus herzuleiten war, daß er sich auf rein gar nichts verstand. Wir hingegen mußten uns auf Dinge verstehen wie Marschlieder singen, exerzieren, Parolen brüllen und grüßen; was allerdings darüber hinausging, brauchten wir nicht zu begreifen, und wir wären vollkommen glückliche Menschen gewesen, wenn es uns nur gelungen wäre, unser Glück zu sehen.

Sicherlich spielten einige in der Kompanie mit dem Gedanken, man müsse die drei Soldaten totschlagen. Wenn sie den Tod als Strafe für nicht übertrieben hielten, so waren es bestimmt solche Leute, die ihnen wegen ganz geringer Schulden gram waren oder sich einmal mit ihnen um eine Bambusstange zum Aufhängen der Wäsche gestritten hatten; der geringste Groll kann zu irgendeiner Zeit zu einer Auseinandersetzung um Tod oder Leben werden, das war ganz folgerichtig. Als wir in XX gewesen waren, hatte sich auch solch ein Vorfall ereignet: Ein Soldat war mitten in der Nacht aufgestanden, hatte das Küchenbeil ergriffen und siebenmal auf einen Soldaten aus seiner Gruppe eingeschlagen, auf Kopf, Gesicht, auf den ganzen Körper. Als der Mörder abgeurteilt wurde und man ihn fragte, warum er so grob gewesen sei, einfach jemanden mit dem Gemüsebeil zu zerhacken, gab er an, daß der Kamerad ihn unflätig beschimpft habe. War das nicht ein richtiges Geständnis? Nur wer mit unserer Situation vertraut war, würde dieser Aussage glauben, und deshalb schenkte ihr der damalige Militärrichter auch Glauben. Der Mann wurde verurteilt. Wenn man aus diesem kleinen Vorfall auch nichts lernte, so gab er doch wenigstens Aufschluß über die Art der

Leute in dieser Gegend. Selbst wenn jemand einem anderen nur Schimpfworte an den Kopf warf, blieb es nicht aus, daß dieser die Gelegenheit ergriff, den Schimpf mit Blut abzuwaschen. Doch es gehört auch einmal gesagt, daß unsere Vorgesetzten erst gar keinen Grund brauchten, um ganz nach Belieben gegen die Soldaten in die wüstesten Beschimpfungen auszubrechen. Keinem Vorgesetzten schien es jemals an Talent zum Fluchen zu fehlen; wenn die jungen Offiziere aus der Militärakademie entlassen wurden, lernten sie bei der Truppe zuallererst die Flucherei. Für die beschimpften Soldaten galt als oberstes Gebot, keinen Ton der Widerrede von sich zu geben. Doch schon bei der erstbesten Gelegenheit warfen sie die neuen Worte, die sie sich gemerkt hatten, dem Koch an den Kopf. Die untergeordneten Köche konnten sich nur noch gegenseitig beschimpfen oder ihre Flüche gegen das Reisfaß, den Wasserbottich und die Suppenkelle loslassen. Ganz wie es sich gehörte, gaben die Beschimpften natürlich keinen Ton von sich.

Das Geld für das Begräbnis von Luo Shenchang hat der Kommandeur gestiftet; unter denen, die eine Belohnung erhielten, gab es ebenfalls welche, die an dem Leichnam Papier verbrannten. Er durfte erst abends begraben werden.

Heute haben sich zwei Soldaten beim Spiel geprügelt; später mußten sie beide zum Kompaniechef und bekamen eins übergezogen. Ich glaubte zunächst, mit diesen Leuten könnte abends eine solche Geschichte wie die vorhin erzählte passieren, nämlich daß einer sich um Mitternacht aufrappelte, nach dem Messer tappte und dem anderen den Garaus machte. Doch da habe ich mich gründlich geirrt, denn bis zum Abend spielten sie weiter gemeinsam Domino und betrachteten die Prügel, die sie bezogen hatten, als ein Späßchen, das sie ausgiebig besprachen. Das sind wirklich irgendwie glückliche Menschen; sich um sie zu sorgen heißt seine Gedanken verschwenden.

20

Heute regnete es. Man spielte daher im Lager, und es herrschte ein unglaublicher Lärm.

21

Es regnete weiter, und sie spielten immer noch.

22

Weiter Regen.

23

Drei Tage hintereinander hat es geregnet, und der ganze Hof war ein Morast. Die Küchenbullen, die in aller Frühe Wasser herbeitrugen, wateten mit bloßen Füßen durch den Schlamm hin und her und murmelten ununterbrochen etwas vor sich hin. Vor dem Frühstück stand eine Menge Leute gelangweilt an den Geländern und schaute auf das Schauspiel im Hof hinunter. Als es aufgehört hatte zu regnen, zog ein Schreibstubenmensch eine lange Bank unter den Wandelgang und malte Amulette. Er malte sie auf gelbes Papier, und später biß er in einen Hahnenkopf und strich das Blut darüber. So verarztete er die drei Soldaten, die gestern verwundet worden waren. Für den Fall, daß Kameraden mit dem Messer aufeinander losgingen, sich in Schlägereien verletzten die Frau des Kommandeurs krank wurde oder ihr Söhnchen außer sich war und die ganze Nacht hindurch weinte, durften solche Leute in unserer Truppe nicht fehlen. Das alles waren keine Sachen für den Militärarzt, hier mußte der Militärberater ran und seine Amulette malen. Niemals hätte er doch seine Stellung erreichen können, wenn ihm die Fähigkeit zum Wahrsagen abgegangen wäre. Militärberater stand wohl gemeinhin für eine solche Begabung, die zur Hälfte vom Himmel gegeben, zur Hälfte aber auch den Bedingungen auf dieser Erde zu verdanken war, denn es gab drei von ihnen, die alle aus XX stammten. Betrachtete man die Besessenheit, mit welcher er seine Amulette malte, hätte man denken können, Zhuge Liang sei auferstanden.

Als ich sah, wie er die Amulette malte, wollte ich etwas von ihm abschauen; ich kritzelte nach Belieben auf dem Dokumentenpapier herum, das ich mir in der Schreibstube erbettelt hatte, und klebte dieses Ding dann auch ans Kopfende meines Bettes, da es angeblich Böses fernhalten sollte. Das war an diesem Regentag meine Beschäftigung.

Mein Amulett wurde später noch insgeheim einem Küchenbullen auf den Rücken geklebt. Sobald Zeit war, malte ich ihm noch einen Bart an und gab ihm einen Rettich zu essen, in den Dreck gefüllt war. Als er sich dermaßen an der Nase herumgeführt sah und merkte, wie sehr der Spaß auf seine Kosten ging, schluchzte er ganz ungeheuerlich; alle hörten dieses Schluchzen und weideten sich an diesem Bild des Jammers, das ihnen doch wohl recht unterhaltsam schien. Der Kerl war siebenunddreißig Jahre alt und hätte, wenn ihm sein Schicksal gut gesonnen gewesen wäre, schon Großvater sein können. Wenn er weinte, kam entweder der Zugführer herein und schimpfte in den ausgefallensten Ausdrücken, oder die Soldaten sammelten etwas Geld und drückten es ihm in die Hand, und gleich sah man, wie er sich mit seinem großen, schwarzbehaarten Handrücken über die Augen fuhr und keinen Ton mehr hören ließ. Solche Leute scheinen unser Mitleid zu erheischen, doch solange wir noch Worte wie Mitleid haben, sollten wir sie für andere Gelegenheiten aufsparen. War die Situation günstig, gingen sie auch, nachdem sie einen halben Liter Wein getrunken hatten, zu den Wäscherinnen, um ihre Zoten zu reißen oder irgend etwas Unanständiges anzustellen. Wie auch viele andere auf dieser Welt verdienten diese Leute kein Mitleid. Wenn Typen wie die Küchenbullen nach draußen kamen und jemanden sahen, an dem sie ihr Mütchen kühlen konnten, verzichteten sie nie auf die Privilegien, mit denen das graue Tuch sie ausstattete. Beim Einkaufen konnten sie auch etwas Geld verdienen,

Lügen erzählen und bei Gott die unverantwortlichsten Dinge schwören. Arbeiten mußten sie sehr viel, doch sie fraßen auch entsprechende Mengen. Im großen und ganzen war das Verhalten dieser Leute nicht zu entschuldigen, und deshalb wurden sie auch mehr geprügelt als die anderen Soldaten. Launisch wie die kleinen Kinder waren nicht nur die Küchenbullen, sondern auch die Kuriere; obwohl älter als sie, zeigten sie sich von derselben Seite. Wenn sie wegen einer Übertretung Prügel erhielten, heulten sie, bekamen sie zum Trost etwas Geld, wischten sie sich die Tränen aus den Augen und zeigten ein süßsaures Lächeln. Mit fünfzig Jahren hatten sie noch das Gemüt von Kindern; wenn sie beim Spiel nur einmal verloren, weigerten sie sich zu zahlen. Solche Leute gab es mehr als einen.

Das Wetter konnte einen trübselig machen. Da ich nicht ausgehen konnte, blieb mir nichts anderes übrig, als zur Werkstatt zu gehen und für die Arbeiter den Blasebalg zu betätigen. Ich nahm ein großes Stück Roheisen und hielt es in die Glut des Ofens. Während wir uns unterhielten, stand ich vor dem Blasebalg, zog ihn zurück, und sobald der richtige Winkel erreicht war, schob ich ihn wieder nach vorne. Die Luft blies das Feuer an, und die wabernde Glut glänzte rot auf. Sobald das Eisen rotglühend war, nahm es ein Junge mit der Zange heraus und legte es auf den Amboß. Daraufhin griffen zwei Jungen zu den Eisenhämmern mit den dünnen Griffen und schlugen auf das heiße Eisen; über die Schulter schwangen sie die Hämmer und ließen sie hinuntersausen, daß die Funken in alle Richtungen stoben. Der Vorsteher saß auf einem Haufen alter Karabinerläufe und überwachte von oben herab die Arbeit der Jungen; dabei hielt er das Notenheft mit der Geschichte von Meng Jiang-nu und Wan Xiliang in den Händen und trug daraus den anderen vor. Mehrere Tage schon war nach diesem Heft gesungen worden, und die Kinder kannten die Geschichte bestens auswendig; der Meister schaute immer noch gelegentlich auf den Text und sang dabei, ohne ein einziges Wort auszulassen. Wenn zwischendurch einmal jemand zur Werkstatt kam, um mit dem Meister zu verhandeln, sprach dieser mit den Ankömmlingen immer noch in der Versform der Lieder, was wirklich so wirkte, als könnte er zwar den ganzen Tag saufen, ohne betrunken zu werden, sich jedoch äußerst leicht am Klang seiner Lieder berauschen.

Wenn ich das Fächern satt hatte, kletterte ich auch oft zum Spielen auf die Eisenhaufen. Ich mochte die Leute in dieser Werkstatt, die am ganzen Körper mit Ruß und Rost überzogen waren, und ich mochte besonders die großen und kleinen Dinge aus Eisen, die dreieckigen oder die rechteckigen Platten und die runden Stäbe, alles solide und handfeste Gegenstände. Da war noch dieser Schmortopf, in dem Hundefleisch gewesen war, das so stark roch, daß das Aroma sich immer noch nicht verflüchtigt hatte, selbst nachdem das Hundefleisch verzehrt war und wir getrockneten Bohnenkäse darin gebraten hatten; ich hätte ihn gefunden, ganz gleich, wohin immer man ihn gehängt hätte.

Was das Wetter anging, so machten Xinshou und seine Leute sich darüber nicht so viele Sorgen wie die Soldaten. Je kälter es war, desto fröhlicher verlief ihr Leben; zum einen gab es mehr Fleisch und zum anderen mehr Arbeit. An richtig kalten Tagen, wenn die Küchenbullen im Lager die dicken, gefütterten Jacken anzogen, daß sie aussahen wie Bären, gingen Xinshou und seine Leute ihrer Arbeit immer noch in ihren Westen nach, aus denen die bloßen, schmalen und schmutzigen Schultern herausragten. Obwohl sie täglich Hundefleisch aßen, hatten sie noch kein Gramm Speck angesetzt, und ein jeder strotzte so vor Gesundheit, daß, wenn man ihn jeden Tag geprügelt und dann zwei Stunden in den Regen gestellt hätte, er sich immer noch keine Erkältung geholt hätte.

Am nächsten Tag würde Markttag sein, und wir sollten früh schlafen gehen. Wer sein Glück des Nachts nicht im Spiel versuchte, legte sich früh auf sein Lager.

1925

Die Grenzstadt

1

Von Sichuan nach Hunan hinüber führt eine Staatsstraße ostwärts. Gerade östlich der Grenze erreicht man auf ihr einen kleinen Gebirgsort namens Chadong. In der Nähe gibt es ein grünes Flüßchen, an dessen Ufer eine kleine Pagode aufragt. Unterhalb der Pagode steht eine einsame Hütte, darin wohnen nur ein alter Mann, ein Mädchen und ein hellbrauner Hund.

Das Flüßchen schlängelt sich zwischen Felsen hindurch zu Tal und mündet etwa anderthalb Kilometer weiter unten bei Chadong in den großen Strom. Überquert man es und steigt über einen Felsenhügel, so ist es zur Stadt nur noch ein halber Kilometer. Das Flüßchen gleicht also einem Bogen und der Bergpfad, der den Weg ein wenig abkürzt, dessen Sehne. Felsblöcke bilden das etwa sechs Meter breite Flußbett. Das ruhig dahinfließende Wasser ist an manchen Stellen so tief, daß man mit einem Stecken den Grund nicht erreicht, und doch so hell und klar, daß man die Fische darin einzeln zählen kann. Der Wasserstand wechselt allerdings beträchtlich. Da man für eine Brücke kein Geld hatte, wurde ein Fährdienst eingerichtet. Menschen und Pferde nimmt die Fähre auf, an die zwanzig bringt sie auf einmal hinüber, und wenn mehr kommen, muß sie nochmals übersetzen. An einem Bambuspflock am Bug des Fährbootes ist an einem Tauende ein beweglicher Eisenring befestigt, und quer über den kleinen Fluß wurde ein Seil gespannt. Will jemand hinüber, so braucht er bloß den Ring in das Seil zu hängen und das Boot mit den Händen langsam zur anderen Seite überzuholen. Wenn sich die Fähre der Uferböschung nähert, ruft der Fährmann: »Sachte! Sachte!«, springt an Land und hält selbst den Ring fest. Menschen und Tiere gehen von Bord, steigen über den Hügel und verschwinden. Da die Fähre Gemeinbesitz ist, kostet die Überfahrt eigentlich nichts. Manchem Fahrgast ist das aber peinlich, und er wirft ein paar Münzen hin. Der Fährmann klaubt sie einzeln wieder auf, reicht sie dem Fahrgast in der offenen Hand zurück und sagt würdevoll und ernst, ja fast ein bißchen zänkisch: »Ich hab hier meinen Lohn, bekomme 30 Pfund Reis und 700 Münzen Kupfergeld, das reicht ja wohl! Wer will schon dein Geld!«

Manchmal kommt trotzdem einer, der es nicht richtig findet, wenn ehrliche Arbeit unbelohnt bleibt, und besteht ruhig und bestimmt darauf, zu zahlen. Um des lieben Friedens willen muß der Fährmann dann wohl oder übel annehmen. Aber um sein Gewissen zu beruhigen, bittet er jemand, nach Chadong zu gehen und für das Geld Tee und Tabak einzukaufen. Die guten Tabakblätter hängt er sich bündelweise an die Gürtelschärpe, und wer immer während der Überfahrt welche möchte, den beschenkt er großzügig damit. Manchmal sieht er einem Fahrgast an, daß er sich für diesen Tabak interessiert. Dann steckt er ihm ein Bündel in sein Gepäck und sagt dabei: »Na, Bruder, rauchst du nicht? Dies hier ist guter Tabak, wirklich guter. Sieht zwar nach nichts aus, mit Blättern groß wie Hände, aber er schmeckt erstklassig, sag ich dir. Kannst ihn natürlich auch weitergeben. Das ist immer ein passendes Geschenk.« Und der Tee? Nun, den legt er im Hochsommer in einen großen Krug, brüht ihn mit kochendem Wasser auf und bietet dann jedem der durstigen Reisenden davon an.

Dieser Fährmann ist ebender Alte, der unterhalb der Pagode wohnt. Jetzt ist er schon siebzig. Seit er zwanzig war, hat er hier am grünen Flüßchen gelebt und in diesen fünfzig Jahren unzählige Fahrgäste übergesetzt. Trotz seines Alters sind seine Knochen noch rüstig. Eigentlich hätte er sich wohl längst zur Ruhe setzen sollen, aber der Himmel gönnt ihm noch keinen Feierabend, und er scheint sich von seinem Fährmannsleben einfach nicht trennen zu können. Ruhig und zuverlässig geht er seiner Arbeit nach, ohne über deren Sinn nachzudenken. Wenn er bei Sonnenaufgang seine Lebensgeister erwachen fühlt und wenn er in der Abenddämmerung noch längst nicht ans Sterben denkt, so hat das allerdings weniger mit dem Himmel zu tun als mit dem Mädchen an seiner Seite, das bei ihm lebt. Sonst sind seine einzige Gesellschaft das Fährboot und der hellbraune Hund, und er hat keine anderen Verwandten als dieses Mädchen.

Die Mutter des Mädchens war die Tochter des alten Mannes, sein einziges Kind. Vor siebzehn Jahren hatte ein Soldat aus Chadong ihr verliebte Ständchen gebracht, und es war heimlich, hinter dem Rücken des Vaters, zu einer zweifelhaften Beziehung gekommen. Als sie schwanger wurde, war an eine Heirat nicht zu denken, es sei denn, er hätte sie entführt. Aber für ihn hätte das bedeutet, seinen Posten bei der Armee zu verlieren, und für sie, einen einsamen Vater zurückzulassen. Der junge Mann erkannte, daß sie sich gegen eine Entführung sträuben würde; auch mochte er selbst nicht gern seine Soldatenehre aufs Spiel setzen. Ein gemeinsames Leben schien ihnen also verwehrt, aber nichts hinderte sie, miteinander zu sterben. Und wirklich nahm er bald darauf Gift. Wegen des ungeborenen Kindes, das sie trug, wagte sie nicht, ihm gleich zu folgen. Selbst als ihr Vater, der Fährmann, längst wußte, was geschehen war, sagte er kein einziges böses Wort zu ihr, sondern tat einfach, als hätte er keine Ahnung, und ging wie immer ruhig seinem Tagewerk nach. Aus Scham und Mitleid blieb die Tochter bei ihrem Vater. Doch kaum hatte sie ihr Kind zur Welt gebracht, ging sie ans Ufer des Flüßchens, trank absichtlich große Mengen kalten Wassers und starb daran. Wic durch cin Wunder blieb die kleine Waise am Leben und wuchs heran, und nun ist sie schon fünfzehn. Da die beiden Hügel, zwischen denen sie wohnen, mit leuchtend smaragdgrünem Bambus bewachsen sind, gab der alte Fährmann dem armen Wurm den Namen Cui-cui, was Smaragd bedeutet.

In Wind und Sonne wuchs Cui-cui auf, davon ist ihre Haut so braun. Ihre Augen labte sie an den frischen Hügeln und am grünen Wasser, daher leuchten sie so kristallklar.

Da die Natur sie erzogen hat, ist sie arglos und lebhaft wie ein kleines Tier, aufgeweckt und sanft wie ein Reh; nie kommt ihr der Gedanke an Grausamkeit, sie macht sich um nichts Sorgen und ärgert sich nie. Wenn ein Fremder auf der Fähre sie allzu aufmerksam betrachtet, starrt sie gewöhnlich mit flammendem Blick zurück, als würde sie sich anschicken, jeden Moment ins höchste Gebirge zu fliehen. Doch kaum wird ihr klar, daß er nichts Böses im Schilde führt, tändelt sie auch schon wieder friedlich am Wasser herum.

Ob Sonnenschein oder Regen, der alte Fährmann bleibt bei der Fähre auf Posten. Will jemand übersetzen, greift er nach dem Seil und zieht mit beiden Händen die Fähre ans andere Ufer. Manchmal ist er müde und legt sich auf einen Felsen in der Nähe schlafen. Winkt und ruft dann jemand vom gegenüberliegenden Ufer nach der Fähre, weckt Cui-cui den Großvater nicht, sondern springt selbst aufs Boot und setzt den Fahrgast so geschickt über, als wäre es das Selbstverständlichste von der Welt. Und wirklich ist ihr auch noch nie etwas schiefgegangen dabei. Manchmal begleiten sie und der Hund den Alten aufs Boot. Dann zieht sie mit dem Großvater gemeinsam am Seil und hilft ihm bei der Überfahrt. Nähert sich die Fähre der Böschung und warnt der Großvater die Fahrgäste mit seinem »Sachte! Sachte!«, dann springt der Hund mit dem Tau im Maul als erster ans Ufer. Als ob er genau wüßte, wie es gemacht wird, zerrt er am Tampen und holt das Boot an Land. Die Leute aus den Dörfern um Chadong kennen nicht nur den Fährmann und seine Enkelin – auch den Hund hat jeder gern.

Es gibt Tage, an denen in der Stadt wenig Betrieb ist und kein einziger Fahrgast vorbeikommt. Weht an solchen Tagen ein frischer Wind und scheint die Sonne, dann sitzen der Großvater und Cui-cui meist vor ihrer Haustür und sonnen sich, oder sie werfen vom Steilufer aus ein Holzstück ins Wasser und schauen zu, wie der Hund hinterherspringt und es zurückbringt. Manchmal spitzen Cui-cui und der Hund die Ohren, und der Großvater erzählt von seinen längst vergangenen Kriegserlebnissen in der Stadt.

Oder der Großvater und das Mädchen nehmen ihre kleinen Bambusflöten und spielen Hochzeitsweisen. Kommt dann jemand des Wegs, legt der alte Fährmann seine Flöte beiseite und setzt den Fahrgast über. Allein bleibt das Mädchen auf dem Stein zurück, doch sobald sie sieht, wie die Fähre sich in Bewegung setzt, ruft sie: »Opa, Opa! Hör mal! Ich spiele, und du singst!«

Meist fängt der Opa dann von der Mitte des Flüßchens her fröhlich zu singen an. Sein Brummbaß mischt sich mit dem hellen Klang der Bambusflöte, der in der stillen Luft zittert und das Wasser zu beleben scheint. Und durch das Echo des Liedes wirkt alles ringsumher nur noch stiller.

Mitunter kommen aus Ost-Sichuan Kälber- und Schafherden, oder man bringt eine bestickte Brautsänfte. Cui-cui drängt sich danach, sie überzusetzen. Sie steht am Bug der Fähre, zieht lässig am Seil und läßt das Boot ganz gemächlich hinübergleiten. Am anderen Ufer geht sie mit an Land, folgt den Felsenhügel hinauf und blickt dem Zug noch lange nach. Dann kehrt sie um und macht das Boot in der Nähe ihrer Hütte fest. Wieder zu Hause, ahmt sie leise das Blöken der Schafe und das Muhen der alten Kuh nach, oder sie steckt sich Blumen ins Haar und spielt ganz für sich allein die Braut.

Chadong liegt ja nur einen halben Kilometer entfernt. Wenn zu Neujahr oder zu einem anderen Festtag Öl und Salz gekauft werden müssen oder wenn der Großvater Lust auf einen Becher Schnaps hat, selber aber nicht in die Stadt kommt, schickt er Cui-cui hinunter, um diese Dinge zu besorgen, und gibt ihr den Hund zur Begleitung mit. Im Krämerladen angekommen, staunt das Mädchen über alles, was es da zu sehen gibt: hohe Stapel Glasnudeln, riesige Bottiche mit Zucker, Feuerwerkskörper, rote Kerzen . . . Zu Hause erzählt sie Großvater stundenlang davon. Und erst die vielen Kähne dort in der Stadt, deren Fahrtziel weiter flußaufwärts liegt . . . und die Hunderte von Hafenarbeitern, die emsig alle nur denkbaren Waren ein- und ausladen! Diese Frachtkähne sind ja so viel größer und interessanter als das Fährboot, und Cui-cui kann sie lange nicht vergessen.

2

Zwischen Fluß und Hügeln kauert die kleine Grenzstadt Chadong. Auf der nahen Hügelseite klettert die Stadtmauer wie eine lange Schlange bergan. Gegen den Fluß zu gibt es zwischen Stadtmauer und Ufer einen freien Streifen Land. Dort liegen die Ladeplätze. In einer Bucht ankern unzählige mit Persenningen überdachte kleine Kähne. Fahren sie flußabwärts, laden sie Holzöl, Steinsalz und Galläpfel, die man zum Färben braucht; flußaufwärts transportieren sie Rohbaumwolle, Baumwollgarn, Textilien, Kramwaren und Meeresfrüchte. Eine schmale Hafengasse verbindet die Ladeplätze, und wegen des allzu engen Landstreifens stehen die Häuser hier halb am Ufer, halb, auf Pfähle gestützt, im Wasser. Mitunter steigt im Frühjahr das Wasser so hoch, daß es die ganze Hafengasse überflutet. Dann holen die Anwohner lange Leitern, legen das eine Ende auf ihr Dach, das andere auf die Stadtmauer und bringen auf diesem Weg unter Flüchen und Geschrei ihre Habe in die Stadt – Bündel, Bettzeug und große Krüge mit Reis. Wenn das Wasser sinkt, kommen sie durch die Stadttore wieder heraus. In manchem Jahr steigt das Wasser besonders hoch, und immer werden dabei ein, zwei Häuser am Fluß mitgerissen. Von der Stadtmauer aus schauen alle unbeweglich zu, auch die hilflosen Betroffenen, denen es offenbar die Sprache verschlägt, denn Naturkatastrophen kann man nun einmal nicht abwenden, das war schon immer so. Die Leute stehen auf der Stadtmauer und beobachten, wie der Fluß plötzlich anschwillt und wie im wilden Strom vom Gebirge herunter Häuser, Rinder, Schafe und große Bäume auf- und niederwirbeln. An bestimmten Stellen aber, wo die Strömung weniger reißend ist, etwa bei der schwimmenden Landungsbrücke, warten auch jedesmal Leute in kleinen Sampans. Sobald sie sehen, daß in der Flußmitte etwas auf- und niedertaucht, das wie ein Haustier, ein Balken oder ein leeres Boot aussieht, oder wenn sie auf einem Kahn eine Frau oder ein schreiendes Kind entdecken, paddeln sie wie besessen darauf zu, fangen alles flußabwärts ein und holen es mit einer langen Leine an Land. Diese redlichen und tollkühnen Leute denken dabei keineswegs nur an den eigenen Gewinn, sondern es treibt sie, wie die meisten Menschen in dieser Gegend, auch ihr Wunsch, anderen zu helfen. Ob sie Personen oder Sachen retten, immer stürzen sie sich fröhlich ins Abenteuer, und immer handeln sie gleich flink und mutig. Die Leute, die ihnen dabei zusehen, können gar nicht anders als ihnen Beifall zollen.

In historischer Zeit war dieser Fluß unter dem Namen You berühmt. Heute heißt er Baihe, Weißer Fluß. Weiter flußabwärts bei Chenzhou, wo er in den Yuan-Fluß mündet, wirken seine Fluten trübe wie von den Bergen fließendes Schmelzwasser. Am Oberlauf gibt es teichartige Stellen, die bis zu 50 Fuß tief sein können. Dort ist das Wasser so klar, daß man am Grund winzige weiße Steine und sogar die Zeichnung der roten Karneolkiesel ganz deutlich erkennt. Fische schwimmen hin und her, als schwebten sie in der Luft. Die Steilufer zu beiden Seiten sind mit schlankem Bambus bewachsen, wie man ihn zur Papierherstellung braucht. Sie leuchten das ganze Jahr über in sattem, die Sinne verwirrendem Smaragdgrün. Die menschlichen Behausungen am Flußufer verschwinden hinter Pfirsich- und Aprikosenbäumen. Im Frühling braucht man bloß auf die Blütenpracht zu achten – dort steht bestimmt ein Haus; und wo ein Haus steht, wird sicher auch Branntwein verkauft. Im Sommer hängen Kleider und Hosen aus purpurrotem, gemustertem Stoff zum Trocknen in der Sonne und zeigen wie Fahnen die Wohnungen der Menschen an. Nur im Herbst und Winter sieht man hier die Häuser selbst an den steilen Böschungen – etwa bei Wangcun, Fencha, Baojing, Liya und den vielen anderen namenlosen Bergdörfern. Meist sind es Pfahlbauten am Ufer. Mit ihren ockerfarbenen Lehmwänden und den rabenschwarzen Dachziegeln fügen sie sich harmonisch in die Umgebung ein und bieten einen wahrhaft beglückenden Anblick. Jeder Reisende, der auch nur den geringsten Sinn für Malerei oder Dichtung besitzt, kann gut und gern einen Monat lang diesen kleinen Fluß entlangfahren, ohne sich jemals zu langweilen. Denn stets gibt es neue Wunder zu entdecken, welche teils auf menschlicher Arbeit, teils auf der Erfindungsgabe der Natur beruhen. Nirgendwo und zu keiner Jahreszeit kann man sich dem Zauber dieser Gegend entziehen.

Die Quelle des Baihe liegt jenseits der Grenze von Sichuan. Wenn im Frühjahr das Wasser steigt, können kleinere Kähne bis nach Xiushan fahren. Chadong ist jedoch der letzte Hafen in Hunan. Der Fluß ist hier normalerweise noch über 200 Meter breit. Im Herbst und Winter, wenn der Wasserspiegel sinkt, schrumpft er allerdings zu einem Rinnsal von nur 70 Metern Breite. Das übrige Flußbett liegt als leere Steinwüste da. Um diese Zeit kommen die Kähne nicht weiter flußaufwärts, und alle Waren von oder nach Ost-Sichuan müssen hier gelöscht oder geladen werden. An Tragstangen aus Maulbeerholz, die sich die Arbeiter allein oder zu zweit über die Schultern legen, werden alle diese Waren in Ballen oder Körben verfrachtet.

In der Stadt liegt eine kleine Garnison, die auf die ehemalige »Grüne Standarte« zurückgeht. Es gibt in Chadong etwa 500 Haushalte. Von ein paar kürzlich erst in diese Gegend gezogenen Kleinkapitalisten abgesehen, die ein wenig Land in den Hügeln oder eine Holzölpresse besitzen oder in den Öl-, Reis- und Baumwollhandel investiert haben, sind es meist alteingesessene Familien ehemaliger Soldaten. Außerdem gibt es am Ort ein kleines Zollamt, das man in einem ehemaligen Tempel an der Hafengasse außerhalb der Stadtmauer untergebracht hat und vor dem stets ein langer Wimpel hängt. Sein Amtsvorsteher wohnt in der Stadt. Der ehemalige Yamen des Militärs dient heute als Garnisonskaserne. Aber im Grunde merkt man in Chadong kaum etwas von der Anwesenheit der Soldaten – das einzige, was die Leute daran erinnert, sind die Wachposten, die jeden Tag oben auf der Stadtmauer zum Spaß Trompete blasen. Geht man an Wintertagen durch die Stadt, sieht man vor allen Haustüren Kleider und Gemüse zum Trocknen hängen; unter den Dachrinnen baumeln Süßkartoffeln an ihren Stauden oder Säcke aus Kokosbast, die prall mit Kastanien, Haselnüssen und anderen Nüssen gefüllt sind. Überall an den Hausecken gackern und scharren Hühner. Vor mancher Tür sägt oder hackt jemand Holz, das er später im Hof zu Türmen aufstapelt. Anderswo sieht man Frauen mittleren Alters, die Kleider aus steifem blauem Tuch tragen, darüber weiße Schürzen mit Hohlsaumstickerei, und während sie sich im Sonnenschein über ihre Arbeit bücken, schwatzen sie miteinander. Immer geht hier alles so friedlich zu, und die Leute haben ihr ganzes Leben auf diese unglaublich schlichte, weltabgeschiedene Weise verbracht. Wenn es einmal besonders still ist, erwachen in ihnen wohl auch allerlei Hirngespinste und Wunschträume. Denn freilich hat jeder, der in dieser kleinen Stadt lebt, irgendwann in seinem Leben gehofft, geliebt und gehaßt. Aber wer weiß schon, was wirklich in den Köpfen der Menschen vorgeht! Wer in der Oberstadt wohnt, kann, wenn er vor die Haustür tritt, weit über den Fluß blicken, sieht in der Ferne die ankommenden Kähne und die unzähligen im Schlepptau hängenden Treidler am anderen Ufer. Manche haben vom Unterlauf des Flusses Leckereien, Bonbons und andere gute Dinge mitgebracht, die sie in der Stadt verkaufen. Daher ist der erste Gedanke der Kinder bei Ankunft eines Kahns: Nichts wie hin zu den Treidlern! Und was denken die Erwachsenen? Sie haben vielleicht ein Schock Küken im Hof oder zwei Schweine gemästet und bringen sie nun zu den Treidlern hinunter und bitten sie, dafür goldene Ohrringe arbeiten zu lassen oder ihnen von der nächsten Reise 20 Fuß schwarzen Tuchs aus einer Manufaktur, einen Krug gute Sojasoße oder einen erstklassigen Glaszylinder für die Paraffinlampe mitzubringen; und all das läßt die Herzen der Hausfrauen höher schlagen.

So herrschen also Ruhe und Frieden in dieser kleinen Stadt – und doch ist sie zugleich ein Knotenpunkt für den Handelsverkehr mit Ost-Sichuan. Daher geht es in der schmalen Hafengasse vor der Stadt auch sehr viel lebendiger zu. Da gibt es Herbergen für die Handelsschiffer, daneben Barbiergeschäfte, und in bunter Reihe schmücken Garküchen, Kramläden, Öl-, Salz- und Tuchhandlungen die Gasse und haben alle ihren festen Platz, ebenso Bootshandlungen, wo man Klüsen aus Sandelholz, Bambustaue, Töpfe, Pfannen und dergleichen verkauft, und schließlich die Kontore der Vermittler, die vom Anheuern der Bootsleute leben. Auf langen Tischen vor den Garküchen stehen oft schon flache Teller mit Fisch bereit, knusprig goldbraun mit Bohnenquark gebackene Karpfen, mit rotem Paprika garniert, daneben ein Bambusgefäß mit zinnoberroten Eßstäbchen. Für ein paar Kupfermünzen kann sich hier jeder niederlassen und ein Paar Stäbchen herausziehen; sogleich kommt aus dem Haus eine Frau mit fein gezupften Brauen und weiß gepudertem Gesicht und fragt: »Großer Bruder, gnädiger Herr! Was darf's denn sein – Honigwein oder Getreideschnaps?«

Ist der Mann etwas feurig und zu Scherzen aufgelegt oder hat gar ein Auge auf die Wirtin geworfen, dann spielt er absichtlich den Beleidigten: »Honigwein soll ich trinken? Bin ich etwa ein Wickelkind, daß du mich fragst, ob ich Honigwein will?« Also wird mit einer Bambuskelle hochprozentiger Schnaps aus dem großen Bottich in eine Steingutschale geschöpft und eilfertig vor ihn auf den Tisch gestellt. Dieser starke, würzige Branntwein kann den stärksten Mann umwerfen, und man trinkt gewöhnlich nicht viel davon. In den Kramläden werden Paraffin, Lampen, Kerzen und Papier verkauft. Die Lagerhäuser kaufen Holzöl. Die Salzhändler lagern dunkles Steinsalz aus den Stollen von Sichuan. Bei den Tuchhändlern gibt es weißes Baumwollgarn, breite Bahnen festen Tuchs, Rohbaumwolle und Kopftücher aus schwarzer Seide. Die Bootshandlungen verkaufen hunderterlei Waren, alles, was man sich nur vorstellen kann; mitunter stellen sie mehrere hundert Kilo schwere Anker vor dem Laden auf die Straße, um Kunden anzulokken. Die Türen der Vermittlungskontore stehen den ganzen Tag offen, und ständig kommen und gehen Bootseigner in schwarzen Satinjacken oder unbekümmerte Matrosen. Obwohl man dort keinen Tee verkauft, gleichen diese Kontore kleinen Teehäusern; und obwohl es keine Opiumhöhlen sind, kann man dort Opium rauchen. Fast alle, die hier ein und aus gehen, reden ständig über Bootsgeschäfte, darüber, wie man mit einem Kahn umgeht, über die Reisen den Fluß hinauf und hinunter, über die Besatzung. Aber es hat sich unter ihnen eine feste Regel eingebürgert: Hat man erst einmal Preise, Frachtmengen, Reiserouten, Mannschaftsstärken und dergleichen vereinbart, so wird nicht weiter darüber gesprochen. Das einzige, was die Männer nun noch interessiert, ist, so scheint es, wer alles an ihren »Tagungen« teilnimmt. Sie scharen sich dann um einen wichtigen Mann und schwatzen über örtliche Ereignisse, über die Handelslage in beiden Provinzen, über Neuigkeiten vom Unterlauf. Manchmal finden hier sogar Geschäftskonferenzen und Finanzbesprechungen statt, um deren Vorsitz man würfelt. Aber in Wirklichkeit geht es in diesen Kontoren ausschließlich um zweierlei Geschäfte: Bootshandel und Frauenkauf.

Kaum beginnt in den großen Städten der Handel ein wenig zu blühen, kaum gibt es ein paar Kapitalisten, sind auch schon Parasiten zur Stelle. Weil Händler und Bootsleute nun einmal danach verlangen, haben sich auch in dieser abgelegenen Kleinstadt eines Tages in einigen der Pfahlbauten an der Hafengasse bestimmte Frauenzimmer eingenistet. Einige dieser jungen Frauen stammen aus den Dörfern der Umgebung, aber die meisten sind Soldatenfrauen, deren Männer aus Ost-Sichuan hierher verlegt wurden und nicht zurückkehrten. Die Frauen tragen Kleider aus Kunstseide und geblümte Hosen, hoch aufgetürmte, stark parfümierte Haarknoten und haben lange, gewölbte Augenbrauen. Tagsüber sitzen sie untätig auf kleinen Hockern vor der Haustür herum, sticken mit rotem oder grünem Garn Phönixpärchen auf ihre Pantoffeln oder nähen für ihren Matrosenschatz eine Schärpe, wobei sie mit einem Auge die Passanten beobachten. So vertrödeln sie den lieben langen Tag. Manche lehnen wohl auch aus dem Fenster, beobachten die Bootsleute bei der Arbeit oder hören zu, wie die Matrosen hoch oben auf den Masten ihre Lieder singen. Wenn es Abend geworden ist, geben sich Händler und Bootsleute bei ihnen ein Stelldichein und werden von den Dämchen einer nach dem anderen bedient, so gut diese es eben verstehen.

In diesem entlegenen Grenzgebiet lebt ein ehrlicher Menschenschlag. So zeigen sich selbst die Frauen, die von der Prostitution leben, völlig ungekünstelt. Empfangen sie einen unbekannten Gast, dann bedienen sie ihn nicht sofort, sondern verhandeln zunächst über den Preis, und erst wenn der Kunde gezahlt hat, darf er die Tür schließen und zur Sache kommen. Handelt es sich aber um einen alten Bekannten, dann überlassen sie ihm die Bezahlung. Ihren Profit machen sie hauptsächlich mit Kaufleuten aus Sichuan, aber verliebt sind sie meist in einen Bootsmann.

Zwei Verliebte beißen einander in die Lippen, in den Nacken und schwören: »Während unserer Trennung darf keiner dem anderen untreu werden!« Vierzig, fünfzig Tage lang warten sie aufeinander; er, der auf seinem Kahn fährt, und sie, die am Ufer sitzt. Sie sehnen sich danach, daß die langen Tage der Trennung vergehen, und beide sind in Gedanken dem anderen nah. Vor allem die Frauen verlieben sich ernsthaft, ja bis zum Wahnsinn. Wenn der Mann zum verabredeten Zeitpunkt nicht kommt, träumen sie wieder und wieder, wie sein Kahn anlegt, wie er über die Planke an Land springt, wie er auf sie zuläuft und sie in die Arme nimmt. Nagt der Zweifel an ihrem Herzen, dann träumen sie, wie er auf dem Mast sitzt, anderswo Ständchen bringt und sie vergessen hat. Sanftere Naturen springen dann im Traum in den Fluß oder ergeben sich dem Opium; robustere träumen, wie sie ein Messer packen und den Schuft umbringen. Gewiß, sie leben außerhalb der normalen Gesellschaft, doch auch ihr Leben ist von Liebe und Haß durchdrungen, und sie empfinden Freude und Kummer ganz wie andere junge Leute an anderen Orten. Diese Liebe, dieser Haß ergreifen Leib und Seele mit derart leidenschaftlicher Glut, daß sie alles darüber vergessen. Darin unterscheiden sie sich nicht von anderen – nur fühlen diese Frauen vielleicht ein wenig heftiger, und sie sind wohl auch ein wenig törichter. Ob eine Verlobung für kurze Zeit, ob ein langer Ehestand, ob sie gar für eine Weile darauf verzichtet, Kunden zu empfangen – das einfache Volk ist viel zu arglos, um in derlei Beziehungen im Leben einer kleinen Dirne etwas Verächtliches zu sehen, und weder die Frauen selbst noch die anderen finden etwas dabei oder verurteilen diese Dinge als gemein und schändlich, wie es die Gebildeten tun. Es geht diesen Frauen im übrigen keineswegs bloß ums Geld. Versprechen sie etwas, dann halten sie es auch. Freilich sind sie käuflich, aber auf sie ist oft mehr Verlaß als auf jene feinen Leute aus der Stadt, die ständig Moral und Tugend im Munde führen

Kaimeister Shun-shun hatte schon unter der Qing-Dynastie in der Armee gedient, und während der Revolution von 1911 war er Zugführer des berühmten 49. Infanterieregiments der Revolutionäre geworden. Andere seinesgleichen hatten sich als Helden der Revolution einen Namen gemacht und waren enthauptet oder erschlagen worden. Er aber hatte in seiner Jugend allzusehr den Frauen den Hof gemacht, und als er in die Heimat zurückkehrte, brachte er ein Fußleiden mit. Von der kleinen Summe, die er gespart hatte, kaufte er einen Frachtkahn mit sechs Rudern, den er an einen armen Händler verpachtete. Dieser transportierte in Kommission Waren von Chadong nach Chenzhou und zurück. Zwei Jahre lang war Shun-shun das Glück treu, der Kahn blieb unversehrt, und mit dem verdienten Geld nahm er eine junge, hübsche, etwas beguterte Witwe. So kam es, daß er schon vier Jahre später außer einer Frau und zwei Söhnen vier Boote auf dem Fluß besaß.

Seine Geschäfte gingen gut. Aber er ist ein ausgesprochen freigebiger, offenherziger Mensch, der gern Freundschaft schließt und jederzeit ohne Zögern hilft, wenn jemand in Schwierigkeiten gerät. Daher ist es ihm nie wie anderen Händlern gelungen, ein dickes Vermögen anzusparen. Er hat das Brot der Armee gegessen, weiß, wie einer fern der Heimat sich fühlt, und versteht Leute, auf denen Kummer und Sorgen lasten. Geht ein Kahn zu Bruch und muß der Eigner Konkurs anmelden, kommt ein verabschiedeter Soldat vorbei oder verirrt sich ein reisender Gelehrter in diese Gegend und bittet ihn um Unterstützung, dann hilft er ohne Ausnahme. So macht er zwar einerseits durch Bootsverpachtung Profit, gibt aber andererseits das Geld mit beiden Händen wieder aus. Obwohl er wegen seines Fußleidens ein wenig behindert ist, war er seit eh und je ein guter Schwimmer. Er geht etwas hinkend und schief, handelt jedoch stets aufrecht und gerade. Das Amt des Kaimeisters ist im Grunde nicht schwierig, denn für den Flußverkehr bestehen feste Regeln. Wann immer es zu einer

Havarie kommt oder ein Kahn irgendwelche Leute oder andere Boote behindert, sind passende und seit langem eingebürgerte Vorschriften zur Hand. Die folgende Verhandlung muß allerdings immer ein älterer, angesehener Mann leiten. Eines Tages im Herbst starb der alte Kaimeister, und Shunshun übernahm dessen Amt. Er war damals erst fünfzig, aber weil er ein so aufrichtiger, ehrlicher Mensch ist, gerecht, ruhig und nicht im geringsten geizig, hatte niemand etwas seines Alters wegen gegen ihn einzuwenden.

Inzwischen ist sein Erstgeborener schon achtzehn, der Jüngere sechzehn. Stark wie junge Ochsen, sind die Burschen ausgezeichnete Ruderer und Schwimmer und gut zu Fuß. Alles, was Halbwüchsige in dieser kleinen Stadt können, das können diese beiden auch, und zwar besonders gut. Der Ältere hat die Art seines Vaters, ist offen und großzügig und macht sich nichts aus übertriebenen Förmlichkeiten. Der Jüngere ähnelt seiner hübschen Mutter, er redet nicht gern, aber man sieht ihm auf den ersten Blick den aufgeweckten, temperamentvollen Burschen an.

Da die heranwachsenden Brüder zur Festigung ihres Charakters das Leben von allen Seiten kennenlernen sollen, schickt sie der Vater mit den Frachtkähnen auf Reisen. Sie fahren auf seinen eigenen Booten als einfache Matrosen und teilen Freud und Leid mit der Besatzung. Immer wählen sie die schwersten Ruder, und beim Treideln gehen sie ganz vorn. Sie essen Trockenfisch, scharfen Paprika, stinkendes Sauergemüse und schlafen auf den harten Planken des Decks. Flußaufwärts reisen sie zu Fuß, gemeinsam mit Händlern aus Ost-Sichuan, die in Geschäften nach Xiushan, Longtan oder Youyang unterwegs sind, und bei jedem Wetter marschieren sie in ihren Strohsandalen von Station zu Station. Jeder trägt ein Messer bei sich. Zwingt man sie, sich zu verteidigen, dann ziehen sie das Messer, stellen sich auf einen freien Platz, warten auf den Gegner, und es kommt zu einem Kampf bis aufs Blut. Die Sitten und Gebräuche dieser Gegend verlangen, daß man, um sich gegen Feinde zu wehren – aber auch um Freundschaften zu schließen –, mit dem Messer umgehen kann. Und bietet sich eine Gelegenheit dazu, läßt man sie nie ungenutzt vorübergehen. So lernen sie den Handel kennen und den Umgang mit Menschen, lernen, sich in jeder Lebenslage zurechtzufinden und Leben und Ehre mit dem Messer zu verteidigen. Man darf wohl annehmen, daß diese Schule die jungen Leute zu Mut und Mitmenschlichkeit erzieht, wie sie ein richtiger Mann besitzen soll. Sicher liegt es an dieser Erziehung, daß die beiden Burschen, obwohl stark wie Tiger, stets höflich und zuvorkommend auftreten und daß aus ihnen keine eingebildeten, faulen Grobiane und Angeber geworden sind. So reden denn auch die Leute in Chadong und Umgebung von Vater und Söhnen nur mit größter Hochachtung.

Die Söhne waren noch ganz klein, als der Vater bereits erkannte, daß der Ältere in jeder Hinsicht ihm selbst nachgeriet und eines Tages gewiß leicht eine eigene Familie gründen und auf eigenen Füßen stehen würde, während der Jüngere mehr Liebe und Zuwendung brauchte. Daher zog er den Zweiten ein wenig vor. Den Ersten nannte er Tianbao, »Vom Himmel beschützt«, den Zweiten Nuosong, »Von Nuo geschenkt«. Damit verband er folgende Gedanken: Der »Vom Himmel Beschützte« war ein kräftiger, gesunder Mensch, der in seinem Leben, in Handel und Wandel, bei etwa aufkommenden Streitigkeiten, allein seinen Mann stehen würde; der Jüngere dagegen war zart, ein Himmelskind, er bedurfte im Alltag des Schutzes der Götter und Geister, und da die Leute hier in der Gegend so ihre althergebrachten Vorstellungen hatten, würde niemand wagen, einen »Von Nuo Geschenkten« zu unterschätzen. Nuosong ist ein hübscher Junge, und den Bootsleuten von Chadong fällt dazu nichts weiter ein, als ihm den Spitznamen »Yue Yun« zu geben. Zwar hat noch keiner je einen wirklichen Yue Yun gesehen, aber alle haben den Eindruck, dieser stattliche junge Krieger in weißer Rüstung und weißem Helm sei geradewegs von der Bühne zu ihnen herabgestiegen.

3

Der örtliche Kommandant der beiden Grenzgebiete sorgt seit über zehn Jahren für Ruhe und Ordnung, und zwar so gewissenhaft, daß es kaum je zu Unruhen gekommen ist. Der Handel zu Wasser und zu Land hat weder Kriegshandlungen noch Räuber und Banditen zu fürchten. Überall waltet Ordnung, und die Leute sind mit ihrem Los zufrieden. Stirbt ein Rind, kentert ein Boot, gibt es in einer Familie einen Todesfall, dann herrscht große Aufregung und Trauer. Aber was andernorts in China geschieht, die vielen unglückseligen Kämpfe und Unruhen in den übrigen Gebieten, das alles nehmen die Leute in unserer Grenzstadt kaum wahr.

Richtig laut und lebendig wird Chadong nur an drei Tagen im Jahr: beim Drachenbootfest, beim Mondfest und zu Neujahr. Was auch in der großen Welt draußen vorgeht, für die Leute hier bleiben diese drei Festtage wie vor dreißig oder fünfzig Jahren die fröhlichen Höhepunkte des Jahres.

Zum Drachenbootfest tragen alle Frauen und Kinder der Gegend neue Kleider und malen sich mit einem Brei aus Ocker und Würzwein das Schriftzeichen für König auf die Stirn. In jedem Haus kommt an diesem Tag Fisch und Fleisch auf den Tisch. Bereits gegen elf ißt man in Chadong zu Mittag, und nach der Mahlzeit verschließen die Städter ihre Haustüren und gehen zum Fluß hinaus, um die Bootsrennen zu sehen. Manche schauen von den Pfahlhäusern an der Hafengasse aus zu, andere drängen sich vor dem Zollhaus oder auf den Ladekais. Die Drachenboote starten bei Changtan, und direkt vor dem Zollhaus ist das Ziel. Daher stehen dort die Garnisonskommandanten, Zollbeamten und örtlichen Würdenträger. Man hat sich seit langem auf die Wettfahrten vorbereitet, Gruppen haben sich gebildet, und jede Gruppe hat besonders starke, gewandte Burschen für ihre Mannschaft ausgesucht, die vorher in Teichen oder Nebenarmen des Stromes geübt haben. Drachenboote unterscheiden sich im Bau von gewöhnlichen Frachtkähnen. Sie sind viel länger und schmaler als diese, beide Enden sind nach oben geschwungen, und den Rumpf ziert ein zinnoberroter Streifen. Das ganze Jahr über liegen sie in trockenen Höhlen weiter oben am Fluß. Nur vor dem Fest trägt man sie ins Wasser. In jedem der Boote haben zwölf bis achtzehn Paddler Platz, dazu ein Steuermann, ein Trommler und ein Gongschläger. Die Burschen führen ihre kurzen Stechpaddel im Takt von Trommel und Gong. Im Heck steht der Steuermann, er trägt einen roten Turban und zeigt mit zwei Wimpeln die Fahrtrichtung an. Trommler und Gongschläger sitzen meist in der Mitte des Boots und beginnen sogleich nach dem Start, mit eintönigen Schlägen die Mannschaft anzutreiben. Von diesem Takt hängt das Tempo eines Bootes ab, und wenn sich der Wettkampf dem Höhepunkt nähert, prasseln die Schläge wie Donner. Dazu schallen von beiden Ufern die anfeuernden Zurufe der Zuschauer. Die Leute müssen an die Erzählung von Liang Hongyu denken, die die Trommel schlug, als ihr Gemahl auf dem Laoque-Fluß kämpfte. Siegreiche Mannschaften erhalten vor dem Zollamt einen Preis, etwa einen Ballen roter Seide oder ein silbernes Abzeichen, das sich einer der Paddler an den Turban steckt – wer, spielt dabei keine Rolle, denn das Abzeichen ehrt ja die ganze Mannschaft für den gemeinsam errungenen Sieg. Am Ufer zünden Soldaten ausgelassen 500 Knallkörper an, um das siegreiche Boot zu feiern.

Nach den Rennen zeigen die in Chadong stationierten Garnisonskommandanten, daß sie die allgemeine Freude teilen und ihren Beitrag zur fröhlichen Festtagsstimmung leisten wollen. Daher lassen sie von ein paar Soldaten dreißig Erpel mit grünen Köpfen in den Fluß werfen, denen man zuvor rote Stoffstreifen um den Hals gebunden hat. Jeder gute Schwimmer, ob Soldat oder Zivilist, ist eingeladen, ins Wasser zu springen und nach den Enten zu jagen. Wer eine fängt, darf sie behalten. So gibt es am Fluß ein neues lustiges Schauspiel: kreuz und quer übers Wasser paddeln die Enten, und dazwischen prusten und planschen überall Burschen, die sie verfolgen.

Die Wettrennen Boot gegen Boot und das Wettschwimmen Mensch gegen Ente dauern bis zum Abend.

Kaimeister Shun-shun war von klein auf ein ausgezeichneter Schwimmer und kam von keiner Entenjagd ohne Beute an Land, aber sein Zweiter, Nuosong, war kaum zehn, als er es bereits verstand, auf einen Enterich zuzutauchen, plötzlich aus dem Wasser hochzuschießen und den Vogel zu greifen. Daraufhin sagte der Vater in leiser Selbstironie zu seinen Söhnen: »Fein! Das könnt ihr also nun selber. Da brauch ich ja nicht länger ins Wasser zu springen und euch Konkurrenz zu machen.« Und wirklich hat er sich seit damals nicht mehr am Entenjagen beteiligt. Allerdings ist er noch immer ins Wasser gesprungen, wenn es galt, einen Menschen zu retten. Brauchte jemand Hilfe, würde er sogar ins Feuer stürzen, selbst wenn er achtzig wäre. Das ist etwas anderes, das hält er für seine Pflicht.

Tianbao und Nuosong gehören zu den besten Schwimmern und Paddlern der Gegend.

Jetzt naht wieder das Drachenbootfest. Am Fünften finden die Rennen statt, und am Ersten gibt es am Hafen eine Besprechung, auf der beschlossen wird, daß man das Boot der Hafengassen-Mannschaft noch am selben Tag zu Wasser läßt. Ausgerechnet heute muß Tianbao mit ein paar Händlern flußaufwärts reisen, um Festartikel nach Longtan in Ost-Sichuan zu bringen, und so kann nur Nuosong mitmachen. Sechzehn bärenstarke junge Burschen ziehen los. Sie haben Räucherstäbchen, rote Kerzen und Knallkörper mitgenommen, dazu eine mit Rinderfell bespannte und mit einem roten *taiji*-Symbol bemalte Trommel. Sie marschieren flußauf zu der Höhle, in der ihr Boot liegt, zünden Räucherwerk und Kerzen an und tragen es dann ins Wasser. Alle springen an Bord, man läßt die Feuerwerkskörper knattern, die Trommel dröhnt, und schon fliegt das Boot wie ein ungefiederter Pfeil den Fluß hinunter auf Chadong zu.

So vergeht der Vormittag. Mittags schleppen auch die Fischer vom gegenüberliegenden Ufer ihr Boot in den Fluß, und beide Mannschaften beginnen alle möglichen Paddeltechniken zu üben. Die ersten Trommelschläge hallen übers Wasser, und wer es hört, freut sich, weil nun bald der Festtag kommt. Die Frauen, die dort am Hafen in den Pfahlhäusern wohnen, sehnsüchtig warten, hoffen ... sie denken beim Trommelklang an ihn, der in der Ferne weilt. Viele Kähne schaffen es, zum Fest wieder daheim zu sein, aber manche müssen den Feiertag auch in der Fremde verbringen. Daher ist es um diese Zeit gar nicht so leicht, von den Augen der Leute abzulesen, ob sie Kummer oder Freude empfinden. Mancher Frau in der schmalen Hafengasse der kleinen Bergstadt schlägt das Herz vor Freude höher, aber manche zieht auch vor Kummer und Enttäuschung die Brauen zusammen.

Dumpf hallen die Trommelschläge über Wasser und Hügel hin bis zu unserer Fährstation. Der erste, der sie bemerkt, ist der hellbraune Hund. Aufgeschreckt beginnt er zu bellen und rennt wie besessen ums Haus. Kommen Fahrgäste, läßt er sich mit ihnen ans Ostufer übersetzen, hetzt den Hügel hinauf und bellt, so laut er kann, zur Stadt hinüber.

Cui-cui sitzt auf dem großen Stein vor der Haustür und ist damit beschäftigt, aus Palmblättern Heuschrecken und Tausendfüßler zu flechten. Friedlich liegt der Hund in der Sonne und schläft. Als sie sieht, daß er plötzlich aufspringt und wie ein Verrückter herumrennt, sich über den Bach setzen läßt und dann wieder heimgelaufen kommt, schimpft sie mit ihm: »Hündchen, was treibst du denn da? Hörst du wohl auf damit!«

Aber kaum vernimmt auch sie die fernen Trommelschläge, da springt sie gleichfalls auf und läuft ums Haus, läßt sich mit dem Hund zusammen übersetzen, steht lange auf dem Felsenhügel und lauscht. Ganz verzaubert von den dröhnenden Schlägen, denkt sie an ein vergangenes Drachenbootfest zurück.

4

Das war vor zwei Jahren. Für den Fünften hatte der Großvater jemanden gefunden, der seinen Fährdienst übernahm, und er ging mit Cui-cui und dem Hund in die Stadt, um die Bootsrennen zu sehen. Am Ufer drängten sich schon die Menschen, und in der Mitte des Stroms lagen vier schmale zinnoberrote Boote. Das Wasser war gerade vor dem Fest gestiegen und noch trüb und erbsengelb, aber nun herrschte bereits wieder heiteres Wetter. Als die Trommeln zu donnern begannen, biß sich Cui-cui auf die Lippen und brachte vor lauter freudiger Erregung kein Wort hervor. Am Ufer drängten sich die Leute, und alle rissen die Augen auf und starrten in die Mitte des Stroms. Nach einer Weile stand nur noch der Hund bei ihr, der Großvater war im Gewühl verschwunden.

Cui-cui war ganz mit den Booten beschäftigt und dachte: Opa wird schon wiederkommen. Aber als er nach längerer Zeit immer noch nicht wieder da war, wurde sie doch ein wenig unruhig. Eigentlich war es so gewesen, daß der Großvater das Mädchen am Tag zuvor gefragt hatte: »Morgens gibt's ja nun die Bootsrennen. Wenn du allein hingehen würdest, hättest du da wohl Angst vor den vielen Leuten?« Cui-cui hatte geantwortet: »Ach wo, vor den Leuten doch nicht! Bloß – allein macht es nicht so viel Spaß.« Da hatte Großvater lange hin und her überlegt und sich zuletzt an einen alten Bekannten erinnert, der in der Stadt wohnte. Noch am selben Abend war er hinübergegangen, um die Sache mit ihm zu besprechen, und hatte ihn gebeten, für den einen Tag die Fähre zu übernehmen, damit er selbst Cui-cui in die Stadt begleiten und ihr einen vergnügten Tag gönnen könnte. Dieser alte Bekannte war noch einsamer als der Fährmann selbst, hatte keinen einzigen Verwandten bei sich leben, ja nicht einmal einen Hund. Darum hatten sie ihn eingeladen, ein bißchen früher aufzubrechen, bei ihnen zu essen und einen Becher schweren gelben Branntwein zu trinken. So war er denn am nächsten Tag auch gekommen, hatte gegessen und den Dienst übernommen, und Cui-cui war mit den anderen beiden in die Stadt gezogen. Unterwegs, als würde es ihm gerade erst einfallen, hatte der Großvater zu ihr gesagt: »Cui-cui, Cui-cui, es werden schrecklich viele Leute dasein, das reinste Gewühl. Würdest du dich trauen, allein den Drachenbootrennen zuzusehen?« Das Mädchen hatte geantwortet: »Wieso soll ich mich nicht trauen? Allein ist es bloß nicht so lustig.« Am Kai angekommen, hatten jedoch die vier roten Boote auf dem Fluß bald ihre ganze Aufmerksamkeit gefangengenommen, so daß es ihr schon gar nicht mehr wichtig war, ob da ein Großvater bei ihr stand oder nicht. Der Alte hatte bei sich gedacht: Es ist ja noch früh, das dauert mindestens noch drei Stunden. Mein Freund da oben am Flüßchen sollte sich auch das Vergnügen der jungen Leute ansehen. Ich geh mal rüber, die Zeit reicht schon noch, um die Plätze zu tauschen. Zu Cui-cui hatte er gesagt: »Hier gibt es so viel Volk. Bleib du an dieser Stelle stehen und rühr dich nicht vom Platz. Ich geh mal eben weg, ich hab was zu tun, aber ich komm auf jeden Fall und hol dich nach Hause.« Gerade in diesem Moment beobachtete Cui-cui zwei Boote, die auf gleicher Höhe um die Wette fuhren, und so hatte sie dem Großvater nur mit halbem Ohr zugehört und ohne weiteres zugestimmt. Der Großvater wußte ja den Hund bei ihr, was wohl noch sicherer war, als wenn er selbst dageblieben wäre, und so war er zurückgegangen zu dem Alten bei der Fähre.

Als er bei der Fährstation ankam, sah er seinen alten Freund, der ihn vertrat, unterhalb der Pagode stehen und den Trommelschlägen lauschen.

Der Großvater rief nach ihm und bat ihn, die Fähre überzusetzen. Beide überquerten den Bach und standen dann nebeneinander bei der Pagode. Der Freund fragte den alten Fährmann, wieso er heimgekehrt wäre, und dieser erzählte ihm, was er sich überlegt hatte, und meinte dann: »Wenn es dir dort gefällt, brauchst du nicht zurückzukommen. Sag bloß Cui-cui Bescheid, daß sie allein nach Hause kommt, wenn alles vorbei ist. Na ja, wenn die Kleine Angst hat, allein zu gehen, kannst du sie natürlich begleiten.« Der Freund hatte aber gar keine besondere Lust auf das Drachenbootrennen und wollte viel lieber mit dem Fährmann auf dem großen Stein am Ufer sitzen und ein paar Becher Schnaps trinken. Darüber war unser Fährmann ausgesprochen froh, holte den Kürbis aus dem Haus und reichte ihn dem Alten aus der Stadt. Dann plauderten die beiden über die Drachenbootfeste von früher und tranken ihren Schnaps dabei, und es dauerte gar nicht lange, da lag der Freund betrunken auf dem Stein und schlief.

Weil dieser nun aber betrunken war, konnte der Großvater

nicht gut in die Stadt zurück, und seinen Posten bei der Fähre mochte er auch nicht im Stich lassen. Cui-cui stand unterdessen am Kai und begann sich ernstlich Sorgen zu machen.

Nach dem letzten Rennen hatten die Hauptleute ihre Burschen in kleinen Booten auf den Fluß geschickt und eine Schar Enten ins Wasser setzen lassen. Der Großvater war noch immer nicht zu sehen. Cui-cui, die fürchtete, daß der Alte woanders auf sie wartete, führte den Hund durch die dichte Menschenmenge und suchte überall, aber nirgends fand sich eine Spur von ihm. Bald würde es dunkel werden. Die Soldaten trugen schon wieder die langen Bänke zurück, die sie aus der Stadt geholt hatten, um besser sehen zu können. Im Wasser schwammen höchstens noch vier, fünf Enten, und auch ihre menschlichen Verfolger wurden immer weniger. Als die Abendsonne Cui-cuis Haus dort oben beschien, tauchte sie den Fluß in silbrigen Dunst. Bei diesem Anblick schoß dem Mädchen plötzlich ein furchtbarer Gedanke durch den Kopf: Wenn Großvater gestorben wäre . . .?

Sie entsann sich, daß der Großvater ihr eingeschärft hatte, sich nicht vom Fleck zu rühren, und um den schrecklichen Gedanken zu verscheuchen, redete sie sich ein, daß er wohl in die Stadt gegangen sei, Bekannte getroffen hätte, mit ihnen beim Schnaps säße und sich nicht losreißen könne. Das war ja durchaus denkbar, und so wollte sie mit dem Hund doch lieber nicht nach Hause gehen, bevor es nicht ganz finster war. Vermutlich würde es am besten sein, am Kai stehenzubleiben und auf den Großvater zu warten.

Wieder verging eine Weile. Die letzten beiden schlanken Boote hatten in einer Bucht am anderen Ufer festgemacht und waren nicht mehr zu sehen. Auch die Zuschauer waren fast alle fortgegangen. In den Pfahlhäusern der Freudenmädchen hatte man Laternen angezündet, und manche der Frauen begannen zur Begleitung von Handtrommeln und Zupfinstrumenten zu singen. Aus anderen Häusern dröhnten die Stimmen der Männer beim Fingerspiel. Unterdessen begannen die Leute auf den Booten unterhalb der Pfahlhäuser mit den Vorbereitungen fürs Abendessen. Sie warfen kleingeschnittenes Grünzeug und Rübenstreifen in siedendes Öl, daß es laut zischte. Die Mitte des Flusses war nur noch undeutlich zu erkennen, aber es sah fast so aus, als ob sich dort nur noch eine letzte weiße Ente bewegte, von einem einzigen Schwimmer verfolgt.

Cui-cui blieb weiter am Kai stehen. Sie glaubte fest daran, daß der Großvater noch kommen und sie heimführen würde.

Der Gesang in den Freudenhäusern wurde frecher. Unten auf einem der Boote hörte sie Leute reden. Ein Bootsmann sagte zu einem anderen: »Du, Jinting, horch mal, das ist doch deine kleine Hure, die da mit dem Kaufmann aus Ost-Sichuan trinkt und ihm was vorsingt – wetten, daß das ihre Stimme ist!« Der andere antwortete: »Ja, ja, sie trinkt und singt mit den anderen, aber denken tut sie bloß an mich. Sie weiß, daß ich hier unten auf dem Boot bin!« Der erste meinte: »Und wenn sie mit dem im Bett liegt, denkt sie da immer noch an dich? Wie kannst du das beweisen?« Der andere sagte: »Kann ich.« Er pfiff ein bestimmtes Signal, und kurz darauf war der Gesang im Oberstock verstummt. Die beiden Bootsleute brüllten vor Lachen. Sie redeten noch eine Weile über die Frau und sparten dabei nicht mit schmutzigen Wörtern. Cui-cui war an eine solche Sprache ganz und gar nicht gewöhnt. Aber fort konnte sie trotzdem nicht. Sie hörte, wie einer der beiden erzählte, daß der Vater dieser Frau vor sieben Jahren in den Baumwollhügeln mit siebzehn Messerstichen umgebracht worden sei, und wieder ging ihr der abwegige Gedanke durch den Kopf: Ob Opa tot ist? Eine Weile noch beschäftigte sie diese schreckliche Vorstellung.

Die beiden Matrosen redeten noch immer. Inzwischen war die weiße Ente langsam in die Nähe der Kaimauer geschwommen, wo Cui-cui stand. Das Mädchen dachte: Komm du nur etwas näher, dann greif ich dich! und wartete mucksmäuschenstill. Aber als die Ente bis auf etwa zehn Meter herangekommen war, hörte man im Wasser jemanden lachen und die beiden Männer im Boot rufen. Dieser letzte Schwimmer fing die Ente und kam nun dem Ufer näher. Als die beiden Bootsleute ihn hörten, riefen sie in die Dunkelheit hinaus: »He, Zweiter, du weißt, wie man's macht! Hast du heute nicht fünf Stück gefangen?« Der Schwimmer rief zurück: »Das hier ist vielleicht ein schlauer Bursche! Aber ich hab ihn doch noch erwischt.« – »Jetzt jagst du noch Enten, aber bald jagst du Weiber, und bei denen hast du dann bestimmt genausoviel Glück.« Der im Wasser antwortete nicht und schwamm mit Armen und Beinen rudernd zur Kaimauer. Als er triefend heraufkletterte, begann der Hund neben Cui-cui heftig zu bellen, als wollte er den Schwimmer warnen, daß da jemand stand. Erst jetzt bemerkte der junge Bursche das Mädchen, und weil sonst niemand mehr am Ufer stand, fragte er: »Wer ist denn das?«

»Ich bin Cui-cui.«

»Und wer ist Cui-cui?«

»Die Enkelin vom Fährmann am grünen Fluß beim Felsenhügel.«

»Hier will niemand eine Fähre. Was machst du hier?«

»Ich warte auf meinen Opa. Ich warte, daß er mit mir nach Hause geht.«

»Der wird wohl nicht mehr kommen. Er ist wohl in die Stadt zur Kaserne gegangen, hat sich betrunken, und dann haben sie ihn nach Hause getragen.«

»Das tut er nicht. Er hat versprochen, mich zu holen, er kommt bestimmt.«

»Du solltest aber nicht hier unten warten. Komm mit zu uns, gleich da oben, wo die Laterne brennt. Da kannst du auf deinen Opa warten. Einverstanden?«

Cui-cui mißverstand jedoch seine gute Absicht, denn sie hatte noch im Ohr, wie die beiden Matrosen über die Frau oben im Haus geredet hatten, und meinte nun, dieser Junge wollte sie in den oberen Stock bringen, wo die Frau sang. Bisher hatte sie noch nie über einen Menschen geflucht, aber sie wartete nun schon so lange auf den Großvater, machte sich so große Sorgen um ihn, und als jetzt auch noch jemand vorschlug, da hinaufzugehen, glaubte sie, er hätte etwas Unrechtes mit ihr im Sinn. Darum sagte sie ganz leise: »Verdammter Kerl, man sollte dir den Kopf abschlagen!«

So leise sie auch gesprochen hatte, dem Burschen war es

nicht entgangen. An ihrer Stimme hörte er, wie jung sie noch war, und sagte lachend: »Na, so was! Noch so klein und kann schon fluchen! Wenn du nicht mit nach oben gehst, sondern hier stehenbleibst, kommt der große Fisch aus dem Fluß und schnappt dich. Dann ist es zu spät, um nach Hilfe zu schreien.«

Cui-cui sagte: »Soll er doch kommen und mich schnappen. Das geht dich gar nichts an.«

Der Hund glaubte, daß jemand Cui-cui zu nahe treten wollte, sprang auf und bellte wütend. Da scheuchte ihn der Junge mit der Ente, die er gepackt hielt: »He, Alter, willst du was?«, und ging die Hafengasse hinauf. Dadurch noch wütender gemacht, wollte der Hund hinter ihm her, aber Cui-cui rief ihn zurück: »Bei Fuß! Wenn du schon jemanden anbellst, schau erst, wer es ist!« Sie wollte damit sagen: Es lohnt sich nicht, so einen Leichtfuß anzubellen, aber der Bursche glaubte, sie wollte den Hund ermahnen, gefälligst nicht auf nette Leute loszugehen, und mit einem zufriedenen Lachen verschwand er.

Wieder verging eine Weile, bis aus der Hafengasse ein Mann erschien, der ein Tauende als Fackel trug. Während er damit winkte, rief er Cui-cui beim Namen, doch als er näher kam, sah sie, daß es ein Unbekannter war. Der Mann sagte, der alte Fährmann sei nach Hause gegangen und könne sie nicht abholen, aber er ließe ihr sagen, sie solle nun auch heimkommen. Als das Mädchen hörte, daß er vom Großvater geschickt war, ging sie ohne weiteres mit ihm. Der Mann leuchtete mit der Fackel voran, der Hund sprang bald vor und bald hinter ihnen her, so gingen sie zuerst ein Stück an der Stadtmauer entlang und dann zur Fähre. Unterwegs fragte Cui-cui den Mann, woher er denn gewußt habe, daß sie am Kai wartete. Er erzählte ihr, der Zweite habe es ihm gesagt. Er selbst sei Hausdiener bei dessen Eltern, und wenn er sie heimgebracht hätte, müsse er gleich zurück.

»Woher wußte der Zweite, daß ich am Ufer war?« fragte Cui-cui. Der Mann lachte. »Er hat Enten gejagt im Fluß. Als er aus dem Wasser stieg, sah er dich. Er sagt, er hat dich freundlich eingeladen, bei ihm zu Hause auf deinen Opa zu warten, aber du hast ihn ausgeschimpft, und dein Hund hat ihn angebellt. Der kann wohl auch nicht zwischen Freund und Feind unterscheiden.«

Cui-cui war etwas überrascht und fragte leise: »Wer ist denn der Zweite?«

Nun war es an dem Mann, überrascht zu sein. »Was, du kennst den Zweiten nicht? Das ist doch unser Nuosong aus der Hafengasse, unser zweiter Sohn, den alle Yue Yun nennen. Er hat mir aufgetragen, dich nach Hause zu bringen.«

Als Cui-cui daran dachte, wie sie geschimpft hatte, war ihr unbehaglich zumute, und sie schämte sich. Daher sagte sie nichts mehr, sondern folgte stumm dem Mann mit der Fackel.

Bald hatten sie den Felsenhügel überquert und sahen Licht in der Hütte am Bach. Dort war die Fackel ebenfalls bemerkt worden. Der Fährmann setzte das Boot über und rief während der Fahrt mit seiner rauhen alten Stimme: »Cui-cui, Cui-cui, bist du da?« Das Mädchen gab keine Antwort, sondern murmelte vor sich hin: »Nein, nein, Cui-cui ist nicht da, die hat ja schon längst der große Fisch im Fluß gefressen.« Sie stieg auf die Fähre, und der Mann mit der Fackel ging nach Chadong zurück. Großvater zog das Boot hinüber und fragte: »Warum antwortest du denn nicht? Du bist mir wohl böse?«

Cui-cui stand am Bug und sagte immer noch kein Wort. War sie wirklich ein wenig ärgerlich auf Großvater gewesen, so war das restlos verflogen, nachdem sie den Bach überquert hatten und im Haus angekommen waren, denn als sie hier Großvaters alten Freund betrunken liegen sah, verstand sie alles. Ganz andere Gedanken ließen sie für den Rest des Abends verstummen, doch das war ihre eigene Sache und ging den Großvater nichts an.

5

Seit damals sind zwei Jahre vergangen.

In diesen beiden Jahren hatte zum Mondfest im Mittherbst kein Mond geschienen, so daß Burschen und Mädchen nicht wie sonst in dieser Gegend üblich die ganze Nacht aufblieben, um ihn zu betrachten und Lieder zu singen. Man hatte daher eigentlich gar nicht richtig feiern können. Die beiden Feste hatten deshalb bei Cui-cui auch keinen besonderen Eindruck hinterlassen. Die Feiern zu Neujahr allerdings waren etwas anderes gewesen. Da hatten die Soldaten und das Landvolk aus den umliegenden Dörfern auf dem kleinen Exerzierplatz Löwentänze aufgeführt und Drachenlaternen getragen, um das Frühjahr zu begrüßen, während Trommeln und Gongs für fröhliche Stimmung sorgten. Am Abend des Fünfzehnten zeigten die Soldaten aus der Garnison wieder Drachen- und Löwentänze. Die Männer mit ihren bloßen Armen wurden überall mit Krachern und Feuerwerk begrüßt. In der Kaserne, in der Stadtwohnung des Vorstehers des Zollamts und in einigen größeren Läden an der Hafengasse zersägte man alte Bambusstäbe oder höhlte Kokospalmwurzeln aus, die man mit Nitrat- und Schwefelpulver und mit Holzkohle füllte. Auf diese Weise bereitete man achthundert bis tausend Feuerwerkskörper vor. Besonders mutige und ausgelassene Soldaten mit nacktem Oberkörper trugen Laternen und Trommeln. Die Feuerwerkskörper, die man bündelweise an Stangen befestigt hatte, sprühten, und ihre Funken fielen durch die Luft auf die bloßen Arme und Schultern der Laternenträger nieder. Gongs und Trommeln schlugen in wildem Rhythmus, und alle Leute gerieten in die fröhlichste Feststimmung. Nach den Krachern war die Reihe an den großen Feuerwerkskörpern, die an die Beine langer Bänke gebunden worden waren. Nachdem am Ende eines freien Platzes die Zündschnüre angesteckt worden waren, sah man zuerst nur eine zischende weiße Flamme, doch plötzlich fauchte sie furchtbar wie ein Löwe, schoß etwa 20 Fuß in die Luft empor und ergoß sich schließlich in einem wahren Funkenregen über den ganzen Himmel. Halb ängstlich, halb begeistert zogen die Leute ihre Köpfe ein. Nur die Soldaten trugen ihre Laternen mitten durch den Funkenschauer, als würde es ihnen überhaupt nichts ausmachen. Auch Cui-cui und der Großvater waren gekommen und hatten sich das lustige Spektakel angesehen, und sie hat alles in lebhafter Erinnerung behalten. Und doch waren diese Eindrücke, ohne daß sie selbst hätte sagen können weshalb, nicht so süß und selig wie ihre Erlebnisse damals auf dem Drachenbootfest.

Weil sie diese nicht vergessen konnte, war sie auch im vorigen Jahr wieder mit Großvater zum Drachenbootfest gegangen. Damals hatte es plötzlich, als alles am aufregendsten und lustigsten war, heftig zu regnen begonnen, so daß bald alle Leute durchnäßt waren. Großvater, Cui-cui und der Hund waren, um dem Regen zu entkommen, zu Shun-shun hinaufgelaufen und hatten sich in eine Ecke gestellt, als jemand, der eine Bank auf der Schulter trug, an ihnen vorbeirannte. Cui-cui erkannte ihn sofort als den Mann, der sie vor einem Jahr mit der Fackel nach Hause gebracht hatte, und sagte hastig: »Du, Opa, das ist der Mann, der mich nach Hause gebracht hat. Als er mir damals mit der Fackel den Weg leuchtete, sah er wirklich wie ein Räuber aus den Bergen aus!«

Großvater sagte erst mal nichts, aber als der Mann zurückkam und wieder an ihnen vorübereilen wollte, griff er unversehens nach ihm und sagte lachend: »He, du Räuber! Wolltest nicht mal in mein Haus kommen und einen Becher trinken, hattest wohl Angst, es wär Gift in meinem Schnaps, was? Hast wohl gedacht, ich würd dich vergiften, du wahrer Sohn des Himmels du!«

Der Diener erkannte den Fährmann und dann auch Cui-cui und begann zu lachen. »Cui-cui, bist du aber gewachsen! Damals hat der Zweite gesagt, der große Fisch würde kommen und dich fressen, aber jetzt würden unsere Fische hier an dir ersticken!«

Cui-cui lächelte nur und brachte kein Wort heraus.

Freilich hatte sie gehört, daß der Diener den Zweiten erwähnt, diesen selbst aber konnte sie nirgends erspähen. Aus dem Gespräch der beiden Alten erfuhr sie dann, daß der Junge während des Drachenbootfestes in diesem Jahr 300 Kilometer weiter flußabwärts bei den Stromschnellen von Qinglang am Mittellauf des Yuan war. Dafür sollte sie diesmal den Ersten kennenlernen und auch den berühmten Shun-shun. Der Erste war mit den gefangenen Enten heimgekommen, und weil der alte Fährmann gleich zweimal erwähnt hatte, wie schön fett diese seien, hatte Shun-shun seinem Ältesten aufgetragen, Cui-cui einen Vogel zu schenken. Der Kaimeister wußte ja, wie ärmlich und bescheiden der Großvater mit seiner Enkelin alle Festtage verbrachte. Sie würden sich nicht einmal ein paar *zongzi* zubereiten können ... und so schenkte er ihnen auch davon noch eine ganze Menge.

Während der Kaimeister und der Großvater schwatzten, tat Cui-cui so, als sei sie ganz damit beschäftigt, dem Treiben auf dem Fluß zuzuschauen. Sie spitzte jedoch die Ohren und bekam jedes Wort mit. Shun-shun meinte, Cui-cui hätte sich zu einem hübschen Ding herausgemacht, und fragte den Großvater, wie alt sie sei und ob sie schon einen Verlobten habe. Der Alte hörte das natürlich gern und pries ausgiebig ihre Vorzüge, zugleich aber schien er sagen zu wollen, daß Cui-cuis Heiratspläne niemanden etwas angingen – jedenfalls ging er mit keiner Silbe auf diese Frage ein.

Später auf dem Heimweg trug der Großvater die Ente und die übrigen Sachen, während Cui-cui mit einer Fackel leuchtete. Sie gingen jenseits der Stadtmauer am Fluß entlang. Großvater sagte: »Shun-shun ist wirklich ein feiner Kerl, und so großzügig. Der Erste ist auch nicht übel. Es sind alles prächtige Menschen in dieser Familie.« – »Alle? Kennst du denn die ganze Familie?« Doch ihm entging, was sie damit eigentlich fragen wollte, und weil er heute so besonders gut aufgelegt war, fragte er ziemlich unvermittelt zurück: »Cui-cui, mal angenommen, der Erste will dich zur Frau und schickt jemanden als Vermittler, würdest du dann ja sagen oder nicht?«

»Opa, du bist ja verrückt! Wenn du das noch mal sagst, bin ich dir wirklich böse!«

Der Großvater schwieg, in Gedanken aber malte er sich weiter die merkwürdigsten Dinge aus. Cui-cui schwenkte empört ihre Fackel, rannte ein Stück voraus und trabte dann trübselig weiter.

»Cui-cui, sei doch nicht so ärgerlich! Wenn ich in den Fluß falle, dann entwischt uns die Ente!«

»Na und? Wer will sie denn!«

Der Großvater verstand die Gefühle des Mädchens und begann beschwichtigend zu singen. Er sang das Lied vom Bootsmann, der seinen Kahn flußabwärts durch die Stromschnellen rudert. Trotz seiner rauhen Altmännerstimme war der Text ganz deutlich zu verstehen, so daß Cui-cui, die bisher immer vorangelaufen war und zugehört hatte, plötzlich stehenblieb und fragte: »Opa, kann dein Boot auch bis zu den Qinglang-Stromschnellen fahren?«

Der Großvater sang weiter, ohne zu antworten. Beide erinnerten sich, daß Shun-shuns Zweiter nach Qinglang gereist war und dort das Fest verbrachte. Aber keiner konnte ahnen, was dem anderen durch den Kopf ging. Wortlos setzten sie ihren Weg fort. Bei der Fähre angekommen, wartete der Alte, der den Großvater auf der Fähre vertreten hatte, schon mit dem Boot auf sie. Zu Hause wickelten sie die *zongzi* aus und aßen sie gemeinsam. Dann wollte der Mann in die Stadt zurück. Geschwind zündete Cui-cui eine Fackel für ihn an und gab sie ihm mit auf den Weg. Am anderen Ufer blieben sie und der Großvater auf der Fähre stehen und sahen dem Mann nach, wie er den Felsenhügel hinauflief.

»Opa, schau, da klettert ein Räuber über den Hügel.«

Der Großvater zog am Seil, starrte in den Dunst, der über dem Bach lag, und als ob er dort etwas ganz anderes sehen könnte, stieß er einen leisen Seufzer aus. Schweigend holte er die Fähre über. Dann bat er Cui-cui, schon ins Haus zu gehen, während er selber noch bei der Fähre bleiben wollte. Viele Leute, die aus den Dörfern in die Stadt gegangen waren, um sich die Drachenbootrennen anzusehen, würden an diesem Abend noch bis tief in die Nacht auf ihrem Heimweg das Flüßchen überqueren.

6

Eines Tages kommt es zu einem Wortwechsel zwischen dem alten Fährmann und einem seiner Passagiere, einem jungen Maulbeerpapierhändler. Der eine will auf keinen Fall Geld annehmen, der andere will auf jeden Fall bezahlen. Obendrein ist der junge Mann viel zu freigebig, so daß der Alte sich ernstlich verletzt fühlt. Streng blickt er den Papierhändler an und zwingt ihn, das Geld zurückzunehmen. Am Ufer angekommen, springt dieser jedoch mit einem Satz an Land, wirft eine Handvoll Münzen ins Boot, grinst übers ganze Gesicht und will sich eilig davonmachen. Der Alte muß das Tau halten, bis auch die übrigen Fahrgäste von Bord sind, kann also nicht hinterher. So ruft er zum Hügel hinauf: »Cui-cui, Cui-cui! Halte diesen jungen Papierhändler fest, laß ihn nicht entwischen!«

Das Mädchen hat keine Ahnung, was geschehen ist, aber mit dem Hund zusammen vertritt es dem jungen Mann, der als erster von Bord gegangen ist, den Pfad. Der lacht. »Bitte, halt mich nicht auf . . .!«

»Nichts zu machen, du bleibst hier!«

Unterdessen ist ein zweiter Händler nachgekommen und erzählt dem Mädchen, was vorgefallen ist. Cui-cui versteht, läßt nun aber die Jacke des Papierhändlers erst recht nicht los, sondern sagt bloß: »Hiergeblieben! Hiergeblieben!« Der Hund will zeigen, auf wessen Seite er steht, und behauptet neben Cui-cui mit wildem Gekläff seine Stellung. Alle Reisenden lachen, obwohl im Augenblick keiner vorbei kann. Der Großvater ist ganz außer Atem, als er heraufkommt. Er drückt dem jungen Mann das Geld in die Hand, steckt ihm noch ein großes Bündel Tabak ins Gepäck, reibt sich die Hände und lacht: »Los, marsch! Jetzt könnt ihr weiter!« Unter allgemeiner Heiterkeit ziehen alle ihrer Wege.

»Opa, ich dachte wirklich, der hätte dich bestohlen und Streit mit dir angefangen!«

»Also weißt du! Der wollte mir einen Batzen Geld schenken, das kann ich doch nicht annehmen. Ich hab ihm das klar und deutlich gesagt, aber er hat trotzdem mit mir gezankt. Das ist doch keine Art!«

»Hast du ihm das ganze Geld wiedergegeben?« fragt Cui-cui, aber der Großvater schüttelt den Kopf, zwinkert ihr mit einem Auge zu, fischt verschmitzt lächelnd eine einzelne Münze aus seiner Schärpe und gibt sie dem Mädchen mit den Worten: »Es war ja gut gemeint, darum hab ich die hier behalten. Er hat schließlich unseren Tabak gekriegt, davon hat er bis Zhengan genug zu rauchen.«

In der Ferne schallen dumpf die Schläge einer Trommel. Der Hund spitzt die Ohren und horcht. Cui-cui fragt den Großvater, ob er etwas hört. Der Alte lauscht, erkennt den Klang und sagt zu ihr: »Bald ist wieder Drachenbootfest, Cui-cui. Erinnerst du dich an die fette Ente, die Tianbao dir voriges Jahr geschenkt hat? Heute früh ist der Erste mit ein paar Leuten nach Ost-Sichuan hinauf, auf der Fähre hat er nach dir gefragt. Du hast bestimmt vergessen, wie es damals gegossen hat, nicht wahr? Wenn wir diesmal gehen, müssen wir vielleicht wieder mit einer Fackel zurück. Weißt du noch, wie wir beide mit der Fackel nach Hause gekommen sind?«

Cui-cui denkt immer noch oft an ihre Erlebnisse auf dem Drachenbootfest vor zwei Jahren. Die Frage des Großvaters verwirrt sie ein bißchen, darum schüttelt sie den Kopf und sagt absichtlich maulend: »Nein, weiß ich nicht mehr, weiß ich überhaupt nicht mehr.« In Wirklichkeit sollte das natürlich heißen: Du bist vielleicht einer! Und ob ich das noch weiß!

Der Großvater versteht, wie es gemeint ist, und fährt fort: »Vor zwei Jahren war das noch viel komischer, wie du da allein am Fluß gewartet hast und fast nicht gewagt hättest, nach Hause zu kommen. Es war schon so spät, ich dachte fast, der große Fisch hätte dich gefressen.«

Als er sie an diese alten Dinge erinnert, prustet Cui-cui los: »Hast du das wirklich gedacht, Opa? Das hat doch jemand anders zu mir gesagt, und ich hab's dir erzählt. Für dich gab es damals ja bloß eins – mit dem andern Opa aus der Stadt deinen Schnapskürbis leer trinken. Du hast vielleicht ein schönes Gedächtnis!«

»Ich bin alt, mein Gedächtnis hat schon arg nachgelassen. Cui-cui, du bist ja nun groß genug, um allein in die Stadt zu gehen und dir die Drachenboote anzusehen. Du wirst doch wohl keine Angst mehr haben, daß der Fisch kommt und dich frißt, was?«

»Wer groß ist, sollte die Fähre bedienen.«

»Wer alt ist, sollte die Fähre bedienen.«

»Wer alt ist, sollte sich ausruhen!«

»Dein Opa ist gar nicht so alt, er kann immer noch einen Tiger erschlagen!« sagt er, macht eine Faust und läßt für einen Augenblick feste, jugendliche Muskeln hervortreten. »Wenn du's nicht glaubst, Cui-cui, dann beiß mal rein.«

Das Mädchen blickt den weißhaarigen, gebeugten Mann von der Seite an, ohne etwas zu sagen. Plötzlich ertönt von weitem der näselnde Klang einer *suona.* Sie weiß, was das bedeutet und aus welcher Richtung die Musik kommt, drängt den Großvater an Bord und macht das Boot los. Um möglichst früh einen Blick auf den Brautzug werfen zu können, klettert sie zur Pagode hinauf und späht von dort in die Ferne. Bald tauchen sie auf: zwei *suona*-Spieler, vier kräftige Kerle vom Land mit einer leeren Brautsänfte, gefolgt von einem jungen Mann in neuen Kleidern, der wie der Sohn eines Hauptmanns aussieht, außerdem ein Hirtenjunge, der zwei Schafe führt, sowie ein Träger mit den Hochzeitsgeschenken – einem Krug Wein und einer Schachtel mit Reiskuchen. Alle gehen an Bord, zuletzt Cui-cui und der Großvater. Der Fährmann setzt das Boot über, Cui-cui steht ganz nah bei der Brautsänfte und betrachtet die Leute und die Fransen an der Sänfte. Am anderen Ufer holt der junge Mann, der wie ein Hauptmannssohn aussieht, ein in rotes Papier gewickeltes Geldpäckchen aus seiner bestickten Schärpe und reicht es dem Fährmann. In diesem Fall muß der Alte annehmen, das gehört sich so nach altem Brauch. Aber das Geschenk macht ihn gesprächig: Er fragt den jungen Mann, wo die Braut zu Hause ist; als er das erfahren hat, will er wissen, wie sie heißt; als er auch das erfahren hat, fragt er noch nach ihrem Alter; erst dann gibt er sich zufrieden. Kaum an Land, blasen die *suona*-Spieler auch schon wieder kräftig, und der ganze Zug bewegt sich den Hügel hinauf. Der Alte und Cui-cui bleiben auf der Fähre, ihre Gedanken folgen noch eine gute Weile dem sich entfernenden Klang der *suona,* um schließlich wieder in ihre eigene Welt zurückzukehren.

Der Großvater wiegt das rote Päckchen in der Hand und sagt zu Cui-cui: »Du, die Braut aus dem Anwesen der Familie Song ist erst fünfzehn.«

Cui-cui weiß, was der Großvater damit sagen will, schweigt und zieht die Fähre über den Bach.

Drüben angekommen, holt sie aus dem Haus eine kleine, aus zwei Bambusrohren geschnitzte Doppel-*suona* und bittet den Großvater, sich vorn ins Boot zu setzen und ihr die Weise »Mutter führt die Tochter zur Hochzeit« vorzuspielen. Sie liegt unterdessen mit dem Hund im Schatten auf dem großen Stein vor der Haustür und schaut in die Wolken am Himmel. Die Tage werden länger, und ehe man sich versieht ist der Großvater auf dem Boot eingenickt, und auch Cui-cui und der Hund schlafen.

7

Drei Tage vor dem Drachenbootfest verabreden der Großvater und Cui-cui, daß er bei der Fähre bleibt, während sie mit dem Hund zu Shun-shun geht und von dessen Haus aus dem festlichen Treiben zusieht. Erst war es ihr nicht recht gewesen, dann hatte sie aber doch zugestimmt. Tags darauf ändert sie jedoch erneut ihre Meinung: Entweder gehen sie beide zum Fest, oder sie bleiben beide bei der Fähre! Der Großvater versteht sie und weiß, daß zwei widerstreitende Gefühle in ihr kämpfen – der Wunsch, sich zu vergnügen, und die Liebe zum Großvater. Bloß seiner Pflichten wegen soll sie nun womöglich nicht dazu kommen, sich ein bißchen zu amüsieren ... das geht natürlich nicht! Er schmunzelt. »Was soll das, Cui-cui? Seit wann ist es in Chadong Sitte, eine Verabredung rückgängig zu machen? Wir halten es hier noch immer für anständig, daß man zu seinem Wort steht und nicht einfach mal so und mal so sagt. So schlecht ist mein Gedächtnis nun auch nicht, daß ich gleich wieder vergesse, was du versprichst.« Das sagt er zwar, aber im stillen freut er sich über das gute Herz seiner Cui-cui. Nur das sie gar so brav und folgsam ist, das bedrückt ihn ein wenig.

Als er nicht weiterspricht, fragt Cui-cui: »Wenn ich gehe, wer leistet dir dann Gesellschaft?«

Der Großvater antwortet: »Wenn du gehst, leistet mir das Boot Gesellschaft.«

Das Mädchen zieht die Brauen zusammen und lächelt bitter. »Das Boot, das Boot! Wirklich, Opa – du denkst bloß an dein heißgeliebtes Boot!«

Der Großvater denkt: Eines Tages gehst du sowieso! Aber er traut sich nicht, es auszusprechen, geht stumm in den kleinen Gemüsegarten hinter dem Haus und sieht nach dem Lauch. Cui-cui folgt ihm.

»Opa, ich hab beschlossen, nicht zu gehen. Schick doch das Boot hin, ich bleib statt dessen hier und leiste dir Gesellschaft.«

»Na fein, Cui-cui. Wenn du nicht gehst, geh ich. Ich steck mir eine rote Blume ins Haar, und dann geh ich als Großmuter Liu in die Stadt und seh mir das Treiben an.«

Beide müssen lange herzlich lachen, und ihr Streit endet unentschieden.

Der Großvater bringt das Beet in Ordnung. Das Mädchen pflückt sich ein langes Lauchblatt und bläst darauf. Da ruft vom andern Ufer aus jemand nach der Fähre, und bevor der Großvater sich aufrichten kann, springt Cui-cui schon ans Ufer hinunter, um den Fahrgast abzuholen. Während sie übersetzt, ruft sie: »Opa, sing doch was, sing!«

Aber der Großvater singt nicht, sondern schaut Cui-cui vom Steilufer aus zu und winkt ab, ohne ein Wort zu sagen.

Dem Alten liegt etwas auf der Seele, es lastet schwer auf ihm. Cui-cui wird erwachsen.

Jeden Tag wird sie größer. Kaum hört sie ein unbedachtes Wort, so errötet sie. Die Zeit hat sie reifen lassen und drängt sie zu neuen Pflichten. Wie gern schaut sie sich die gepuderten und geschminkten Bräute an, erzählt von ihnen, steckt sich wilde Blumen ins Haar, und wie gern hört sie jemanden singen. Auch die zärtliche Sehnsucht, von der manches in der Gegend von Chadong gesungene Lied handelt, kann sie schon empfinden. Manchmal liebt sie es, eine Weile allein zu sein und auf ihrem Stein zu sitzen, um lange in den Himmel zu starren und eine Wolke oder einen Stern zu betrachten. Fragt der Großvater: »Woran denkst du, Cui-cui?«, dann fährt sie verschämt zusammen und antwortet leise: »Ich schau zu, wie die Enten sich jagen«, was heißen soll: Cui-cui denkt an gar nichts. Doch heimlich fragt sie sich selbst: Cui-cui, denkst du wirklich an gar nichts? und gibt sich in Gedanken die Antwort: O doch, an so vieles muß ich denken, an Dinge in weiter Ferne. Aber ich weiß ja nicht, woran ich denke. Und wirklich träumt sie so allerlei, weiß aber eigentlich nicht recht, was. Körperlich ist sie schon voll entwickelt, sie hat das Alter erreicht, wo die Natur jeden Monat diese »merkwürdige Geschichte« mit ihr treibt. Und auch deswegen muß sie an so vieles denken, von so vielem träumen.

Der Großvater ahnt, was diese Dinge für ein Mädchen bedeuten. Auch seine Gefühle haben sich dadurch ein wenig verändert. Seit siebzig Jahren lebt er in der freien Natur, und doch gibt es im Leben der Menschen ein paar natürliche Vorgänge, die ihn verwirren und hilflos machen. Cui-cui wird groß. Das läßt ihn an längst Vergangenes denken, an Dinge, die unter langen Jahren begraben liegen und die er sich nun ins Gedächtnis zurückruft. Es sind Erinnerungen, die ihm das Herz schwermachen.

Cui-cuis Mutter hat damals genau wie die Kleine ausgesehen: lange Brauen, große Augen, rote Wangen. Sie hatte auch die gleiche Art, ihn um den Finger zu wickeln – bei der kleinsten Gelegenheit blickte sie einen so schelmisch und aufgeweckt an, daß sie alle Erwachsenen entzückte. Niemand hätte gedacht, daß sie ihren Vater je verlassen könnte. Aber das Unglück nahm seinen Lauf, sie hatte sich mit diesem Soldaten eingelassen. Schließlich ließ sie den Alten und die Kleine im Stich und folgte ihrem Soldaten in den Tod. Nach Ansicht des Fährmanns trug niemand Schuld an alledem. Allein der Himmel hatte es so gefügt. Weder Himmel noch Menschen klagte er dafür an, nur sein Herz hatte sich mit dieser unglückseligen Fügung nie ganz abgefunden. Er behauptet zwar, es sei alles vergangen und vergessen, aber wie als junger Mensch kann er sich auch heute noch nicht wirklich in das Unabänderliche schicken und findet es nun einmal nicht ganz gerecht, daß ausgerechnet ihm dieses Unglück widerfahren mußte.

Immerhin ist da noch Cui-cui. Wenn sie aber nun ihrer

Mutter nachgerät, wird dann der alte Fährmann noch genügend Zeit haben, ein weiteres kleines Küken aufzuziehen? Was der Mensch möchte, wird ihm vom Himmel verwehrt! Er fühlt sich zu alt, braucht bald seine Ruhe, hat ja das Los des rechtschaffenen chinesischen Landvolks geteilt und alle Mühsal und allen Kummer eines langen Lebens gekostet. Sollte es da oben wirklich einen götttlichen Jadekaiser geben, der mit seinen Händen alles klug zu lenken weiß, dann ist es doch völlig klar und in der Ordnung, wenn er erst den Großvater heimholt, um dann den jungen Leuten, denen er eine neue Lebensspanne gönnt, ihr Maß an Glück und Unglück zuzuteilen. Erst dann würde Gerechtigkeit walten.

Aber der Großvater glaubt nicht so recht daran. Er sorgt sich um Cui-cui, liegt manchmal auf dem Stein vor der Haustür, starrt in die Sterne und grübelt. Er spürt, daß der Tod sich ihm naht – schon daß Cui-cui erwachsen wird, zeigt, wie alt er wirklich ist. Aber wie dem auch sei, er muß ein Zuhause für sie finden. Ihre arme Mutter hatte sie seinen treuen Händen anvertraut. Nun ist sie groß, und er muß sie seinerseits einem zuverlässigen Menschen anvertrauen. Erst wenn dies getan ist, hat er sein Haus bestellt. Aber wem soll er sie geben? Was muß das für ein Mensch sein, der ihr gerecht werden kann?

Vor ein paar Tagen hat Shun-shuns Erster, Tianbao, die Fähre genommen und mit dem Großvater geredet. Das erste, was dieser offenherzige, freimütige junge Mann sagte, war: »Onkel, deine Cui-cui hat sich wirklich hübsch herausgemacht, eine richtige Guanyin ist sie geworden. Glaub mir, wenn ich in zwei Jahren noch in Chadong bin, mich um unsere Geschäfte kümmern kann und nicht wie ein alter Enterich in alle Welt hinausfliege, dann komm ich bestimmt jede Nacht hier an den Fluß herauf und sing Lieder für sie.«

Der Großvater schmunzelte über dieses Geständnis. Während er das Boot übersetzte, blickte er mit seinen kleinen, von Wind und Wetter geröteten Augen den Ersten an, als wollte er sagen: Mein lieber Junge, ich versteh schon, welchen Faden du da spinnst. Ich bin dir nicht böse.

Red nur weiter, laß hören, ob du noch etwas auf dem Herzen hast.

Und wirklich fuhr der Erste fort: »Cui-cui ist so ein niedliches Ding, ich fürchte fast, daß sie bloß dazu taugt, sich die Ständchen von uns Burschen aus Chadong anzuhören. Aber wie eine richtige Hausfrau aus der Stadt schalten und walten – das wird sie wohl nicht können. Ich will eine, die sich für meine Lieder begeistert, aber auf eine tüchtige Hausfrau, die für mich die Wirtschaft führt, auf die kann ich noch weniger verzichten. Ich bin nun mal so – ›Ein Roß, das niemals Heu frißt, will ich haben, und trotzdem soll es immer kräftig traben‹, das haben die Alten auf mich gemünzt!«

Langsam lenkte der Großvater das Fährboot herum, bis es mit dem Heck ans Ufer stieß, und sagte dann: »Na, Erster, so was soll ja schon vorgekommen sein! Warte mal ab.« Aber was das eigentlich sein sollte, das konnte er auch nicht genau sagen.

Als der junge Mann gegangen war, wiederholte der Alte im stillen, halb besorgt und halb vergnügt, dessen unverblümte Worte. Er würde seine Cui-cui jemandem geben müssen, aber würde das der Richtige für sie sein? Und wenn er sie ihm gab, würde sie zustimmen?

8

Frühmorgens am Fünften fällt leichter Nieselregen. Der Fluß ist angeschwollen und führt rechtes »Drachenbootwasser« von erbsengelber Farbe. Der Großvater will in die Stadt, um für den Feiertag einzukaufen. Er hängt sich seinen Regenschutz aus Palmblättern um, nimmt einen Korb und einen großen Schnapskürbis, wirft sich einen Stoffbeutel mit zwei Taschen über die Schulter, in dem eine Schnur mit 600 Kupfermünzen steckt, und zieht los. Wegen des Festes wandern an diesem Tag Scharen von Leuten aus den Dörfern und Hügeln in die Stadt. Sie haben Kupfergeld dabei oder führen an Tragstangen allerlei Waren mit sich, um in Chadong einzukaufen oder zu handeln.

Alle sind sehr zeitig aufgestanden. Heute übernimmt Cui-cui mit dem Hund zusammen den Fährdienst. Ein nagelneuer Umhang aus Palmblättern umhüllt sie vom Kopf bis an die Knie. Ohne Pause fährt sie hin und her und bringt immer neue Menschengruppen über das Wasser. Der Hund sitzt im Bug und springt jedesmal, wenn die Fähre sich dem Ufer nähert, mit dem Tauende im Maul an Land, was die Leute noch vergnügter stimmt. Manche Dorfbewohner bringen ihre eigenen Hunde mit in die Stadt, aber es heißt ja: »In der Ferne kuscht der Hund.« Seit sie von zu Hause weggingen, blicken diese Hunde selbst an der Seite ihrer Herrchen ausgesprochen brav drein. Cui-cuis Hund kann nicht anders – während der Überfahrt muß er sich ihnen einfach ein bißchen nähern und schnuppern. Doch ein Blick des Mädchens genügt, und er wagt nichts weiter zu unternehmen. Aber sobald er am Ufer seine Aufgabe erfüllt hat und sieht, wie die fremden Hunde den Hügel hinauflaufen, muß er hinterher. Er bellt ausgelassen ihre Herrchen an, tollt herum, macht Faxen und will mit den anderen Hunden spielen. Cui-cui stampft ärgerlich mit dem Fuß und ruft: »Hierher! Was soll denn das? Wir haben noch mehr zu tun, und du läufst einfach weg!« Da rennt er aufs Boot zurück, tut seinen Teil der Arbeit und schnüffelt an den Planken des Decks. Cui-cui schimpft mit ihm: »Was ist das für ein albernes Benehmen! Von wem hast du das gelernt? Kannst du nicht brav hier sitzen bleiben?« Der Hund folgt sofort, legt sich an seinen alten Platz und bellt nur ab und zu leise, als ob er sich an etwas erinnert.

Der Regen will nicht aufhören, und Dunst liegt über dem Flüßchen. Gibt es einmal nichts zu tun, malt Cui-cui sich aus, was der alte Fährmann im Augenblick wohl tut. Sie weiß genau, welchen Weg er geht, wo er gerade sein muß, wen er trifft, was er sagt, wie es heute früh beim Stadttor und in der Hafengasse zugeht. Sie kann sich alles so genau vorstellen, als würde sie es mit eigenen Augen sehen. Sie kennt des Großvaters Art, und so weiß sie: Wenn er einen Bekannten aus der Kaserne trifft, vielleicht einen Pferdeknecht oder Kompaniekoch, dann wünscht er ihm alles Gute: »Frohes Fest! Iß und trink dich heut mal richtig voll.«

Der andere sagt dann gewöhnlich: »Wünsch ich dir auch, Fährmann!«, antwortet er aber: »Was gibt's da schon groß zu essen und zu trinken? Ein Viertelpfund Fleisch und zwei Schälchen Branntwein, davon wird man nicht satt und auch nicht richtig voll ...«, dann lädt der Großvater den Mann sicher herzlich ein, zum grünen Flüßchen hinaufzukommen und kräftig mit ihm zu bechern. Wenn dieser jedoch gleich an Ort und Stelle Lust hat auf einen Schluck aus der Kürbisflasche des Großvaters, reicht ihm der alte Fährmann großzügig, wie er ist, sofort seinen Schnaps. Der Soldat trinkt, leckt sich die Lippen, lobt den guten Schluck und wird genötigt, noch einen zu nehmen. Auf diese Weise leert sich der Kürbis rasch, und bald läuft der Alte zum Laden zurück und läßt nachfüllen. Cui-cui stellt sich auch vor, wie der Großvater später zum Hafen hinuntergeht, um mit den Bootsleuten zu plaudern, die gerade vor einem oder zwei Tagen hier festgemacht haben, und sich bei ihnen nach den Preisen von Reis und Salz am Unterlauf des Stromes erkundigt. Manchmal steigt er gebückt in die Kajüte eines der Boote, wo es nach Tang und Tintenfisch riecht, nach Öl, Essig und Holzfeuer. Der Bootsmann holt aus einem Krug eine Handvoll roter Datteln und schenkt sie dem Fährmann. Später, wenn Cui-cui bei Großvaters Heimkehr nörgelt, werden diese Datteln die beiden wieder versöhnen. Kommt der Großvater durch die Hafengasse, dann beschenken ihn viele der Händler mit *zongzi* und anderen leckeren Dingen. Auf diese Weise wollen sie ihm ihren Respekt für seine bisherigen treuen Fährdienste zeigen. Der Alte protestiert zwar laut lachend: »Was muß ich da alles schleppen! Das wird mir ja auf dem Heimweg meine alten Knochen brechen«, aber es hilft ihm alles nichts, er kann schließlich nicht immer nein sagen und muß ein paar Kleinigkeiten annehmen. Er geht zu den Fleischständen, um einzukaufen, aber genau wie die anderen will auch der Fleischhändler kein Geld. Der Großvater droht, zu einem anderen Stand zu gehen, er will auf gar keinen Fall etwas umsonst. Der Fleischer ruft: »Was bist du denn so steif, Opa? Du kannst ja glatt als Pflugschar gehen und Felder pflügen!« Aber der Alte weiß, daß hier, anders als bei den anderen, das Geld mit Blut verdient wird, darum hat er vorher den Kaufpreis ausgerechnet und wirft die Münzen energisch in den tiefen Geldkasten, greift das Fleisch und trottet davon. Der Fleischer versteht den Alten, daher hat er ihm das beste Stück herausgeschnitten und absichtlich etwas mehr abgewogen. Der Großvater hatte es bemerkt und sofort Einspruch erhoben» »He, Meister, immer schön ehrlich, keine Vorzugsbehandlung für mich! So ein feines Stück Keule, das gibst du besser den gebildeten Herrschaften aus der Stadt, das können die sich mit Tintenfischstreifen braten. Mach dich nicht über mich lustig! Gib mir lieber ein durchwachsenes, sehniges Halsstück. Ich bin ja bloß ein Fährschiffer, ich brauch zu meinem Schnaps ein Stück Fleisch, das ich mir stundenlang mit Karotten kochen kann.« Schließlich nimmt er das Fleisch, zählt nochmals das Geld in seiner Hand und fordert den Fleischer auf, ebenfalls nachzuzählen. Der denkt natürlich gar nicht daran, und so wirft der Großvater das Geld mit Schwung in den Bambuskasten. Dann macht er sich mit vergnügtem Schmunzeln auf den Weg, während der Fleischer und die anderen Kunden, die alles beobachtet haben, schallend lachen . . .

Cui-cui weiß, daß der Großvater anschließend bestimmt zu Shun-shun hinaufgeht.

Wenn Cui-cui an die Feste der beiden vergangenen Jahre denkt, an alles, was sie dabei erlebt hat, wird ihr ganz froh ums Herz, und es ist ihr, als würde sie alles wieder vor sich sehen, ganz wie wenn sie sich manchmal morgens im Bett mit geschlossenen Augen diese unbeschreiblich große und schöne Sonnenblume vorstellt. Was sie da sieht, scheint ihr ganz klar vor Augen zu stehen, und doch erkennt sie es nur ungenau und kann es nicht greifen. Aber der Gedanke daran läßt sie nicht los.

Sie denkt: Gibt es in Baijiguan wirklich Tiger? Warum ihr plötzlich Baijiguan einfällt, weiß sie auch nicht. Es ist der Name einer Ortschaft am Mittellauf des You, etwa hundert Kilometer von Chadong entfernt.

Und weiter denkt sie: Zweiunddreißig Mann an sechs Rudern, sie stampfen mit den Füßen und singen dazu ihre

Lieder; flußaufwärts fahren sie; weht eine steife Brise, dann setzen sie ein langes, aus hundert Streifen Tuch zusammengenähtes Segel; wie lustig, auf einem so stolzen Schiff den Dongting-See zu überqueren ... Dabei hat sie keine Ahnung, wie groß der Dongting-See ist, und auch ein so großes Boot hat sie noch nie gesehen. Aber was noch lustiger ist: sie weiß selbst nicht, warum sie sich das alles vorstellt!

Ein paar Fahrgäste kommen: Lastenträger, jemand, der wie ein amtlicher Kurier aussieht, und eine Mutter mit ihrer Tochter. Die Mutter trägt frisch gestärktes blaues Tuch, die Tochter hat auf jeder Wange einen runden roten Schminkfleck und steckt in schlecht sitzenden Kleidern. Sie sind auf dem Weg in die Stadt, um Besuche zu machen und sich die Drachenbootrennen anzusehen. Als alle Platz gefunden haben, holt Cui-cui das Boot über, wobei sie das andere Mädchen betrachtet. Sie dürfte dreizehn oder vierzehn Jahre alt sein, ein verwöhntes Ding, das noch nie ohne die Mutter ausgegangen ist. Ihre spitzen, auf Hochglanz polierten Lederschuhe zeigen Lehmspuren. Sie trägt lauchgrüne Hosen mit einer purpurroten Borte am Saum. Als sie bemerkt, daß sie von Cui-cui beobachtet wird, schaut sie aus zwei klaren Augen zurück, die wie Kristallkugeln glänzen. Ihr Blick wirkt ein wenig schüchtern und verschämt, aber zugleich liegt darin eine gekünstelte Liebenswürdigkeit. Die Dame, die ihre Mutter zu sein scheint, fragt Cui-cui nach ihrem Alter. Cui-cui lächelt verlegen und fragt zurück, wie alt denn das Töchterchen dieses Jahr sei. Als sie hört, daß es erst dreizehn ist, muß sie unwillkürlich lachen. Diese Mutter, das sieht man an ihrer ganzen Art, ist offenbar die Frau eines reichen Hauptmanns oder Kommandanten. Cui-cui beobachtet das Mädchen, und als sie an dessen Handgelenken hell schimmernde Armreifen aus gedrehtem Silber bemerkt, spürt sie leisen Neid. Bald hat die Fähre das Ufer erreicht, und die Leute drängen von Bord. Die Dame sucht ein paar Kupfermünzen hervor, drückt sie Cui-cui in die Hand und geht. Cui-cui hat die Grundsätze des Großvaters im Augenblick völlig vergessen, bedankt sich nicht und gibt das Geld auch nicht zurück, denn ihr Blick folgt gebannt dem Mädchen, das mit all den anderen Leuten davongeht. Erst als die Menschen über den Hügel verschwinden, läuft sie ihnen eilig nach und gibt der Dame die Münzen zurück. »Aber das ist doch für dich!« meint diese. Cui-cui schüttelt stumm, aber entschieden den Kopf, und bevor die Dame ein weiteres Wort herausbringt, ist sie schon wieder zu ihrem Boot hinuntergesprungen.

Wieder rufen drüben Leute, und Cui-cui setzt über. Diesmal warten sieben Personen, darunter zwei junge Mädchen. Auch sie haben sich für die Bootsrennen adrett und frisch angezogen, sind aber nicht besonders hübsch. Da kann Cui-cui das andere Mädchen erst recht nicht vergessen.

Heute wollen besonders viele Leute über das Flüßchen, und mehr junge Mädchen als gewöhnlich sind unterwegs. Während sie die Fähre hinüberzieht, beobachtet sie alle ganz genau. Da gibt es ein paar hübsche, manche mit Sommersprossen im Gesicht, manche, die merkwürdig verschlagen aussehen, ganz sanfte, brave und manche mit rotränderten Augen. Sind einmal keine Leute da, dann wartet Cui-cui auf den Großvater, und weil er immer noch ausbleibt, läßt sie in Gedanken noch einmal all diese Mädchen an sich vorüberziehen und singt leise vor sich hin: »In Baijiguan, da lebt ein Tiger, der frißt Menschen, er frißt nicht den und jenen, er frißt des Hauptmanns Töchterchen zuerst . . . Die erste Tochter schmückt ihr Haar mit Gold, und Silber trägt die zweite, nur ich, die dritte Schwester, ich hab kein Geschmeide, ich häng mir einen Bohnenkeim ans Ohr.«

Einige Städter machen sich ihrerseits auf den Weg in die Dörfer. Im Vorübergehen sehen sie in der Hafengasse, wie der alte Fährmann vor einem Weinladen einem jungen Bootsmann seine Kürbisflasche hinhält und ihm von dem klaren Schnaps anbietet, den er gerade gekauft hat. Bei der Fähre angekommen, erzählen sie Cui-cui davon, und sie muß schmunzeln, weil der Großvater wieder einmal zur Unzeit und am falschen Ort großzügig ist. Als sie die Leute übergesetzt hat, bleibt sie auf dem Boot sitzen und beginnt wieder leise zu summen. Es ist ein Lied, das die daoistischen Zauberpriester im Zwölften Monat singen, um Götter und Geister zum Neujahrsfest zu beschwören.

»Unsterbliche und Götter, blickt hernieder:
Ihr wollt uns Menschenkindern gnädig sein!
Ein guter Schlag ist's, ehrlich, treu und bieder;
Die Jugend frei von Krankheit, frisch und rein;
Die Alten können trinken, schaffen, rasten;
Die Kinder können wachsen und gedeihn,
Ertragen willig Frost und Not und Fasten;
Es pflügt der Ochs, ein Zicklein wirft die Geiß,
Die Henne brütet Küken aus dem Ei;
Das Weibervolk webt gutes Tuch mit Fleiß,
Es singt und fragt, wo denn der Liebste sei.

Ihr Götter und Unsterblichen, wir singen:
In stolzer Doppelreihe niederschreitet!
Auf schmuckem Rosse Guan der Milde reitet,
Die Eisenpeitsche streng muß Yuchi schwingen.

Unsterbliche und Götter, harrt nicht lang!
Schwebt nieder aus dem Wolkensaale prächtig.
Auf deinem Esel sitze sicher, Zhang,
Stütz, Li, auf deine Krücke dich bedächtig.
Glück und Wohlstand wollt ihr gnädig schenken,
Uns mit Wind und Regen mild bedenken.
Seht, wir opfern Speise euch und Wein,
Braten euch den Hammel und das Schwein.

Hong Xiuquan, Li Hongzhang,
Kommt, ihr Geister, harrt nicht lang!
Große Herren wart ihr im Leben,
Habt gemordet und gebrannt,
Habt auch eure Pflicht gekannt,
Wart dem Staate treu ergeben.
Bös und gut hat seine Zeit –
Kommt, mit uns zu feiern heut!

Kommt, mit uns bei Trunk und Schmaus zu sitzen!
Erst im Mondlicht, wenn die Winde schweigen,
Sollt ihr über Bach und Flüsse steigen,

Sollt einander mit den Händen stützen.
Sehn wir euch hinauf zum Himmel schreiten,
Sollen unsre Lieder euch begleiten.«

Bei aller Fröhlichkeit zieht durch diese sanfte Weise ein wehmütiger Ton. Als Cui-cui zu Ende gesungen hat, fühlt sie sich einsam. Dann erinnert sie sich an die Freudenfeuer und Trommelwirbel, die man bei Herbstende in den Feldern den Göttern zum Erntedank darbringt.

Aus der Ferne hört sie die Trommeln und malt sich aus, wie auch diesmal wieder die schlanken roten Drachenboote flußabwärts fliegen. Immer noch fällt leise der Regen, und Morgendunst hängt über dem Fluß.

9

Der Großvater kommt gerade rechtzeitig zum Frühstück zurück, Schultern und Arme schwer beladen. Schon vom kleinen Felsenhügel aus ruft er nach Cui-cui, damit sie ihn über den Bach holt. Das Mädchen war beim Anblick all der in die Stadt strömenden Menschen ein wenig unruhig geworden, aber als es den Großvater hört, ist es gleich wieder heiter und lacht mit heller Stimme. »Ich komme, Opa, ich komme!« Der Alte steigt an Bord und läßt die vielen Sachen, die er mitgebracht hat, auf das Deck fallen. Dann hilft er Cui-cui ziehen, wobei er sie demütig und verlegen wie ein kleines Kind anlächelt. »Du warst wohl ungeduldig, Cui-cui, was?« Eigentlich wollte sie mit ihm schelten, aber statt dessen lächelt sie nur. »Ich weiß ja, daß du in der Hafengasse jemand zum Trinken eingeladen hast. Das hat dir sicher große Freude gemacht!« Sie weiß, wie gern ihr Großvater das tut und daß es ihn betrübt, wenn sie etwas dagegen sagt. Deshalb hält sie lieber den Mund.

Dann sieht sie sich an, was der Großvater mitgebracht hat, und dabei bemerkt sie, daß sein Schnapskürbis fehlt.

»Also wirklich Opa«, kichert sie, »geizig bist du nicht! Alle deine Freunde und die Bootsleute läßt du von deinem

Schnaps trinken, und dann dürfen sie auch noch die Flasche verschlucken.«

»Ach was!« schmunzelt der Großvater und beeilt sich zu antworten, »dieser Kürbis, den hat Shun-shun beschlagnahmt. Er sieht, wie ich in der Hafengasse jemand zum Trinken einlade, und sagt zu mir: ›He, du alter Zhang Heng vom grünen Fluß, so geht das aber nicht. Du bist doch keine Schnapsbrennerei, daß du dich so aufspielst! Wenn du den Anführer der braven Räuber vom Liangshan-Moor machen willst, dann gib mal deinen Flaschenkürbis her und laß mich ihn leer trinken.‹ Das hat er wirklich gesagt: ›Laß mich ihn leer trinken.‹ Na, ich geb ihm natürlich meinen Kürbis. Aber ich glaube, er hat sich bloß einen Spaß mit mir gemacht. Die werden ja wohl genug eigenen Schnaps im Haus haben, was, Cui-cui? Sag selber . . .«

»Meinst du wirklich, daß er gar nichts von deinem Schnaps wollte und bloß Spaß gemacht hat, Opa?«

»Natürlich, wieso denn nicht?«

»Laß nur, Opa, da kannst du ganz beruhigt sein. Er hat dir deinen Kürbis doch bloß deswegen abgenommen, weil du immer am falschen Ort Leute freihältst und er nicht will, daß du deinen ganzen Schnaps los wirst. Paß mal auf, er schickt bestimmt bald einen Diener, der dir den Kürbis zurückbringt – bloß du begreifst immer noch nicht. Du bist vielleicht einer . . .«

»Na, wollen wir hoffen, daß das stimmt!«

Während sie plaudern, ist die Fähre drüben angekommen. Flink will Cui-cui dem Großvater helfen, die eingekauften Sachen ins Haus zu tragen. Aber er läßt sie nur einen Fisch und die bestickte Umhängetasche nehmen; alles Geld, das er darin mitgenommen hatte, ist ausgegeben, statt dessen stecken jetzt ein Paket mit weißem Zucker und ein paar Sesamplätzchen in der Tasche.

Kaum haben die beiden alles ins Haus getragen, da ruft schon wieder jemand nach der Fähre. Der Großvater ermahnt Cui-cui, ein Auge auf das Fleisch zu haben, wegen der Wildkatzen. Dann geht er zum Fluß hinunter an seine Arbeit. Nach einer Weile hört sie, wie er mit dem Fahrgast, der die Kürbisflasche gebracht hat, laut lachend und redend ins Haus zurückkommt. »Cui-cui«, ruft er, »du hast richtig geraten. Der Herr Kaimeister schickt mir wirklich meinen Schnapskürbis zurück!«

Bevor sie noch aus der Küche kommen kann, tritt der Großvater bereits in die Stube und führt einen gebräunten, breitschultrigen jungen Burschen herein.

Cui-cui lächelt den Besucher freundlich an, während der Großvater redet, und auch der Gast betrachtet Cui-cui mit einem Lächeln. Sie glaubt zu verstehen, was er denkt, wird ein wenig verlegen und eilt in die Küche, um das Feuer anzublasen. Wieder sind Fahrgäste gekommen. Cui-cui stürzt aus der Haustür zur Fähre hinunter. Als sie sie hinübergebracht hat und zurückkehrt, warten weitere Leute. Trotz des Nieselregens sind heute Scharen von Menschen unterwegs, und sie setzt dreimal über. Während der Arbeit denkt sie über Großvaters lustiges Erlebnis nach. Sie weiß nicht so recht – der Junge aus der Stadt, der den Kürbis gebracht hat, kommt ihr irgendwie bekannt vor. Aber sie kann beim besten Willen nicht sagen, wo sie ihn schon einmal gesehen hat. Man könnte fast meinen, daß sie sich absichtlich nicht daran erinnern will, woher sie ihn kennt und wer er wirklich ist.

»Cui-cui, Cui-cui!« ruft der Großvater von der Klippe her.

»Komm herauf, ruh dich aus, leiste dem Gast Gesellschaft!« Eigentlich wollte sie, da keine Passanten mehr kommen, hinaufgehen und Feuer machen. Aber als sie hört, was der Großvater ruft, tut sie, als hätte sie ihn nicht verstanden, und bleibt unten.

Der Besucher fragt den Alten: »Kommst du zu den Rennen in die Stadt?« Der Fährmann gibt zurück: »Heute gibt es so viele Fahrgäste, ich muß wohl bei der Fähre bleiben.« Sie reden noch über dies und jenes, und schließlich spricht der Gast über das, was ihm auf der Seele liegt.

»Onkel, deine Cui-cui wird erwachsen, sie ist ein sehr hübsches Mädchen geworden!«

Der Fährmann muß schmunzeln. Das Mundwerk genau wie sein Bruder, ebenso offenherzig, denkt er, aber er sagt nur: »Zweiter, dieses Kompliment paßt einzig und allein auf dich; alle sagen, daß du ein hübscher Kerl bist. ›Kühn wie der Panther in den Bergen, schön wie der Goldfasan am Bach‹ – dieser Vergleich trifft genau auf dich!«

»Aber das ist überhaupt nicht wahr.«

»Doch! Auf der Fähre hab ich gehört, daß sich bei den Stromschnellen von Baijiguan ein Unfall ereignet hat, als du auf Bootswache warst, und daß du drei Leute aus dem reißenden Wasser gerettet hast. Ihr habt bei den Stromschnellen übernachtet, und als die Dorfmädchen dich sahen, haben sie die ganze Nacht vor deinem Zelt gesungen. Na, war es nicht so?«

»Nicht die Mädchen haben die ganze Nacht gesungen, sondern die Wölfe haben geheult. Die Gegend dort ist bekannt für ihre vielen Wölfe. Wir haben wirklich gedacht, sie wollten uns fressen. Wir haben daher ein großes Reisigfeuer gemacht und sie verjagt, erst dann haben sie aufgehört zu heulen.«

Der alte Fährmann lacht. »Das ist ja noch wunderbarer! Die Leute haben ganz recht, wenn sie sagen: Der Wolf frißt nur kleine Kinder, junge Mädchen und hübsche Burschen von achtzehn Jahren. Mich würden sie nicht mögen, die würden bloß ein bißchen an meinen alten Knochen schnuppern, und schon wären sie weg!«

»Onkel«, sagt der Zweite, »du hast wohl schon an die zweitausend Tage hier gelebt. Manche Leute draußen behaupten, daß unser *fengshui* besonders gut ist und unsere Gegend daher große Männer hervorbringen kann. Ich verstehe dann nur nicht, wieso es bei uns bis heute keine großen Männer gibt.«

»Also, du meinst, wo das *fengshui* gut ist, müssen notwendigerweise auch berühmte Köpfe hervorkommen? Ich meine, wenn hier in unserem Winkel keine solchen Leute geboren werden, ist das nicht so schlimm. Wir haben aufgeweckte, ehrliche, mutige und zähe junge Burschen mehr als genug. Leute wie dein Vater und ihr beiden Brüder, ihr habt unserer Gegend schon viel, viel Ehre gemacht!«

»Onkel, das hast du gut gesagt, ich sehe das genauso. Aus unserer Gegend stammen keine Halunken, sondern feine Kerle wie du. Obwohl du alt bist, bist du noch so rüstig wie ein Nanmu-Baum, bist fest mit diesem Stück Erde verwachsen, anständig und großzügig. Solche findet man nicht überall.«

»Ach was, reden wir nicht über mich alten Knochen. Ich hab Sonne und Regen erlebt, bin manche Strecke marschiert, hab manche schwere Last geschleppt, hab mich satt gegessen und voll getrunken, hab auch Hunger und Kälte ertragen. Bald werd ich in der kalten Erde liegen und von den Würmern gefressen werden. Diese Welt gehört euch jungen Leuten, macht eure Sache gut! Die Sonne betrügt euch nicht, aber ihr dürft auch nicht die Sonne betrügen!«

»Wenn wir sehen, wie tüchtig du bist, Onkel, dann wagen wir jungen Leute es gar nicht, die Sonne zu betrügen.«

Sie reden noch ein wenig, dann möchte der Zweite aufbrechen. Der Alte geht vor die Tür und ruft nach Cui-cui, damit sie in die Küche geht und das Frühstück zubereitet, während er selbst sie an der Fähre ablöst. Sie will aber nicht. Der Gast geht zur Fähre hinunter. Als Cui-cui das Boot losmacht, tut der Großvater, als ob er böse wäre: »Cui-cui, warum kommst du nicht herauf? Soll ich vielleicht die Hausfrau spielen und das Essen machen? Das ist ja wohl nicht meine Sache!«

Cui-cui wirft einen Seitenblick auf den Besucher. Aber als sie sieht, daß er sie fest anschaut, wendet sie sich ab, verbeißt sich ein Lächeln und widmet sich wortlos ihrer Arbeit. Langsam gleitet das Boot übers Wasser. Der Fahrgast steht im Bug und sagt zu ihr: »Cui-cui, kommst du nach dem Essen mit deinem Großvater zu uns ins Haus und siehst dir die Bootsrennen an?«

Es wäre ungezogen, nicht zu antworten, und so sagt sie: »Opa sagt, er geht nicht, weil sonst niemand die Fähre bedient.«

»Und du?«

»Wenn Opa nicht geht, geh ich auch nicht.«

»Mußt du auch die Fähre bedienen?«

»Ich leiste meinem Opa Gesellschaft.«

»Ich schick euch jemand, der die Fähre übernimmt, einverstanden?«

Das Boot stößt mit dem Steven gegen das Lehmufer. Der

Zweite springt an Land, bleibt am Hang stehen und sagt: »Dank für alles, Cui-cui . . .! Wenn ich zu Hause bin, schick ich euch jemand. Eßt schnell und kommt bald rüber zu uns, es sind viele Leute da, heute ist was los.«

Cui-cui begreift nicht, warum dieser Fremde so freundlich ist und unbedingt möchte, daß sie zu ihm nach Hause kommen und sich von dort aus die Bootsrennen ansehen. Mit einem stillen Lächeln zieht sie die Fähre zurück. Als sie das Boot festmacht, sieht sie, wie der junge Mann noch immer am gegenüberliegenden Hügel steht, als ob er auf etwas wartete. Zu Hause geht sie in die Küche und macht Feuer. Während sie feuchtes Stroh in den Herd steckt, fragt sie den Großvater, der gerade einen Schluck aus dem Kürbis probiert, den der Besucher zurückgebracht hat: »Opa, er sagt, wenn er in der Stadt ist, will er jemand für die Fähre schicken, damit wir uns die Bootsrennen ansehen können. Gehst du?«

»Möchtest du denn gehen?«

»Wenn wir beide gehen, gern. Das ist übrigens ein netter junger Mann. Ich glaube, ich kenne ihn irgendwoher. Wie heißt er eigentlich?«

Der Großvater denkt: Das paßt ja gut, er findet dich auch nett! und schmunzelt. »Erinnerst du dich nicht, wie du vor zwei Jahren am Fluß warst und jemand zu dir sagte, der große Fisch würde dich fressen?«

Cui-cui hat verstanden, sie stellt sich aber ahnungslos und fragt: »Wer ist er?«

»Überleg mal, rate mal.«

»Im ›Buch der Familiennamen‹ stehen eine Menge Leute, wie soll ich raten, ob er der Dritte Zhang oder der Vierte Li ist?«

»Der Zweite vom Kaimeister Shun-shun! Er kennt dich, aber du willst dich nicht an ihn erinnern!« Er nimmt einen Schluck Schnaps und murmelt, wobei es nicht ganz klar ist, ob er nun den guten Schnaps oder einen bestimmten Menschen meint: »Fein, ausgezeichnet, gibt's nicht alle Tage.«

Draußen hört man jemand nach der Fähre rufen, und der Großvater geht, während er wieder sein »Fein, ausgezeichnet!« vor sich hin murmelt, hinunter an die Arbeit.

Während sie essen, ruft wieder jemand. Cui-cui eilt zur Fähre. Am anderen Ufer erfährt sie, daß der Stellvertreter bereits angekommen ist, denn der Fahrgast ist niemand anderes als der Bootsmann, den man aus dem Haus des Kaimeisters schickt. Als er Cui-cui sieht, richtet er ihr aus: »Der Zweite sagt, ihr sollt aufbrechen, sobald ihr gegessen habt. Er ist schon auf dem Fluß.« Wörtlich wiederholt er dann seinen Auftrag auch dem Großvater gegenüber.

Cui-cui spitzt die Ohren. Die Trommelschläge werden schon schneller. Sie muß an die schlanken Boote denken, die von Changtan aus den Fluß hinunterfliegen und ihre schönen langen Spuren auf die Wasserfläche zeichnen. Wirklich ein herrliches Fest!

Nicht einmal zu einem Tee läßt sich der Neuankömmling einladen, sondern bezieht sogleich bei der Fähre Posten. Cui-cui und der Großvater bieten ihm an, einen Becher Branntwein zu trinken, während sie ihre Mahlzeit beenden, aber er schüttelt nur den Kopf. Großvater meint: »Cui-cui, ich bleib hier, nimm du den Hund und zieh los, ja?«

»Wenn du nicht willst, bleib ich auch hier.«

»Und wenn ich gehe?«

»Ich wollte eigentlich auch nicht gehen, aber ich begleite dich gern.«

Der Großvater lächelt ein wenig. »Oh, Cui-cui, du begleitest mich also? Na fein, dann komm und begleite mich mal schön. Paß auf, daß du den Opa nicht allein läßt!«

Als sie in Chadong am Flußufer ankommen, steht schon alles dicht voller Menschen. Der Nieselregen hat aufgehört, aber der Boden ist noch feucht. Der Großvater fordert Cui-cui auf, in das Pfahlhaus des Kaimeisters zu gehen und von dort aus die Rennen zu beobachten, aber Cui-cui fühlt sich etwas beklommen und mag nicht hinaufgehen, sondern lieber am Kai stehenbleiben. Die beiden haben sich gerade erst ans Ufer gestellt, da schickt Shun-shun auch schon jemanden, der sie ins Haus bittet. Im oberen Stock des Pfahlhauses drängen sich die Leute. Die reiche Dame und ihre

Tochter, die Cui-cui in der Morgenfrühe auf der Fähre so aufmerksam betrachtet hatte, sitzen als Shun-shuns Ehrengäste an den besten Fensterplätzen. Kaum hat das junge Fräulein Cui-cui bemerkt, als es ruft: »Komm her, komm doch her!« Ein wenig scheu und unbehaglich fühlt sich Cui-cui schon, als sie hinübergeht und hinter den Damen auf einer Bank Platz nimmt. Bald darauf verläßt der Großvater den Raum.

Er schaut sich die Drachenbootrennen nicht an, sondern trifft einen Bekannten namens Yang, der als Stallmeister bei der Garnison arbeitet. Dieser führt ihn ein paar hundert Meter weiter den Fluß hinauf und zeigt ihm eine neue Mühle mit einem Wasserrad. Der Großvater ist beeindruckt. Die kleine Hütte steht am Fuß eines Hügels direkt am Wasser. Darinnen befindet sich an einer Achse aus Sandelholz ein runder, flacher Stein, der sich über eine Steinmulde neigt. Zieht man eine Schleusenklappe hoch, dann bewegt die Strömung das Wasserrad unterhalb des Mahlwerks, und oben beginnt der Mühlstein sich rasch zu drehen. Der Arbeiter, den der Besitzer der Mühle hier beschäftigt, schüttet ungeschälten Reis in die Mulde und holt ihn später geschält wieder heraus; dann kommt das Getreide in ein rechteckiges Sieb in einer Ecke des Raumes, wo Reis und Kleie getrennt werden. Der Boden ist über und über mit Kleie bedeckt, und auch Kopf und Schultern des Mühlarbeiters, der sich ein weißes Handtuch um den Kopf gebunden hat, sind voll davon. Bei schönem Wetter legt er um das Mühlhaus herum Beete an, wo er ein paar Rüben, etwas Spinat, Knoblauch und Lauch zieht. Manchmal verstopft der Kanal, dann legt er seine Hosen ab, steigt hinein und rückt einige Steine zurecht, bis das Wasser wieder fließt. Bei geschlossenem Schleusentor kann man noch ein Brett darüberlegen, so entsteht eine Art Fischfalle, denn die flußaufwärts ziehenden Fische springen ganz von allein über das Brett, und schon kann man sie ohne Mühe fangen. Man sieht auf einen Blick, daß die Arbeit in der Mühle viel interessanter ist als auf der Fähre. Aber daß ein Fährmann jemals in einer solchen Mühle sitzen könnte, das ist wirklich ein unerfüllbarer Wunschtraum. Alle Mühlen dieser

Gegend gehören ausnahmslos reichen auswärtigen Gutsbesitzern. Während Stallmeister Yang den alten Fährmann herumführt und die beiden sich alles genau ansehen, plaudern sie, und Yang erzählt, wem die Mühle gehört.

»Selber wohnen sie da oben in ihren Hügeln, die Herrschaften aus Zhongzhai, aber ihr Kapital, das legen sie gern hier bei uns am großen Fluß an«, sagt er, während er mit dem Fuß nach dem Mühlstein tritt. »Die hier gehört Hauptmann Wang aus Zhongzhai. Hat ihn 700 Schnüre Kupfergeld gekostet.«

Der alte Fährmann läßt seine beiden kleinen Augen voll Neid und Bewunderung umherwandern, schätzt alles ein, nickt dann mit dem Kopf und weiß zu allem, was er sieht, ein paar treffende Bemerkungen zu machen. Später setzen sich die beiden auf eine noch nicht ganz fertiggezimmerte Bank aus rohem Holz. Yang erzählt, daß diese Mühe vermutlich einmal als Aussteuer für die Tochter des Hauptmanns dienen wird. Dabei fällt ihm Cui-cui ein, und er erinnert sich an den Auftrag, den ihm der Erste neulich erteilt hat. So fragt er: »Du, Onkel, wie alt ist deine Cui-cui denn dieses Jahr?«

»Fünfzehn.« Als er das sagt, läßt der Alte die vergangenen Jahre und Monate an sich vorüberziehen.

»Für fünfzehn ist sie schon sehr tüchtig. Wer die einmal kriegt, ist zu beneiden!«

»Was gibt's da zu beneiden? Sie bringt ja keine Mühle mit in die Ehe und muß mit leeren Händen gehen.«

»Sag das nicht. Ein geschicktes Menschenkind mit zwei kräftigen Händen, das wiegt fünf Mühlen auf. Auch die Brücke von Luoyang hat Lu Ban allein mit seinen zwei Händen erbaut ...!» Er sagt noch dies und das, um den Worten des alten Fährmanns zu widersprechen. Dann muß er selber lachen.

Auch der Fährmann lacht und denkt dabei: Cui-cui hat nichts als ein Paar kräftige Hände, die wird wohl später auch eine Brücke in Luoyang bauen? Das wär doch mal was Neues!

Nach einer Weile redet Stallmeister Yang weiter: »Die jungen Männer haben scharfe Augen, besonders wenn es um die Wahl einer Braut geht. Onkel, du darfst nicht böse werden über mein Gerede, aber ich will dir jetzt mal einen Scherz erzählen.«

»Was denn für einen?« fragt der alte Fährmann.

»Sei aber auch bestimmt nicht böse, Onkel ... du kannst diesen Scherz nämlich auch für bare Münze nehmen.«

Der Alte denkt: Aha! Du spielst also eigentlich den Vermittler! Na, dann sag mal, was du zu sagen hast.

Der andere erzählt, wie Shun-shuns Erster vor allen Leuten von Cui-cui schwärmt und daß er ihn beauftragt hat, den Fährmann über dessen Haltung in dieser Sache auszuhorchen. Schließlich berichtet er dem Alten noch von dem Gespräch: »Ich frag ihn: ›Erster‹, sag ich, ›meinst du das im Ernst, oder soll das ein Witz sein?‹ Er sagt bloß: ›Geh mal und horch den Alten ein bißchen aus. Ich hab Cui-cui lieb, ich will sie haben, das ist mein voller Ernst!‹ Ich sag zu ihm: ›Das kann ich nicht, dazu bin ich zu ungeschickt. Was man ausgesprochen hat, das kann man nicht zurücknehmen. Wenn ich nun was Falsches sage, und der Alte haut mir eine runter, was dann?‹ Er sagt: ›Hast du Angst vor Schlägen, dann stell das Ganze doch erst mal als Scherz hin, dann wird er dir schon nichts tun!‹ Also, Onkel – jetzt habe ich dir die Sache erst mal als Scherz hingestellt. Denk drüber nach. Was soll ich ihm antworten, wenn er am Neunten aus Ost-Sichuan zurückkommt?«

Der alte Fährmann denkt daran, was ihm der Erste selbst gesagt hat. Er weiß, daß er es ernst meint, zudem weiß er, daß auch Shun-shun das Mädchen mag, und freut sich. Aber der Brauch in dieser Gegend verlangt, daß der Junge erst ein wenig Gebäck schickt und dann selbst zur Hütte beim Felsen am grünen Flüßchen hinaufkommt, um die Angelegenheit in aller Deutlichkeit zu besprechen. Daher entgegnet er: »Wenn er zurückkommt, erzähl ihm: Der alte Fährschiffer hat sich die Scherzworte angehört, dann hat er selbst einen Scherz erzählt und gesagt: ›Im Schachspiel gibt es feste Regeln. Der Wagen hat seine Straße, und das Pferd hat seine Straße. Jeder muß auf vorgeschriebene Weise ziehen. Wenn der Erste die Wagenstraße gehen will, dann muß er seinen Vater die Sache in die Hand nehmen lassen, und der muß dann jemanden als Heiratsvermittler schicken, der klar und deutlich mit mir redet. Wählt er die Pferdestraße, dann muß er sich selbst darum kümmern. Dann wird er sich wohl auf den Hügel am Fluß gegenüber unserem Steilufer stellen und Cui-cui drei Jahre und sechs Monate lang Ständchen bringen müssen.‹ Und zuletzt muß Cui-cui selbst entscheiden!«

»Ach, Onkel, wenn es genügt, drei Jahre und sechs Monate lang Lieder zu singen, um Cui-cuis Herz zu gewinnen, dann will ich morgen gleich selbst kommen und mit dem Singen anfangen.«

»Glaubst du denn, wenn Cui-cui zustimmt, würde ich trotzdem dagegen sein?«

»Nein, das sicher nicht. Der Erste meint vielmehr, wenn du als Cui-cuis Großvater zustimmst, dann kann sie gar nicht nein sagen.«

»So kann man das nicht sagen, das ist doch ihre Sache!«

»Freilich ist es ihre Sache, aber die Dinge müssen doch, wie es sich gehört, von den Alten geregelt werden. Er ist bestimmt der Meinung, daß drei Jahre und sechs Monate Ständchen singen weniger wiegt als ein einziges Wort von dir.«

»Also gut, ich würde folgendes vorschlagen: Wenn er aus Ost-Sichuan zurückkommt, soll er mit Shun-shun reden. Und ich will Cui-cui ein bißchen ausfragen. Wenn sie lieber drei Jahre und sechs Monate Lieder hören will und den, der für sie singt, auch etwas gern hat, dann kann ich den Ersten nur bitten, das Pferd zu setzen und den etwas umständlichen langwierigen Umweg zu wählen.«

»Na gut. Wenn ich ihn sehe, sag ich einfach: ›Erster, ich hab ihm, wie versprochen, das Ganze zunächst als Scherz erzählt und bin auch nicht geschlagen worden. Aber was den Ernst betrifft, so mußt du von jetzt an dein Schicksal selbst in die Hand nehmen. So wie ich es sehe, alter Freund, bist allerdings du es, der sein Schicksal fest in Händen hält.«

»Das kannst du nicht sagen, Bruder! Wenn es an mir läge, würde ich sofort zustimmen.«

Nachdem nun soweit alles besprochen und abgemacht

ist, gehen die beiden weiter und sehen sich den Lastkahn an, den Shun-shun kürzlich gekauft hat. Unterdessen geschieht in Shun-shuns Pfahlhaus an der Hafengasse folgendes:

Obwohl das junge Fräulein vom Landgut Cui-cui auffordert, sich zu ihr zu setzen, so daß sie nun einen ausgezeichneten Platz hat, von dem aus sie durch das Fenster den ganzen Fluß überblicken kann, ist ihr nicht recht wohl dabei, denn die anderen Leute, die sich ans Fenster drängen, um das muntere Treiben zu beobachten, richten ihre Augen ständig vom Fluß weg auf die kleine Gruppe. Manche tun so, als hätten sie etwas Wichtiges zu tun, und eilen geschäftig hin und her, um einen besonders prüfenden Blick auf Cui-cui und ihre Nachbarin werfen zu können. Cui-cui ist äußerst unbehaglich zumute, und sie überlegt fieberhaft, unter welchem Vorwand sie sich nach draußen flüchten könnte. Plötzlich ertönt über den Fluß hin eine Gewehrsalve. Bald darauf nähern sich von weitem mehrere Boote, die auf gleicher Höhe zu fahren scheinen. Zunächst haben die vier wie Pfeile auf dem Wasser dahingleitenden Drachenboote kaum Abstand voneinander, dann ziehen zwei der Boote etwas vor, und kurz darauf gewinnt das eine der beiden an Tempo und geht in Führung. Als es beim Zollamt ankommt, ertönt eine weitere Salve für den Sieger. Die Leute erkennen, daß es die Mannschaft aus der Hafengasse ist, die den Sieg errungen hat, und lassen ihr zu Ehren an allen Ecken Knallkörper los. Während die Trommel dröhnt und man der siegreichen Mannschaft von überallher zujubelt, paddelt diese nun langsam an den Pfahlhäusern der Hafengasse vorbei. Cui-cuis Blick folgt dem jungen Burschen, der als Steuermann im Heck steht, mit seinen Richtungsfähnchen winkt und den roten Turban trägt. Es ist der Zweite, der Großvaters Schnapskürbis zum grünen Flüßchen gebracht hat. In Gedanken hört sie wie vor zwei Jahren: »Der große Fisch wird dich schnappen!« – »Ob er mich schnappt oder nicht, das geht dich nichts an!« – »Na gut, dann eben nicht!« – »Hund, schau doch, wen du anbellst!« Und da erst, als ihr der Hund einfällt, bemerkt sie, daß er nicht mehr bei ihr sitzt. Er muß schon vor längerer Zeit verschwunden sein. Sie hat keine Ahnung, wo er stecken könnte. So verläßt sie ihren Platz, sucht überall in der Wohnung nach ihm und hat den Jungen auf dem Boot schon ganz vergessen.

Draußen, im Menschengewühl, sucht sie weiter nach ihrem Hund. Dabei hört sie, was die Leute so reden.

Eine Frau mit breitem Gesicht fragt: »Wer ist denn die Kleine, die da in Shun-shuns Stube am Mittelfenster auf dem besten Platz sitzt?«

Die Gefragte erklärt: »Das ist die älteste Tochter des Gutsbesitzers, der sein Haus oben in den Hügeln hat. Angeblich ist sie heute hier, um bei dem Bootsrennen zuzuschauen. Aber dabei kann man sich auch gewisse Leute ansehen und gleichzeitig selbst gesehen werden. Die hat ein Glück, darf auf so einem Ehrenplatz sitzen!«

»Wen schaut sie denn an, und wer soll sie sehen?«

»Was, das weißt du noch nicht? Gutsherr Wang möchte doch ein Verwandter Shun-shuns werden.«

»Für wen ist das Fräulein denn bestimmt, für den Ersten oder für den Zweiten?«

»Es heißt, für den Zweiten. Warte nur, bald wirst du Yue Yun sehen. Er kommt bestimmt herauf, um seine künftige Schwiegermutter zu begrüßen.«

Eine dritte Frau wirft ein: »Wenn daraus was wird, das wär eine gute Partie. Sie kriegt als Aussteuer eine neue Mühle am großen Fluß, die leistet mehr als zehn Arbeiter.«

Ein anderer fragt: »Und was sagt der Zweite dazu? Ist er einverstanden?«

Da sagt jemand leise, aber bestimmt: »Der Zweite hat schon gesagt, was er davon hält: ›Ich brauch sie nicht zu sehen, ich will sowieso nicht Herr dieser Mühle werden!‹«

»Hast du selbst gehört, wie Yue Yun das gesagt hat?«

»Ich hab's von anderen gehört. Man sagt auch, daß der Zweite in die Enkelin des Fährmanns verliebt ist.«

»So dumm wird er ja wohl nicht sein, daß er statt einer Mühle lieber eine Fähre nimmt!«

»Wer weiß das schon? Heißt es nicht: ›Selbst Rindfleisch mit Schnittlauch geschmort findet einen Abnehmer‹? Was einer mag, das ißt er, für den ist eine Fähre nicht unbedingt schlechter als eine Mühle!«

Während sie so offen schwatzen, blicken sie zum Fluß hinunter und bemerken daher gar nicht, daß Cui-cui ganz nah hinter ihnen steht und alles mithört.

Mit hochroten Wangen drängt sich Cui-cui in eine andere Ecke, aber auch hier muß sie hören, wie zwei Leute über dasselbe Thema sprechen. Einer sagt: »Das ist längst abgemacht. Man wartet nur noch auf ein Wort vom Zweiten.« Der andere: »Sieh bloß mal, wie der Zweite sich heute ins Zeug legt. Du kannst dir schon denken, woher er so viel Schwung hat. – Den gibt ihm ein blutjunges Mädchen hier am Ufer.« Wer aber mag dieses blutjunge Mädchen sein? Als Cui-cui das alles hört, ist sie ziemlich verwirrt.

Da Cui-cui hinter den Leuten steht, erblickt sie bloß deren Rücken. Sie ist zu klein, um sehen zu können, was sich auf dem Fluß abspielt. Aber sie hört, wie die Schläge der Trommel immer kräftiger und lauter werden und die Menschen am Ufer von allen Seiten rufen. Sie vermutet, daß der Zweite gerade unten am Haus vorüberkommt. Wirklich beginnt man nun auch hier oben zu jubeln und den Namen des Zweiten zu rufen. Dicht neben der Gattin des Gutsherrn läßt jemand kleine Knallkörper platzen. Dann hört man plötzlich erschrockene Schreie, und zugleich drängen sich viele Leute zur Tür hinaus und eilen zum Fluß hinunter. Cui-cui kann nicht deutlich erkennen, was geschehen ist. Ihr schwirrt der Kopf: soll sie wieder auf ihren früheren Platz zurückkehren, oder soll sie hinter den Leuten stehenbleiben? In diesem Augenblick bringt jemand einen Teller mit *zongzi* und Gebäck, geht damit zu der Gutsherrin und dem Fräulein und fordert sie auf, eine kleine Erfrischung zu sich zu nehmen. Da ist es Cui-cui unangenehm, dorthin zurückzugehen, und sie beschließt, ebenfalls zum Fluß hinunterzulaufen und sich umzusehen. Neben einem Salzladen an der Hafengasse führt ein Seitenweg zum Ufer, und als sie gerade zwischen den Pfosten eines überhängenden Pfahlhauses hindurchgehen will, begegnet ihr eine Schar, die den Zweiten in seinem roten Turban heimbegleitet. Er war gestolpert und ins Wasser gefallen und ist gerade erst wieder herausgeklettert. Cui-cui tritt zur Seite, aber die Gasse ist so schmal, daß jemand sie mit dem Ellbogen anstößt.

Der Zweite sieht sie und sagt sofort: »Du bist also gekommen, Cui-cui. Ist der Großvater auch hier?«

Cui-cui wird wieder rot und bringt keinen Ton heraus. Sie denkt: Wohin kann der Hund bloß gelaufen sein?

Der Zweite fragt: »Warum kommst du nicht zu uns nach oben und schaust von dort aus zu? Ich hab gesagt, daß man dir einen guten Platz geben soll.«

Cui-cui denkt: Eine Mühle als Mitgift – das ist ein seltenes Angebot.

Der Zweite kann Cui-cui nicht überreden, mit ihm zurückzukehren, und so gehen beide ihrer Wege. Als Cui-cui dann am Fluß steht, steckt ihr etwas in der Kehle. Kummer ist es nicht, auch keine drückende Sorge. Freude? Gewiß nicht, denn welchen Grund hätte dieses Mädchen zur Freude? Wut? Das ist es! Offenbar ist sie auf jemanden – und zugleich auf sich selbst – richtig wütend. Am Fluß drängen sich die Leute. Sogar im flachen Wasser vor der Kaimauer, auf den Kajütendächern, an den Masten der Kähne und an den Stützpfosten der Häuser wimmelt es von Menschen. Cui-cui murmelt vor sich hin: »So viele Leute – was gibt's da bloß zu sehen, eine dreibeinige Katze vielleicht?« Eigentlich hatte sie gehofft, auf einem der Schiffe ihren Großvater zu finden, aber obwohl sie überall sucht, kann sie ihn nirgends entdecken. Dann bahnt sie sich einen Weg zum Ufer, und da sieht sie ihren Hund. Ein paar Meter weiter draußen hockt er auf einem leeren Kahn neben einem der Diener aus Shun-shuns Haushalt und beobachtet das muntere Treiben. Zweimal ruft Cui-cui mit schriller Stimme nach ihm. Er stellt die Ohren auf, blickt sich nach allen Seiten um, springt dann plötzlich ins Wasser und kommt auf Cui-cui zugeschwommen. Bei ihr angelangt, schüttelt er sein triefendes Fell. Cui-cui schilt: »Das reicht, spiel nicht verrückt! Dein Boot ist ja nicht gekentert, was mußt du da ins Wasser springen?«

Gemeinsam mit dem Hund sucht Cui-cui nun wieder

überall nach dem Großvater. In der Hafengasse vor einer Holzhandlung begegnet sie ihm schließlich.

Der Alte sagt: »Du, Cui-cui, ich hab mir gerade eine feine Mühle angesehen, alles neu, der Mühlstein, das Wasserrad, bis hinauf zum Strohdach alles nagelneu. Vom Mühldamm ist ein Streifen Wasser abgezweigt, das fließt ganz schön schnell! Und wenn sie das Schleusentor aufmachen, dann dreht sich das Wasserrad wie ein Kreisel.«

Ein bißchen unaufrichtig fragt das Mädchen: »Wem gehört sie denn?«

»Wem? Na, dem fremden Gutsherrn aus den Hügeln gehört sie, dem Hauptmann Wang. Man sagt, die Mühle ist als Aussteuer gedacht für die Tochter dieses Herrn aus Zhongzhai. Ziemlich protzig, was? 700 Schnüre Kupfer hat er für den Bau hingelegt, ohne das Windrad und die Einrichtung.«

»Wer nimmt denn die Tochter des Herrn Hauptmann?«

Der Großvater schaut sie an und lacht. »Ach, Cui-cui, der große Fisch wird dich fressen, der große Fisch.«

Das Mädchen ahnt längst die Zusammenhänge, aber es stellt sich begriffsstutzig und fragt noch mal: »Sag, Opa, wer kriegt die Mühle?«

»Yue Yun – der Zweite!« sagt Großvater und murmelt dann vor sich hin: »Manche Leute sind neidisch, weil der Zweite die Mühle kriegt, manche sind aber auch neidisch, weil die Mühle den Zweiten kriegt!«

»Wer denn, Opa?«

»Na, ich zum Beispiel!« sagt er und fängt zu lachen an.

Cui-cui mault: »Ach, Opa, du bist heute schon wieder betrunken.«

»Aber trotzdem findet der Zweite, daß du ein hübsches Ding bist.«

»Hör auf, Opa, du bist ja sinnlos betrunken!«

»Dein Opa ist nicht betrunken, sondern ganz klar im Kopf ... Na, komm, gehn wir an den Fluß und schauen der Entenjagd zu. Schade, daß ich alt bin und nicht mehr ins Wasser springen kann. Ich würde schon eine schnappen, und zu Hause würden wir sie mit Ingwer schmoren.« Eigentlich will er noch hinzufügen: Die Ente, die der

Zweite fängt, wird er uns sicher auch wieder schenken, aber dazu kommt er nicht mehr, denn der Zweite taucht selbst auf, steht vor Cui-cui und strahlt sie an. Cui-cui kann gar nicht anders, als ebenfalls ein wenig zu lächeln.

Dann gehen alle drei in das Pfahlhaus zurück.

II

Jemand kommt und bringt Geschenke zum grünen Flüßchen. Kaimeister Shun-shun hat einen Mann gebeten, für seinen Sohn die Rolle des Brautwerbers zu übernehmen. Als der Alte sieht, daß Stallmeister Yang mit einer mit rotem Papier bedeckten Schachtel Gebäck kommt, bringt er ihn eilig und aufgeregt übers Wasser und geht mit ihm ins Haus. Cui-cui, die gerade vor der Tür sitzt und Erbsen aus den Hülsen löst, beachtet den Besucher nicht weiter. Aber kaum hört sie, wie der Mann mit einem »Gratuliere! Gratuliere!« eintritt, da ahnt sie schon, worum es geht. Sie wagt nicht, vor der Tür sitzen zu bleiben, springt auf, tut so, als ob sie nach den Hühnern beim Gemüsegarten sehen müsse, scheucht mit einer Bambusrute und leisen Rufen das Federvieh und läuft dann zur Pagode hinauf.

Der Besucher redet erst ein wenig über dies und das, aber dann kommt er tatsächlich auf Shun-shuns ernste Absichten zu sprechen. Der alte Fährmann weiß nicht, was er dazu sagen soll, und reibt sich verwirrt die großen, schwieligen Hände, als könne er das alles nicht so recht glauben. Sein Mienenspiel scheint auszudrücken: Das ist ja fein, das ist ja wunderbar!, aber er bringt kein Wort heraus.

Als der Besucher geendet hat, will er wissen, was der Großvater davon hält. Der lächelt und nickt. »Der Erste hat die Wagenstraße gewählt, das ist gut so. Aber ich muß Cui-cui fragen und sehen, wie sie selbst entscheidet.« So bleibt der Besucher vorerst ohne Antwort. Nachdem er gegangen ist, ruft Großvater nach Cui-cui, sie solle ans Wasser kommen, er habe mit ihr zu reden.

Cui-cui kommt zum Ufer herunter, in der Hand eine Bambusschaufel mit Erbsen, steigt aufs Fährboot und fragt ihren Großvater scheu: »Was ist denn, Opa?« Der Großvater lächelt und schweigt, wendet den Kopf mit seinem schneeweißen Haar und blickt Cui-cui an. Lange betrachtet er sie. Mit beklommenem Gefühl setzt sich Cui-cui vorn ins Boot, senkt den Kopf und löst Erbsen aus den Hülsen, während sie dem Gesang eines Pirols aus dem Bambuswäldchen lauscht. Sie denkt: Die Tage werden lang . . . und Opa braucht auch lang, bis er was sagt. Dabei klopft ihr das Herz so stark.

Nach einer guten Weile sagt Großvater: »Cui-cui – dieser Onkel Yang, der gerade hier war, weißt du, was er wollte?«

»Nein«, antwortet Cui-cui, wobei sich ihr Gesicht und Hals tiefrot färben.

Dem Großvater ist das nicht entgangen, und er versteht, wie sie sich fühlt. Sein Blick wandert in die Ferne, im Dunst vermeint er Cui-cuis Mutter zu sehen, so wie sie vor sechzehn Jahren war, und sein Herz wird weich. Ganz leise sagt er: »Jedes Boot braucht einen Landeplatz, jeder Vogel braucht ein Nest.« Dabei denkt er an damals, denkt an seine arme Tochter, und ein dumpfer Schmerz schnürt ihm die Brust zusammen, obwohl er sich ein Lächeln abringt.

Cui-cui lauscht: von den Hügeln her klingen die Rufe von Pirol und Kuckuck, und von allen Seiten schallen die gleichmäßigen Axtschläge der Holzfäller, die den Bambus hacken. Sie denkt an so mancherlei: an die Geschichten von menschenfressenden Tigern, an die vierzeiligen Lieder, wie sie miteinander rivalisierende Bewerber in den Bergen singen, die eckige Mulde in der Papierfabrik, an das aus dem Schmelzofen hervorströmende rotglühende Eisen – an alles, was sie je gehört und gesehen hat, möchte sie sich jetzt erinnern. Offenbar hofft sie, auf diese Weise ihre Gedanken von dem abzulenken, was gerade geschehen ist. Und doch hat sie es noch gar nicht recht verstanden.

Der Großvater sagt: »Cui-cui, bei Kaimeister Shun-shun haben sie jemand gebeten, als Brautwerber zu uns zu kommen, man will dich zur Frau, läßt fragen, ob ich einverstanden bin. Nun, was mich betrifft, ich bin ja schon alt – selbst wenn ich was dagegen hätte, brauchte mich das in ein paar

Jahren doch nicht mehr zu kümmern. Es ist also deine eigene Sache, du mußt selber darüber nachdenken, mußt selbst entscheiden. Wenn du willst, geht die Sache klar; wenn nicht, soll's mir auch recht sein.«

Das sind für Cui-cui völlig neue Probleme, mit denen sie überhaupt nicht umzugehen weiß. So tut sie, als habe sie keine Ahnung, worum es geht. Ein wenig erschrocken blickt sie den Großvater an, wagt aber nicht, weiter nachzufragen – und antworten kann sie daher natürlich auch nicht recht.

»Der Erste«, meint Großvater, »ist ein vielversprechender junger Mann, ehrlich und großzügig. Wenn du ihn heiratest, wirst du es gut haben!«

Da begreift Cui-cui, für wen der Besucher geworben hat – für den Ersten! Sie hält den Kopf gesenkt, ihr Herz pocht wild, ihre Wangen brennen, und hastig enthülst sie weiter ihre Erbsen. Die leeren Schoten wirft sie ins Wasser und blickt ihnen nach, wie sie gemächlich davonschwimmen. Dabei beruhigt sie sich schließlich ein wenig.

Als sie immer noch keine Antwort gibt, lacht der Großvater. »Du kannst ruhig ein paar Tage darüber nachdenken, Cui-cui, das macht nichts. Die Brücke von Luoyang wurde auch nicht an einem Abend gebaut. Alles braucht seine Zeit. Neulich hat mich dieser Mann schon mal gefragt, was ich davon halte, und ich hab ihm gesagt: Der Wagen hat seine Straße, und das Pferd hat seine Straße, alle haben ihre Regeln! Alles dem Vater überlassen, damit er einen Brautwerber schickt, der klar und offen mit mir redet – das ist die Wagenstraße; die Sache selbst in die Hand nehmen, sich in den Bambuswald am Steilufer drüben beim Bach stellen und dir drei Jahre und sechs Monate lang Ständchen bringen – das ist die Pferdestraße. Wenn du lieber willst, daß er das Pferd setzt, dann bin ich sicher, daß jemand für dich singen wird, feurig bei Tag und sanft bei Nacht ... er wird singen wie ein Kuckuck, bis er Blut spuckt und ihn die Kehle schmerzt!«

Cui-cui schweigt. Ohne daß sie weiß warum, möchte sie am liebsten weinen. Großvater redet weiter, erzählt von ihrer toten Mutter. Nach einer Weile verstummt er. Cui-cui hebt verstohlen ihren Kopf und sieht, daß ihm Tränen in den Augen stehen. Bestürzt flüstert sie: »Was ist denn, Opa?« Ohne zu antworten, wischt sich der Alte mit seinen großen Händen über die Augen, lacht dann plötzlich auf wie ein kleines Kind, steigt an Land und läuft ins Haus.

Das Mädchen ist völlig verwirrt, möchte ihm nachlaufen ... und dann auch wieder nicht.

Nach dem Regen herrscht wieder heiteres Wetter, und die Sonne brennt einem mit neuer Macht auf Schultern und Rücken. Das Schilf und die Weiden am Ufer, das Gemüse im Garten – alles wächst und grünt so üppig und strotzt vor Lebenskraft. Im dichten Unkraut springen überall grüne Grashüpfer umher und zirpen mit den Flügeln. In den Bäumen die ersten Zikaden sind noch etwas zaghaft, aber ihr Sirren wird schon kräftiger. Von den beiden über und über mit leuchtend smaragdgrünem Bambus bewachsenen Uferböschungen zwitschern und rufen Goldamseln, Bambusspatzen und Kuckuck um die Wette. Cui-cui fühlt, sieht und hört dies alles und denkt dabei: Opa wird dieses Jahr siebzig ... drei Jahre und sechs Monate lang singen ... wer schenkt uns die weiße Ente? ... der die Mühle kriegt, ist zu beneiden, die Mühle, die ihn kriegt, ist noch mehr zu beneiden ...

Als wäre sie von allen guten Geistern verlassen, springt sie mit einem Ruck auf, und die Schaufel mit den Erbsen fällt in den Fluß. Als sie mit der Hand ins Wasser langt, um sie herauszufischen, ruft von drüben jemand nach der Fähre.

12

Am nächsten Tag, als Cui-cui wieder im Gemüsegarten unterhalb der Pagode beschäftigt ist, fragt der Großvater, wie sie sich entschieden hat. Schweigend und mit pochendem Herzen senkt sie den Kopf und zupft im Lauchbeet herum. Der Großvater schmunzelt und denkt sich: Besser abwarten. Wenn ich weiterrede, reißt sie noch den ganzen Lauch aus. Zugleich fühlt er, daß etwas nicht stimmt und daß es auch deswegen wohl klüger ist, nichts weiter zu sagen. Mit einem etwas gewollten Scherz bringt er das Gespräch auf andere Dinge.

Täglich wird es wärmer. Kurz vor Beginn des Sechsten Monats, als die eigentliche Hitze einsetzt, kramt der Großvater aus einem Winkel einen verstaubten schwarzen Krug aus Steingut hervor. In seiner freien Zeit sägt er einen runden Holzdeckel dafür, dann zimmert er ein dreibeiniges Gestell für den Krug und bastelt noch eine Schöpfkelle für den Tee, indem er ein dickes Stück Bambus aushöhlt und an einem Rohr befestigt. Nachdem er den Teekrug ans Ufer geschafft hat, muß Cui-cui jeden Morgen einen großen Topf Wasser abkochen und in diesen Krug gießen. Manchmal überbrühen sie Teeblätter, manchmal legen sie ein wenig angebrannte, noch heiße Reiskruste auf den Boden des Krugs. Auch hat der alte Fährmann die Gewohnheit, allerlei Kräuter und Rinden in seiner Hütte aufzubewahren, als Heilmittel gegen Bauchweh, Durchfall oder Beulen und Hitzepickel. Wenn einer seiner Fahrgäste ein wenig unwohl aussieht, holt er eilfertig eine der Arzneien herbei und nötigt den Fremden gutmütig, etwas davon zu nehmen, während er ihm erzählt, woher er diese Rezepte für den Notfall kennt. (Er hat sie nämlich von den Garnisonssanitätern und den daoistischen Priestern in der Stadt gelernt.) Mit bloßen Armen steht der Alte den ganzen Tag auf der Fähre mit ihrem flachen, eckigen Bug. Meist ist er barhäuptig, so daß seine kurzen weißen Stoppeln in der Sonne wie Silber glänzen. Cui-cui, so fröhlich wie eh und je, läuft singend ein und aus oder sitzt im Baumschatten auf dem großen Stein vor der Tür und bläst auf ihrer kleinen Bambusflöte. Großvater scheint den Antrag des Ersten völlig vergessen zu haben, und auch Cui cui tut natürlich so, als dächte sie nicht mehr daran.

Doch es dauert nicht lange, bis der Brautwerber wiederkommt und sich nach einer Antwort erkundigt. Er erhält die gleiche Auskunft wie beim letztenmal: Der Großvater überläßt die Entscheidung ganz und gar dem Mädchen. Der Besucher wird höflich, aber ohne einen bestimmten Bescheid verabschiedet. Später spricht der Großvater nochmals mit Cui-cui, aber wie zuvor ohne Erfolg.

Der alte Fährmann kann sich nicht erklären, warum es in dieser Angelegenheit einen Knoten gibt und wie man ihn lösen könnte. Nachts liegt er wach und grübelt und grübelt, bis ihm verschwommen dämmert, daß Cui-cui den Zweiten liebt, nicht den Ersten. Als der Gedanke klare Konturen annimmt, lacht er, aber vor lauter Angst bringt er nur ein gepreßtes Kichern heraus. Diese Erkenntnis bereitet ihm einiges Kopfzerbrechen, denn er muß plötzlich daran denken, wie sehr Cui-cui ihrer Mutter gleicht, und schemenhaft meint er vorhersehen zu können, daß die Tochter das gleiche Schicksal erleiden wird wie ihre Mutter. Alte Erinnerungen stürzen auf ihn ein, er findet keinen Schlaf mehr und geht allein vor die Haustür und hinauf zur Klippe über dem Flüßchen. Dort blickt er zu den Sternen am Himmel hinauf, lauscht nach den ans Ufer spülenden Wellen und dem wie leiser Regen rauschenden Summen der Insekten in der Nacht. Noch lange, lange geht er nicht schlafen.

Cui-cui merkt natürlich nichts von alledem. Sie ist den ganzen Tag mit munteren Spielen und mit ihrer Arbeit beschäftigt, doch gehen auch ihr allerlei undeutliche, ihr selbst nicht verständliche Dinge durch den Kopf und beschweren ihr junges Herz. Aber kaum ist es dunkel, schläft sie so fest wie in jeder Nacht.

Alles währt nur seine Zeit und muß sich einmal ändern, so auch das friedliche, einfache Leben in dieser Hütte. Die rasch aufeinanderfolgenden Ereignisse der nächsten Tage werden den Frieden gänzlich zerstören.

Im Hause des Kaimeisters Shun-shun hat unterdessen der Zweite von Tianbaos Absichten erfahren und läßt nun seinerseits den älteren Bruder wissen, wie es um sein Herz steht. Diese unzertrennlichen Brüder sind also wirklich beide in die Enkelin des Fährmanns verliebt. Nun ist das an sich für die Leute hier im Grenzland nichts Merkwürdiges, sie kennen ja das Sprichwort: »Überall kann Feuer brennen, überall kann Wasser rinnen, überall scheint Mond und Sonne, überall erwacht die Liebeswonne.« Daß die Söhne eines reichen Kaimeisters ein armes Fährmädchen lieben, ist weiter nichts Besonderes. Die Frage ist nur, wer dieses

Mädchen zur Frau nimmt. Wenn die Brüder sich einig werden wollen, muß es da nicht, wie in Chadong üblich, zum blutigen Kampf kommen?

Nun, die beiden greifen nicht zu den Messern. Die »jungen Kavaliere« zu spielen wie jene Schwächlinge in den großen Städten, die sich angesichts bestimmter Entscheidungen in Liebesdingen lächerlich machen, dazu sind sie aber auch nicht bereit.

Die Brüder wandern flußauf zu einer kleinen Bootswerft, wo sie sich den neuen Kahn ihres Vaters ansehen wollen. Hier vertraut sich der Erste dem jüngeren Bruder an und erzählt ihm, daß er sich schon vor zwei Jahren fest entschieden hat. Der Jüngere hört zu und lächelt; dann lassen die beiden die Bootswerft hinter sich und gehen hinunter zur neuen Mühle des Gutsherrn Wang. Hier meint der Ältere: »Zweiter, du hast wirklich Glück! Als Schwiegersohn des Hauptmann Wang kriegst du eine Mühle. Und ich? Wenn alles gut geht, darf ich diesen Alten beim Fährdienst ablösen. Na, ich tu's ja gern. Ich hab sogar schon dran gedacht, die beiden Steilufer da oben am grünen Fluß zu kaufen und eine Bambushecke um das ganze Gelände zu pflanzen, damit es mein kleines Reich wird!«

Der Zweite hört sich alles schweigend an, läßt seine Sichel durch das Gras am Wegrand sausen, und erst als sie bei der Mühle angekommen sind, stellt er sich vor den großen Bruder hin und fragt: »Erster, würdest du glauben, daß dieses Mädchen schon einen andern hat?«

»Nein, das glaub ich nicht.«

»Erster, glaubst du wirklich, daß diese Mühle einmal mir gehört?«

»Nein, das glaub ich auch nicht.«

Die beiden treten ins Mühlhaus.

Der Zweite sagt: »Das mußt du auch nicht! – Erster, ich frag dich noch mal: Wenn ich dir sage, daß ich diese Mühle nicht haben will, sondern daß ich lieber die Fähre da möchte und daß auch ich schon seit zwei Jahren mit diesem Gedanken spiele – würdest du mir das glauben?«

Als der ältere Bruder diese Worte hört, fährt er erschrokken zusammen, blickt den Zweiten an, der auf der Achse des Mahlsteins sitzt, und weiß sofort, daß dies kein Scherz war. Er tritt näher an den Bruder heran, packt ihn an der Schulter, als ob er ihn herunterstoßen wollte. Er hat begriffen und lacht. »Ich glaub dir! Alles, was du da sagst, ist ernst gemeint!«

Der Zweite blickt dem großen Bruder fest in die Augen und sagt treuherzig: »Erster, du kannst mir auch glauben, es ist wirklich mein Ernst. Ich hab das schon lange vor. Selbst wenn man zu Hause nicht einverstanden ist, aber dort am grünen Fluß, dann möcht ich die Fähre übernehmen, wirklich. – Sag, was ist mit dir?«

»Ich hab schon mit Papa geredet. Er hat Stallmeister Yang in meiner Sache beauftragt, hat ihn als Brautwerber zur Fährstation geschickt!« Der Erste spürt, daß er sich mit diesen Förmlichkeiten in den Augen des Zweiten lächerlich macht, und so erklärt er heftig, das sei, um ans Ziel zu kommen, nun mal der beste Weg: »Weil der Alte gesagt hat, der Wagen hat seine Straße, das Pferd hat seine Straße, da hab ich eben den Wagen gesetzt.«

»Und was ist dabei herausgekommen?«

»Nichts ist dabei herausgekommen. Der Alte hat Pflaumen im Mund, drückt sich nicht klar aus.«

»Und das Pferd?«

»Ach, das Pferd! Der Alte sagt, wenn ich das Pferd setzen will, muß ich drei Jahre und sechs Monate da oben am grünen Fluß in den Hügeln stehen und Ständchen bringen, und wenn ich damit Cui-cuis Herz erweiche, gehört sie mir.«

»Das ist doch nicht übel!«

»Sicher! Manch einer stottert vielleicht herum, aber er kann sich dafür in seinen Liedern ausdrücken. Aber das ist nichts für mich, ich bin doch kein Bambusspatz und kann nicht singen. Sucht dieser Alte für sein Enkeltöchterchen ein singendes Wasserrad oder einen gestandenen Mann? Das wissen die Götter!«

»Und was hast du nun vor?«

»Ich denke, ich werde von dem Alten eine klare Antwort verlangen. Ein Wort genügt. Wenn es ein Nein ist, gehe ich mit einem unserer Kähne nach Taoyuan. Wenn ja, kann er sogar von mir verlangen, daß ich den Fährdienst übernehme, das will ich dann gerne tun.«

»Und wie steht's mit dem Singen?«

»Ach, Zweiter, das ist dein Revier. Wenn du den Bambusspatzen spielen willst, nur zu. Ich stopf dir keinen Pferdemist ins Maul.«

Der Zweite merkt, wie aufgebracht sein großer Bruder ist. Er kennt ja dessen derbe, direkte Art. – So sind die Leute von Chadong: wenn sie sich mit einem gut verstehen, dann öffnen sie ihm ihr Innerstes; mögen sie einen nicht, dann wägen sie ihre Worte genau, selbst gegenüber dem eigenen Onkel. Der Erste hatte also mit dem Gedanken gespielt, das Pferd zu setzen, falls er mit dem Wagen nicht ans Ziel kommt. Nun hat er aber das offenherzige Geständnis des Zweiten gehört, und weil er weiß, daß die Pferdestraße dessen Sache ist und er selbst auf diesem Weg nicht mithalten kann, ist er so aufgebracht und zornig. Natürlich läßt er sich das anmerken.

Der Zweite überlegt, was sie tun können. Wenn sie nun im Mondschein gemeinsam zum grünen Flüßchen gehen und singen? Niemand braucht ja zu wissen, daß es beide Brüder sind. Sie singen abwechselnd, und wer als erster eine Antwort bekommt, hat gewonnen und muß der Enkelin des Fährmanns weiter Ständchen bringen. Hat der Erste jedoch keine Lust zu singen, dann will der Zweite für ihn einspringen, wenn er an der Reihe ist, und dann soll das Schicksal über ihr Los entscheiden. So müßten sie es anpakken, meint er, das sei doch ausgesprochen gerecht. Der Erste findet aber nach wie vor, daß er weder singen noch sich durch den Zweiten, diesen Bambusspatzen, vertreten lassen kann. Aber der Zweite gibt nicht nach und beharrt auf seinem Vorschlag, denn das sei die einzig gerechte Art und Weise.

Der Erste überdenkt den Vorschlag des Jüngeren mit einem bitteren Lächeln. »Verdammt! Ich bin nun mal kein Bambusspatz, soll ich den Herrn Bruder für mich zwitschern lassen? Also gut, wir singen beide abwechselnd, aber ich verzichte auf deine Hilfe, ich mach das schon selber. Der Waldkauz hat auch keine schöne Stimme, doch wenn er ein Weibchen sucht, dann heult er auch selbst und bittet niemand anders, ihm dabei zu helfen!«

Das wäre abgemacht. Nun muß noch der Tag bestimmt werden. Heute ist der Vierzehnte, morgen der Fünfzehnte, übermorgen der Sechzehnte; es trifft sich, daß es gerade die drei Vollmondnächte sind. Jetzt im Mittsommer ist es nachts weder zu kühl noch zu warm. Sie werden dem Brauch der Gegend folgen und in kurzärmeligen weißen Jacken aus grobem Tuch den in Mondlicht getauchten Hügel ersteigen und ehrlich und offen für diese Kleine, für so ein »neugeborenes Kalb«, ihre Lieder singen. Wenn in der Frühe der Tau fällt und sie sich die Stimmen heiser gesungen haben, werden sie im verblassenden Mondlicht nach Hause gehen. Vielleicht werden sie sich auch in einem warmen Getreidespeicher in einer der Mühlen, wo die ganze Nacht gearbeitet wird und wo man sie kennt, ein wenig aufs Ohr legen, bis der Tag anbricht. Dieser Plan erscheint den beiden ganz natürlich. Wenn sie auch nicht wissen, was dabei herauskommt, ist es für sie doch ganz selbstverständlich, daß es so gemacht wird. Daher beschließen sie, noch in dieser Nacht mit ihrem Wettstreit zu beginnen, wie es hier Brauch ist.

13

Als die Abenddämmerung hereinbricht, sitzt Cui-cui hinter dem Haus unter der Pagode und beobachtet die Wolkenschleier, die im Licht der untergehenden Sonne pfirsichrosa aufleuchten. Der Vierzehnte ist Markttag in Zhongzhai, und viele Händler aus der Stadt sind heute dort hinaufgegangen, um die Produkte der Hügelbewohner zu kaufen. Scharen von Leuten benutzen die Fähre. Großvater hat alle Hände voll zu tun und findet keinen Augenblick Zeit zum Verschnaufen. Es dunkelt schon, die meisten Vögel sind verstummt, nur der Kuckuck ruft noch unermüdlich. Die Steine und der Boden, das Gras und die Bäume, auf die den ganzen Tag die Sonne gebrannt hat, strahlen um diese Zeit Wärme aus. Die Luft duftet nach Erde, nach Kräutern und Bäumen, überall wimmelt es von Käfern und anderen Insekten. Cui-cui blickt in die rosa Wolken am Himmel, lauscht auf das Stimmengewirr der vom Lande heimkehrenden Händler auf der Fähre, und eine leise Trauer zieht ihr durchs Herz.

Die Dämmerstunde naht so mild, schön und still wie seit eh und je. Aber jeder, der diese Abendstimmung zu empfinden vermag und ein wenig über sie nachsinnt, spürt auch wie eh und je diese leise Trauer, und ihm erscheint der vergangene Tag wohl als etwas Schmerzvolles. Cui-cui, dieses heranreifende junge Blut, fühlt, daß da irgend etwas fehlt, und während sie beobachtet, wie der Tag entschwindet, ist ihr, als müsse sie mit ihm etwas festzuhalten suchen, das neu in ihr Leben getreten ist, doch es rinnt unwiederbringlich dahin. Ihr Leben kommt ihr langweilig und unerträglich ereignislos vor. So denkt sie sich wieder allerlei aus.

Ich möchte . . . ein Boot nach Taoyuan nehmen und den Dongting-See überqueren. Dann läuft Großvater sicher durch die ganze Stadt, schlägt einen Gong, ruft mich, steckt eine Laterne an oder eine Fackel und sucht nach mir.

Fast könnte man meinen, daß sie böse auf den Großvater ist, wenn sie ihrer Phantasie derart die Zügel schießen läßt. Nachdem sie weggelaufen wäre, so träumt sie weiter, würde der Großvater, der vergebens versucht hat, sie zu finden, schließlich ohne jede Hoffnung in seinem Boot sitzen.

Da riefe jemand: »Fähre! Fähre! He, Alter, was ist los mit dir! Wieso kümmerst du dich nicht um deine Arbeit!« – »Was ist denn? Meine Cui-cui ist doch weggelaufen, nach Taoyuan hinunter!« – »Und was willst du nun machen?« – »Was ich machen will? Ich greif mir ein Messer, steck es in mein Bündel, nehm ein Schiff flußabwärts und bring sie um . . .!«

Als hätte sie das alles wirklich gehört, springt Cui-cui erschrocken auf, und während sie zum Anlegeplatz hinunterrennt, ruft sie mit schriller Stimme nach ihrem Großvater. Sie sieht, wie er gerade mit der Fähre in der Mitte des Flusses ist, und hört das friedliche Gemurmel der Fahrgäste. Aber das Herz schlägt ihr noch immer bis zum Hals.

»Opa, Opa, komm zurück!«

Der alte Fährmann hat sie gehört und meint, sie wolle ihm die Arbeit abnehmen. So ruft er: »Warte ein bißchen, Cui-cui, ich komme gleich zurück!«

»Warum kommst du denn nicht?«

»Ich komm ja gleich!«

Cui-cui sitzt am Ufer, blickt über das im Abenddunst liegende Flüßchen und beobachtet einen Fahrgast auf der Fähre, der seine lange Pfeife stopfen will, sie am Stiel hält und die Asche an der Bootswand ausklopft. Da beginnt sie plötzlich zu weinen.

Als der Großvater zurückkehrt, findet er am Ufer eine vor sich hin starrende Cui-cui, fragt sie, was mit ihr ist, erhält aber keine Antwort. Er ermahnt sie, Feuer zu machen und das Essen zu richten. Sie überlegt ein Weilchen, findet es dann selbst lächerlich, daß sie geweint hat, und geht nach drinnen. Aber nachdem sie im Dunkeln neben dem Herd gekauert und das Feuer angezündet hat, geht sie wieder vors Haus und ruft vom Steilufer, der Großvater solle nach Hause kommen. Der Alte, der seine Arbeit stets sehr ernst nimmt, weiß, daß all die Leute zum Abendessen in der Stadt zurück sein wollen, und so bringt er lieber jeden Fahrgast einzeln hinüber, statt jemand am Ufer warten zu lassen. Er steht im Bug der Fähre und ruft Cui-cui zu, sie solle nicht mehr nach ihm rufen, solle ihn seine Arbeit tun lassen; wenn alle Leute übergesetzt wären, käme er heim zum Essen.

Als sie das nächste Mal nach ihm ruft, beachtet er sie nicht. Tief betrübt setzt sie sich ans Steilufer.

Inzwischen ist es dunkel geworden. Der flimmernde blaue Lichtpunkt eines großen Glühwürmchens schwebt rasch an Cui-cui vorbei. Laß mal sehen, wie weit du fliegen kannst! denkt sie und folgt dem Licht mit den Augen. Wieder hört man den Kuckuck rufen.

»Opa, warum kommst du denn nicht rauf? Ich brauch dich!«

Als der Großvater auf seiner Fähre den etwas weinerlichen Ton vernimmt, lacht er und ruft mit seiner rauhen Stimme zurück: »Ich komm ja schon, Cui-cui, ich komm ja schon!« Aber im stillen fragt er sich: Oh, Cui-cui, wenn dein Opa nun nicht mehr da ist, was machst du dann?

Als er schließlich heimkommt, ist es immer noch finster im Haus, nur vom Herd her flackert ein Feuerschein. Cui-cui sitzt auf einem Schemel neben dem Herd und hat die Hände vors Gesicht geschlagen.

Er tritt näher und merkt, daß sie lange geweint haben muß. Der Großvater war den halben Tag auf der Fähre, hat sie hinüber- und herübergezogen, und erst am Feierabend spürt er, wie seine Hände brennen, wie sein Rücken schmerzt. Wenn er sonst heimkehrt und sich dem Haus nähert, dringt ihm schon der Essensduft entgegen, und er sieht Cui-cuis Schatten im Lampenlicht hin und her eilen und das Abendessen vorbereiten. Heute bietet sich ihm ein anderes Bild.

Er mahnt: »Cui-cui, bloß weil ich ein bißchen später komme, weinst du schon, was ist denn das? Was soll nur werden, wenn ich mal tot bin?«

Cui-cui schweigt.

»Du mußt nicht weinen, sei ein großes Mädchen! Was auch passiert, du darfst nicht weinen. Du mußt ein bißchen stärker werden, brauchst ein etwas dickeres Fell, erst dann kannst du in dieser Gegend zurechtkommen!«

Cui-cui nimmt die Hände vom Gesicht und schmiegt sich an den Großvater. »Ich wein ja gar nicht.«

Beim Essen erzählt der Großvater ein paar Geschichten, um sie auf andere Gedanken zu bringen. So kommt es, daß er auch Cui-cuis tote Mutter erwähnt. Nachdem sie beim Schein der Öllampe ihr Mahl verzehrt haben, trinkt der Großvater, von der Arbeit erschöpft, eine halbe Schale klaren Schnaps. Nun fühlt er sich wohlig und vergnügt, geht mit Cui-cui ins Freie, setzt sich mit ihr im Mondschein auf den großen Stein und erzählt noch ein bißchen. Er spricht über ihre arme Mutter, wie lieblich sie war und was für eine starke Natur sie hatte. Gebannt lauscht Cui-cui seinen Worten.

Dicht neben dem Großvater sitzt Cui-cui im Mondlicht, umfaßt ihre beiden Knie und fragt ihn nach ihrer armen Mutter aus. Manchmal seufzt sie auf, als läge ein schwerer

Druck auf ihrem Herzen, der sich durch diese Seufzer ein wenig erleichtern ließe. Aber es hilft nichts.

Der Mond scheint in jeden Winkel, sein silbernes Licht läßt den Bambuswald am Hügel schwarz erscheinen. In der Nähe summen Insekten im dichten Gras wie ein stetiger Regen. Ab und zu klingt plötzlich von irgendwoher der Triller einer Goldamsel oder Grasmücke, aber bald ist es wieder still, und als wüßte er, daß es schon auf Mitternacht geht und man um diese Zeit keinen solchen Lärm mehr machen darf, schließt der kleine Vogel seine winzigen Äuglein und schläft friedlich weiter.

Der Großvater erzählt nun gutgelaunt, wie berühmt das hiesige Grenzgebiet nach Sichuan und Guizhou vor zwanzig Jahren für seine Lieder war. Selbst daß Cui-cuis Vater zu den besten Sängern der Gegend gehörte, erwähnt er, und wie er es fertigbrachte, in seinen Liedern alle Gefühle der Liebe und des Hasses zum Ausdruck zu bringen. Die Mutter hatte diese Lieder so gern, daß sie, noch bevor sie Cui-cuis Vater überhaupt kannte, sogar am hellen Tag mit lauter Stimme zurücksang – während er in den Hügeln Bambus fällte und sie die Fähre übersetzte. Ja, sogar das erzählt der Großvater.

Cui-cui fragt: »Und dann?«

»Dann ist natürlich noch so allerlei passiert. Das Wichtigste war, daß diese Singerei dich hervorgesungen hat«, entgegnet der Großvater.

14

Müde von der Arbeit, ist der Großvater eingeschlafen. Auch Cui-cui schläft, müde vom Weinen, doch sie kann nicht vergessen, was er ihr erzählt hat, und so träumt sie, wie ihre Seele von einem wunderschönen Gesang emporgetragen wird und durch die Luft schwebt: von der Spitze der Pagode hinunter zum Gemüsegarten, von dort auf die Fähre und wieder zurück, hinauf zum Steilufer und in die Hügel. – Wozu? Um Steinbrech zu pflücken! Als sie am Tage auf der Fähre stand, hatte sie ihn bereits an der Böschung entdeckt – dicken, weißblühenden Steinbrech.

Aber die Klippe ragt dort zehn bis fünfzehn Meter steil in die Höhe, und so weit reicht Cui-cui in Wirklichkeit natürlich nicht hinauf. Doch nun im Traum wählt sie ein großes Blatt, das gibt einen feinen Schirm.

Für Cui-cui, die im Halbschlaf auf ihrer Strohmatte hinter dem Leinenvorhang ruht, ist der Traum geradeso schön und süß wie die Erzählung des Großvaters. Der Alte jedoch, der jetzt wieder wach auf seinem Lager liegt, spitzt die Ohren – und wirklich: vom Hügel am anderen Ufer hört er jemanden singen. Die halbe Nacht schallen Lieder herüber. Er weiß, wer da singt. Es muß Tianbao sein, der Erste, der nun also den ersten Schritt auf der Pferdestraße tut. Ein wenig sorgenvoll und doch zugleich auch froh hört er zu. Cui-cui, die am Tag geweint hat, schläft so fest, daß er sie nicht wecken mag.

Schon im Morgengrauen steht Cui-cui zugleich mit dem Großvater auf. Sie wäscht sich mit Flußwasser das Gesicht, um damit jenes Tabu fortzuspülen, wonach man in der Frühe noch keine Träume erzählen darf. Dann berichtet sie dem Großvater, was sie in der vergangenen Nacht geträumt hat.

»Opa, du hast doch von diesen Ständchen erzählt. Heut nacht hab ich von einem wunderbaren Gesang geträumt, so sanft und ergreifend. Es war, als würde ich fliegen und der Stimme überallhin folgen. Drüben zum Abhang bin ich geflogen, da hab ich einen großen Strauß Steinbrech gepflückt, aber wem ich ihn dann geschenkt hab, weiß ich nicht mehr. Ich hab ja so gut geschlafen, das war wirklich ein schöner Traum!«

Der Großvater lächelt sie zärtlich und etwas wehmütig an, hütet sich aber, ihr zu erzählen, was in der Nacht wirklich geschehen ist. Er denkt: Im Traum sieht das ganze Leben besser aus. Manche Leute träumen sogar, daß sie Kanzler werden oder bei den Palastexamen als Bester abschneiden.

Noch immer glaubt der alte Fährmann, daß der, der da in der Nacht gesungen hat, Tianbao, der Erste, war. Nachdem es Tag geworden ist, trägt er Cui-cui auf, nach der Fähre zu sehen, während er mit ein paar Heilkräutern in die Stadt geht, um herauszufinden, wie die Dinge stehen. In der Hafengasse, fügt es sich denn auch, daß er dem Ersten begegnet. Er hält ihn auf und redet ihn vergnügt an: »Erster, du bist mir einer, gehst die Wagenstraße und dann gleich auch noch die Pferdestraße. Was bist du für ein Schlaukopf!«

Aber der Alte irrt sich. Er hat »Li die Mütze von Zhang aufgesetzt«. Zwar waren die beiden Brüder gestern nacht tatsächlich am Steilufer beim grünen Fluß gewesen, doch weil der Ältere auf der Wagenstraße den ersten Zug getan hatte, hatte er darauf bestanden, dem Jüngeren auf der Pferdestraße den Vortritt zu geben und ihn zuerst singen zu lassen. Kaum hatte dieser begonnen, wurde dem älteren Bruder klar, daß er nicht würde mithalten können, und daher wollte er danach erst recht nicht mehr singen. Die Lieder, die Cui-cui und der Großvater in der Nacht gehört hatten, hatte allein Nuosong gesungen, der Zweite. Später hatte der Erste den Bruder heimbegleitet und dann beschlossen, Chadong zu verlassen und auf dem neuen Ölkahn seines Vaters flußabwärts zu fahren, um alles, was geschehen war, zu vergessen. Jetzt ist er auf dem Weg ans Ufer des großen Flusses, um das Beladen des neuen Bootes zu beaufsichtigen. Der Fährmann merkt zwar, daß er ihm die kalte Schulter zeigt, aber er mißversteht sein Verhalten und zieht scherzend die Brauen hoch, womit er andeuten will, daß er die kühle, abweisende Haltung des Ersten nicht ernst nimmt und ihm zugleich gute Nachrichten bringt. Er klopft dem Burschen leicht auf den Rücken, hebt anerkennend den Daumen und sagt leise zu ihm: »Du singst wirklich nicht schlecht. Jemand hat im Traum deine Lieder gehört und ist deswegen weit herumgeflogen, manchen Weg gewandert! Du übertriffst alle, du bist der beste Sänger in unserer Gegend.«

Der Erste blickt dem Fährmann in sein dreistes altes Gesicht und murmelt: »Hör auf damit, gib dein Fräulein Enkelin einem Bambusspatzen.«

Der Großvater kann beim besten Willen nicht verstehen, was das nun wieder heißen soll. Als der Erste durch eine Gasse unter den Stützpfosten eines Hauses hindurch ans Ufer marschiert, folgt ihm der alte Fährmann. Gerade wird der neue Kahn beladen. Am Kai stehen die vielen Ölkrüge bereit. Ein Bootsmann befestigt mit Hanfseilen Strohmatten als Fender an der Bordwand. Ein anderer sitzt auf einem Stein am Ufer und ölt die Ruder. Der Fährmann fragt ihn, wann der Kahn flußab fährt und wer das Kommando hat. Der Bootsmann zeigt auf den Ersten. Da reibt sich der Alte die Hände und sagt: »Erster, hör mir mal zu, ich mein es ernst. Wenn du die Wagenstraße gehst, erreichst du nichts; setz das Pferd, da hast du Hoffnung!«

Nun zeigt der Erste mit der Hand auf ein Fenster. »Onkel, schau mal da hinauf. Wenn du willst, daß ein Bambusspatz deine Enkeltochter nimmt, da sitzt er!«

Der Alte dreht den Kopf und sieht den Zweiten am Fenster stehen und ein Fischernetz flicken.

Als er zur Fährstation zurückkommt, fragt Cui-cui: »Aber Opa, mit wem hast du dich denn gestritten, daß du so schlecht aussiehst?«

Der Großvater lächelt schwach. Mit keinem Wort erwähnt er, was er in der Stadt erlebt hat.

15

Nachdem der Erste mit dem neuen Ölkahn zum Unterlauf des Flusses aufgebrochen ist, bleibt der Zweite allein zu Haus. Da der alte Fährmann nun weiß, daß es der Jüngere war, der gesungen hat, meint er, daß man in den nächsten Tagen natürlich wieder dessen Stimme hören wird. Kaum ist es Abend, redet er mit Cui-cui zuerst über ein paar allgemeine Dinge und meint dann, sie solle auf nächtliche Ständchen achten. Die beiden haben gegessen und sitzen in der Stube. Da ihre Hütte nah am Wasser steht, schwärmen und summen seit der Dämmerung Moskitos durchs Haus. Cui-cui zündet deshalb ein Bund Beifuß an und wedelt damit in alle Ecken des Raumes, um die Plagegeister hinauszutreiben. Bald ist die ganze Stube voll Rauch. Sie legt das Bündel vor dem Bett auf den Boden, setzt sich auf ihren Schemel und will wieder Großvaters Erzählungen lauschen. Der beginnt mit einer Geschichte, bringt aber nach und nach sehr geschickt und behutsam die Rede auf die Ständchen und fragt schließlich wie im Scherz: »Cui-cui, im Traum hat dich doch ein Lied dazu gebracht, zum Steilufer zu fliegen und Steinbrech zu pflücken. Wenn aber nun wirklich da drüben jemand stehen würde und dir Ständchen brächte – was würdest du davon halten?«

Cui-cui geht auf seinen scherzenden Ton ein und lacht. »Wenn jemand singt, hör ich eben zu. Solange er singt, so lange hör ich es mir an!«

»Und wenn er drei Jahre und sechs Monate lang singt?«

»Wenn er schön singt, hör ich auch drei Jahre und sechs Monate zu.«

»Das ist aber recht hartherzig.«

»Wieso hartherzig? Wenn einer lange für mich singt, will er doch, daß ich lange zuhöre, oder etwa nicht?«

»Freilich, es heißt ja: ›Kraut will gegessen werden, Lieder wollen gehört werden.‹ Aber wenn jemand für dich singt, will er auch, daß du verstehst, was er mit seinen Liedern meint!«

»Was meint er denn mit seinen Liedern, Opa?«

»Er will damit natürlich sagen, daß er sich mit dir gut verstehen möchte! Wenn du den Wunsch seines Herzens nicht verstehst, könntest du doch genausogut einem Bambusspatzen zuhören, meinst du nicht?«

»Wenn ich aber sein Herz verstehe, was dann?«

Der Großvater schlägt sich lachend mit den Fäusten auf die Schenkel. »Oh, Cui-cui, was bist du für ein braves Mädchen. Wie ist dein Opa dumm! Er kann das alles gar nicht so richtig ausdrücken . . . Sei nicht böse, ich will dir einfach und ohne viel Drumherum einen Scherz erzählen. Nimm es als Spaß: Der Erste aus der Hafengasse, dieser Tianbao, der hat den Wagen gesetzt und hat einen Brautwerber geschickt, ich hab dir ja von der Sache erzählt, aber du bist nicht so ganz einverstanden gewesen, stimmt's? Na, nehmen wir mal an, er hat einen Bruder, und der setzt das Pferd, bringt dir Ständchen, möchte dich liebgewinnen – was würdest du wohl dazu sagen?«

Cui-cui zuckt zusammen und senkt den Kopf. Sie kann

nicht wissen, wieviel Wahres an diesem Scherz ist, aber sie hält ihn auch nicht für völlig frei erfunden.

Der Großvater fragt: »Sag mir mal ganz ehrlich: Welchen würdest du wollen?«

Cui-cui versucht ein Lächeln und sagt leise mit flehendem Blick: »Opa, solche Scherze mußt du nicht machen.« Sie steht auf.

»Wenn das nun mein Ernst gewesen wäre?«

»Also wirklich, Opa . . .« Und schon läuft sie hinaus.

Der Großvater ruft: »Ich hab nur Spaß gemacht! Bist du mir etwa böse?«

Cui-cui wagt nicht, ihm böse zu sein, kommt zurück und steht auf der Schwelle, aber sie gibt dem Gespräch eine andere Richtung: »Opa, schau mal, der Mond da oben, ist der groß!« Dann geht sie ins Freie und bleibt unter dem klaren, mondhellen Himmel stehen. Nach einer Weile kommt auch der Großvater aus dem Haus. Cui-cui setzt sich auf einen großen Stein, der tagsüber von der Sonne beschienen war und nun die aufgestaute Wärme wieder abgibt. Der Alte mahnt: »Setz dich nicht auf den warmen Stein, Cui-cui, das gibt Hitzepickel.«

Aber nachdem er den Stein betastet hat, läßt er sich ebenfalls darauf nieder.

Im sanften Mondlicht schwebt feiner weißer Dunst übers Wasser. Wie schön müßte es sein, wenn an einem solchen Abend drüben am Bach jemand stehen und singen würde, dem man dann zur Antwort auch ein Lied hinüberschicken könnte. Cui-cui denkt noch immer an die Scherzworte des Großvaters. Ihre Ohren sind keineswegs taub, der Großvater hat ja deutlich genug gesprochen – einer der Brüder setzt also das Pferd und verbringt den Abend hier oben mit Singen. Was hat das zu bedeuten? Sie lauscht erwartungsvoll, ob sich ein solcher Gesang vernehmen läßt, und bleibt lange stumm.

Wie sie so im Mondlicht dasitzt, hofft sie, daß ihr wirklich jemand ein Ständchen bringt. Eine ganze Weile vergeht, aber außer dem eintönigen Konzert der Insekten ist nichts zu hören. Cui-cui geht ins Haus zurück, holt die Schilfrohrflöte, die neben der Tür lehnt, und beginnt im

Mondschein zu blasen. Aber es klingt nicht schön, findet sie, und sie reicht dem Großvater die Flöte. Der Alte setzt das Rohr senkrecht an den Mund und spielt so lange, bis er Cui-cuis Herz besänftigt hat.

An den Großvater geschmiegt, fragt sie: »Opa, wer hat wohl als erster so eine kleine Flöte gemacht?«

»Das war bestimmt ein besonders glücklicher Mensch, weil er damit den anderen Menschen so viel Freude gebracht hat; es kann allerdings auch sein, daß es ein besonders unglücklicher Mensch war, denn gleichzeitig macht es die Leute auch sehr traurig!«

»Bist du traurig, Opa? Hab ich dich gekränkt?«

»Du hast mich nicht gekränkt. Wenn du hier bei mir bist, bin ich glücklich.«

»Und wenn ich wegliefe?«

»Das bringst du nicht fertig, den Opa allein zu lassen.«

»Wenn aber doch, was würdest du dann machen, Opa?«

»Wenn doch, dann würde ich eben mein Boot nehmen und dich suchen fahren.«

Cui-cui prustet vor Lachen.

»Die Untiefen von Fengtan und von Citan sind
recht friedlich,
Flußabwärts kommt bei Raojilong ein Strudel,
große Not!
Doch Raojilong passiert man noch ganz sicher
und gemütlich.
Bis haushoch dann bei Qinglangtan die Welle packt
das Boot . . .

Opa, kann dein Boot das alles schaffen, die beiden Untiefen, den Strudel und die Stromschnellen von Qinglangtan? Hast du nicht erzählt, daß das Wasser da unten sich ganz wie ein Verrückter aufführt, mit dem man nicht vernünftig umgehen kann?«

Der Großvater sagt: »Ach, weißt du, bis dahin bin ich vielleicht selbst schon ganz verrückt, was fürchte ich da das reißende Wasser und die hohen Wellen?«

Cui-cui denkt ernst und gründlich nach, dann sagt sie: »Opa, ich will ganz bestimmt nicht weglaufen. Aber was ist, wenn du fortgehst? Was ist, wenn du von einem Mann geholt und weggeschleppt wirst?«

Der Großvater antwortet nicht. Er denkt daran, daß ihn sicher einmal jemand holen wird – der Tod.

Der alte Fährmann malt sich aus, was geschieht, wenn ihn der Tod geholt hat. Unverwandt starrt er einen Stern am südlichen Himmel an und denkt: Im Siebenten und Achten Monat ist der Himmel voller Sternschnuppen. Werde wohl auch ich im Siebenten oder Achten Monat sterben? Dann muß er an das Gespräch denken, das er am Tag in der Hafengasse mit dem Ersten geführt hat, an die Mühle, die ein junges Fräulein zur Aussteuer bekommt – und an den Zweiten! Auch an eine Menge vergangener Dinge muß er denken, und da wird ihm unweigerlich schwer ums Herz.

Cui-cui sagt plötzlich: »Ach, bitte, Opa, sing mir ein Lied vor, ja?«

Der Großvater singt zehn Lieder. Cui-cui lehnt an seiner Seite und lauscht mit geschlossenen Augen. Als er verstummt, murmelt das Mädchen vor sich hin: »Ich hab wieder einen Strauß Steinbrech gepflückt.«

Der Großvater hat all die Lieder gesungen, die in der vorigen Nacht erklungen sind.

16

Nun hätte Nuosong Gelegenheit, seine Ständchen zu bringen, doch er erscheint nicht mehr am grünen Flüßchen. Der Fünfzehnte vergeht, ebenso der Sechzehnte. Am Siebzehnten hält Großvater es nicht länger aus, geht in die Stadt und zum Hafen hinunter, um den Jungen zu suchen. Eben will er aus dem Stadttor in die Hafengasse einbiegen, da läuft ihm der Mann über den Weg, der neulich für den Ersten als Brautwerber unterwegs war, Stallmeister Yang, der gerade ein Pferd aus der Stadt führt. Kaum sieht er den Fährmann, tritt er ihm in den Weg.

»Ach, Onkel, du kommst gerade zur rechten Zeit in die Stadt! Ich muß dir dringend etwas erzählen.«

»Was gibt's denn?«

»Also hör zu: Als der Erste, Tianbao, mit seinem Kahn bei den Untiefen von Citan vorbeikam, ist es passiert. Wer hätte je geahnt, daß dieser Kerl in einen Strudel fällt und ertrinkt! Heute morgen haben sie im Haus von Shun-shun davon erfahren; man sagt, daß sich der Zweite sofort in der Frühe auf den Weg macht.«

Diese Unglücksbotschaft trifft den Alten wie ein Schlag und schmettert ihn nieder. Aber er will einfach nicht glauben, daß es wahr ist, und stellt sich daher ganz ruhig. »Was, Tianbao, soll ertrunken sein? Das hat's doch noch nie gegeben, daß eine Ente ersäuft!«

»Tja, aber diese Ente ist nun eben doch ertrunken. Ich muß sagen, ich bewundere deine weise Voraussicht, daß du den jungen Mann auf seiner Wagenstraße nicht ans Ziel gelassen hast.«

Wie schwer es dem alten Mann auch fällt, den Worten des Stallmeisters zu glauben, so verbietet dessen Miene doch jeden Zweifel an deren Wahrheit. Finster entgegnet er: »Was heißt hier Voraussicht! Das hat der Himmel gefügt! Alles steht beim Himmel . . .« Der Alte wird von heftiger Bewegung geschüttelt.

Nachdem er sich von Yang verabschiedet hat, läuft er in die Hafengasse, um zu hören, wieviel Wahres an den Worten des Stallmeisters ist. Vor Shun-shuns Haus wird gerade Opfergeld verbrannt, und in einem Winkel steht eine große Schar Leute; wie er näher tritt und hört, was sie sagen, stellt er fest, daß sie ausschließlich über die Nachricht sprechen, die er gerade erfahren hat. Als jedoch jemand den alten Fährmann bemerkt, wechseln alle plötzlich das Thema und tun so, als hätten sie über die Ölpreise am Unterlauf geplaudert. Dem Alten geht ein Stich durchs Herz. Er beschließt, einen Bootsmann zu suchen, mit dem er etwas vertrauter ist, um mit ihm zu reden.

In diesem Augenblick kommt Kaimeister Shun-shun mit düsterem Blick die Straße herunter und will ins Haus. Dieser offene, ehrliche Mann in seinen besten Jahren versucht, vom Unglück schwer getroffen, mit aller Kraft seine Fassung zu bewahren. Als er den Fährmann sieht, sagt er nur:

»Tja, Alter, worüber wir beide gesprochen haben, das ist nun vorbei. Der Erste, Tianbao, ist tot. Weißt du es schon?«

Mit geröteten Augen ringt der Alte die Hände. »Was denn, ist das wahr? Das kann doch nicht wahr sein! Wann denn, gestern? Vorgestern?«

Der Bootsmann, der die Nachricht gebracht hat, unterbricht ihn: »Am Sechzehnten, mittags. Unser Kahn läuft auf einen Felsen auf, vorn dringt Wasser ein, der Erste will das Boot freistaken, dabei geht er plötzlich über Bord.«

Der Fährmann fragt: »Hast du selbst gesehen, wie er ins Wasser gefallen ist?«

»Ich bin ja mit ihm zusammen reingefallen!«

»Was hat er gesagt?«

»Er konnte gar nichts mehr sagen! In den letzten paar Tagen hat er überhaupt nicht geredet.«

Der alte Fährmann schüttelt den Kopf und wirft Shunshun einen unsicheren Blick zu. Der Kaimeister glaubt zu verstehen, was dem alten Mann zu schaffen macht, und sagt zu ihm: »Onkel, alles ist vom Himmel bestimmt. Schluß jetzt. Ich hab hier einen ausgezeichneten Branntwein, den mir jemand aus Daxingchang mitgebracht hat. Komm, nimm ein bißchen.« Einer seiner Leute füllt ein Bambusgefäß mit Branntwein, verschließt es mit einem Ölblatt und reicht es dem Alten.

Dieser nimmt das Gefäß und geht über die Hafengasse hinunter zum Kai, an die Stelle, wo Tianbao sich vorgestern eingeschifft hat. Dort sitzt Stallmeister Yang noch immer im Schatten einer Weide, während sein Pferd sich im Sand wälzt. Der Fährmann tritt näher und bietet dem Stallmeister an, von dem Branntwein aus Daxingchang zu versuchen. Beide nehmen ein Schlückchen, was ihre Lebensgeister wieder ein wenig weckt, und der Fährmann erzählt Yang, wie die beiden Brüder in der Nacht des Vierzehnten am grünen Flüßchen waren und Nuosong gesungen hat.

Der Stallmeister hört sich alles an und fragt dann: »Onkel, du meinst also, daß Cui-cui lieber den Zweiten möchte? Daß sie zu ihm gehört . . .«

Er läßt den Satz unbeendet, denn eben nähert sich über die Hafengasse Nuosong selbst. Der Junge sieht ganz so aus, als hätte er eine weite Reise vor. Als er den alten Fährmann erblickt, macht er unvermittelt kehrt und will davongehen. Doch Stallmeister Yang ruft ihm nach: »Zweiter, he, Zweiter, komm mal her, ich will mit dir reden!«

Der Zweite bleibt stehen und fragt den Stallmeister äußerst unwillig, was es gibt. Dieser blickt auf den Fährmann und wendet sich dann an den Zweiten: »Komm schon, es gibt etwas zu besprechen!«

»Was denn?«

»Die Leute sagen, daß du fortgehst. – Komm her, wenn ich mit dir rede, ich werd dich nicht fressen! Wann brichst du auf?«

Nuosong, dieser braungebrannte, breitschultrige Bursche, der einem kräftigen Tiger gleicht, steht nun mit traurigem Lächeln im Schatten der Weide. Der Fährmann möchte die gedrückte Stimmung ein wenig auflockern, zeigt flußaufwärts in Richtung auf die neue Mühle und sagt: »Na, Zweiter, wie man hört, wird die Mühle dahinten einmal dir gehören! Wenn es soweit ist, stellst du mich dort als Arbeiter ein, was meinst du?«

Dem Zweiten ist es unangenehm, so plump ausgehorcht zu werden, und er gibt keine Antwort. Stallmeister Yang merkt, daß die Atmosphäre sich abkühlt, und fällt ein: »Was ist, Zweiter, hast du alles fertig, um zum Unterlauf aufzubrechen?« Der Junge nickt, sagt aber nichts weiter und geht seiner Wege.

Der Alte hat sich eine Abfuhr geholt. Ärgerlich über sich selbst kehrt er an den grünen Fluß zurück. Auf der Fähre tut er gleichgültig und erzählt Cui-cui so ganz nebenbei: »In der Stadt gibt es Neuigkeiten, Cui-cui. Tianbao ist mit dem Ölkahn nach Chenzhou hinuntergefahren. Dort hat ihn das Unglück erwischt, bei Citan ist er ertrunken.«

Da Cui-cui ihn nicht verstanden hat, scheint es dem Großvater, als ob sie die Nachricht nicht ernst nimmt. Er versucht es nochmals: »Es stimmt, Cui-cui. Stallmeister Yang, der neulich als Brautwerber hier war, hat auch gesagt, ich hätte Voraussicht gezeigt, weil ich nicht sofort eine Antwort geben wollte.«

Cui-cui wirft ihm einen raschen Blick zu, sieht seine geröteten Augen und weiß, daß er getrunken hat, begreift aber auch, daß ihn etwas bedrückt, und denkt: Was hat dich denn so aufgeregt? Nachdem das Boot angekommen ist, geht der Großvater mit einem unnatürlichen Lächeln ins Haus. Cui-cui besorgt die Fähre weiter und hört stundenlang nichts mehr von ihm. Schließlich geht sie hinauf, um nach dem Rechten zu sehen, und findet den Alten vor der Haustür, wo er damit beschäftigt ist, Riemen für ein Paar Strohsandalen zu flechten.

Sie bemerkt, wie verstört er aussieht, und hockt sich vor ihn hin. »Opa, was ist denn?«

»Tianbao ist wirklich tot! Und der Zweite ist nicht gut auf uns zu sprechen, weil er glaubt, wir seien schuld an dem Unglück in seiner Familie!«

Jemand ruft vom anderen Ufer laut nach der Fähre, und der Großvater eilt hinunter. Cui-cui kauert auf einem Haufen Reisstroh in einem Winkel der Stube und ist völlig verwirrt. Lange wartet sie, daß der Großvater zurückkommt, dann beginnt sie plötzlich zu weinen.

17

Der Großvater scheint sich über jemanden zu ärgern, er lächelt so selten, auch Cui-cui beachtet er kaum. Fast will es ihr scheinen, als hätte er sie nicht mehr so lieb, aber sie kann sich den Grund dafür nicht erklären. Das dauert aber nicht lange, und nach ein paar Tagen ist alles beim alten, die beiden setzen wie immer die Fähre über, und ihr Leben verläuft ganz wie früher – nur daß etwas darin zu fehlen scheint, etwas Unsichtbares, das unwiederbringlich verloren ist. Wenn der Großvater durch die Hafengasse kommt, wird er nach wie vor von Kaimeister Shun-shun eingeladen, doch zugleich spürt er nur allzu deutlich, daß dieser den Grund für den Tod seines Sohnes nicht vergessen hat. Der Zweite ist 300 Kilometer flußabwärts nach Chenzhou gefahren, um den Leichnam seines armen Bruders zu bergen, aber die Suche blieb ergebnislos. An alle Zollhäuser hat er eine Bekanntmachung geklebt und ist dann nach

Chadong zurückgekehrt. Wenig später bricht er wieder auf, diesmal nach Ost-Sichuan, geschäftlich. Bei der Fähre begegnet er dem alten Fährmann, auf den er wirkt, als hätte er das Vergangene völlig vergessen. So spricht der Alte ihn an: »Zweiter, jetzt, wo die Sonne so sticht, mitten im Sechsten Monat, da bist du nach Sichuan unterwegs! Hast du keine Angst, daß es zu anstrengend wird?«

»Wir müssen essen; auch wenn der Kopf brennt, muß ich auf die Reise!«

»Ihr müßt essen! Als ob es bei euch zu wenig zu essen gibt!«

»Natürlich haben wir genug, aber Vater sagt, junge Leute sollen nicht zu Hause herumsitzen und futtern, ohne zu arbeiten.«

»Geht's ihm gut, deinem Vater?«

»Wieso nicht? Er ißt und arbeitet.«

»Seit dein Bruder tot ist, scheint er sehr gealtert zu sein!«

Darauf bleibt der Zweite eine Antwort schuldig. Er blickt hinauf zur Pagode hinter der Hütte des Fährmanns, muß an jenen Abend denken, an diese unwiederbringlichen Erlebnisse, und sein Herz krampft sich vor Kummer zusammen.

Verstohlen betrachtet der Alte den jungen Mann, dann breitet sich ein Lächeln über sein ganzes Gesicht.

»Zweiter, meine Cui-cui sagt, eines Nachts im Fünften Monat hatte sie einen Traum . . .« Wieder wirft er dem Zweiten einen kurzen Blick zu, sieht, daß dieser über seine Worte weder erschrickt noch sich belästigt fühlt, und fährt fort: »Sie hatte einen merkwürdigen Traum. Sie sagt, es habe ihr geträumt, daß sie, getragen von einem Lied, das jemand sang, zur Klippe drüben am Flüßchen geschwebt sei und Steinbrech gepflückt habe.«

Der Zweite wendet den Kopf ab und lächelt bitter. Das hat der Alte aber schön erfunden, denkt er. Sein bitteres Lächeln ist dem Alten nicht entgangen, und so fragt er nervös: »Glaubst du das etwa nicht, Zweiter?«

Der Junge erwidert: »Warum soll ich das nicht glauben? Ich hab mich doch selbst zum Narren gemacht und die ganze Nacht dort am Steilufer gestanden und gesungen!«

Völlig hilflos angesichts dieser unerwarteten Offenheit

stottert der Alte: »Dann stimmt das ... dann ist das also wahr ...«

»Wieso soll das nicht wahr sein. Daß der Erste, Tianbao, tot ist – ist das etwa auch nicht wahr?«

»Aber ... aber ...«

Der Alte hatte mit seiner umständlichen Erzählung eigentlich die Dinge ein wenig klären wollen, kaum aber hat er zu reden begonnen, hat er wieder alles falsch angefangen und ist vom Zweiten sogar noch mißverstanden worden. Diesmal will er daher wirklich ganz offen über jene Nacht sprechen – aber da ist das Boot schon am anderen Ufer, der Zweite springt mit einem Satz an Land und macht sich schnurstracks auf den Weg. Völlig kopflos ruft der Alte ihm von der Fähre aus nach: »Zweiter, Zweiter, warte doch, ich hab dir noch was zu sagen! Hast du nicht gerade behauptet, daß du – daß du dich zum Narren gemacht hättest? Das hast du aber nicht! Vielmehr ist ein gewisser Jemand durch deine Lieder hoffnungslos zur Närrin geworden!«

Der Junge bleibt zwar stehen, doch gibt er leise zurück: »Schluß! Genug davon! Reden wir nicht mehr darüber.«

Aber der Fährmann läßt nicht locker: »Ich hab gehört, daß du auf die Mühle verzichtest und lieber die Fähre willst, das hat Stallmeister Yang mir erzählt; hast du das wirklich vor?«

»Und wenn?«

Der Alte sieht den Zweiten an, und bei dessen Miene steigt plötzlich eine große Freude in ihm auf. Laut ruft er nach Cui-cui, sie solle zum Flüßchen herunterkommen. Aber es fügt sich ungünstig. Nicht etwa, daß sie sich weigert, aus dem Haus zu kommen – sie ist ausgegangen. Nirgends ist sie zu sehen oder zu hören. Der Zweite wartet noch eine Weile und beobachtet den Fährmann, sagt aber kein Wort. Dann geht er, vor sich hin schmunzelnd, mit langen Schritten davon, gefolgt von einem Träger, der an seiner Stange in zwei Körben die Waren mitführt: Glasnudeln und weißen Zucker.

Die beiden überqueren den kleinen Hügel am grünen Flüßchen und folgen dann einem gewundenen Pfad durch den Bambuswald. Plötzlich sagt der Träger: »Nuosong, ich glaube, dieser Fährmann hat dich ins Herz geschlossen!«

Als der Zweite schweigt, fährt er fort: »Er hat dich gefragt, ob du die Mühle oder die Fähre willst. Würdest du wirklich der Mann seiner Enkelin werden wollen und sein Fährboot übernehmen?«

Der Zweite lächelt nur. Da meint der andere: »Also, wenn es nach mir ginge, Zweiter, ich würde die Mühle schon wollen. So eine Mühle bringt dir jeden Tag ihre 7 *sheng* Reis und 3 *dou* Schrot.«

Darauf meint der Zweite: »Wenn ich zurück bin, rede ich mit meinem Vater, daß er als Brautwerber für dich nach Zhongzhai geht, damit du deine Mühle kriegst. Was mich betrifft, ich finde das Fährboot ganz fein. Wenn bloß dieser Alte nicht so umständlich wäre! Er ist gar kein bißchen geradezu! Der Erste ist seinetwegen umgekommen!«

Daß der Zweite so unverrichteterdinge gegangen ist und Cui-cui immer noch nicht zum Vorschein kommt, macht den alten Fährmann recht unglücklich. Er geht hinauf, um nachzusehen, muß aber feststellen, daß sie gar nicht zu Hause ist. Nach einiger Zeit kommt sie mit einem Korb aus den Hügeln hinter der Hütte zurück, und nun begreift er, daß sie schon die ganze Zeit fort war und Bambussprossen ausgegraben hat.

»Cui-cui, ich hab lange nach dir gerufen, du hast mich wohl nicht gehört.«

»Weshalb hast du mich gerufen?«

»Jemand war auf der Fähre ... ein Bekannter, wir haben über dich gesprochen ... ich hab dich gerufen, aber du hast nicht geantwortet.«

»Wer war das?«

»Rate doch, Cui-cui. Es war kein Fremder ... du kennst ihn.«

Cui-cui denkt an das Gespräch, das sie gerade unfreiwillig vom Bambuswald aus mit angehört hat, errötet und schweigt.

»Wieviel Bambussprossen hast du gefunden, Cui-cui?«

Sie schüttet den Inhalt des Korbes auf den Boden. Außer

zehn winzigen Bambussprossen ist nichts darin als ein großer Strauß Steinbrech.

Der Großvater schaut Cui-cui an. Da wird sie rot bis über beide Ohren und läuft hinaus.

18

Still und friedlich geht ein Monat vorüber, und die langen Sommertage heilen manchen Herzenskummer. Es ist jetzt besonders heiß, und alle scheinen nur damit beschäftigt, zu schwitzen und verdünnten süßsauren Reismost zu schlürfen. Für Gefühle hat niemand mehr Raum. Cui-cui hält jeden Tag im Schatten der Pagode ihren Mittagsschlaf. Dort auf der Anhöhe ist es kühl. Aus den Bambuswäldern an beiden Ufern hört sie die Bambusspatzen und die vielen anderen Vögel singen, bis sie darüber einschläft und ins Land der Träume gleitet. Und oft träumt sie dann seltsame, merkwürdige Dinge.

Das ist nun freilich kein Verbrechen. Die Dichter schreiben bekanntlich über jede Kleinigkeit ganze Sammlungen von Gedichten; die Bildhauer können aus einem Stein menschliche Gestalten hervorbringen, die so lebensecht wirken, als wären sie aus Fleisch und Blut; die Maler tupfen hier einen Strich Rot, dort einen Strich Grün, da ein wenig Grau und schaffen so ein Bild nach dem andern, das den Betrachter verzaubert. Warum sonst bringen sie alle ihre innersten, besonderen Gefühle zum Ausdruck, wenn nicht in der Absicht, den Menschen ein wiedererkennendes Lächeln oder auch ein schmerzliches Stirnrunzeln zu entlocken? Cui-cui kann nicht schreiben, sie kann auch nicht mit Steinblöcken oder mit Farben umgehen; sie muß ihren Gefühlen auf andere Weise Ausdruck geben, und so läßt sie ihrer Phantasie freien Lauf. All die verborgenen Empfindungen erschrecken und beglücken sie zugleich. Wenn auch die Zukunft gänzlich im Ungewissen liegt – ihre Gefühle erschüttern sie mit solcher Macht, daß es ihr nicht völlig gelingt, ihren inneren Aufruhr vor dem Großvater zu verbergen.

Und wie steht es mit diesem? Man könnte sagen, er hat alles verstanden. Aber dann ist er auch wieder ganz ahnungslos. Wohl begreift er, daß Cui-cui dem Zweiten geneigt ist, aber wie der Junge dazu steht, das ist ihm nicht klar. Gewiß, er hat sich vom Kaimeister und vom Zweiten eine Abfuhr geholt, deswegen aber gibt er die Hoffnung noch lange nicht auf.

Man muß die Dinge richtig anpacken, dem Schicksal, das schließlich alles bestimmt, darf man nicht ins Handwerk pfuschen, denkt er, zugleich findet er es jedoch ungeheuer schwer, entsprechend zu handeln. Mit offenen Augen gibt er sich seinen Träumereien hin und geht dabei so viel weiter als seine Enkelin Cui-cui in ihren Träumen.

Jeden Passanten aus der Gegend fragt er, wie es dem Zweiten und dessen Vater geht, und ist so besorgt um die beiden, als gehörten sie zu seiner eigenen Verwandtschaft. Merkwürdigerweise scheut er sich jedoch, ihnen selbst zu begegnen. Läuft er ihnen trotzdem einmal über den Weg, weiß er nicht aus noch ein, reibt sich, wie es seine Gewohnheit ist, die Hände und verliert völlig die Fassung. Der Kaimeister und sein Sohn spüren sehr wohl, was in ihm vorgeht; in ihren Herzen aber lebt die schmerzliche Erinnerung an den Toten. So gehen sie ihrem Tagewerk nach, als hätten sie nicht die geringste Ahnung von den Gefühlen des alten Fährmanns.

Selbstverständlich träumt der Großvater nachts nicht wirklich von solchen Dingen, aber oft sagt er morgens zu Cui-cui: »Du, letzte Nacht hab ich was geträumt, da hab ich mich nicht schlecht gefürchtet!«

Dann fragt Cui-cui: »Was war denn das Fürchterliches?«

Als ob er sich auf den Traum besinnen würde, blickt er in ihr kleines Gesicht mit den langgewölbten Brauen und erzählt ihr einen seiner hochfliegenden Tagträume. Natürlich kann nicht die Rede davon sein, daß es daran etwas zum Fürchten gäbe.

Jeder Fluß fließt am Ende ins Meer. Der Großvater beginnt zunächst, von ganz entlegenen Dingen zu erzählen, um schließlich auf jenes Thema zu kommen, das Cui-cui erröten und den Kopf senken läßt. Bemerkt er, daß sie ärgerlich oder verlegen wird, dann erschrickt er, bemüht sich, die Dinge zurechtzurücken, und versucht, das, was er gesagt hat, ein wenig abzuschwächen.

»Cui-cui, ich hab's nicht so gemeint, ich hab's doch gar nicht so gemeint. Dein Opa ist alt, schau, er ist schon gar nicht mehr klar im Kopf und redet lauter dummes Zeug.«

Aber mitunter hat Cui-cui gar nichts einzuwenden gegen das dumme Zeug des Großvaters, hört ihm sogar recht gern zu und lächelt verstehend, wenn er ausgeredet hat.

Manchmal ruft Cui-cui aber auch plötzlich aus: »Opa, du bist wirklich nicht ganz klar im Kopf!«

Der Großvater möchte dann eigentlich antworten: Ich hab ja so viel auf dem Herzen, aber er kommt nie dazu, denn immer ruft jemand nach der Fähre, und er muß gehen.

Es ist heiß. Manche Reisende kommen von weit her, die Körbe an ihren Tragstangen wiegen oft an die 70 Pfund. Beim kleinen grünen Fluß angekommen, genießen sie die frische Kühle und verweilen ein wenig, hocken sich am Steilufer neben den Krug, trinken kalten Tee, lassen ihre Pfeifen herumgehen und schwatzen mit dem Fährmann. Da wird über Gott und die Welt geredet, wahre und erfundene Geschichten kommen dem Alten zu Ohren. Haben sie genug Zeit, stecken die Reisenden ihre Füße ins klare Wasser oder baden im Fluß. Je länger sie bleiben, desto mehr erzählen sie. Später berichtet der Alte dem Mädchen, was er gehört hat, und so erfährt Cui-cui mancherlei. Sie hört, ob die Preise steigen oder fallen, was es kostet, mit der Sänfte oder dem Boot zu reisen, wie die Flößer ihr Holz den Fluß hinunter und durch die Stromschnellen führen, wie sie mit ihren großen Rudern umgehen, wie man auf den kleinen Booten mit den Weibern verkehrt und wie diese großfüßigen Frauen den Männern Opiumpfeifen anzünden ... Es gibt nichts, worüber nicht geplaudert würde.

Da kommt Nuosong mit seinem Begleiter aus Ost-Sichuan nach Chadong zurück. Der Abend dämmert schon, Stille liegt über dem Fluß. Der Großvater und Cui-cui kümmern sich im Gemüsegarten um die Rübensetzlinge. Das Mädchen hat mittags gar zu lange geschlafen und fühlt sich ein wenig verloren. Plötzlich klingt es, als rufe eine rauhe Stimme nach der Fähre. Cui-cui springt willig auf und läuft hinunter. Im Gegenlicht der untergehenden Sonne sieht sie am Landeplatz zwei Männer stehen. Sie erkennt sie an ihrer Gestalt – Nuosong, den Zweiten, und den Diener seines Vaters! Heftig erschrocken macht sie kehrt und flieht wie ein junges Wild vor dem Jäger in die Bambuswälder hinauf. Doch die beiden, die da am Ufer warten, haben ihre Schritte gehört, drehten sich um und sehen sie gerade noch davonlaufen. Sie warten noch ein wenig, doch als niemand kommt, ruft der Diener noch einmal mit seiner heiseren Stimme nach der Fähre.

Der alte Fährmann hat es wohl gehört, bleibt aber zwischen den Reihen seiner Setzlinge hocken. Innerlich amüsiert er sich über Cui-cui, denn als sie so hastig aufsprang, hat er sich gleich gedacht, daß sie wohl jemanden erkannt hat und absichtlich in die Hügel gerannt ist, ohne zu antworten. Sie ist noch so jung, außerdem ist es nicht ihr Amt, die Fähre zu bedienen. Die Wartenden können ihr also keinen Vorwurf machen, und es bleibt ihnen nichts übrig, als nochmals zu rufen. Als der Diener mehrmals gerufen hat, aber noch immer niemand kommt, sagt er zum Zweiten: »Was ist los, liegt der Alte etwa krank zu Bett und Cui-cui muß sich allein um alles kümmern?« Der Zweite meint: »Warten wir noch ein bißchen, es macht ja nichts!« Also warten sie wieder eine Weile. Weil sie nun aber so still sind, denkt der Alte oben in seinem Gemüsegarten: Ob das wohl der Zweite ist? Er fürchtet, Cui-cui zu verschrecken, und so bleibt er hocken und rührt sich nicht.

Doch als wieder einige Zeit vergangen ist, wird erneut nach der Fähre gerufen, und diesmal klingt die Stimme anders, fast als ob sie dem Zweiten gehört. Ist er ärgerlich? Hat er zu lange warten müssen? Haben sie sich etwa gezankt? Während ihm allerlei krause Gedanken durch den Kopf gehen, läuft der Alte eilig zum Fluß hinunter. Er findet die beiden Männer schon auf der Fähre, und wirklich erkennt er als einen der beiden den Zweiten.

»Oh, Zweiter, du bist wieder da!« Sein Ausruf klingt überrascht.

Der junge Mann scheint aufgebracht zu sein. »Bin ich. – Was ist denn mit eurer Fähre los? Wir warten schon eine Ewigkeit, aber keiner kommt!«

»Ich dachte ...« Der Alte blickt in die Runde, aber von Cui-cui ist nichts zu sehen. Erst als ihr hellbrauner Hund aus dem Bambuswald den Hügel herabgerannt kommt, weiß er, wo sie steckt. »Ich dachte, ihr wäret schon übergesetzt.«

»Übergesetzt! Wenn du nicht an Bord bist, wie soll man da übersetzen? Während der Diener dies sagt, streicht ein Wasservogel über den Bach hin. »Die Eisvögel fliegen schon ins Nest. Wir müssen uns beeilen, damit wir zum Abendessen zu Hause sind!«

»Es ist ja noch Zeit! Ihr kommt schon noch rechtzeitig in die Hafengasse.« Der Alte steigt an Bord, und während er die Fähre hinüberzieht, denkt er: Wolltest du nicht eigentlich diese Fähre übernehmen?

»Zweiter, du bist sicher müde von der Reise ...!«

Der Zweite hört völlig unbeteiligt zu und gibt keine Antwort. Am andern Ufer schultern der Junge und sein Diener ihre Körbe und gehen wortlos an Land. Verletzt durch ihre abweisende Kälte, ballt der Alte hinter ihrem Rücken die Faust und schüttelt sie kräftig hinter ihnen her, wobei er ihnen mit gedämpfter Stimme ein Schimpfwort nachruft. Dann zieht er die Fähre zurück.

19

Daß Cui-cui in den Wald geflüchtet ist, daß der Alte so lange auf sich warten ließ, all das sieht in den Augen des Zweiten nicht günstig aus. Freilich gibt ihm der Fährmann zu verstehen, daß für ihn gewisse »Aussichten« bestünden, aber seine umständliche, gewundene Art sorgt keineswegs für klare Verhältnisse. Der Zweite muß an seinen Bruder denken und mißversteht den Alten, Enttäuschung und Verbitterung im Herzen. Drei Tage später hat Shun-shun Besuch: ein Mann aus Zhongzhai kommt in die Hafengasse. Der Kaimeister bittet ihn herein. Er ist gekommen, um sich nach dem Stand der Dinge zu erkundigen, und verlangt von Shun-shun eine klare Auskunft, ob der Zweite immer noch an der Mühle interessiert ist oder nicht. Shun-shun fragt den Zweiten selbst, wie er dazu steht.

Die Antwort lautet: »Papa, wenn es dabei um dich geht, wenn du unseren Haushalt um eine Mühle und ein neues Familienmitglied erweitern möchtest, dann sag es, dann kannst du gleich ja sagen. Aber was mich selbst betrifft – ich möchte gründlich darüber nachdenken und erst in ein paar Tagen antworten. Ich bin mir noch nicht sicher, ob ich die Mühle oder ein Fährboot vorziehe; es könnte sein, daß mir das Schicksal bestimmt hat, Fährmann zu werden!«

Mit diesem Bescheid kehrt der Mann nach Zhongzhai zurück. Als er zum grünen Flüßchen kommt und sich übersetzen läßt, blickt er den alten Fährmann an, denkt an die Worte des Zweiten und muß unwillkürlich in sich hineinkichern. Der Alte erfährt, daß sein Fahrgast nach Zhongzhai gehört, und fragt ihn aus, was er in der Stadt zu tun hatte.

Der Mann, der seine eigenen Absichten verfolgt, sagt obenhin: »Oh, nichts weiter. Ich habe bloß in der Hafengasse bei Kaimeister Shun-shun vorbeigeschaut.«

»Ohne Grund opfert niemand im Tempel. Wenn man bei jemand vorbeischaut, redet man auch mit ihm.«

»Doch, doch, es wurde wohl über dies und jenes geredet.«

»Über was denn?« Der andere bleibt stumm. Der Fährmann fragt weiter: »Wie man hört, wollt ihr aus Zhongzhai dem Herrn Kaimeister Shun-shun eine Mühle am Fluß mitsamt einem Fräulein Tochter schenken. Wie stehen denn da die Aussichten?«

Der aus Zhongzhai lacht. »Das ist natürlich abgemacht. Ich hab Shun-shun gefragt, und der ist absolut einverstanden, mit den Leuten aus Zhongzhai Familienbeziehungen zu knüpfen. Er hat bloß noch den Jungen gefragt ...«

»Und was hat der Junge gesagt?«

»Er sagt: ›Ich hab die Wahl zwischen einer Mühle und einem Fährboot. Eigentlich wollte ich das Boot, aber jetzt hab ich mich für die Mühle entschieden. Das Boot ist eine unsichere Sache, das ist ja gar kein Vergleich mit der Mühle.‹ Na, dieser Junge weiß, was gut für ihn ist.«

Der Mann aus Zhongzhai ist ein Reishändler, eine Krämerseele mit glatter Zunge. Natürlich weiß er genau, was es mit diesem »Fährboot« auf sich hat, aber er läßt sich nichts anmerken. Als er sieht, wie der Alte die Lippen bewegt und zum Sprechen ansetzen will, fährt er hastig fort: »Na ja, es ist alles Schicksal, der Mensch kann nichts ausrichten. Zu schade, daß Shun-shuns Erster, dieser kerngesunde Bursche, so elend ertrinken mußte!«

Diese Worte geben dem Alten einen Stich ins Herz. Er hatte noch etwas sagen wollen, aber jetzt schluckt er es hinunter. Nachdem der Fahrgast die Fähre verlassen hat und seiner Wege gegangen ist, bleibt er noch lange auf dem Boot stehen und starrt vor sich hin. Er ruft sich ins Gedächtnis, wie kalt und schroff der Zweite neulich auf der Fähre zu ihm war, und schwerer Kummer erfüllt sein Herz.

Cui-cui, die oben bei der Pagode vergnügt gespielt hatte, läuft jetzt zur Klippe über dem Fluß und ruft dem Großvater zu, er solle ein Lied singen. Doch dieser reagiert nicht. Beleidigt geht sie zum Anlegeplatz hinunter, und nun erst merkt sie, wie niedergeschlagen er aussieht, kann sich aber nicht denken warum. Der Großvater hört sie näher kommen, blickt in ihr frohes, frisches, braungebranntes Gesicht und ringt sich ein etwas einfältiges Lächeln ab. Drüben ruft ein Lastträger nach der Fähre. So fällt weiter kein Wort, er zieht schweigend das Boot hinüber, doch in der Mitte des Baches beginnt er plötzlich laut zu singen: Nachdem er den Träger übergesetzt hat, steigt er an Land, geht, noch immer einfältig lächelnd, auf Cui-cui zu und hält sich die Stirn.

»Was ist, Opa?« fragt sie. »Hast du einen Hitzschlag? Leg dich in den Schatten und ruh dich aus. Ich übernehm das Boot.«

»Du übernimmst das Boot, na fein, so ist es gut – dieses Boot gehört dir!«

Dem Alten ist wirklich übel, auch ist ihm so eng ums Herz, und obwohl er Cui-cui gegenüber so tut, als sei er völlig bei Kräften, sucht er in der Hütte nach ein paar Scherben, um sich selbst zur Ader zu lassen, ritzt sich in den Arm und ins Bein, bis schwarzes Blut austritt, und legt sich dann aufs Bett, um zu schlafen.

Cui-cui, beim Boot auf Posten, fühlt sich merkwürdig froh undd glücklich. Sie denkt: Na gut, wenn Opa nicht für mich singt, sing ich eben selber!

Sie singt allerlei Lieder. Der Großvater liegt mit geschlossenen Augen auf dem Bett und lauscht jeder Strophe. Sein Herz macht ihm zu schaffen, aber er redet sich ein, daß seine letzte schwere Krankheit noch nicht gekommen ist. Morgen kann er sicher schon wieder aufstehen. Er will ja morgen in die Stadt, muß nach dem Rechten sehen, in die Hafengasse ... Und dann denkt er noch an viele andere Dinge, die er dringend erledigen sollte.

Am nächsten Tag steht er tatsächlich auf, aber es dröhnt ihm der Kopf. Cui-cui begreift, daß der Großvater wirklich krank ist. Sie braut eine kühlende Medizin und zwingt ihn, sie zu trinken. Sie holt ein wenig Knoblauch aus dem Gemüsegarten, den sie in Reiswasser einlegt, bis er sauer wird. Sie versorgt den Fährdienst, aber jeden freien Moment läuft sie ins Haus, um nach dem Großvater zu sehen. Der Alte sagt kein Wort, sein Geheimnis bedrückt ihn. Drei Tage muß er liegen, dann geht es ihm besser. Er geht ein wenig in der Stube auf und ab und ums Haus herum. Nun fühlt er sich wieder kräftig genug, und die Dinge, die ihm auf der Seele liegen, lassen ihm auch keine Ruhe – er muß in die Stadt, in die Hafengasse. Cui-cui, die nicht ahnen kann, was ihn dorthin treibt, fleht ihn an, noch zu warten, erst in ein paar Tagen in die Stadt zu gehen.

Der Alte reibt sich die Hände und fragt sich, ob er ihr den Grund sagen soll. Als er in ihr braunes, rundes Gesicht, in ihre wasserklaren Augen sieht, seufzt er tief auf.

»Ich hab dringend was zu erledigen, ich muß heut noch hin!«

Cui-cui lächelt spöttisch. »Wie dringend wird das schon sein, daß du nicht mal ...«

Er kennt ihre Stimmungen, hört ihr an, daß sie schon ein wenig gereizt ist, und läßt daher seinen Plan fallen. Er stellt das Bambusgefäß beiseite, legt die bestickte Schultertasche, die er mitnehmen wollte, wieder ab und sagt mit einem nahezu unterwürfigen Lächeln: »Ich geh ja gar nicht! Hast Angst, daß ich mich zu Tode stürze, was? Na, dann geh ich eben nicht. Ich dachte doch nur, daß es jetzt am frühen Morgen noch nicht so heiß ist. Ich wollte bloß schnell in der Stadt was erledigen und gleich zurückkommen ... Na gut, ich geh nicht. Morgen reicht's auch noch!«

»Gut, Opa«, sagt Cui-cui leise und sanft, »geh lieber morgen, du bist noch nicht wieder fest auf den Beinen. Leg dich heut noch hin und ruh dich gut aus, damit du bald wieder richtig gesund bist!«

Doch der Alte ist noch keineswegs restlos überzeugt, und so macht er sich plötzlich von ihr los und läuft hinaus, aber bei der Schwelle stolpert er über den Knüppel, den er zum Sandalenflechten braucht und der dort lehnt. Um ein Haar wäre er gestürzt. Als er sich gefangen hat, tadelt ihn Cui-cui: »Siehst du, Opa, du kannst noch gar nicht laufen!« Er nimmt den Knüppel und wirft ihn in einen Winkel. »So ein alter Opa! Aber warte nur, in ein paar Tagen bin ich wieder so stark, daß ich dir einen Panther erschlage!«

Am frühen Nachmittag beginnt es zu nieseln. Dennoch will der Großvater in die Stadt und verhandelt deshalb zäh mit Cui-cui. Da sie ihn nicht davon abbringen kann, nötigt sie ihn, wenigstens den Hund mitzunehmen. In der Stadt begegnet er einem alten Bekannten, der ihn in ein langes Gespräch über die Salz- und Reispreise verwickelt und ihn dann zum Militäryamen mitnimmt, um ihm das Pferd vorzuführen, das die Zahlmeisterei gerade gekauft hat. Erst danach kann der Alte schließlich hinunter in die Hafengasse gehen. Bei Shun-shun angekommen, trifft er den Kaimeister mit drei anderen Männern an einem kleinen Tisch beim Kartenspiel. Er mag nicht stören, stellt sich hinter die Runde und schaut beim Spiel zu. Später bietet Shun-shun ihm einen Schluck Schnaps an, aber er lehnt mit der Begründung ab, er sei gerade erst von einer Krankheit genesen und wage es noch nicht, schon wieder zu trinken. Das Spiel zieht sich in die Länge, doch will der Fährmann nicht einfach wieder gehen. Shun-shun ist ganz in die Karten auf seiner Hand vertieft und merkt überhaupt nicht, daß der Alte auf eine Gelegenheit wartet, mit ihm zu sprechen.

Nach einiger Zeit fällt einem der Spieler die Unruhe des Alten auf, und er fragt ihn, ob er etwas auf dem Herzen habe. Wie es seine Gewohnheit ist, reibt sich der Fährmann verlegen die großen Hände und meint, es sei nichts Wichtiges, er hätte nur gern ein, zwei Worte mit dem Herrn Kaimeister gesprochen.

Jetzt erst begreift Shun-shun, warum der Alte so lange zugeschaut und gewartet hat. Freundlich wendet er sich dem Fährmann zu: »Warum hast du dich nicht eher gemeldet? Ich habe gedacht, du schaust nur zu, wie ich spiele!«

»Es ist ja auch weiter nichts, nur eine Kleinigkeit, ich wollte nicht stören, ich hab mich nicht getraut, was zu sagen!«

Der Kaimeister legt schmunzelnd seine Karten nieder und geht in ein Hinterzimmer – der Alte folgt ihm.

»Na, was gibt's denn?« Der Kaimeister kann sich schon denken, was den Alten hergeführt hat, und in seiner Frage liegt ein wenig Mitleid.

»Jemand aus Zhongzhai hat mir erzählt, daß du vorhast, mit der Gutsbesitzerfamilie da oben Familienbeziehungen zu knüpfen. Stimmt das?«

Der Kaimeister sieht, wie ihm der Alte gebannt ins Gesicht starrt, und weiß, daß jener auf eine Antwort wartet, die ihn befriedigt. »So ist es«, antwortet er daher, allerdings mit einem Unterton, als wolle er sagen: Was geht denn dich das an?

Der Alte fragt: »Wirklich?«

Der andere antwortet, als wäre es ganz selbstverständlich: »Wirklich.« Wieder scheint er andeuten zu wollen: Wenn schon, was hast du damit zu schaffen?

Der Fährmann stellt sich gelassen: »Und der Zweite?«

»Der Zweite ist mit einem Kahn nach Taoyuan hinunter, schon vor ein paar Tagen!«

Tatsächlich war es so gewesen, daß es zwischen dem Zweiten und dessen Vater zum Streit gekommen war, bevor der Junge nach Taoyuan abreiste. So weitherzig der Kaimeister sonst auch sein mag – daß jenes Mädchen, das am Tod seines Ältesten schuld war, nun die Frau seines Jüngsten werden soll, das kann er nicht dulden. Das ist nur allzu verständlich. Eigentlich ist es ja hier in der Gegend üblich, daß die jungen Männer sich selbst um diese Dinge kümmern und die Alten sich nicht einmischen. Normalerweise hätte also der Kaimeister, wenn der Zweite und seine Cui-cui einander wirklich gern haben, gegen eine solche Liebesheirat nichts einzuwenden gehabt. Aber irgendwie hat die Geschäftigkeit des Alten dazu geführt, daß sowohl der Vater als auch der Sohn ihn nicht so recht verstehen. Der Kaimeister glaubt, daß das Unglück, das sein Haus vor kurzem getroffen hat, allein auf das übereifrige Treiben des alten Fährmanns zurückzuführen ist. Obwohl er sich äußerlich nichts anmerken läßt, trägt er gegen ihn einen stillen Groll im Herzen.

So läßt der Kaimeister den Alten nicht noch einmal zu Wort kommen, sondern beendet das Gespräch fast ein wenig grob: »Onkel, Schluß damit! Unser Mund taugt zum Trinken, hören wir auf, unsere Jungen und Mädchen beim Liedersingen zu vertreten! Ich kann dich völlig verstehen, du meinst es ja gut. Aber du mußt mich auch verstehen. Ich finde, wir sollten über Sachen reden, die uns etwas angehen, und uns nicht weiter in die Zukunftspläne dieser jungen Leute einmischen.«

Als der Fährmann sich von diesem Schlag erholt hat, möchte er doch noch etwas sagen, aber der Kaimeister läßt ihm keine Gelegenheit mehr dazu, sondern führt ihn zurück an den Spieltisch.

Der Alte, dem man das Wort abgeschnitten hat, beobachtet den Kaimeister. Der lacht zwar und erzählt einen Witz nach dem andern, aber man sieht an der Art, wie er seine Karten auf den Tisch knallt, wie aufgebracht er ist. Der Alte setzt seinen Bambushut auf und geht, ohne sich zu verabschieden.

Es ist noch nicht spät. Bedrückt und unglücklich geht der Fährmann in die Stadt, um Stallmeister Yang zu suchen. Dieser sitzt gerade beim Schnaps, und obwohl der Alte auf seine Krankheit hinweist, muß er ein paar Becher leeren. Als er zum grünen Flüßchen zurückkehrt, ist er vom Gehen so ins Schwitzen geraten, daß er sich mit kaltem Wasser den ganzen Körper spült. Er fühlt sich erschöpft und bittet Cui-cui, das Boot zu übernehmen, er wolle sich im Haus schlafen legen.

Gegen Abend wird es drückend schwül. Dicht über dem Wasser fliegen überall rote Libellen. Am Himmel ziehen Wolken auf, und ein warmer Wind läßt den Bambus in den Hügeln rascheln und pfeifen. Ein Gewitter scheint sich anzukündigen. Auf ihrer Fähre beobachtet Cui-cui, wie die Libellen hin und her jagen. Sie wird unruhig. Der Großvater war so bleich. Besorgt läuft sie ins Haus. Eigentlich hat sie gedacht, daß er längst schläft, aber zu ihrer Überraschung findet sie ihn vor der Tür sitzend Strohsandalen flechten.

»Opa, wie viele Sandalen willst du denn noch machen? Über deinem Bett hängen ja schon vierzehn Paar! Warum legst du dich nicht hin?«

Der Alte gibt keine Antwort, sondern steht auf, hebt den Kopf zum Himmel, blickt in die Luft und murmelt: »Cui-cui, heut nacht gibt es ein gewaltiges Gewitter! Geh zurück und mach unser Boot unterm Felsen fest. Das wird ein Wolkenbruch.«

Cui-cui sagt: »Opa, ich hab Angst!« Aber sie meint nicht das aufkommende Gewitter.

Der Alte scheint sie zu verstehen und sagt bloß: »Wovor denn? Was sein muß, muß sein, du brauchst keine Angst zu haben!«

20

In der Nacht bricht heftiger Regen los, und manchmal hört man Donner grollen. Einmal schlägt ein Blitz direkt neben der Hütte ein, gefolgt von einem gewaltigen Donnerschlag. Cui-cui zittert in der Dunkelheit, und auch der Großvater erwacht. Er weiß, daß sie sich fürchtet. Besorgt, daß ihr kalt ist, steht er auf und deckt sie mit einem Tuch zu. Dabei sagt er: »Hab keine Angst vor dem Donner, Cui-cui!«

»Ich hab keine Angst«, sagt sie und denkt dabei: Opa, solange du da bist, hab ich keine Angst!

Wieder dröhnt der Donner, dann wird das Rauschen des Regens von einem furchtbaren Krachen übertönt. Beide meinen, daß ein Erdrutsch die Felsklippe hinter der Hütte heruntergerissen und ihr Boot unter sich begraben hat.

Großvater und Enkelin liegen im Finstern auf ihren Betten und lauschen in den Regen und das Donnergetöse hinaus.

Aber so heftig das Unwetter auch tobt, nach einer Weile schläft Cui-cui doch ein. Als sie erwacht, ist es hell, der Regen hat irgendwann in der Nacht aufgehört. Sie lauscht, wie Sturzbäche von beiden Ufern ins Tal hinunterrauschen. Um sich anzusehen, was passiert ist, steigt sie aus dem Bett. Der Großvater scheint noch tief zu schlafen. Sie öffnet leise die Tür, geht hinaus und sieht, daß sich der Pfad vor der Hütte in einen Kanal verwandelt hat, in dem vom Pagodenhügel her lehmiggelbes Wasser zu Tal braust und über die Klippe hinabstürzt. Wohin man schaut, hat sich das Regenwasser Rinnen geschaffen. Die Setzlinge im Gemüsegarten sind unter Sand und Lehm begraben. Sie geht ein paar Schritte vor und bemerkt erst jetzt, daß der Fluß Hochwasser führt und der Anlegeplatz überschwemmt ist. Bis hinauf zum Teekrug reichen die Wellen, und der Pfad, der zum Anlegeplatz führt, gleicht einem gurgelnden gelben Bach. Auch das quer über den grünen Fluß gespannte Fährseil liegt schon unter Wasser. Das Boot aber, das sie unterhalb der Felsen festgemacht hatte – das Boot ist verschwunden!

Cui-cui erkennt zwar, daß die Klippe nicht herabgebrochen ist, so daß sie sich um das Boot zunächst nicht weiter sorgt, doch blickt sie sich trotzdem überall suchend um, und als sie einmal ganz zufällig auch in die Hügel hinaufschaut, fährt ihr plötzlich ein gewaltiger Schreck in die Glieder: die Pagode hinter der Hütte ist nicht mehr da! Sie rennt hinauf, und wirklich findet sie nur noch einen Schutthaufen vor. Erst ist sie gelähmt vor Angst, dann schreit sie gellend nach dem Großvater. Er ist offenbar noch nicht aufgestanden und gibt auch keine Antwort. Sie läuft ins Haus. Der Großvater liegt auf seinem Lager. Sie rüttelt ihn lange, ohne daß er einen Laut von sich gibt. Der alte Mann ist ja schon in der Nacht, als der Regen nachließ, gestorben.

Cui-cui beginnt laut zu weinen.

Nach einer Weile ruft jemand vom anderen Ufer nach der Fähre – ein Kurier aus Chadong, der in Amtsgeschäften nach Ost-Sichuan muß und in aller Frühe aufgebrochen ist. Cui-cui hockt schluchzend am Herd und macht Wasser heiß, um den Leichnam ihres Großvaters zu waschen.

Da er glaubt, der alte Fährmann habe verschlafen, ruft der Kurier ungeduldig nach der Fähre, denn er ist in Eile. Schließlich wirft er einen Stein übers Wasser und trifft das Dach der Hütte. Mit verweinten Augen kommt Cui-cui heraus und läuft ans Ufer.

»He, es ist nicht mehr so früh! Beeil dich, setz mich über!«

»Das Boot ist weg!«

»Was treibt denn dein Opa? Er hat sich um das Boot zu kümmern, das ist schließlich seine Pflicht!«

»Er ist tot!« Fünfzig Jahre lang hat er sich um das Boot gekümmert und treu seine Pflicht erfüllt.

Cui-cui bricht wieder in lautes Weinen aus. Der Mann begreift, was geschehen ist und daß er in die Stadt zurück muß, um die Sache zu melden. Er ruft: »Ist er wirklich gestorben? Du darfst nicht weinen! Ich geh in die Stadt und sag Bescheid, damit sie kommen und alles Nötige mitbringen!«

Der Kurier geht zurück und berichtet die Neuigkeit. Bald weiß man überall in und um Chadong von dem Todesfall. Kaimeister Shun-shun beauftragt einen Mann, mit einem unbeladenen Boot das grüne Flüßchen hinaufzustaken und einen einfachen, roh gezimmerten Sarg mitzunehmen. Stallmeister Yang eilt zusammen mit einem alten Kriegskameraden zur Fährstation. Die beiden fällen ein paar Dutzend kräftige Bambusstämme, binden sie mit Bastseilen zusammen und bauen ein Floß, das als Behelfsfähre dienen soll. Als es fertig ist, setzen sie damit über den Fluß. Yang bittet den alten Soldaten, den Fährdienst zu besorgen, und geht zu Cui-cuis Hütte hinauf, um nach dem Toten zu sehen. Mit Tränen in den Augen streichelt er sanft den Körper seines alten Freundes, der nun so steif auf dem Bett liegt. Dann tut er rasch, was getan werden muß. Bald treffen weitere Leute ein, um zu helfen, und auch das Boot mit dem Sarg hat vom großen Strom her sein Ziel am kleinen Fluß erreicht. Aus der Stadt kommt ein alter daoistischer Priester mit seinen Gerätschaften, einem zerschlissenen Leinentalar und einem großen Hahn, um seine letzte Pflicht an dem Toten zu erfüllen, beim Sarg die vorgeschriebenen Rituale zu vollziehen und seine Totengesänge und Seelensprüche zu rezitieren. Auch er wird auf dem Floß übergesetzt. Ständig kommen und gehen Leute, während Cui-cui auf einem Schemel neben dem Herd hockt und herzzerreißend weint.

Gegen Mittag trifft Kaimeister Shun-shun ein, gefolgt von einem seiner Männer, der einen Sack Reis, einen Krug mit Wein und einen großen Schinken schleppt. Shun-shun blickt das Mädchen an und sagt: »Cui-cui, ich hab erfahren, daß dein Opa gestorben ist. Schau, er war schon so alt, eines Tages mußte er schließlich sterben. Er hat ein langes, arbeitsreiches Leben hinter sich, hat seine Ruhe verdient. Du mußt nicht verzweifeln, ich bin ja auch noch da!«

Er schaut überall nach dem Rechten, dann bricht er wieder auf. Nachmittags, nachdem man den Leichnam in den Sarg gebettet hat, gehen auch die Helfer nach Hause. Bis zum Abend sind nur noch wenige Leute da: der alte Priester, Stallmeister Yang, der kahlköpfige Faßbinder Chen Sisi und zwei junge Diener aus Shun-shuns Haushalt, die er heraufgeschickt hat. Bevor es dämmert, schneidet der Priester aus rotem und grünem Papier ein paar Blumen aus und formt aus Lehm einige Kerzenhalter. Nach Einbruch der Dunkelheit zündet er auf einem Tischchen vor dem Sarg neun gelbe Kerzen an, verbrennt Räucherwerk und umstellt den ganzen Sarg mit kleinen Lichtern. In seinem blauen Leinentalar beginnt er, einen schmalen Papierwimpel in der Hand, langsam um den Sarg zu schreiten. Hinter ihm geht die Enkelin des Toten. Stallmeister Yang beschließt die kleine Prozession. In einer freien Ecke neben dem Herd stehen die beiden jungen Leute und schlagen mit Zimbel und Gong einen willkürlichen Rhythmus. Der alte Priester schreitet mit geschlossenen Augen und singt murmelnd Verse zur Besänftigung der abgeschiedenen Seele. Als er die Textstelle rezitiert, die von der Ankunft der Seele im »Paradies des Westens« spricht, wo das ganze Jahr Frühlingsblumen blühen, hebt der alte Stallmeister das Tablett mit den Papierblumen und verstreut sie, so daß sie auf den Sarg niederflattern und den Eindruck jenes blühenden Paradieses erwecken.

Um Mitternacht sind alle Rituale vollzogen, und man zündet Knallkörper an. Auch die Kerzen sind schon fast niedergebrannt. Cui-cui, noch immer in Tränen aufgelöst, macht Feuer im Herd, um den Helfern ein Nachtmahl zu bereiten. Nach dem Essen legt sich der alte Priester zum Schlafen auf das Bett des Verstorbenen. Die übrigen Gäste wachen neben dem Sarg, um der Seele auf ihrer Wanderung ins Totenreich Gesellschaft zu leisten. Stallmeister Yang möchte alle ein wenig aufheitern und singt ein paar Lieder. Ein leeres hölzernes Reismaß dient ihm als Trommel, rhythmisch klopft er mit der Hand den Boden des Meßgefäßes. Er singt dazu ruhig und langsam. Zwei seiner Lieder erzählen die Geschichten »Wang Xiang legt sich aufs Eis« und »Huang Xiang fächelt das Kissen« aus dem Buch »Vierundzwanzig Beispiele für Kindesliebe«.

Cui-cui, die den ganzen Tag geweint hat und zugleich tausend Dinge hatte erledigen müssen, ist völlig erschöpft, lehnt den Kopf an den Sarg und schlummert ein. Nach dem Nachtmahl und ein paar Bechern Schnaps kommen die beiden Burschen und Stallmeister Yang in Stimmung und singen abwechselnd. Nach einiger Zeit wacht Cui-cui wieder auf und wundert sich, was sie da Seltsames geträumt hat – aber da steht ja der Sarg, der Großvater ist wirklich gestorben ... aufs neue beginnt sie verzweifelt zu schluchzen.

»Cui-cui, wein doch nicht, damit bringst du ihn auch nicht wieder zum Leben!«

Der Kahlkopf Chen Sisi erzählt einen Witz über die Tränen einer Braut und läßt einige recht schlüpfrige Ausdrücke einfließen, so daß die beiden jungen Burschen in unterdrücktes Prusten ausbrechen. Draußen bellt der Hund. Cui-cui öffnet die Tür und geht ins Freie. Dort steht sie eine Weile und lauscht den vielen summenden Insekten. Der Mond scheint so klar, der samtblaue Himmel ist mit funkelnden Sternen übersät, alles wirkt unglaublich mild und lieblich. Cui-cui denkt: Ist das wirklich wahr? Ist Opa denn wirklich gestorben?

Stallmeister Yang ist ihr gefolgt und stellt sich hinter sie, denn er weiß, wie die Mädchen sind: während im Innern ein Feuer sie verzehrt, lassen sie sich nach außen nicht das geringste anmerken. Wenn ihr erst völlig klar wird, daß ihr Großvater nicht mehr ist und daß ihre eigenen Hoffnungen sich alle zerschlagen haben, wer kann schon wissen, ob sie dann nicht womöglich den Versuch macht, dem Großvater in den Tod zu folgen? Yang läßt sie daher nicht aus den Augen.

Wie lange sie nun schon unbeweglich dasteht und starr vor sich hin blickt! Der alte Stallmeister räuspert sich und spricht sie an: »Cui-cui, der Tau fällt, ist dir nicht kalt?«

»Nein, mir ist nicht kalt.«

»Es ist wirklich wunderschön heut nacht!«

»Oh . . .!« Eine große Sternschnuppe entlockte Cui-cui den leisen Ausruf.

Im Süden gleitet wieder eine Sternschnuppe über den Himmel. Vom gegenüberliegenden Ufer ruft ein Käuzchen.

»Cui-cui!« Der alte Stallmeister steht jetzt neben dem Mädchen und redet ihm gütig zu: »Komm ins Haus und leg dich schlafen. Du darfst nicht so viel grübeln. Der alte Mann soll doch unter der Erde seine Ruhe finden, du darfst ihm keine Sorgen machen!«

Schweigend geht Cui-cui an den Sarg des Großvaters zurück, setzt sich davor auf den Boden und beginnt wieder kläglich zu weinen. Die beiden Burschen schlafen längst.

Der Stallmeister flüstert ihr zu: »Du darfst nicht weinen, komm, du darfst nicht weinen! Da wird ja dein Opa auch ganz traurig! Du weinst dir bloß die Kehle wund und die Augen dick und rot, was nützt denn das? Hör mir mal zu, ich hab deinen Opa in- und auswendig gekannt, auf mich kannst du dich verlassen; ich werd mich schon gut um dich und um alles hier kümmern, dein Opa braucht sich meiner nicht zu schämen. Ich nehm alles in die Hand, das kannst du mir glauben. Für die Fähre finde ich jemand, den Opa mag und den du auch leiden kannst. Wenn der nicht so will wie wir, dann sollst du mal sehen, wie ich mir eine Sichel nehme und auf Leben und Tod mit ihm kämpfe. Mach dir keine Sorgen, Cui-cui, ich bin ja da . . .!«

Irgendwo in der Ferne kräht ein Hahn. Der alte Priester, der in der Kaiserzeit ein Gelehrter niederen Ranges gewesen war und erst nach der Revolution von 1911 sein jetziges Amt übernommen hat, liegt auf dem Bett und murmelt undeutlich vor sich hin: »Der Kaiser einen braven Helden schätzt,/ An Büchern sich der Lernende ergötzt;/ Kein andrer Stand kann uns das Wasser reichen –/ Wer kann mit dem Gelehrten sich vergleichen . . . Was denn, wird es schon hell? Es ist ja schon Morgen!«

21

Im ersten Morgenlicht bringen die Helfer aus der Stadt Seile und Stangen.

Sechs Männer tragen den schlichten Brettersarg des alten Fährmanns in die Hügel hinter der eingestürzten Pagode hinauf, um ihn zu begraben. Schweigend folgen Kaimeister Shun-shun, Stallmeister Yang, Cui-cui, der alte Priester und der Hund. Bei der viereckigen Grube angekommen, die bereits ausgehoben ist, steigt der Priester der Sitte entsprechen hinein, wirft in alle vier Ecken und in die Mittte des Grabes Zinnoberkerne und Reiskörner, verbrennt das Totengeld und leiert ein paar Strophen für den ewigen Frieden des Verstorbenen. Dann klettert er wieder herauf und gibt den Sargträgern zu verstehen, daß sie nun ihre Last in die Grube hinablassen können. Schreiend wirft sich Cui-cui über den Sarg und will nicht von der Stelle weichen. Erst als der Stallmeister sie mit sanfter Gewalt wieder aufgerichtet hat, senkt man den Sarg langsam in die Grube, bringt ihn in die richtige Stellung und zieht die Seile zurück. Bald ist er mit frischer Erde bedeckt. Cui-cui hockt laut wehklagend auf dem Boden.

Der alte Priester will so früh wie möglich in die Stadt zurück, denn andere Leute warten auf seine Dienste. Eilig läßt er sich über das Flüßchen setzen. Der Kaimeister, ein vielbeschäftigter Mann, verläßt sich darauf, daß Yang sich hier um alles kümmert, und eilt ebenfalls in die Stadt zurück. Die Leute, die zum Helfen gekommen waren, waschen sich im Fluß die Hände. Jeder hat seine eigenen Dinge zu tun. Zudem weiß man, daß es sinnlos ist, hier noch länger die Gastfreundschaft der jungen Hausherrin in Anspruch zu nehmen oder sie trösten zu wollen, denn das würde sie nur noch mehr aufregen. So überqueren auch sie das Flüßchen und gehen nach Hause. Am Ende bleiben nur drei Menschen im Fährhaus zurück: Cui-cui, der alte Stallmeister und Chen Sisi, der Kahlkopf, den der Stallmeister beauftragt, vorläufig die Fähre zu bedienen. Der hellbraune Hund hegt einen alten Groll gegen den Kahlkopf, denn er hat nicht vergessen, daß dieser einmal einen Stein nach ihm geworfen hat, und ärgert sich daher über dessen Anwesenheit. Manchmal bellt er ihn leise an, als wolle er sagen: Was hast denn du hier zu suchen? Einen wie dich braucht man hier nicht!

Am Nachmittag bittet Cui-cui den Stallmeister, in die Stadt zu gehen und jemanden zu finden, der seine Pferde versorgt, damit er an das grüne Flüßchen zurückkommen und bei ihr bleiben kann. So geschieht es, und als Yang wieder da ist, schickt er auch Chen Sisi, den Kahlkopf, in die Stadt zurück.

Gemeinsam mit ihrem Hund versieht Cui-cui wie früher den Fährdienst und läßt den alten Stallmeister müßig am Steilufer sitzen. Allerdings muß er ihr mit seiner rauhen Kehle Lieder vorsingen.

Drei Tage später kommt Kaimeister Shun-shun und lädt Cui-cui ein, in seinem Haushalt zu leben. Sie aber möchte lieber in der Nähe vom Grabhügel des Großvaters bleiben und nicht in die Stadt ziehen. Sie bittet den Kaimeister nur, in Chadong beim Yamen vorbeizugehen und ein gutes Wort einzulegen, damit Stallmeister Yang noch eine Weile bei ihr bleiben darf. Shun-shun verspricht dies, schenkt ihr noch ein paar Scheiben Zuckerwerk und macht sich auf den Heimweg.

Stallmeister Yang, der ein Kompaniekamerad von Cui-cuis Vater gewesen war, geht auf die Sechzig zu. Geschichten kann er erzählen, besser als der Großvater! Er ist so warmherzig und dabei fleißig und in allem geschickt. Seit er bei ihr wohnt, will es Cui-cui scheinen, als hätte sie einen Großvater verloren, dafür aber einen Großonkel gewonnen. Freilich – wenn auf der Fähre jemand nach ihrem armen Großvater fragt oder sie in der Abenddämmerung an ihn denkt, wird sie traurig und bedrückt. Aber mit der Zeit nimmt ihr Kummer allmählich ab. Jeden Abend, wenn es dämmert, sitzen die beiden vor der Haustür am Steilufer und reden ein wenig über den armen Großvater, der da unter der Erde liegt. Cui-cui erfährt manches, was sie früher nicht gewußt hat, und ihr wird warm und weh ums Herz. Die Sprache kommt auf Cui-cuis Vater, den Soldaten, den es sowohl nach Liebe als auch nach Ehre verlangte: wie er damals in seinem grünen Uniformrock mit dem Wolkenmuster, den schwarzen kreppseidenen Turban um den Kopf, allen Mädchen der Gegend Herzklopfen bereitet hat. Schließlich erzählt Yang von Cui-cuis Mutter: wie schön sie schon als ganz junges Ding hat singen können und wie beliebt sie ihrer Lieder wegen bei allen war. Die Zeiten ändern sich, und die Menschen bleiben natürlich auch nicht dieselben. Wenn selbst der Kaiser von seinem goldenen Thron gestürzt wird und nicht mehr das Land regiert, wie soll es da erst gewöhnlichen Leuten ergehen! Der Stallmeister erinnert sich an die Zeit, als er ein junger Pferdeknecht war, sich adrett herausputzte, seine Pferde an das grüne Flüßchen hinaufführte und Cui-cuis Mutter ein Ständchen brachte, sie aber nicht darauf einging. Und heute ist er die einzige Stütze, der einzige Vertraute ihres verwaisten Vögelchens. Er kann nicht umhin, ein wenig traurig zu lächeln.

Jeden Abend reden die beiden über den Großvater und die alten Familiengeschichten. Später berichtet Yang, was dem Tod des Großvaters vorausgegangen war. Cui-cui erfährt manches, worüber der Großvater nie mit ihr gesprochen hat: wie der Zweite gesungen hat, wie Shun-shuns Ältester umkam, wie Shun-shun und sein Sohn dem Großvater die kalte Schulter zeigten, wie die Leute aus Zhongzhai eine Mühle als Köder auslegten, um sich den Zweiten zu angeln, und wie der Zweite, so bekümmert er auch über den Tod des Bruders ist und so wenig er sich von Cui-cui ermutigt fühlt, dennoch keine Lust hat, sich die Mühle aufzwingen zu lassen, sondern immer noch an das Fährboot denkt und aus diesem Grund an den Unterlauf gereist ist. So hängt also Großvaters Tod mit Cui-cui zusammen ... All die rätselhaften, unverständlichen Dinge rücken nun in ein klares Licht. Als sie alles begriffen hat, weint sie eine ganze Nacht.

Vier mal sieben Tage sind vergangen. Shun-shun beauftragt jemanden, Stallmeister Yang zu sich in die Stadt zu bitten. Dort bespricht er mit Yang nochmals seinen Vorschlag, Cui-cui bei sich aufzunehmen. Der Stallmeister findet, man solle das Mädchen selbst befragen. Als er Cui-cui später von der Absicht Shun-shuns erzählt, wird ihm klar, daß sie noch immer zögert, sich vom Grab ihres Großvaters zu trennen. Er macht daher einen Gegenvorschlag. Er gibt Shun-shun zu bedenken, daß Cui-cui noch in keinem bestimmten Verwandtschaftsverhältnis zu dessen Familie steht und es daher nicht ganz korrekt wäre, wenn sie dort leben würde. Für sie wäre es wohl das beste, am grünen Flüßchen zu bleiben und zu warten – darauf, daß der Zweite mit seinem Kahn zurückkommt, daß er sich entscheidet. Wer weiß, ob er nicht am Ende doch noch die Fähre übernimmt?

Das wäre also entschieden. In der Meinung, der Zweite würde sicher bald heimkehren, läßt der alte Stallmeister seine Pferde in der Obhut eines Kameraden. So vergeht ein Tag nach dem anderen.

Was die Pagode am grünen Flüßchen betrifft, so glauben die Leute, daß das günstige *fengshui* der Gegend um Chadong ganz wesentlich mit ihr zusammenhängt. Weil sie eingestürzt ist, muß daher selbstverständlich eine neue gebaut werden. Beim Garnisonskommando, im Zollamt, bei den Händlern und Kaufleuten und bei allen anderen Bewohnern der Stadt wird dafür Geld gesammelt, aber auch die Bauern der umliegenden Dörfer lassen eine Liste mit ihren Spenden nach Chadong bringen. Der Bau der neuen Pagode soll schließlich nicht nur einigen wenigen Glück bringen, sondern alle müssen Gelegenheit erhalten, sich mit einer Geldspende Verdienst und himmlischen Segen zu sichern. Daher befestigt man auch auf dem neuen Fährboot ein großes hohles Bambusrohr mit einer Öffnung in der Mitte, in das jeder Fahrgast nach Belieben Geld hineinwerfen kann. Wenn der Behälter gefüllt ist, bringt Stallmeister Yang ihn zum Ortsvorsteher in die Stadt und kommt mit einem leeren zurück.

Viele Fahrgäste vermissen den alten Fährmann, aber wenn sie den weißen Trauerflor an Cui-cuis Zopf bemerken, wissen sie, daß der alte Mann seine Arbeit für immer niedergelegt hat und friedlich unter der Erde liegt; voll Mitleid mustern sie das Mädchen und stecken Geld in den Bambusbehälter. »Der Himmel soll dich schützen! Der Tote ist ins Paradies des Westens eingegangen, Friede sei mit den Lebenden.« Cui-cui empfindet das Bedauern, das Mitgefühl dieser Geldspender, fühlt sich zugleich getröstet und betrübt. Sie wendet sich ab und widmet sich ihrem Fährdienst.

Als der Winter beginnt, ist die neue Pagode fertig. Jener junge Mann aber, der im Mondschein seine Ständchen gesungen hat und dessen Lieder Cui-cui im Traum über Berg und Tal haben schweifen lassen, ist immer noch nicht nach Chadong zurückgekehrt.

Vielleicht kehrt er nie zurück, vielleicht aber auch schon morgen!

1934

Der Ochse

Da war also folgendes passiert: Dieser Mann, der im Marschland von Sangxi lebt und dem man den Spitznamen »Ochsenonkel« angehängt hatte, war damals im Buchweizenfeld wegen irgendeiner Kleinigkeit auf den jungen Zugochsen wütend geworden und hatte ihm mit dem Holzhammer eins übers Hinterbein gezogen. Gewöhnlich stand er zu diesem Ochsen wie zu einem Sohn, sie waren schließlich beide für ihren Lebensunterhalt voneinander abhängig, und selbst wenn er einmal mit ihm schimpfte, steckte darin nicht wenig Liebe, ganz als ob es sich um ein eigenes Kind handelte. Aber als der Zorn in ihm aufgelodert war, hatte er jede Selbstkontrolle verloren und sich gehenlassen, und so war es zu diesem ungewöhnlichen Vorfall gekommen. Zuerst hatte der »Ochsenonkel« es gar nicht so recht bemerkt. Aber als er den Ochsen am nächsten Tag hinausführen wollte, um das Buchweizenfeld fertig zu pflügen, war das Tier außerstande, wie sonst aus dem Stall zu trotten. Mit dem Hinterbein stimmte etwas nicht. Das hatte der »Ochsenonkel« nun also von seinem unbedachten Schlag!

Er sah jetzt, daß der Ochse nur mit Mühe auftreten konnte, und führte ihn am Halsstrick zu einem Pflock im Hof, hockte sich unter seinen Leib und zog das Bein zu sich heran, um es näher zu betrachten. Ganz behutsam untersuchte er es, und der Ochse schien zu begreifen, daß der Mann sich schuldig fühlte. Als wüßte er, wie sie zueinander standen, wandte er den Kopf seinem Herrn zu. Seine großen Augen schimmerten feucht, er sah elend aus und schien seinem Herrn zureden zu wollen: Onkel, ich trag dir nichts nach, du bist ja sonst immer sehr gut zu mir. Hast mich geschlagen und mein Bein verletzt, aber das war gestern. Heute vertragen wir uns schon wieder. Ich hab ja nur eine Verletzung, in ein paar Tagen ist alles wieder gut.

Da kniff der Bauer vielsagend das linke Auge zu, wie es seine Gewohnheit war, und massierte das Bein nicht weiter. Er stand auf, klopfte dem Ochsen aufs Hinterteil, klatschte in die Hände und rief: »Du Gauner, ich kenn dich schon! Wie ein verzogenes Kind – so ein Schlauberger! Wo hast du denn das gelernt? Bloß ein kleiner Schlag, und tust, als könntest du nicht mehr gehen. Hast wohl irgendwelche Geschichten gehört, was? Denkst, wenn du dich so benimmst, hat Onkel Mitleid mit dir. Ganz schön schlau! Wenn ich mir deine Augen anseh, weiß ich schon Bescheid. Je mehr du wächst, desto frecher wirst du. Deine Arbeit läßt gewöhnlich auch zu wünschen übrig, und fressen tust du, wo und wie du grad Lust hast. So herrschaftlich führ nicht mal ich mich auf!«

Nachdem er all diese klugen Worte gesagt hatte, ging er um den Ochsen herum, stellte sich vor ihn hin, sah ihn an und tippte ihm mit dem Finger an die Stirn.

»Wenn du nicht brav bist und gehorchst, schlag ich dich vielleicht noch mal, da hin, auf die rechte Seite. Und hier, auf die linke, kriegst du auch noch was. Bei uns im Dorf machen die Lehrer das so, wenn Kinder nicht in die Schule gehen wollen: Sie geben ihnen Schläge auf die Handfläche, und dann müssen die Rangen sich vor Konfuzius und dem Herrn Lehrer verbeugen. Weinen ist nicht erlaubt. Willst du etwa weinen? Du böses Ding! Weißt du denn nicht, daß das Wetter in den letzten Tagen vortrefflich war? Weißt du nicht, daß es vor fünf Tagen geregnet hat, weil der Himmel sich unser erbarmt, denn er weiß, daß der Buchweizen ausgesät werden muß, und daß er den Boden feucht und weich gemacht hat, bloß um deine Kräfte zu schonen . . .?«

Während der »Ochsenonkel« dem Tier diese Predigt hielt, blickte er nach dem Wetter. Es sah wirklich gut aus. Darum schleppte er den Pflug herbei und führte den Ochsen zur Arbeit aufs Feld. Zwar waren der Ochse und auch sein Meister versöhnlich gestimmt, aber das Wetter war nun einmal zu gut, da half alles nichts. So zog der Ochse, ein wenig hinkend, den Pflug durch die feuchte Erde.

Der »Ochsenonkel« hatte das junge Tier eigentlich ein wenig an Disziplin gewöhnen wollen und ihm deshalb trotz allem das Joch über den Rücken gelegt, doch als er hinter dem Pflug herging und sah, wie der Ochse humpelte, konnte er sein Mitleid nicht ganz unterdrücken und fühlte sich ziemlich schuldig. Es tat ihm leid, daß er derart unbedacht zugeschlagen hatte. Wie jeder Vater, der einen Fehler gemacht hat, wollte er sein schlechtes Gewissen zwar nicht zeigen, aber im stillen hätte er am liebsten Abbitte getan und arbeitete deshalb kräftiger als sonst mit dem Ochsen zusammen, so daß ihm der Schweiß von den Schläfen übers Gesicht rann. Auch beschimpfte er das Tier weit weniger als gewöhnlich. Sonst nämlich, wenn der Ochse etwas zu behäbig kehrtmachte, weil er erst die Landschaft betrachten oder einigen Passanten nachblicken mußte, dachte sich der Bauer immer eine Unzahl seltsamer Schimpfwörter aus.

Nun gibt es gewöhnlich auf dieser Welt kein besseres Mittel, von anderen verstanden zu werden, als zu schweigen. Manche Leute meinen zwar, der Himmel habe uns den Mund lediglich zum Reden gegeben und wenn wir etwas auf dem Herzen hätten, brauchten wir uns bloß auszusprechen, um von anderen verstanden zu werden. Aber sollte der Mund tatsächlich nur zum Sprechen dasein? Die großen Ochsen, die kleinen Vögel – sie alle haben schließlich ein Maul oder einen Schnabel. Das Ochsenmaul ist wahrhaftig groß genug, daß »große Worte« ohne weiteres hineinpassen. Warum können es diese Tiere aber trotzdem nicht mit den Herren Regierungsbeamten aufnehmen und bedeutende Reden halten? Und was das »kleine Geschwätz« betrifft, so können sich auch die Vögel keinesfalls mit den Menschen messen. Daran gibt es nach Ansicht des »Ochsenonkels« nichts zu rütteln.

Eins war klar: Der Ochse und sein Herr verstanden einander schweigend. An einem Tag wie damals beruhte ihre Freundschaft geradezu auf dieser Wortlosigkeit. Das Tier gab keinen Laut von sich, auch stöhnte es nicht, schrie nicht vor Schmerz, sagte nicht einmal: Bitte, Meister, gib mir ein wenig Arznei oder, was ein Mensch sicher verlangt hätte: Geld für Medizin. Ebensowenig drohte es seinem Herrn: Dafür werde ich mich rächen! In seiner ganzen Haltung lag kein Unmut, kein Zähneknirschen. Es arbeitete wie sonst und gab sich redlich Mühe, den Pflug durch den Ackerboden zu ziehen, wobei es den Duft der frischen Erde einsog. Dennoch spürte der Bauer seine Beschwerden, weil der Ochse wegen der schmerzenden Ferse mühsam atmete und weniger leicht auftrat als sonst. Er »atmete«, aber er »seufzte« nicht. Das stimmte den »Ochsenonkel« schließlich ganz mild, denn er verstand das wortlose Tier. Meist ist es ja so, daß Worte den gescheiten Leuten bloß dazu dienen, sich selbst zu brüsten.

Aber wie weich er auch gestimmt war, der Bauer brachte ebenfalls kein einziges Wort heraus. Würde er nämlich sagen: »Freundchen, das war meine Schuld«, dann könnte sich der Ochse womöglich fragen, ob das nicht unaufrichtig sei – erst wolle man den Fehler durch bloße Worte wiedergutmachen, nur um ihn dann zu überlisten, wie gewohnt zu schuften; unter Menschen wäre das ja keine Seltenheit, er hätte daher seine guten Gründe, mißtrauisch zu sein. – Würde der Bauer aber sagen: »Da kann man nichts mehr machen,, ich hab dich nun mal geschlagen. Aber ich bin hier der Herr! Und obgleich es etwas unüberlegt war, lag es doch auch an dir, weil du nicht dein Bestes geleistet hast. Also sind wir quitt. In Zukunft wollen wir besser zusammenarbeiten«, dann wäre der Ochse jetzt bestimmt nicht so folgsam. Denn im Grunde glaubte dieser guten Gewissens, sich immer nach besten Kräften angestrengt zu haben, ohne zu faulenzen und ohne je um Lohn zu betteln. Wenn der Meister überhaupt noch ein Herz besaß, hätte er ihn nicht schlagen dürfen! Mit dem Hammer schlagen und mit Worten trösten – das bewies nichts als die unaufrichtige Art der Menschen. Reden, das können sie – mit Worten ihre Moral, ihre Güte herausstreichen, auch mit Worten Gefälligkeiten erweisen, aber eben bloß so, ohne wirklich etwas zu tun.

Doch gerade weil sein Herr schwieg, verstand ihn der

junge Ochse, denn der Bauer zeigte weder Reue, noch hielt er es für nötig, irgend etwas zu erklären, auch behauptete er nicht, das Unglück wäre nur geschehen, weil er betrunken war. Wie gern entschuldigen doch manche Leute die schlimmsten Übeltaten mit dem Wörtchen »betrunken«! Nicht so der »Ochsenonkel«. Er ging wie immer wortlos hinter dem Ochsen her, trieb ihn beim Wenden mit lauten Zurufen an und knallte ihm die Peitsche über den Rücken. Aber er schämte sich für das, was er getan hatte. Er strengte sich beim Pflügen ungewöhnlich an, und sogar durch die Peitsche sprach noch sein Herz. Zugleich schaute er auch ein wenig nach dem Wetter. Eigentlich hätte ich nichts dagegen gehabt, dich zu schonen, dachte er, aber man muß schließlich im nächsten halben Jahr auch leben – was soll man da machen! Sein Ochse verstand alles. Sie waren voll und ganz versöhnt.

Nachdem sie ein Stück Feld gepflügt hatten, rasteten sie eine Weile, und der Bauer nahm dem Tier zur Erleichterung das Joch vom Rücken. Dann sagte er: »Ich bin wirklich schon ein bißchen schwach im Kopf. Wenn der Mensch alt wird, macht er manchmal Dummheiten. Ich glaube, wenn du dich einen halben Tag herumtummelst und verschnaufst, wirst du wieder ganz auf der Höhe sein, stimmt's?« Da der junge Ochse darauf nichts zu antworten wußte, blickte er in den Himmel, wo gerade eine Elster vorüberflog.

Am Ufer des Grabens, wo es Gras und Wasser gab, ließ der Bauer den Ochsen frei, damit er grasen und saufen konnte. Er selbst setzte sich auf den Pflug und hing seinen Gedanken nach. Er hoffte wirklich, daß sein Ochse am nächsten Tag wieder gesund wäre. Obwohl er noch nicht einmal mit der Aussaat begonnen hatte, kalkulierte er bereits den Preis, den die neue Buchweizenernte auf dem Markt erzielen würde. Auch ein paar andere, ganz alltägliche Dinge beschäftigten ihn. Er schlug seinen Feuerstein, rauchte und beobachtete das Wetter. Der Himmel sah so blau, so hoch und endlos aus, daß man sich fürchten konnte. Nur hie und da schwebten ein paar weiße Wolken. Die grelle Sonne brannte einem auf den Pelz, als wäre es schon Frühling, obwohl man den Neunten Monat schrieb und der Frühling in Wirklichkeit noch weit war.

Der Ochse stand eine Weile am Grabenrand. Das Wasser war klar und kühl, das Gras verdorrt. Sein Bein schmerzte, und er war müde von der Arbeit. So legte sich das ehrliche, gutmütige Tier an der Böschung zum Schlafen nieder. Von der Sonne wohlig gewärmt, träumte es etwas besonders Schönes: Der »Ochsenonkel« trug neue Kleider, es selbst hatte um seine Hörner ein rotes Tuch geschlungen; beide kamen sie mit langen Schritten aus dem Dorf, wo alle in heiterer Frühlingsstimmung waren, und strebten nach Hause. Etwas Herrlicheres konnte ein Ochse gar nicht träumen. Natürlich vergaß er über diesem Traum alles, was geschehen war, und auch sein schmerzendes Bein hatte er völlig vergessen.

Gegen Mittag krähten ringsum in den Bergdörfern die Hähne, und der Meister führte seinen Ochsen heim.

Unterwegs bemerkte das Tier, daß sein Herr ziemlich besorgt dreinsah. Das lag daran, so begriff es, daß das Bein beim Gehen lahmte. Es bemühte sich redlich, wie sonst aufzutreten, und hoffte selbst, sein Bein würde bald gesund. Es war sogar bereit, den schrecklichen, groben, unvernünftigen Tierarzt ein wenig daran herumreiben zu lassen.

Der Meister nun – der war wirklich etwas in Sorge! Denn als der Ochse geruht und im Gras gelegen hatte, hatte er gesehen, wie das verletzte Bein sich immer wieder schmerzartig verkrampfte. Es schien, als ob es wohl doch nicht in ein, zwei Tagen heilen würde. Außerdem betrachtete er die Furchen, die der Ochse gepflügt hatte, und entdeckte, daß die frisch aufgeworfenen Schollen wie Blüten aussahen. Da begann er ernstlich um die Zukunft zu bangen, obwohl er kaum wagte, sich eine genaue Vorstellung davon zu machen. »Falls . . .?« Ja, dann – dann brauchte ihn der Buchweizenpreis nicht mehr zu kümmern . . . dann ging ihn eigentlich gar nichts mehr etwas an.

Auf dem Heimweg beobachtete er den Tritt des Ochsen und dachte an Dinge, die nichts mit den Getreidepreisen zu tun hatten. Was genau das war, mochte er gar nicht zu

Ende denken. Kurz ... falls es also wirklich zum Schlimmsten kommen sollte, wäre es mit ihm und seiner Wirtschaft aus und vorbei. Das war, wie wenn man sein Geld im Spiel verlor: Man schloß eine Wette mit dem Himmel – und das Glück stand beim Himmel, nicht bei den Menschen; verlor man, dann war eben alles aus. Wenn also der Ochse wegen der dummen Schläge von nun an lahmen würde und es keine Heilung gab, dann würde nichts anderes übrigbleiben, als ihn in ein paar Mahlzeiten zu verwandeln, getrocknetes Rindfleisch aus ihm zu machen, ihn in Stücke zu drei oder fünf Pfund zu zerteilen, die man an Kokosschnüren in den Rauch überm Herd hängen und später nach und nach herunterholen, in feine Streifen schneiden und mit scharfen Paprikaschoten braten würde. Gab es wirklich keinen anderen Ausweg, dann müßte er selbst ... denn wenn der Ochse erst tot war, wäre es auch mit dem »Ochsenonkel« vorbei.

Als er den Ochsen zu seinem Pflock in den Hof führte und dann Süßkartoffeln aus dem großen Bambuskorb holte, um sie mit Reis zu kochen, war der Bauer noch immer besorgt. Später streute er den Hühnern eine Handvoll Bruchreis in den Hof und sah nun, daß der Ochse sich niedergelegt hatte, um das verletzte Hinterbein einzuziehen. Da wurde der Stein, der auf seinem Herzen lag, noch schwerer.

Nach dem Mittagessen machte er sich auf zu dem einen Kilometer entfernten Marktflecken, um den Amtmann des *jia* aufzusuchen, den dortigen Regierungsbeamten, der zugleich Rinderarzt der Gegend war. Wie viele berühmte Ärzte gab dieser sich stets überaus beschäftigt, hatte aber in Wirklichkeit gar nichts zu tun. Die beiden kannten einander seit langem.

Der Bauer begann das Gespräch: »Amtmann, mein Ochse hat ein schlimmes Bein.«

Der Amtmann stellte fest: »Das liegt an der Rinderbeinseuche. Nimm diese Arznei und reib sie ihm ein, dann wird es bald besser.«

»Nein, das ist es nicht«, antwortete der »Ochsenonkel«.

»Wie willst du das wissen? In letzter Zeit sind mehrere Fälle von Rinderbeinseuche aufgetreten. Erst heute waren zwei Leute aus Sangxi hier, deren Ochsen daran erkrankt sind.«

»Es ist keine Krankheit, es ist eine Verletzung.«

»Nun, auch für Verletzungen habe ich ein Mittel.« Der Amtmann vertrat die Ansicht, daß es nur eine Art von Beinverletzung geben konnte, egal ob bei Mensch oder Tier, nämlich Sehnenzerrung, und seine Arznei war einzig und allein dafür geeignet.

So mußte der Bauer schließlich berichten, daß die Verletzung von einem Schlag mit dem Holzhammer herrührte. ». . . Ich fürchte, der Schlag war wohl zu heftig. Heut früh hat mich das dumme Ding angeflennt, als ob es einen freien Tag von mir erbetteln wollte. Sag selbst, mein Bruder, was kann man denn machen? Fällt Regen, dann nützt das uns armen Leuten, und scheint die Sonne, so dient das auch zu unserem Nutzen. Wenn wir in diesen Tagen nicht unsere Felder pflügen, na, wieviel Zeit bleibt uns dann noch? So hab ich ihn eben trotzdem hinausgetrieben. Vormittags hab ich härter geschuftet als er. Aber es ging ihm wirklich nicht gut. Er hat auf der Wiese geschlafen, und es hat ausgesehen, als ob es ihm weh tut. Ich glaube, er hat Angst, daß ich ihn fortgebe. Als er gemerkt hat, daß ich nichts sage, sah er ganz traurig aus. Ich versteh alles, was er mit seinen großen Augen sagen will, und weiß genau, was ihn bedrückt.«

Der Amtmann versprach, mit ihm in sein Dorf zu gehen und nach dem jungen Ochsen zu sehen. Als sie gerade aufbrechen wollten, kam jemand mit einem »Hühnerfederbrief«, worin es hieß, daß ein Regierungsbataillon durch den *jia* kommen würde und eine Hauptleuteversammlung einberufen werden solle, um Quartier und Verpflegung zu dessen Empfang bereitzustellen und die nötigen Gelder aufzubringen. Er habe sogleich auf der Versammlung zu erscheinen.

Ganz wie ein Landedelmann fluchte der Amtmann: »Immer diese Empfänge, nichts als Empfänge!« Gleichzeitig zog er seine Mandarinjacke aus schwarzem Satin über, erteilte laut Befehle und verlangte, daß sein Pferd bereitgehalten und Gebäck als Geschenk für den Regierungsbeamten gerichtet werden solle. Er war schrecklich beschäftigt und in Eile. Der »Ochsenonkel« seufzte tief und ging allein nach Hause.

Nachdem er heimgekehrt war, blickte er den Ochsen an, und der Ochse blickte ihn an, und die zwei waren wirklich restlos versöhnt, zumal sie nun beide wußten, daß das Bein nicht in ein, zwei Tagen heilen konnte. Der Bauer streckte es noch einmal, schuldbewußt und sehr sanft, und betrachtete die verletzte Stelle. Dann legte er ein paar Heilkräuter darauf, die er um die Zeit des Drachenbootfestes gesammelt hatte und die man gewöhnlich bei Menschen verwendete, und umwickelte sie schließlich ganz, ganz vorsichtig mit einem Stoffstreifen. Der junge Ochse tat sehr vernünftig, ließ sich die Behandlung brav gefallen und trottete dann in den Stall zurück, um zu schlafen.

Nachts hörte der Bauer, wie der Ochse Heu kaute, und mehrmals ging er in den Stall und leuchtete mit einer Öllampe nach ihm. Das Tier wußte, daß er seinetwegen um den Schlaf kam. Alle Augenblicke streckte der Meister seinen großen runden Kopf und die Lampe über das Gatter, und jedesmal öffnete der Ochse die Augen und blickte seinen Herrn an.

Der Bauer fragte nie: Geht's dir besser? oder: Du bist wohl ungerecht behandelt worden? Und der Ochse antwortete ebensowenig: Das macht doch nichts oder: Bitte, mach dir nichts draus. Wortlos verstanden sie einander, verstanden einander sogar ausgezeichnet.

In dieser Nacht ging auch dem Ochsen etwas durch den Kopf. Er begriff, welche Beziehung zwischen ihm und seinem Herrn bestand. Der Meister brauchte die Hilfe des Tieres, daher lebte es bei ihm; würde aber klar, daß es nicht mehr tüchtig arbeiten könnte, so würde ein anderer Mensch es fortführen. Was danach geschehen würde, war ihm nicht ganz klar. Mitunter hörte es zwar seinen Herrn in der Verzweiflung sonderbare Dinge ausrufen: »Hol ihn die Pest!«, »Opferstier« oder »Kommst unters Schlachtermesser«, doch der Ochse verstand allenfalls undeutlich, daß es ihm, wenn er erst seinen Herrn verlassen hätte, schlecht gehen würde und daß seine Leiden dann vielleicht nicht auf

Flüche und Peitschenhiebe beschränkt blieben. Gleich manchen Menschen dachte er lange über diese ungewisse Zukunft nach, zum Beispiel darüber, wie er dem Metzger davonlaufen oder mit seinen Hörnern auf ihn losgehen und um sein Leben kämpfen würde, oder auch ... nur geloben konnte er nichts, denn Gelübde waren etwas, worauf allein die Menschen sich verstanden. Sie flehten um den Schutz des Himmels und gelobten, nach glücklich überstandenem Unheil einen Ochsen, ein Schaf oder wenigstens ein Huhn zu opfern; wenn man nun aber nichts besaß, was man opfern konnte (wie dieser Ochse, dem nichts gehörte als seine jetzt wertlose Körperkraft), dann versagte einem der Himmel seinen Schutz.

Der Ochse begann im Halbschlaf zu träumen, daß er drei Pflüge ziehen könnte: flink lief er hügelan und wieder in die Felder hinunter; wohin die Pflüge kamen, flogen Erdschollen wie Wellen zur Seite; der Herr stand auf dem Feld, die Beine bis zum Knie in loser Erde, und lachte aus voller Kehle. Zur gleichen Zeit, als der bedauernswerte Ochse so fröhliche Dinge träumte, hatte auch der Bauer einen schönen Traum. Er sah darin vier große Bastmatten, zum Getreidetrocknen am Boden ausgebreitet, und der frischgeerntete Buchweizen häufte sich darauf wie ein kleines Gebirge; er nahm eine Handvoll braunen Buchweizen und ließ ihn von der Sonne bescheinen, so daß das Getreide wie Gold aufleuchtete. Dieser Buchweizen, die diesjährige Ernte, lag am Boden bereit, um nach *hu* abgemessen zu werden und die Speicher zu füllen. Der Bauer trug ein Bündel Bambusbrettchen herbei, die er vom Amtmann ausgeliehen hatte, und warf sie geräuschvoll zu Boden. Neben ihm jedoch stand derjenige, der sich besonders um die Ernte verdient gemacht hatte – sein junger Ochse, dessen Hörner mit einem roten Seidenband geschmückt waren. Er sprach mit ihm wie mit einem alten Freund: »Dieses Jahr sind wir fein raus, Kamerad. Wir können eine neue Hofmauer bauen; wir können die alte Tür durch eine neue ersetzen; wir können im Hof ein paar Trauben pflanzen; wir ...« Er sagte jedesmal »wir«, denn er wollte betonen, daß am Aufstieg dieses Hauses auch der Ochse seinen Anteil hatte, und zwar an Ruhm und Ansehen ebenso wie an der vorausgegangenen Mühe. Da konnte er deutlich erkennen, daß in den blanken, klugen Augen des Ochsen wie schon früher die vier Wörter geschrieben standen: Voll und ganz einverstanden.

Schöne Träume gelten als Feinde des Lebens, als Scherze, die die Götter mit den Menschen treiben. Daher fühlte sich der »Ochsenonkel«, sobald er erwachte, noch unbehaglicher, als wenn er nicht geträumt hätte. Sofort wurde ihm bewußt, daß der Buchweizen noch keineswegs die Speicher füllte, und als nächstes erinnerte er sich an den Ochsen, dessen Blick »Voll und ganz einverstanden« sagen konnte und der immer noch mit Schmerzen im Stall lag. Vor Morgengrauen zündete er abermals die Lampe an und sah nach seinem Hausgenossen. Wie im Traum nannte er ihn »Kamerad« und fragte ihn, ob es ihm nach Auflegen des Verbandes besser ginge. Der Ochse schwieg, weil er nicht erzählen konnte, was er geträumt hatte. Er blickte seinen Herrn traurig an, erinnerte sich dann an die übliche Tagesordnung und wollte aufstehen, um dem Meister aus dem Stall hinaus zu folgen.

Er erhob sich und ging ein paar Schritte. Der Bauer sah, daß er immer noch lahmte, blies die Lampe aus, seufzte und ging in seine Kammer zurück, wo er sich aufs Bett legte.

Beide vergossen für sich allein Tränen. Beide wußten, daß die Traumbilder hoffnungslose Zauberei gewesen waren, und litten unter der Wirklichkeit.

Am nächsten Morgen um die Zeit, da sie gewöhnlich aufs Feld gingen, wanderte der »Ochsenonkel« bereits die Landstraße entlang, denn er hatte von einem Lehrmeister gehört, der in der etwa zehn *li* entfernten Garnisonskaserne von Dehu lebte und kranke Rinder kurieren konnte. Er hatte sich eigens umgezogen und hundert Kupfermünzen in rotes Papier gewickelt, um den Tierarzt zu bitten, die Verletzung seines Hausgenossen zu heilen. Als er angekommen war, versetzte ihn dort der Hund zunächst in Angst und Schrecken. Dann erfuhr er, daß der Lehrmeister dummerweise ausgegangen war; er würde aber bald zurück sein. Mit seiner Weisheit am Ende, setzte er sich vor der Kaserne unter einen großen Baum und wartete. Von hier aus konnte er die Felder sehen, die andere gepflügt hatten, 80 *mu*, 100 *mu*. Stolz lagen sie vor seinen Augen ausgebreitet. Er mußte lange warten, bis der Lehrmeister zurückkehrte. Sie begrüßten einander, der Lehrer fragte nach dem Anlaß des Besuchs und meinte dann ebenfalls auf Anhieb, daß es sich zweifellos um Rinderbeinseuche handelte.

Der »Ochsenonkel« gab zurück: »Nein, mein Bruder, es kommt daher, daß ich ein bißchen fest zugeschlagen habe. Vielleicht ist eine Sehne gerissen.«

»Die Wunde ist aber wegen der Seuche entstanden, da bin ich ganz sicher. Nimm diese Arznei. Geh nur, es ist schon in Ordnung.«

Der Bauer dachte: Als ob ich zu Hause nicht genug Seuchenmittel hätte! Ich werde auch zehn *li* laufen wegen diesem Dreckszeug! Er preßte die Lippen zusammen und schnitt ein verächtliches Gesicht.

Es war schon merkwürdig. Zuerst hatte er allen Ernstes gedacht, es sei völlig unmöglich, jemanden wegen einer so unbedeutenden Kleinigkeit so weit laufen zu lassen. Aber dann kam ihm plötzlich die Erleuchtung, daß sein Geldpäckchen einfach zu leicht war. So versprach er eine weitere Schnur Kupferkäsch. Der Arzt begann in seinem Vorsatz zu schwanken, und bald eilte er mit dem Ochsenbauern über die Landstraße nach Sangxi.

Dieser berühmte Tierarzt trat ebenso großspurig auf wie die renommierten Ärzte in den großen Städten. Im Haus angekommen, trank er erst einmal ein Schlückchen Branntwein, um warm zu werden, und nahm einen Imbiß dazu, dann stocherte er sich die Zähne sauber und rauchte eine Weile. Schließlich ließ er den Ochsen in die Mitte des Hofes führen. Er krempelte sich die Ärmel hoch und schüttete einige silberne Akupunkturnadeln aus einem Bambusröhrchen, nahm sie auf, ließ seinen Gehilfen das Bein des Ochsen anheben, drückte ein wenig an der verwundeten Stelle herum und besah sich Zunge und Ohren des Ochsen. Da er etwas sagen mußte, schalt er zunächst nach seiner Gewohnheit den Hausherrn für dessen Unachtsamkeit. Wie hatte der »Ochsenonkel« nur so grausam sein und einfach zuschlagen können? Man durfte niemals so heftig schlagen. Auch machte er ihm Vorwürfe, dem Ochsen die für Menschen bestimmten Heilkräuter auf das Bein gelegt zu haben, und ermahnte ihn, künftig weniger nachlässig zu sein. Anschließend brachte er ein paar Akupunkturnadeln am Bein des Ochsen an. Dann zerbiß er etwas Arznei, kaute sie weich, legte sie auf die Stellen, wo vorher die Nadeln gesteckt hatten, und verband sie mit Chinabast. Nachdem er ein »In drei Tagen ist bestimmt alles gut« gemurmelt hatte, wies er seinen Gehilfen an, die Schnur Kupferkäsch, die ihm als Aufgeld versprochen worden war, über der Schulter heimzutragen, und brach so seelenruhig auf wie ein Wandermönch.

Der Bauer begleitete den Lehrmeister hinaus und stand noch vor dem Tor, als ein Einheimischer, der Zuckerscheiben verkaufte, auf der breiten Straße am Haus vorüberging und ihm freundschaftlich zurief: »Ochsenonkel, heut gibt's schönes zartes Rindfleisch auf dem Markt, hast du's schon gehört?«

Um den gutmütigen Süßigkeitenverkäufer nicht zu verletzen, dämpfte der Bauer die Stimme, als er antwortete: »Pfui, du Satansbraten!« Er spuckte aus, ging hinein und schlug das Tor hinter sich zu.

Er war nur allzu bereit gewesen, dem Lehrmeister zu vertrauen, und hatte daher, ohne zu murren, das Geld ausgehändigt. Aber als dieser dann die Straße hinunter verschwunden war, und mit ihm die Schnur Kupfermünzen über der Schulter des Gehilfen, hatte er an der Kunst des Meisters zu zweifeln begonnen. Fast war es ihm so vorgekommen, als hätte er schon wieder einen Fehler gemacht, und zwar einen ebenso schweren wie den Schlag gegen seinen jungen Ochsen. Jetzt bereute er sein Vorgehen. Er fragte sich, ob ein paar Akupunkturstiche wirklich 200 Kupferkäsch und eine Mahlzeit wert wären. Es mußte sich um einen klaren, himmelschreienden Fall von Betrug handeln. Nur wegen seiner Ungeduld war er darauf hereingefallen. Diese Überlegungen hatten ihn schon ein wenig beunruhigt, und als dann auch noch der Süßigkeitenverkäufer vorbeigekommen war, ihm etwas von »Rindfleisch kaufen« zugerufen und damit auf seine Sorgen angespielt hatte, da war er noch wütender geworden. Während er nun in den Hof trat und den jungen Ochsen dort schlafen sah, schalt er laut: »Morgen wird man dich schlachten und aufessen, kochen wird man dich, im Schmortopf braten – du wirst schon sehen, was passiert, wenn dein Bein sich nicht bessert!«

Da der Lehrmeister das Tier mit Akupunktur behandelt und Arznei aufgelegt hatte, schmerzte das Bein des Ochsen, und nun bekam er auch noch Schüttelfrost und Fieber. Beim Klang der grimmigen Worte seines Herrn öffnete er die Augen, und als er dessen Gesichtsausdruck wahrnahm, wurde ihm ganz elend zumute, so daß er am liebsten geweint hätte. Dem Bauern entging dies nicht, er fand selbst, daß er seinem Ärger wohl nicht so heftig hätte Luft machen sollen. Wortlos setzte er sich auf den Dreschstein und ließ sich den Rücken von der Sonne rösten. Dieses Wetter war wie geschaffen zum Pflügen. Er überlegte, ob er wohl von jemandem einen Ochsen borgen sollte, um das liegengebliebene Feld zu bearbeiten und möglichst bald mit der Aussaat zu beginnen. Aber er konnte sich nicht vorstellen, wo es um diese Jahreszeit einen Zugochsen zu borgen gab.

Bald konnte er seinen Zorn nicht länger zügeln und zankte wieder mit dem Ochsen: »Du verhätscheltes Kind, auch mit drei Beinen mußt du an die Arbeit!«

Was konnte der Ochse sagen? Er verhielt sich ja nicht absichtlich falsch. Er wußte überhaupt nicht, daß ein »Rind« einen guten Grund dafür haben konnte, sich mitten in der arbeitsreichen Zeit zu schonen, oder daß diese Ruhepause als »faule Ausrede« gelten konnte. Wer hätte wohl bei diesem herrlichen Wetter keine Lust gehabt, auf die Felder zu gehen und sich ins Zeug zu legen? Natürlich war er mehr als bereit, sich mit aller Kraft für seinen Meister zu mühen, bis der Tag gekommen sein würde, an dem das Getreide Kammern und Speicher füllte, der Tag des »Voll und ganz einverstanden«. Er hatte nun einmal dieses schlimme Bein, aber sagte er etwa: Ich will nicht arbeiten oder: Ich brauche Schonung? Immerhin – daß sein Herr ärgerlich war, das verstand er. Das war nicht dasselbe wie die völlig unbeherrschten Wutausbrüche anderer Leute. Doch was konnte er schon sagen? Vielleicht: Morgen geht's mir sicher wieder gut oder: Wenn du's nicht glaubst, laß uns sofort aufbrechen? Da er um keinerlei Schonung gebeten hatte, war es ja auch völlig überflüssig zu sagen: Ich brauche mich nicht zu schonen.

Er gehorchte in allem seinem Herrn, das war nun einmal seine Natur. Wenn der Bauer jetzt den Pflug herausgeholt hätte, wäre er ihm trotz allem aufs Feld gefolgt, hätte zu arbeiten begonnen und wäre darüber nicht im geringsten betrübt oder ungehalten gewesen.

Aber da kam der »Ochsenonkel«, der gerade erst gesagt hatte, er müsse unter allen Umständen an die Arbeit, tätschelte ihm die Ohren und strich ihm über Augen und Wangen. Der Bauer war innerlich noch keineswegs soweit, ihn in die tiefste Hölle, in den Kochtopf des Satans zu wünschen, und eben weil er noch nicht bereit war, sich von ihm zu trennen und ihn dem Schlächter zu überlassen, war er so wütend geworden! Der Ochse schwieg still, er wußte genau, welch schönen Träumen sich der »Ochsenonkel« normalerweise hingab, wenn sie beisammen waren. Das Tier kannte seine Pflicht. Es konnte sich jedoch auch vorstellen, daß der Herr, wenn nach weiteren drei Tagen das Bein nicht geheilt wäre, ausgesprochen jähzornig werden würde – mit Sicherheit!

Der Bauer ging ins Haus, um sein krummes Messer zu suchen, mit dem er ein paar kleine Bolzen für den Griff des Pfluges schnitzen wollte. Als der Ochse allein war, trottete er ruhig im Hof umher, um zu prüfen, ob alles wie immer war. Der arme Kerl – genau wie manche Menschen war er es einfach nicht gewohnt, an schönen Tagen untätig zu bleiben und sich auszuruhen. Das nun konnte der »Ochsenonkel« nicht durchschauen und daher auch nicht wissen, daß der Ochse sich wegen seiner langen Ruhepause unbehaglich fühlte. So ist es eben: Herrschaften zeigen weder Verständnis noch Mitgefühl für die arbeitenden Menschen und Tiere.

Der Bauer hatte einige Bolzen geschnitten, ging in den

Vorhof und klopfte, als sei er wütend, eine Weile am Pflug herum. Er dachte: Selbst wenn der Kamerad in drei Tagen wieder der alte sein sollte, ist es nicht recht, daß er in diesen drei Tagen faulenzt, denn schönes Wetter läßt sich nicht beim Pfandleiher auf Zinsen borgen; selbst für ein Opfergelübde ist es nicht leicht zu haben. Nachdem er eine Zeitlang besorgt gegrübelt hatte, machte er sich auf den Weg zur Vierten Bergfestung, um einen Zugochsen auszuleihen. Bei drei Bekannten, so schätzte er, konnte man vorsprechen, und bei einem von ihnen bestand die größte Hoffnung auf Erfolg. Wenn er erst einen Ochsen hätte, würde er notfalls bis in die tiefe Nacht hinein das Feld fertigpflügen.

Kaum bei dem ersten Bekannten angekommen, trug er dem Hausherrn seine Bitte vor: »Achter Bruder, leih mir deinen Ochsen für zwei bis drei Tage, ich gebe dir zwei *dou* Getreide dafür.«

Doch der Hausherr erwiderte: »Ochsenonkel, ich brauche selbst deine Hilfe, um mir irgendwie einen Zugochsen zu borgen, eigentlich wollte ich gerade zu dir aufbrechen. Ich bin bereit, vier *dou* Getreide zu geben.«

»Na, dann gebe ich auch vier *dou*.«

»Wie das? Dein Ochse ist doch kräftig und gesund, oder?«

»Rinderbeinseuche hat er . . .«

»Wie ist denn das möglich?«

»Hab den Rinderdoktor gebeten, ihn zu untersuchen, eine Schnur Käsch ausgegeben.«

Der Hausherr, dem bekannt war, wie tüchtig und wohlgepflegt der Zugochse des »Ochsenonkels« sonst war, bohrte nach, um zu erfahren, wieso ihm gerade jetzt ein Zugtier fehlte. Dem Bauern blieb, da er hier keinen Ochsen ausleihen konnte, natürlich nichts anderes übrig, als in allen Einzelheiten zu berichten, wie er seinen Kameraden geschlagen hatte. Er sparte dabei nicht mit Selbstvorwürfen. Doch »Reue« konnte den »Fehler« nun auch nicht mehr gutmachen. So ging er ohne weitere Worte und suchte das zweite Haus auf.

Dort angekommen, fragte der Hausherr ihn sogleich, ob

er sein Feld schon fertiggepflügt hätte. Der Bauer berichtete, daß sein Zugochse erkrankt sei und nicht arbeiten könne. Darauf der Hausherr: »Großonkel, das soll ich dir glauben? Falls du dein Feld schon bestellt hast, leih mir doch bitte deinen Ochsen, ja? Dein kleiner Brauner, der wird doch nicht krank, selbst wenn er hundert Holzhammerschläge über den Rücken kriegt!«

»Hundert Schläge? Ja, ja, selbst wenn ich ihm hundert über den Rücken verpasse, arbeitet er tadellos für mich.«

»Sogar wenn du ihm tausend verpaßt, wird er nicht ... ich meine, da würde er immer noch spuren. Ich bin sicher, du kannst ihn gar nicht ernstlich verletzen.«

»Tausend Schläge? Ja, ja ...«

»Zweitausend, und er wär immer noch tüchtig.«

»Zweitausend? Ja, ja ...«

Hier mußten beide lachen, denn die Art, wie sie die großen Zahlen nannten, ließ sie an eine entsprechende Geldsumme oder Getreidemenge denken. Später erzählte der »Ochsenonkel«, daß der Ochse tatsächlich bloß von einem einzigen Schlag lahm geworden war und nicht mehr frei laufen konnte. Der Hausherr wollte das immer noch nicht glauben, und so mußte unser Bauer schließlich erklären, daß er nicht den Rücken, sondern das Gelenk des Hinterbeins geschlagen hatte. Eigentlich war er gekommen, um sich einen Ochsen auszuborgen, und nun saß er hier und vertat seine Zeit mit Geschwätz. So war das also: Der Ochse dieses Bekannten war nicht etwa krank, sondern unabkömmlich, und der Hausherr versuchte zusätzlich einen zweiten zu borgen, um das günstige Wetter auszunutzen.

Er hatte gerade den dritten, den meistversprechenden Haushalt erreicht, als der »Ochsenonkel« bemerkte, daß es bereits dunkelte. Der Hausherr war noch nicht von der Feldarbeit heimgekehrt. Von der Frau erfuhr der Bauer, daß ihr Mann für ein *hu* Getreide einen Ochsen vom *bao*-Kommandanten der Wachstation Changning ausgeborgt hatte, um mit dem geliehenen und dem eigenen Tier zu pflügen, und daß man ihn erst spätnachts zurückerwartete.

Wieder zu Hause auf seinem Hof, untersuchte der »Ochsenonkel« nochmals das Bein seines »Kameraden« und hätte gern den Arzneiverband gelöst, um sich die verletzte Stelle anzusehen, wenn der Ochse nicht hätte durchblicken lassen, daß er diese Untersuchung für überflüssig hielt. Sonst wäre das Geld, das sein Herr vormittags für die Arznei bezahlt hatte, ja wirklich zum Fenster hinausgeschmissen.

Nirgends konnte man ein Zugtier finden, und der eigene Ochse war nun einmal arbeitsunfähig. So blieb dem wackeren Mann keine andere Wahl, als noch spätabends ins nahe Dorf zu gehen und ein paar Hilfsarbeiter zu mieten, um mit Menschenkraft zu pflügen. Lange mußte er reden, bis endlich ein Handel zustande kam. Die Hilfskräfte versprachen, am nächsten Tag bei Morgengrauen auf seinem Feld zur Arbeit zu erscheinen. Zwei Arbeiter und er selbst – das machte drei Männer. Gewiß, sie waren zusammen nicht so stark wie ein junger Ochse, aber eigentlich müßte es ihnen gelingen, das ganze Feld durchzupflügen, solange das schöne Wetter anhielt. Recht vergnügt kam der »Ochsenonkel« heim, genehmigte sich eine kleine Kürbisflasche klaren Schnaps, trank, wie es sich für einen anständigen Menschen gehört, gerade so viel, daß er angenehm berauscht war, ohne Dummheiten zu machen, und legte sich dann zu Bett. Daß er sein Feld nun doch noch bestellen konnte, genügte, daß ihm die ganze Nacht die wirrsten und schönsten Träume kamen.

Um Mitternacht konnte der Ochse nicht mehr schlafen. Er meinte, sein Herr würde sicher plötzlich wieder seinen großen runden Kopf und die Laterne über das Gatter strekken. Aber merkwürdig, im Morgengrauen riefen irgendwelche Leute laut nach dem Meister – denn dieser war noch immer nicht erwacht.

Die drei Männer pflügten dann stundenlang, zwei gingen vor, einer hinter dem Pflug. Unterdessen stand der junge Ochse auf dem Feldweg, graste wieder und blickte sich in der schönen Gegend um. Er glich durchaus einem Schulkind, das wegen Zahnschmerzen nicht zum Unterricht geht und erst, wenn es hört, wie die anderen Schüler ihre Lektionen hersagen und sich anstrengen, begreift, daß ein Schülerdasein wahrhaftig nicht leicht ist. Doch wie ein solches Schulkind wußte der Ochse natürlich auch, daß er nach seiner Genesung keine andere Wahl hatte, als seine frühere Arbeit wieder aufzunehmen.

Die drei Menschen pflügten gemeinsam das Feld. Der »Ochsenonkel« ging hinten und führte den Pflug. Als er seinen Hausgenossen allein im Sonnenschein stehen sah, rief er, um ihn zu necken: »Na, Kumpel, komm, mach mit!« Wäre es kein Scherz gewesen, so hätte der Ochse dieser Aufforderung auf keinen Fall widerstanden. Der Bauer jedoch mußte an die Schnur glänzender Kupfermünzen denken, die er gestern dem Tierarzt in die Hand gedrückt hatte, und gewährte dem jungen Ochsen seine Freizeit.

Dieser aber? Obwohl er überhaupt nicht arbeitete, nur frei herumlief, graste, Wasser soff, sich schlafen legte oder ungehindert den Sonnenschein genoß, war er doch ausgesprochen betrübt. Denn während sie den Pflug zogen, redeten die beiden Arbeiter darüber, wie man den Ochsen schlachten und das Fleisch verkaufen würde. Kein Gedanke an das junge Tier, das in ihrer Nähe stand. Sie überlegten laut, warum ein lahmer Ochse bloß noch dazu taugte, als Rindfleisch verspeist zu werden, und malten sich obendrein aus, wie man aus seiner Haut Stiefel und Blasebälge machen könne. Diese Schufte, sie betonten sogar immer wieder, daß zum Schnaps am besten junge Ochsenkutteln schmeckten, daß an der Luft getrocknetes junges Ochsenfleisch beim Kochen schön weich würde und daß eine Leibbinde aus junger Ochsenhaut angenehm zu tragen sei. Der Ochse, der alles mit anhörte, wußte nicht recht, ob die Männer absichtlich so redeten oder nicht. Er faßte einen leisen Widerwillen gegen die beiden, besonders gegen den jüngeren, der sogar etwas so Boshaftes zu sagen wagte wie: »Ob der sich vielleicht bloß krank stellt?« Er hatte es darauf abgesehen, die Freundschaft zwischen dem Ochsen und seinem Herrn zu zerstören, und wenn seine Worte auch keinen Eindruck auf den Meister machten, verfolgte dieser Mensch doch üble Absichten, daran war gar nicht zu zweifeln.

Abends, als alle nach Hause gegangen waren und der Meister ihn mit der Lampe anleuchtete, gab der junge

Ochse wie immer durch seine glänzenden, klugen Augen zu verstehen, was er zu sagen hatte: Großonkel, morgen bin ich wieder wohlauf, schick doch die zwei Arbeiter weg, die du für dein gutes Geld gemietet hast. Ich kann ihre hämischen Bemerkungen und Beleidigungen nicht länger hören. Ich will gerne ein wenig härter arbeiten, damit das Feld fertig wird. Sei unbesorgt, ich lasse auf keinen Fall zu, daß du von dem Segen, den das schöne Wetter notwendigerweise bringt, fremden Leuten etwas abgeben mußt – du brauchst nicht zu teilen.

Nun, der Meister hatte ihn vermutlich verstanden, denn bald darauf sagte er zu seinem Ochsen: »Ganz recht, mein Freund, sicher bist du bald wieder gesund. Der Tierarzt hat von höchstens drei Tagen gesprochen. Um die Feldarbeit sollten wirklich am besten wir zwei uns kümmern. Laß uns nur rasch mit dem Pflügen fertig werden und dann an die Aussaat gehen. Ich hab diese Leute bloß wegen deinem schlimmen Bein um Hilfe gebeten. Und stell dir vor, obwohl ich dafür bezahlen mußte, ist nur ein kleines Stück gepflügt worden. Wer ist schon so stark wie du? Diese Arbeiter heutzutage haben schlechte Manieren, man spürt kein bißchen mehr vom alten Anstand. Sie arbeiten nicht halb soviel wie du, verlangen aber Lohn dafür, wollen mein Geld, trinken meinen Schnaps. Und außerdem glauben sie noch, sie hätten Grund, über andere herumzustänkern: ›Heute hat mich der Ochsenonkel von Sangxi als Zugochsen vor den Pflug gespannt und den ganzen Tag pflügen lassen. Man braucht ja was zu beißen, ohne Arbeit geht's nun mal nicht. Aber Junge! – wie mein Rücken schmerzt! Grad, daß er mich nicht wie 'nen Ochsen gepeitscht hat . . .‹ Bestimmt werden sie solches Zeug reden. Aber ich wußte wirklich nicht, was ich machen sollte, da hab ich sie eben als Hilfskräfte genommen.«

Der Ochse wollte antworten: Gerne will ich morgen wieder arbeiten, denn diese zwei Kerle, die dein Geld und deinen Schnaps verlangen, die kann ich nicht leiden. Sie haben keinesfalls die besten Absichten. Der Herr verstand ihn wie immer – ohne Worte. Als er den Stall verließ, sagte er laut und mit Nachdruck: »Ich hasse sie! Nicht genug, daß sie den ganzen Tag mein Geld verprassen, reden sie auch noch davon, daß man aus junger Ochsenhaut schöne Leibbinden machen kann. Richtige Gauner sind das!«

Es war vier Tage später, da pflügte, ganz unerwartet und als sei es das Natürlichste von der Welt, der junge Ochse mit seinem Herrn das unfertige Feld um. Das schöne Wetter war Sangxi treu geblieben, wie eigens zum persönlichen Glück des »Ochsenonkels« bestellt. In kaum zwei Tagen wurden sie fertig. Aus Rücksicht auf das schlimme Bein seines Kameraden schonte der Bauer sich selbst nicht, und auch der junge Ochse dachte an seinen Herrn und trieb mit äußerster Kraft voran. An einem Tag pflügten sie mehr als doppelt soviel wie die beiden Arbeiter.

Als sie diesesmal nach Hause kamen, hatte jeder von ihnen wirklich allen Grund, sich heiteren, glücklichen Träumen zu überlassen. Der »Ochsenonkel« träumte, was sogar ihn selbst ein wenig überraschte, daß vier Ochsen im Pferch stünden, darunter zwei gefleckte, die noch stattlicher aussahen als sein Kamerad. Am nächsten Morgen ging er nach dem Aufstehen in den Stall hinüber und erzählte dem Tier mit lauter Stimme: »Mein Freund, du brauchst einen Gefährten, das wär eine feine Sache. Warten wir mal bis zum Zwölften Monat, dann sehen wir weiter.«

Der Kamerad dachte, daß es bis zum Zwölften Monat noch ein Weilchen hin sei, und nickte bloß: Gut, im Zwölften Monat also.

Im Zwölften Monat werden alle Ochsen im Marschland beschlagnahmt und an einen unbekannten Ort gebracht. Der »Ochsenonkel« kann nichts weiter tun als zum *bao*-Kommandanten gehen und sich nach seinem Tier erkundigen, doch er bekommt es nicht zurück. Als sein Blick zufällig auf den Holzhammer fällt, den er damals selbst in einen Winkel geschleudert hat, bedauert er, nicht ein wenig fester zugeschlagen und dem elenden Vieh das Bein gebrochen zu haben.

1929

Schwägerin Wang

In der Küche herrschte auf einmal geschäftiges Treiben. Wer wissen wollte, was das zu bedeuten hatte, erfuhr, daß die Tochter der Haushälterin zu Besuch gekommen war. Diese Hausangestellte wurde von allen »Schwägerin Wang« genannt. Ihre Tochter, eine junge Frau von achtzehn Jahren mit rundem Gesicht, blanken Augen und einem kleinen Mund, der wie ein Tabaksbeutelchen aussah, trug ihr Haar in einem dicken Knoten, hatte ein blaues Tuch um den Kopf gebunden, und ihre weiße Schürze war mit einer großen roten Blume, Spiegelscherben und rotem und grünem Garn bestickt. Sie war schüchtern, errötete beim Sprechen und schien nicht recht zu wissen, wie sie sich vor fremden Leuten verhalten sollte. Von Schwägerin Wang erfuhr man, daß die Tochter erst seit fünf Monaten verheiratet war, und zwar mit einem Bauern, der 40 *li* von Kunming entfernt auf dem Lande lebte. Sie trug noch immer ihre Brautkleidung. Die Hausherrin sagte zu Schwägerin Wang: »Dein großes Mädchen ist unser Gast! Brate zusätzlich ein paar Eier und laß sie zum Essen bleiben.« Vergnügt schmunzelte die Dienerin und blickte ihre Tochter an. »Die Gnädige lädt dich ein, zum Essen zu bleiben, du kannst noch nicht fort.« Auch die Tochter lächelte, ohne etwas zu antworten. Hier im Haus wußte groß und klein, daß Schwägerin Wang eine hübsche, brave Tochter hatte, und alle kamen, um sie zu sehen und ihrer Mutter Glück zu wünschen.

Schwägerin Wang lachte nur und tat ihre Arbeit noch eifriger als sonst. Sie hatte ja nicht nur eine wohlgeratene Tochter, sondern auch einen lieben Sohn! Obwohl erst zwölf, arbeitete der Junge bereits als Gehilfe im Kontor einer Teeagentur im Westen der Stadt und verdiente 15 Silberdollar netto im Monat. Im Kontor herrschte strenge Disziplin. Der Junge war ein zartes, hübsches Kind. Wer ihn in seiner schmucken grauen Uniform sah, hielt ihn für einen wahren Glückspilz; wenn er einmal groß wäre, würde gewiß ein tüchtiger Mann aus ihm. Aus Angst, ihn zu verwöhnen, schimpfte Schwägerin Wang ständig mit ihm, wenn er zu Besuch kam, und drängte ihn, möglichst bald wieder zurückzugehen. So kam es, daß dieser Junge, obwohl der Augapfel seiner Mutter, alles andere als ein verzärteltes Muttersöhnchen war, sondern vielmehr brav, wohlerzogen und sparsam.

Einmal hatte Schwägerin Wang diesen Haushalt verlassen und war fünf Monate fortgeblieben. Aber offenbar hatte man sie in ihrer neuen Stelle nicht allzu gut behandelt – jedenfalls war sie wieder hierher zurückgekehrt. Sie wusch, kochte, zankte manchmal mit den Eierverkäufern vom Lande und mit den Bauern, die die Aborte leerten. Immer stellte sie sich schützend vor ihre Herrschaft. Weil sie eine so ehrliche, heitere Person war, dazu auf Sauberkeit hielt, behutsam mit den ihr anvertrauten Sachen umging und nichts vergeudete, war sie der ganzen Familie eine tüchtige Hilfe und wurde von allen geschätzt. Der Respekt, den man ihr entgegenbrachte, stärkte ihre Selbstachtung, und so tat sie ihre Arbeit nur um so eifriger und gewissenhafter.

Eines Tages kam eine fremde Bäuerin ins Haus, die ein paar Bohnen brachte und Schwägerin Wang sehen wollte. Sie schluchzte heftig, als sie mit ihr sprach. Nachdem sie wieder fort war, erfuhr man, daß die Tochter, die im Jahr zuvor ihre Mutter als jungverheiratete Frau besucht hatte, vor fünf Monaten gestorben war. Die Bäuerin war ihre Schwiegermutter. Man hatte sich dort auf dem Lande nicht ausreichend um die Tochter gekümmert, als diese im Kindbett lag. Nachdem sie das Kind geboren hatte, blutete sie zwei volle Tage lang. Einmal war sie durstig, aber weil alle Familienmitglieder aufs Feld gegangen waren, gab niemand ihr zu trinken. Da mußte sie selbst in die Küche gehen und trank den Bodensatz aus dem Wasserkrug. Am nächsten Tag bekam sie Magenschmerzen, und schließlich starb sie. Das Kleine lebte nur zwei Monate und starb dann ebenfalls.

Schwägerin Wang, der ein so schweres Unglück widerfahren war, blieb unverändert. Von jeher hatte sie ihr Leben auf die »acht Schriftzeichen« der Vorväter gegründet – in ihrem Fall lautete der Spruch: »Leben und Tod sind vom Schicksal bestimmt; Wohlstand und Ruhm sind vom Himmel verliehen.« Der Glaube an die »acht Zeichen« gab ihr Kraft und Trost.

So sprach sie gelassen über den Tod ihrer Tochter: »Sie hatten mit der Weizenernte zu tun und mußten die Gerste einbringen. Die Wagen brauchten sie, um die Ernte einzufahren, die Pferde zum Ziehen. Alle waren draußen bei der Feldarbeit. Meine Tochter wollte Wasser trinken, konnte aber keins bekommen, da trank sie den Rest aus dem Wasserkrug. Die Ärmste schrie vor Schmerz, es half ihr aber alles nichts, und dann war sie tot. Ihr Mann hat geheult, er wollte nicht zulassen, daß sie den Sarg aus dem Haus trugen. Bald darauf wurde er tauglich gemeldet; das Los fiel auf ihn, er wurde eingezogen und nach Panlongsi zur Ausbildung geschickt. Jetzt kämpft er bei Nanchang in Jiangxi gegen die Japaner – Leben und Tod sind vom Schicksal bestimmt!«

Zum Abendessen brachte Schwägerin Wang an jenem Tag zusätzlich ein Gericht mit frischen grünen Bohnen auf den Tisch. Es war das Gemüse, das die Schwiegermutter ihrer Tochter am Vormittag gebracht hatte. Die beiden Frauen hatten ihren Kummer geteilt, hatten beide mit feuchten Augen der Tochter gedacht und eine Weile geredet, dann hatten sie lange stumm beieinandergesessen. Aber die Tochter war längst zu Staub geworden ...

Sie war tot, der Sohn jedoch gedieh prächtig. Jeden Monat kam er brav zu Besuch, um seinen Verdienst abzuliefern, und Schwägerin Wang ließ ihm immer 2 Silberdollar Taschengeld.

Wie bei den meisten Leuten jener Gegend lebten auch in

diesem Haushalt ein paar Hühner, ein Hund und eine Katze. Jedes dieser Haustiere hatte seine ganz bestimmte Stellung, und ihre Versorgung war ausschließlich Schwägerin Wangs Aufgabe. Sie ging mit den Tieren um wie mit unartigen Kindern im Kindergarten, und wenn sie auch oft lautstark mit ihnen schimpfen mußte, liebte sie sie doch fast wie eine Mutter.

Nach dem Mittagessen, wenn Schwägerin Wang das Geschirr gespült hatte, ging sie in den Hof, fütterte die Hühner und sah zu, wie sie pickten. Manchmal beobachtete sie, wie der dreiste, kraftstrotzende Hahn die Hennen verdrängte. Dann schien sie für die Kleinen fast wie für ihresgleichen zu fühlen, scheuchte den großen Hahn mit einem Tritt zur Seite und schimpfte: »Du böses, herzloses Federvieh, wieviel willst du denn noch fressen? Ich könnte dich totschlagen!« Doch der Hahn blieb trotzig und stolz und beachtete sie überhaupt nicht, denn dieses »Federvieh« hatte längst herausgefunden, daß sie in Wirklichkeit ein »guter Mensch« war. Schließlich war er vom Herrn Philosophieprofessor Jin hierher in Pflege gegeben worden!

Der kleine schwarze Hund war frühmorgens gewöhnlich besonders munter und gut aufgelegt. Aber es war noch niemand da zum Toben und Spielen. Sobald er hörte, daß der Hahn aus vollem Hals krähte und gar nicht wieder aufhören wollte, konnte der Hund einfach nicht anders, als ihn ein bißchen zu ärgern und herumzujagen. Natürlich geriet er bei seinem mutwilligen Spiel in Hitze, bis der Hahn es nicht mehr ertrug. Dann sah sich dieser würdevolle Vogel gezwungen, Reißaus zu nehmen und dabei laut zu kreischen, als protestierte er nachdrücklich gegen diese Art von Humor; freilich hoffte er auch, mit seinem Geschrei einen Menschen herbeizurufen, der ihn retten würde. Alle im Haus wurden wach, aber niemand kümmerte sich um den Lärm, denn man wußte, daß der kleine Hund wieder einmal seine Streiche spielte. So blieb es wie immer Schwägerin Wang überlassen, als einzige dem Hahn in seiner Not zu Hilfe zu eilen. War sie um diese Zeit schon auf und machte in der Küche Wasser heiß, dann schwang sie den

Schürhaken und rannte damit dem Hund nach, kreuz und quer durch den Hof. Wenn sie allerdings noch im Bett lag, wurde sie ernstlich böse, denn dann sah die Sache schon eher nach einer persönlichen Kränkung aus. In diesem Fall packte sie eine lange Bambusstange und marschierte hinaus, um den Hund zu verprügeln. Tagsüber diente diese Stange im Hof zum Wäschetrocknen, abends aber holte sie sie ins Haus, und zwar eigens zu dem Zweck, dem Hund notfalls damit eins überzuziehen. Dieser, ein schlauer, aufgeweckter Bursche, brachte Schwägerin Wang trotzdem eine geradezu abergläubische Ehrfurcht entgegen, denn sie gab ihm zu fressen – und er wußte, wozu sie die Bambusstange hielt. Dabei war er doch bloß früh am Morgen so besonders gut gelaunt – was hatte er denn schon getan, als den Hahn ein wenig geneckt? Dafür bekam er nun Schläge! Wie ein maulendes Kind knurrte er vor sich hin, verzog sich zum Pinkeln in eine Ecke und hielt sich von da an still. Denn schließlich – zugegeben – kümmerte sich in diesem Haus außer Schwägerin Wang niemand um ihn, auch wenn sie manchmal schalt und schlug. Und wirklich hätte ihn kein anderer besser versorgen können.

Meistens fütterte Schwägerin Wang zuerst den Hund, danach die Hühner. Wenn er satt war, legte der Hund sich unter dem Vordach schlafen. Dann streute sie den Hühnern ihr Futter hin und klatschte in die Hände, als Zeichen, daß nichts mehr da war. Später spazierten die Hühner unter den großen Eukalyptusbaum und scharrten im Sand. Schwägerin Wang machte sich an ihre eigene Arbeit. Nachmittags wusch sie Kleider, bei schönem Wetter besonders viele, denn dann standen im Hof zwei große Zuber mit schmutzigen Kleidungsstücken vom Urgroßvater, vom alten Herrn, vom Hausherrn, vom jungen Herrn, von der Gnädigen und von den Fräulein; hinzu kamen noch die Sachen ihres eigenen zwölfjährigen Sohnes. Trotz der vielen Wäsche war sie nie in Eile, und obwohl die Arbeit kein Ende nehmen wollte, verlor sie nie ihre gute Laune. Während sie die Teile rieb und knetete, sang sie manchmal mit ihrer klaren, angenehmen Stimme Laternenfestlieder aus ihrem Dorf. Sie war wirklich eine ausgezeichnete Sängerin. Wenn aber der Hausherr ihr zugehört hatte und sie eigens aufforderte, noch ein weiteres Lied zu singen, wurde sie verlegen, errötete über ihr ganzes kleines, flaches Gesicht und verstummte. Sie sang ja nur für sich allein, um Trost darin zu finden und sich von ihrem eigenen Gesang in schöne Tagträume entführen zu lassen.

Sie verdiente 12 Silberdollar im Monat, der Junge brachte noch 15 dazu; wenn sie beide ihr Geld zusammenhielten, konnten sie in einem Jahr genug sparen, um auf dem Lande ein Feld von über einem *mu* zu kaufen. Jetzt, während des Widerstandskrieges, war der Reis teuer. Freilich verdienten sie beide nicht viel, aber wenn sie ihr Geld fünf Jahre lang nicht anrührten, käme doch, mit Einlagen, Zinsen und Zinseszinsen, ein stattliches Sümmchen zusammen. In acht Jahren war der Junge erwachsen. Sein Chef würde ihn an die Offiziersschule empfehlen; nach dem Abschluß konnte er Kompanieführer werden. Dann würde er heiraten, als Aussteuer genügten ein Feld von 10 *mu* und zwei Wasserbüffel. Solche einfachen, greifbaren Dinge waren es, die die schlichte Frau bei guter Laune und Gesundheit hielten. Die Welt veränderte sich ununterbrochen, ebenso das Denken der Menschen, ja selbst die Hühner und der Hund. Nur die Vorstellungen und Hoffnungen dieser Bauersfrau, die vom Land in die Stadt gekommen war, blieben unverändert.

Seit mit dem April das schöne Wetter begonnen hatte, gab es in der Stadt häufig Fliegeralarm. Dann teilte der Hausherr die Mitglieder des Haushalts in zwei Gruppen ein – die eine verließ das Haus, die andere blieb da. Schwägerin Wang lachte meistens, wenn man nicht rasch genug ins Freie gelangen konnte, und sagte schmunzelnd: »Sie kommen, gnädiger Herr, sie kommen! Gehen Sie nur, schnell, schnell!« Viele Worte machte sie nicht, legte aber viel hinein. Ironie, doch auch Güte und Fürsorge sprachen daraus und vor allem ihre eigene Furchtlosigkeit. Selbst wenn die Flieger ihr um den Kopf sausen würden, hätte sie keine Angst. Woran lag das? Ihr schlichtes Gemüt zog aus dem uralten Lehrspruch des Konfuzius Kraft, wie er ihr in jenen »acht Zeichen« zugefallen war, und sie dachte auch an die Worte einer Legende aus früheren Zeiten: »Huang Chao tötete acht Millionen; wem der Tod bestimmt war, der konnte ihm nicht entkommen, selbst wenn ihm Fluchtwege in alle acht Himmelsrichtungen offenstanden; wem es dagegen noch nicht bestimmt war zu sterben, der fand keinen Einlaß bei Pan Guan, selbst wenn er sich keinen Schritt vom Fleck rührte.« Zwei kurze Sätze aus den klassischen Schriften und eine Volkslegende also festigten ihr Herz. Daher konnte sie an gewöhnlichen Tagen so fleißig ihrer Arbeit nachgehen und empfand in Zeiten der Gefahr keine Furcht. Daß sie ausgebomt würden, hielt sie auch für recht unwahrscheinlich. Solange ihr nicht die Bomben direkt auf den Kopf fallen würden, hatte sie wirklich keine Angst.

Wenn die ins Freie Flüchtenden das Haus verlassen hatten, gingen die Daheimgebliebenen ihrer Arbeit nach oder saßen in ihren Kammern und lasen. Der Hof lag still und verlassen da, nur Schwägerin Wang war zu sehen, die wie immer vor einem großen Holzbottich saß und wusch. Dabei zählte sie die Flugzeuge am Himmel, damit sie später dem Herrn Bericht erstatten konnte oder mit Passanten und Besuchern etwas zu schwatzen hatte. Es gefiel ihr, wenn man sie lobte und bewunderte. Gewöhnlich kam jeden Nachmittag gegen vier der Philosophieprofessor Jin vorbei, um nach seinem Hahn zu sehen. Sicher würde er wieder einen großen Sesamkuchen mitbringen, unter dem Vordach sitzen, den Hahn füttern und mit ihr plaudern. Hatte es Fliegeralarm gegeben, dann fragte er sie: »Hast du Angst, Schwägerin Wang?« Wenn sie verneinte, hielt er anerkennend den Daumen in die Höhe und sagte: »Du bist großartig, Schwägerin Wang, wirklich großartig! In diesem Haus ist niemand so tapfer wie du.« Sie lächelte ein wenig verlegen und meinte: »Na ja, Herr Professor, da haben Sie wohl recht, ich habe keine Angst. Leben und Tod sind vom Schicksal bestimmt, Wohlstand und Ruhm sind vom Himmel verliehen. Ich fürchte mich nicht!« Als wüßte sie, was man einem Philosophieprofessor schuldet, zitierte sie den Ausspruch des großen Denkers. Professor Jin wiederholte die beiden Sätze des Zitats und nickte: »So ist es, so ist es! So hat der Weise gesprochen!«

Schwägerin Wang lächelte. »Wenn der Weise das gesagt hat, kann es ja nicht falsch sein!«

Schwägerin Wang hatte bisher noch nie die Stadt verlassen, um Zuflucht vor den Bombenangriffen zu suchen. Aber als sei es tatsächlich »vom Schicksal bestimmt und vom Himmel verliehen«, war hier auch noch keine einzige Bombe gefallen. Sie hatte lediglich die eigenen chinesischen Flugzeuge in kleinen Geschwadern über der Stadt ihre Runden fliegen sehen; japanische Flieger hatte sie noch nicht zu Gesicht bekommen.

Am 9. Mai herrschte besonders schönes Wetter, und wie üblich gab es Fliegeralarm. Hunderttausende strömten aus den Haustüren ins Freie, auch aus dem Hof flohen wie jedesmal einige Leute davon. Etwas aber war anders als sonst: Gegen drei Uhr überflogen siebenundzwanzig japanische Kampfflieger in Formation die Stadt und warfen über dem Flughafen Bomben ab. Schwägerin Wang prägte sich alles deutlich ein: die Form und Farbe der Flieger, das Geräusch, das sie machten, die Bombenabwürfe. Nach dem Abendessen blieb sie, als sie die Suppe aufgetragen hatte, neben dem Tisch stehen. Ein Gast fragte: »Schwägerin, hast du nicht die japanischen Flugzeuge gesehen?«

»Und ob! Siebenundzwanzig, ganz hoch . . . Wie die Flak losging, pong-pong-pong! Du meine Güte! Dazu die Maschinengewehre – das war ein Rattern und Scheppern! Sie haben den Flughafen in die Luft gesprengt. Aber ich hab mich nicht verkrochen, ich fürchte mich nicht.«

»Hattest du wirklich keine Angst? So eine Bombe ist groß wie ein Waschzuber, selbst dieses Haus würde darunter zusammenbrechen!«

»Laß sie nur Bomben werfen – Leben und Tod sind vom Schicksal bestimmt.«

»Du bist wirklich ein glücklicher Mensch! Hast mehrere Kinder, das älteste ein Mädchen, stimmt's? Ich kann nämlich das Schicksal der Leute von ihren Gesichtern ablesen. Laß sehen – du hast einen Sohn und eine Tochter . . . und Glück im Leben.«

Schwägerin Wang ging stumm in die Küche zurück. Am folgenden Tag herrschte wieder bis zum Nachmittag schönes Wetter, aber der Alarm blieb aus. Gegen zwei, als sie gerade Wäsche wusch und zugleich Augen und Ohren offenhielt, um die Lage der eigenen Flugzeuge auszumachen, schlug plötzlich der Hund an. Unerwartet trat der Sohn, der Kontorgehilfe, in den Hof. Sein Gesicht war über und über schmutzig, die Kleidung zerfetzt, und er bat seine Mutter, ihm die Hosen ein wenig zu flicken.

»Fushou! Wo kommst du denn her?«

»Aus dem Ganmei-Spital.«

»Was hattest du dort zu suchen?«

Er umging ihre Frage und sagte: »Ma, dieser Hahn sieht ganz schön kräftig und stolz aus, das ist ein richtiger Bomber.«

»Wo bist du gestern während des Alarms gewesen?«

»Bei Hedianying draußen.«

Entgeistert wollte Schwägerin Wang wissen: »Warum bist du denn ausgerechnet zum Flughafen gegangen? Wurde er nicht durch japanische Bombenflieger in Schutt und Asche gelegt? Dabei müssen viele Leute umgekommen sein. Und du gehst hin und siehst dir das an! Was ist daran so sehenswert?«

»Ich war mit einem Auftrag vom Kontor aus dort. Die Japaner haben zwölf Bomben und sieben Brandbomben abgeworfen. Alle Gebäude haben gebrannt und sind dann eingestürzt. Überall lagen Arme und Beine von Menschen, und auch drei Pferde wurden völlig zerfetzt. Die Maschinengewehre haben wild gefeuert, das ging rat-tat-tat-tat. Zuletzt hat's mich auch niedergeworfen, ich war bewußtlos, wurde unter lauter Erde verschüttet. Später kamen Sanitäter mit einem Rettungswagen. Jemand hat wohl meine Brust befühlt und gemerkt, daß ich noch etwas atme, jedenfalls haben sie mich mit dem Auto ins Ganmei-Spital gebracht. Als ich aufgewacht bin, lag ich in einem riesigen Raum auf einem großen Bett. Sie haben gesagt: ›Du bist aufgewacht, das ist fein. Wie heißt du? Gut, Junge aus der Wang-Familie, du hast unwahrscheinliches Glück gehabt. Kannst nach Hause gehen. Was, du arbeitest im Kontor?

Na, dann marsch, zurück ins Kontor. Deine Mama sucht dich sicher, dein Chef auch!‹ – Die Hose ist an der Autotür hängengeblieben, sie haben gedacht, daß ich tot bin ...«

Nüchtern und klar erzählte der Junge sein Erlebnis, ohne eine Spur von Angst, aber auch ohne sich mit dem, was er durchgemacht hatte, aufzuspielen. Er saß bei seiner Mutter neben dem Waschzuber und hielt seine Hose zusammen, die einen langen Riß hatte, so daß seine dünnen Beine bis oben zu sehen waren.

Mit belegter Stimme sagte Schwägerin Wang: »So, so, wahrhaftig! Du bist nicht in den Bomben umgekommen! Leichen hast du gesehen? Häuser, die in Flammen aufgehen und einstürzen? Hast Menschenarme und -beine durch die Luft fliegen sehen? Dann haben dich Leute ins Spital geschafft – wie lange hat es gedauert, bis du aufgewacht bist? Hat der Chef geschimpft, als du wieder im Kontor warst? Komm, laß mal deine Hose sehen!«

Verlegen trat der Junge näher zu seiner Mutter. Sie zog ihm die Hose herunter und gab ihm drei klatschende Schläge auf das bloße, magere Hinterteil. »Was, du hast keine Angst vorm Sterben? Na gut, dann schlag ich dich selber tot, damit dich die dicken japanischen Bomben nicht zerfetzen können!« Der Junge mußte kichern, denn er hatte bemerkt, daß es in den Augen seiner Mutter feucht schimmerte.

»Ma, ich bin ja am Leben, mach dir nichts draus!«

»Ja, du lebst – aber viele andere sind umgekommen.«

»Japan macht mir keine Angst«, sagte er. »Wenn ich groß bin, will ich Soldat werden und gegen die Japaner kämpfen.«

Schwägerin Wang trocknete sich mit der Schürze die Augenwinkel und sagte heftig: »Na klar wirst du Soldat! Man wird dich Dreikäsehoch gerade nehmen bei den Soldaten! Jede Krähe hält dich ja für 'ne Maus, packt dich mit dem Schnabel und fliegt mit dir auf und davon. Du bist mir ein schöner Krieger!«

»Ich hab aber trotzdem keine Angst vor den Japanern.

Ich fang dir einen lebendig, damit du's glaubst. Unbedingt! Ich fessele ihn mit einem Elektrokabel und bringe ihn zu uns aufs Dorf, damit er uns in der Landwirtschaft hilft.«

»Mit deinen Bärenkräften wirst du wohl eher eine Strohpuppe fangen.«

»Bis ich groß bin, wachse ich ja noch! Ich schwöre, daß ich gegen Japan kämpfen werde.«

Natürlich endete ihr Disput ohne bestimmtes Ergebnis, zumal Schwägerin Wang nicht in der Stimmung war, mit dem Kind zu streiten. Rasch griff sie nach ihrem Nähzeug, um die Hose zu stopfen. Mit ihrer Handarbeit setzte sie sich auf einen niedrigen Bambushocker. Dann tätschelte sie den Jungen. Eine warme, zärtliche Regung für die Mutter ließ ihn fragen: »Ma, hast du etwa Angst?«

»Ach was, wovor denn? Der Himmel ist über uns.«

Sie blickte hinauf. Der Himmel war klar und blau, nur ein weißer Wolkenbausch schwebte am weiten Firmament. Da flogen drei Krähen in den Hof und ließen sich auf den obersten Zweigen des Eukalyptusbaumes nieder. Der Junge klatschte in die Hände, und schon flogen sie wieder auf. Bald hatte Schwägerin Wang die zerrissene Hose geflickt, biß den Faden ab und steckte sich die Nadel in ihren Haarknoten zurück. Als ob sie sich verteidigen müsse, zog sie ihren Jungen plötzlich an seinem schmutzigen Ohr und sagte: »Du willst Soldat werden? Die Krähen werden dich mir nichts dir nichts in die Baumwipfel tragen. Fushou, wie kannst du denn Soldat werden?«

Der Junge schwieg und grinste nur fröhlich. Wieso denn nicht? dachte er. Wenn man groß ist, kann man alles.

Nachdem er gegangen war, erfuhren alle im Haus, was er erlebt hatte, und jeder fand, Schwägerin Wang, dieser feine Mensch mit dem goldenen Herzen, hätte ihr Glück verdient. Stumm erwiderte sie das Lächeln ihrer Herrschaft. Am Abend kaufte sie verstohlen ein wenig Räucherwerk und Opfergeld, ging vor das Nordtor und verbrannte es. Sie dachte an ihre tote Tochter. Wie elend war sie gestorben, was für ein schlimmes Schicksal hatte sie gehabt! Ihr war recht schwer ums Herz, und sie verkroch sich in ihre

Kammer, weinte lange und aß nicht einen Happen zu Abend. Doch niemand im Haus wußte etwas davon. Schwägerin Wang fürchtete, man würde sie wegen des Opfergeldes auslachen, ihr dumme Fragen stellen oder sie trösten wollen – und darauf konnte sie verzichten.

1941

San-san

Yangs Mühle liegt etwa ein *li* vom Dorf entfernt am Fuß einer Hügelkette, die von hier in ein sanftes, langgestrecktes Tal ausläuft. Ruhig windet sich ein kleiner Fluß am Dorf vorbei durch das Tal, macht aber ein wenig weiter flußabwärts eine so plötzliche Biegung, daß Stromschnellen entstehen, die seit alter Zeit von den Menschen genutzt werden. Später hat man hier ein Mühlhaus aus Stein errichtet. Seit wann es »Yangs Mühle« genannt wird, weiß niemand mehr genau.

Schaut man vom Mühlhaus flußaufwärts, so sieht man viele weiße Häuser unter saftig grünen Bäumen dicht beieinanderstehen – ein Bild üppigen Wachstums und Gedeihens. Flußabwärts erstrecken sich zu beiden Ufern zahllose Terrassenfelder, die wie Pfannkuchen übereinandergeschichtet liegen. Die Bauern der Gegend wissen die Kraft des Wassers zu nutzen und haben seit langem überall am Ufer Wasserräder aus Bambus mit Achsen aus Hartholz aufgestellt, die wie runde Gongs aussehen. Tag und Nacht raunen sie wie trunkene Müßiggänger ihre eintönigen, unverständlichen Lieder.

In unmittelbarer Umgebung des Dorfes gibt es nur diese eine Mühle, und so bringen alle Bauern ihren Reis zum Schälen und Polieren hierher. Tag für Tag kommen Männer mit Schulterstangen, die in ihren Körben braunen Reis herbeitragen. Sie schütten ihn in den Steintrog. Draußen öffnet man das Schleusentor, damit das Wasser durch eine Bambusrinne unter der Mühle vorbeifließen und das Rad in Gang setzen kann; und dann beginnt sich der Mahlstein ächzend zu drehen. Die Müllerin stellt eine

Bambusschaufel und ein Sieb bereit und plaudert unterdessen mit ihren Kunden. Dann bindet sie sich ein weißes Tuch um den Kopf, nimmt einen langstieligen Besen zur Hand, geht um den Mahltrog herum und fegt die herausgefallenen Reiskörner auf, bis schließlich aller Reis geschält ist.

Nachdem sie das geschälte Getreide gesiebt und von der Kleie getrennt hat, ist die Müllerin von Kopf bis Fuß mit weißem Staub bedeckt und sieht wie ein Klößchen aus, das man in Bohnenmehl gewälzt hat. Doch eins ist allen klar: Sie lebt nicht schlecht von ihrer Mühle, zumindest besser als mancher Dorfbewohner – und nicht wenige beneiden sie darum.

Jeder, der in Yangs Mühle zu tun hat, kennt San-san, die Tochter der Müllerin. Vor zwanzig Jahren hat ihre Mutter den Müller Yang geheiratet, aber als das Mädchen fünf Jahre alt war, ließ er die Mühle, Mutter und Kind im Stich und starb ganz einfach, ohne ein Wort zu sagen. Danach übernahm seine Witwe das Mühlengeschäft. Wie zuvor aß San-san ihren Reis mit etwas Gemüse, ein paar kleinen Fischen oder Eiern, und ihr Leben änderte sich kaum. Zuerst hatte sie ihrem Vater zugeschaut, wie er den ganzen Tag staubbedeckt in der Mühle arbeitete, bis er eines Tages verschwand. Dann trat eben die Mutter, genauso von oben bis unten voll Staub, an seine Stelle. So wuchs San-san unter Lachen und Weinen allmählich heran.

Während ihre Mama zu tun hat, geschäftig um den Mahltrog läuft, eine kleine Ölflasche nimmt und den Eisenschaft in der hölzernen Achse des Mahlsteins schmiert oder in einer Ecke der Mahlstube das Sieb an seinem Holzrahmen hält und kräftig schüttelt, sitzt San-san still in einem anderen Winkel und spielt. In der Hitze des Sommers setzt sie sich in den kühlen Luftzug und fängt Heuschrecken und Grashüpfer, die sie in kleinen, aus Maisstroh geflochtenen Käfigen hält; im Winter kauert sie mit der Katze beim Herd und röstet Kastanien in der heißen Asche. Mitunter schenkt ein Kunde ihr eine aus Schilfrohr geschnittene *suona*, auf der San-san versucht, die Nuo-Priester bei einer Beschwörung nachzuahmen; überall im und vor dem Haus marschiert sie herum, bläst ihre *suona* und wird stundenlang nicht müde.

Außen ist das ganze Mühlhaus von Rankpflanzen überwuchert, und ringsum stehen Sonnenblumen und Dattelsträucher. Oft läuft San-san auch in das nahe Wäldchen, wo man sie in ihrem lauchgrünen Anzug kaum noch erkennt. Hat sie genug alleine zu Hause gespielt, geht sie ins Freie, setzt sich auf einen alten Steingutbottich und streut den Hühnern ein wenig Bruchreis hin. Wenn dann eines der Hühner auf ein anderes losgeht oder gar mit dem Schnabel nach ihm hackt, scheucht und jagt San-san den Übeltäter so heftig davon, daß die Müllerin hinter dem Haus, wo sie das zeternde Gackern gehört hat, nach San-san ruft und für das arme Huhn um Gnade bittet.

Oberhalb der Mühle liegt ein kleiner Weiher. Die Bäume umstehen ihn so dicht, daß die Strahlen der Sonne selbst im Hochsommer nie bis an die Wasseroberfläche dringen. Hier hält die Müllerin eine Schar weißer Enten. Außerdem gibt es im Weiher mehr Fische als im Fluß. In dieser Gegend ist es Brauch, Gewässer in der Nähe eines Hauses zum Besitz des betreffenden Anwohners zu zählen. Seit der Mühldamm gebaut wurde, sind die Leute aus dem Dorf stillschweigend übereingekommen, daß man hier weder mit Gift noch mit Netzen fischen darf. Daher ist der Weiher so fischreich. Wenn aber einmal ein Fremder sich an das stille Wasser verirrt und doch zu angeln beginnt, ruft San-san ihm zu: »Das geht nicht! Die Fische hier gehören uns. Du kannst ja weiter unten am Fluß angeln gehen!« Es kommt durchaus vor, daß so ein Fremder sich taub stellt, seelenruhig seine Angel auswirft, sein Pfeifchen schmaucht und bloß vor sich hin schmunzelt über die Kleine. Dann wird San-san sehr zornig und schreit: »Mama! Mama! Schau dir das an! Jemand fischt einfach ohne Erlaubnis in unserem Weiher. Komm und zerbrich seine Angel, schnell!« Aber die Müllerin denkt natürlich nicht daran, den Fremden zu vertreiben. Noch nie hat sie dem zornigen Wunsch ihres Töchterchens entsprochen. Ruhig antwortet sie: »San-san, es sind genug Fische da. Laß ihn doch ein paar fangen. Fische können nämlich wandern, weißt du . . . die Fische aus dem Teich des Gutsherrn sind alle zu uns herunterspaziert, weil ihnen unser Wasser besser gefällt.« Das erinnert San-san an einen Traum: darin war ein großer Fisch aus dem Fluß ans Ufer geklettert und hatte ein paar Enten gefressen. So wagt sie nichts mehr zu sagen, schaut aber wortlos dem unverschämten Angler zu und zählt heimlich mit, wie viele Fische er fängt, damit sie später ihrer Mama alles genau berichten kann.

Manchmal hat einer dieser Fremden einen gar zu großen Fisch an der Leine, oder er zieht seinen Fang ungeschickt an Land, so daß seine Angelrute zerbricht. Dann ist es an San-san, zu schmunzeln; sie freut sich, denn ihr scheint, daß sogar der Fisch ihre Partei gegen die Mutter ergriffen hat. Sie rennt ins Haus, erzählt ihrer Mama, was geschehen ist, und beide müssen schallend lachen.

Kommt jedoch ein Bekannter zum Fischen an den Weiher, jemand, der San-sans hitzige Art kennt, so vergißt er selbstverständlich nie, sobald er die Kleine sieht, höflich zu fragen: »Du, San-san, darf ich ein bißchen angeln?« Und ihm antwortet das Mädchen: »Die Fische wandern, wohin sie wollen, wir haben sie ja nicht aufgezogen ... Warum sollst du nicht angeln dürfen?« Es kommt eben immer darauf an, wie man mit ihr umgeht!

Zu einem solchen Angler setzt sie sich gern auf einen Schemel, schaut zu, wie die Fische anbeißen, und erzählt ihm derweil, wie komisch es war, als einmal die Angel eines Fremden zerbrach. Auch kommt so ein Bekannter am Schluß immer ins Haus und gibt der Müllerin ein paar große Fische aus seinem Fang. Später schaut San-san zu, wie ihre Mutter sie ausnimmt, klaubt sich die weißen Schwimmblasen heraus und zertritt sie mit den Füßen. Das knallt so lustig wie Feuerwerkskörper. Schließlich darf sie die gewaschenen und eingesalzenen Fische auf einen Jutefaden ziehen und zum Trocknen in die Sonne hängen. Kommen dann einmal Gäste, tischt die Müllerin mit Paprika gebratenen Trockenfisch auf, und weil sie sich an die zerbrochene Angel des Fremden erinnert, verkündet sie dazu: »Das hier ist San-sans Fisch.« San-san lacht und denkt: Freilich ist es San-sans Fisch! Hätte ich den Weiher nicht bewacht, wären alle Fische längst von den frechen Hütejungen aus dem Dorf weggefangen worden.

Ganz wie andere Kinder wächst San-san heran und wird größer. Wieder und wieder braucht sie neue Kleidung, wieder und wieder erlebt sie im Jahreslauf die wechselnden Festtage, schaut den Löwen- und Drachentänzern zu, und alle Bekannten scherzen darüber, daß sie im Staub von Schrot und Kleie aufwächst. Doch in Wirklichkeit wünscht sich längst jeder heiratsfähige Bursche im Dorf diese kleine Schrotjungfer zur Frau, denn man weiß ja, daß sie das steinerne Mühlhaus mit in die Ehe bringen wird.

Nach altem einheimischem Brauch ist es nun, da San-san schon fünfzehn wird, an der Zeit, einen Bräutigam für sie zu finden. Doch ihre Mutter hat den warnenden Spruch noch im Ohr, den vor Jahren ein Wahrsager verkündete, und möchte die Tochter noch nicht hergeben. Auch traut sie den Heiratsvermittlern nicht über den Weg. So leben Mutter und Tochter wie eh und je allein der Mühle, und es hat sich bisher noch kein Schwiegersohn gefunden.

San-san sieht schon wie ein großes Mädchen aus, eigentlich aber ist sie noch ein richtiges Kind und hängt am Schürzenzipfel der Mutter. Nach dem Abendessen waschen sich Mutter und Tochter im Fluß das Gesicht und genießen den Anblick der untergehenden Sonne – und so vergeht wieder ein Tag. Manchmal tönen aus dem Dorf Trommel- und Gongschläge herüber: da wird in einer Familie Hochzeit gehalten, oder man erweist einem Toten die letzte Ehre. »Mama, bring mich hin, ich möchte auch dabei sein!« Halb bettelnd, halb fordernd dringt das Mädchen in seine Mutter, und wenn der Müllerin keine passende Ausrede einfällt, muß sie nachgeben. Dann gehen sie auf ein Stündchen zu einer der Dorffamilien auf Besuch, trinken einen Becher Honigtee, und San-san wird mit einem Beutel Hasel- oder Walnüssen beschenkt. Bei Mondschein wandern sie später sicheren Schrittes nach Hause, auch in dunklen Nächten fürchten sie sich nicht, denn sie tragen ein harziges, loderndes Holzscheit vor sich her, das ihnen zischend und knatternd den Weg erhellt. Nicht selten begleitet sie auch einer der Männer mit einer Fackel oder einer Laterne und kehrt erst um, wenn er sie bis an die Mühle gebracht hat. Besonders aufregend findet San-san es, nachts bei Regen mit einer Laterne heimzukehren. Oft malt sie sich aus, wie sie ganz allein mit einem kleinen roten Lampion am Fluß entlangwandert. Doch außer ihr selbst wissen wohl nur die Fische von ihren Träumen, und das ist eigentlich kein Wunder, denn San-san erzählt zu Hause nur das, was die gute Mutter ihrer Meinung nach verstehen kann. Alles andere murmelt sie draußen am Flußufer vor sich hin, und dort – nun, dort leben ja nur Enten und Fische. Was aber die Enten betrifft, so schnattern sie selbst den lieben langen Tag, und zwar so eifrig, daß sie bestimmt nichts von dem mitbekommen, was andere Lebewesen zu erzählen haben.

In diesem Sommer kommt es häufiger vor als früher, daß Mutter und Tochter noch bei Tageslicht, gleich nach dem Abendessen, ins Dorf gehen. Sie besuchen ihre Bekannten, die Songs, und schwatzen mit der Tochter des Hauses, die schon verlobt ist und bald heiraten wird; dann hören sie einem fremden Sänger aus Xiaozhai zu. Eines späten Nachmittags sitzen sie wieder einmal bei den Bekannten und plaudern. Man kommt auf Stickereien zu sprechen, und die Müllerin schickt San-san heim, um ein paar Stickmuster zu holen. Daher läuft das Mädchen allein zur Mühle zurück. Es ist schon fast angekommen, als es zwei Gestalten am Weiher erblickt. Einer der beiden Schatten steht unter den Bäumen und hält einen langen Stab in der Hand, der wie eine Angel aussieht. Der will bestimmt Fische stehlen, denkt San-san, und schon waltet sie ihres Amtes und ruft: »Hier darf man nicht angeln, die Fische sind Privatbesitz!« Zugleich versucht sie zu erkennen, wer die beiden sind.

Sie hört, wie einer von ihnen fragt: »Seit wann haben Fische denn einen Besitzer? Seit wann werden im Wildwasser Fische gezüchtet?«

Der andere antwortet: »Oh, das ist nur die Müllerstochter – sie macht Spaß.«

Da lacht der erste, und dann hört sie, wie der andere ruft: »Komm her, San-san, schau – all deine Fische sind verschwunden.«

San-san spürt, daß man sie verspottet. Doch kommt ihr die Stimme bekannt vor. Zornig tritt sie näher, um festzustellen, wer sich hier so dreist aufführt, damit sie es später ihrer Mutter melden kann. Da erkennt sie den Verwalter des Gutshofs. Aber den jungen Mann an seiner Seite hat sie noch nie gesehen. Jetzt sieht sie auch, daß der Unbekannte gar keine Angel hält, sondern einen Gehstock. Da der Gutsverwalter und San-san alte Bekannte sind, wagt er, sie ein wenig zu necken: »Sag, San-san, wieso sind diese Fische Privatbesitz? Wie viele sind es denn genau?«

Sie traut sich nicht, dem Herrn Gutsverwalter über den Mund zu fahren, lächelt verlegen und senkt den Kopf. Aber aus den Augenwinkeln betrachtet sie die weißen Hosen und Schuhe des Fremden: er kommt offensichtlich aus der Stadt. Da hört sie, wie er zum Verwalter sagt: »Ein aufgewecktes Mädchen – recht niedlich, wirklich nicht übel.« Der Verwalter gibt zurück: »Sie ist ja auch unsere Dorfschönheit«, worauf der junge Mann lächelt. San-san meint, das gelte ihr, und denkt: Was grinst du denn so? Ihr Städter habt doch schon vor Hunden Angst – aber ihr wagt es, fremde Menschen anzulächeln. Schämen solltest du dich! Plötzlich ist ihr, als hätte sie diese Worte laut vor dem Fremden ausgesprochen, und sie macht Anstalten, davonzulaufen. Der Verwalter kennt ihre scheue Art und hält sie zurück: »San-san, lauf doch nicht weg! Wir würden gern eure Mühle besichtigen. Wo ist deine Mutter?«

»Nicht da.«

»Sie ist wohl ins Dorf gegangen, um sich den Sänger aus Xiaozhai anzuhören, stimmt's?«

»Stimmt.«

»Wie kommt es, daß du seine Lieder nicht magst?«

»Woher willst du wissen, daß ich sie nicht mag?«

»Weil du allein heimkommst.« Der Verwalter lacht. »Offenbar hast du schon genug von ihm. Außerdem hattest du bestimmt Angst, daß ein Unbefugter euch alle Fische wegfängt, und so bist du schnurstracks nach Hause gelaufen, du kleiner Geizhals!«

Unterdessen hat San-san langsam aufgeblickt und den Fremden betrachtet. Sein weißes Gesicht kommt ihr irgendwie bekannt vor: vielleicht ist er ein Operndarsteller, der *xiaosheng*-Rollen singt und vergessen hat, sein weißgepudertes Gesicht nach der Vorstellung abzuschminken. Gewiß wirkt er deshalb so bleich!

Da der junge Mann spürt, daß San-san ihre Scheu zu verlieren beginnt, fragt er: »Ist dies euer Haus?«

»Was denn sonst?«

Dem Fremden gefällt ihre forsche Art, und er fragt weiter: »Ihr wohnt ja direkt am Fluß – hast du nicht Angst, vom Hochwasser mitgerissen zu werden?«

Ha! denkt San-san und wirft dem Unbekannten einen kühlen Blick zu, wobei sie ihre hübschen Lippen fest zusammenpreßt. Wenn jetzt ein Hund käme, dann würdest *du* vor lauter Schreck in den Bach fallen und von der Strömung mitgerissen. Als sie sich das ausmalt, muß sie laut auflachen, läßt die beiden stehen und springt davon.

Sie holt die Stickmuster aus dem Haus und geht ins Dorf zurück. In der Dämmerung erkennt sie am Weiher die beiden hellen Gestalten, die sich ebenfalls auf den Rückweg machen. Sie hat nicht die geringste Lust, nochmals mit dem Verwalter zu reden, und geht absichtlich etwas langsamer hinter den beiden Männern her, die sich arglos über Leute und Neuigkeiten aus der Stadt unterhalten: vom Bau eines Kanals ist die Rede und von einer neuen Schule, die die Behörden planen. Wie aufregend, ihnen zuzuhören, während sie keine Ahnung haben, daß jemand ihnen folgt! Als der Gutsverwalter dann auf die Mühle zu sprechen kommt und erwähnt, was für eine gute, wackere Frau ihre Mutter ist, spürt San-san eine große Freude.

»Das junge Mädchen ist wirklich reizend«, meint der Fremde. »Ich vermute, daß man sie, wie bei euch Landleuten üblich, bald verheiratet?«

Der Verwalter lacht. »Wenn Wohlgeboren es wünschen, können wir den Gutsherrn bitten, Heiratsvermittler für Sie zu spielen. Nur müssen Sie wissen, daß der Schwiegersohn verpflichtet ist, die Mühle zu übernehmen.«

»Pah!« schnaubt San-san mit gedämpfter Stimme, bleibt empört stehen und hält sich die Ohren zu. Trotzdem hört sie undeutlich, wie die Männer lachen. Schließlich siegt die

Neugier: sie möchte doch zu gerne wissen, was der Fremde, dieser *xiaosheng*-Darsteller aus der Stadt, noch zu sagen hat. So läuft sie bald wieder ein paar Schritte vor und folgt den beiden.

Was der Fremde sagt, entgeht ihr, doch hört sie, wie der Verwalter meint: »Nun, es lohnt sich schon, Hausherr in dieser Mühle zu werden. Vor allem bekommen Sie täglich frische Eier . . .« Wieder lachen die Männer schallend.

Jetzt hat San-san wirklich genug, sie mag nichts mehr hören, setzt sich auf einen Stein am Flußufer und spürt, wie ihr Gesicht vor Zorn brennt. Aha, du willst mich also zur Frau? Aber ich denk nicht daran, dich zu heiraten! Und selbst wenn unsere Hennen jeden Tag zwanzig Eier legen, von mir kriegst du nicht ein einziges! Eine kühle Brise streicht ihr übers Gesicht. Der Fluß rauscht. Das erinnert sie daran, daß sie sich vorgestellt hat, wie der Fremde aus Angst vor dem Hund ins Wasser fallen würde, und gleich ist sie wieder heiter. Sie blickt in den Fluß und denkt: Was bist du nur für ein Nichtsnutz! Aber der Herr Gutsverwalter wird dich schon retten, wenn du um Hilfe schreist.

Als sie wieder bei den Songs eintrifft, ist dort ein lebhaftes Gespräch im Gange. Tante Song meint gerade: ». . . und seine Krankheit – also wirklich merkwürdig, wie sie die behandeln: sein Bett steht in der Vorhalle, Tag und Nacht liegt er in der frischen Zugluft . . . Er hat ein weißes Gesicht, wie ein Mädchen. Und jeden lächelt er an . . . Wer sagt denn, daß er mit dem Gutsherrn verwandt ist? Habt ihr nicht bemerkt, mit welchem Respekt ihn der gnädige Herr behandelt? Sogar der ausländische Pfarrer von der Evangeliums-Kirche begegnet ihm mit ausgesuchter Höflichkeit. Dieser junge Mensch kann so viele Frauen haben, wie er will!«

San-sans Mutter fragt: »Woran leidet er denn?«

»Wer will das wissen? Jeden Tag schluckt er wohlschmekkende Medizin, liegt im Bett und tut gar nichts. Ein wahres Luxusleben führt er, in der Stadt und auch hier bei uns! Der alte Geng sagt, daß er eine Krankheit ›dritten Grades‹ hat, vermutlich ein Lungenleiden. Diese Städter haben so viele Krankheiten – ich glaube, sie lieben es, krank zu sein, daher denken sie sich auch alle möglichen Namen dafür aus. Wir Leute vom Land können uns das ja nicht leisten bei unserer vielen Arbeit. Hier auf dem Dorf haben wir höchstens mal Malaria mit Fieber und Durchfall, was anderes kennen wir hier gar nicht.«

Nun meldet sich eine andere Frau zu Wort. Sie hat früher einmal an Skrofulose gelitten und will die kategorische Behauptung der Frau Song nicht unwidersprochen hinnehmen: »Und was ist mit mir? Ich bin nicht aus der Stadt, aber trotzdem hat mich einmal so eine städtische Krankheit erwischt.«

»Nun, immerhin stammt die Frau deines Onkels aus der Stadt.«

»Was hab ich denn mit einer angeheirateten Tante zu tun?«

»Ach du – du bist ebenso fein und kultiviert wie eine Dame aus der Stadt. Kein Wunder, daß du diese Flechten gekriegt hast.«

Alle brechen in fröhliches Gelächter aus.

Später auf dem Heimweg fragt San-san ihre Mutter: »Wer ist eigentlich der Mann mit dem weißen Gesicht?« Darauf erzählt ihr die Müllerin, sie habe heute gehört, daß ein Kranker zur Erholung aus der Stadt ins Dorf gekommen sei, ein sonderbarer Mensch, aber so ein hübscher Kerl. Sie beschreibt ihn und macht sich über ihn lustig, ganz so, wie es das Landvolk seit eh und je mit den Städtern tut. San-san fand bisher immer, daß ihre Mutter solche Leute äußerst treffend darstellte, selbst wenn sie manchmal ein wenig übertrieb. Heute aber, das Mädchen weiß selbst nicht recht warum, zweifelt es an den Worten der Mutter. Es schweigt eine Weile und fragt dann unvermittelt: »Sag, Mama, hast du ihn denn gesehen, diesen Städter mit dem weißen Gesicht?«

»Wie sollte ich? Ich bin doch seit Tagen nicht auf dem Gut gewesen.«

Da muß San-san denken: Wenn du ihn nicht einmal gesehen hast, wie kannst du ihn dann so genau beschreiben?

Plötzlich wird San-san bewußt, daß sie mehr wahrgenommen hat als ihre Mutter, und insgeheim freut sie sich, denn ihr fährt der Gedanke durch den Kopf, daß nur sie allein Bescheid weiß und das ganze Gerede über die Städter durchschaut.

Als sie am Weiher vorüberkommen, fragt San-san wieder: »Du, Mama, hast du den Gutsverwalter gesehen?«

Das Mädchen möchte der Mutter allzugern von seiner Begegnung mit den beiden Männern erzählen und wartet nur darauf, daß seine Frage verneint wird, doch die Müllerin denkt gerade an andere Dinge und überhört die Frage der Tochter. So behält San-san ihr Erlebnis für sich.

Tags darauf muß San-sans Mutter wieder ins Dorf. Als sie am Tor des Gutshofes vorbeikommt, sieht sie den blassen Fremden aus der Stadt. Er steht neben dem Verwalter und schaut zu, wie sich vor der Hofmauer ein Pferd im Sand wälzt. Der Verwalter spricht die Müllerin an und erzählt ihr, daß sie gestern bei der Mühle ihre Tochter getroffen haben. Dann stellt er ihr den Fremden vor, der zur Erholung aus der Stadt gekommen sei, und läßt diesen wissen, daß Tante Yang, die Müllerin, vor ihm stehe. Darauf meint der Fremde, die kleine San-san sähe ihrer Mutter ähnlich – und sei so ein hübsches, aufgewecktes Mädchen, die Müllerin könne wirklich stolz auf sie sein. Die Frau freut sich über seine Worte. Ein verwirrendes Wunschbild steigt in ihr auf. Später kehrt sie eilig in die Mühle zurück und lächelt ihre Tochter ein wenig töricht an, so daß San-san sich fragt, wo die Mutter wohl gewesen ist, wen sie getroffen hat und was sie so heiter stimmt.

Die Müllerin möchte mit San-san reden, weiß aber nicht, wie sie sich ausdrücken soll. Lange überlegt sie, dann fragt sie schließlich: »San-san, bist du gestern jemandem begegnet?«

»Wem soll ich begegnet sein? Niemandem.«

»Überleg mal, San-san«. Die Müllerin lacht. »Hast du nicht in der Abenddämmerung zwei Leute getroffen?«

Nun begreift San-san, daß ihre Mutter Bescheid weiß, und gibt eilig zu: »Ach ja, diese zwei – es waren der Herr Gutsverwalter und ein Fremder. Warum fragst du?«

»Ach, nichts weiter. Aber weißt du: dieser Fremde ist der

Herr aus der Stadt. Heut bin ich den beiden begegnet, und sie haben gesagt, daß ihr euch schon kennt. Wir haben dies und das geplaudert. Der fremde Mann sieht wirklich aus wie ein Mädchen.« Die Müllerin muß an alles mögliche denken und lacht wieder.

San-san glaubt, daß ihre Mutter sie auslacht, gibt keine Antwort, wendet sich ab und betrachtet ein paar bunte Blumen am Boden.

»Sie wollen Eier von uns kaufen«, fährt die Müllerin fort. »Bring heut nachmittag 20 Eier hinüber, ja?«

San-san denkt an die dummen Scherze der beiden Männer, und da sie vermutet, ihre Mutter sei auch hierüber im Bilde, fährt sie auf: »Wer soll ihnen die Eier bringen? Ach, Mama, ich fürchte, die zwei sind üble Kerle!«

»Wieso denn das?« fragt die Müllerin entgeistert.

San-san errötet und schweigt verstockt, aber ihre Mutter beharrt: »Kind, rede doch, was meinst du damit?«

Nach langem Schweigen antwortet das Mädchen: »Sie wollen hinter unserem Rücken den Gutsherrn überreden, als Heiratsvermittler zu uns zu kommen, damit ich dieses Weißgesicht heirate.«

Die Müllerin ist sprachlos. Vor lauter Verblüffung lacht sie laut und lange. Schließlich, als sie fürchten muß, daß ihr San-san davonläuft, nimmt sie das Mädchen bei der Hand und redet ihm zu: »Du kleiner Jähzorn, der Herr Verwalter und der Fremde haben doch bloß gescherzt, da muß man doch nicht gleich wütend werden. Wer wird es denn wagen, dich zu kränken?«

Da muß auch San-san lachen, und ausgelassen scherzt sie darüber, wie sehr die Städter sich vor Hunden fürchten. Lange schweigt ihre Mutter, schließlich meint sie: »San-san, du bist wirklich noch ein kleines Mädchen und hast überhaupt nichts verstanden.«

Am nächsten Tag versucht die Müllerin erneut, San-san mit den Eiern ins Dorf zu schicken, aber das Mädchen schüttelt nur stumm den Kopf. Weil sie nun aber die Eier versprochen hat, bleibt San-sans Mutter nichts anderes übrig, als sie selbst hinüberzubringen. San-san spielt allein im Haus. Später, als sie sich zu langweilen beginnt, geht sie an den Weiher, um die weißen Enten zu beobachten. Stunden vergehen, aber ihre Mutter ist noch immer nicht heimgekehrt. Allmählich beginnt San-san sich Sorgen zu machen: Ob Mama mit dem Gutsverwalter Streit bekommen oder sich unterwegs einen Sonnenstich geholt hat? Unruhig geht das Mädchen wieder ins Haus.

Endlich kehrt die Müllerin heim, mit großen Schritten wie ein Mann, übers ganze Gesicht strahlend. Sie läßt sich auf einen Schemel fallen, und während sie sich immer wieder den Schweiß von der Stirn wischt, erzählt sie San-san, wie freundlich der fremde Herr sie empfangen hat, wie er sie aufforderte, auf einem breiten, weichen, mit rotem Stoff bezogenen Stuhl Platz zu nehmen, der elastisch wie ein Fischernetz schaukelte, und was für ein unbeschreibliches Gefühl es war, darauf zu sitzen! Er habe sie gefragt, warum San-san keine Schule besuchen würde – in der Stadt gingen alle Mädchen zur Schule . . .

San-san, noch gekränkt, weil ihre Mutter sie so lange hat warten lassen, mag sich das unverständliche Zeug nicht länger anhören. Ehe ihre Mutter ausgeredet hat, geht sie hinaus, stellt sich ans Flußufer und blickt ins klare Wasser. Jemand hat ihr einmal erzählt, daß das Wasser vom Gebirge herab bis in die Stadt viele hundert *li* dahinströmt, und sie beginnt zu träumen: Eines Tages will ich mitfließen, in die Stadt hinunter, ohne daß jemand davon weiß . . . und dann werde ich nie, nie mehr zurückkommen. Nur eins wünscht sie sich: Die Mühle und die Fische und Enten und die gefleckte Katze sollen auch mitfließen . . . und die Mama, denn die soll immer bei ihr bleiben, sonst kann sie ja nicht ruhig einschlafen.

Die Müllerin hat unterdessen nach San-san Ausschau gehalten und sie nirgends entdecken können. Nun steht sie vor der Haustür und ruft: »San-san! Es ist so heiß, die Sonne verbrennt dir das Gesicht, du wirst schwitzen. Lauf nicht so weit, komm lieber heim!«

Gehorsam folgt das Mädchen dem Ruf und geht nach Hause, aber es murmelt vor sich hin: »Nie, nie mehr kommt San-san zurück!«

Am Nachmittag wird es so heiß, daß San-san nur noch

schlaff in einem Winkel auf ihrem Bambusliegestuhl sitzen kann. Von weit her dringt der träge Rhythmus der Wasserräder an ihr Ohr, und mit halb geschlossenen Augen betrachtet sie den Haarknoten ihrer Mutter, der ihr mehr und mehr wie ein hageres menschliches Gesicht erscheint ... bis sie schließlich einschlummert.

Ihr ist, als würde sie noch immer ihre Mutter vor sich sehen, die, ein weißes Tuch um den Kopf gebunden, mit dem Besen um den Mahlstein läuft. Jemand fragt vor der Tür nach ihr: »Wo ist San-san? Warum kommt sie nicht heraus?« Die Stimme erscheint ihr sonderbar vertraut, aber sie kann sich beim besten Willen nicht darauf besinnen, wem sie gehört. Sie eilt hinaus, steht in der Haustür und entdeckt erst jetzt den Fremden mit dem weißen Gesicht. Er sitzt still am Weiher und angelt, und als sie näher hinschaut, bemerkt sie, daß er gar keine Angelrute hält, sondern eine langstielige Pfeife, die noch raucht.

Das ist mal was Neues, denkt sie, daß man mit einer Pfeife angelt. Sie wundert sich, daß er schon so viele Fische gefangen hat. Gerade will sie zurücklaufen und ihrer Mutter alles erzählen, als auf einmal der Herr Gutsverwalter vor ihr steht.

Alles scheint wie neulich: Am Himmel leuchten rote Abendwolken, Mama ist nicht zu Hause, und sie selbst kehrt allein zurück, weil sie vergessen hat, den Hühnerstall abzuschließen. Als sie gerade die Hühner in den Stall zurücktreibt, entdeckt sie die beiden Männer, die auf einem Felsen stehen und leise miteinander reden. Sie versteht nur so viel, daß sich für sie ein Unheil anbahnt. Sie kann die beiden Männer nicht daran hindern, will sie nicht gehen lassen, darf aber selbst auch nicht einfach davonlaufen, und vor lauter Aufregung glüht ihr Gesicht wie die Wolken am Himmel. Der Gutsverwalter gibt sich als Biedermann und sagt: »Wir möchten Eier kaufen. Wir zahlen, was ihr verlangt.« Doch der junge Mann aus der Stadt schwenkt geziert seine Hand wie ein *xiaosheng*-Darsteller in einer Oper und ergänzt: »Das hast du nicht richtig gesagt ... Wir zahlen so viel Gold, wie ihr verlangt.« Als San-san begreift, daß man ihr mit Gold imponieren will, antwortet sie: »Ich mag euch aber nichts verkaufen. Euer Reichtum ist mir gleichgültig. Nehmt doch euer Gold und kauft euch auf dem Markt Rabeneier dafür.« Nun wendet der Verwalter ein: »Darfst du dich einfach weigern zu verkaufen? Selbst Phönixeier interessieren mich nicht, wenn sie von anderen verkauft werden. Überleg mal: Jetzt willst du mir vielleicht keine Hühnereier verkaufen, aber wirst du später auf mich verzichten können, wenn deine Mama den Ehevertrag aufsetzen läßt?« Der Städter sagt: »Was sollen wir so geizigen Leuten Eier abkaufen? Laß sie nur!« Laut und ärgerlich gibt San-san zurück: »Wenn ich geizig wäre, dann würde ich mit unseren Eiern die Krabben füttern und überhaupt kein einziges verkaufen! Wir beneiden niemanden um Gold und Reichtum, das kann ich euch versichern. Geht und prahlt vor anderen, schüchtert andere mit eurem Gold ein.« Doch die beiden wollen noch immer nicht gehen. In ihrem Zorn wünscht San-san, sie hätte einen Hund, den sie auf die Männer hetzen könnte – in diesem Augenblick kommt bellend ein großer weißer Hund aus dem Haus gesprungen, rennt an ihr vorbei, stürzt sich auf die beiden, und da sind sie auch schon ins Wasser gefallen. Wie sie planschen, wie sie das Wasser aufwirbeln, bis es schäumt! Und wie lustig es aussieht, als der Verwalter versucht, seinen kahlen Schädel über Wasser zu halten, und sich das lange Haar des Städters unter Wasser in den Wurzeln einer Weide verfängt und er nicht mehr loskommt! Ganz plötzlich ist aber alles wieder still. Die beiden Männer fangen mit bloßen Händen Fische im Fluß, steigen ans Ufer, klopfen sich das Wasser aus den Kleidern und tragen seelenruhig ihre Fische davon. San-san will ihrer Mama die Geschichte erzählen, stolpert jedoch und fällt der Länge nach hin ... Es war alles nur ein Traum ...

Die Müllerin bereitet gerade in der Küche das Abendessen zu. Als sie hört, wie San-san im Traum redet, eilt sie zu ihr hinüber, sieht, daß die Kleine langsam erwacht, rüttelt sie und fragt: »San-san, mit wem zankst du dich da?«

San-san muß sich erst eine Weile besinnen, blickt ihre Mutter stumm an und lächelt.

»Komm, steht auf«, sagt die Müllerin. »Ich hab dir ein

paar Schwarzwurzeln gekocht. Schau dich mal im Spiegel an, du bist ja noch ganz rot vom Schlaf!« San-san blickt in den Spiegel und schweigt wie zuvor. Sie ist inzwischen ganz wach, kann sich aber deutlich an ihren Traum erinnern. Da ihre Mama wissen will, mit wem sie sich gestritten hat, fragt San-san vorsichtig zurück, was sie denn noch gehört habe. Arglos erwidert die Müllerin, sie habe San-san nicht genau verstehen können. Darauf stellt das Mädchen keine weiteren Fragen.

Bei Tisch erwähnt die Mutter noch einmal das rote Gesicht der Tochter, und nun erzählt San-san ihr den ganzen Traum. Wieder muß die Mutter lange lachen.

Das nächste Mal, als wieder Eier ins Dorf zu bringen sind, begleitet San-san ihre Mutter. Am frühen Nachmittag treten sie durch das Tor in den weiten Hof des Gutshauses. Im Osthof erkennen sie den Besucher aus der Stadt: unter einem Spalier liegt er auf einem Rohrstuhl, blickt in den Himmel und schaut einem Adler nach. Der Verwalter scheint ausgegangen zu sein. San-san scheut vor einer erneuten Begegnung mit dem jungen Fremden zurück. Sie nötigt ihre Mutter, allein hinzugehen, während sie selbst beim Mondtor warten will. Doch soll Mama nicht vergessen, zunächst vom Tor aus laut zu rufen: »Die Eierfrau ist da!«, um den jungen Herrn auf sich aufmerksam zu machen. Gutmütig tut die Müllerin alles, was San-san verlangt. Erst nachdem sie dreimal gerufen hat, bemerkt sie der Städter mit dem weißen Gesicht. San-san fürchtet sich ein wenig, aber zugleich würde sie am liebsten herzlich lachen. Da steht sie nun vor dem Mondtor, beugt sich ab und zu vor und wirft verstohlen einen Blick in den Hof. Sie sieht, wie der Fremde sich erhebt und wieder setzt, ganz wie in ihrem Traum; und sie hört, wie er mit ihrer Mama spricht: übers Wetter, dann über andere Dinge. Während sie plaudern, wendet die Müllerin mehrmals den Kopf in die Richtung, wo San-san wartet. Der Fremde spürt, daß sie aufbrechen möchte, und bittet sie: »Gute Frau, setz dich doch ein wenig zu mir, ich möchte noch mit dir reden.«

Daraufhin muß die Müllerin Platz nehmen. Der Städter hat bemerkt, daß beim Tor jemand auf sie wartet, und fragt:

»Wer steht denn dort? Ist es dein Mädchen?« San-san wird von panischer Angst gepackt. Sie dreht sich um und will fortlaufen – da steht der Gutsverwalter hinter ihr! Er muß schon eine Weile dort gestanden haben. Nun gibt es kein Entkommen mehr, und sie muß sich gefallen lassen, daß der Verwalter sie am Ärmel in den Hof zieht.

Da steht sie nun vor dem fremden Mann, der sie auffordert, sich ebenfalls zu setzen, und darüber plaudert, wie er ihr am Weiher begegnet ist. Sie schaut in die Luft, hierhin und dorthin, bleibt nah bei ihrer Mutter stehen und bringt keinen Ton heraus. Wie gern würde sie fortlaufen – aber die Lage scheint aussichtslos.

Nach einer Weile kommt aus dem Haus ein merkwürdiges Wesen, das San-san zunächst für einen Mann hält und daher nicht näher zu betrachten wagt. Dieses Wesen trägt ein weißes Gewand und eine weiße Kappe, spricht mit dem Mann aus der Stadt, steckt ihm ein kleines helles Röhrchen in den Mund und hält minutenlang seinen Arm. Dann nimmt es einen Stift, der einem Schreibpinsel ähnelt, und malt damit sonderbare Zeichen auf ein Blatt Papier. Der Mann fragt: »Wieviel Bohnen?«, und das Wesen in Weiß antwortet: »Genau wie gestern« und lacht dabei. Erst jetzt merkt San-san, daß es eine Frau ist. Ihre Mama hat es im selben Augenblick ebenfalls bemerkt – und wie San-san hat sie sich zuvor über die Frage nach den »Bohnen« gewundert. Mutter und Tochter werfen einander einen amüsierten Blick zu. Die Frau im weißen Kittel muß ihrerseits über die beiden Landpomeranzen schmunzeln und zögert zu gehen.

Der Städter sagt zu ihr: »Fräulein Zhou, Sie sind hier doch ganz fremd und haben gar keine Freunde. Sie sollten mit diesem Mädchen Freundschaft schließen. Es besitzt eine prächtige Getreidemühle unten am Fluß, mit einem hübschen Wasserrad. Auch ein schöner Damm gehört dazu. Wenn Sie sie zur Freundin gewinnen, können Sie sich dort jederzeit erholen und angeln oder mit der Kleinen im Wald spazierengehen und sie nach den Namen der Blumen und Kräuter ausfragen.«

Darauf nimmt dieses »Fräulein Zhou« lächelnd San-sans

Hand und will mit ihr aufbrechen. San-san weiß nicht, ob es sich gehört, einfach mit der fremden Frau zu verschwinden. Fragend blickt sie ihre Mutter an, doch diese gibt ihr mit gespitzten Lippen zu verstehen, sie möge ruhig gehen. So gehen die beiden draußen spazieren und beginnen Freundschaft zu schließen. Die Krankenschwester fragt San-san nach vielen ländlichen Dingen. San-san gibt bereitwillig Auskunft, möchte aber gleichzeitig selbst etwas fragen ... nur weiß sie nicht genau, wie sie sich ausdrücken soll. Außerdem wird sie durch die komische weiße Haube abgelenkt, denn sie fragt sich, wie die wohl da oben auf dem Kopf der Frau sitzen bleibt, ohne herunterzufallen, und kann sich kaum das Lachen verbeißen.

Nach einer Weile hört San-san ihre Mutter rufen. Sie weiß nicht, wie sie sich der fremden Frau gegenüber verhalten soll: muß sie sich in aller Form verabschieden, oder kann sie sie mit irgendeinem Vorwand einfach verlassen? Schließlich sagt sie nur: »Meine Mama ruft, ich muß gehen«, eilt zum Gutshof zurück und bricht dann gemeinsam mit ihrer Mutter auf.

Der Heimweg führt durch einen kleinen Bambuswald. Eben geht die Sonne unter, und goldene Strahlen fallen durchs Laub. San-san stülpt sich einen leeren Korb verkehrt herum auf den Kopf und spielt eine Fischverkäuferin mit Strohhut. Dann denkt sie plötzlich an die Frau mit der weißen Haube und fragt: »Mama, was hältst du eigentlich von dieser Frau – meinst du, sie ist in Ordnung?«

»Welche Frau?«

San-san glaubt, ihre Mutter stelle sich absichtlich dumm. Ärgerlich läuft sie ein gutes Stück voraus. Die Müllerin ruft ihr nach: »Sag doch, San-san, welche meinst du?«

»Welche? Na, diese Frau da – was fragst du denn noch?«

»Wie kann ich das wissen? Meinst du das junge Fräulein mit dem rosigweißen Gesicht?«

San-san bleibt stehen und wartet auf ihre Mutter. Sie weiß ja nun, daß sie gar keinen Grund hatte, sich zu ärgern, und so kichert sie in sich hinein. Als die Mutter sie eingeholt hat, gibt sie San-san einen kameradschaftlichen Stoß und meint: »Du, das Fräulein ist recht hübsch, nicht?«

Eigentlich ist San-san derselben Meinung, aber da ihre Mutter zuerst davon spricht, brummt sie nur: »Wieso hübsch? Lang wie eine Melonenstaude – nennst du das hübsch?«

»Immerhin hat sie was gelernt. Hast du nicht gesehen, wie sie geschrieben hat?«

»Na gut, Mama, du kannst sie ja morgen fragen, ob sie nicht deine Adoptivtochter werden will, wenn du sie so klug findest. In letzter Zeit scheinst du bloß noch für Gebildete zu schwärmen.«

»He! Hör sich einer das an! Wenn ich behaupte, daß Schulbildung etwas Gutes ist, wirst du böse ... was hast du eigentlich gegen Gebildete?«

»Bei Männern ist es ja ganz schön, aber bei Frauen ist es widerlich!«

»Na fein, da du die junge Frau also widerlich findest, wollen wir uns vor ihr ekeln.«

»Ach nein, das meinst du ja gar nicht ernst!«

»Macht nichts. Du kannst dich auch allein vor ihr ekeln.«

»Tu ich aber gar nicht.«

»Aber wer bleibt denn dann noch übrig, um sie widerlich zu finden? Was meinst du, San-san?«

»Also, ich meine – niemand.«

Mutter und Tochter brechen nach diesem scheinbar sinnlosen Gespräch in fröhliches Gelächter aus.

Wieder läuft San-san flink voraus. Doch die Abendstimmung ist zu schön. Sie bittet ihre Mama, sich neben sie auf einen flachen Stein unter einen Gummibaum zu setzen und eine vorüberziehende Wolke zu beobachten. Diesem Vorschlag kann die Müllerin natürlich nicht widerstehen. Als San-san den Bambuskorb vom Kopf nimmt und sich ihr Haar zurechtstreicht, denkt sie wieder an jene Frau, die kurzgeschnittenes Haar trägt wie ein Mann. Die Mutter mahnt: »San-san, du schwitzt, wisch dir mit der Schürze den Schweiß vom Gesicht.« Doch San-san blickt in die Ferne und rührt sich nicht, denn sie denkt an andere Dinge. Wie seltsam, überlegt sie gerade, daß die Gesichter mancher Leute so weiß sind wie Kamelienblüten ... Und ohne nachzudenken, spricht sie unvermittelt mit ihrer Mutter darüber. Diese meint, eben daran würde man die »Leute aus der Stadt« erkennen: sie haben weiße Gesichter, ohne sich pudern zu müssen.

»Das ist aber nicht hübsch«, findet San-san, und ihre Mama bestätigt: »Natürlich nicht.« San-san fährt fort: »Aber die kleine Schwarze aus der Familie Song, die sieht erst recht nicht hübsch aus.« Die Müllerin weiß nicht genau, worauf San-san eigentlich hinauswill und von wo der Wind weht. So unterbricht sie sie lieber nicht, sondern tut, als höre sie aufmerksam zu und warte auf San-sans Urteil. Doch San-san will gar keine eigene Meinung äußern, sie hat nur wieder einmal Lust, ihrer Mutter zu widersprechen. Als diese schweigt, verstummt auch das Mädchen.

Eines Tages kommen Leute in die Mühle und laden Getreide ab. Die Träger gehen wieder, und nur eine Frau bleibt zurück, um nach dem Getreide zu sehen. Diese Frau klatscht gern, und da sie gerade von einer Hochzeit in einem 60 *li* entfernten Dorf zurückgekehrt ist, steckt sie voller Geschichten und Dorfneuigkeiten. Sie muß einfach ein paar davon loswerden, um nicht zu platzen. So schwätzt sie munter drauflos und erzählt der Müllerin und San-san von ihren Erlebnissen. Sie trifft auf offene Ohren, denn San-sans Mutter interessiert sich ihrer heranwachsenden Tochter wegen stets besonders für Hochzeiten und will immer alles ganz genau wissen: Ob die Braut hübsch war, ob sie eine schöne, reiche Aussteuer mit in die Ehe brachte. Und sie weiß zudem, daß auch San-san bei diesem Thema die Ohren spitzt. So stellt sie jetzt wieder alle möglichen Fragen und hofft, die Frau werde recht ausführlich erzählen.

San-san steht in einiger Entfernung und hört schweigend zu. Manchmal erwähnt die Frau gewisse Dinge, die ihrer Meinung nach nicht für die Ohren eines anständigen jungen Mädchens geeignet sind. Dann dämpft sie die Stimme, und San-san tut so, als sei sie völlig in ihr Spiel mit einem Hanfseil vertieft, hört aber in Wirklichkeit jedes Wort. Fällt ein Ausdruck, der San-san fremd oder unanständig vorkommt, dann muß sie kichern und wendet rasch den Kopf zur Seite, um die Frau nicht auf sich aufmerksam zu machen.

Es kann gar nicht ausbleiben, daß das Gespräch der beiden Frauen sich schließlich auch um den Gast des Gutsherrn und die Frau in weißem Kittel und weißer Haube dreht. Die Klatschbase erzählt, sie habe gehört, daß diese weißgekleidete Frau eine Angestellte sei, die dafür bezahlt werde, den jungen Herrn aus der Stadt zu pflegen, und angeblich bekomme sie jeden Tag mehrere *liang* Silber dafür. Doch sie selbst könne das nicht so recht glauben, sondern vermute eher, es handele sich um die junge Gnädige oder eine Nebenfrau.

San-sans Mutter widerspricht mit Nachdruck: Nie im Leben sei die Frau mit der weißen Haube mit dem Städter verheiratet!

Die Klatschbase fragt: »Woher willst du das so genau wissen?«

»Ach was, sie kann gar nicht seine Ehefrau sein!«

»Sag mir doch deine Gründe, falls du welche hast.«

»Natürlich hab ich welche ... aber ich weiß nicht, wie ich mich ausdrücken soll.«

»Gar nichts hast du gesehen – wie willst du da was wissen?«

»Wieso hab ich nichts gesehen?«

So streiten die beiden ergebnislos hin und her, und keine kann den eigenen Standpunkt wirklich untermauern. San-sans Mutter vergißt völlig, daß jemand die weißgekleidete Person »Fräulein Zhou« genannt hat, und verschenkt damit ein schlagkräftiges Argument. San-san kann sich an manches andere erinnern, das ihrer Mutter recht gibt, aber sie hat keine Lust, mit dieser Frau zu diskutieren. Zuletzt unterbricht sie das Geplänkel: »Mama, zankt euch doch nicht wegen solcher Kleinigkeiten. Bitte wasch mir die Haare, ja? Ich geh Wasser aufsetzen.«

Schließlich ist alles Getreide gemahlen, und die Frau trägt es hinaus. Inzwischen ist auch das Wasser heiß. San-san setzt sich auf einen Schemel und mault: »Mama, du bist wirklich komisch ... wie kannst du dich bloß darauf einlassen, mit dieser Alten so dummes Zeug zu reden?«

»Was denn für dummes Zeug?«

»Nun, ob diese Frau dort seine Ehefrau ist oder nicht. Was kümmert dich das?«

Der Mutter geht etwas durch den Kopf. Fest preßt sie die Lippen zusammen, grübelt lange vor sich hin und seufzt schließlich leise auf.

Einige Tage später kommt Besuch: es ist die Frau mit der weißen Haube. Ein kleines Mädchen aus dem Dorf hat sie hergeführt. Man plaudert über dies und jenes, und alle sind sehr vergnügt. Die Müllerin, die zum erstenmal einen so »vornehmen« Gast bei sich bewirtet, eilt geschäftig hin und her. Am liebsten würde sie eine fette Henne schlachten und die junge Dame zum Abendessen einladen, wagt es aber dann doch nicht und ist ganz verwirrt deswegen.

San-san verhält sich jedoch völlig ungezwungen, führt die Besucherin herum, zeigt ihr weiter flußabwärts ein Wasserrad, und miteinander tollen sie umher und pflücken am Ufer goldgelbe Ringelblumen. Später kehren sie zur Mühle zurück. San-san holt die Angel und zwei niedrige Schemel und geht mit der jungen Frau zum Fischen an den Fluß.

Selbst die Fische scheinen zur allgemeinen Fröhlichkeit beitragen zu wollen, denn kaum hält die Krankenschwester die Angel in der Hand, als sie auch schon vier große Karpfen fängt, worüber sie sich unbändig freut. Dann ist es bereits Zeit für ihre Rückkehr. San-sans Mutter drückt ihr die Fische in die Hand, und als die junge Dame ablehnen will, besteht die Müllerin energisch darauf; dem Dorfmädchen gibt sie noch einen kleinen Sack mit frischen Kürbiskernen, den das Kind für die Städterin tragen soll, denn die Besucherin hatte nachmittags angedeutet, wie gern sie diese Kerne ißt.

Wieder sind einige Tage vergangen, als der Mann mit dem weißen Gesicht in Begleitung des Gutsverwalters zum Angeln herauskommt. Auch diese beiden ziehen später reich beschenkt zurück ins Dorf.

Dann kommt eines Tages der Kranke mit der jungen Frau gemeinsam zu Besuch. Sie bringen süßes Obst in Gläsern und andere Geschenke mit, und wieder gerät die Hausfrau völlig außer Fassung, weil sie nicht den Mut aufbringt, so respektable Gäste zum Essen einzuladen. Zuletzt fängt sie zwei Hennen und nötigt die Besucher, sie lebend mitzunehmen und auf dem Gut zubereiten zu lassen. Die beiden versichern, daß es ihnen an nichts mangelt und man die Hühner lieber am Leben lassen solle, damit sie Eier legen können. Die Müllerin jedoch drängt sie, das Geschenk anzunehmen. Nun schlagen die Gäste vor, die Hühner bei ihrem nächsten Besuch zu schlachten – sie würden dann gern zum Essen bleiben, und erst da schenkt die Müllerin den beiden Hennen ihre Freiheit wieder.

Nach diesem Besuch beginnt sich in der Mühle etwas zu verändern. In den Gesprächen zwischen Mutter und Tochter nimmt die Stadt allmählich einen immer größeren Raum ein. Sie wissen ja nichts über das Leben dort und haben sich früher keinerlei Gedanken gemacht über seine Vorzüge. Nun stellen sie sich vor, daß alle Leute in der Stadt aussehen wie der Mann mit dem weißen Gesicht und die junge Krankenschwester – höchstens fügen sie noch diese oder jene Einzelheit hinzu, entsprechend den auf dem Lande kursierenden Klatschgeschichten. In ihrer Vorstellung bietet die Stadt etwa folgendes Bild: Ringsherum verläuft eine gewaltige Steinmauer; diese umschließt unzählige hübsche Häuser, die dicht beieinanderstehen; und in jedem der hübschen Häuser leben ein alter Gnädiger Herr und mehrere junge Herren, dazu etliche Frauen, die wie Bräute in bunte Seide gekleidet sind, den ganzen Tag im Haus sitzen und nichts zu tun brauchen. Ferner gehören zu jedem Haushalt, so denken sie, viele Sklaven und Sklavinnen. Vor den Haustoren sitzen besondere Sklaven, die nichts anderes zu tun haben, als Visitenkarten entgegenzunehmen. Die Sklavinnen schälen für ihre Herrschaft Lotuskerne oder bereiten eßbare Vogelnester zu. Gewiß gibt es in der Stadt auch viele Straßen, in denen sich Wagen und Pferde drängen. Sogar Ausländer spazieren steifbeinig umher. Und natürlich steht dort auch der gewaltige Bau des Yamen, wo unzählige Magistratsbeamte, jeder ein majestätischer Bao Longtu, von früh bis spät die verschiedenen

Fälle untersuchen. Denn »Richter Bao« waltet hier zwar seines Amtes, aber trotzdem treiben sich in der Stadt alle möglichen Bösewichter herum. Und Läden gibt es dort, in denen die seltsamsten Dinge verkauft werden. Sicher stehen an allen Ecken und Enden große und kleine Tempel, auf deren Vorplatz alle Tage Opern aufgeführt werden; stets sitzen die Zuschauer dichtgedrängt auf langen Bänken und verspeisen während der Vorstellung krachend schwarze Melonenkerne. Üble Frauenzimmer werfen den Passanten freche Blicke zu, um sie anzulocken. Beim Stadttor sitzen die dicken Metzger hinter ihren Ständen, und dort findet man auch »Eisenmaul« Wang, den Wahrsager, der einem die Zukunft voraussagt.

Ja, so muß es wohl dort aussehen ... Mutter und Tochter kennen nun nichts Vergnüglicheres mehr, als am Feierabend über die Stadt zu plaudern und sich immer neue Einzelheiten auszudenken. Lebten sie schon früher recht glücklich und zufrieden miteinander, so hat ihr Alltag durch diese bunten Phantasien noch an Reiz gewonnen. Nur manchmal kommt es vor, daß die Mutter mitten in einer ihrer Plaudereien über die Stadt plötzlich verstummt, und wenn San-san sie dann fragt, woran sie denkt, lacht sie nur und meint, es sei nichts weiter.

San-san ist aber keineswegs entgangen, daß etwas Besonderes, Bedeutungsvolles im Lächeln ihrer Mutter liegt. Sie kann es sich nicht erklären. Hat Mama etwa vor, in die Stadt zu ziehen? Oder will sie dort einen Besuch machen? Oder wäre es möglich, daß sie sich ihre große Tochter gar als Braut vorstellt? In den tiefsten Winkeln ihres Frauenherzens scheint allerlei verborgen zu liegen ... Doch auch San-sans Gedanken gehen oft seltsame Wege, ohne daß sie ihrer Mama davon erzählt. Wenn sie manchmal am Flußufer herumtändelt und die Mutter plötzlich ruft: »Komm nach Haus, San-san!«, dann sagt sie, während sie auf die Mühle zugeht, immer wieder leise vor sich hin: »San-san kommt nicht nach Hause, sie kommt nie mehr nach Hause.« Es ist freilich nur ein Gedankenspiel, und San-san nimmt es selbst nicht besonders ernst. Außerdem – wo sollte sie wohl sonst hin?

Mitunter stellen sie fest, daß sie beide in der vergangenen Nacht etwas ganz Ähnliches geträumt haben: sie machten im Traum einen Ausflug in die Stadt, besuchten den stattlichen Yamen und besichtigten einen riesengroßen Tempel. Aber San-san ist fest davon überzeugt, daß ihre Mama in einer anderen Stadt war als sie selbst. Sie hat ja oft gehört, daß es fast ebenso viele Städte gibt wie Dörfer. Die Stadt, die sie im Traum besucht hat, liegt bestimmt weit entfernt von der, in welcher ihre Mutter war. Mamas Stadt sah eigentlich ganz wie der Gutshof aus, nur etwas größer; San-san dagegen, die von der Frau mit der weißen Kappe erfahren hat, daß es in ihrer Stadt über 200 Krankenschwestern gibt, hat von einer riesigen Stadt geträumt – groß genug für über 200 Schwestern!

Wenn die Müllerin allein ins Dorf geht, um Eier abzuliefern, berichtet sie nach ihrer Heimkehr oft, daß man San-san von dort grüßen lasse und gefragt habe, warum sie nicht wieder einmal vorbeikomme. Jedesmal, wenn die Mutter versucht, das Mädchen zu einem solchen Besuch zu überreden, gibt es ein heilloses Theater: San-san kann unmöglich gehen, denn Mama hat sie ja nicht gekämmt; hängt der Zopf dann glatt und ordentlich geflochten, kann sie immer noch nicht mit, ehe sie nicht etwas Frisches angezogen hat; ist auch das geschehen, weigert sie sich plötzlich trotzdem einfach ohne jeden Grund, die Mutter zu begleiten. Die Müllerin möchte ihre Tochter keineswegs zwingen, in solchen Augenblicken jedoch kann selbst sie ein wenig die Geduld verlieren. Läßt sich San-san am Ende aber doch überreden und geht mit, dann ist alles vergessen, und beide sind ausgelassener und vergnügter denn je.

So kommt San-san also selten aufs Gut. Wenn ihre Mama heimkehrt, will sie aber immer genau wissen, was es dort Neues gibt. Während die Müllerin erzählt, beobachtet sie das Mädchen, denn sie glaubt es durchschaut zu haben und redet daher absichtlich viel und lange. Einmal, als sie erzählt, wie die Krankenschwester den Mann mit dem weißen Gesicht betreut und wie sanft und freundlich sie mit ihm spricht, bemerkt San-sans Mutter in den Augen der

Tochter ein mildes, sanftes Leuchten. Betroffen verstummt sie. Doch auch San-san denkt in diesem Augenblick an etwas, was ihre Mama nicht unbedingt zu wissen braucht. So schweigen beide.

Eines Tages kommt aus dem Dorf wieder Besuch zur Mühle. Als er eintrifft, ist San-san gerade an den Unterlauf gegangen, um beim Wasserrad Ringelblumen zu pflücken. Später kommt sie heim und sieht ihre Mutter in ein Gespräch mit dem Verwalter vertieft, als ginge es um äußerst wichtige Dinge. Als die Müllerin San-san sieht, blickt sie nur kurz auf und lächelt dem Mädchen zu, und San-san entdeckt in diesem Blick zu ihrer Verwirrung einen neuen, rätselhaften Zug.

Der Mann allerdings redet San-san sofort an: »Nun sag mal, San-san, wieso kommst du nur so selten ins Dorf . . .? Jemand wartet doch auf dich!«

Das Mädchen starrt auf den Strauß in seiner Hand und antwortet, ohne den Kopf zu heben: »Niemand wartet auf mich.«

»O doch, dein Freund erwartet dich.«

»So einen Freund gibt es nicht.«

»Aber ja! Überleg doch mal – es gibt bestimmt einen.«

»Du mußt es ja wissen.«

»Wie alt wirst du dieses Jahr? Bist du nicht im Jahr des Drachen geboren?«

San-san, die sich äußerst unbehaglich fühlt und diese Fragerei nicht versteht, blickt ihre Mutter an und bleibt die Antwort schuldig.

»Na, laß nur, ich weiß auch so Bescheid, selbst wenn du's mir nicht verraten willst. Deine Mama hat mir gerade erzählt, daß du am 17. Tag des Vierten Monats geboren bist, stimmt's?«

San-san denkt: Ob am 17. Tag des Vierten oder am 18. Tag des Fünften Monats – was geht das dich an? Vor mir brauchst du keinen Geburtstags-Kotau zu machen. Sie ist ihrer Mutter böse, weil sie mit einem Fremden über diese Dinge redet, zieht einen Schmollmund und wirft die Blumen, die sie eigentlich für die Mama gepflückt hat, achtlos neben den Mahlstein. Dann läuft sie ans Flußufer, sucht flache Steine, schleudert sie in die Wellen und beobachtet, wie sie übers Wasser hüpfen.

Als sie bemerkt, daß ihre Mutter den Gast verabschiedet, stellt sie sich rasch mit dem Rücken zur Straße und tut so, als schaue sie den beiden Ochsen zu, die am gegenüberliegenden Ufer miteinander kämpfen. Mehrmals ruft der Mann aus dem Dorf ihren Namen, aber sie rührt sich nicht. Schließlich geht er lachend davon.

Am Abend fällt der Müllerin auf, daß San-san kaum ein Wort sagt und auch anders aussieht als sonst. »Was ist denn, Kind?« fragt sie. »Bist du auf jemanden böse?«

Leise antwortet San-san: »Nein.« Dabei spürt sie, daß sie am liebsten losweinen möchte.

Zwei Tage vergehen, am dritten scheint San-san alles vergeben und vergessen zu haben. Doch bittet sie von nun an nie mehr darum, ins Dorf mitgenommen zu werden, und erinnert ihre Mutter nicht mehr daran, Eier hinüberzubringen. So wagt auch die Müllerin nur noch selten, die Stadt oder ihre Besorgungen im Dorf zu erwähnen.

Allmählich vergeht die Zeit. Auf manchem Reisfeld hängen die unter Sonne und Regen gereiften Ähren schon tief herab. Hier und da füllt die neue Ernte bereits einen Getreidespeicher. Man bringt einander mit braunem Reis gefüllte Mörser, um den »diesjährigen« zu prüfen.

Bei den Songs im Dorf trifft man jetzt Vorbereitungen für die Hochzeit der Tochter. Da San-san und ihre Mutter zum Brautgefolge gehören, werden sie gebeten, einige Tage im Haus der Brauteltern zu verbringen. Erst vor kurzem hat die Müllerin eine prächtige grüne Schürze für San-san genäht. Dem Mädchen fällt daher kein Vorwand ein, sich gegen den Besuch zu sträuben. So gehen sie, mit Geschenken beladen, ins Dorf. Es ist in dieser Gegend Sitte, die Mitgift zur Schau zu stellen, bevor eine Braut ihr Elternhaus verläßt. Von nah und fern können die Frauen kommen und sich die Pracht nach Herzenslust ansehen. Die junge Krankenschwester aus der Stadt, deren einzige Pflicht in der Pflege ihres Patienten besteht, hat sich im Lauf der vergangenen Wochen längst mit einigen Dorffrauen angefreundet und wird nun von ihnen ins

Haus der Familie Song geführt, um die Aussteuer zu betrachten.

Kaum ist sie eingetreten, als sie die Müllerin entdeckt und ihr nach Art der Städter Vorwürfe macht, weil sie sich so lange nicht hat blicken lassen; dann fragt sie San-san, ob diese sie denn ganz vergessen habe. Mutter und Tochter blicken sie, wie es auf dem Lande üblich ist, nur stumm und lächelnd an. Die Frau mit der weißen Haube wirkt ein wenig müde und erschöpft. Sie erzählt San-sans Mutter, daß es dem Kranken immer noch nicht besser gehe. Einmal sei ein Arzt aus der Stadt dagewesen und habe verfügt, daß der Kranke im Herbst an einen anderen Ort verlegt werden solle. Sie hätten daher vor, im August zunächst in die Stadt zurückzukehren und dann weit fort an die See zu fahren, damit der Patient endlich genesen könne. Ihr und auch dem Kranken würden nach ihrer Abreise die Müllerin, San-san und die kleine Mühle gewiß sehr fehlen.

Die Frau mit der weißen Haube fügt noch hinzu, sie hätten in der Zwischenzeit öfter jemanden geschickt, um die Müllerin und ihre Tochter herüberzubitten, aber nie seien sie gekommen. Auch sie selbst hätte oft Lust gehabt, wieder einmal am Fluß zu angeln. Doch es sei zu heiß gewesen, um auszugehen.

Nun erst bemerkt die junge Krankenschwester die hübsche neue Schürze, an die San-san sich eine Blüte gesteckt hat, was ihren unschuldigen Liebreiz noch unterstreicht. »Oh, San-san, was für eine wunderhübsche Schürze«, ruft sie. »Die hat wohl deine Mama genäht?« Aber San-san antwortet nicht, denn sie staunt gerade darüber, wie ein paar Wochen Sonne das Gesicht der Städterin verändert haben: richtig braungebrannt sieht sie aus! Mit einem herzlichen, freundschaftlichen Lachen blickt sie der jungen Frau in die Augen.

Die Müllerin meint höflich: »Ach, wir sind einfache Leute vom Lande, wir brauchen keine hübschen Sachen. Wenn wir irgendwas auf dem Leib haben, sind wir schon zufrieden.« San-san spürt, daß die Worte ihrer Mutter nicht ganz aufrichtig klingen, und um sie zu bestätigen, fügt sie leise hinzu: »Die Schürze hier – die ist schon dreimal gewendet.«

Da richtet sich die Frau mit der weißen Haube lächelnd an die Müllerin: »Liebe Frau, du kannst wirklich von Glück sagen – und dein Töchterchen hat's auch gut getroffen.«

»Was soll das schon groß für ein Glück sein? Wie können wir Landfrauen uns mit den Leuten aus der Stadt messen?«

Gerade schleppen zwei Leute eine Truhe mit Brautgeschenken vorüber. San-san läuft hinterher, um zu sehen, was darin ist. Die Krankenschwester schaut ihr nach und sagt dann zu San-sans Mutter: »Tantchen, wenn deine kleine San-san einmal heiratet, hat sie bestimmt noch eine viel stattlichere Mitgift.«

»Wir sind arme Leute«, meint die Müllerin bescheiden. »Ich kann noch gar nicht daran denken, meine Tochter zu verheiraten.«

Dies alles hat San-san gehört. Kein Wunder, daß sie sich sehr viel Zeit läßt beim Betrachten der Aussteuer und erst nach einer langen Weile wieder zu den beiden Frauen zurückkehrt.

Sie plaudern dann noch über dieses und jenes, und schließlich bittet die Frau mit der weißen Haube die beiden, mit ihr aufs Gut zu kommen und den Kranken zu besuchen. San-sans Zögern ist der Müllerin nicht entgangen. Außerdem macht sie selbst, wie alle Dörfler, nur ungern mit leeren Händen Besuche. So verspricht sie, den Besuch in den nächsten Tagen nachzuholen.

Ein paar Tage vergehen. Wieder daheim, unterhalten sich Mutter und Tochter über die Hochzeit und haben alles andere vergessen. Doch als das Gespräch darauf kommt, wie sich die Braut mit Salbe und Puder das Gesicht weiß geschminkt hat, fällt ihnen die junge Schwester aus der Stadt wieder ein, deren Gesicht in den wenigen Wochen auf dem Land so frisch und rosig geworden ist. Da erinnern sie sich auch wieder an ihr Versprechen. Die Müllerin fragt San-san, wann sie ins Dorf gehen und »die Städterin« besuchen möchte. Erst will San-san wieder Ausflüchte machen, doch dann meint sie, man könne ruhig wieder einmal hingehen – ihr sei jeder Tag recht. Darauf beschließt ihre Mutter, am folgenden Tag zu gehen.

San-san erinnert sich nun auch wieder daran, daß die Frau mit der weißen Haube gesagt hat, sie würde so gern noch einmal zur Mühle herauskommen. Deshalb bittet sie die Mama, möglichst früh aufzubrechen, damit sie die junge Frau zu sich einladen können. San-san will sie dann abends wieder aufs Gut zurückbringen. Die Müllerin denkt an die beiden Hühner und an das Versprechen der Fremden, beim nächsten Mal zum Essen zu bleiben. San-sans Vorschlag ist ihr daher höchst willkommen, denn so wird man beizeiten zurück sein, die Hühner schlachten und das Essen richten können.

Am folgenden Tag machen sich die beiden in aller Frühe auf den Weg ins Dorf. Sie tragen einen Korb mit Eiern. Der Pfad windet sich über eine Brücke, durch das Bambuswäldchen, hügelauf und hügelab. Das Gras am Wegrand ist noch feucht vom Tau. Wie ein Wecksignal beginnen auf einmal die Grillen zu zirpen, und über die Köpfe von Mutter und Tochter hin streichen mit fröhlichem »Dschak-dschak-dschak« die Elstern. Die Mutter geht ein paar Schritte hinter San-san und betrachtet das junge Mädchen: es ist schlank und rank wie ein junger Bambusstamm; während es munter ausschreitet, schlägt es mit einem Stecken mutwillig in das hohe Gras. Die Worte des Gutsverwalters gehen der Mutter durch den Sinn; damals hat sie seine Fragen nicht recht verstanden. Und auch die Frau mit der weißen Haube hat vor wenigen Tagen so merkwürdige Dinge gesagt. Eine Ahnung steigt in ihr auf: Da San-san erwachsen wird, mag bald alles mögliche geschehen, wer weiß, wer kann sagen, was . . .?

Nun sieht sie die seltsamsten Bilder, Eindrücke, Erinnerungen vor sich . . . eine Brautkrone aus Perlen – aber wer soll sie tragen? Zwanzig Truhen mit Brautgeschenken; goldene Schließen und Beschläge – für wen ist das alles bestimmt . . .? Blumen, Früchte, Lotuskerne, Datteln – für wen . . .? Wer ist das . . .? Ihre San-san? Ist sie denn ein Fräulein aus der Stadt . . .?

Wäre die Müllerin nicht plötzlich gestolpert und beinahe

hingefallen – wer weiß, was sie sich noch alles ausgemalt hätte. San-san, die schon mehrmals gehört hat, wie ihre Mutter ein »Ach was!« ausstieß, dreht sich um. »Mama, was ist mit dir? Woran denkst du denn? Schau, fast hättest du den Eierkorb fallen lassen. Wo hast du nur deine Gedanken?«

»Ich hab gerade daran gedacht, daß ich zu alt bin, um in die Stadt zu gehen und mir die weite Welt anzusehen.«

»Ja, wolltest du denn in die Stadt?«

»Nun, du – du wirst später sicher einmal in die Stadt ziehen!«

»Was heißt sicher? Ich denk gar nicht dran, in die Stadt zu gehen!«

»Na, um so besser.«

Sie wandern wieder eine Weile, bis San-san fragt: »Mama, warum sagst du, daß ich später in die Stadt ziehe? Wie kommst du darauf?«

Hastig erläutert die Mutter: »Du willst ja nicht – also geh ich auch nicht. Das Stadtleben taugt bloß für die Städter. Wir – haben doch unsere Mühle, die lassen wir nicht im Stich.«

Bald tauchen die stattlichen Gebäude des Gutshofes vor ihnen auf. Dicht stehen die Eschen und Eiben um das nördliche Tor. Die beiden treten ein, wenden sich nach Süden und gehen aufs Gutshaus zu. Unter den Bäumen im Hof stehen überall Leute herum, als gäbe es etwas Aufregendes zu sehen. Man trägt eilig irgendwelche Sachen hin und her. Offenbar sind unerwartet Gäste eingetroffen, oder es ist etwas anderes Ungewöhnliches geschehen. Langsam und ohne sich besonders zu wundern, treten Mutter und Tochter näher. San-san vermutet: »Ob ein hoher Beamter aus dem Yamen angekommen ist? Mama, ich warte hier, geh du hinüber und schau, was es gibt, ja?« Arglos stimmt die Müllerin zu, stellt den Korb ab und bittet San-san, einen Moment darauf zu achten. Dann eilt sie, nun doch etwas beunruhigt, auf die Menschenmenge zu.

Eine Frau, die ein Kind auf dem Arm trägt und eben nach Hause gehen will, kommt auf das nördliche Tor zu und sieht San-san dort stehen. »Warum bist du denn so früh schon hier, San-san?« fragt sie. »Hast du etwas zu besorgen?« Sie wirft einen Blick auf den Korb und fragt wieder: »San-san, wem willst du die Eier schenken?«

Das Mädchen antwortet ausweichend: »Die hab ich nur so mitgenommen.« Sie hat keine Lust, mit der Frau zu plaudern, senkt den Kopf und spielt mit den Bändern ihrer hellgrünen Schürze.

Doch die Frau will weiter wissen: »Wo ist denn deine Mama?«

San-san hält den Kopf noch immer gesenkt, weist nach Süden zum Gutshaus hinüber und murmelt: »Da hinten.«

Nun sagt die Frau: »Dort ist jemand gestorben.«

»Wer denn?«

»Der junge Herr, der vor einem Monat zur Erholung aus der Stadt hierhergekommen ist. Man sagt, er war krank. Bis zuletzt ist er jeden Tag ausgegangen – wer hätte gedacht, daß es so schlimm um ihn stand!«

San-san fährt ein kalter Schauer durchs Herz. Kann das wahr sein? denkt sie.

Inzwischen hat auch die Müllerin erfahren, was geschehen ist. Bleich und erschüttert kommt sie zurück und zieht San-san ohne ein weiteres Wort mit sich fort. Dann sagt sie, als spräche sie zu sich selbst: »Einfach tot, einfach so gestorben . . . und sah doch gar nicht so aus, als ob er schon sterben müßte!«

Wie angewurzelt bleibt San-san stehen und fragt: »Mama, ist es wirklich dieser Mann mit dem weißen Gesicht, der gestorben ist?«

»Alle sagen, daß er tot ist.«

»Können wir denn da einfach heimgehen?«

Die Mutter überlegt: »Ja, wirklich – können wir einfach gehen?«

Nachdem sie miteinander beratschlagt haben, bleiben sie also noch und gehen zu den anderen hinüber, um genau zu erfahren, was geschehen ist. San-san wünscht sich sehnlich, die Frau mit der weißen Haube irgendwo zu entdecken – sie könnte ihr sicher alles erklären. Unterdessen nähern sie sich dem weit geöffneten Hauptportal, vor dem sich eine dichte Menschenmenge drängt. Näher wagen sie sich nicht heran, denn sie fürchten, die Leute könnten meinen, daß sie Geschenke bringen, um sich einzuschmeicheln. Sie stehen in der Menge und hören, was man über den Kranken erzählt. Auch über die Frau mit der weißen Haube wird manches geredet. Seine Frau sei sie gewesen, heißt es ... und noch andere Dinge werden gesagt. Es ist klar, daß die Leute nicht das geringste über die beiden Städter wissen.

San-san ist kreidebleich, zupft ihre Mutter am Kleid und fleht leise: »Mama, laß uns gehen!« Darauf verlassen die beiden den Gutshof.

Als sie bei der Mühle ankommen, ist schon der erste Kunde mit Getreide da. So stellt die Mutter den Eierkorb nieder und geht in die Mahlstube. San-san steht am Fluß, blickt ins klare Wasser und scheint nach etwas Ausschau zu halten, das ihr verlorenging. Aber so sehr sie auch grübelt, was das wohl gewesen sein mag – sie kann es nicht benennen.

Die Müllerin sorgt sich um San-san und ruft sie ins Haus, aber das Mädchen ruft zurück: »Laß mich, Mama, ich schaue den Krabben zu!«

»Komm und leg die Eier in den Krug! Die Krabben im Fluß kannst du jeden Tag sehen.«

San-san gehorcht – sie kann nicht anders. Das Schleusentor wird geöffnet, und das Mahlwerk beginnt sich zu drehen. Die Müllerin schaut überall nach dem Ölfläschchen, um den Schaft zu schmieren. San-san weiß, daß die kleine Flasche hinter der Tür hängt, aber sie schweigt und läßt ihre Mutter absichtlich weitersuchen. Sie hockt sich neben den Korb und zählt die Eier, wieder und immer wieder, stundenlang. Irgendwann, nach langer Zeit, tritt der Mann, dessen Getreide gemahlen wird, auf sie zu und fragt, warum sie und ihre Mutter schon so früh mit Eiern ins Dorf gegangen sind und wem sie sie bringen wollten. San-san erhebt sich und geht aus dem Haus, als hätte sie die Frage nicht gehört.

1931

Die Lampe

Die junge Dame in Schwarz ist ein häufiger Gast bei Professor N. Einmal bemerkt sie eine altmodische Petroleumlampe auf seinem Schreibtisch. Sie wundert sich, daß das alte Stück rundum blitzblank geputzt ist, und will wissen, warum er es so schätzt. Daraufhin erzählt ihr der Gastgeber die Geschichte dieser Lampe.

Vor zwei Jahren zog ich in diese Wohnung. Damals unterrichtete ich am »China National Institute«. Obwohl ich hier nur zwei Zimmer habe, komme ich allein recht gut damit aus: das vordere Zimmer dient mir als Wohn- und Arbeitsraum, das hintere als Schlafkammer. Damals, es muß etwa Anfang Mai gewesen sein, fiel unbegreiflicherweise ständig der Strom aus. Kaum war es Abend, kaum hatte man mir den Reisnapf auf den Schreibtisch gestellt, der mir zugleich als Eßtisch dient, die Eßstäbchen dazugelegt und ein paar einfache, aber schmackhafte Speisen aufgetragen, wie ich sie liebe, da ging plötzlich das Licht aus, und vorbei war's mit dem Abendessen. Manchmal kam die Stromsperre auch erst nach dem Essen. Ich hatte mich womöglich gerade zurechtgesetzt, wollte mit meiner Arbeit beginnen, hatte eben ein Buch aufgeschlagen – oder jemand war zu Besuch gekommen, um ein Problem mit mir zu besprechen ... da kam es fast wie mit Absicht wieder zu dieser ärgerlichen Störung.

Das ging etwa vierzehn Tage lang so weiter. Alle möglichen Leute beschwerten sich oder fragten bei der Elektrizitätsgesellschaft an, aber diese brachte als einzige Antwort eine Notiz in die Zeitung, worin sie zwar ihr Bedauern ausdrückte, jedoch jede Verantwortung von sich wies und die ständigen Stromausfälle als »witterungsbedingt« hinstellte. Natürlich nahmen die Krämer plötzlich für ein Paket Kerzen 5 Käsch mehr als im April. Mein Koch erzählte mir davon, denn aus Angst vor der plötzlichen Stromsperre stellte er mir nun jeden Abend eine brennende Kerze neben mein Essen. Bei dieser Gelegenheit beschwerte er sich immer wieder über die Händler und Kaufleute in Shanghai, die in Notzeiten Waren horteten.

Mein Koch war ein Mann in mittleren Jahren, ein ungewöhnlich treuer, zuverlässiger Mensch. Als junger Spund war er mit den Truppen meines Vaters in den Nordwesten und Nordosten Chinas, durch die Mongolei und bis nach Sichuan gekommen. Die Provinzen Yunnan und Guangxi hatte er auf eigene Faust kennengelernt. In meiner kleinen Heimatstadt hatte er jahrelang das Grab meines Großvaters gepflegt. Im Jahr zuvor hatte er am Nordfeldzug teilgenommen und war durch die Provinz Shandong gekommen, wo er mit eigenen Augen ansehen mußte, wie grausam die Japaner in Jinan die einfache Zivilbevölkerung behandelten. Er hatte unter dem Kompanieführer des 71. Regiments als Proviantmeister gedient. Eines Abends mitten im knatternden Maschinengewehrfeuer stahl er sich heimlich aus seiner Kompanie davon und ließ alles, was er besaß, zurück. Mit leeren Händen kam er schließlich in Nanking an, hörte dort von Bekannten, daß ich in Shanghai lebte, und schrieb mir einen Brief, in dem er mir seine Dienste anbot. Ich antwortete, daß ich mich sehr freuen würde, ihn zu sehen, ihm jedoch leider keine Stellung anbieten könne, da ich selbst in äußerst bescheidenen Verhältnissen lebte. Ich lud ihn ein, mich auf ein paar Tage zu besuchen, sagte ihm aber ehrlich, daß ich ihm die Rückfahrkarte nicht bezahlen könne – er möchte sich nur keine allzu großen Hoffnungen machen. Kurz darauf war er tatsächlich da, und ich lernte ihn endlich persönlich kennen. Er trug eine graue Uniform, die ihm zu klein war und dermaßen mitgenommen aussah, als stammte sie aus der Zeit vor drei Jahren, als die Nationale Revolutionsarmee zum erstenmal durch Hunan kam. Außer seinem kräftigen, muskulösen Leib, den er in diese

Uniform gezwängt hatte, brachte er nichts mit als ein winziges Bündel, eine Wasserflasche, eine Zahnbürste und ein Paar Eßstäbchen aus Ahornholz. Die Flasche hing ihm am Gürtel, die Zahnbürste lugte aus seiner linken Brusttasche hervor, und die Stäbchen hatte er, wie beim Kommiß üblich, quer über sein Bündel gesteckt. Ich wußte auf den ersten Blick, daß hier der Kamerad vor mir stand, von dem ich Tag und Nacht geträumt hatte. Alles an ihm gefiel mir. Sofort, noch bevor wir viel miteinander geredet hatten, war mir klar, welch ein Prachtkerl, welche ehrliche Haut unter diesem abgerissenen Äußeren steckte.

Später hatten wir uns dann allerdings sehr viel zu sagen. Zuerst redeten wir über meinen Großvater und wie er mit meinem Vater über seinen noch ungeborenen Enkel gesprochen hatte, auf den mein Vater sich damals freute. Von nun an wurde der alte Soldat nicht müde, von meiner Familie und von seinen eigenen Erfahrungen zu erzählen. Ich war fasziniert! Stellen Sie sich doch einmal vor: so ein zu Fuß durch halb China gewanderter Fünfziger, der den Boxeraufstand gesehen, die Revolution von 1911 miterlebt und an den wichtigsten Schlachten des Nordfeldzugs teilgenommen hat ... der durch wer weiß wie viele Flüsse gewatet ist, die merkwürdigsten Speisen gegessen und in wer weiß wie vielen fremden Betten geschlafen hat ... der glich doch wirklich einem Roman, den man nie zu Ende lesen möchte. Er verstand es, mich zu fesseln, und nahm mich für sich ein. Sobald ich ein wenig Zeit fand, fragte ich ihn nach tausend Dingen aus, und jedesmal erhielt ich die erstaunlichsten und erschütterndsten Antworten.

Damals zahlte ich der Haushälterin meiner Wirtsleute 16 Yuan im Monat fur täglich zwei Mahlzeiten. Diese Frau war von der gleichgültigen, nachlässigen Art der Leute nördlich des Yangtze, und da sie bald herausfand, daß ich nicht zu wählerisch mit dem Essen war, stellte sie mir heute einen Teller Erbsen, morgen ein paar Muscheln und übermorgen wieder Erbsen hin – mit einem Wort, Erbsen und Muscheln wurden sozusagen zu meiner Grundnahrung. Wenn es einmal Fleisch gab, war es kaum gewürzt, und den Fisch briet sie nicht in Öl, sondern legte ihn einfach zum Dämpfen auf den Reis und goß nach dem Auftragen höchstens einen Schuß Sojasoße darüber. Der Alte, den ich als Gast betrachtete, hatte zwei Tage lang schweigend meine Mahlzeiten geteilt. Am dritten Tag konnte er es nicht länger mit ansehen. Er bat mich um etwas Geld, sagte mir aber nicht, wofür er es brauchte. Ich gab ihm 10 Yuan. Nachmittags ging er, ohne mir etwas davon zu verraten, in die Stadt und kaufte einen Topf, ein Messer und andere nötige Küchengeräte ... nun, und abends trug dieser alte Kämpfer dann in seiner Armeekluft äußerst respektvoll eine von ihm selbst zubereitete Mahlzeit herein und setzte sie auf meinen Schreibtisch. Schmunzelnd meinte er, das wäre bloß ein erster Versuch, er wäre aber gern bereit, auch künftig zu kochen. Wie ich ihn so hereinkommen sah und mir der Duft der Speisen in die Nase zog, befiel mich plötzlich Sehnsucht nach meinen Kasernentagen, und natürlich schwatzten wir beim Essen über nichts anderes als die Armee. Später räumte der Herr Proviantmeister eigenhändig das Geschirr ab und verschwand in der Küche. Kurz darauf, als ich beim Schein einer Kerze am Schreibtisch saß und Aufsätze meiner Studenten korrigierte, ging die Tür auf, der alte Soldat trat ein – und stand plötzlich stramm. Natürlich wußte er, daß wir uns nicht in der Kaserne befanden, aber da wieder einmal der Strom ausgefallen war, muß ich, der ich hier im Kerzenschein am Schreibtisch saß, ihn an seine früheren Kompanieführer erinnert haben. So stand er, verspielt wie ein Junge, in Habachtstellung bei der Tür und rief: »Melde gehorsamst!« Erst als ich mich mit einem »Nun, was gibt's?« zu ihm umgewandt hatte, trat er näher und überreichte mir einen Zettel mit den Ausgaben des Tages. Er wollte also allen Ernstes mit mir abrechnen! Fast wäre ich ärgerlich geworden. Mir lag ein scharfes Wort auf der Zunge – aber als ich in sein ehrliches, argloses Gesicht blickte, begriff ich, daß er lediglich seine Pflicht als Koch und Haushälter erfüllen wollte, und ich mußte lächeln und sagte nur: »Behellige mich doch nicht mit solchem Kleinkram.«

»Na ja, ich wollte bloß, daß Sie im Bild sind. Schaun Sie – wir beide brauchen keine 16 Yuan im Monat, wenn ich selbst für uns koche. Mögen andere Ihnen Tag für Tag Muscheln und Aufgewärmtes vorsetzen und 16 Yuan dafür verlangen!«

»Aber ist das nicht zu mühsam für dich?«

»Mühsam! So ein bißchen Reis und Gemüse kochen, das ist doch gar nichts. Was glauben Sie, was das für eine Schinderei war, als wir Felsbrocken aus den Flüssen schleppten. Sie haben wirklich keine Ahnung.«

In seiner aufrichtigen Art lag etwas so Entwaffnendes, daß ich gar nicht anders konnte als einwilligen. So kam es also, daß dieser alte Kämpfer mir von da an mein Essen kochte.

Da er nun bei mir in der Großstadt lebte, fand ich seine verschlissene Uniform doch etwas unpassend und schlug vor, er solle sich neue Kleidung schneidern lassen. Ich wollte wissen, was für Sachen er gern hätte. Zunächst ging er überhaupt nicht darauf ein. Eines Tages jedoch hörte er, daß ich ein größeres Honorar erhalten hatte, und bat mich um 20 Yuan. Am Abend kam er mit zwei Sun-Yatsen-Anzügen aus Wolltuch und einem Paar gebrauchter Lederstiefel mit Sporen nach Hause, die er auf irgendeinem Trödelmarkt erstanden hatte. Stolz und sehr zufrieden mit sich führte er mir alles vor.

»Hier bei mir bist du doch nicht mehr beim Kommiß«, sagte ich. »Du brauchst doch nicht wie ein Offizier im Dienst auszusehen. Warum trägst du nicht wie ich den langen Rock? Das ist doch viel bequemer!«

»Ich bin nun einmal Soldat.«

Ich hatte einen Soldatenkoch – und dabei blieb es.

Anfangs ließ sich der Ärger mit dem elektrischen Licht noch ertragen, aber es wurde Tag für Tag schlimmer, und kaum ein Abendessen verging ohne Kerzenbeleuchtung. Da brachte mein Hausgenosse eines Tages diese altmodische Petroleumlampe an. Er hatte sie irgendwo aufgetrieben, den Glaszylinder gereinigt und blankgeputzt, den Docht rundgeschnitten und stellte sie auf meinen Schreibtisch. Tatsächlich erwies sie sich dann als recht nützlich. Ich war es nämlich wirklich langsam leid, den Launen der Stromversorgung ausgeliefert zu sein. So bekam die Lampe ihren festen Platz auf meinem Tisch. Wenn es Nacht wurde und ich im milden, gelblichen Schein, der durch den glasklaren Zylinder fiel, diesen Soldaten von altem Schrot und Korn betrachtete, wurden jedesmal allerlei Erinnerungen in mir wach. Ich sah ihn wieder vor mir, den alten Tempel, in dem Mannschaften und Pferde stationiert waren, daneben die kleine Dorfschenke. Das alles war noch so vertraut – aber das Leben hatte mich andere Wege geführt, und ich hatte jene Welt längst verlassen. In solchen Augenblicken jedoch erschien mir mein jetziges Leben unweigerlich als lästig und bedrückend.

Was ist denn das auch für ein Leben? Da steige ich jeden Tag aufs Katheder, ach, so würdig und erwachsen und zugleich, ach, so verlogen. Ich stehe auf meinem kleinen viereckigen Podest, schwatze über dies und jenes, schwindele das Blaue vom Himmel herunter: »In diesem Buch heißt es so und so ... in jenem Buch steht das und das ...« Nach einer Weile schläfert meine eigene Stimme mich ein, bis ich selbst finde, ich sollte wohl langsam zum Kern des Problems vordringen. Plötzlich ein Geräusch – ich fahre hoch, komme zu mir, nehme auch meine Studenten wieder wahr, begreife, daß da angehende Bakkalaureaten dieser Lehranstalt vor mir sitzen, junge Damen und Herren, die hier in Kürze mit eckigen Hüten auf dem Kopf für ihr Examensfoto posieren werden ... und die bereits auf ihren Pulten eingenickt sind! Daraufhin verliere ich völlig den Faden. In der Pause will ich mich im Dozentenzimmer ein wenig ausruhen, aber einer dieser dünkelhaften Herren Kollegen findet immer Gelegenheit, mir neunmalkluge Fragen zu stellen: »So ein schönes Wetter – da haben Sie wohl wieder Stoff für eine Erzählung, nicht wahr?« Sie nicken einander äußerst selbstzufrieden zu, denn solche Bemerkungen halten sie für Scherze, freilich von der gehobenen Art, wie es ihrem Niveau als Professoren entspricht. Höre ich die idiotischen Bemerkungen dieser Narren und sehe die flachen Durchschnittsgesichter um mich herum, so wird mir klar, daß man sich mit solchen Leuten, die nichts können als essen, schlafen und albern lachen, nicht streitet, weil man dabei nur verliert. So gehe ich, ohne zu antworten, ins Freie, stelle mich in den Laubengang und genieße den Sonnenschein. Aber meist bleibe ich auch dort nicht lange ungestört – um mich herum bildet sich ein kleiner Kreis aus Studenten, die mit mir über weltbewegende Dinge wie das Wetter plaudern möchten. Sie sind offenbar der Meinung, ich sei, da ich hier Vorlesungen über Literatur halte, auch verpflichtet, die pikantesten Schriftstelleranekdoten und den neuesten Literaturklatsch zum besten zu geben, und scheinen allen Ernstes zu glauben, daß ein derartiges Geschwätz genüge, um zu verstehen, was Literatur ist. Später auf meinem Zimmer setze ich mich an den Schreibtisch, auf dem sich Manuskripte, neue Zeitschriften und Bücher türmen, schiebe sie zur Seite und schaffe mir mühsam ein wenig Platz, lege mehrere Stapel mit schriftlichen Studentenarbeiten zurecht, die ich aus der Hochschule mitgebracht habe, und beginne die Aufsätze Zeile für Zeile durchzuarbeiten: der erste Stoß – fünf Aufsätze zum Thema »Ein liebeskrankes Herz«; der zweite Stoß – sieben Aufsätze; der dritte Stoß . . . Ich habe erst einen kleinen Teil der Arbeiten durchgesehen, da blicke ich auch schon sehnsüchtig durchs Fenster nach draußen, wo bereits der Abend zu dämmern beginnt. Schräg gegenüber wohnt die Witwe Wang mit ihren drei Töchtern. Gegen Abend, wenn die jungen Mädchen wie üblich das Radio einschalten und mich mit ihren italienischen Liebesarien martern, gerate ich in gelinde Verzweiflung, und an Arbeit ist nicht mehr zu denken. Ich bin nun einmal vom Land, das Dorf, die Kleinstadt haben mich erzogen, und an die Welt, in der ich jetzt lebe, kann ich mich nie richtig gewöhnen. In Momenten wie diesem packt mich mitunter ein solcher Überdruß, daß ich bereit bin, auf sämtliche Vorteile dieser Welt zu verzichten und wieder für 14 Schnüre Käsch im Monat als Zöllner im Schlachthof zu arbeiten, nach dem Regen die Frösche in den Pfützen im Hof quaken zu hören – und abends mit einem sündhaft teuren, preisgekrönten Pinsel Kalligraphien im Stil der »Marschhymne« von Suo Jing oder des »Xuanshi-biao« von Zhong Yao zu üben . . .

Doch wenn ich damals im flackernden Schein der Petroleumlampe vor mir den friedfertigen alten Soldaten sah, dessen gebeugter Oberkörper mich so an die alten Zeiten auf dem Lande erinnerte, vergaß ich die Mühen des Tages und die ewigen Störungen, unter denen ich soeben noch gelitten hatte, und erwartete gespannt weitere Berichte all seiner Erlebnisse.

»Wie steht's, kennst du dich auch in Soldatenliedern aus?« fragte ich ein wenig spitzbübisch.

»Na, was glauben Sie denn? Wo gibt's einen Soldaten, der keine Soldatenlieder kennt! Bloß diese ausländischen Sachen, die kann ich nicht singen.«

»Das soll mir nur recht sein. Was ist mit Volksliedern?«

»Kommt drauf an, welche.«

»Gibt es denn Unterschiede? ›Hoch am Himmel Wolken stehn, falten sich wie Blumen‹ und ›Hoch am Himmel türmen sich Wolken über Wolken‹, das sind herrliche Lieder. Als ich klein war, hab ich sie nicht verstanden. Später diente ich als Bursche in einem Partisanenzug unter Hauptmann Yang, das war ein wildes Leben! Jeden Tag haben wir dieses Hundefleisch gegessen, wovon ich dir erzählt hab, und dann haben wir solche Lieder gesungen. Wir lebten wirklich wie kleine Unsterbliche!«

»Unter diesem Yang? Aber das war doch eine Horde Banditen, die das einfache Volk schikaniert hat – schöne Unsterbliche! Wir hätten uns geschämt, solche Lieder zu singen. Derartige Zügellosigkeiten hielt ein wahrer Revolutionssoldat für eine Schande.«

»Wenn das so ist, muß ich wohl ein großer Sünder gewesen sein. Ich denke aber trotzdem oft an die jungen Leute bei uns zu Hause, die dort wohlbehütet bei ihren Eltern aufgewachsen sind – ob die wohl um diese Jahreszeit bei so herrlichem Wetter wie heute immer noch die hübschen Volkslieder singen?«

»Ach was, kaum hatten wir einen neuen Inspektor und einen neuen Provinzgouverneur, da war jeder Spaß zu Ende. Die feinen Menschen und die guten Sitten der alten Zeit – das war alles wie weggeblasen. Nehmen Sie diese Lampe – als ich damals mit Ihrem Herrn Vater über Land zog, hatten wir nur solche Lampen. Und beim Marschieren trugen wir Fackeln.«

Der alte Soldat erinnerte mich an unsere Landedelleute, die ja auch ständig darüber klagen, daß die guten alten Zeiten dahin sind.

Unsere Plaudereien, seine gutmütige Kameradenstimme, seine ganze Art zogen mich unwiderstehlich in ihren Bann und versetzten mich immer wieder in eine andere, längst versunkene Welt. Ich war nicht selten ganz ergriffen. Doch kaum hörte er draußen auf dem Gang die Uhr meiner Wirtsleute neunmal schlagen, da war das Gespräch für ihn beendet. Es half kein Betteln, ja nicht einmal mein Befehl, noch zu bleiben – für ihn war es Zeit! Mit einem vielsagenden Blick in Richtung meiner Schlafkammer stand er neben seinem Stuhl stramm, schaute mich treuherzig an, wünschte mir gute Nacht und ging ins Erdgeschoß hinunter, um sich in seinem Kämmerchen schlafen zu legen. Er fürchtete nämlich, mich von meiner Arbeit abzuhalten, und sorgte sich, daß ich zu spät ins Bett käme. Freilich, auch er hätte gern noch stundenlang weitererzählt, aber das mußte bis zum nächsten Tag warten. Seine soldatische Disziplin ließ es nicht zu, länger als bis neun Uhr aufzubleiben. Wenn er gegangen war, beschlich mich mitunter ein Gefühl des Verlassenseins, wie ich es bisher nicht gekannt hatte, und oft fiel es mir schwer, mich wieder auf meine Arbeit zu konzentrieren.

Früher hatte ich mit leichter Hand eine Erzählung nach der anderen über das Leben auf dem Lande geschrieben, aber seit der alte Kamerad begonnen hatte, mich an all den ungeheuer reichen Erfahrungen teilhaben zu lassen, die ihm im Kopf steckten, hatte ich selbst mit den kürzesten Texten meine liebe Not; irgendwie sträubte sich mein Schreibpinsel. Ob es mir wohl gelingen könnte, dieses schöne, einfache Gemüt zu beschreiben? Wenn ich mit ihm zusammen war, erschienen mir die Personen, die ich bis dahin gestaltet hatte, matt und leblos. Ich besaß wirklich keinerlei Menschenkenntnis. Allein seine Augen: unter wimpernlosen Lidern blickte er einen aus braunen Pupillen ein wenig traurig an, und doch sprachen aus seinem beredten Blick auch Hoffnung und Optimismus . . . Oder diese Stunden, wenn ich ihn betrachtete, ohne ein Wort sagen zu können ... Oder jene Zeiten, wenn wir über die sogenannten Kämpfe auf dem Lande in der alten Heimat redeten: wie man braven Leuten die Häuser über dem Kopf angesteckt und die Kühe der Bauern im Triumph als »Siegesbeute« in die Kaserne geführt hatte ... und der alte Soldat plötzlich nachdenklich wurde und verstummte. Ich spürte wohl, daß er etwas sagen wollte, aber er war es nicht gewohnt, widersprüchliche Gedanken auszudrücken, und so schwieg er, sah mich nur an, schien aber genau zu verstehen, daß ich darüber ebenso dachte wie er, schmunzelte still, nickte mit dem Kopf und wechselte das Gesprächsthema – oder begann eines dieser vierzeiligen Volkslieder zu singen. Wie hatte er meine innersten Gedanken erraten? Ich prägte mir jede seiner Gesten ein. Er glich zahlreichen chinesischen Landsleuten, die mir in der Fremde als Freunde begegnet waren – lauter grundehrliche, anständige Kerle. Hier schien die friedliche Seele des uralten Volkes im äußersten Osten der Erde aus ihrer Versenkung in den Strom der ganz anderen Zeit hineingerissen, einer von Kriegen erschütterten modernen Zeit, die so wenig zu dieser Seele paßte ... und die Melancholie, die Hilflosigkeit des alten Soldaten erschienen mir als Ausdruck eines vergeblichen Ringens um einen Kompromiß mit der neuen Zeit. All seine Träume trugen noch den Glanz und die Farbe jener anderen Welt. Manchmal hätte ich um seinetwillen am liebsten geweint.

Er lenkte mich natürlich von meiner Arbeit ab, so daß ich ihn mitunter etwas ungehalten und übellaunig behandelte oder ihm sagte, er solle doch auch einmal ausgehen und nicht immer nur bei mir herumsitzen. Dann glitt er, ohne zu antworten, leise wie ein Fisch aus dem Zimmer, während ich sofort ein schlechtes Gewissen hatte und versöhnlich fragte: »Möchtest du dir nicht mal eine Oper anschaun?«

Auch sorgte ich mich, daß er nicht genug Geld hätte, steckte ihm 5 Yuan zu und erklärte, er könne damit machen, was er wolle, beispielsweise im »Great World« in irgendein Kino oder Theater gehen. Er sah mich an, lächelte etwas schief und ging, das Geld in der Hand, schweigend hinunter. Da ich bis in die Nacht arbeitete und mich meist erst gegen Mitternacht zu Bett legte, konnte ich hören, wie der Alte unten die Haustür öffnete und hinausging, um ihn später, so gegen zehn Uhr, wieder heimkehren zu hören. Ich dachte: Wenn er sich keine Oper angesehen hat, war er bestimmt auf ein paar Klare in einer Schenke oder hat sich beim Wetten oder Kartenspiel amüsiert; das Geld wird er ausgegeben haben. Jedenfalls ging ich nicht hinunter, um ihn auszufragen. Wie konnte ich ahnen, daß er tags darauf zum Mittagessen ein im Tontopf gedämpftes Huhn auf den Tisch bringen würde ... Wie er dazu gekommen war, wagte ich nicht zu fragen. Wir tauschten nur ein feines Lächeln, und wieder verstand ich die wortlose Sprache seiner braunen Augen. Alles, was ich herausbrachte, war: »Onkel, du solltest dir einen Schluck genehmigen. Bist du nicht immer ein guter Trinker gewesen?«

»Ich hab tatsächlich schon was gekauft. Wissen Sie, der Fusel, den man hier verkauft, das ist purer Alkohol, aber ich hab mich zum Glück in mehreren Läden umgesehen, und schließlich hab ich in Hongkou einen Händler aus unserer Heimatprovinz gefunden, na ja, und da hab ich eben ein kleines Fläschchen Reisschnaps gekauft ...« Es war ihm anscheinend peinlich gewesen, mich zum Trinken einzuladen, aber da ich nun selbst davon angefangen hatte, eilte er nach unten, kam mit der Flasche zurück, schüttelte sie stolz vor meiner Nase, nahm einen kleinen Schnapsbecher und füllte ihn zur Hälfte mit dem klaren Reisschnaps: »Versuchen Sie mal, bloß ein kleines Schlückchen.« Eigentlich bin ich ja kein Freund des Alkohols und vertrage auch nichts, aber ich konnte seine freundliche Geste nicht gut ablehnen. So schluckte ich tapfer den Schnaps hinunter. Er nahm den Becher, füllte ihn sich selbst halb voll, stürzte seinen Inhalt in einem Zug hinab, schmatzte mit den Lippen und grinste mich an. Dann griff er wortlos nach der Flasche und trug sie wieder ins Erdgeschoß. Am nächsten Tag gab es nochmals Huhn – denn damals kostete ein Huhn in Shanghai bloß einen Yuan.

Meine Lehrtätigkeit interessierte den alten Soldaten

nicht im geringsten. Höchstens fragte er, was diese Studenten denn die ganze Zeit trieben und ob es wahr wäre, daß sie später alle Kreispräfekten würden. Auch wollte er wissen, wieviel mir die Hochschule jeden Monat zahlte und ob man mit meinem Gehalt ebenso verführe wie mit dem Sold der Mannschaften, der erst ausgezahlt wurde, wenn der Krieg schon ausgebrochen war. Dabei hatte er natürlich seine Hintergedanken. Als er sich nach meinen Studenten erkundigte, wollte er herausfinden, ob ich später über gute Beziehungen bei den Kreispräfekturen verfügen würde, und nach meinem Gehalt hatte er gefragt, um zu erfahren, ob ich in ausreichenden Verhältnissen lebte. Denn worüber er sich am meisten Gedanken machte, das war mein Privatleben. Nach und nach wahrte der gute Mann immer weniger seine Grenzen. Hatte er anfangs nur dies und jenes auszusetzen gehabt, übernahm er bald immer mehr Verantwortung für mich. Ob es mir paßte oder nicht – er brachte bei jeder sich bietenden Gelegenheit die Sprache auf meine Lebensumstände. Obwohl seine Vorhaltungen durchaus nicht den engstirnigen Nörgeleien gewisser Eltern oder Großeltern glichen, die das Leben selbst nicht kennen, verursachten mir sein vielsagendes Lächeln und die vielen stummen Seufzer kein geringes Unbehagen. Dennoch war ich ihm nicht wirklich böse und brachte es natürlich nicht übers Herz, ihn anzuschnauzen oder gar die Treppe hinunterzuwerfen. Er sagte oder tat ja nichts Ungebührliches – er setzte meiner Lebensweise lediglich einen dickköpfigen Widerstand entgegen. Seiner Meinung nach ging es nun einmal nicht, daß ein Mann in meinem Alter noch keine Frau hatte. Zunächst ignorierte ich seine Anspielungen, stellte mich begriffsstutzig und ließ ihn einfach reden oder tauschte wie zuvor jeden Tag Erinnerungen an das Soldatenleben und die verschiedenen Gegenden und Abenteuer mit ihm aus. Aber obwohl ich nie an seiner guten Absicht zweifelte, wurde er mir später doch manchmal recht lästig. So sagte ich ihm eines Tages frank und frei, ans Heiraten sei im Moment noch keineswegs zu denken, da ich weder über die Mittel eines gutsituierten Herrn noch über die Freizügigkeit eines Studenten verfügte. Mit derartigen

Phantastereien könne ich mich derzeit überhaupt nicht befassen. Hatte ich geglaubt, er hätte mich verstanden und würde mich von da an mit seinen Vorhaltungen verschonen, so hatte ich mich getäuscht. Es sollte nur noch schlimmer kommen! Offenbar glaubte er, alle Verantwortung läge nun in seinen Händen, und begann jeden meiner Damenbesuche aufmerksam zu registrieren. Ob mich eine Freundin oder eine meiner Studentinnen besuchte – stets fand er einen Anlaß, ins Zimmer zu kommen. Manchmal kaufte er Obst und brachte es respektvoll auf einem Teller herein, um sich anschließend in die Nähe der Tür oder auf den Treppenabsatz zu stellen und unser Gespräch zu belauschen. Wenn meine Besucherin ging, tat er, als ob er auf der Treppe etwas suchte, wobei er die Dame gründlich musterte. Später fragte er mich scheinbar ganz beiläufig nach ihr, versuchte herauszufinden, wie ich zu ihr stand, und wurde nicht müde, ihr Auftreten und ihre Ausdrucksweise zu kommentieren. Jedesmal kam er mir mit seinen Sprüchen aus dem »Mayi-xiangfa« und braute mit seinen bruchstückhaften Kenntnissen allerlei Vermutungen zusammen, wie viele Kinder die betreffende Dame haben und was für eine kluge, freundliche Hausfrau sie abgeben würde. Wenn er zu diesem Zeitpunkt nicht bemerkt hätte, daß mir sein Geschwätz auf die Nerven ging, hätte er das Thema wohl nicht so bald fallenlassen. Obwohl er sich dermaßen dreist in mein Privatleben einmischte und ständig darauf anspielte, welche Frau am besten zu mir passen würde, war er selbst davon überzeugt, daß er äußerst geschickt vorginge und ich seine wahre Absicht nie durchschauen würde. Denn tatsächlich blieb er sich seiner Stellung mir gegenüber immer bewußt. So konnte ich ihn für seine Machenschaften nicht wirklich hassen. Aber erklären konnte ich ihm auch nichts, und an Verhandeln war bei dem alten Dickschädel ebenfalls nicht zu denken. Das einzig Richtige schien mir zu sein, einfach weniger über meine Angelegenheiten mit ihm zu sprechen.

Der ehrliche alte Kämpfer mit seinem schlichten Gemüt wußte gar nicht, was er noch alles anstellen sollte, um eine Ehefrau für mich zu finden. Er hielt das für seine heilige

Pflicht und glaubte noch immer, ich hätte keine Ahnung von seinen geheimsten Wünschen. Dabei hatte ich längst alles begriffen! Sicher träumte er davon, eines Tages in seiner Wolluniform vom Trödelmarkt adrett und stramm vor dem »Far Eastern«-Hotel zu stehen, meine Hochzeitsgäste hereinzubitten und sie an ihre Plätze zu führen ... und eines noch ferneren Tages meinen kleinen, wie ein Generalskind herausgeputzten Sohn zum Spielen in den Park zu tragen ... Oh, er hegte wohl gar noch kühnere Träume, sah mich mit Weib und Kind, berühmt und die Taschen voller Geld, in die Heimat zurückkehren ... er würde voranreiten in unser Städtchen, wo Nachbarn, Verwandte und Freunde ihm freudig entgegeneilten ... ihn ausfragten ... und in fliegendem Galopp würde er zu meinem Elternhaus sprengen, um meiner alten Dame unsere Ankunft zu melden ... Wie die Leute über mich staunen würden! Schon einmal, vor mehr als dreißig Jahren, hatte er sich bei meinem Vater ähnlichen Hoffnungen hingegeben – vergebens. Später setzte er auf meine Brüder – wieder vergebens. Heute schien wirklich nur noch ich allein übrig, um seine verzweifelten Hoffnungen zu erfüllen. Wieder machte er unsere Familienehre zu seiner eigenen Sache, aufs neue nährte er hochfliegende Pläne.

Mein Vater hatte ihn schwer enttäuscht. Der alte Soldat hatte mit ansehen müssen, wie dieser stattliche Mann, der im Nordwesten und in der Inneren Mongolei gekämpft hatte, der die Einsamkeit der Wüste bezwungen hatte, von jahrelangen Kämpfen vorzeitig gealtert, mit einem Hüftleiden nach Hause kam, um in seinem Heimatstädtchen als kleiner, unbekannter Lazarettarzt sein Leben zu fristen. Dann hatte er miterlebt, wie mein älterer Bruder im Nordosten gekämpft und das Soldatenleben erfahren hatte, wie er die rauhe, aber herzliche Art der Leute aus Liaoning, den Mut und die Zähigkeit der Menschen aus Heilongjiang angenommen hatte, sich später in Shanghai an das lärmende Großstadtleben gewöhnte – nur um am Ende ebenfalls heimzukehren und eine Art besserer Schildermaler zu werden. Dann war da noch mein jüngerer Bruder, Berufssoldat wie er, den er so selten zu Gesicht bekommen hatte:

nachdem er an der Militärakademie von Whampoa ausgebildet worden war, ging er als Unteroffizier mit der Nationalarmee nach Yuezhou, Wuchang, Nanchang und Longtan. Der Blutrausch der revolutionären Kämpfe warf ihn bald hierhin, bald dorthin, und nachdem er nur durch einen glücklichen Zufall mit heiler Haut davongekommen war, erwachte in ihm ein gieriger Lebenshunger. Er hatte den Tumult, die Ritte kreuz und quer durchs Land, Tod und Verwesung, den Aufruhr einer ganzen Generation miterlebt – nur um einsam in unseren entlegenen Winkel heimzukehren, wo er als Kriegsveteran im Ruhestand dahinlebte. So war es nur verständlich, daß schließlich die kühnsten und völlig selbstlosen Hoffnungen des Alten auf mich, den nutzlosen Schreiber, gerichtet waren. Er hatte es sich in den Kopf gesetzt, wenigstens mit meinen bescheidenen Leistungen vor den Leuten in der Heimat zu prahlen, damit sie den unsterblichen Ruhm unserer Familie bestaunten.

Das bedrückte und beschämte mich, denn er glaubte ja wirklich an seine eigenen Träume. Ich brachte es nicht übers Herz, sie ihm einfach zu zerschlagen. Aber wie konnte ich weiter in Ruhe mit ihm zusammenleben? Meine Arbeit, mein ganzes Leben entsprachen so gar nicht seinen Wunschvorstellungen, daß ich mich vor jeder Begegnung regelrecht zu fürchten begann. Obwohl ich ihm erklärte, daß mich die Schriftstellerei und der Unterricht an der Hochschule im Augenblick völlig befriedigten, zog er seine eigenen Schlüsse und beobachtete meine Besucher: wohlgekleidete, gesetzt dreinblickende junge Männer und noch elegantere junge Frauen, zart wie Milch und Blut. Diese bloßen Äußerlichkeiten bestätigten seine schönsten Träume. Oh, er hielt sich durchaus zurück – aber je mehr er den Diener herauskehrte, desto mehr spürte ich seine innere Anteilnahme. Dieser Mensch, der einer versunkenen Zeit angehörte, begriff einfach nicht, welche Kluft zwischen seiner und unserer Welt lag. Er ahnte nicht, wie wenig mir meine Besucher bedeuteten. Er machte sich keine Vorstellung davon, welche Kraft es mich kostete, eine Erzählung zu schreiben. Er konnte auch nicht wissen, wie wenig mich diese Frauen interessierten und wie weit ich von meinem »Lebensglück« entfernt war. Er sah eben wie die meisten Menschen kaum mehr als die Oberfläche und lobte und tadelte mich dementsprechend: Ich wäre ein gescheiter, zuvorkommender Mensch; ich würde zu wenig auf meine Erscheinung achten und meine Gesundheit vernachlässigen ... Immerhin gestand er mir einen gewissen Sinn für das Höhere zu, da ich ein wenig von jenem Geist besaß, den man beim Militär entwickelt. Aber mit meinen damaligen Lebensverhältnissen konnte und wollte er sich nun einmal nicht abfinden und erinnerte mich durch seine Blicke, seine Vorwürfe, seine ganze Haltung immer wieder daran, daß er sich Sorgen machte. Wenn ich auch meist Geduld mit ihm hatte, brachte er mich doch manchmal dermaßen auf, daß ich ihn am liebsten gepackt und kräftig durchgeprügelt hätte.

Damals kam häufig eine junge Dame in Blau zu mir zu Besuch. Sie trug zu jeder Jahreszeit blaue Kleidung, und wirklich schien ihr keine andere Farbe so gut zu stehen. Sie gehörte zu meinem engsten Bekanntenkreis. Nie waren wir um Gesprächsthemen verlegen. Da sie dem N. -N. -Kreis angehörte, brachte sie häufig Propagandaschriften mit, die sie mit mir diskutieren wollte. Sie schenkte mir absolutes Vertrauen, und auch ich hatte keinerlei Geheimnisse vor ihr. Nun, mein alter Haushälter hatte sie oft heimlich beobachtet und war zu dem Schluß gekommen, daß sie zu mir paßte. Da er nichts an ihr auszusetzen fand, begann er bald, sich so umständlich und geziert aufzuführen, daß er jede Mutter in den Schatten stellte. Immer, wenn meine Bekannte mich besuchte, fand er einen Vorwand, sich in meinem Zimmer aufzuhalten, denn er hoffte, ich würde ihn ihr gegenüber erwähnen, ihn ihr vorstellen. Er nahm die gekünstelte Art herrschaftlicher Häuser an und wandte sich vor meiner Nase immer wieder mit irgendwelchen Fragen an das »gnädige Fräulein«. Ich brachte es nicht fertig, ihm über den Mund zu fahren. Natürlich erzählte ich meiner Bekannten daraufhin von ihm, sprach über sein Leben, seine ehrliche Natur, seine ungeheuer reiche Erfahrung. Allmählich ergab es sich dann ganz von selbst, daß sie ihm eine gewisse Freundschaft entgegenbrachte. Aber sie ahnte nicht, was sie damit anstellte: sein altes Soldatenherz, gestählt unter militärischer Zucht, in Sturm, Eis und Schnee, durch Todesgefahr, Hunger und Prügel, schmolz wie Wachs, und er brachte ihr gegenüber das Problem meiner Heirat zur Sprache. Ernst und feierlich hielt er mir später, als sie gegangen war, vor, daß es eine Sünde wäre, wenn ich auch nur einen Augenblick zögerte, mit dieser Dame in Blau mein Leben zu teilen.

Anfangs wurde er immer recht verlegen, wenn sie ihn über dies und jenes ausfragte und ihn bat, ihr doch ein wenig aus seinem Leben zu erzählen. Unter großen Hemmungen wagte er, ihr zu antworten, wobei er sich äußerst reserviert gab. Doch später, als sie vertrauter geworden waren, besprach er sogar mein Privatleben mit ihr! Er bat sie, doch ein wenig auf mich einzuwirken, damit ich etwas menschenwürdiger lebte, etwas weniger arbeitete, besser auf meine Ernährung achtete, etwas mehr Wert darauf legte, mich wie ein junger Mann aus besseren Kreisen zu kleiden ... damit ich ... Obwohl er all dies in meiner Anwesenheit vorbrachte, glaubte er nach wie vor, sehr raffiniert vorzugehen. Er ließ auch nicht unerwähnt, wie sehr mein Vater in meinem Elternhaus auf Vornehmheit geachtet hätte, was für liebenswürdige Menschen meine Brüder wären, welchen Respekt die Einheimischen unserer Familie entgegenbrächten, wie gütig und sanft meine Mutter wäre. Und als hätte er damit noch nicht genug geschwätzt, deutete er an, wie erstrebenswert es sein müßte, in ein solches Haus als Schwiegertochter aufgenommen zu werden. Plötzlich spürte er wohl selbst, daß er zu weit gegangen war und ich ernstlich die Geduld zu verlieren drohte, schwatzte über andere Dinge und lachte mir dabei zu, um zu verhindern, daß ich den Mund öffnete. Dann verstummte er und blickte meine Bekannte an. Er schien den Eindruck zu gewinnen, daß er sie voll und ganz für seine Pläne gewonnen und damit seine Pflicht erfüllt hätte. Höchst zufrieden mit sich, warf er mir einen beredten Blick zu und eilte mit beschwingten, siegessicheren Schritten die Treppe hinunter, um ein paar Süßigkeiten und Obst zu holen.

Als er eines Tages bemerkte, daß ich einen Brief nach Hause schrieb, scheute er sich nicht zu fragen, ob ich meiner alten Dame von dieser Bekannten erzählt hätte – sie sei doch so . . . so . . . Natürlich meinte er: so »lieb« und so »passend«. Ich zog die Brauen zusammen. Er lachte und versicherte: »Das war doch nur ein Scherz, übrigens ein gut gemeinter . . . Nun seien Sie doch nicht gleich beleidigt!« und zog sich sofort in den hintersten Winkel meines Zimmers zurück, als hätte er Angst, ich würde ihm das Tintenfaß an den Kopf werfen.

Aber nicht immer verhielt er sich so diskret. Bei anderen Gelegenheiten wollte er überhaupt nicht wieder aufhören, von dem Fräulein in Blau zu reden.

Was sollte ich bloß mit ihm anstellen? Ich war nicht wie mein jüngerer Bruder, der seinem geschwätzigen Burschen einfach Pferdemist ins Maul gestopft hatte. Ebensowenig brachte ich es fertig, ihn mit ein paar höflichen Phrasen an die Luft zu setzen, wie es mein Vater getan hätte. Ich wußte ja, welche Enttäuschung sein bitteres Lächeln verbarg und welche lebenslang gehegten Hoffnungen er in mich setzte. Zwar hielt er sich für Augenblicke immer wieder zurück, doch dauerte das nie lange. Bald wurde er ganz nervös und zappelig, und außerdem ließ er einen fühlen, daß er doch bloß aus purer Herzensgüte alles in die Hand nehmen wollte. Er entwickelte geradezu schauspielerische Talente – und das rührte mich dann wieder.

Eines Tages war die fragliche junge Dame in Blau wieder einmal vorbeigekommen, als ich gerade ausgegangen war. Der alte Soldat hatte lange mit ihr geplaudert. (Seinem späteren Bericht entnahm ich, daß er sich ihr gegenüber selbstverständlich so respektvoll und doch vertraut verhalten hatte wie ein alter Diener gegenüber seiner Herrin.) Da sie angenommen hatte, ich würde nicht so bald heimkehren, war sie wieder gegangen. Aber noch während er mir von ihr erzählte, kam sie zum zweitenmal. Wie sich herausstellte, hatten wir beide noch nicht gegessen. Der Alte hörte, daß ich sie einlud, zum Abendessen zu bleiben, strahlte vor Glück und verschwand nach unten. Nicht lange danach servierte er ein unerwartet reichliches Mahl. Weiß der Himmel, wie er das nun wieder herausgefunden hatte, aber irgendwie wußte er, daß mein Gast keine scharf gewürzten Speisen mochte: obwohl er den Fisch gewöhnlich gern sehr feurig würzte, brachte er ihn heute mild und süßsauer auf den Tisch. Später servierte er unaufgefordert ein paar Äpfel zum Nachtisch, schenkte Tee ein, setzte den Kessel auf den Spirituskocher, stellte uns alles zurecht, zögerte noch eine Weile und verließ uns dann.

Er ging nach unten und genehmigte sich einen guten Schluck – er war ja so glücklich! Sicher gab er sich wieder seinen Träumen hin, und vermutlich sah er uns in seinem Schnapsbecher vor sich: den jungen Herrn und die junge Herrin ... und auch seinen künftigen kleinen Herrn, in eine schmucke Uniform gekleidet wie die ausländischen Kinder, die er oft beobachtet hatte; die zarten Beinchen steckten in winzigen Lederstiefeln; stramm und eilig marschierte der Knirps vor ihm her, während er selbst langsam und würdig wie ein Offizier hinterdreinspazierte ... Zu alldem schien ihn der heutige Besuch meiner Bekannten zu berechtigen.

Der Ärmste! Tatsächlich war meine Freundin gekommen, um mir mitzuteilen, daß sie und ihr Geliebter im nächsten Monat nach Peping reisen und dort heiraten wollten. Die Ohren des alten Soldaten waren so scharf wie die eines Schlachtrosses und fingen – diesmal ganz unabsichtlich – das Wörtchen »heiraten« auf. Obwohl es ihn keineswegs überraschte, bestärkte es ihn natürlich erst recht in seinen Zukunftsvisionen.

Meine Bekannte war gegangen, und ich saß über meinen Schreibtisch gebeugt. Einerseits freute ich mich für sie, andererseits konnte ich nicht umhin, mich ein wenig bedrückt und melancholisch zu fühlen. Da tauchte auf einmal, leicht schwankend, ein gerötetes Gesicht vor mir auf – der gute Alte hatte etwas zu tief ins Glas geblickt!

»Nun, Onkelchen, hast wohl zuviel getrunken? Wieso gab es denn heute auf einmal so leckere Sachen? Meine Bekannte hat gesagt, sie hat noch nie so gut gegessen!«

Hatte er zuvor schon breit gegrinst, so glich sein Gesicht

nun, nachdem ich das gesagt hatte, vollends dem einer Katze. Er sagte: »Heut bin ich glücklich.«

»Das gehört sich auch so, daß du glücklich bist.«

Er verteidigte sich, schien Streit mit mir zu suchen: »Was soll das heißen – gehört sich so? Versteh ich nicht! Ich war noch nie so glücklich wie heut. 'ne halbe Flasche Klaren hab ich intus!«

»Morgen holst du dir Nachschub. Kauf lieber eine Flasche zusätzlich und bewahre sie bei dir auf. Du hast ja sonst nichts hier, da muß man dir wenigstens genug zu trinken geben.«

»Ich hab noch nie so viel getrunken. Sie sagen einfach, es gehört sich, daß ich glücklich bin. Wieso soll sich das gehören? Ich war ja immer unglücklich, verstehn Sie? Wenn ich an den alten gnädigen Herrn denke, an sein Schicksal, dann finde ich keinen Grund zur Freude. Denke ich an den ältesten jungen Herrn und seine Gesundheit, dann bin ich auch nicht froh. Und der dritte junge Herr? Ich hab selbst gehört, wie die Leute damals über ihn geredet haben: Ein Panther, ein goldgefleckter Leopard! Ein wenig launisch, gewiß, aber so tüchtig. Ich wollte mit ihm in der Revolutionsarmee kämpfen, an seiner Seite im Sturm, Gewehr in der Faust, alle Barrikaden überwinden, mit lautem Kampfruf diesen Tölpeln aus dem Norden mein Bajonett in die Brust rennen. Ich hätte gern von ihm gelernt, wie man diese Handgranaten abzieht, deren Zündschnur bloß sieben Sekunden braucht. Seine Kameraden sind alle umgekommen, ein einziger Leichenhaufen. Ich hab's gehört – man sagt, der ganze 4. Jahrgang der Whampoa-Militärakademie soll bei der Schlacht von Longtan draufgegangen sein, alle verfault und verwest. Noch zwei Monate soll der widerliche Leichengestank in der Luft gehangen haben. Aber er hatte Glück. Heute reitet er bloß noch zur Wildschweinjagd nach Huanglouzhai. Ein wahrer Held! Auch seinetwegen bin ich nicht zufrieden, wenn ich dran denke, daß man ihn nicht zum Divisionskommandanten gemacht hat. Na, und Sie? Wie kann ich mich denn über Sie freuen bei Ihrer schlechten körperlichen Verfassung! Warum wollen Sie bloß nicht ...«

»Geh nur heute bald zu Bett, ja? Ich hab noch ein wenig zu tun, und außerdem bin ich nicht in der heitersten Stimmung.«

»Ach, Sie verschweigen mir was. Wie einen Wildfremden behandeln Sie mich. Aber ich hab so scharfe Ohren wie ein altes Roß ... Ich höre alles, und ich hab verstanden. Ich weiß schon, daß ich Hochzeitswein trinken werde. Aber Sie – Sie wollen mir nichts verraten! Na schön – morgen verlasse ich Sie.«

»Was hast du denn gehört? Was soll ich dir verschweigen?«

»Verschweigen, verschweigen ... ich bitt' Sie! Ja, wissen Sie denn immer noch nicht, wie es in mir aussieht? Wie ich mich um Sie gesorgt hab?«

Er brach ab und begann plötzlich zu weinen. Dieser Mensch in reifen Jahren, dieser alte Krieger, schluchzte tatsächlich wie ein kleines Kind. Ich wußte, daß er vor Freude und Erleichterung, aber auch vor Aufregung weinte, denn er glaubte ja immer noch, daß ich bald diese junge Dame heiraten würde, die gerade gegangen war. Natürlich wußte auch er genau, daß ich ihm gar nichts verheimlichen konnte und das auch keineswegs wollte. Er war sicher, daß mir seine Hilfe noch oft im Leben unentbehrlich sein würde, bei wichtigen und weniger wichtigen Anlässen. Er würde eine Herrin bekommen, sein Traum würde wahr. Ich verstand ihn so gut! Außerdem verriet er mir selbst, was er dachte, denn während er sich hastig und verlegen mit seiner klobigen, behaarten Hand die Tränen aus den Augen wischte, platzte er heraus: Ob der Tag der Hochzeit schon feststünde? Ob er einen Wahrsager aufsuchen und nach guter alter Sitte einen glückbringenden Tag bestimmen lassen sollte?

Ich wußte nicht, ob ich lachen oder weinen sollte. Ich konnte ihn weder schelten noch schlagen, denn er war durchaus noch nicht sinnlos betrunken. Er hielt es nur hartnäckig für eine Bosheit von mir, Geheimnisse vor ihm zu haben. Dann riet er mir sogar, ein Telegramm in meine 7000 *li* entfernte Heimat aufzugeben, damit meine Angehörigen die freudige Neuigkeit erführen. Und er pries die junge Dame, erzählte, wie ihm nachmittags während des Gesprächs mit ihr klargeworden wäre, welche Freude die alte gnädige Frau über eine so liebe Schwiegertochter empfinden würde.

Nun half alles nichts: ich mußte ihm reinen Wein einschenken. So sprach ich ganz ruhig auf ihn ein und erklärte ihm die ganze Sache. Er starrte mich mit offenem Mund an, begriff, glaubte mir jedes Wort. Er wurde kreidebleich und stand wie vom Donner gerührt vor mir. Ich mußte ihn einfach ein wenig trösten und schwindelte daher, es gäbe da in meinem Leben eine andere junge Frau, die der Dame in Blau in manchem ähnelte. Aber er durchschaute mich und ging nicht darauf ein. Statt dessen füllten sich seine kleinen gelblichen Augen langsam mit Tränen, und wieder weinte er. So stark er sonst auch scheinen mochte, an jenem Abend fiel er förmlich in sich zusammen.

Die Uhr im Hausflur schlug zehn.

»Geh doch schlafen – wir reden morgen weiter, ja?«

Meine Worte brachten ihn plötzlich zur Besinnung, und er schien zu erkennen, daß er zu voreilig gewesen war. Mit etwas gezwungenem Lächeln meinte er, er hätte wohl doch etwas zuviel getrunken, da er sich derart närrisch aufführte. Er gelobte hoch und heilig, von nun an keinen Tropfen mehr anzurühren. Dann wollte er wissen, ob ich morgen Lust auf Karpfen hätte. Als ich schwieg, begriff er, daß auch ich sehr niedergeschlagen war. Er sah den Lackteller mit den Apfelschalen auf meinem Tisch, nahm ihn, glitt wieder wie ein Fisch hinaus, zog leise die Tür hinter sich zu und stapfte langsam die Treppe hinunter. Als ich seine schweren Schritte hörte, wurde mir weh ums Herz. Lange saß ich da und dachte über das Menschenleben nach, über die menschlichen Beziehungen, darüber, wie wenig wir in bestimmten Situationen von den sogenannten Gefühlen der Menschen wissen und wieviel Bitterkeit und Verwirrung dadurch entsteht. Als es zwölf schlug, war ich noch immer auf, grübelte über diese schwierigen Fragen nach und konnte mein inneres Gleichgewicht nicht wiederfinden. Da hörte ich plötzlich ein feines Geräusch auf der Treppe, das sich langsam meiner Tür näherte. Ich ahnte, daß der Alte mich nochmals stören würde, weil er sich Sorgen machte, daß ich noch nicht schlief. So drehte ich rasch die Schreibtischlampe herunter. Von draußen kam ein leiser, tiefer Seufzer. Wie konnte ich ihn einfach dort stehenlassen?

Ich rief hinaus: »Hör mal, du! Ich bin fertig, wollte gerade zu Bett . . .«

Draußen blieb alles still. Als ich wenig später die Tür öffnete, war er schon hinuntergegangen.

Nach der traurigen Komödie dieses Abends wurde der alte Soldat ein völlig anderer Mann. Nie mehr kaufte er Schnaps. Als ich ihn nach dem Grund fragte, meinte er, diese Händler in Shanghai hätten keinen Anstand, wären ein herzloses Pack, und was diese Großstädter anzubieten hätten, wäre alles purer Alkohol. Mit keiner Silbe sprach er je wieder von einer Frau für mich, und wenn ich Damenbesuch hatte, achtete er nicht weiter darauf. Er las nun mitunter meine Arbeiten und fand darin seine verlorenen Illusionen und meinen Kummer bestätigt. Ich schwieg, und er wagte nie mehr, mit mir über mein Lebensglück zu sprechen. Seinen Träumen gab er eine neue Richtung – sie schienen mir noch höherfliegend und weitergespannt zu sein als die früheren. Wie er sich bemühte, fröhlich zu wirken! Doch seine konkreten Hoffnungen waren kümmerlich zerbrochen. Er tadelte mich nicht mehr dafür, daß ich kein Geld für ein Heim sparte, und nörgelte auch nicht mehr an meinem gar zu nachlässigen Äußeren herum.

Wir schienen einander jetzt besser zu verstehen als früher. Er hatte eingesehen, daß sein heißester Wunsch niemals in Erfüllung gehen würde – und mir war klar, daß er noch einsamer war als ich. Was die lichte Zukunft betraf, so war er von Anfang an der einzige gewesen, der daran geglaubt hatte. Obwohl ich sie leugnete, hatte er sich nicht entmutigen lassen. Später jedoch mußte ich ihm helfen, zu erkennen, woher solche Träume stammen, wie sie zu verwirklichen sind, wie man zufrieden sein kann – und half ihm, seinen Traum weiterzuträumen.

Aber dann kam die Dame in Blau noch einmal zu mir, um Abschied zu nehmen, bevor sie nach Peping zu ihrer

Hochzeit fuhr. Der alte Soldat, dem ich gesagt hatte, daß sie wieder zum Essen bleiben würde, fügte den alltäglichen Speisen lediglich ein einfaches Gemüsegericht hinzu. Die lieblose Art, mit der er das Essen auftrug, sprach deutlich von seiner inneren Ablehnung, was allerdings nur ich allein verstand. Dennoch mußte ich über seinen treuherzigen Ernst innerlich ein wenig lachen. Eigentlich hätte ich ihn für seine unerschütterliche Zuneigung und seinen Trotz bedauern sollen – ebenso wie mich selbst; aber tatsächlich hatte mich diese junge Frau ursprünglich überhaupt nicht interessiert, und nur der Übereifer des Alten hatte mich so weit gebracht, daß ich nun fast so etwas wie Kummer empfand. Als ich an jenem Abend seine traurigen Augen sah, fühlte ich eine teuflische kleine Genugtuung, als hätte ich ein wenig Rache an ihm genommen, und vergaß völlig, daß ich viel eher Mitleid mit ihm hätte haben müssen.

Nach diesem Abend betrat die junge Frau in Blau niemals mehr mein Arbeitszimmer. Noch schlimmer allerdings war die Tatsache, daß die beiden jungen Menschen, sie und ihr Mann, kurz darauf in Tianjin verhaftet wurden. Ich habe das dem alten Soldaten nie erzählt; freilich hat er auch nie nach der jungen Dame gefragt. Ich gewann fast den Eindruck, als ob er sie – und auch mich – ein ganz kleines bißchen haßte.

Er hatte mir versprochen, während der Sommerferien mit mir in meine Heimat zu fahren, deren Himmel ich schon seit acht Jahren nicht mehr gesehen hatte; auch er war seit sechs Jahren nicht dort gewesen. Aber achtzehn Tage vor Beginn der Ferien am 1. Juni brachen in Fujian Kämpfe aus. Er bat mich um Reisegeld und behauptete, er wolle nach Nanking, sich ein wenig amüsieren. Ich hatte beobachtet, wie er immer stiller geworden war, und war vergebens bemüht gewesen, ihn aufzuheitern. Zudem kam es, wenn er in der Küche kochte, jeden Tag zu Streitereien mit der Wirtin, die er beschuldigte, sich einfach unserer Sachen zu bedienen. So glaubte ich, daß es ihm sicher guttun würde, sich einige Tage in Nanking zu erholen. Er sollte niemals wiederkommen. Ich mag aber einfach nicht daran denken, daß seine Geschichte mit diesen Kämpfen in Fujian zu Ende war. Er ist bestimmt nicht tot, sondern hat überlebt wie so viele andere auch. Sicher ist er noch immer Proviantmeister oder Quartiermeister. Man hat seine Kompanie vielleicht in einen alten Tempel einquartiert. In aller Frühe geht er mit dem Koch in die Stadt,um Gemüse einzukaufen. Dort trifft er einen Bekannten und plaudert lange mit ihm, dann geht er zum Fluß hinunter und kauft Feuerholz. Eine Weile schaut er den Lastkähnen zu. Abends sitzt er im roten Licht eines Lampions auf einer Munitionskiste und spricht mit dem Zugführer und dem Gruppenführer die Ausgaben des Tages durch, die er auf ein Stück grobes Papier gekritzelt hat. Jeder kleine Additionsfehler wird gewissenhaft nachgeprüft. Nachts schläft er auf einer hochbeinigen Pritsche unter einer Wolldecke und träumt bestimmt davon, mit dem Regierungsinspektor zu trinken – oder er träumt, daß er auf dem Lande eine Räuberbande ausgehoben hat und vom Gutsherrn zu einer gedämpften Gans eingeladen wird. Ich will, daß er immer lebt – oder daß er wenigstens noch zwanzig Jahre irgendwo in China unterwegs ist. Obwohl er sich nie wieder bei mir gemeldet hat, glaube ich fest daran, daß er noch unter den Lebenden weilt.

So ist also diese Lampe auf meinen Schreibtisch geraten. Ich habe sie gern und benutze sie ständig. Wenn ich über das Leben, daß ich früher kannte, schreiben und mich in jene alten Tage zurückversetzen möchte, schalte ich das elektrische Licht aus, zünde die Lampe an, und sofort sieht mein Zimmer wieder genauso aus wie vor zwei Jahren. Im Lampenlicht meine ich wieder das rote Gesicht des alten Soldaten vor mir zu sehen; er trägt noch immer seine alte Uniform, gleicht einem Menschen aus vergangenen Zeiten, einem Hausdiener des 18. Jahrhunderts – und was ich erst recht nicht vergessen habe, ist dieser unausgesprochene Vorwurf in seinen kleinen Augen.

Als der Gastgeber seine Geschichte zu Ende erzählt hat, seufzt das junge Mädchen im schwarzen Kleid ganz leise, tritt an seinen Schreibtisch und streichelt mit sanfter Hand die kleine Lampe. Merkwürdig – nach zwei Jahren ist immer noch Öl darin! Der Hausherr erklärt, daß er sie noch öfters abends anzündet, um in ihrem Schein den alten Soldaten vor sich zu sehen und seine Stimme zu hören. Die neugierige junge Dame möchte nun am Abend wiederkommen und ausprobieren, ob auch sie den Proviantmeister sehen könne. Das zeigt ihm, daß sie von allem, was er ihr über den alten Soldaten erzählt hat, restlos begeistert ist.

Am Abend wird das Zimmer vom milden Licht der altmodischen Lampe erleuchtet. Die Flamme flackert und knistert leise. Leute, die nur mit mindestens 50 Watt auskommen, würden diese Stimmung freilich weniger freundlich beschreiben. Der junge Hausherr und seine Besucherin sitzen auf zwei runden Schemeln, und er erzählt abermals von der Lampe, zeigt ihr auch, wo der alte Soldat meistens stand, wie er aussah, wenn er sprach, wie liebevoll er die Lampe immer putzte, wie unordentlich es damals auf seinem Schreibtisch aussah . . . und schließlich erzählt er ihr, daß genau an dem Platz, wo sie heute abend sitzt, damals die Dame in Blau gesessen habe.

Als das junge Mädchen in Schwarz das hört, lacht es ein wenig und seufzt dann wieder ganz leicht. Nach einer langen Weile sagt es bedauernd: »Der alte Soldat ist sicher längst gestorben!«

Der Gastgeber antwortet: »Ach ja, wahrscheinlich ist er längst gestorben. Jedenfalls in den Herzen unserer damaligen Bekannten. Aber ich ahne, daß er in Ihrem Herzen noch lebt, in Ihrem Herzen ist er noch immer als ein liebenswerter Mensch am Leben, stimmt es nicht?«

»Wie schade, daß ich ihn nie gesehen habe.«

»Ich kann nur sagen, daß auch er das sicher außerordentlich bedauert!«

»Ich würde ihn so gern kennenlernen, so gern mit ihm plaudern, auch so gern . . .«

»Was nützt das jetzt? Wenn er wirklich hier wäre, würde er da nicht alle möglichen Scherereien machen?«

Das Mädchen glaubt, daß es zuviel geredet hat, und errötet tief.

So sitzen sie beide im Licht der alten Lampe und schweigen.

Bald darauf, an einem anderen Abend, kommt die junge Dame, die sonst immer ein schwarzes Kleid trägt, in einer blauen Jacke zu Besuch. Der Gastgeber, der begreift, daß dies etwas mit seiner Geschichte zu tun hat, ist unbeschreiblich glücklich. Beide scheinen zu glauben, es gehe einzig und allein darum, dem alten Soldaten eine Freude zu machen. Wortlos und ein wenig erschrocken nimmt der junge Mann das Mädchen in die Arme und küßt es. Später meint das Mädchen, das Licht im Zimmer sei gar so hell, warum denn heute abend nicht die Lampe auf dem Schreibtisch brenne?

Der junge Gastgeber fragt: »Ist dir das elektrische Licht zu stark?«

»Ja. Ich möchte lieber den Proviantmeister glauben machen, eine andere junge Dame in Blau sei zu dir aufs Zimmer gekommen!«

Als er diese listigen Worte hört, will der Hausherr sofort hinuntergehen, um die Lampe zu holen.

Das Mädchen fragt: »Ist die Lampe denn unten?«

»Ja.«

»Warum?«

»Ach, weil vorgestern wieder der Strom ausfiel. Man konnte nichts tun. Da hab ich der Wirtin die Lampe geliehen. Ich geh sofort und hole sie.«

»Gehört sie vielleicht gar der Wirtin?«

»Aber nein. Ich dachte, das hätte ich dir erzählt. Der alte Soldat hat sie doch gekauft«, beeilt sich der junge Mann zu versichern und fügt beschwörend hinzu: »Du weißt, daß der alte Soldat sie gekauft hat!«

»Ach – hast du dir das alles nur ausgedacht?«

»Wenn das, was man sich ausdenkt, so schön wäre wie die Wirklichkeit ... Außerdem: Ist heute nicht wirklich eine Dame in Blau gekommen?«

Das Mädchen gibt zu: »Ja, tatsächlich, heute ist eine Dame in Blau gekommen, aber sie wird künftig nicht den alten Soldaten glücklich machen.«

»Damit bin ich voll und ganz einverstanden. Denn wenn es ihn wirklich gäbe, diesen alten Soldaten, dann dürfte es ihm jetzt eigentlich recht gut gehen.«

»So ein Schuft bist du also, und alles, was du erzählt hast, war bloß erfunden!«

»Aber er hat einen Kundschafter, der alles, was er über den Alten erfahren hat, getreulich einer gewissen anderen Person weitererzählt, bis diese völlig von ihm eingenommen ist und Mitleid mit ihm hat, und dieser gerissene Kerl ist niemand anders als ...«

Das Mädchen muß lächeln, und sie beschließen, in den kommenden Ferien nicht nur nach Suzhou zu fahren, sondern auch nach Nanking. Er verspricht dem jungen Mädchen, daß diese Reise vor allem dazu dienen soll, Näheres über das weitere Schicksal des alten Quartiermeisters zu erfahren.

1930

Yus Gemüsegarten

Der Weißkohl aus Yus Gemüsegärtnerei war viel größer als der von anderen Gärtnern, was an dem besonderen Saatgut lag, das die Yus verwendeten. Wie sie dazu gekommen waren, erklärte ihr Familienname Yu: Sie waren Bannerleute gewesen und hatten die Samen damals aus Peking mitgebracht. Pekinger Weißkohl war überall berühmt.

Vor der Revolution von 1911 war Urgroßvater Yu, der den einsilbigen Rufnamen Chen trug, als Regierungsbeamter in diese Stadt in der südchinesischen Provinz Hunan gekommen. Seine Familie hatte er mitgebracht – und auch die Kohlsamen. Damals war das Gemüse aber nur für den eigenen Bedarf gezogen worden. Nun, bald nach dem Tode des Urgroßvaters wurde die Qing-Dynastie durch die Revolutionsarmee gestürzt. Nachdem die Mandschu ihre Macht über das Land verloren hatten, ging es natürlich rasch bergab mit den Bannerleuten. Überall im Lande sah man sie, völlig verarmt und ohne Einnahmequelle, heimatlos herumziehen. Nicht so Familie Yu: der Weißkohl bewahrte sie vor der ärgsten Not, und sie lebten von seinem Verkauf. Damals wurde Yus Gemüsegarten in dieser Kleinstadt zum Begriff.

Die Hausherrin, Madame Yu, war jetzt um die Fünfzig. In ihrer Jugend mußte sie sehr schön gewesen sein, denn selbst heute strahlte sie noch einen gewissen Zauber aus. Ihr einziger Sohn, ein wohlerzogener junger Mann von einundzwanzig Jahren, hoch aufgeschossen und blaß, hatte Hausunterricht erhalten und war recht belesen. In seinen höflichen Umgangsformen und guten Manieren hatte er sich die aristokratische Art seiner Vorfahren bewahrt. Die neue Oberschicht am Ort verachtete Bannerleute wegen ihres schändlichen Verhaltens zur Kaiserzeit und verkehrte daher selten mit dem jungen Yu, der zudem nichts als der Sohn eines Gemüseverkäufers war. Aber es gab doch etwas Besonderes an ihm, das ihn von anderen Gemüsehändlern unterschied. So stand der junge Mann zwar nicht gerade auf vertrautestem Fuß mit den Notablen der Stadt, genoß aber deren Achtung und Respekt.

Yus Gemüsegarten wuchs sich allmählich zur Gärtnerei aus, und bald konnten die vier Hände von Mutter und Sohn nicht mehr allein mit der Arbeit fertig werden. Daher stellte man einige Leute ein. Jedes Jahr im Herbst ließ der junge Herr im Garten eine lange Miete graben und nach dem ersten Schnee die gesamte Kohlernte darin lagern. Dank dieser Umsicht hatten die Städter immer genügend Kohl zu essen. Der Garten erstreckte sich über 20 *mu*, und außer Kohl wurde auch anderes Gemüse angebaut. Der junge Yu verstand sein Gewerbe. Das ganze Jahr hindurch bekam man bei ihm ausgezeichnetes Gemüse, sogar ein paar seltene Sorten. Auch dies trug dazu bei, daß die Yus nicht wenig verdienten. In zehn Jahren waren sie zu einer wohlhabenden Familie geworden.

Vielleicht lag es an der fremden Rasse, vielleicht auch daran, daß Mutter und Sohn kaum jemals Besuche machten oder empfingen – jedenfalls wußte man in der Stadt eigentlich nicht viel mehr über sie, als daß sie durch den Gemüsehandel reich geworden waren.

Eines Abends im Sommer war es, als Madame Yu schlicht gekleidet draußen vor dem Gartentor am Ufer des Flusses stand, um die Kühle zu genießen. Diese Dame in den besten Jahren, die ihren eigenen Lebensunterhalt verdiente, Bildung, Eleganz und Niveau besaß, trug ein traditionelles langes Kleid aus weißem Kattun mit weiten Ärmeln, und in der Hand hielt sie einen Palastfächer. Neben ihr stand der junge Mann in einem Anzug aus weißer Seide. Still verharrten die beiden und sprachen lange Zeit kein Wort. Sie lauschten den Zikaden nach, die mit langgezogenem Sirren davonflogen, oder dem Rauschen des Wassers. Der Fluß wand sich um den Garten nach Osten. Sein

Wasser war so klar, daß man bis auf den Grund sehen und die Krabben und Fische beobachten konnte, und diese waren so winzig klein, daß sie wirklich bloß zum Anschauen taugten. An jenem Abend waren aber keine Fische mehr zu sehen – vermutlich hatten sie sich bereits in ihre Schlupfwinkel zur Ruhe begeben.

Eine leise Brise trug den Duft von Orchideen und Jasmin herüber, denn auch Blumen, Sträucher und Bäume wuchsen reichlich im Garten.

Die Mutter strich sich ihr Haar, mit dem der leichte Abendwind spielte, an den Schläfen zurück, blickte durch die Zweige der Weiden in den Abendhimmel und zählte die ersten Sterne. Sie fühlte sich an ein altes Gedicht erinnert, konnte sich aber nicht auf den Namen jenes Dichters besinnen, der für den Abendhimmel das Bild der roten Wolken und einer einsamen Wildente gefunden hatte. Sie meinte, die heutige Abendstimmung sei es wert, mit einem Verszitat gewürdigt zu werden, wandte sich lächelnd dem jungen Mann zu und fragte ihn, ob nicht er ein passendes Gedicht wüßte. Sie sagte: »Eine solche Stimmung muß es in alter Zeit geradeso wie heute gegeben haben. Der Mensch gewinnt aus ihr eine Art Erkenntnis, eine Art Erleuchtung. Bestimmt gibt es ein paar hübsche Verse dazu.«

»Vielleicht von einem der Alten, aber ich komme nicht darauf.«

»Mir geht es ebenso. Xie Lingyun? Wang Wei? Ich kann mich nicht erinnern. Ich werde wirklich alt.«

»Mutter, warum versuchst du es nicht selbst mit einem siebensilbigen *jueju*-Vers? Ich werde mich anschließen.«

»Also gut, laß mich einmal nachdenken . . .«

Sie überlegte lange und summte leise vor sich hin, doch konnte sie nicht die richtigen Ausdrücke finden, die auf diese Abendszene paßten. Zum einen war es lange her, daß sie sich in der Dichtkunst geübt hatte, zum anderen bildete die Szene vor ihren Augen mit ihren eigenen Empfindungen einen vollkommenen Einklang, ganz wie das Buddhadharma, welches man gleichfalls nur mit dem Herzen verstehen und nicht in Worte fassen kann.

Sie lächelte wieder. »Ach nein, es geht nicht. Wie könnte ich jetzt auch Verse schmieden!«

Ein wenig später fragte sie ihn: »Und du, Shaochen?«

Der junge Mann meinte freundlich, die Stimmung sei so schön, daß selbst ihre Plauderei ein wenig störe. Ein Gedicht würde all diese Schönheit nur verderben. Darauf wandte sich seine Mutter mit einem feinen Schmunzeln ab, schritt über die Brücke und verschwand im Bambushain bei der weißen Gartenmauer.

Häufig gingen die beiden an kühlen Abenden wie diesem auch in die Gärtnerei, beaufsichtigten die Leute beim Aufrichten der Melonenspaliere, ließen sie tüchtig Wasser schöpfen oder diskutierten die Preise für Spinat- und Rettichsaat auf dem Herbstmarkt. Manchmal spazierten sie durch die Beete, schauten nach den Setzlingen und griffen auch wohl selbst einmal zu Hacke und Gießkanne. Sie wirkten in allem, was sie taten, völlig natürlich und am richtigen Platz, ganz anders als gewisse Dichterlinge, die sich bloß auf ein Stündchen unter eine Melonenlaube setzen und schon einen Achtzeiler mit fünfsilbigen Versen über das Glück der Bauersleute hinwerfen oder wortreich die angeblich so unbeschreibliche Schönheit einer aus einem einzigen Baumstamm geformten Brücke preisen. Schlicht und gekünstelt, aufrichtig und verlogen – wer wollte das miteinander vergleichen!

Im Winter kam der Weißkohl aus Yus Gemüsegarten auf den Markt. Die ganze Stadt kaufte, und wenn die Leute bei Tisch saßen und »Yu-Kohl« verspeisten, dachten sie hin und wieder an die Gemüsehändlerfamilie, lobten den Kohl – und priesen auch Mutter und Sohn. So wenig man über die beiden wußte, schien man doch alles an ihnen zu bewundern. Nun lebten auch hier, wie in jeder Stadt, zehnmal mehr Narren als Weise, und daher munkelten einige schlichte Geister, der Kohl sei deswegen so besonders groß und kräftig, weil die Herrin jeden Kopf mit eigener Hand berührt und gestreichelt hätte. Solcher Unsinn zeigt immerhin, wie sehr man das Haus Yu um seiner Anmut und Eleganz willen beneidete und bewunderte.

Die Mutter konnte ausgezeichneten Trockenkohl zubereiten. Der Strunk, die Deckblätter und das Herzstück – alles wurde nach verschiedenen Rezepten und in unterschiedlichen Geschmacksrichtungen verarbeitet. Der Sohn verstand von diesen Dingen zwar weit weniger als von Kalligraphie und Literatur, verbrachte aber dennoch viel mehr Zeit mit der Verwaltung des Gemüsegartens als mit Schreiben und Lektüre. Sein junges Wesen war hell und frisch wie eine Taubenfeder, er brauchte Tätigkeit ebenso wie Mußestunden und wurde der Gärtnerei folglich niemals überdrüssig. Unfähig, um jede Kupermünze zu feilschen und auf Heller und Pfennig abzurechnen, ließ ihn selbst diese kleine Schwäche in den Augen der Leute nur um so liebenswerter erscheinen.

Er arbeitete mit seinen Händen, obwohl er ein gebildeter Mensch war; und trotz seines Reichtums war er nicht überheblich. Gegen die Einheimischen zeigte er sich stets freundlich und behandelte auch seine Leute gerecht, obwohl er der junge Herr war. Zwar gehörte er selbst der Gelehrtenschicht an, doch es schien ihm überflüssig, Männer seines eigenen Standes für besonders bedeutend zu halten und ihnen mehr Achtung entgegenzubringen, als ihrer Menschenwürde zukam. Anderen gegenüber war er ehrlich und verlangte von ihnen dasselbe. Aufrichtigkeit hielt er für eine der vornehmsten Tugenden des Menschen. Und all diese Züge und Neigungen hatte seine Mutter in ihm angelegt.

Es kam die Zeit, da man daran denken mußte, den jungen Mann zu vermählen. Er hatte aber noch keine Braut gefunden. Selbst in dieser Kleinstadt hatten sich die Zeiten geändert, und die jungen Leute gingen dazu über, sich zu verlieben und ihre Zukünftigen selbst zu wählen. Dennoch strömten nun wie in früheren Tagen gewisse Männer und Frauen herbei, um Heiratsvermittler zu spielen. Hinter ihrer Freundlichkeit steckten einzig und allein eigennützige Absichten. Den ganzen Tag liefen sie geschäftig herum, nur weil sie hofften, eine Partie zuwege zu bringen und zum Dank eine kleine Vermittlergebühr und etliche Geschenke einheimsen zu können. Gar zu beflissen, das Schicksal anderer in die Hand zu nehmen, waren sie wahre

Meister der gekünstelten Schmeichelei. Als jedoch all ihre Lügen nichts fruchteten, begruben sie ihre Hoffnungen und verschonten Yus Gemüsegarten mit weiteren Besuchen.

Das Treiben der Heiratsvermittler aber – und freilich noch ein anderer Grund – hatte zur Folge, daß viele Mädchen in der Stadt den Namen des jungen Yu kennenlernten und insgeheim durchaus geneigt waren, Schwiegertochter von Madame zu werden.

Am 22. Geburtstag des Sohnes bereitete die Mutter ein besonderes Festessen für ihn zu. Abends saßen sie einander gegenüber, schmausten und tranken Wein. Vor dem Fenster lag die Gärtnerei. Gerade hatte der Zwölfte Monat begonnen, vor kurzem war heftiger Schnee gefallen, und draußen war alles weiß. Der Kohl, den man bereits geerntet, aber noch nicht in die Miete gesetzt hatte, lag aufgeschichtet im Garten, und die mit Schnee bedeckten Stapel sahen wie große Grabhügel aus. Der noch nicht abgeerntete Kohl stand, jeder Kopf wie ein kleiner Schneemann, in Reih und Glied auf den Beeten. Nachdem sie einige Becher Wein geleert hatten, plauderten Mutter und Sohn über das Schneetreiben und ihr Gemüse: wie Rettich und Kohl erst nach dem ersten Schneefall wirklich schmackhaft würden. Dann öffneten sie das Fenster.

Von hier aus konnten sie den ganzen Garten überblikken. Still und friedlich lag er vor ihnen in der Dämmerung. Es schneite nicht mehr, auch der Wind hatte sich gelegt. Die Krähen, die vormittags auf den Beeten nach Futter gesucht hatten, waren wer weiß wohin geflogen.

Die Mutter sagte: »Der Schnee in diesem Jahr ist wirklich herrlich!«

»Der Zwölfte Monat hat gerade erst begonnen – wer weiß, wie oft es in diesem Jahr noch schneit.«

»Solcher Schnee läßt einen nicht frieren. In dieser Gegend ist er ja wirklich eine Seltenheit, während man in Peking ein paar Tage Schnee wohl für etwas ganz Alltägliches hält.«

»Wie man hört, soll Peking sich völlig verändert haben.«

»Auch hier ist in den letzten zehn Jahren manches anders geworden.«

Sie dachte dabei an all die Veränderungen im Denken und Fühlen der Menschen, welche sie in den zwanzig Jahren, seit sie hier lebte, beobachtet und erfahren hatte. Sie trank einen Schluck Wein.

»Heute wirst du zweiundzwanzig. Urgroßvater starb vor achtzehn Jahren. Vor fünfzehn Jahren wurde die Republik China ausgerufen. Nicht nur die Welt hat sich verändert – auch in unserer Familie ist nichts geblieben, wie es einmal war. Ich bin in diesem Jahr fünfzig, ich werde alt. Man hat dich erzogen, damit du einmal selbst ein erwachsener Mensch wirst. Es geht nicht an, daß das Haus Yu ohne Weihrauch auf dem Ahnenaltar bleibt. Ach, wäre doch dein Vater noch unter den Lebenden!«

Das einzige, woran der junge Mann sich erinnerte, wenn er an seinen Vater dachte, war ein Mann, der eine kurze Pekinger Pfeife hielt. Damals rauchte noch kaum jemand Zigaretten, während heute sogar die Arbeiter auf Feuerstein und Pfeife verzichteten und Zigaretten der Marke »Schönheit« kauften. Alles in diesem Haushalt sprach von der unermüdlichen Arbeit, welche die Mutter in diesen langen Jahren geleistet hatte.

Nun war der Sohn erwachsen, und falls alles gut ginge, wäre es nur gerecht, wenn der Himmel sie erhören würde und sie bald ein Enkelkind in den Armen wiegen dürfte. Der junge Shaochen jedoch wußte selbst nicht, warum ihm bei den Worten der Mutter über ihr Alter plötzlich etwas ganz anderes einfiel, was er längst auf dem Herzen hatte und bei dieser günstigen Gelegenheit offen zur Sprache bringen wollte – nämlich, daß er gern nach Peking gehen wollte.

In Peking lebte ein Onkel des jungen Yu, ein Bruder seiner Mutter. Vor dem Sturz der Mandschu war er ein kaiserlicher Beamter niederen Ranges gewesen. Heute betrieb er angeblich in der Qizhang-Gasse ein gutgehendes Geschäft, wo Eiscreme und Kuchen verkauft wurden.

Die Mutter blickte überrascht auf, als sie von seinem Wunsch erfuhr. Darauf war er vorbereitet gewesen. Gerade weil er sie nicht beunruhigen wollte, hatte er auch bis heute geschwiegen. In Wirklichkeit aber hatte sie selbst sich oft nach ihrem jüngeren Bruder gesehnt.

»Willst du nur deinen dritten Onkel besuchen, oder zieht dich noch etwas anderes dorthin?«

»Ich würde ganz gern ein wenig studieren.«

»Was brauchen denn Leute wie wir groß zu studieren? Die Welt ändert sich mit jedem Tage – ich hab richtig Angst!«

»Nun, dann gehen wir eben alle beide.«

»Wie denn das? Kann ich etwa von hier fort?«

»Wer weiß, ob ich nicht schon nach ein paar Monaten wieder zurückkomme . . .«

»Oh, selbst wenn du ein paar Jahre fortbleibst – mir ist es schon recht, ich will dich keineswegs halten. Wenn du gehen möchtest, dann geh nur. Aber mußt du denn unbedingt studieren? Man braucht kein großes Bücherwissen, um ein anständiger Mensch zu sein. Wenn Leute wie wir zu viel studieren, gibt es ein böses Ende!«

Sie hatte die letzten Worte mit leidenschaftlichem Nachdruck gesprochen. Nun forderte sie den Sohn auf, noch einen Becher zu trinken, und fragte ihn, ruhiger geworden, ob er das Neujahrsfest noch zu Hause oder lieber schon in Peking verbringen wolle.

Der Sohn meinte, es sei wegen der Examen günstiger, noch in diesem Jahr aufzubrechen, außerdem wären weniger Leute unterwegs, was die Reise weniger beschwerlich machen würde. Die Mutter war mit seinen Plänen zwar einverstanden, hielt es aber für unnötig, derart überstürzt aufzubrechen, und so entschied der Sohn, erst am Fünfzehnten des Ersten Monats zu reisen. Hierauf plauderten sie wieder über den Schnee, wobei der Mutter unvermittelt einfiel, daß man den Arbeitern doch einen Krug Branntwein schicken solle, denn dies sei schließlich kein gewöhnlicher Tag.

Bald darauf feierte man Neujahr, und dann war auch schon der Tag des Abschieds gekommen. Dem Onkel hatte man bereits geschrieben. Der junge Mann nahm einen Flußdampfer nach Changsha, stieg dort in einen Autobus nach Wuhan und reiste schließlich von Wuhan nach Peking mit der Eisenbahn.

Drei Jahre vergingen.

Yus Gemüsegarten blieb unverändert. Doch nach und nach erfuhren die Leute in der kleinen Stadt, daß der junge Yu Student an der Peking-Universität war, und diese Neuigkeit wurde zum Stadtgespräch. Das einzige, was sich im Hause Yu verändert hatte, waren die Zeitungen und neu erschienenen Bücher, die der Sohn jetzt regelmäßig schickte. Die Mutter führte wie zuvor die Gärtnerei. Daneben hielt sie jetzt eine Schar weißer Hennen. Wenn sie Zeit fand, nahm sie ein wenig Mais und fütterte ihre Hühner oder spielte mit ihnen. Außerdem las sie die Bücher, Zeitungen und Zeitschriften, die mit der Post aus Peking kamen. Obwohl schon über fünfzig, ließ diese Lektüre, an der sich die jungen Studenten begeisterten und entflammten, auch das Herz der Mutter mitunter höher schlagen.

Viele unerwartete Dinge geschahen: die Revolution, der Nordfeldzug ... und im Lauf dieser Unruhen und Kämpfe kamen zahllose große, gesunde Menschen um, deren Leiber auf freiem Felde verwesten, weil niemand sie holte und bestattete; Helden wuchsen heran, Idealisten, die zu Märtyrern wurden; zugleich vermehrte sich die Brut der alten und neuen Herren ... In unserem Ort wurde ein Parteibüro eingerichtet und eine Gewerkschaft gegründet ... Dann kam es zum Zwischenfall am »Pferdetag«, als viele junge Leute ihr Leben ließen, die Gewerkschaft aufgelöst und die Mitglieder des Parteibüros ausgetauscht wurden ... und dann erfuhr man aus der Zeitung, daß Peking, die »Nördliche Hauptstadt«, in Peping, »Nördlicher Frieden«, umbenannt worden war ...

Als die Stadt ihren neuen Namen erhielt, herrschte tatsächlich wieder Friede im Norden. Es schien, als habe endlich der wahre Sohn des Himmels sein Mandat in Empfang genommen und sei auf Erden erschienen und die Welt würde nun bald zur »Höchsten Harmonie« finden.

Nach wie vor schrieb der Sohn häufig aus Peping, schickte aber seltener Bücher und Zeitungen. Die Mutter sandte ihm jeden Monat 60 Silberdollar. In ihren Briefen bat sie ihn vor allem, gut auf seine Gesundheit zu achten, doch fragte sie auch immer wieder an, ob sich noch kein passendes Mädchen gefunden hätte, damit man Heiratsvorbereitungen treffen könne. Sie gehörte einer anderen Generation an, auch fühlte sie, daß sie älter wurde, und so war es nur natürlich, daß sie sich um diese Dinge Gedanken machte. Während der drei Jahre hatte sie im übrigen nichts von ihrem Zauber verloren. Zwar war sie dank ihres Sohnes über viele Tagesereignisse auf dem laufenden, doch hatte das ihr gütiges, vornehmes Wesen nicht verändert. So war sie beispielsweise zweien ihrer Arbeiter zu ihrem Glück behilflich gewesen: sie hatten mit Unterstützung ihrer Herrin heiraten können. Als sie dem Sohn davon schrieb, antwortete er, sie habe gehandelt, wie es sich gehört.

In einem seiner Briefe fragte er an, ob die Mutter nicht Lust hätte, auch nach Peping zu kommen – den Garten könnte sie doch einigen ihrer Leute zu treuen Händen überlassen, das käme schließlich auf dasselbe hinaus. Obwohl es ihr keineswegs unmöglich schien, die Gärtnerei aufzugeben, entschied sich die alte Dame aus ihr selbst nicht ganz begreiflichen Gründen am Ende aber dagegen, in den Norden zu reisen.

Dann kam ein Brief ihres Sohnes, in dem er ankündigte, er würde in den Sommerferien heimkommen und einen Monat bleiben. Sie war überglücklich. Dieser Brief traf im Vierten Monat ein – und von da an war die Mutter nur noch damit beschäftigt, alles im Haus für den Besuch vorzubereiten. Unablässig überlegte sie, was noch getan werden könne, damit er sich wohl fühle. Zu Beginn des Sechsten Monats konnte sie die Ankunft ihres weitgereisten Sohnes kaum noch erwarten und schickte ihm schließlich sogar jemanden entgegen, der ihn im Städtchen N. abholen sollte. Für all diese Vorkehrungen gab sie einen Batzen Geld aus. Sie freute sich auf die Heimkehr des Sohnes, als ginge es um die Ankunft einer Braut.

Pünktlich kam der junge Mann zu Hause an. Eine besonders freudige Überraschung erlebte die Mutter, als an seiner Seite tatsächlich eine Schwiegertochter eintraf. Erst als die beiden durchs Tor traten, erfuhr sie davon. Nicht ohne den Sohn im stillen ein wenig zu tadeln, lud sie den »neuen Gast« in ihr eigenes Zimmer. Sie fühlte sich zehn Jahre jünger.

Während sie ihren blassen, abgemagerten Jungen betrachtete, machte sie die Schwiegertochter mit den beiden jungvermählten Arbeiterpaaren bekannt. »Das sind Freunde von uns«, sagte sie leise, vor lauter Freude brachte sie kein weiteres Wort hervor.

Bald wußte der ganze Ort von der Heimkehr des Sohnes und von der hübschen Schwiegertochter. Die ansässigen Würdenträger bemühten sich zwar kaum persönlich in Yus Gemüsegarten, doch kamen ihre Söhne zu Besuch, denn das Städtchen war klein, und aus Peping kehrten nur wenige Leute hierher zurück. Auch die örtliche Erziehungsbehörde lud den Sohn und seine Frau zu einer Versammlung ein. Und dann gab es noch ein paar junge Leute, deren Herz für eine bessere Zukunft schlug und die den Namen des jungen Yu in anderem Zusammenhang kannten und bewunderten. Sie luden eigens ein paar Kameraden ein, um ihn in kleinen Gruppen zu besuchen.

In den Augen der Mutter hatte sich der Sohn überhaupt nicht verändert, nur daß sein Leben sich allmählich mehr und mehr innerhalb der Gesellschaft abspielte. Er war noch derselbe naive, ehrliche, ungekünstelte Junge und hatte keine seiner liebenswerten Eigenschaften verloren. All das neue Wissen, das man ihm fern von zu Hause vermittelt hatte, war zu einem Teil seiner selbst geworden, ohne ihn zu verderben. Was seine junge Frau betraf, so ließ sich nicht der kleinste Makel an ihr finden, es sei denn, man hielte es für einen Fehler, daß sie einfach zu hübsch war, um in dieser entlegenen Kleinstadt als Schwiegertochter zu leben.

Es war immer noch recht warm. Sie standen am Fluß vor dem Gartentor, hörten das Wasser rauschen und die Zikaden sirren, plauderten in der Melonenlaube oder zwischen den Bohnenbeeten miteinander und betrachteten die Abendwolken. Es war alles wie vor fünf Jahren, nur daß ein weiteres Familienmitglied hinzugekommen war. Noch immer lebte man in diesem Hause, verglichen mit den meisten Einheimischen, wie in einer anderen Welt. Freilich pflegte man etwas mehr gesellschaftlichen Umgang als früher, doch war durch diese Kontakte die Bewunderung der anderen allenfalls gestiegen.

Da die Schwiegertochter Chrysanthemen besonders liebte, andererseits aber feststand, daß das junge Paar schon bald nach der Zeit der Chrysanthemenblüte nach Peping zurückkehren sollte, ordnete die Mutter an, daß ihre Leute ein Stück Brachland im Garten eigens mit Chrysanthemen bepflanzten. Als die Arbeiter die Setzlinge verzogen, legten auch Madame Yu und die jungen Leute mit Hand an. Eines Tages gegen Ende des Siebenten Monats, als sie nach dem Essen alle drei in den Garten gingen, um nach den jungen Pflanzen zu sehen, krempelte sich der Sohn die Hemdsärmel bis zum Ellbogen hoch und grub mit den bloßen Händen im Boden, so daß sie ganz voll Erde waren.

Als die Mutter den jungen Leuten zuschaute, wie sie so sorgsam die Blumen pflegten, kam ihr plötzlich der Gedanke, ihr Wunschtraum, bald Großmutter zu werden, sei keineswegs unvernünftig. Der junge Mann erzählte der Mutter von Leuten in Peping, die Chrysanthemen züchteten, indem sie die Triebe auf andere Stauden pfropften. Die Blüten seien so groß wie ein *dou*-Maß. Während er sprach, liebkoste er mit leuchtenden Blicken seine junge Frau, die vor ihm kauerte und so schön war, daß es einem den Atem rauben konnte.

Unangemeldet kam plötzlich jemand aus der Kreisverwaltung in den Garten und sagte, es gäbe eine Kleinigkeit zu besprechen, ob die beiden jungen Leute bitte auf ein Wort mitkommen würden. Ohne ihnen auch nur Zeit zum Händewaschen zu lassen, forderte er sie mit einem nochmaligen »Bitte!« zum Gehen auf. Sie sollten nie zurückkehren.

Im Augenblick war die Mutter nur etwas überrascht. Sie konnte freilich nicht ahnen, was dann geschehen würde.

Am nächsten Tag lag sie elend danieder. Der Sohn und seine Frau waren gefunden worden. Gemeinsam mit drei weiteren jungen Leuten, die aus anderen Gründen das gleiche furchtbare Los ereilt hatte, waren sie hingerichtet worden. Ihre Leichen lagen in einer Ecke des Exerzierplatzes.

Am nächsten Tag schleppten ein paar rauhe Burschen die fünf Toten aus der Stadt hinaus zu einem Brachfeld, wo tags zuvor bereits eine Grube ausgehoben worden war, in der sich nach den Regenfällen der vergangenen Nacht das Wasser staute. Achtlos warfen die Männer die leblosen Körper hinein, schütteten etwas Erde darüber, rafften dann ihre Tragstangen und Seile zusammen und trabten, ohne sich noch einmal umzusehen, davon – geradewegs zum Yamen, wo sie ihre Belohnung kassierten, während die Toten zu modern begannen.

Das schreckliche Unglück, das sie aus heiterem Himmel getroffen hatte, lastete so schwer auf der Mutter, daß sie manchmal in Ohnmacht fiel. Aber sterben konnte sie nicht, denn nachdem der Sohn umgekommen war, hatte sie alle möglichen Verpflichtungen: Die Totenfeier war auszurichten, sie mußte eine Geldstrafe zahlen, eine Gewähr unterschreiben und vieles mehr. Drei Tage später wurde in der Hauptstraße und am Stadttor eine amtliche Bekanntmachung angeklebt, und erst jetzt erfuhren die Mutter und alle anderen Bürger, daß der junge Yu Kommunist gewesen war. Wie es schien, hatten einige höhere Herrschaften Appetit auf den Weißkohl aus Yus Gemüsegarten – jedenfalls verschonte man die alte Dame, und auch die Gärtnerei wurde nicht beschlagnahmt. Madame Yu machte sich mit einem bitteren Lächeln klar, daß sie nur mit dem Leben davongekommen war, weil sie Gemüse zu erzeugen hatte. So betrieb sie wie bisher ihren Gemüsehandel und lebte irgendwie weiter.

Bei Einbruch des Herbstes blühten überall im Garten die Chrysanthemen. Die Hausherrin schwieg zu der Blütenpracht: es schnürte ihr die Kehle zu.

Yus Gemüsegarten würde sich wohl eines Tages in Yus Blumengarten verwandeln, zumal diese herrlichen Chrysanthemen darin standen. Einige der alteingesessenen Aristokraten und neuen Herrschaften begannen bereits, sich einzumieten, um dort ihre Festgelage zu halten.

Jeden Tag saß Madame Yu, die unversehens einer Siebzigjährigen glich, im Freien, fütterte ihre Hühner und dachte an Früheres zurück, das nun so sinnlos vertan war.

Und wirklich wurde aus der Gärtnerei nun ein blühender Lustgarten. Der Bürgerkrieg war abgewendet, überall herrschte Ruhe und Frieden im Lande. Den ganzen Herbst hindurch bewirteten die Mächtigen der Stadt in Yus Blumengarten ihre Gäste, setzten ihnen Gemüse aus der Gärtnerei vor, tranken vom Besten und bewunderten die Chrysanthemen. In angeheiterter Stimmung verfaßten sie Gedichte auf die Blumen. Manche Verse priesen auch die Hausherrin für ihre Verdienste ums Vaterland und wünschten ihr Glück und langes Leben, als wäre sie eine jener eleganten Frauengestalten des Altertums. Wieder andere stellten die Herrin des Gartens als alte Gemüsehändlerin dar, um mit gefühlvollen Seufzern an vergangene Zeiten zu erinnern. Diese aristokratischen Herrschaften hatten die Gewohnheit, einige ihrer Verse, die sie selbst für besonders gelungen hielten, an die Wände zu schreiben oder sie von einem Steinmetz auf Tafeln gravieren zu lassen, welche dann zur Erinnerung in die Mauer eingelassen wurden. Namhafte Gelehrte und bedeutende Männer vergnügten sich hier nach Herzenslust und zogen dann trunken nach Hause, wo jeder von ihnen Muße genug fand, noch lange vom Fingerspiel und von Zechgelagen mit dem »Herrn der fünf Weiden« zu träumen.

Drei Jahre nach dem Tod des jungen Yu nannte jedermann die Gemüsegärtnerei nur noch »Yus Blumengarten«. Madame Yu hatte in diesen drei Jahren schweigend und einsam vor sich hin gelebt. Am Geburtstag ihres Sohnes fiel dichter Schnee. Da spürte sie, daß ihr Maß nun voll sei – wozu noch einmal Frühling und Herbst erleben? Sie vermachte den Familienbesitz einigen ihrer Arbeiter und erhing sich an einer Seidenschnur.

1930

Anmerkungen

8 *li* = ½ Kilometer

11 *»Nennvater«* In China sind »Nennverwandtschaften« bis heute üblich. Sie entsprechen etwa unseren Patenschaften und sind (z. B. in Notzeiten) ebenso verpflichtend wie Blutsverwandtschaften

Kleine Sieben In kinderreichen Familien ruft man in China die Geschwister bei der Zahl der Reihenfolge ihrer Geburt. Ein solcher Name wird oft zum bleibenden Rufnamen, den auch Außenstehende verwenden

13 *... »unsere Wassermühle«* Höhergestellten gegenüber war es in China unhöflich, von sich selbst in der 1. Person zu sprechen. Statt dessen verwendete man die 3. Person, etwa »dieser niedrige Mensch«

16 *Käsch* sind Kupfermünzen mit einem Loch in der Mitte, die zu je 100 Stück auf Schnüre gebunden wurden. Gegen Ende der Kaiserzeit um die Jahrhundertwende entsprach eine Schnur Käsch einem Silberdollar (Candarin). Nach der Revolution von 1911 – zu der Zeit also, in der diese Erzählung spielt – sank der Wert der Münzen wegen der politischen Unruhen immer tiefer

18 *Brennt Holzkohle ...* Das Lied spielt darauf an, daß der Amtmann eine Affäre mit seiner Schwiegertochter hat

19 *zhang* 1 *zhang* entspricht etwa 3⅓ Meter

20 *Yamen* Der Yamen war im kaiserlichen China zugleich Amtssitz des Magistrats, Gerichtshof und Gefängnis. Noch in der Zeit der Republik, nach dem Sturz der Qing-Dynastie im Jahre 1911, bezeichnete Yamen die Justizbehörde

Mandarinentenpärchen symbolisieren geschlechtliche Liebe und Gattentreue

21 *Meng Jiang* Die Legende von Meng Jiang-nu (»Frau Meng Jiang«) gehört zum alten chinesischen Volksgut. Meng Jiang,

ein Muster der Gattentreue, soll ihren bei der Zwangsarbeit an der Großen Mauer umgekommenen Mann so heftig beweint haben, daß ein Teil der Mauer einstürzte

23 *Cao Mengde* ein anderer Name für Cao Cao (155–220), den König von Wei, einen großen Krieger und Dichter

Han Sumei Dies ist ein Vers aus der Volksoper »Zhan huangpao« (»Die Gelbe Robe zerteilen«): Han Sumei, die Konkubine des Song-Kaisers Zhao Kuangyin, verleumdet Deng En, so daß der Kaiser diesen unschuldig hinrichten läßt. Dengs Gemahlin Sanchun zerschneidet daraufhin eine gelbe Robe, wie sie nur der Kaiser tragen durfte, um ihn symbolisch zu töten

25 *»Qiu Hu ...«* Die Volksoper »Qiu Hu san xi jiefa-qi« (»Qiu Hu spielt seiner Frau dreimal einen Streich«) handelt von Qiu Hu, einem Fürsten des Altertums, der nach zehnjähriger Abwesenheit heimkehrt und von seiner Frau, mit der er bereits in früher Jugend vermählt worden war, nicht erkannt wird; er nutzt dies zu Neckereien

suona Die *suona*, ein schalmeiähnliches Instrument mit näselndem Klang, wird auf Hochzeiten und bei Trauerfeiern gespielt

28 *baozi* sind etwa semmelgroße gedämpfte Klöße, die je nach Geschmack süß oder herzhaft gefüllt werden

29 *Im Zwölften Monat ...* Mit dem Zwölften Monat endet das Mondjahr des chinesischen Bauernkalenders. In China ist es alter Brauch, vor dem Neujahrsfest – nach dem westlichen Kalender im Februar – wichtige Entscheidungen zu treffen, Geschäfte abzuschließen und die Schulden zu bezahlen. Da die Ehen im alten China fast ausnahmslos arrangiert wurden und die Familie des Bräutigams für die Braut bezahlte, war die Heirat – besonders auf dem Lande – auch eine Art Geschäft

35 *Guanyin* Die »all-gütige, immer-barmherzige Guanyin« geht auf den Bodhisattva Avolokitesvara des indischen Buddhismus zurück. Sie wird im chinesischen Volksglauben als Göttin der Barmherzigkeit verehrt

Xuanzang Der »Bannspruch des Xuanzang« spielt auf den populären Roman »Pilgerfahrt nach dem Westen« (»Xiyouji«) an, dessen bekannteste Fassung von Wu Cheng'en um 1570 veröffentlicht wurde: Der Mönch Xuanzang (Tripitaka) wird auf seiner Reise zu einem buddhistischen Heiligtum in Indien u. a. von Sun Wukong begleitet, dem frechen, aber treuen Affen-König. Um Wukongs Übermut zu brechen, legt Xuanzang einen unsichtbaren Ring um dessen Kopf, der sich auf einen Bannspruch Xuanzangs hin zusammenzieht, so daß der Affe vor Schmerz gehorcht

36 *jin* 1 *jin* entspricht ½ Kilogramm

dan 1 *dan* entspricht 50 Kilogramm

37 *jiejie* bedeutet ältere Schwester

40 *Qingming-Fest* wird zu Beginn des Dritten Monats nach dem Mondkalender gefeiert, nach dem westlichen Kalender Anfang April. Bei diesem Fest säubert man die Gräber der Ahnen. In Südchina trägt man um diese Zeit bereits Frühlingskleidung und macht Ausflüge

Guyu-Fest findet gewöhnlich um den 20. Tag des Dritten Monats statt, nach westlichem Kalender Ende April/Anfang Mai. Der Name bedeutet wörtlich Getreideregen. In Nordchina beginnt nun die Aussaat, im Süden, wo die Felder bereits grün werden, begrüßt man den Sommer

44 *Xue Rengui* war General der Nördlichen Song-Dynastie (960 bis 1127), hatte in seiner Jugend in tiefster Armut gelebt, gelangte nach seinem Eintritt in die Armee jedoch zu Wohlstand und Ruhm

47 *Xiao-xiaos Stamm* Der Hinweis auf Xiao-xiaos »Stammesangehörige« deutet an, daß sie keine Han-Chinesin ist, sondern einer der nationalen Minderheiten angehört – vermutlich den Miao-Volk, mit dem der Autor selbst verwandt ist

... zum zweitenmal verheiratet ... Die Wiederverheiratung einer Frau galt im alten China als Schande

... geschädigte Familie des Bräutigams ... Der »Verlust« wurde streng ökonomisch gesehen und betraf den Kaufpreis der Braut, die bisher entstandenen Kosten für ihre Ernährung und Kleidung sowie den Verlust ihrer Arbeitskraft

48 *Herzog von Zhou* Zhou Gong, der »Herzog von Zhou«, war der Sohn des ersten Herrschers der Zhou-Dynastie (etwa 11. Jh. v. Z.) und hat der konfuzianischen Legende zufolge die Riten oder Sitten geschaffen

51 *Tong-Baum* ein Baum mit ölhaltigen Früchten; dieses Öl, auch Tong-Öl oder Holzöl genannt, war ein wichtiges Exportgut im alten China und diente vor allem als Bootslack oder Firnis

53 *»Ältere Schwester«* In China ist es sogar für Frauen (zumal auf dem Lande) ein Kompliment, als »älter«, nämlich »ehrwürdig«, angesehen zu werden

54 *Ölverkäufer Qin* Eine Anspielung auf die Erzählung »Der Ölverkäufer und die Kurtisane«, Entstehungszeit ungewiß; aufgezeichnet in der Sammlung »Jingu qiguan« (Merkwürdige Geschichten aus alter und neuer Zeit) um die Mitte des 17. Jh.: Qin Chong, ein armer Landgehilfe und Ölverkäufer, gelangt in den Besitz eines angesehenen Geschäfts und heiratet schließlich die berühmte Kurtisane Xin Yaoqin, die »Blumenkönigin«

55 *Dreschstein* Es handelt sich um eine zylinderförmige Steinwalze mit einer Achse aus Holz, die von einem Zugtier über das ungeschälte Getreide gerollt wurde

56 *Kuai* (wörtlich Klumpen) ist bis heute der volkstümliche Ausdruck für Yuan

57 *Totengeld* Man stattete einen Toten mit Dienern und Gegenständen aus, die aus weißem Papier nachgebildet wurden (in Taiwan, Hongkong und bei Überseechinesen besteht der Brauch bis heute). Dies geht auf das chinesische Altertum zurück, als man hochgestellten Persönlichkeiten lebende Menschen und Tiere sowie »echte« Speisen und kostbare Gegenstände mit in die Grabkammern gab. Das »Paradies des Westens« ist in der buddhistischen Legende das Land des Glücks, Śukhāvāti

58 *Madame Duan* war die Mutter des mächtigen »Warlords« Duan Qirui (1865 bis 1936), die mit außerordentlichem Pomp zu Grabe getragen wurde. Der Aufwand, den ein hinterbliebener Sohn für die Totenfeier seiner Eltern trieb, stand nach Meinung der Öffentlichkeit im direkten Verhältnis zu seiner »Kindesliebe« (Kindespflicht, kindliche Pietät), einer konfuzianischen Kardinaltugend

»Meifu« eine amerikanische Handelsgesellschaft, die vor allem mit Petroleum und Tong-Öl handelte

59 *»Weißer Tau«* ein Datum des chinesischen Bauernkalenders, fällt auf etwa Mitte September

»Frostbeginn« fällt auf Ende Oktober

Yang »Banchi« Später im Text (vgl. S. 72) erfährt der Leser, daß der Wahrsager Yang »Banxian« (Yang »der Halb-Unsterbliche«) heißt; der Gutsherr als aufgeklärter Skeptiker nennt ihn hier ironisch »Banchi« (»der Halb-Verrückte«)

60 *liang* 1 *liang* entspricht 50 Gramm

66 *weißer Turban* Der weiße Turban deutet wieder einmal die Mischkultur der mit den Han-Chinesen vermischten Miao an: Weiß ist die traditionelle chinesische Trauerfarbe (das

Mädchen trauert noch um seine Mutter); der Turban dagegen ist Bestandteil der Volkstracht der Miao

66 *Xuantong-Kaiser* »Xuantong«: Name der Regierungsperiode des letzten chinesischen Kaisers, Pu Yi (1906–1967), der, noch nicht ganz dreijährig, im Dezember 1908 den Thron bestieg; nach der Revolution von 1911 und Gründung der Republik gestattete man ihm, noch bis 1924 im Pekinger Kaiserpalast ein völlig isoliertes Schattendasein zu fristen

»Acht-Zeichen-Horoskop« Für dieses Horoskop werden aufgrund von Geburtstag und -stunde einer Person komplizierte Berechnungen angestellt, bei denen sich am Ende zwei Reihen von je vier Schriftzeichen ergeben; in manchen Wahrsagebüchern entspricht der »Summe« dieser acht Zeichen jeweils ein bestimmter Spruch

70 *Himmelshund* Der »Himmelshund« ist ein Sternbild, welches sich zu bestimmten Zeiten dem Mond nähert

... magischen Bann ... Hier wird auf das Jungfräulichkeits-Tabu angespielt (vgl. die Erzählung »Unter dem Mond«); offenbar ist zur Zeit der Handlung von »Guisheng« (20er Jahre) die ursprüngliche Bedeutung fast völlig in Vergessenheit geraten, da hier der Bann mit dem 18. Geburtstag und nicht mehr mit dem Verlust der Jungfräulichkeit von dem Mädchen abfällt

73 *... keine Versammlung ...* Wenn ein mittelloser junger Mann heiraten wollte, berief er eine Versammlung all seiner Freunde, Nachbarn und Verwandten ein, die das nötige Geld für die Aussteuer und den Brautpreis zusammenlegten

77 *Geldgeschenke* Der Brautvater ist verpflichtet, den Sänftenträgern, Musikanten und anderen Begleitern des Brautzuges Geldgeschenke zu machen; Rot ist in China die traditionelle Glücksfarbe

78 *Jahr des Drachen* Die Einteilung der belebten und unbelebten Welt in bestimmte Elemente, einander zugeordnete Gruppen usw. geht auf sehr alte Vorstellungen zurück. Eine derartige Gruppierung sind die zwölf »Erdzweige« mit den ihnen zugeordneten Tiersymbolen, deren Reihenfolge festliegt und die u. a. zur Bezeichnung der Tagzeiten (Doppelstunden) und der Mondjahre verwendet werden und daher auch bei der Erstellung von Horoskopen eine wichtige Rolle spielen. Die Tiersymbole sind: Ochse, Tiger, Hase, Drache, Schlange, Pferd, Schaf (Ziege), Affe, Hahn, Hund,

Eber (Schwein), Maus (Ratte). Der Brauch, ein Jahr mit dem entsprechenden Tiersymbol zu benennen, hat sich bis heute erhalten

78 *yin-Stunden* Der Tag war in 12 Doppelstunden unterteilt; die *yin*-Stunden (3. Nachtwache von 3 bis 5 Uhr) entsprachen dem Zeichen des Tigers

81 *Deng Tong* ein Günstling des Han-Kaisers Wendi (reg. 179–156 v. Z.), war für seinen ungeheuren Reichtum berühmt, starb jedoch völlig verarmt

87 *»Von Nuo gesegnet«* Die Nuo-Götter (Vater und Mutter) und ihre Priester gehören zur schamanistischen Religion des Miao-Volkes; das Wort *nuo* entstammt ihrer eigenen Sprache. Durch Vermischung mit Han-Chinesen übernahmen die Miao allmählich Elemente der daoistischen Volksreligion und des Konfuzianismus, doch wurden noch bis in die ersten Jahrzehnte des 20. Jahrhunderts z. B. zur Erntedankfeier nahezu rein schamanistische Götter- und Geisterbeschwörungen zelebriert, vor allem im Zusammenhang mit den seuchenvertreibenden Nuo-Göttern; im Hochchinesischen ist das Wort *nuo* heute ein Synonym für derartige Rituale

... der erste Mensch ... Wörtlich: Der erste Angehörige dieses Stammes; nämlich des Miao-Volkes, das sich als ethnische Minderheit lange gegen die Kolonialisierungsbestrebungen der Han-Chinesen behaupten konnte und in Restgruppen bis heute in den Bergen der Provinzen Hunan, Sichuan, Guizhou und Yunnan lebt. In der Erzählung werden »befestigte« Dörfer und eine »Festung« erwähnt: dies sind Hinweise auf den langen kriegerischen Widerstand der Miao gegen die Han. Während der letzten Kaiserdynastie (bis 1911) wurde Han-Militär in das Stammesgebiet der Miao verlegt, und es kam zu einer allmählichen Vermischung zwischen Han und Miao; der Autor selbst entstammt einer solchen Mischfamilie

93 *He Xiangu* ist die einzige weibliche Gestalt unter den populären »Acht Unsterblichen« der daoistischen Volkslegende. Sie soll in der Tang-Zeit gelebt haben und schon als 13jähriges Mädchen »eingeweiht« worden sein (hier zeigen sich Überreste schamanistischer Vorstellungen im daoistischen Volksglauben der Chinesen). Die Legende von He Xiangu enthält zahlreiche Allusionen auf den Mond. Vgl. auch Anm. zu S. 324

95 *Himmelsgrube* Wie wenig später aus dem Text hervorgeht, handelt es sich bei der »Himmelsgrube« um eine tiefe Schlucht, vermutlich um den Krater eines erloschenen Vulkans (vgl. S. 96); solche Gruben oder Teiche galten in vielen schamanistischen Kulturen als »Himmelsauge«, und der Ritus, einen gebundenen Menschen hineinzuwerfen, glich einem »Gottesurteil«, woraus sich erklärt, daß das Mädchen in dieser Erzählung von der Möglichkeit eines Überlebens ausgeht – in welch unwahrscheinlichem Fall sie natürlich an einen anderen Mann verheiratet werden würde: daher ihre Furcht, selbst im Falle des Überlebens nicht an den Geliebten denken zu dürfen

143 *... war an Heirat nicht zu denken* Vgl. die Erzählung »Unter dem Mond«

148 *»Grüne Standarte«* hieß die chinesische Armee unter der Mandschu-Dynastie der Qing (1644–1911). Die Truppen aus Hunan spielten eine Schlüsselrolle bei der Niederwerfung des Taiping-Aufstandes 1864

155 *Yue Yun* der Sohn des patriotischen Generals Yue Fei (1103 bis 1141), ist als Typ des schönen jungen Kriegers eine beliebte Figur der Volksoper

156 *Drachenbootfest* Die Bootsrennen am 5. Tag des Fünften Monats nach dem chinesischen Mondkalender symbolisieren Drachenkämpfe im Himmel, die nach dem Volksglauben stets von Regenfällen begleitet sind, da der Drache ein Symbol der Fruchtbarkeit ist. Das Fest wird zur Erinnerung an den Dichter und Staatsmann Qu Yuan (340 bis 278 v. Z.) gefeiert, der im heutigen Hunan im Exil lebte und sich aus politischen Gründen in einem Fluß ertränkte

Mondfest Das Mondfest, auch »Mittherbstfest« genannt, findet am 9. Tag des Neunten Monats des Mondkalenders statt

Neujahr Das Neujahrsfest beginnt am Abend des letzten Tages des Zwölften Monats des Mondkalenders

Schriftzeichen für König Das chinesische Schriftzeichen für König ist dem kraftvollen Tiger auf die Stirn geschrieben; es heißt soviel wie der oder die »Größte«

157 *Liang Hongyu* war ein weiblicher General der Südlichen Song-Dynastie (1127–1279). Sie kämpfte gemeinsam mit ihrem Mann Han Shizhong gegen die Jin-Armee

158 *taiji-Symbol* runde Scheibe mit dem Yin-Yang-Zeichen in der Mitte, das von acht Wahrsage-Trigrammen umgeben ist

162 *Fingerspiel* Bei diesem in China außerordentlich beliebten Spiel werden in rascher Folge mit den Fingern Zahlen gezeigt, die zugleich zu erraten sind. Wer falsch rät, muß einen Becher Schnaps trinken

167 *Am Abend des Fünfzehnten* Das Laternenfest findet am 15. Tag des Ersten Monats des Mondkalenders statt

169 *zongzi* beliebter Imbiß von in Schilfblätter gewickeltem klebrigem Reis

175 *Großmutter Liu* Es handelt sich um eine Anspielung auf eine Szene des Romans »Der Traum der Roten Kammer« (»Hongloumeng«) von Cao Xueqin und Gao E (erschienen 1765). Großmutter Liu ist eine tölpelhafte Alte vom Land, die in der Stadt in komische Schwierigkeiten gerät

184 *Guan der Milde* Die Gestalt des Guan Yunchang, des Gottes der Brüderlichkeit, geht auf Guan Yu (gest. 219) zurück, einem dem Kaiserhaus treu ergebenen Beamten

Yuchi Yuchi Gong (585–658), ein verdienter General der frühen Tang-Zeit, wurde im Alter ein Anhänger des Daoismus

Zhang Die Gestalt des Zhang Guolao, eines der »Acht Unsterblichen« der Volkslegende; geht vermutlich auf einen daoistischen Priester der Tang-Zeit zurück

Li Li Tiekuai, die »Eisenkrücke«, ist ein weiterer der »Acht Unsterblichen«. Als er einmal aus einer Trance erwachte, fand er seinen Leib nicht mehr und mußte daher in den eines verkrüppelten Bettlers schlüpfen

Hong Xiuquan (1814–1864), ein Führer des Taiping-Aufstandes (1851 bis 1864), der von der Hunan-Armee unter Zeng Guofan niedergeschlagen wurde

Li Hongzhang (1822–1901), ein Staatsmann der Qing-Dynastie, war von Zeng Guofan zum Heerführer gegen die Taiping-Rebellen eingesetzt worden

186 *Zhang Heng* ein Fährmann aus dem Roman »Die Räuber vom Liangshan-Moor« (»Shuihu-zhuan«), der vermutlich von Shi Nai-an und Luo Guanzhong im 14. Jh. nach wahren Begebenheiten niedergeschrieben wurde. Die Räuber sind sehr populär, weil sie die Reichen hassen und den Armen helfen

... Anführer der braven Räuber ... Song Jiang

188 *fengshui* wörtlich Wind und Wasser, bezeichnet in der chinesischen Tradition die magischen Eigenschaften eines Landstrichs oder Ortes. Sie sind u. a. für die Anlage eines

neuen Hauses, eines Grabes usw. von entscheidender Bedeutung

190 *»Buch der Familiennamen«* Das Verzeichnis aller chinesischen Familiennamen wurde erstmals in der Zeit der Nördlichen Song (960–1127) zusammengestellt und später häufig überarbeitet

193 *Lu Ban* ein Baumeister der Chunqiu-Periode (»Frühling und Herbst«, 770–476 v. Z.), hatte in der Stadt Luoyang eine berühmte Holzbrücke errichtet

194 *Im Schachspiel ...* Ähnlich dem europäischen Schachspiel hat jede Figur im chinesischen Schach bestimmte Zugmöglichkeiten; der »Wagen« kann wie der »Turm« nur geradeaus ziehen, während dem »Pferd« eine kompliziertere Auswahl möglicher Züge zur Verfügung steht als unserem »Springer«

205 *... heiße Reiskruste ...* ein chinesisches Hausmittel, welches im Körper »das Feuer löscht« und zugleich gegen Verdauungsstörungen wirken soll

221 *Sternschnuppen* Nach chinesischem Volksglauben zeigt ein Komet den Tod eines Menschen an

228 *sheng, dou* 1 *sheng* entspricht etwa ½ Liter, 1 *dou* etwa ¼ Scheffel

231 *... großfüßigen Frauen* Im alten China galten winzige Füße als Schönheitsideal, so daß man den jungen Mädchen im Kindesalter die Füße brach, einband und so verkrüppelte. Nur bei den ärmsten Bauernmädchen und Angehörigen der nationalen Minderheiten tat man dies nicht

244 *»Vierundzwanzig Beispiele für Kindesliebe«* Die Kindesliebe oder »kindliche Pietät« ist eine der konfuzianischen Kardinaltugenden. Das Buch »Vierundzwanzig Beispiele für Kindesliebe« (»Ershisi xiao«) von Guo Jujing stammt aus der Zeit der Yuan-Dynastie (1271–1368). Die Geschichte von Wang Xiang (12. Beispiel) erzählt, wie seine Mutter im Winter erkrankt und nach Fisch verlangt, worauf sich Wang aufs Eis legt, um es zu schmelzen und Fisch zu fangen; die Geschichte von Huang Xiang (19. Beispiel) berichtet, wie der liebende Sohn im heißen Sommer dem alten Vater vor dem Schlafengehen das Kissen mit einem Fächer kühlt

252 *Konfuzius* (Kong-fuzi = Meister Kong) lebte etwa von 551 bis 479 v. Z. Der Meister, auf dessen Lehre die spätere Staatsethik (seit etwa 100 v. Z.) und die »Gelehrtenschule« (*ru-*

jia) der chinesischen Philosophie beruht, galt (und gilt in Taiwan bis heute) als eine Art »Patron« aller Lehrer und Schüler

255 *Elster* Die Elster gilt im chinesischen Volksglauben als Glücksbote

256 ... *ein rotes Tuch geschlungen* Der rote Stoffstreifen deutet an, daß der Ochse einen Preis erhielt

257 *jia* Der *jia* war eine Verwaltungseinheit und umfaßte gewöhnlich 10 Haushalte; 10 *jia* bildeten ihrerseits einen *bao*. Das *bao-jia*-System bestand bereits zur Kaiserzeit, wurde nach 1911 von der Republik übernommen und oft mit Guomindang-Militärbeamten besetzt

258 *»Hühnerfederbrief«* Im alten China wurden Eilbriefe mit einer an den Umschlag gesteckten Hühnerfeder markiert

260 *hu* Das Hohlmaß *hu* entsprach in der Kaiserzeit 10, später 5 *dou* (1 *dou* = 1 Dekaliter)

Bambusbrettchen Solche etwa 30 cm langen, 3 cm breiten Brettchen dienten den analphabetischen Bauern als Gedächtnisstütze: für jedes abgemessene *dou* wurde ein Brett beiseite gelegt, später zählte man sie zusammen

262 *mu* 1 *mu* = 0,0667 Hektar

271 ... *Ochsen ... beschlagnahmt* Hier wird auf die Willkürherrschaft mancher »Warlords« und Staatsbeamten angespielt; derartige Konfiskationen waren keine Seltenheit. Selbstverständlich erhielten die Bauern keinerlei Entschädigung

274 *»acht Schriftzeichen«* Vgl. Anm. zu. S. 66

»Leben und Tod sind ...« Zitat aus dem »Lunyu« (»Gespräche des Konfuzius«), einem der klassischen »Vier Bücher« des Konfuzianismus

... *kämpft ... gegen die Japaner* Der Widerstandskrieg gegen Japan dauerte von 1937 bis 1945; Jiangxi ist eine südchinesische Provinz

277 ... *verließ das Haus* Es gab in Kunming keine Luftschutzkeller, so daß viele Menschen bei Fliegeralarm aus der Stadt in die umliegenden Berge flohen

278 *Huang Chao* (gest. 884) war der Führer einer Rebellion gegen den Qianfu-Kaiser der Tang-Dynastie

Pan Guan ist im chinesischen Volksglauben der Richter der Unterwelt; in seinem großen Buch sind die Todesdaten aller Menschen festgelegt

291 *xiaosheng-Rollen xiaosheng* ist eine der Figuren der chinesi-

schen Volksoper: ein sehr junger, fast noch knabenhafter Mann

292 *Krankheit »dritten Grades«* Angedeutet wird: Tuberkulose; die traditionelle chinesische Volksmedizin klassifiziert Krankheiten nach dem Grad ihrer Gefährlichkeit

299 *Mondtor* ein fast kreisrundes Tor in einer Mauer

300 *»Wieviel Bohnen?«* Die Frauen verstehen »Bohnen« (*dou*), da sie noch nie ein Fieberthermometer gesehen oder von Temperaturgraden (*du*) gehört haben

306 *Bao Longtu* (Bao Zheng, »Richter Bao«) war ein Beamter der Song-Dynastie (960–1127); da er als unbestechlich galt und zudem mit unorthodoxen Methoden an der Aufklärung schwieriger Rechtsfälle arbeitete, wurde er zu einer populären Gestalt der chinesischen Volkstradition und erscheint in zahlreichen Opern und heute auch in Fernsehspielen

309 *17. Tag des Vierten ...* Der Doppelsinn der Passage liegt darin, daß der Verwalter nach Daten fragt, wie sie für ein Horoskop benötigt werden, was vermuten läßt, daß er als Heiratsvermittler kommt (denn bevor eine Partie zustande kam, prüfte man, ob die Geburtszeichen der künftigen Brautleute harmonisieren); San-san jedoch ärgert sich lediglich darüber, daß die Mutter vor fremden Leuten private Dinge ausplaudert

317 *China National Institute* Das »China National Institute« (»Zhongguo gongxue«) wurde 1906 von aus Japan heimgekehrten, republikanisch gesinnten Intellektuellen gegründet. Diese Privathochschule galt während der Kaiserzeit als eine der revolutionären Zellen und konnte auch zur Zeit der Republik noch lange ihre Unabhängigkeit gegenüber der Guomindang wahren. Erst 1930 wurde sie von der Nanking-Regierung gleichgeschaltet und anerkannt

318 *Nordfeldzug* Sun Yat-sen hatte bereits in Japan eine revolutionäre Partei zum Sturz der Mandschu gegründet; aus dieser ging zu Anfang der Republik die Guomindang (Nationalpartei, meist als GMD zitiert) hervor. Nach dem Tode Suns (1925) gewannen Jiang Jieshi und die extreme Rechte zunehmend Einfluß in der Partei. Die Kommunistische Partei Chinas, 1921 gegründet, entschloß sich 1923 nach Diskussionen mit dem damaligen sowjetischen Berater bei der GMD sowie den Weisungen der Komintern aus Moskau, eine Allianz mit der GMD einzugehen. Das Bündnis

endete tragisch für die Kommunisten; 1927 kam es zum Massaker der Arbeiterführer in Shanghai und danach zu ständigen Verfolgungen durch die GMD. Die Kommunisten gingen in den Untergrund. Den Nordfeldzug (1926 bis 1928) führte die GMD zunächst noch mit den Kommunisten gemeinsam, um die separatistischen Militärmachthaber (»Warlords«) in den nördlichen Provinzen zu entmachten. Nach dem Bruch der Allianz mit der KP gelang der GMD 1928 die Einigung des Landes unter der zentralen Nationalregierung. Der Nordfeldzug wird auch als »Erster revolutionärer Bürgerkrieg« bezeichnet

318 ... *die Japaner in Jinan* Schon seit Ende des 19. Jahrhunderts versuchten die Japaner, sich an der »Aufteilung Chinas« durch die Kolonialmächte zu beteiligen und in Nordostchina sowie in der Provinz Shandong Fuß zu fassen; nachdem die Versailler Friedenskonferenz 1919 die ehemals deutschen Kolonien in Shandong Japan zugesprochen hatte, brach in China die patriotische »4.-Mai-Bewegung« aus. Während des Nordfeldzuges nutzten die Japaner die Unruhen, besetzten am 3. Mai 1928 die Provinzhauptstadt von Shandong, Jinan, und töteten an die 5000 chinesische Bürger

... *durch Hunan kam* Die Provinz Hunan unterstand einem der mächtigsten »Warlords«, Wu Peifu (1874–1939), der sich nach der Belagerung der Provinzhauptstadt von Hubei (1926) noch bis 1927 in Hunan halten konnte und dann vor der Nationalen Revolutionsarmee in die Provinz Sichuan floh

319 *Revolution von 1911* Im japanischen Exil bereiteten Han-chinesische Oppositionelle unter Führung von Sun Yat-sen die Revolution vor, stürzten im Oktober 1911 die Monarchie und riefen im Januar 1912 die Republik China aus. Der 10. Oktober 1911 gilt traditionell als der Beginn der Republik

321 *Sun-Yatsen-Anzug* ein uniformähnlicher Anzug, den Sun Yatsen selbst entworfen hatte; er ersetzte zunächst während der Republik den langen, talarähnlichen Rock der kaiserlichen Regierungsbeamten und Militärs und ist heute Standardkleidung in der Volksrepublik China – im Westen oft irrtümlich als »Mao-Anzug« bezeichnet

langer Rock Der lange Rock (*changpao*) hielt sich noch während der Republik als bequeme Kleidung ziviler Angestellter und Intellektueller und wird bis heute gelegentlich von Lehrern auf Taiwan und von Auslandschinesen getragen

323 *Suo Jing* (239–303), Beamter der Westlichen Jin-Dynastie und bedeutender Kalligraph; die »Marschhymne« (»Chu shi song« – wörtlich: Lobgesang zum Ausmarsch der Truppen) schrieb er als Muster seiner vorbildlichen Kalligraphie

Zhong Yao (Lebensdaten ungewiß) war ein Beamter des Staates Wei zur Zeit der Drei Königreiche (151–230) und ebenfalls ein berühmter Kalligraph; auch sein »Xuanshibiao« (Verzeichnis der Proklamationen) diente späteren Kalligraphen als Vorlage

324 *Unsterbliche* der daoistischen Volksüberlieferung nach »Selige«, die auf Erden einen der weitgehend hedonistischen Lehre gemäßen Wandel geführt und folglich das ewige Leben erlangt haben

326 *»Great World«* ein mehrstöckiges Gebäude im Zentrum von Shanghai, ein Amüsierzentrum für kleine Leute, mit Kinos, chinesischen Volks- und Operntheatern, Spielklubs, Bars und Bordellen; vor allem für die vom Lande hereinströmende bäuerliche Bevölkerung gehörte ein Abend im »Great World« zu den Höhepunkten eines Shanghai-Besuches. Es besteht in »gereinigter« Form heute noch als Kulturzentrum

329 *»Mayi-xiangfa«* (Wahrsageregeln des Mönchs im Hanfgewande) geht der Volksüberlieferung nach auf die Nördliche Song-Dynastie (960–1127) zurück und soll auf den Wahrsagungen eines daoistischen Mönchs beruhen

331 *Militärakademie von Whampoa* (»Huangpu«) wurde auf der gleichnamigen Insel bei Kanton 1924 von der GMD zur Vorbereitung des Nordfeldzuges gegründet, stand unter der Leitung von Jiang Jieshi und arbeitete zunächst noch mit sowjetischen Beratern und chinesischen Kommunisten zusammen; Zhou Enlai war politischer Instrukteur dieser Militärhochschule

Yuezhou ... Die hier erwähnten Orte waren wichtige Stationen des Nordfeldzuges. In Yuezhou (Provinz Hunan) begann das Engagement der Guomindang gegen Wu Peifu in Mittelchina; durch die Belagerung von Wuchang (Provinzhauptstadt von Hubei) gelang es der Nationalen Revolutionsarmee (NRA) im Herbst 1926, Wu Peifu zum Rückzug nach Hunan zu zwingen; anschließend marschierte die

NRA nach Nanchang (Provinzhauptstadt von Jiangxi), kämpfte gegen den »Warlord« Sun Quanfang (1884–1935) und gewann trotz beträchtlicher Verluste im November 1926 die Stadt, was die entscheidende Wende zugunsten des Nordfeldzuges einleitete. Longtan ist ein Ort in der Nähe von Nanking, wo 1927 der gesamte 4. Kadettenjahrgang der Whampoa-Militärakademie fiel

332 *N.-N.-Kreis* Kommunisten

335 *Peping* Nach dem Ende des Nordfeldzuges im Jahre 1928 wurde Peking (Beijing = »Nördliche Hauptstadt«) zunächst umbenannt in »Sonderstadt Peping« (Beiping = »Nördlicher Friede«) und hieß seit 1930 offiziell Peping; die Nationalregierung hatte 1927 die Hauptstadt der Republik China nach Nanking verlegt, da der Norden sich noch in den Händen der »Warlords« befand. Nanking blieb bis 1937 Hauptstadt. Während des Widerstandskrieges gegen Japan (1937–45) diente Chongqing (Provinz Sichuan) als provisorische Hauptstadt, 1945 zog die Regierung wieder nach Nanking. Während des Krieges wieder Peking, trug die Stadt von 1945 bis 1949 nochmals den Namen Peping. Erst seit der Gründung der Volksrepublik im Oktober 1949 ist sie wieder Hauptstadt Chinas und heißt Peking (Beijing)

336 *Schlacht von Longtan* Der 4. Jahrgang der Whampoa-Militärakademie nahm seit Oktober 1926 am Nordfeldzug teil und wurde in der Schlacht von Longtan völlig aufgerieben. Tatsächlich spielt der Autor auf das Schicksal seines eigenen jüngeren Bruders an, der Kadett des 4. Jahrgangs von Whampoa war und dem Massaker von Longtan nur dadurch entging, daß er einen Kameraden fand, der sich (vermutlich gegen Bezahlung) unter seinem Namen an dieser Schlacht beteiligte und an seiner Stelle fiel

345 *Bannerleute* waren ursprünglich, nach der Eroberung Chinas durch die Mandschuren (ein nordasiatisches Kriegervolk) und der Einsetzung der mandschurischen Qing-Dynastie (1644), alle Mandschuren ohne Ansehen ihres vormaligen Standes. Als Angehörigen des Eroberervolkes war es ihnen zur Kaiserzeit untersagt gewesen, durch Handel oder Landwirtschaft ihren Lebensunterhalt zu verdienen. Die ursprünglich rein mandschurischen Streitkräfte der Qing wurden in acht rangunterschiedliche »Banner« oder Standarten gegliedert. Im Laufe der fast 300jährigen Herrschaft

der Qing degenerierten die »Bannerleute«, deren Diäten um das Dreifache höher lagen als die der Han-chinesischen Beamten, zu verweichlichten Parasiten. Viele von ihnen lebten von der Verpachtung ihres beträchtlichen Grundbesitzes oder einfach von ihren Diäten. Mit der Zeit nahmen sie die Han-chinesische Bildung und Kultur an, und ihr ehemals kriegerischer Charakter ging verloren, so daß sie zu ihrer ursprünglichen Aufgabe, die Dynastie zu verteidigen, unfähig wurden. Aus der Tatsache, daß sie dennoch bis zuletzt die Oberschicht der Qing-Gesellschaft stellten, erklärt sich zum Teil Chinas Schwäche angesichts der kolonialistischen Bedrohungen seit Beginn des 19. Jahrhunderts. Nicht zuletzt jedoch waren sie als »fremdrassige« Herrenschicht den Han verhaßt. – Der Familienname Yu (Jade) kam bei den Han selten vor

346 *Palastfächer* waren oval geformte, nicht gefaltete, seidenbespannte Fächer, meist bemalt, wie sie von den Hofdamen während der Qing-Dynastie getragen wurden

347 *Xie Lingyun* Dichter zur Zeit der Südlichen Song-Dynastie (lebte etwa 385–433)

Wang Wei (701–761 oder 698–759) Dichter und Maler zur Zeit der Tang-Dynastie

jueju-Verse jueju ist eine Gedichtform mit vier Versen zu je fünf oder sieben Silben und einem strengen Ton- und Reimschema; es war (und ist) ein beliebter Zeitvertreib gebildeter Chinesen, im Freundes- oder Verwandtenkreis reihum zu dichten, jede Person einen Vers

Buddhadharma das »Wesen« Buddhas

348 *Achtzeiler* Es handelt sich um ein *Shi*-Gedicht mit zwei Strophen zu je vier Versen, fünf Silben pro Vers und Endreimen

350 *22. Geburtstag* Am 22. Geburtstag (während der Kaiserzeit am 23.) erreichte ein junger Mann das Alter, da man ihn zum Militär einziehen konnte, d. h. die Volljährigkeit

351 *... Ahnenaltar* »Der Weihrauch auf dem Ahnenaltar« konnte nur vom jeweils ältesten Sohn einer Familie geopfert werden; der Wunsch nach einem Sohn beruht daher in China weniger auf materiellen Erwägungen (Erbe) als auf dem sehr alten Ahnenkult und dem Wunsch, die Ahnenreihe nicht abreißen zu lassen

353 *Peking-Universität* Die Peking-Universität wurde 1898 im Zusammenhang mit der Reformbewegung (»Hundert-Tage-

Reform«) jenes Jahres gegründet als *Jingshi daxuetang* (Akademie der Hauptstadt); nach Gründung der Republik wurde sie 1912 in *Beijing daxue* (Peking-Universität) umbenannt und heißt bis heute so. Seit ihr 1917 der reformorientierte Rektor Cai Yuanpei vorstand, wurde diese Hochschule zum Hort und Ausgangspunkt der damaligen fortschrittlichen »Neuen Kulturbewegung« sowie der patriotischen »4.-Mai-Bewegung« von 1919, in deren Gefolge 1921 in Shanghai die Kommunistische Partei gegründet wurde; Chen Duxiu und Li Dazhao, Mitbegründer der KP, waren Dozenten an der Peking-Universität; Mao Zedong arbeitete als Werkstudent einige Zeit in ihrer Bibliothek

353 *»Pferdetag«* Der Zwischenfall am »Pferdetag« (21. 5. 1927): eine Säuberungskampagne der von KP- und linken GMD-Mitgliedern unterwanderten Behörden und Gewerkschaften in Changsha durch Hauptmann Xu Kexiang vom rechten Flügel der GMD; »Pferdetag« bezieht sich auf den damals verwendeten Telegrammcode für die Datierung der Kalendertage

»Höchste Harmonie« Diese Vorstellung geht auf sehr alte Gesellschaftsutopien der daoistischen Philosophie zurück, wonach die Geschichte ihr Ziel im Zustand eines »Höchsten Friedens« findet

358 *»Herr der fünf Weiden«* ist ein vermutlich autobiographisches Gedicht von Tao Qian (Tao Yuanming, 376?–427), in welchem ein Dichter geschildert wird, neben dessen Haus fünf Weiden stehen und der den Trunk liebt

U. R.

Inhalt